El Círculo

El Círculo

DAVE EGGERS

Traducción de
Javier Calvo

LITERATURA RANDOM HOUSE

Título original: *The Circle*

Primera edición: abril de 2017

© 2013, Dave Eggers
© 2014, de la presente edición en castellano para todo el mundo:
Penguin Random House Grupo Editorial, S. A. U.
Travessera de Gràcia, 47-49. 08021 Barcelona
© 2017, de la presente edición en castellano:
Penguin Random House Grupo Editorial USA, LLC.
8950 SW 74th Court, Suite 2010. Miami, FL 33156
© 2014, Javier Calvo Perales por la traducción

Adaptación del diseño original de cubierta de Jessica Hische:
Penguin Random House Grupo Editorial

ISBN: 978-1-945540-62-2

Printed in USA

Penguin
Random House
Grupo Editorial

El futuro no conocía ni límites ni fronteras.
Y tanto era así que los hombres ya no tenían
donde almacenar su felicidad.

JOHN STEINBECK, *Al este del Edén*

LIBRO PRIMERO

Dios mío, pensó Mae. Es el paraíso.

El campus era enorme y laberíntico, inundado de los colores del Pacífico, y sin embargo no había detalle que no hubiera sido tenido en cuenta y diseñado con la máxima habilidad. En unas tierras que antaño habían sido unos astilleros, después un autocine y por fin un mercadillo y un solar deprimido, ahora había lomas suaves y verdes y una fuente de Calatrava. Y una zona para picnics, con mesas desplegadas en círculos concéntricos. Y pistas de tenis, tanto de tierra como de hierba. Y una cancha de voleibol, donde ahora estaban los niñitos de la guardería de la empresa, corriendo, chillando y reverberando como el agua. Y en medio de todo esto también había un centro de trabajo, más de ciento sesenta hectáreas de acero pulido y cristal que albergaban la sede de la empresa más influyente del mundo. El cielo era impoluto y azul.

Mae estaba cruzando todo esto en su travesía a pie, desde el aparcamiento al edificio central, intentando transmitir la impresión de que se sentía cómoda allí. El sendero serpenteaba alrededor de las arboledas de limoneros y de naranjos, y entre sus adoquines rojos y silenciosos destacaban losas desperdigadas con mensajes suplicantes de inspiración. En una de ellas había la palabra «Sueña» grabada a láser en la piedra roja. En otra ponía: «Participa». Y había docenas más: «Encuentra tu comunidad», «Innova», «Imagina». A punto estuvo de pisarle accidentalmente la mano a un joven con mono de trabajo gris que estaba instalando una nueva losa con la inscripción «Respira».

Aquel lunes soleado de junio, Mae se detuvo frente a la entrada principal, bajo el logotipo grabado en el cristal. Aunque la empresa todavía no tenía seis años de antigüedad, su nombre y su logotipo —un círculo rodeando una trama de líneas entretejidas, con una pequeña «c» en el centro— ya se contaban entre los más conocidos del mundo. En aquel campus central trabajaban más de diez mil empleados, pero el Círculo tenía oficinas por todo el planeta, y seguía contratando todas las semanas a centenares de mentes jóvenes y brillantes. Llevaba cuatro años seguidos siendo elegida la empresa más admirada del mundo.

A Mae ni se le habría ocurrido que tuviera posibilidades de trabajar en un lugar así de no haber sido por Annie. Annie era dos años mayor que ella y ambas habían compartido habitación durante tres semestres en la universidad, en un feo edificio que habían hecho habitable gracias a lo extraordinariamente unidas que estaban; eran algo a medio camino entre amigas y hermanas, o bien primas a quienes les gustaría ser hermanas y así tener una razón para no separarse nunca. El primer mes que habían vivido juntas, Mae se había roto la mandíbula una tarde-noche, tras desmayarse durante los exámenes finales por culpa de la gripe y la mala alimentación. Annie le había dicho que se quedara en la cama, pero Mae había ido al 7-Eleven en busca de cafeína y había despertado en la acera, bajo un árbol. Annie la había llevado al hospital y había esperado allí mientras le cosían la mandíbula, y después se había quedado toda la noche con Mae, durmiendo a su lado en una silla de madera, y luego, ya en casa, se había pasado días alimentando a Mae con una cañita. Era un nivel tremendo de compromiso y aptitud, que Mae no había visto nunca en una persona de su edad o más o menos de su edad, y a partir de entonces Mae le había sido leal de una forma que ella misma no habría imaginado nunca.

Mientras Mae seguía en Carleton, probando distintos itinerarios troncales, primero historia del arte, después marketing y por fin psicología, y sacándose la carrera de psicología sin tener plan alguno de trabajar en ese terreno, Annie se licenció, hizo su MBA en Stanford y recibió ofertas de trabajo de todas partes, aunque la más importante fue la del Círculo, adonde llegó cuatro días después de terminar el máster. Ahora tenía un título altisonante —directora de Garantizar el Futuro, bromeaba ella— y animó a Mae a que se presentara a un puesto de trabajo en la empresa. Mae lo hizo, y aunque Annie insistía en que no había usado sus influencias, Mae estaba segura de que sí las había usado, de manera que ahora sentía una deuda incalculable hacia su amiga. Había un millón de personas, mil millones, que querrían estar donde estaba Mae en aquel momento: entrando en aquel atrio de diez metros de altura y surcado por la luz de California, en su primer día de trabajo para la única empresa que importaba realmente.

Empujó la pesada puerta para abrirla. El vestíbulo era tan largo como un desfile y tan alto como una catedral. Las alturas estaban llenas de oficinas, cuatro pisos de oficinas a cada lado, con todas las paredes de cristal. Brevemente invadida por el vértigo, bajó la vista, y en el suelo inmaculado y resplandeciente vio reflejada la expresión de preocupación de su cara. Notó una presencia detrás de ella y obligó a su boca a sonreír.

—Tú debes de ser Mae.

Mae se giró para encontrarse una cara joven y hermosa suspendida encima de un pañuelo violeta y una blusa de seda blanca.

—Soy Renata —dijo.

—Hola, Renata. Estoy buscando a…

—A Annie. Ya lo sé. Está de camino. —A Renata le salió de la oreja un ruido, un tintineo digital—. Mira, está…

Renata estaba mirando a Mae pero viendo otra cosa. Interfaz retinal, supuso Mae. Otra innovación que había nacido allí.

—Está en el Viejo Oeste —dijo Renata, volviendo a mirar a Mae—, pero llegará pronto.

Mae sonrió.

—Espero que lleve galletas y un caballo bien recio.

Renata sonrió cortésmente pero no se rió. Mae sabía que la empresa bautizaba cada parte del campus con el nombre de una época histórica; era una estrategia para que aquel lugar enorme resultara menos impersonal y menos corporativo. Mucho mejor que llamar a los sitios Edificio 3B-Este, como hacían en el último sitio donde Mae había trabajado. Solo habían pasado tres semanas desde su último día de trabajo en las instalaciones municipales de su pueblo —se habían quedado estupefactos al presentar ella su dimisión—, pero ya le parecía imposible el haber malgastado una parte tan grande de su vida allí. Al cuerno con aquel gulag, pensaba Mae, y con todo lo que representaba.

Renata seguía recibiendo señales de su auricular.

—Oh, espera —dijo—. Ahora me está diciendo que está liada. —Renata miró a Mae con una sonrisa radiante—. ¿Por qué no te acompaño a tu mesa? Me dice Annie que pasará a buscarte dentro de una hora más o menos.

Mae se emocionó un poco al oír aquello, «tu mesa», y se acordó inmediatamente de su padre. Su padre estaba orgulloso. «Muy orgulloso», le había dejado grabado en el buzón de voz; debía de haberle grabado el mensaje a las cuatro de la madrugada. Ella lo había encontrado al despertarse. «Muy, muy orgulloso», le había dicho con voz estrangulada. No hacía ni dos años que Mae se había licenciado y allí estaba ahora, trabajando remuneradamente para el Círculo, con seguro médico incluido y con un apartamento en la ciudad; por fin ya no era una carga para sus padres, que tenían otras muchas cosas de que preocuparse.

Mae siguió a Renata hasta el exterior del atrio. En el jardín salpicado de luz había un par de jóvenes sentados sobre un montículo artificial, con una especie de tablet transparente en las manos y hablando con gran intensidad.

—Tú estarás en el Renacimiento, que es aquello —le dijo Renata, señalando al otro lado del jardín, en dirección a un edificio de cristal y cobre oxidado—. Es donde está toda la gente de Experiencia del Cliente. ¿Habías venido aquí alguna vez?

Mae asintió con la cabeza.

—Sí. Unas cuantas veces, pero a ese edificio no.

—Así que has visto la piscina, la zona deportiva. —Renata hizo un gesto con la mano en dirección a un paralelogramo azul y al edificio enorme y anguloso, el gimnasio, que se elevaba tras él—. Por allí están los centros de yoga, crossfit, pilates, masajes, spinning… Me han dicho que haces spinning, ¿no? Ahí detrás están las pistas de petanca y el nuevo espacio para jugar a espiro. La cafetería está al otro lado del césped… —Renata señaló la exuberante extensión verde, donde había un puñado de personas con ropa de trabajo y desparramados como si estuvieran tomando el sol en la playa—. Y ya hemos llegado.

Se detuvieron delante del Renacimiento, también provisto de un atrio de diez metros, con un móvil de Calder girando lentamente en las alturas.

—Ah, me encanta Calder —dijo Mae.

Renata sonrió.

—Sí, ya lo sé. —Se lo quedaron mirando juntas—. Este estaba colgado en el Parlamento de Francia. O algo parecido.

El viento que las había seguido hasta el interior hizo girar ahora el móvil de tal manera que uno de sus brazos se quedó señalando a Mae, como si le diera la bienvenida en persona. Renata la cogió del codo.

—¿Estás lista? Subamos por aquí.

Entraron en un ascensor de cristal ligeramente tintado de color naranja. Las luces se encendieron y Mae vio que aparecía su nombre en las paredes, junto con su foto del anuario de su instituto. BIENVENIDA, MAE HOLLAND. A Mae le salió un ruido de la garganta, casi como una exclamación ahogada. Llevaba años sin ver aquella foto y se alegraba mucho de haberla perdido de vista. Debía de ser cosa de Annie, atacarla una vez más con aquella imagen. Estaba claro que la chica de la foto era Mae —la boca ancha, los labios finos, la piel cetrina y el pelo negro—, pero en aquella foto, más que al natural, sus pómulos marcados le daban una expresión severa, y sus ojos castaños no sonreían, sino que se limitaban a mostrarse pequeños y fríos, listos para la guerra. Desde la época de la foto —en la que salía con dieciocho años, furiosa e insegura— Mae había ganado un peso que la favorecía mucho; la cara se le había suavizado y le habían salido curvas, unas curvas que llamaban la atención a hombres de todas las edades y motivaciones. Después de acabar la secundaria, se había esforzado por ser más abierta y más tolerante, y ahora la puso nerviosa el hecho de ver allí aquel documento de una época remota, en la que ella siempre estaba pensando mal del mundo. Justo cuando ya no la podía soportar más, la foto desapareció.

—Sí, todo funciona con sensores —le dijo Renata—. El ascensor lee tu acreditación y te saluda. Esa foto nos la dio Annie. Debéis de ser muy amigas si tiene fotos tuyas del instituto. En todo caso, espero que no te moleste. Es algo que hacemos sobre todo con las visitas. Y normalmente se quedan impresionadas.

A medida que el ascensor subía, fueron apareciendo por las paredes del ascensor las actividades programadas para la jornada, imágenes y texto que se desplazaban de un panel al siguiente. Cada anuncio venía acompañado de vídeo, fotos, animación y música. A mediodía había un pase de *Koyaanisqatsi*, a la una demostración de automasajes y a las tres refuerzo abdominal. Un congresista del que Mae no había oído hablar nunca, canoso pero joven, daba una rueda de prensa en el Ayuntamiento a las seis y media. En la puerta del ascensor se lo veía hablar en un estrado, con banderas ondeando detrás, remangado y cerrando los puños para mostrar su severidad.

Las puertas se abrieron, partiendo al congresista por la mitad.

—Ya hemos llegado —dijo Renata, saliendo a una estrecha pasarela de rejilla de acero.

Mae bajó la vista y notó que se le encogía el estómago. Podía ver hasta la planta baja, cuatro niveles más abajo.

Mae intentó aparentar ligereza.

—Supongo que no ponéis aquí arriba a nadie con vértigo.

Renata se detuvo y se giró hacia Mae, con cara de preocupación.

—Por supuesto que no. Pero tu perfil decía...

—No, no —dijo Mae—. No me pasa nada.

—En serio. Te podemos poner más abajo si...

—No, no. En serio. Está perfecto. Lo siento. Estaba de broma.

Renata estaba visiblemente agitada.

—Vale. Tú dímelo si hay algún problema.

—Te lo diré.

—¿De verdad? Porque Annie querrá que me asegure.

—De verdad, te lo prometo —dijo Mae, y sonrió a Renata, que se recuperó y siguió andando.

La pasarela llegó a la planta principal, amplia, llena de ventanas y dividida en dos por un largo pasillo. A ambos lados, las oficinas tenían fachadas de cristal del suelo al techo, con sus ocupantes visibles en el interior. Todos ellos tenían su espacio decorado de forma elaborada pero con gusto: una oficina estaba llena de parafernalia marítima, la mayor parte de la cual parecía flotar en el aire, colgada de las vigas al descubierto, mientras que en otra había hileras de bonsáis. Pasaron frente a una pequeña cocina con todos los armarios y los estantes de cristal y la cubertería magnética, pegada a la nevera en filas pulcras, todo iluminado por una enorme araña de luces donde resplandecían bombillas multicolores, extendiendo sus brazos de color naranja, melocotón y rosa.

–Pues esta es la tuya.

Se detuvieron ante un cubículo, gris, pequeño y cubierto de un material que parecía lino sintético. A Mae se le cayó el alma a los pies. Era casi exactamente igual que el cubículo donde había estado trabajando los últimos dieciocho meses. Era lo primero que veía en el Círculo que no había sido replanteado, que guardaba algún parecido con el pasado. El material que cubría las paredes del cubículo era –ella no se lo creía, le parecía imposible– arpillera.

Mae era consciente de que Renata la estaba observando y también de que su propia cara estaba traicionando algo parecido al horror. Sonríe, pensó. Sonríe.

–¿Te parece bien? –dijo Renata, recorriendo rápidamente la cara de Mae con la mirada.

Mae obligó a su boca a indicar algún nivel de satisfacción.

–Genial. Es bonito.

No era lo que se había esperado.

–Muy bien, pues. Te dejo para que te familiarices con el espacio de trabajo, y enseguida vendrán Denise y Josiah para orientarte y darte lo que necesites.

Mae volvió a componer una sonrisa, y Renata dio media vuelta y se marchó. Mae se sentó, notando que el respaldo estaba medio roto y que la silla no se movía, tenía las ruedas atascadas, todas las ruedas. Le habían puesto un ordenador en la mesa, pero era un modelo muy antiguo que ella no había visto en ninguna otra parte del edificio. Mae estaba desconcertada, y su estado de ánimo se desplomó en el mismo abismo donde había pasado los últimos años.

¿Acaso alguien todavía trabajaba en una empresa de servicios públicos? ¿Cómo había acabado Mae trabajando allí? ¿Cómo lo había tolerado? Cuando la gente le preguntaba dónde trabajaba, casi prefería mentir y decir que no tenía trabajo. ¿Acaso la cosa habría sido mejor de no haber estado en su pueblo?

Después de seis años aproximadamente de odiar su pueblo y de maldecir a sus padres por haberse mudado allí y por someterla a aquello, a sus limitaciones y a su escasez de todo –diversiones, restaurantes, mentes iluminadas–, recientemente Mae había empezado a recordar Longfield con algo parecido a la ternura. Era un pueblecito situado entre Fresno y Tranquillity, constituido en municipalidad y bautizado en 1866 en honor de un granjero sin imaginación. Ciento cincuenta años más tarde, su población había crecido hasta quedarse un poco por debajo de las dos mil almas, la mayoría de las cuales trabajaban en Fresno, a unos treinta kilómetros de distancia. Vivir en Longfield era barato, y los padres de las amigas de Mae eran guardias de seguridad, maestros y camioneros aficionados a la caza. De las ochenta y dos personas que se habían graduado en la promoción de Mae, ella era una de las doce que habían ido a una universidad de cuatro años, y la única que había ido al este de Colorado. El hecho de que se marchara tan lejos, y contrajera una deuda tan grande, solo para regresar y trabajar para el Ayuntamiento local, era algo que la destrozaba, y también a sus padres, aunque de puertas afuera dijeran que su hija estaba haciendo lo correcto, aprovechando una oportunidad sólida y empezando a pagar sus créditos de estudios.

El edificio de los servicios municipales, el 3B-Este, era un bloque funesto de cemento con ventanas en forma de estrechas ranuras verticales. Por dentro, la mayoría de las oficinas tenían las paredes de hormigón y todo estaba pintado de un verde horrible. Era como trabajar en un vestuario. Mae era aproximadamente una década más joven que el resto de los ocupantes del edificio, y hasta los que estaban en la treintena eran de otro siglo. Se maravillaban de las habilidades de ella con los ordenadores, que eran básicas y comunes a todo el mundo que ella conocía. Pese a todo, sus compañeros de trabajo en el edificio municipal estaban asombrados. La llamaban «Centella Negra», en referencia casposa a su pelo, y le decían que tenía «un porvenir muy halagüeño» en la gestión municipal si jugaba bien sus cartas. ¡En cuatro o cinco años, le decían, podría ser jefa de informática de toda la subestación! La exasperación de ella no conocía límites. No había ido a la universidad, pagando 234.000 dólares de formación de élite en el terreno de las humanidades, para acabar en un trabajo así. Pero era un trabajo, y a ella le hacía falta el dinero. Sus créditos de estudios eran voraces y exigían ser alimentados todos los meses, de manera que aceptó el trabajo y el sueldo y se mantuvo alerta por si aparecía algo mejor.

Su supervisor inmediato era un hombre llamado Kevin, que trabajaba como director visible de tecnología del departamento de servicios públicos pero que, paradójicamente, no sabía nada de tecnología. Sabía de cables y de salidas dobles; debería haber estado manejando un equipo de radioaficionado en su sótano en lugar de supervisar a Mae. Cada día de cada semana llevaba la misma camisa de botones de manga corta y las mismas corbatas de colores oxidados. Era ofensivo a todos los sentidos, con un aliento que olía a jamón y un bigote peludo y alborotado, como dos patitas que emergían, hacia el sudeste y el sudoeste, de unos orificios nasales enormes.

No habría habido problema, pese a sus muchas ofensas, de no ser por el hecho de que estaba convencido de que a Mae le importaba todo aquello. Estaba convencido de que a Mae, licenciada por Carleton, llena de sueños especiales y dorados, le importaba su trabajo en el departamento de gas y electricidad. De que ella se preocuparía si Kevin consideraba que no había rendido lo suficiente durante un día determinado. Aquello la ponía furiosa.

Las ocasiones en que él la llamaba a su despacho, en que cerraba la puerta y se sentaba en una esquina de su mesa, eran atroces. «¿Sabes por qué te he hecho venir?», le preguntaba, como si fuera un policía de carreteras que la hubiera hecho parar. En otras ocasiones, cuando estaba contento del trabajo que ella había hecho esa jornada, hacía algo peor: la elogiaba. La definía como «su protegida». Le encantaba aquella palabra. La presentaba a las visitas así, diciendo «Esta es mi protegida, Mae. Es bastante espabilada, la mayoría del tiempo», y le guiñaba un ojo como si él fuera un capitán y ella su segundo de a bordo, los dos veteranos de muchas aventuras sonadas y devotos el uno del otro para siempre. «Si ella misma no se lo impide, le espera un futuro halagüeño.»

Ella no lo podía soportar. Cada día que había pasado trabajando allí, los dieciocho meses, se había preguntado si tal vez podría pedirle un favor a Annie. Nunca se le había dado bien pedir aquella clase de cosas: que la rescataran, que la sacaran de allí. La idea la hacía sentirse una molestia, un engorro, un «incordio», como lo llamaba su padre, algo que no le salía con naturalidad. Sus padres eran personas discretas a quienes no les gustaba molestar a los demás, personas discretas y orgullosas que no aceptaban regalos de nadie.

Y Mae era igual, pero aquel trabajo la estaba convirtiendo en otra persona, en alguien capaz de hacer lo que fuera para marcharse. Todo resultaba repulsivo. Había literalmente una fuente de oficina. Había literalmente fichas perforadas. Certificados de mérito cada vez que alguien hacía algo que se consideraba especial. ¡Y el horario! ¡De nueve a cinco, nada menos! Todo daba la sensación de ser de otra época, de una época justamente olvidada, y le infundía a Mae la sensación de que no solo ella estaba echando su vida a perder, sino que la empresa entera estaba echando a perder la vida en general, desperdiciando potencial humano y ralentizando la rotación del planeta. Y el cubículo que ella tenía en aquel lugar era un concentrado de todo aquello. Las mamparas que la rodeaban, destinadas a facilitar que se concentrara plenamente en el trabajo que tenía entre manos, estaban cubiertas de arpillera, como si cualquier otro material la fuera a distraer, o bien fuera a sugerirle formas más exóticas de pasar su tiempo. De manera que se había pasado dieciocho meses en una oficina donde pensaban que, de todos los materiales que ofrecían el hombre y la naturaleza, el único que su plantilla debía ver, todo el día y todos los días, fuera la arpillera. Una arpillera a granel, arpillera de pobres, rebajada de precio. Juraba por Dios, para sus adentros, que cuando se marchara de allí jamás volvería a tocar aquel material, ni siquiera a admitir su existencia.

Y no esperaba volver a verlo. ¿Con qué frecuencia, después del siglo XIX, con la excepción de las tiendas del siglo XIX, se encontraba uno arpillera? Mae daba por sentado que no se la encontraría nunca más, y sin embargo allí estaba ahora, en aquella nueva oficina del Círculo, y cuando la vio, y sintió su olor a moho, se le llenaron los ojos de lágrimas:

—Puta arpillera —murmuró para sus adentros.

De pronto oyó un suspiro a sus espaldas, seguido de una voz.

—Ahora me da por pensar que esto no ha sido tan buena idea.

Mae se dio la vuelta y se encontró a Annie, con los brazos en jarras y los puños cerrados, con pose de niña enfurruñada.

–Puta arpillera –dijo Annie, imitando su mohín, y luego se echó a reír. Cuando se le pasó la risa, consiguió decir–: Ha sido increíble. Muchas gracias, Mae. Sabía que lo odiarías, pero quería ver cuánto. Siento que hayas estado a punto de llorar. Joder.

Ahora Mae miró a Renata, que tenía las manos en alto en gesto de rendición.

–¡No ha sido idea mía! –dijo–. ¡Me ha obligado Annie! ¡No me odies!

Annie soltó un suspiro de satisfacción.

–He tenido que comprar este cubículo en Walmart. ¡Y el ordenador! Me costó una eternidad encontrarlo en internet. Yo pensaba que podríamos traer un trasto parecido del sótano o algo similar, pero la verdad es que en todo el campus no tenemos nada que sea así de viejo y de feo. Por Dios, tendrías que haberte visto la cara.

A Mae le latía el corazón con fuerza.

–Tía, tú estás enferma.

Annie fingió confusión.

–¿Yo? Yo no estoy enferma. Yo soy la leche.

–No me puedo creer que te hayas esforzado tanto para hacérmelo pasar mal.

–Pues sí. Así es como he llegado a donde estoy. Todo es cuestión de planificación y de puesta en práctica. –Le dedicó a Mae un guiño de vendedor y a Mae se le escapó la risa. Annie era una lunática–. Ahora vámonos. Voy a enseñarte todo esto.

Mientras la seguía, Mae tuvo que recordarse a sí misma que Annie no siempre había sido una alta ejecutiva de una empresa como el Círculo. Hubo un tiempo, apenas hacía cuatro años, en que Annie era una estudiante universitaria que llevaba pantalones de pijama de franela de hombre a clase, a las cenas y a las citas informales. Annie era lo que uno de sus novios, y había habido muchos, siempre monógamos y siempre formales, llamaba una friki. Pero podía permitirse serlo. Su familia tenía dinero, desde hacía muchas generaciones, y además era muy guapa, tenía unas pestañas muy largas, un hoyuelo en la barbilla y un pelo tan rubio que solo podía ser natural. Todo el mundo conocía su efervescencia y su incapacidad aparente para dejar que nada la molestara más de un minuto. Pero también era una friki. Era flaca y desgarbada, y usaba las manos de forma exagerada, peligrosamente, cuando hablaba, y era propensa a irse grotescamente por las ramas en las conversaciones y a las obsesiones extrañas: las cuevas, la perfumería amateur o la música doo-wop. Era amiga de todos sus ex, de todos sus líos y de todos los profesores (los conocía a todos en persona y les mandaba regalos). Había estado involucrada en casi todos los clubes y causas de la universidad, o bien los había dirigido, y sin embargo encontraba tiempo para dedicarse en cuerpo y alma a su trabajo de curso –bueno, a todo–, mientras que en las fiestas siempre era la más dispuesta a ponerse en ridículo para que los demás se relajaran y también la última en marcharse. La única explicación racional de todo esto habría sido que no durmiera, pero no era el caso. Dormía de forma opulenta, entre ocho y diez horas al día, podía dormir en cualquier parte, en los trayectos en coche de tres minutos, en el reservado mugriento de una cafetería cercana al campus, en los sofás de la gente, en cualquier momento y lugar.

Mae sabía todo esto de primera mano, puesto que había hecho de chófer para Annie en muchos trayectos largos, por toda Minnesota, Wisconsin y Iowa, con rumbo a incontables y casi siempre insignificantes competiciones de cross-country. Mae había conseguido una beca parcial para correr en Carleton, que era donde había conocido a Annie, dos años mayor, a quien se le daba bien correr sin apenas esforzarse, aunque solo le preocupaba de vez en cuando el hecho de si ella, o el equipo, perdían o ganaban. En una competición Annie se entregaba por completo, provocando a los oponentes e insultando sus uniformes o bien sus resultados en los exámenes de aptitud académica, y en la siguiente se mostraba completamente desinteresada en el resultado pero contenta de estar participando. Y durante aquellos largos trayectos en su coche, que ella prefería que condujera Mae, Annie ponía en alto los pies descalzos o bien los sacaba por la ventanilla, y empezaba a hablar ociosamente sobre el paisaje que atravesaban, o bien se pasaba horas especulando acerca de lo que ocurría en el dormitorio de sus entrenadores, un matrimonio con peinados idénticos y casi militares. Mae se reía de todo lo que decía Annie, y aquello la distraía de las competiciones, donde ella, a diferencia de Annie, necesitaba ganar, o por lo menos clasificarse bien, para justificar el subsidio que le había suministrado la universidad. Siempre llegaban pocos minutos antes de la competición, y Annie se había olvidado de en qué carrera tenía que correr, o bien el hecho mismo de si tenía que correr.

Así pues, ¿cómo era posible que aquella persona dispersa y ridícula, que seguía llevando un pedazo de su manta de infancia a todas partes en el bolsillo, hubiera ascendido tanto y tan deprisa por el Círculo? Ahora era una de las cuarenta mentes más cruciales de la empresa –la Banda de los 40–, con acceso a sus planes y datos más secretos. ¿O que pudiera forzar la contratación de Mae sin esfuerzo alguno? ¿O que pudiera organizarlo todo en una simple cuestión de semanas después de que Mae se tragara finalmente su orgullo y le pidiera el favor? Aquello daba fe de la voluntad interior de Annie, de su misteriosa y crucial noción del destino. Por fuera, Annie no daba señales de poseer una ambición llamativa, pero Mae estaba segura de que dentro de Annie había algo que insistía en aquello, en el hecho de que ella debía estar allí, en aquel puesto, sin importar de donde viniera. Si hubiera crecido en la tundra siberiana, ciega e hija de pastores, aun así habría llegado a donde estaba ahora.

–Gracias, Annie –se oyó decir a sí misma.

Atravesaron unas cuantas salas de conferencias y áreas de descanso y se adentraron en la nueva galería de la empresa, donde colgaba media docena de obras de Basquiat, recién adquiridas de un museo casi arruinado de Miami.

–No las merecen –dijo Annie–. Y siento que estés en Experiencia del Cliente. Sé que parece una mierda, pero te aseguro que la mitad de los altos cargos de la empresa empezaron ahí. ¿Me crees?

–Te creo.

–Bien, porque es verdad.

Salieron de la galería y entraron en la cafetería de la segunda planta –«El Comedor de Cristal... ya sé, es un nombre espantoso», le dijo Annie–, diseñada para que los comensales comieran repartidos en nueve niveles distintos, con todos los suelos y las paredes de cristal. A primera vista daba la sensación de que había un centenar de personas comiendo suspendidas en el vacío.

Atravesaron la Sala de Préstamo, donde se prestaba cualquier cosa, de bicicletas a telescopios pasando por alas delta, gratis, a cualquier miembro de la plantilla, y luego entraron en el acuario, un proyecto defendido por uno de los fundadores. Se plantaron ante un tanque, tan alto como ellas, lleno de medusas, lentas y fantasmagóricas, que ascendían y descendían sin razón ni dinámica aparente.

—Te voy a estar vigilando —dijo Annie—, y cada vez que hagas algo magnífico me aseguraré de que se entere todo el mundo para que no tengas que estar mucho tiempo ahí. Aquí la gente asciende de forma bastante segura, y ya sabes que contratamos casi exclusivamente a gente de dentro. De manera que haz las cosas bien y mantén la cabeza gacha y te asombrará lo deprisa que vas a salir de Experiencia del Cliente y cazar algún puesto suculento.

Mae miró a los ojos de Annie, que resplandecían bajo la luz del acuario.

—No te preocupes. Estoy contenta de estar en cualquier puesto de aquí.

—Es mejor estar al pie de un escalafón por el que quieres subir que en medio de uno por el que no, ¿verdad? De una mierda de escalafón hecho de mierda…

Mae se rió. Fue la impresión de oír aquellas palabrotas procedentes de una cara tan dulce.

—¿Siempre has dicho tantas palabrotas? No recuerdo esa faceta tuya.

—Lo hago cuando estoy cansada, que es casi siempre.

—Con lo dulce que eras…

—Lo siento. ¡Joder, lo siento, Mae! ¡Me cago en la puta, Mae! Vale. Vamos a ver más cosas. ¡La perrera!

—¿Hoy no trabajamos o qué? —preguntó Mae.

—¿Trabajar? Esto *es* trabajar. Esta es la tarea que te asignan el primer día: familiarizarte con el lugar y con la gente y aclimatarte. ¿Sabes cuando te ponen suelos nuevos de madera en casa…?

—Pues no.

—Bueno, pues cuando te los pongan vas a tener que dejarlos ahí diez días, para que la madera se aclimate. Y luego te instalas.

—Y en esta comparación, ¿la madera soy yo?

—La madera eres tú.

—Y luego me instalo.

—Sí, luego te instalamos. Te clavamos con diez mil clavos pequeñitos. Te va a encantar.

Visitaron la perrera, un concepto ideado por Annie, cuyo perro, el Doctor Kinsmann, acababa de fallecer, pero que había pasado unos cuantos años de felicidad allí, sin necesidad de alejarse de su propietaria. ¿Por qué iban miles de empleados a dejar sus perros en casa cuando los podían traer aquí, para que estuvieran con gente y con otros perros y tuvieran quien los cuidara en vez de estar solos? Este había sido el razonamiento de Annie, rápidamente aceptado y ahora considerado visionario. Visitaron a continuación la discoteca —que a menudo se usaba de día para algo llamado baile extático, que según Annie era muy buen ejercicio—, después vieron el enorme anfiteatro al aire libre y el pequeño teatro interior —«Aquí hay unos diez grupos de improvisación cómica»—, y por fin llegaron al almuerzo en la cafetería principal de la primera planta, en cuyo rincón, sobre una tarima, había un hombre tocando la guitarra que se parecía a un cantautor ya mayor al que los padres de Mae escuchaban…

—¿Ese no es…?

—Sí —dijo Annie, sin aminorar la marcha—. Hay alguien todos los días. Músicos, humoristas, escritores. Es el proyecto personal de Bailey, traerlos aquí para que puedan tener visibilidad, sobre todo teniendo en cuenta lo mal que están las cosas ahí fuera para ellos.

—Sabía que venían a veces, pero ¿dices que es todos los días?

—Los contratamos con un año de antelación. Tenemos que sacudírnoslos de encima.

El cantautor estaba cantando apasionadamente, con la cabeza inclinada y el pelo cubriéndole los ojos, rasgando febrilmente la guitarra con los dedos, pero la enorme mayoría de la cafetería le prestaba poca atención o ninguna.

—No me imagino cuánto debe de costar eso —dijo Mae.

—Oh, por Dios, no les pagamos. Ah, espera, a este tipo lo tienes que conocer.

Annie detuvo a un hombre llamado Vipul, que según Annie pronto iba a reinventar la televisión entera, un medio que estaba más encallado que ningún otro en el siglo xx.

—En el diecinueve más bien —dijo él, con un ligero acento indio y un inglés preciso y distinguido—. Es el último sitio en el que los clientes nunca consiguen lo que quieren. El último vestigio de la organización feudal entre el creador y el espectador. ¡Ya no somos vasallos! —dijo, y enseguida se excusó.

—Este tipo está a otro nivel —dijo Annie mientras cruzaban la cafetería.

Se detuvieron en otras cinco o seis mesas, conociendo a gente fascinante, todos los cuales trabajaban en algo que Annie calificó de «revolución mundial», «cambio histórico» o «cincuenta años por delante de su época». El espectro de trabajos que se llevaban a cabo allí era asombroso. Conocieron a un par de mujeres que estaban trabajando en un vehículo de exploración submarina que haría que la fosa de las Marianas dejara de ser un misterio.

—Harán un mapa de la fosa como si fuera Manhattan —dijo Annie, y ninguna de las mujeres le discutió la hipérbole.

Se detuvieron junto a una mesa donde había un trío de jóvenes mirando una pantalla incorporada a la mesa que mostraba planos en 3-D de un nuevo tipo de vivienda de bajo coste que se podía adoptar por todo el mundo en vías de desarrollo.

Annie cogió de la mano a Mae y tiró de ella hacia la salida.

—Ahora vamos a ver la Biblioteca Ocre. ¿Has oído hablar de ella?

Mae no había oído hablar de ella, pero no quería confesarlo.

Annie le echó una mirada de complicidad.

—En realidad no deberías verla, pero yo digo que sí.

Entraron en un ascensor de metacrilato y neón y ascendieron por el atrio, a lo largo de cinco niveles de plantas y oficinas visibles.

—No entiendo cómo estas cosas pueden encajar en el balance final —dijo Mae.

—Oh, Dios, yo tampoco lo entiendo. Pero esto ya no es una simple cuestión de dinero, como imagino que sabrás. Hay suficientes ingresos para mantener las pasiones de la comunidad. Esos tipos que trabajan en las casas sostenibles eran programadores, pero un par de ellos estudiaron arquitectura. De manera que escribieron una propuesta, y a nuestros Sabios les entusiasmó. Sobre todo a Bailey. Le encanta dar rienda suelta a la curiosidad de las grandes mentes jóvenes. Y su biblioteca es una locura. Es en esta planta.

Salieron del ascensor a un largo pasillo, este con acabado de madera de cerezo oscura y nogal, donde una serie de arañas de luces emitían una serena luz de color ámbar.

—Qué clásico —comentó Mae.

—Has oído hablar de Bailey, ¿verdad? Le encantan estos rollos antiguos. Caoba, bronce, vidrieras de colores. Es su estética. En el resto de los edificios está en franca minoría, pero aquí hace lo que quiere. Mira esto.

Annie se detuvo ante un cuadro de gran tamaño, un retrato de los Tres Sabios.

—Espantoso, ¿verdad? —dijo.

El cuadro era torpe, como si lo hubiera pintado un artista de instituto de secundaria. En él los tres hombres, los fundadores de la empresa, estaban colocados en formación piramidal, los tres vestidos con sus mejores galas y con expresiones que hablaban, caricaturescamente, de sus personalidades. Ty Gospodinov, el visionario y niño prodigio del Círculo, llevaba unas gafas anodinas y una capucha enorme, sonriente y mirando a la izquierda; parecía estar disfrutando del momento, él solo, sintonizado con una frecuencia lejana. La gente decía que bordeaba el síndrome de Asperger, y la imagen parecía subrayar esa idea. Con su pelo negro y descuidado y su cara sin arrugas no aparentaba más de veinticinco años.

—A Ty se lo ve perdido, ¿verdad? —dijo Annie—. Pero no es posible que lo estuviera. Ninguno de nosotros estaría aquí si él no fuera también un genio de la dirección empresarial. Debería explicarte la dinámica. Vas a ascender deprisa, o sea que te la explicaré.

Ty, cuyo nombre completo era Tyler Alexander Gospodinov, era el primer Sabio, explicó Annie, y todo el mundo lo llamaba Ty a secas.

—Eso lo sé —dio Mae.

—Ahora no me interrumpas. Te estoy dando la misma charla que les doy a los jefes de Estado.

—Vale.

Annie continuó.

Ty era consciente de ser, en el mejor de los casos, socialmente torpe, y en el peor un completo desastre para las relaciones interpersonales. Así pues, apenas seis meses antes de que la empresa saliera a Bolsa, tomó una decisión tan sagaz como provechosa: contrató a los otros dos Sabios, Eamon Bailey y Tom Stenton. La maniobra tranquilizó a los inversores y acabó triplicando el valor de la empresa. La salida a Bolsa cosechó tres mil millones de dólares, una cifra sin precedentes pero no inesperada, y una vez olvidadas todas las preocupaciones monetarias, y con Stenton y Bailey a bordo, Ty fue libre de flotar, de esconderse y de desaparecer. A cada mes que pasaba se lo veía menos por el campus y en los medios. Se fue volviendo un ermitaño, y su aura personal, de forma intencionada o no, se magnificó. Los espectadores del Círculo se preguntaban: «¿Dónde está Ty y qué anda tramando?». Sus planes se mantenían en secreto hasta el momento mismo de anunciarse, y cada vez que el Círculo presentaba alguna novedad estaba menos claro si venía del propio Ty o si era producto del grupo cada vez más grande de inventores, los mejores del mundo, que ahora la empresa tenía en su redil.

La mayoría de los observadores daban por sentado que él continuaba involucrado, y algunos insistían en que tanto su impronta personal como su talento para las soluciones globales, elegantes e infinitamente ajustables a escala, seguían presentes en todas las innovaciones importantes del Círculo. Había fundado la empresa al acabar el primer año de la universidad, sin ninguna visión particular para los negocios ni metas mensurables. «Solíamos llamarlo Niágara —decía su compañero de piso en uno de los primeros artículos publicados sobre él—. Las ideas le salían así, le brotaban de la cabeza a millones, a cada segundo de cada día, era una cosa sobrecogedora, no se acababa nunca.»

Ty diseñó el sistema inicial, el Sistema Operativo Unificado, que combinaba todas las cosas de la red que hasta entonces habían estado separadas y mal hechas: los perfiles de usuarios de medios sociales, sus sistemas de pago, sus distintas contraseñas, sus cuentas de correo electrónico, sus nombres de usuario, sus preferencias y todas y cada una de sus herramientas y manifestaciones de intereses. La vieja forma de hacer las cosas –una transacción nueva y un sistema nuevo para cada página y cada compra– era como coger un coche distinto para hacer cada recado. «Lo normal no es que necesites tener ochenta y siete coches», diría más tarde, después de que su sistema hubiera conquistado la red y el mundo.

Así pues, lo que hizo él fue ponerlo todo, todas las necesidades y herramientas de todos los usuarios, en un solo recipiente, y así es como inventó TruYou: una sola cuenta, una sola identidad, una sola contraseña y un solo sistema de pago por persona. Se acabaron las demás contraseñas y las identidades múltiples. Tus aparatos sabían quién eras, y tu única identidad –el TruYou, el «yo verdadero», imposible de deformar o enmascarar– era la persona que pagaba, se inscribía, respondía, hacía de espectador y reseñaba, veía y era vista. Tenías que usar tu nombre de verdad, que estaba vinculado con tus tarjetas de crédito y tu banco, de manera que pagar siempre resultaba simple. Un solo botón para el resto de tu vida en la red.

Para usar cualquiera de las herramientas del Círculo, que eran las mejores, las más dominantes, ubicuas y gratuitas, tenías que hacerlo como tú mismo, como tu yo real, como tu TruYou. Se había acabado la era de las identidades falsas, de los robos de identidad, de los nombres múltiples de usuarios, de las contraseñas y los sistemas de pago complicados. Cada vez que querías ver algo, usar algo, comentar sobre algo o comprar algo, había un solo botón, una sola cuenta, todo bien ligado y fácil de rastrear y simple, todo operable por medio del teléfono móvil o el ordenador portátil, la tablet o el retinal. En cuanto te hacías con ella, tu cuenta única ya te llevaba hasta el último rincón de la red, hasta el último portal y la última página de pago, hasta todo lo que quisieras hacer.

TruYou cambió internet, de cabo a rabo, en el curso de un año. Aunque había páginas que al principio se resistieron, y los defensores de internet libre clamaron por el derecho de ser anónimo en la red, TruYou se propagó como un maremoto y aplastó toda oposición significativa. Empezó con las páginas comerciales. ¿Por qué iba una página no pornográfica a querer usuarios anónimos cuando podía saber exactamente quién estaba entrando por su puerta? De la noche a la mañana, todos los foros de comentarios se volvieron civilizados y todos los que posteaban se volvieron responsables. Los trolls, que hasta entonces habían sido más o menos los dueños de internet, fueron repelidos de vuelta a las tinieblas.

Por su parte, quienes deseaban o necesitaban rastrear los movimientos de los consumidores en la red habían dado con su Valhalla: ahora los auténticos hábitos de compra de la gente real se podían registrar y calibrar en gran medida, gracias a lo cual el marketing se podía orientar con precisión quirúrgica. La mayoría de los usuarios de TruYou, la mayoría de los usuarios de internet que solo querían simplicidad, eficiencia y una experiencia limpia y funcional, se quedaron encantados con los resultados. Ya no les hacía falta memorizar doce identidades y contraseñas; ya no necesitaban tolerar la locura y la rabia de las hordas anónimas; ya no tenían que aguantar marketing al por mayor que, en el mejor de los casos, intentaba acertar tus gustos y erraba el tiro por un kilómetro. Ahora los mensajes que uno recibía eran precisos y certeros y, en la mayoría de las ocasiones, hasta bienvenidos.

Y Ty había llegado a todo esto más o menos por accidente. Estaba cansado de recordar identidades, de introducir contraseñas y la información de su tarjeta de crédito, de manera que diseñó un código que lo simplificara todo. ¿Acaso usó a propósito las letras de su nombre en TruYou? Según él, solo fue consciente de la coincidencia más adelante. ¿Acaso tenía alguna idea de las implicaciones comerciales de TruYou? Él afirmaba que no, y la mayoría de la gente daba por sentado que ese era el caso, que la monetización de las innovaciones de Ty era cosa de los otros dos Sabios, que eran quienes tenían la experiencia y la visión de negocio para hacerla realidad. Fueron ellos quienes explotaron económicamente TruYou, quienes encontraron formas de cosechar ganancias con todas las innovaciones de Ty, y fueron ellos quienes hicieron crecer la empresa hasta convertirla en la fuerza que absorbería en su seno a Facebook, Twitter, Google y por fin a Alacrity, Zoopa, Jefe y Quan.

–Tom no sale muy bien –señaló Annie–. En realidad no tiene tanta pinta de tiburón. Pero he oído decir que a él le encanta el cuadro.

A la izquierda y por debajo de Ty estaba Tom Stenton, el presidente de magnitud colosal y autodenominado «Capitalista Prime» –le encantaban los Transformers–, vestido con traje italiano y sonriendo igual que el lobo que se comió a la abuela de Caperucita Roja. Tenía el pelo oscuro, con vetas grises en las sienes y una mirada inexpresiva e indescifrable. Su modelo eran los agentes bursátiles de Wall Street de los años ochenta, carentes de reparos a la hora de exhibir su riqueza y de mostrarse solteros y agresivos y posiblemente peligrosos. Era un titán global manirroto de cincuenta y pocos años que parecía hacerse más fuerte a cada año, y derrochaba su dinero y su influencia sin miedo. No le daban miedo los presidentes. No le intimidaban los pleitos de la Unión Europea ni las amenazas de los hackers chinos patrocinados por el Estado. Nada le preocupaba, nada le resultaba inalcanzable y nada estaba fuera de su rango salarial. Era propietario de un equipo de la NASCAR y de un par de yates de carreras y pilotaba su propio avión. Era el anacronismo del Círculo, su presidente extravagante, y generaba sentimientos encontrados entre muchos de los jóvenes utópicos del Círculo.

El consumo extravagante al que era aficionado se encontraba notablemente ausente de las vidas de los otros dos Sabios. Ty tenía alquilado un apartamento destartalado de dos dormitorios situado a unos kilómetros de distancia, pero la verdad era que nadie lo había visto llegar nunca al campus ni tampoco marcharse de él; simplemente se daba por sentado que vivía allí. Y todo el mundo sabía dónde vivía Eamon Bailey, en una casa de tres dormitorios muy visible y profundamente modesta, situada en una calle ampliamente accesible a diez minutos del campus. Stenton, sin embargo, tenía casas en todas partes: en Nueva York, en Dubái y en Jackson Hole. Una planta en lo alto de la Millenium Tower de San Francisco. Una isla cerca de la Martinica.

Eamon Bailey, de pie junto a él en el cuadro, parecía estar completamente en paz, y hasta disfrutando, en compañía de aquellos hombres, que eran los dos, por lo menos en apariencia, diametralmente opuestos a los valores de él. Su retrato, debajo y a la derecha del de Ty, lo mostraba tal como era: canoso, de cara rubicunda y ojos centelleantes, risueño y sincero. Era la cara pública de la empresa, la personalidad que todo el mundo asociaba con el Círculo. Cuando sonreía, que era casi constantemente, sonreía su boca, sonreían sus ojos y hasta sus hombros daban la impresión de sonreír. Era mordaz. Era gracioso. Tenía una forma de hablar que resultaba al mismo tiempo lírica y mundana, concediéndoles a sus oyentes expresiones maravillosas y un momento más tarde puro sentido común en el idioma de la calle. Era de Omaha, de una familia de seis miembros excesivamente normal, y no tenía básicamente nada notable en su pasado. Había estudiado en Notre Dame y se había casado con su novia, que había estudiado al lado, en Saint Mary's, y ahora ellos también tenían cuatro hijos, tres hijas y por fin un varón, aunque el niño había nacido con parálisis cerebral. «Ha nacido especial —había dicho Bailey al anunciar el nacimiento a la empresa y al mundo—. Así que lo querremos todavía más.»

De los tres Sabios, Bailey era el que más números tenía de dejarse ver por el campus, para tocar el trombón estilo Dixieland en el concurso de talentos de la empresa, y también el que más números tenía de aparecer en tertulias televisivas en representación del Círculo, soltando risitas cuando hablaba —quitándole importancia— de tal y de cual investigación de la Comisión Federal de Comunicaciones, o bien cuando desvelaba alguna nueva aplicación ultrapráctica o alguna innovación tecnológica que cambiaba las reglas del juego. Le gustaba que lo llamaran Tío Eamon, y cuando se paseaba dando zancadas por el campus, se comportaba como un tío entrañable, un Teddy Roosevelt en su primer mandato, accesible, genuino y vocinglero. Los tres juntos, tanto en la vida real como en aquel retrato, componían un ramillete extraño y discordante, pero no había duda de que la combinación funcionaba. Todo el mundo sabía que funcionaba, aquel modelo tricéfalo de dirección, y prueba de ello es que la dinámica fue emulada por todas las compañías del Fortune 500, con resultados desiguales.

—Entonces —preguntó Mae— ¿por qué no se pudieron pagar un retrato de verdad hecho por alguien que supiera hacer su trabajo?

Cuanto más miraba aquel cuadro, más extraño se volvía. El artista había colocado a los Sabios de tal manera que cada uno tenía puesta una mano en el hombro del de al lado. El resultado no tenía sentido alguno, y desafiaba la forma en que los brazos podían doblarse o estirarse.

—A Bailey le mata de la risa —dijo Annie—. Él lo quería en el vestíbulo principal, pero Stenton lo vetó. Sabes que Bailey es coleccionista y todo eso, ¿no? Tiene un gusto increíble. O sea, tiene imagen de ser el fiestero, el tío normal y corriente de Omaha, pero también es un entendido en arte, y está bastante obsesionado con conservar el pasado, y hasta el arte malo del presente. Espera a ver su biblioteca.

Llegaron a una puerta enorme, que parecía y probablemente fuera medieval, diseñada para mantener a raya a los bárbaros. Al nivel del pecho le sobresalían dos llamadores gigantes en forma de gárgolas, y Mae soltó el chiste fácil.

—Vaya par de melones.

Annie soltó un soplido de burla, pasó la mano por un panel azul de la pared y la puerta se abrió.

Annie se volvió hacia ella.

—Para flipar, ¿no?

Era una biblioteca de tres plantas, tres niveles construidos alrededor de un atrio abierto, todo a base de madera, cobre y plata, una sinfonía de colores apagados. Habría con facilidad diez mil libros, la mayoría encuadernados en cuero y colocados pulcramente en unas estanterías relucientes de barniz. Entre los libros se erigían severos bustos de seres humanos notables, griegos y romanos, Jefferson y Juana de Arco y Martin Luther King. Del techo colgaba una maqueta de la *Spruce Goose*, ¿o tal vez era la *Enola Gay*? Había una docena aproximada de globos terráqueos de anticuario iluminados desde el interior, con una luz suave y mantecosa que calentaba diversas naciones perdidas.

—Muchas de estas cosas las ha comprado cuando estaban a punto de ser subastadas o directamente perdidas. Es su cruzada personal, ya sabes. Visita las fincas caídas en desgracia y habla con la gente que está a punto de verse obligada a malvender terriblemente sus tesoros, y no solo les paga precios de mercado, sino que les da a los propietarios originales acceso ilimitado a las cosas que él les ha comprado. Luego los ves a menudo por aquí, tipos canosos que vienen a leer o a tocar sus cosas. Uy, esto lo tienes que ver. Te va a dejar alucinada.

Annie llevó a Mae escaleras arriba, por los tres rellanos revestidos de intrincados mosaicos, que Mae dio por sentado que eran reproducciones de piezas bizantinas. Subió ayudándose de la barandilla de bronce y reparó en que esta no tenía huellas dactilares ni manchas de ninguna clase. Vio lámparas de lectura verdes de contable, y telescopios entrecruzados de colores cobre y dorado relucientes, orientados al otro lado de las muchas ventanas de cristal biselado.

—Mira hacia arriba —le dijo Annie, y ella obedeció, y se encontró con que el techo era una vidriera que representaba febrilmente una multitud de ángeles desplegados en círculos—. Es de una iglesia de Roma.

Llegaron al piso superior de la biblioteca, y Annie condujo a Mae por una serie de angostos pasillos flanqueados por libros de lomos redondeados, que a ratos le llegaban casi a la coronilla: biblias y atlas, historias ilustradas de guerras y levantamientos, de naciones y de pueblos desaparecidos largo tiempo atrás.

—Muy bien. Mira esto —dijo Annie—. Espera. Antes de enseñártelo, tienes que aceptar un acuerdo verbal de confidencialidad, ¿de acuerdo?

—Vale.

—En serio.

—Te lo digo en serio. Me lo estoy tomando en serio.

—Bien. Ahora, cuando mueva este libro… —dijo Annie, sacando un volumen de gran tamaño titulado *Los mejores años de nuestras vidas*—. Mira ahora —dijo, y retrocedió un paso. Lentamente, la pared, que albergaba un centenar de libros, empezó a moverse hacia dentro, revelando una cámara secreta en el interior—. Frikismo de primera, ¿verdad? —dijo Annie, mientras entraban.

La cámara interior era redonda y estaba llena de libros, pero el foco de atención era un agujero en mitad del suelo, rodeado de una baranda de cobre; por el agujero del suelo descendía un poste, en dirección a las regiones desconocidas de más abajo.

—¿Hace de bombero? —preguntó Mae.

—Ni puñetera idea —dijo Annie.

—¿Adónde va a parar?

—Que yo sepa, va a parar al aparcamiento de Bailey.

A Mae no se le ocurrió ningún adjetivo para aquello.

—¿Tú has bajado alguna vez?

—Qué va, el mero hecho de enseñármelo ya fue un riesgo. Eso me dijo. Y ahora yo te lo estoy enseñando a ti, lo cual es una tontería. Pero es una muestra de la mentalidad del tipo. Puede tenerlo todo y elige tener un poste de bombero que baja siete plantas hasta el aparcamiento.

Del auricular de Annie salió aquel ruido como de una gotita, y ella dijo «Vale» a quien estuviera al otro lado de la línea. Era hora de marcharse.

—Bueno —me dijo Annie en el ascensor. Estaban bajando a las plantas principales del personal—. Tengo que irme a trabajar un rato. Es hora de la inspección de los alevines.

—¿Hora de qué? —preguntó Mae.

—Ya sabes, pequeñas empresas emergentes que confían en que la enorme ballena, o sea nosotros, las encontremos lo bastante sabrosas como para comérnoslas. Una vez por semana montamos una serie de reuniones con esos aspirantes a Ty, y ellos intentan convencernos de que necesitamos adquirirlos. Es un poco triste, porque es que ya ni siquiera fingen que tienen ingresos, ni potencial para conseguirlos. Pero escucha, te voy a poner en manos de dos embajadores de la empresa. Los dos se toman su trabajo muy en serio. De hecho, ándate con ojo con su devoción por el trabajo. Ellos te enseñarán el resto del campus y yo te recogeré para la fiesta del solsticio que hay después, ¿vale? Empieza a las siete.

Las puertas se abrieron a la segunda planta, cerca del Comedor de Cristal, y Annie le presentó a Denise y a Josiah, los dos de veintiséis o veintisiete años, los dos provistos de la misma sinceridad de mirada serena y los dos con camisas de botones sencillas de colores elegantes. Los dos le dieron sendos apretones a Mae con ambas manos y parecieron a punto de hacerle una reverencia.

—Aseguraos de que no trabaje hoy —fueron las últimas palabras de Annie antes de desaparecer otra vez en el ascensor.

Josiah, un tipo flaco y muy pecoso, volvió hacia Mae su mirada de ojos azules que no parpadeaban nunca.

—Nos alegramos muchísimo de conocerte.

Denise, alta, delgada y asiática-americana, sonrió a Mae y a continuación cerró los ojos, como si estuviera saboreando el momento.

—Annie nos lo ha contado todo de vosotras dos, nos ha dicho que os conocéis de siempre. Annie es el alma de este sitio, así que tenemos mucha suerte de tenerte aquí.

—Todo el mundo quiere a Annie —añadió Josiah.

La deferencia que mostraban hacia Mae resultaba algo incómoda. Estaba claro que eran mayores que ella, pero se comportaban como si ella fuera una eminencia de visita.

—En fin, ya sé que quizá resulte en parte redundante —dijo Josiah—, pero si no te importa nos gustaría hacerte la visita guiada completa que les hacemos a los recién llegados. ¿Te parece bien? Prometemos que no será muy pesado.

Mae se rió, les encareció a hacerlo y se puso a seguirlos.

El resto del día fue un revuelo de habitaciones de cristal y presentaciones breves e imposiblemente cálidas. Todo el mundo a quien le presentaban estaba ajetreado, al borde del exceso de trabajo, pero aun así estaban emocionados de conocerla, felices de tenerla allí, cualquier amiga de Annie… Le enseñaron el centro sanitario y le presentaron al médico con rastas que lo llevaba, el doctor Hampton. La llevaron a ver la clínica de urgencias y le presentaron a la enfermera escocesa que admitía a los pacientes. La llevaron a ver los huertos orgánicos, de un centenar de metros cuadrados, donde había dos hortelanos empleados a tiempo completo dando una charla a un grupo de circulistas mientras estos probaban la última cosecha de zanahorias, tomates y col rizada. Luego la llevaron a ver la zona de minigolf, el cine, las boleras y la tienda de comestibles. Por fin, en lo que a Mae le pareció que era la esquina misma del campus —podía ver la verja del otro lado y los tejados de los hoteles de San Vincenzo donde se alojaban los invitados del Círculo—, visitaron las residencias de los empleados de la empresa. Mae había oído hablar de ellas: Annie le había contado que a veces se quedaba a pasar la noche en el campus y que ya prefería aquel alojamiento a su propia casa. Mientras caminaba por los pasillos y veía aquellas pulcras habitaciones, todas con sus relucientes cocinas americanas, mesas de trabajo, sofás de lo más mullido y camas, Mae tuvo que admitir que su atractivo era visceral.

–De momento hay ciento ochenta habitaciones, pero estamos creciendo deprisa –dijo Josiah–. Con unas diez mil personas más o menos en el campus, siempre hay un porcentaje de gente que trabaja hasta tarde o que necesita echar una siesta durante el día. Estas habitaciones siempre están libres y limpias: basta con mirar en internet cuáles están disponibles. Ahora mismo se llenan deprisa, pero el plan es que en los próximos años haya por lo menos varios miles de habitaciones.

–Y después de las fiestas como las de esta noche, siempre se llenan –dijo Denise, con lo que pretendía ser un guiño de complicidad.

La visita continuó a lo largo de la tarde, con una parada para probar la comida de la clase de cocina, que aquel día impartía un famoso chef joven conocido por no desperdiciar ninguna parte de ningún animal. El chef le presentó a Mae un plato llamado «asado de careta de cerdo», que Mae probó y descubrió que sabía como el beicon pero más grasiento. Le gustó mucho. En su recorrido por el campus se cruzaron con otros visitantes, grupos de estudiantes universitarios, cuadrillas de vendedores y lo que parecía ser un senador acompañado de las personas que se hacían cargo de él. Pasaron por un salón recreativo con máquinas de pinball antiguas y una pista de bádminton interior, donde, según Annie, tenían en nómina a un antiguo campeón del mundo. Para cuando Josiah y Denise la devolvieron al centro del campus, ya empezaba a atardecer y el personal estaba instalando antorchas tiki en la hierba y encendiéndolas. Varios millares de circulistas empezaron a congregarse con la puesta del sol, y allí, entre ellos, Mae supo que ya nunca jamás querría trabajar –ni siquiera estar– en ninguna otra parte. Su pueblo natal, junto con el resto de California y el resto de Estados Unidos, le parecían un caos total perdido en un país en vías de desarrollo. Fuera de los muros del Círculo, todo era ruido y pugna, fracaso e inmundicia.

Aquí, sin embargo, todo se había perfeccionado. Las mejores personas habían construido los mejores sistemas, y los mejores sistemas habían cosechado fondos, unos fondos ilimitados que hacían posible aquello: el mejor lugar para trabajar. Y era natural que lo fuera, pensó Mae. ¿Quién podía construir una utopía más que la gente utópica?

—¿Esta fiesta? Esto no es nada —le aseguró Annie a Mae, mientras paseaban junto a la mesa de doce metros del bufet. Se había hecho oscuro y el aire nocturno estaba refrescando, pero en el campus reinaba una calidez inexplicable y brillaban centenares de antorchas rebosantes de luz de color ámbar—. Esta fiesta es idea de Bailey. No es que vaya de Madre Tierra ni nada, pero sí que le gustan las estrellas y las estaciones, de forma que el solsticio es patrimonio suyo. En algún momento aparecerá y dará la bienvenida a todo el mundo, o por lo menos tiene costumbre de hacerlo. El año pasado llevaba una especie de camiseta sin mangas. Está muy orgulloso de sus brazos.

Mae y Annie pasearon por entre la hierba frondosa, llenando sus platos y luego encontrando asiento en el anfiteatro de piedra construido sobre un arcén alto y cubierto de hierba. Annie se dedicó a rellenarle el vaso a Mae con una botella de Riesling que le explicó que se hacía en el mismo campus, una especie de brebaje nuevo que tenía menos calorías y más alcohol. Mae miró al otro lado del césped, hacia las antorchas susurrantes y desplegadas en hileras, cada una de las cuales conducía a los celebrantes a una actividad distinta —limbo, kickball, el baile del Carro Eléctrico—, ninguna de ellas relacionada de ninguna forma con el solsticio. La aparente arbitrariedad y la ausencia de horario imperativo generaban una fiesta que planteaba pocas expectativas y las rebasaba con facilidad. Todo el mundo se puso como una cuba rápidamente y Mae no tardó en perder a Annie, y por fin en perderse del todo, hasta que pudo encontrar el camino que llevaba a las pistas de petanca, que estaban siendo usadas por un pequeño grupo de circulistas de más edad, todos ya en la treintena, para jugar a los bolos con melones. Así consiguió regresar al césped, donde se unió a una partida de un juego que los circulistas llamaban «Ja», y que parecía consistir simplemente en tumbarse, superponiendo los brazos o las piernas o ambas cosas. Cada vez que la persona que tenías al lado decía «Ja», tú también lo tenías que decir. Era un juego espantoso, pero de momento Mae lo necesitaba, porque le estaba dando vueltas la cabeza y se sentía mejor estando horizontal.

—Mira a esta. Qué en paz se la ve —dijo una voz cercana.

Mae se dio cuenta de que la voz, que era de hombre, se estaba refiriendo a ella, de manera que abrió los ojos. Pero no vio a nadie junto a ella. Solo vio el cielo, que estaba en su mayor parte despejado, con volutas de nubes grises sobrevolando rápidamente el campus con rumbo al mar. A Mae se le cerraban los ojos, aunque sabía que no era tarde, no debían de ser más de las diez, y no quería hacer lo que hacía a menudo, que era quedarse dormida después de un par o tres de copas, de manera que se puso de pie y se fue en busca de Annie, o de más Riesling, o de ambas cosas. Encontró el bufet pero lo encontró devastado, como un banquete asaltado por animales o por vikingos, de manera que caminó hasta la barra más cercana, donde se había acabado el Riesling y solo se ofrecía un brebaje a base de vodka y alguna bebida energética. Se marchó de allí, preguntándole a la gente con quien se cruzaba si habían visto el Riesling, hasta que notó que se le ponía delante una sombra.

—Hay más por allí —dijo la sombra.

Mae se giró para encontrarse con unas gafas que emitían destellos azules y que coronaban la silueta difusa de un hombre. Este dio media vuelta para marcharse.

—¿Te sigo? —preguntó Mae.

—Todavía no. Estás quieta. Pero si quieres más vino tendrás que seguirme.

Ella siguió a la sombra, primero por el césped y después por debajo de un dosel de árboles altos por entre los cuales se filtraba la luz de la luna, como un centenar de lanzas plateadas. Ahora Mae pudo ver mejor a la sombra; llevaba una camiseta de color arena y una especie de chaleco por encima, de cuero o de ante, una combinación que Mae llevaba tiempo sin ver. Por fin el hombre se detuvo y se agachó al pie de una cascada, una cascada artificial que caía por el costado de la Revolución Industrial.

—He escondido aquí unas cuantas botellas —dijo, con las manos sumergidas en el estanque que recogía el agua de la cascada.

Como no encontró nada, se puso de rodillas y hundió los brazos hasta el hombro. Así consiguió agarrar dos botellas finas y verdes, se incorporó y se giró hacia ella. Por fin Mae pudo verlo bien. Su cara era un triángulo de contornos suaves, que finalizaba en una barbilla con un hoyuelo tan sutil que ella no lo había visto hasta aquel momento. Tenía piel de niño, ojos de hombre mucho mayor y una nariz prominente que, a pesar de estar torcida, conseguía conferirle estabilidad al resto de su cara, como la quilla de un yate. Sus cejas eran gruesas líneas que corrían hacia sus orejas, redondas, grandes y de color rosa princesa.

—¿Quieres volver a la partida o…?

Parecía estar sugiriendo que el «o» podía ser mucho mejor.

—Claro —dijo ella, dándose cuenta de que no conocía a aquel tipo, no sabía nada de él.

Pero como tenía aquellas botellas, y como ella había perdido a Annie, y además confiaba en todo el mundo que estuviera dentro de los muros del Círculo, y en aquel momento tenía tanto amor para todo el mundo que estuviera dentro de aquellos muros, donde todo era nuevo y todo estaba permitido, Mae lo siguió de regreso a la fiesta, o por lo menos a su extrarradio, donde se sentaron en una escalinata circular y alta que dominaba el césped y se quedaron mirando cómo las siluetas del fondo corrían, chillaban y se caían.

El hombre abrió las dos botellas, le entregó una a Mae, dio un sorbo de la suya y dijo que se llamaba Francis.

—¿No Frank? —preguntó ella.

Cogió la botella y se llenó la boca de aquel vino acaramelado.

—La gente intenta llamarme así, pero yo… les digo que no.

Ella se rió y él también.

Trabajaba en desarrollo de proyectos, le explicó, y llevaba casi dos años en la empresa. Antes había sido una especie de anarquista, un provocador. Había conseguido el trabajo hackeando el sistema del Círculo hasta llegar más adentro que nadie. Ahora formaba parte de su equipo de seguridad.

—Hoy es mi primer día —comentó Mae.

—No te creo.

Y luego Mae, que tenía intención de decir «No es coña», decidió innovar, pero en el curso de su innovación se hizo un lío y acabó articulando las palabras «No es coño», dándose cuenta casi al instante de que recordaría aquellas palabras, y se odiaría a sí misma por decirlas, durante décadas.

—¿No es coño? —preguntó él, en tono neutro—. Me parece muy tajante. Has tomado una decisión con muy poca información. No es coño. Uau.

Mae intentó explicarle lo que había tenido intención de decir, el hecho de que se le había ocurrido, o por lo menos a algún departamento de su cerebro se le había ocurrido, introducirle algún cambio a la expresión. Pero no importaba. Ahora él se estaba riendo, y sabía que ella tenía sentido del humor, y ella sabía que él también lo tenía, y de alguna manera él la hacía sentir segura, le daba la sensación de que no volvería a sacar aquello a colación, de que aquella ordinariez que ella acababa de decir quedaría entre ellos, de que los dos entendían que todo el mundo cometía equivocaciones y de que, si todos reconocían el hecho de ser igualmente humanos, igualmente frágiles y propensos a decir cosas ridículas y a hacer el ridículo mil veces, había que dejar que aquellas equivocaciones cayeran en el olvido.

—Primer día —dijo él—. Pues felicidades. Un brindis.

Entrechocaron las botellas y dieron sendos sorbos. Mae levantó su botella hacia la luna para ver cuánto quedaba; el líquido se volvió de un color azul como de otro mundo y ella vio que ya había engullido la mitad. Dejó la botella.

—Me gusta tu voz —dijo él—. ¿Siempre la has tenido así?

—¿Grave y ronca?

—Yo la definiría como «curtida». Diría que tiene «alma». ¿Conoces a Tatum O'Neal?

—Mis padres me hicieron ver *Luna de papel* cien veces. Para animarme.

—Me encanta esa película —dijo él.

—Pensaban que yo acabaría siendo como Addie Pray, mundana pero adorable. Querían a una chica masculina. Me cortaban el pelo como a ella.

—Pues a mí me gusta.

—¿Te gusta el pelo estilo chico?

—No. Tu voz. De momento es lo mejor que tienes.

Mae no dijo nada. Tuvo la sensación de haber recibido una bofetada.

—Mierda —dijo él—. ¿Ha sonado raro? Estaba intentando hacerte un cumplido.

Hubo una pausa incómoda; Mae había tenido unas cuantas experiencias terribles con hombres que hablaban demasiado bien y que se saltaban los peldaños que hiciera falta para aterrizar en cumplidos inadecuados. Se giró hacia él, a fin de confirmar que no era lo que ella había pensado —generoso e inofensivo—, sino deforme, nervioso y asimétrico. Cuando lo miró, sin embargo, vio la misma cara suave, las mismas gafas azules y los mismos ojos ancianos. Tenía una expresión afligida.

Él se quedó mirando su botella, como si quisiera echarle la culpa.

—Solo quería hacer que te sintieras mejor con tu voz. Pero supongo que he insultado al resto de ti.

Mae pensó en aquello un momento, pero su cerebro, atiborrado de Riesling, andaba despacio y con movimientos pegajosos. Por fin renunció a analizar la declaración de él o sus intenciones.

—Creo que eres raro —le dijo.

—No tengo padres —dijo él—. ¿Quizás eso me disculpa un poco? —Luego, consciente de que estaba revelando demasiado y de forma demasiado desesperada, dijo—: No estás bebiendo.

Mae decidió dejarle que abandonara el tema de su infancia.

—Ya he terminado —dijo—. Ya me ha hecho efecto del todo.

—Lo siento de verdad. A veces me equivoco con el orden de las palabras. En esta clase de cosas me lo paso mejor cuando no hablo.

—Eres raro de verdad —volvió a decir Mae, y lo decía en serio.

Tenía veinticuatro años y nunca había conocido a nadie así. Aquello probaba la existencia de Dios, pensó ebriamente, ¿no? El hecho de que hubiera podido encontrarse a miles de personas a lo largo de lo que llevaba de vida, todos tan parecidos y todos tan olvidables, y de pronto apareciera aquel tipo, nuevo y extravagante y hablando de forma extravagante. Cada día había algún científico que descubría alguna especie nueva de rana o de nenúfar, lo cual también parecía confirmar la existencia de algún artista divino del espectáculo, de algún inventor celestial que nos ponía juguetes nuevos delante, escondidos pero no demasiado, allí donde nos pudiéramos topar con ellos. Y aquel tal Francis era algo completamente nuevo, un espécimen nuevo de rana. Mae se giró para mirarlo, planteándose la posibilidad de besarlo.

Pero estaba ocupado. Con una mano estaba vaciando su zapato, del que caía un chorro de arena. Con la otra parecía estar arrancándose a mordiscos la mayor parte de la uña.

Ella salió de su ensoñación y pensó en su casa y en su cama.

—¿Cómo va a volver la gente a sus casas?

Francis contempló una melé de personas que parecían estar intentando formar una pirámide.

—Pues están las residencias, claro. Pero apuesto a que ya están llenas. También debe de haber ya unas cuantas lanzaderas listas. Probablemente te lo hayan dicho.

Hizo un gesto con la botella en dirección a la entrada principal, donde Mae pudo distinguir los techos de los minibuses que había visto al llegar aquella mañana.

—La empresa hace análisis de costes de todo. Y un empleado que se fuera en coche a casa demasiado cansado o, en este caso, demasiado borracho para conducir… en fin, a largo plazo las lanzaderas salen mucho más baratas. Y son unas lanzaderas tremendas. Por dentro son como yates. Solo les falta tener camas.

—Tener camas, ¿eh? Ya te gustaría.

Mae le dio un puñetazo a Francis en el brazo, consciente de que estaba coqueteando, consciente de que era una estupidez coquetear con otro circulista en su primera noche y de que era una estupidez beber tanto en su primera noche. Pese a todo, estaba haciendo todas aquellas cosas y además feliz de hacerlas.

Una figura se acercó flotando hacia ellos. Mae miró con curiosidad apagada y distinguió primero que la figura era femenina. Y después que la figura era Annie.

—¿Te está acosando este tipo? —preguntó.

Francis se apartó rápidamente de Mae y se escondió la botella detrás de la espalda. Annie se rió.

—Francis, ¿por qué estás siendo tan furtivo?

—Lo siento. Pensaba que habías dicho otra cosa.

–Uau. ¡Conciencia culpable! He visto que Mae te daba un puñetazo en el brazo y he hecho un chiste. Pero ¿estás intentando confesar algo? ¿Qué has estado tramando, Francis Garbanzo?

–Garaventa.

–Sí, ya sé cómo te llamas.

–Francis –dijo Annie, dejándose caer torpemente entre ambos–, necesito pedirte una cosa, en calidad de estimada colega tuya pero también de amiga. ¿Me dejas?

–Claro.

–Vale. ¿Puedes dejarme un rato a solas con Mae? Es que tengo que darle un beso en la boca.

Francis se echó a reír pero enseguida se interrumpió, consciente de que ni Mae ni Annie se estaban riendo. Atemorizado y confuso, y visiblemente intimidado por Annie, no tardó en bajar las escaleras y alejarse por el césped, esquivando a los celebrantes. A continuación se detuvo en medio del césped, se dio la vuelta y levantó la vista, como para asegurarse de que Annie tenía efectivamente intención de reemplazarlo en el puesto de acompañante nocturna de Mae. Una vez confirmados sus miedos, se metió debajo del toldo de la Edad de las Tinieblas. Intentó abrir la puerta pero no lo consiguió. Tiró de ella y la empujó, pero la puerta no se movió. Consciente de que lo estaban mirando, se alejó hasta doblar la esquina y desapareció de la vista.

–Y dice que está en el equipo de seguridad –dijo Mae.

–¿Eso te ha contado? ¿Francis Garaventa?

–Supongo que no me lo tendría que haber contado.

–Bueno, no se ocupa realmente de la seguridad-seguridad. No es del Mossad. Pero ¿acaso he interrumpido algo que claramente no tendrías que estar haciendo en tu primera noche aquí, pedazo de idiota?

–No has interrumpido nada.

–Yo creo que sí.

–No. Qué va.

–Que sí. Lo sé.

Annie localizó la botella que Mae tenía a los pies.

–Yo creía que se nos había acabado todo hacía horas.

–Quedaba algo de vino dentro de la cascada, en la Revolución Industrial.

—Ah, sí. La gente esconde cosas ahí.

—Acabo de oírme a mí misma decir: «Quedaba algo de vino dentro de la cascada, en la Revolución Industrial».

Annie miró hacia el otro lado del campus.

—Lo sé. Joder. Lo sé.

Ya en casa, después del trayecto en lanzadera y de que alguien le diera un chupito de gelatina a bordo, después de escuchar cómo el chófer de la lanzadera hablaba en tono nostálgico de su familia, de sus gemelos y de su mujer, que tenía gota, Mae no pudo dormir. Se quedó tumbada en su futón barato, en su cuarto diminuto, en el apartamento largo y estrecho que compartía con dos casi desconocidas, ambas azafatas de vuelo, a las que no veía casi nunca. Su apartamento estaba en la segunda planta de un antiguo motel, era humilde, imposible de limpiar y estaba impregnado de los olores a desesperación y comida mala que habían dejado allí sus antiguos residentes. Era un lugar triste, sobre todo después de pasar el día en el Círculo, donde todo estaba hecho con cuidado, cariño y el don de la precisión. En su cama baja y espantosa, Mae durmió unas horas, se despertó, rememoró el día y la noche anteriores, pensó en Annie y en Francis, en Denise y Josiah, en el poste de bombero, en la *Enola Gay*, en la cascada y en las antorchas tiki, todas ellas cosas típicas de las vacaciones y de los sueños e imposibles de conservar, pero también sabía —y era eso lo que no la dejaba dormir y la hacía girar la cabeza a un lado y a otro con una especie de felicidad de niña pequeña— que iba a volver a aquel lugar, al lugar donde pasaban todas aquellas cosas. Que allí era bienvenida y le daban trabajo.

Le tocaba entrar a trabajar temprano. A su llegada a las ocho, sin embargo, se dio cuenta de que no le habían dado mesa de trabajo, por lo menos una de verdad, de manera que no tenía a donde ir. Esperó una hora, bajo un letrero que decía HAGÁMOSLO. HAGAMOS TODO ESTO, hasta que llegó Renata y se la llevó a la segunda planta del Renacimiento, a una sala amplia, del tamaño de una pista de baloncesto, donde había una veintena de mesas de trabajo, todas distintas y todas talladas en madera rubia siguiendo patrones orgánicos. Todas separadas por mamparas de cristal y colocadas en grupos de cinco, como si fueran pétalos de flores. Estaban todas desocupadas.

—Eres la primera en llegar —dijo Renata—, pero no te queda mucho rato sola. Las zonas de Experiencia del Cliente se suelen llenar muy deprisa. Y no estás nada lejos de la gente con cargos superiores.

E hizo un gesto amplio con el brazo, indicando la docena aproximada de oficinas que rodeaban el espacio abierto. Los ocupantes de todas ellas eran visibles a través de las particiones de cristal, supervisores de entre veintiséis y treinta y dos años, iniciando ya sus jornadas, con aspecto relajado, competente y sabio.

—A los diseñadores les encanta el cristal, ¿eh? —dijo Mae, sonriente.

Renata se detuvo, frunció el ceño y consideró aquella idea. Se pasó un mechón de pelo por detrás de la oreja y dijo:

—Creo que sí. Puedo comprobarlo. Pero primero debería explicarte cómo funciona esto y qué te espera en tu primer día de verdad.

Renata le explicó los detalles de la mesa, la silla y la pantalla, todo lo cual había sido ergonómicamente perfeccionado y se podía ajustar para adaptarlo a quienes preferían trabajar de pie.

—Puedes dejar tus cosas y ajustar tu silla, y… Oh, parece que tienes un comité de bienvenida. No te levantes —dijo, y se apartó.

Mae siguió la mirada de Renata y vio a un trío de caras jóvenes que caminaban hacia ella. Un hombre medio calvo de veintimuchos años le ofreció su mano. Mae se la estrechó y el tipo le dejó una tablet de gran tamaño delante, sobre la mesa.

—Hola, Mae, soy Rob, de pagos. Seguro que a mí te alegras de verme. —Sonrió y después soltó una risa cordial, como si acabara de reparar nuevamente en lo gracioso de su comentario—. Bueno —dijo—. Ya te lo hemos rellenado todo. Solo te queda firmar en estos tres sitios.

Y señaló la pantalla, donde relucían tres rectángulos amarillos, esperando la firma de ella.

Al terminar, Rob cogió la tablet y sonrió con gran calidez.

—Gracias y bienvenida a bordo.

Dio media vuelta para marcharse y su lugar lo ocupó una mujer corpulenta con una piel impoluta de color cobrizo.

–Hola, Mae, soy Tasha, la notaria. –Le enseñó un libro de gran tamaño–. ¿Tienes el carnet de conducir? –Mae se lo dio–. Perfecto. Necesito que me eches tres firmas. No me preguntes por qué. Y tampoco me preguntes por qué tiene que ser sobre papel. Normas gubernamentales.

Tasha señaló las tres casillas consecutivas, y Mae firmó en las tres.

–Gracias –dijo Tasha, y a continuación le ofreció una almohadilla entintada de color azul–. Ahora pon tu huella dactilar al lado de cada una. Y no te preocupes, que esta tinta no mancha. Ya verás.

Mae presionó con el pulgar en la almohadilla y luego en las casillas que había al lado de las tres firmas. La tinta se veía perfectamente en la página, pero cuando Mae se miró el pulgar, lo tenía absolutamente limpio.

Tasha enarcó las cejas al ver la cara risueña de Mae.

–¿Lo ves? Es invisible. El único sitio donde se ve es este libro.

Aquello era la clase de cosa por la que Mae había venido. Allí todo se hacía mejor. Hasta la tinta para huellas dactilares era avanzada e invisible.

Al marcharse Tasha ocupó su lugar un hombre flaco con una camisa roja de cremallera. Estrechó la mano de Mae.

–Hola, soy Jon. Ayer te mandé un e-mail para que me trajeras tu certificado de nacimiento…

Y juntó las manos como si estuviera rezando.

Mae se sacó de la bolsa el certificado de nacimiento y a Jon se le iluminaron los ojos.

–¡Lo has traído! –Dio una palmada rápida y silenciosa y sonrió dejando al descubierto todos los dientes diminutos–. La primera vez nadie se acuerda. Eres mi nueva favorita.

Cogió el certificado y le prometió que se lo devolvería después de hacer una copia.

Detrás de él apareció un cuarto miembro de la plantilla, un tipo de unos treinta y cinco años y aspecto beatífico, la persona de más edad con diferencia que Mae conocía en lo que llevaba de día.

–Hola, Mae. Soy Brandon y tengo el honor de entregarte tu nueva tablet.

Tenía en la mano un objeto reluciente y translúcido, de bordes negros y lisos como la obsidiana.

Mae estaba aturdida.

–Pero si estas todavía no han salido a la venta.

Brandon sonrió de oreja a oreja.

–Es cuatro veces más rápida que su predecesora. Yo llevo toda la semana jugando con la mía. Mola mucho.

–¿Y me van a dar una?

–Ya te la han dado –dice–. Lleva tu nombre.

Puso la tablet de lado para enseñarle que le habían inscrito el nombre completo de Mae: MAEBELLINE RENNER HOLLAND.

Él se la entregó. Pesaba lo mismo que un plato de cartón.

–Y a ver, supongo que tú ya tenías tablet.

–Sí. Bueno, tengo un portátil.

–Portátil. Uau. ¿Puedo verlo?

Mae lo señaló.

–Ahora me da la sensación de que debería tirarlo a la basura.

Brandon palideció.

–¡No, no lo tires! Por lo menos recíclalo.

–Oh, no, lo decía en broma –dijo Mae–. Lo más seguro es que me lo quede. Tengo todas mis cosas dentro.

–¡Muy oportuno, Mae! Es justamente lo próximo que voy a hacer. Tenemos que trasladar todas tus cosas a la tablet nueva.

–Ah, ya lo puedo hacer yo.

–¿Me concedes el honor? Llevo toda la vida formándome para este momento.

Mae se rió y apartó su silla. Brandon se arrodilló junto a la mesa de ella y puso la tablet nueva al lado de su portátil. En cuestión de minutos ya había trasladado toda su información y sus cuentas.

–Vale. Ahora hagamos lo mismo con tu teléfono. ¡Tachán!

Metió la mano en su bolsa y sacó a la luz un teléfono nuevo, varios pasos significativos por delante del de ella. Igual que la tablet, ya tenía el nombre de ella grabado en el dorso. Juntó sobre la mesa los dos teléfonos, el viejo y el nuevo, y rápidamente y sin cable alguno trasladó todo el contenido del uno al otro.

–Vale. Ahora se puede acceder a todo lo que tenías en el teléfono viejo y en el disco duro desde la tablet y el teléfono nuevo, pero también hay copia de seguridad en la nube y en nuestros servidores. Tu música, tus fotos, tus mensajes y tus datos. No se pueden perder jamás. Si pierdes la tablet o el teléfono se tardan seis minutos exactamente en recuperar todas tus cosas y descargártelas en el siguiente aparato. Estarán aquí el año que viene y el siglo que viene.

Los dos miraron los aparatos nuevos.

–Ojalá nuestro sistema hubiera existido hace diez años –dijo–. En aquella época me cargué dos discos duros distintos, que es como que se te queme la casa con todas tus pertenencias dentro.

Brandon se puso de pie.

–Gracias –le dijo Mae.

–De nada –dijo él–. Y de esta forma te podemos mandar las actualizaciones de software, las aplicaciones, todo, y saber que estás al día. En Experiencia del Cliente todo el mundo necesita tener la misma versión de cualquier software, como te puedes imaginar. Creo que ya está… –dijo, retrocediendo. Luego se detuvo–. Oh, y es crucial que todos los aparatos de la empresa estén protegidos con contraseña, de manera que te he dado una. Está escrita aquí. –Le dio un papel que tenía una serie de dígitos, numerales y símbolos tipográficos extraños–. Espero que la puedas memorizar hoy y luego tirar el papel. ¿Trato hecho?

–Sí, trato hecho.

–Luego podemos cambiar la contraseña si quieres. Tú me avisas y yo te doy otra. Son todas generadas por ordenador.

Mae cogió su viejo portátil y lo acercó a su bolsa.

Brandon se lo quedó mirando como si fuera una especie invasora.

–¿Quieres que me deshaga yo de él? Lo hacemos de una forma muy respetuosa con el medio ambiente.

–Tal vez mañana –dijo ella–. Me quiero despedir de él.

Brandon sonrió con indulgencia.

–Ah. Lo entiendo. Muy bien, pues.

Hizo una reverencia y se marchó, y detrás de él Mae vio aparecer a Annie. Tenía la barbilla apoyada en los nudillos y la cabeza inclinada.

—¡Ahí está mi niña, que ya se ha hecho mayor!

Mae se levantó y le dio un abrazo.

—Gracias —le dijo al cuello de Annie.

—Oooh.

Annie intentó separarse de ella.

Mae la abrazó con más fuerza.

—En serio.

—De nada. —Annie logró soltarse al fin—. Modérate. O bueno, sigue si quieres. La cosa se estaba empezando a poner sexy.

—En serio. Gracias —dijo Mae con voz temblorosa.

—No, no, no —dijo Annie—. Nada de llorar el segundo día.

—Lo siento. Es que estoy muy agradecida.

—Para. —Annie se acercó y la volvió a coger—. Para. Para. Joder. Mira que estás chiflada.

Mae respiró hondo, hasta tranquilizarse.

—Creo que ya lo tengo bajo control. Ah, mi padre dice que también te quiere. Todo el mundo está muy contento.

—Vale. Es un poco extraño, dado que no lo conozco personalmente. Pero dile que yo también lo quiero. Con pasión. ¿Está bueno? ¿Es un maduro buenorro? ¿Le va la marcha? A lo mejor podemos arreglar algo. Y ahora, ¿te parece bien si nos ponemos a trabajar?

—Sí, sí —dijo Mae, sentándose otra vez—. Lo siento.

Annie enarcó las cejas maliciosamente.

—Tengo la sensación de que es el primer día de escuela y acabamos de descubrir que nos han puesto en la misma clase. ¿Ya te han dado una tablet nueva?

—Ahora mismo.

—Déjame verla. —Annie la examinó—. Oooh, el grabado es todo un detalle. Nos vamos a meter en toda clase de líos juntas, ¿verdad?

—Espero que sí.

—Mira, aquí viene tu líder de equipo. Hola, Dan.

Mae se secó apresuradamente la cara húmeda. Miró más allá de Annie y vio acercarse a un hombre apuesto, bajito y pulcro. Llevaba sudadera con capucha marrón y lucía una enorme sonrisa de satisfacción.

—Hola, Annie, ¿cómo estás? —dijo, estrechándole la mano.

—Bien, Dan.

—Me alegro mucho, Annie.

—Tienes a una buena pieza aquí, espero que lo sepas —dijo Annie, agarrándole la muñeca a Mae y dándole un apretón.

—Oh, *lo sé* —dijo él.

—Cuídamela bien.

—Lo haré —dijo él, y se giró hacia Mae.

Su sonrisa de satisfacción se convirtió en una expresión de algo parecido a la certidumbre absoluta.

—Yo vigilaré cómo la cuidas —dijo Annie.

—Me alegra saberlo —dijo él.

—Te veo en el almuerzo —le dijo Annie a Mae, y se marchó.

Ya solo quedaban Mae y Dan, pero a este no le había cambiado la sonrisa. Era la sonrisa de un hombre que no sonreía para la galería. Era la sonrisa de un hombre que estaba exactamente donde quería estar. Ahora cogió una silla.

—Es genial tenerte aquí —dijo—. Me alegro mucho de que aceptaras nuestra oferta.

Mae escrutó su mirada en busca de señales de insinceridad, dado que no existía persona racional en el mundo que hubiera rechazado una invitación a trabajar allí. Pero no encontró nada parecido. Dan la había entrevistado tres veces para el puesto y las tres había parecido inquebrantablemente sincero.

—Imagino que ya has hecho todo el papeleo y las huellas dactilares, ¿no?

—Creo que sí.

—¿Quieres dar un paseo?

Dejaron la mesa de ella y, al final de cien metros de pasillo de cristal, cruzaron unas puertas dobles y salieron al aire libre. Subieron por una amplia escalinata.

—La azotea está recién acabada —dijo él—. Creo que te gustará.

Cuando llegaron a lo alto de las escaleras, se encontraron unas vistas espectaculares. La azotea dominaba la mayor parte del campus, la ciudad circundante de San Vincenzo y la bahía que se extendía más allá. Mae y Dan lo contemplaron todo y luego él se volvió hacia ella.

—Mae, ahora que estás a bordo, quiero transmitirte algunas de las creencias centrales de esta empresa. Y la principal es que, por muy importante que sea el trabajo que hacemos aquí, y es muy importante, también queremos asegurarnos de que aquí puedas ser una persona humana. Queremos que este sea un lugar de trabajo, claro, pero también tiene que ser un lugar humano. Y eso implica fomentar la comunidad. De hecho, tiene que ser una comunidad. Es uno de nuestros eslóganes, seguro que lo sabes: «Lo primero es la comunidad». Y ya has visto los letreros que dicen: «Aquí trabajan personas humanas». Yo insisto en que estén. Es una cuestión que defiendo personalmente. No somos autómatas. Esto no es una cadena de montaje. Somos un grupo de las mejores mentes de nuestra generación. O generaciones. Y asegurarnos de que este sea un lugar donde se respeta nuestra humanidad, donde se honren nuestras opiniones y donde se escuchen nuestras voces, es igual de importante que los ingresos, los precios de las acciones y las iniciativas que se emprendan aquí. ¿Te parece cursi?

—No, no —se apresuró a decir Mae—. Para nada. Es por eso que estoy aquí. Me encanta la idea de que lo primero es la comunidad. Annie me lo lleva diciendo desde que empezó. En mi último trabajo nadie se comunicaba muy bien. Era básicamente lo contrario de esto, en todos los sentidos.

Dan se giró para mirar las colinas que se elevaban al este, cubiertas de mohair y de zonas verdes.

—Pues me parece fatal. Con la tecnología que hay disponible, la comunicación nunca debería estar en tela de juicio. Entenderse nunca debería ser inalcanzable ni complicado. A eso nos dedicamos aquí. Se puede decir que es la misión de esta empresa, o por lo menos mi obsesión. La comunicación. El entenderse. La claridad.

Dan asintió enfáticamente, como si su boca acabara de formular por su cuenta algo que a sus oídos les parecía muy profundo.

—En el Renacimiento, como sabes, nos encargamos de la Experiencia del Cliente, EdC, y algunos pueden pensar que es la parte menos excitante de toda esta empresa. Pero tal como lo veo yo, y tal como lo ven los sabios, en realidad es la base de todo lo que sucede aquí. Si no les damos a los clientes una experiencia satisfactoria, humana y humanista, nos quedamos sin clientes. Es bastante elemental. Somos la prueba de que esta empresa es humana.

Mae no sabía qué decir. Estaba completamente de acuerdo. Su último jefe, Kevin, no habría sido capaz de hablar así. Kevin no tenía filosofía. Kevin no tenía ideas. Kevin solo tenía olores corporales y bigote. Mae estaba sonriendo como una tonta.

—Sé que aquí estarás de maravilla —dijo él, y estiró el brazo hacia ella como si quisiera ponerle la mano en el hombro pero hubiera cambiado de opinión por el camino. Dejó caer la mano sobre el costado—. Volvamos abajo para que puedas empezar.

Dejaron la azotea y bajaron la amplia escalinata. Regresaron a su mesa de trabajo, donde vieron a un hombre de pelo crespo.

—Ahí está —dijo Dan—. Temprano como siempre. Hola, Jared.

Jared tenía una cara serena y lisa y unas manos que descansaban inmóviles y pacientes sobre su amplio regazo. Llevaba pantalones caqui y una camisa de botones que le venía una talla pequeña.

—Jared es quien te va a hacer el training y también será tu contacto principal aquí en EdC. Yo superviso el equipo y Jared supervisa la unidad. De manera que somos las dos personas con quienes tratarás principalmente. Jared, ¿estás listo para empezar con ella?

—Sí —dijo—. Hola, Mae.

Se puso de pie, le ofreció la mano y Mae se la estrechó. Tenía una mano redondeada y suave, como de querubín.

Dan se despidió de ambos y se marchó.

Jared sonrió y se pasó una mano por el pelo crespo.

—Bueno, pues, hora del training. ¿Preparada?

—Del todo.

—¿Necesitas café o té o algo?

Mae negó con la cabeza.

—Estoy lista.

—Bien. Sentémonos.

Mae se sentó y Jared acercó su silla a la de ella.

—Muy bien. Como sabes, de momento solo harás mantenimiento simple de clientes para pequeños anunciantes. Ellos mandan un mensaje a Experiencia del Cliente y ese mensaje nos es desviado a uno de nosotros. Al principio al azar, pero en cuanto empiezas a trabajar con un cliente, ese cliente te seguirá siendo desviado a ti, para que haya continuidad. Cuando recibas la consulta, averiguas la respuesta y se la mandas. Esa es la esencia. Muy sencillo en teoría. ¿Me sigues de momento?

Mae asintió con la cabeza y los dos repasaron las veinte preguntas y peticiones más comunes; a continuación él le enseñó un menú de respuestas precocinadas.

—A ver, esto no quiere decir que te limites a pegar la respuesta y mandarla. Tienes que hacer que cada respuesta sea personal y específica. Tú eres una persona y ellos son personas, de manera que ni tienes que imitar a un robot ni tienes que tratarlos a ellos como si fueran robots. ¿Me entiendes? Aquí no trabajan robots. No queremos que el cliente piense que está tratando con una entidad sin rostro, de manera que tienes que asegurarte siempre de inyectarle humanidad al proceso. ¿Te parece bien?

Mae asintió con la cabeza. Le gustaba aquello: «Aquí no trabajan robots».

Repasaron una docena aproximada de situaciones hipotéticas a modo de práctica y con cada una de ellas Mae fue puliendo un poco más sus respuestas. Jared era un instructor paciente y se dedicó a plantearle todas las posibles situaciones con clientes. En caso de quedarse encallada, ella le podía reenviar la consulta a su cola y él se haría cargo de ella. A eso se dedicaba la mayor parte del día, le explicó Jared: a aceptar y responder las consultas con las que se encallaban los representantes menos veteranos de Experiencia del Cliente.

—Pero no te pasará muy a menudo. Te sorprenderá ver cuántas consultas vas a poder sortear ya de entrada. Ahora pongamos por caso que has contestado la consulta de un cliente y que el cliente parece satisfecho. Entonces tú les mandas el cuestionario para que lo rellenen. Es una lista de preguntas rápidas sobre tu servicio y su experiencia general, y al final se les pide que te puntúen. Ellos devuelven el formulario y tú sabes inmediatamente qué tal lo has hecho. La puntuación aparece aquí.

Él señaló la esquina de la pantalla, donde había un número muy grande, 99, y debajo una parrilla con más números.

—El noventa y nueve grande es la puntuación del último cliente. El cliente te puntuará en una escala de, adivina, uno a cien. La puntuación más reciente te sale aquí, y luego en esta otra casilla se hace la media con el resto de las puntuaciones de la jornada. De esa forma siempre sabes qué tal lo estás haciendo, durante el último rato pero también en general. Vale, sé lo que estás pensando. «Muy bien, Jared, pero ¿qué puntuación media es la normal?» Y la respuesta es que, si bajas por debajo de noventa y cinco, deberías dar marcha atrás y ver qué puedes mejorar. Tal vez puedas subir la media con el siguiente cliente o tal vez has de ver cómo hacerlo mejor. Pero si no para de bajar, lo que te toca es reunirte con Dan o con otro líder de equipo para buscar procedimientos más efectivos. ¿Te parece bien?

–Pues sí –dijo Mae–. Te agradezco mucho esto, Jared. En mi anterior trabajo, yo no tenía ni idea de qué tal me estaba yendo hasta, no sé, las evaluaciones trimestrales. Era enervante.

–Pues entonces esto te encantará. Si los clientes rellenan la encuesta y ponen la puntuación, que es algo que hacen casi todos, entonces les mandas otro mensaje. En este les das las gracias por rellenar el cuestionario y les animas a que le cuenten a un amigo la experiencia que acaban de tener contigo, usando las herramientas de las redes sociales del Círculo. Idealmente, como mínimo te comentan en Zing o te ponen una sonrisa o un ceño fruncido. En el mejor de los casos posibles, puedes conseguir que te comenten en Zing o en otra página de servicio al cliente. Si conseguimos que la gente hable en Zing sobre la experiencia fenomenal de atención al cliente que ha tenido contigo, entonces todo el mundo sale ganando. ¿Lo entiendes?

–Lo entiendo.

–Vale, hagamos uno de verdad. ¿Lista?

Mae no lo estaba, pero no lo podía decir.

–Lista.

Jared descargó una consulta de un cliente, la leyó y soltó un breve resoplido burlón para indicar que era de las más fáciles. Eligió una de las respuestas preparadas, la adaptó un poco y le deseó al cliente un día fantástico. La conversación duró unos noventa segundos, y al cabo de un par de minutos, la pantalla confirmó que el cliente había contestado el cuestionario y apareció una puntuación: 99. Jared se reclinó en el asiento y se giró hacia Mae.

–No está mal, ¿verdad? Noventa y nueve es una buena puntuación. Pero no puedo evitar preguntarme por qué no ha sido un cien. Miremos. –Abrió el cuestionario del cliente y examinó las respuestas–. Bueno, no hay señal clara de que ninguna parte de su experiencia no haya sido satisfactoria. A ver, la mayoría de las empresas te dirían: «Uau, noventa y nueve puntos de cien, es casi perfecto». Y yo digo: «Exacto: es *casi* perfecto, vale. Pero en el Círculo, ese punto que falta nos molesta». Así pues, veamos si podemos llegar al fondo de la cuestión. Lo que hacemos es mandarles este otro mensaje.

Y le enseñó otro cuestionario, este más breve, que le preguntaba al cliente qué cosas de su interacción se podrían haber mejorado y cómo. Y se lo mandaron al cliente.

La respuesta volvió al cabo de unos segundos. «Todo ha estado bien. Lo siento. Tendría que haberos puesto un 100. ¡Gracias!»

Jared dio un golpecito a la pantalla y levantó los pulgares en dirección a Mae.

–Vale. A veces te puedes encontrar con alguien que no es muy sensible a la medición. Así que está bien preguntarles, para asegurarte de que todo queda claro. Ahora ya tenemos una puntuación perfecta. ¿Estás lista para hacerlo tú?

–Sí.

Descargaron otra petición de un cliente y Mae buscó entre las respuestas preparadas, encontró la adecuada, la personalizó y la mandó. Cuando le llegó la encuesta, le habían puesto una puntuación de 100.

Jared pareció momentáneamente asombrado.

–Te han puesto un cien a la primera, uau –le dijo–. Ya sabía yo que lo harías bien. –Se había quedado perplejo, pero enseguida recobró la compostura–. Vale, creo que estás lista para hacer unas cuantas más. A ver, un par de cosas antes. Encendamos tu segunda pantalla. –Encendió una pantalla más pequeña que había a la derecha de ella–. Esta es para los mensajes internos de la oficina. Todos los circulistas te mandan mensajes por tu canal principal, pero te aparecen en la segunda pantalla. Con esto te quiero aclarar la importancia de los mensajes y ayudarte a distinguir qué es qué. De vez en cuando verás mensajes míos por aquí, para ver cómo anda todo o para comunicarte algún ajuste o alguna noticia. ¿Vale?

–Entendido.

–Ahora, acuérdate de rebotarme cualquier cosa que te tenga encallada, y si necesitas parar y hablar, puedes mandarme un mensaje o pasar a verme. Estoy al final del pasillo. Durante las primeras semanas espero que estés en contacto conmigo bastante a menudo, de una forma u otra. Así es como voy a saber que estás aprendiendo. De manera que no lo dudes.

—No lo haré.

—Perfecto. A ver, ¿estás lista para empezar de verdad?

—Sí.

—Vale. Eso quiere decir que te abro la compuerta. Cuando te suelte la avalancha encima, tendrás tu propia cola de clientes, y te pasarás las próximas dos horas inundada, hasta el almuerzo. ¿Preparada?

Mae se sentía preparada.

—Sí.

—¿Estás segura? Muy bien, pues.

Él le activó la cuenta, le hizo un saludo marcial en broma y se marchó. La compuerta se abrió, y en los primeros cuatro minutos ella contestó cuatro consultas, con una puntuación de 96. Estaba sudando a mares, pero se sentía electrizada.

En su segunda pantalla le apareció un mensaje de Jared. «¡Muy bien de momento! A ver si podemos subirlo pronto a 97.»

«¡Está hecho!», escribió ella.

«Y manda el segundo cuestionario a los que no lleguen a 100.»

«Vale», escribió ella.

Mandó siete cuestionarios complementarios, y tres de los clientes subieron sus puntuaciones a 100. A las 11.45 había contestado diez consultas más. Ahora su promedio era 98.

En su segunda pantalla apareció otro mensaje, este de Dan. «¡Fantástico, Mae! ¿Cómo te sientes?»

Mae se quedó asombrada. ¿Un líder de equipo que te escribía para ver cómo te iba, y con tanta amabilidad, ya el primer día?

«Bien. ¡Gracias!», contestó ella, y bajó la consulta del siguiente cliente.

Apareció otro mensaje de Jared debajo del primero.

«¿Puedo hacer algo? ¿Alguna pregunta?»

«¡No, gracias! —escribió ella—. De momento voy bien. ¡Gracias, Jared!» Regresó a la primera pantalla. Al segundo apareció otro mensaje de Jared.

«Acuérdate de que solo te puedo ayudar si me dices cómo.»

«¡Gracias otra vez!», escribió ella.

A la hora del almuerzo había contestado treinta y seis consultas y su puntuación era de 97.

Le llegó un mensaje de Jared. «¡Buen trabajo! Mandemos el segundo cuestionario a todos los que no lleguen a 100.»

«Voy», contestó ella, y mandó el segundo cuestionario a todos los que le faltaban. Subió unos cuantos 98 a 100 y vio un mensaje de Dan: «¡Un trabajo fantástico, Mae!».

Al cabo de unos segundos, en la segunda pantalla apareció otro mensaje, este de Annie, debajo del de Dan: «Dan dice que lo estás haciendo de coña. ¡Así me gusta!».

A continuación le llegó un mensaje diciéndole que la habían mencionado en Zing. Hizo clic para leerlo. El comentario lo había escrito Annie. «¡La novata Mae lo está haciendo de coña!» Lo había mandado al resto del campus del Círculo: 10.041 personas.

El zing se reenvió 322 veces y recibió 187 comentarios. Le aparecieron en la segunda pantalla en forma de hilo de comentarios cada vez más largo. Mae no tuvo tiempo de leerlos todos, pero los ojeó rápidamente y le sentó bien la validación que representaban. Al final de la jornada, su puntuación era 98. Le llegaron mensajes de felicitación de Jared, Dan y Annie. A continuación una serie de zings, anunciando y celebrando lo que Annie llamó «la puntuación más alta de ningún novato en EdC de todos los tiempos. Chupaos esa».

Al llegar a su primer viernes, Mae ya había atendido a 436 clientes y se sabía de memoria las respuestas genéricas. Ya no la sorprendía nada, aunque la variedad de clientes y de sus negocios era mareante. El Círculo estaba en todas partes, y aunque hacía años que ella lo sabía, de forma intuitiva, oírlo ahora de boca de aquella gente, de aquellas empresas que contaban con que el Círculo publicitara sus productos, rastreara su impacto digital y averiguara quién estaba comprando sus artículos y cuándo, le confería a todo un nivel de realidad muy distinto. Ahora Mae tenía contacto con clientes de Clinton, Luisiana, y Putney, Vermont; de Marmaris, Turquía, de Melbourne, Glasgow y Kioto.

Todos eran invariablemente educados en sus consultas –un legado de TruYou– y amables con sus puntuaciones.

A media mañana de aquel viernes, su promedio semanal era 97 y le estaban llegando aprobaciones de todos los miembros del Círculo. El trabajo era exigente y el flujo no se detenía, pero había la suficiente variación, y la validación era lo bastante frecuente, como para que ella se adaptara a un ritmo cómodo.

Y justo cuando estaba a punto de contestar otra consulta le llegó un mensaje de texto por el teléfono. Era de Annie: «Come conmigo, mema».

Se sentaron en una loma baja, con dos ensaladas entre ellas y el sol haciendo apariciones intermitentes desde detrás de las lentas nubes. Mae y Annie contemplaron a un trío de jóvenes, pálidos y vestidos como ingenieros, que intentaban pasarse un balón de fútbol americano.

–O sea que ya eres una estrella. Me siento como una mamá orgullosa.

Mae negó con la cabeza.

–No lo soy para nada. Me queda mucho que aprender.

–Claro que sí. Pero ¿un 97 hasta ahora? Es una locura. La primera semana yo no subí de 95. Tienes un talento natural.

Un par de sombras oscurecieron su almuerzo.

–¿Podemos conocer a la novata?

Mae levantó la vista, protegiéndose los ojos del sol.

–Claro –dijo Annie.

Las sombras se sentaron. Annie los señaló con el tenedor.

–Estos son Sabine y Josef.

Mae les estrechó la mano. Sabine era rubia, robusta y tenía los ojos entornados. Josef era flaco, pálido y tenía unos dientes cómicamente mal puestos.

–¡Ya me está mirando los dientes! –se lamentó, señalando a Mae–. ¡Los estadounidenses estáis obsesionados! Me siento como un caballo en una subasta.

–Pero es que los tienes realmente mal puestos –dijo Annie–. Y aquí tenemos un plan dental buenísimo.

Josef abrió el envoltorio de un burrito.

–Creo que mis dientes ofrecen un respiro necesario en medio de la extraña perfección de los dientes de todos los demás.

Annie inclinó la cabeza para examinarlo.

–Pues yo creo que te los deberías arreglar. Si no por ti, al menos por la moral de la empresa. Le provocas pesadillas a la gente.

Josef hizo un mohín teatral con la boca llena de carne asada. Annie le dio unos golpecitos en el brazo.

Sabine se giró hacia Mae.

–¿O sea que estás en Experiencia del Cliente?

Mae se fijó en que Sabine llevaba tatuado en el brazo el símbolo del infinito.

–Pues sí. Llevo una semana.

–He visto que de momento lo estás haciendo muy bien. Yo también empecé ahí. Casi todo el mundo.

–Y Sabine es bioquímica –añadió Annie.

Mae se quedó sorprendida.

–¿Eres bioquímica?

–Eso mismo.

Mae no tenía ni idea de que en el Círculo trabajaran bioquímicos.

–¿Y te puedo preguntar en qué estás trabajando?

–¿Si lo puedes preguntar? –Sabine sonrió–. Claro que lo puedes preguntar. Pero yo no tengo por qué contestarte.

Todo el mundo soltó un suspiro, pero Sabine se detuvo.

–En serio, no te lo puedo contar. Al menos de momento. En general trabajo en cosas relacionadas con el aspecto biométrico. Ya sabes, escaneo de iris y reconocimiento facial. Ahora mismo, sin embargo, estoy con algo nuevo. Aunque me gustaría…

Annie clavó en Sabine una mirada suplicante, destinada a hacerla callar. Sabine se llenó la boca de lechuga.

–En fin –dijo Annie–, Josef trabaja en Acceso a la Educación. Está intentando introducir tablets en las escuelas que ahora mismo no se las pueden permitir. Es un buenista. También es amigo de tu nuevo amigo, Garbanzo.

–Garaventa –la corrigió Mae.

–Ah, conque te acuerdas. ¿Y lo has vuelto a ver?

–Esta semana no. He estado demasiado ocupada.

Josef se quedó boquiabierto. Acababa de caer en la cuenta de algo.

–¿Tú eres Mae?

Annie hizo una mueca.

—Ya lo hemos dicho. Claro que es Mae.

—Lo siento. No lo había oído bien. Ahora sé quién eres.

Annie soltó un resoplido burlón.

—¿Qué pasa, que os habéis estado contando todos los chismes de la gran noche de Francis? ¿Él ha estado escribiendo el nombre de Mae en su cuaderno, rodeado de corazoncitos?

Josef tomó aire con gesto indulgente.

—Pues no, solo me ha contado que había conocido a una chica muy maja y que se llamaba Mae.

—Qué tierno —dijo Sabine.

—Resulta que Francis le dijo que estaba en el equipo de seguridad —dijo Annie—. ¿Por qué iba a decirle eso, Josef?

—Eso no es lo que dijo —protestó Mae—. Ya te lo he contado.

No pareció que a Annie le importara aquello.

—Bueno, supongo que se puede considerar seguridad. Trabaja en seguridad infantil. Él es básicamente el núcleo de todo un programa destinado a prevenir los secuestros. Y es capaz de hacerlo.

Sabine, con la boca llena otra vez, estaba asintiendo vigorosamente con la cabeza.

—Claro que lo hará —dijo, escupiendo trocitos de ensalada con vinagreta—. Ya está hecho.

—¿El qué? —preguntó Mae—. ¿Evitar todos los secuestros?

—Podría —dijo Josef—. No le falta motivación.

A Annie se le abrieron mucho los ojos.

—¿Te habló de sus hermanas?

Mae negó con la cabeza.

—No, no me dijo que tuviera hermanos ni hermanas. ¿Qué pasa con ellas?

Los tres circulistas se miraron entre ellos, como intentando evaluar si la situación permitía contar aquella historia.

—Es una historia espantosa —dijo Annie—. Sus padres eran unos perdidos. Creo que en la familia había unas cuatro o cinco criaturas, y Francis era el más pequeño o el segundo más pequeño. En fin, el padre acabó en la cárcel y la madre le daba a las drogas, o sea que a los críos los acabaron mandando a sitios distintos. Creo que uno se fue con sus tíos, y a sus dos hermanas las mandaron a un hogar de acogida, que fue donde las secuestraron. Creo que no se llegó a saber si las habían... ya sabes, regalado o vendido a los asesinos.

—¿A los qué? —Mae se había quedado aturdida.

—Joder, las violaron y las metieron en armarios y luego tiraron sus cuerpos en una especie de silo para misiles abandonado. O sea, es la historia más espantosa de todos los tiempos. Él nos la contó a unos cuantos cuando estaba intentando vender su programa de seguridad infantil. Joder, mírate la cara. No te lo tendría que haber contado.

Mae no podía hablar.

—Es importante que lo sepas —dijo Josef—. Por eso Francis está tan entregado a la causa. O sea, su plan eliminaría en gran medida la posibilidad de que volviera a pasar algo parecido. Espera. ¿Qué hora es?

Annie miró su teléfono.

—Tienes razón. Toca largarse. Bailey va a hacer una presentación. Ya deberíamos estar en el Gran Salón.

El Gran Salón estaba en la Ilustración, y cuando entraron en aquel recinto gigantesco con 3.500 localidades, decorado con maderas cálidas y acero pulido, el lugar bullía de expectación. Mae y Annie encontraron uno de los últimos pares de asientos libres de la segunda galería y se sentaron.

—Lleva apenas unos meses terminado —dijo Annie—. Cuarenta y cinco millones de dólares. Bailey se inspiró para las bandas en el Duomo de Siena. Bonito, ¿verdad?

La atención de Mae se vio captada por el escenario, donde acababa de aparecer un hombre caminando hacia un estrado de metacrilato, en medio de un estruendo de aplausos. Era un hombre alto de unos cuarenta y cinco años, panzudo pero con aspecto saludable, vestido con vaqueros y jersey de pico azul. No había ningún micrófono a la vista, pero cuando se puso a hablar, su voz se oyó amplificada y clara.

—Hola a todos. Me llamo Eamon Bailey —dijo, entre otra salva de aplausos que él se apresuró a acallar—. Gracias. Me alegro mucho de veros a todos. Unos cuantos de vosotros habéis llegado a la empresa después de mi última presentación, ya hace un mes. ¿Podéis poneros de pie los novatos?

Annie le dio un codazo a Mae. Mae se puso de pie y escrutó el auditorio, donde había otras sesenta personas de pie, la mayoría de la edad de ella, todas con aspecto tímido y todas discretamente elegantes. Entre todas representaban hasta la última raza y etnia del mundo, y gracias a los esfuerzos que hacía el Círculo para obtener permisos para trabajadores extranjeros, también había un espectro asombroso de naciones de origen. El aplauso del resto de los circulistas fue estridente y se entremezclaba con vítores aquí y allí. Mae se sentó.

—Estás muy mona cuando te sonrojas —le dijo Annie.

Mae se hundió en su asiento.

—Novatos —dijo Bailey—, os espera algo especial. Esto se llama el Viernes de los Sueños, y nos sirve para presentar cosas en las que estamos trabajando. A menudo las presenta alguno de nuestros ingenieros, diseñadores o visionarios, y otras veces yo en solitario. Y hoy, para bien o para mal, me toca solo a mí. Y por eso me disculpo de antemano.

—¡Te queremos, Eamon! —dijo una voz del público.

Se oyeron risas.

—Vaya, gracias —dijo él—. Yo también os quiero. Os quiero como la hierba ama al rocío y como los pájaros aman una rama.

Hizo una breve pausa que permitió a Mae recobrar el aliento. Ella había visto aquellas charlas en internet, pero el hecho de estar allí en persona, viendo cómo trabajaba la mente de Bailey y oyendo su elocuencia improvisada, superaba a todo lo que se hubiera podido imaginar. ¿Cómo debía de ser, pensó ella, ser alguien así, tan elocuente e inspirador, y sentirse tan cómodo delante de miles de personas?

—Sí —continuó—. Ya ha pasado un mes desde la última vez que me subí a este escenario, y sé que mis sustitutos no han resultado satisfactorios. Lamento haberos privado de mí mismo. Soy consciente de que no hay sustituto posible. —El chiste arrancó risas por el auditorio—. Y sé que muchos os habéis estado preguntando dónde coño me había metido.

Una voz procedente del frente de la sala gritó «¡Haciendo surf!», y la sala entera se rió.

—Bueno, es verdad. He hecho un poco de surf, y en parte es de eso de lo que os quiero hablar. Me encanta el surf, pero cuando lo quiero practicar necesito saber primero el estado de las olas. A ver, antaño te levantabas y llamabas a tu tienda de surf y les preguntabas qué tal las olas. Hasta que ellos dejaban de cogerte el teléfono.

Del contingente de más edad de la sala vinieron risas de complicidad.

—Cuando proliferaron los móviles, podías llamar a tus colegas que llegaban a la playa antes que tú. Pero también ellos dejaron de cogerte el teléfono.

Otra risotada del público.

—Ahora en serio. No es nada práctico hacer doce llamadas cada mañana, y además, ¿se puede confiar en lo que opina otro de las condiciones del mar? Con las escasas olas que tenemos por aquí, los surfistas no quieren compartirlas con más gente. Luego llegó internet y empezaron a aparecer genios que ponían cámaras en las playas. Podíamos conectarnos y ver imágenes de muy baja calidad de las olas de Stinton Beach. ¡Era casi peor que llamar a las tiendas de surf! La tecnología era bastante primitiva. La tecnología de streaming lo sigue siendo. O lo era. Hasta ahora.

Por detrás de él descendió una pantalla.

—Fijaos. Así era como se veía la cosa.

En pantalla apareció un navegador estándar de internet, y una mano invisible tecleó en la casilla del URL la dirección de una página web llamada SurfSight. Apareció una página mal diseñada, con la imagen diminuta en streaming de una playa en el centro. Estaba pixelada e iba cómicamente despacio. Se oyeron risitas ahogadas entre el público.

—Casi inservible, ¿verdad? Pues bueno, como sabemos, el streaming de vídeo ha mejorado bastante en los últimos años. Pero sigue siendo más lento que la vida real, y la calidad de pantalla es bastante decepcionante. Así pues, hemos dedicado el último año a resolver, creo yo, los problemas de calidad. Volvamos a cargar esa página para mostrarla con la nueva calidad de vídeo.

Se volvió a cargar la página y la playa apareció a pantalla completa y con una resolución perfecta. Hubo exclamaciones de admiración por toda la sala.

—Pues sí, son imágenes de vídeo en directo de Stinson Beach. Se trata de Stinson en este mismo momento. Se ve bastante bien, ¿eh? ¡Tal vez debería estar allí, en lugar de aquí plantado con vosotros!

Annie se inclinó hacia Mae.

—Lo que viene ahora es increíble. Fíjate.

—Veo que muchos de vosotros seguís sin estar muy impresionados. Ya sabemos que hay muchos aparatos que pueden producir streaming de vídeo en alta resolución, y muchas de vuestras tablets y teléfonos ya los soportan. Pero esto que os traigo hoy tiene un par de aspectos nuevos. El primero es cómo estamos obteniendo esta imagen. ¿Acaso os sorprendería enteraros de que la imagen no viene de una cámara grande, sino de una de estas?

Les mostró un aparatito del tamaño de una piruleta y con la misma forma.

—Esto es una cámara de vídeo, y es el modelo exacto que está generando esta calidad increíble de imagen. Una calidad de imagen que resiste este nivel de ampliación. De manera que ese es el primer aspecto fantástico. El hecho de que ya podemos conseguir calidad de resolución de alta definición con una cámara del tamaño de un pulgar. Bueno, de un pulgar muy grande. Y el segundo aspecto fabuloso es que, como podéis ver, esta cámara no necesita cables. Está transmitiendo la imagen vía satélite.

Una salva de aplausos hizo temblar la sala.

—Esperad. ¿Os he dicho que funciona con una batería de litio que dura dos años? ¿No? Pues así es. Y nos falta un año para conseguir un modelo totalmente alimentado por energía solar. Y es sumergible, resistente a la arena, al viento, a los animales, a los insectos y a todo.

Más aplausos se adueñaron de la sala.

—Así pues, esta mañana he instalado esa cámara. La he pegado con cinta adhesiva a una estaca y he clavado la estaca en la arena, en las dunas, sin permiso ni nada. De hecho, nadie sabe que está ahí. Pero, bueno, como iba diciendo, esta mañana la he encendido, me he vuelto en coche a la oficina, he accedido a la Cámara Uno de Stinson Beach y he recibido esta imagen. No está mal. Pero eso no es todo, ni mucho menos. La verdad es que esta mañana he estado muy ocupado. He ido con el coche y he puesto otra en Rodeo Beach.

La imagen original de Stinson Beach se encogió y se desplazó a un rincón de la pantalla. Emergió otra ventana que mostraba las olas de Rodeo Beach, situada a unos kilómetros de la primera, en la costa del Pacífico.

—Y ahora Montara. Y Ocean Beach. Fort Point.

Con cada playa que Bailey mencionaba aparecía otra imagen en directo. Por fin quedó en pantalla un mosaico de imágenes que mostraba seis playas, todas en directo, visibles con una claridad perfecta y colores brillantes.

—Y acordaos: estas cámaras no las ve nadie. Las he escondido bastante bien. A una persona normal le parecen simples hierbas, o alguna clase de palo. Lo que sea. Pasan desapercibidas. Así pues, durante unas cuantas horas de esta mañana me he dedicado a instalar señales de vídeo de una claridad diáfana en seis ubicaciones que me ayudarán a decidir cómo planificar mi jornada. Y toda nuestra tarea consiste en averiguar lo que antes no sabíamos, ¿verdad?

Varias cabezas asintieron. Se oyeron unos cuantos aplausos.

—Vale, pues, a ver, muchos estáis pensando: Vaya, esto no es más que televisión de circuito cerrado cruzada con tecnología de streaming, satélites y tal. Vale. Pero, como sabéis, a una persona normal y corriente le resultaría prohibitivamente caro hacer esto con la tecnología existente. Pero ¿qué pasaría si todo esto fuera accesible y económicamente estuviera al alcance de todo el mundo? Amigos, estamos planteándonos vender estas cámaras... bueno, en unos meses... a cincuenta y nueve dólares cada una.

Bailey sostuvo con el brazo extendido la cámara de piruleta y se la lanzó a alguien que estaba en primera fila. La mujer que la cazó al vuelo la sostuvo en alto, se giró hacia el público y sonrió entusiasmada.

—Podéis comprar diez por Navidad y eso os dará acceso constante a todos los sitios donde queráis estar: a la casa, al trabajo y a las condiciones del tráfico. Y las puede instalar cualquiera. Se tarda cinco minutos como mucho. ¡Pensad en las implicaciones!

La pantalla que tenía detrás se vació, las playas desaparecieron y apareció un mosaico de imágenes nuevo.

—Esta es la vista desde mi jardín de atrás —dijo, revelando las imágenes en directo de un jardín pulcro y modesto—. Este es mi jardín delantero. Mi aparcamiento. Esta la he puesto en una colina que domina la carretera 101 y que tiene mucho tráfico en hora punta. Esta otra la he puesto cerca de mi puesto de aparcamiento, para asegurarme de que nadie me lo ocupa.

Pronto la pantalla mostró dieciséis imágenes distintas, todas retransmitidas en directo.

—A ver, estas son únicamente *mis* cámaras. Para acceder a ellas solo tengo que teclear «Cámara 1, 2, 3, 12», la que sea. Fácil. Pero ¿y si queremos compartirlas? O sea, ¿qué pasa si mi colega tiene colocadas unas cuantas cámaras y me quiere dar acceso a ellas?

De golpe el mosaico de la pantalla se multiplicó, pasando de dieciséis ventanas a treinta y dos.

—Estas son las pantallas de Lionel Fitzpatrick. A él lo que le gusta es esquiar, por eso ha instalado las cámaras para que le enseñen el estado de la nieve en doce ubicaciones repartidas por todo Tahoe.

Aparecieron doce imágenes en directo de montañas de cimas blancas, valles de color azul helado y riscos coronados por coníferas de color verde oscuro.

—Lionel puede darme acceso a la cámara que él quiera. Es como cuando mandabas una petición de amistad a alguien, pero ahora además tienes acceso a sus señales de vídeo en directo. Olvidaos del cable. Olvidaos de tener quinientos canales. Si tenéis mil amigos, y cada uno tiene diez cámaras, ahora tenéis diez mil opciones de vídeo en directo. Si tenéis cinco mil amigos, tenéis cincuenta mil opciones. Y pronto podréis conectaros con millones de cámaras de todo el mundo. ¡Volved a imaginaros lo que eso implica!

La pantalla se atomizó en un millar de minipantallas. Playas, montañas, lagos, ciudades, oficinas, salas de estar. La multitud prorrumpió en aplausos fervorosos. Por fin la pantalla fundió a negro, y del negro emergió un símbolo de la paz, en blanco.

—Imaginaos ahora lo que esto implica en el ámbito de los derechos humanos. La gente que protesta en las calles de Egipto ya no necesitará llevar una cámara en la mano para ver si capta alguna violación de los derechos humanos o un asesinato y luego se las apaña para sacar la grabación de las calles y la cuelga en la red. Ahora basta con pegar una cámara con cola a una pared. Y, de hecho, eso es justamente lo que hemos hecho.

Un silencio asombrado se adueñó del público.

–Veamos la cámara 8, que está en El Cairo.

Apareció un plano en directo de una escena callejera. Había pancartas tiradas por la calle y una pareja de policías antidisturbios de pie a lo lejos.

–Ellos no saben que los estamos viendo, y sin embargo los vemos. El mundo está mirando. Y escuchando. Subid el audio.

De pronto el público del auditorio pudo oír claramente una conversación en árabe entre los peatones que pasaban cerca de la cámara sin darse cuenta.

–Y, por supuesto, la mayoría de las cámaras se pueden manipular manualmente o por medio de reconocimiento de voz. Mirad esto: cámara 8, gira a la izquierda. –En la pantalla, la perspectiva que tenía la cámara de la calle de El Cairo trazó una panorámica hacia la izquierda–. Ahora a la derecha.

Panorámica a la derecha. Bailey demostró cómo la cámara se movía hacia arriba, hacia abajo y en diagonal, todo con una fluidez notable.

El público volvió a aplaudir.

–Acordaos de que son cámaras baratas, fáciles de esconder y no necesitan cables. De manera que no nos ha costado nada colocarlas por todas partes. Ahora veamos Tahrir.

Exclamaciones ahogadas del público. En pantalla apareció un plano en directo de la plaza Tahrir, la cuna de la revolución egipcia.

–Hemos hecho que nuestra gente en El Cairo se pasara esta última semana poniendo cámaras. Son tan pequeñas que el ejército no las puede encontrar. ¡No saben ni dónde buscarlas! Enseñemos el resto de las cámaras. Cámara 2. Cámara 3. Cuatro. Cinco. Seis.

Ahora había seis planos de la plaza, todos tan nítidos que se podía ver el sudor de las caras y se podían leer fácilmente las identificaciones de los soldados.

—Ahora de la 7 a la 50.

Apareció un mosaico de cincuenta imágenes que parecían cubrir todo el espacio público. El auditorio volvió a bramar. Bailey levantó las manos, como diciendo: «Todavía no. Hay mucho más».

—Ahora la plaza está en calma, pero ¿os imagináis que pasara algo? Los responsables quedarían en evidencia al instante. Cualquier soldado que cometiera un acto de violencia quedaría grabado instantáneamente para la posteridad. Se los podría juzgar por crímenes de guerra o lo que fuera. Y aunque vaciaran la plaza de periodistas, las cámaras seguirían allí. Y daría igual cuántas veces intentaran suprimir las cámaras, porque son tan pequeñas que nunca averiguarían a ciencia cierta dónde están ni quién las ha colocado ni cuándo. Y el hecho de no saberlo impediría abusos de poder. A cualquier soldado le preocupará la posibilidad de que lo graben una docena de cámaras para la posteridad arrastrando a una mujer por la calle. Y hará bien en preocuparse. Hará bien en preocuparse de estas cámaras. Hará bien en preocuparse de SeeChange. Que es como las llamamos.

Hubo una ráfaga de aplausos, que creció a medida que el público entendía el doble sentido de las palabras del nombre.

—¿Os gusta? —dijo Bailey—. Vale, pues esto no solo se aplica a las regiones con tumultos sociales. Imaginaos cualquier ciudad que recibiera esta cobertura. ¿Quién cometería un delito sabiendo que lo pueden ver en cualquier momento y en cualquier parte? Mis amigos del FBI creen que esto reduciría los índices de criminalidad en un setenta o un ochenta por ciento en cualquier ciudad donde tuviéramos una saturación real e importante de cobertura.

El aplauso arreció.

—Pero de momento regresemos a los lugares del mundo donde necesitamos más transparencia y casi nunca la conseguimos. Aquí tenéis un montaje de lugares del mundo donde hemos puesto cámaras. Imaginaos ahora el impacto que habrían tenido estas cámaras en el pasado, y el que tendrán en el futuro si se repiten los problemas. Aquí hay cincuenta cámaras puestas en la plaza de Tiananmen.

La pantalla se llenó de planos en directo de la plaza y el público volvió a estallar en aplausos. Bailey continuó revelando su cobertura de una docena de regímenes autoritarios, desde Jartum hasta Pyongyang, cuyas autoridades no tenían ni idea de que estaban siendo observadas por tres mil circulistas en California. De hecho, no tenían ni idea de que *podían* ser observadas, de que aquella tecnología era posible o lo iba a ser algún día.

Bailey volvió a vaciar la pantalla y caminó en dirección al público.

—Vosotros me entendéis, ¿verdad? En esta clase de situaciones estoy de acuerdo con La Haya y con los activistas en favor de los derechos humanos de todo el mundo. Los culpables tienen que rendir cuentas. Los tiranos ya no pueden seguir escondiéndose. Hace falta documentar las cosas y pedir cuentas, y así se hará, y nosotros necesitamos ser testigos. Y a este fin, yo insisto en que se sepa todo lo que sucede.

Sus palabras aparecieron en la pantalla.

QUE SE SEPA TODO LO QUE SUCEDE.

—Amigos, estamos en el amanecer de la Segunda Ilustración. Y no estoy hablando de construir un edificio nuevo en el campus. Estoy hablando de una época en que dejemos de permitir que la mayoría de los pensamientos, actos, logros y descubrimientos humanos se pierdan como el agua de una gotera. Ya permitimos que sucediera una vez. Aquello se llamó la Edad Media, la Edad de las Tinieblas. Si no fuera por los monjes, se habrían perdido todos los descubrimientos del mundo. Pues bueno, vivimos en una época parecida, en la que nos dedicamos a perder una gran parte de lo que hacemos, vemos y aprendemos. Pero no tiene por qué ser así. Gracias a estas cámaras y a la misión del Círculo.

Se giró una vez más hacia la pantalla y leyó su mensaje, invitando al público a que se lo aprendiera de memoria.

QUE SE SEPA TODO LO QUE SUCEDE.

Se volvió una vez más hacia el público y sonrió.

—Vale, ahora quiero llevarme esta cuestión a casa. Mi madre tiene ochenta y un años. Ya no se desplaza con la misma facilidad que antes. Hace un año se cayó y se rompió la cadera, y desde entonces me preocupa su estado. Le pedí que instalara unas cuantas cámaras de seguridad para que yo pudiera acceder a ellas por circuito cerrado, pero se negó. Ahora, en cambio, estoy tranquilo. El fin de semana pasado, mientras ella estaba echando la siesta...

Una risotada se elevó del público.

—¡Perdonadme! ¡Perdonadme! —dijo—. No tuve elección. Ella no me dejó alternativa. Así que entré con sigilo y le instalé cámaras en todas las habitaciones. Son tan pequeñas que no llegará a darse cuenta nunca. Os lo enseño ahora mismo. ¿Podemos poner las cámaras 1 a 5 de la casa de mi madre?

Apareció un mosaico de imágenes, entre ellas la de su madre, que iba arrastrando los pies por un pasillo con mucha luz y envuelta en una toalla. Estallaron las carcajadas.

—Ay. Quitemos esa. —La imagen desapareció—. En todo caso, lo importante es que yo sé que ella está bien, y eso me infunde una sensación de paz. Como todos sabemos aquí en el Círculo, la transparencia genera tranquilidad. Ya no tengo que preguntarme: «¿Cómo está mi madre?». Y ya no tengo que preguntarme: «¿Qué está pasando en Birmania?».

»Estamos fabricando millones de unidades de este modelo, y yo vaticino que dentro de un año tendremos a nuestro alcance un millón de señales de streaming en vivo. Habrá muy pocas zonas pobladas a las que no tengamos acceso por medio de nuestras pantallas portátiles.

El público volvió a bramar. Alguien gritó:

—¡Lo queremos ya!

Bailey continuó:

—En lugar de buscar en internet para encontrar unos vídeos editados y de calidad terrible, ahora iréis a SeeChange y teclearéis «Birmania». O bien teclearéis el nombre de vuestro novio del instituto. Lo más probable es que alguien haya puesto una cámara cerca, ¿verdad? ¿Por qué no se iba a ver recompensada vuestra curiosidad sobre el mundo? ¿Queréis ver Fiyi pero no podéis ir? SeeChange. Es la transparencia suprema. Sin filtros. Verlo todo. Siempre.

Mae se inclinó hacia Annie.

—Esto es increíble.

—¿Verdad que sí? —le dijo Annie.

—Pero a ver, ¿estas cámaras tienen que ser estacionarias? —dijo Bailey, levantando un dedo con gesto de reprimenda—. Claro que no. Resulta que ahora mismo tengo a una docena de ayudantes por todo el mundo que llevan las cámaras al cuello. Vamos a visitarlos, ¿de acuerdo? ¿Me podéis poner la cámara de Danny?

En pantalla apareció una imagen de Machu Picchu. Parecía una postal, una simple vista desde lo alto de las ruinas vetustas. De pronto empezó a moverse, en dirección al yacimiento. La multitud ahogó una exclamación y a continuación prorrumpió en vítores.

—Son imágenes en directo, aunque supongo que es obvio. Hola, Danny. Ahora vamos con Sarah, que está en el monte Kenia. —En la pantalla gigante apareció otra imagen, esta de los yacimientos de pizarra de las alturas de la montaña—. ¿Puedes indicarnos la dirección del pico, Sarah? —La cámara trazó una panorámica ascendente, revelando la cúspide de la montaña, envuelta en nieblas—. Fijaos, esto abre la posibilidad de tener sustitutos visuales. Imaginaos que yo estoy enfermo en cama, o que estoy demasiado mal de salud como para explorar la montaña en persona. Así que mando a alguien ahí arriba con una cámara al cuello y así lo puedo experimentar todo a tiempo real. Hagámoslo en unos cuantos lugares más.

Presentó imágenes en directo de París, de Kuala Lumpur y de un pub de Londres.

—Ahora experimentemos un poco, usándolo todo junto. Yo estoy sentado en casa. Me conecto y quiero ver qué tal está el mundo. Enséñame el tráfico de la 101. Las calles de Yakarta. Gente haciendo surf en Bolinas. La casa de mi madre. Enséñame las webcams de todos mis compañeros del instituto.

Con cada una de sus órdenes fueron apareciendo imágenes nuevas, hasta que en pantalla hubo un centenar de imágenes simultáneas de streaming en directo.

—Nos volveremos seres omniscientes que lo ven todo.

Ahora el público estaba de pie. Los aplausos retumbaron por la sala. Mae apoyó la cabeza en el hombro de Annie.

—Que se sepa todo lo que sucede —susurró Annie.

—Estás radiante.
—De verdad.
—No estoy radiante.

—Parece que estés en estado.

—Ya te había entendido. Para.

El padre de Mae extendió el brazo por encima de la mesa y le cogió la mano. Era sábado y sus padres la habían sacado a cenar para celebrar su primera semana en el Círculo. Siempre estaban con sensiblerías de aquel estilo, por lo menos últimamente. Cuando ella era niña, hija única de una pareja que durante mucho tiempo se había planteado no tener hijos, su vida familiar había sido más complicada. Durante la semana, a su padre apenas se lo veía por casa. Era conserje de un edificio del parque de oficinas de Fresno, trabajaba catorce horas diarias y le dejaba todas las tareas domésticas a su madre, que trabajaba tres turnos semanales en el restaurante de un hotel y reaccionaba a toda aquella presión con un mal genio explosivo, dirigido casi siempre a Mae. Cuando Mae tenía diez años, sin embargo, sus padres anunciaron que habían comprado un aparcamiento de dos plantas cerca del centro de Fresno y se pasaron los años siguientes turnándose para trabajar en él. A Mae le resultaba humillante que los padres de sus amigos le dijeran: «Eh, he visto a tu madre en el aparcamiento». O bien: «Dale las gracias otra vez a tu padre por no cobrarme el otro día», pero sus finanzas no tardaron en estabilizarse y la familia pudo contratar a un par de empleados para hacer algunos turnos en su lugar. Y en cuanto sus padres se pudieron tomar días libres, y planear las cosas con más de unos meses de antelación, se amansaron y se convirtieron en una pareja madura de lo más tranquila y exasperantemente tierna. Fue como si, en el curso de un año, pasaran de ser los típicos padres jóvenes y agobiados a ser unos abuelos reposados, afables y sumidos en la inopia total acerca de lo que quería su hija. Al graduarse ella de la escuela de secundaria, se la llevaron en coche a Disneyland, sin entender del todo que ya era demasiado mayor, y que el hecho de ir allí sola —o con dos adultos, que en la práctica era como ir sola— se contradecía con la idea misma de la diversión. Sin embargo, lo hicieron con tan buena intención que ella no pudo negarse, y al final se divirtieron de una forma mecánica que ella no sabía que fuera posible con los padres de una. Cualquier resto de resentimiento que ella les pudiera tener por las incertidumbres emocionales de los años pasados era sofocado por las constantes aguas frías de las postrimerías de la mediana edad de ellos.

Y ahora habían venido en coche hasta la bahía, para pasar el fin de semana en el hostal más barato que habían podido encontrar, que estaba a veinticinco kilómetros del Círculo y tenía pinta de casa encantada. Acababan de salir a cenar a un restaurante falsamente elegante del que los dos habían oído hablar, y si alguien resplandecía allí eran ellos. Estaban radiantes.

—¿Y qué? ¿Ha sido fantástico? —le preguntó su madre.

—Pues sí.

—Lo sabía.

Su madre se reclinó en su asiento y se cruzó de brazos.

—No quiero trabajar nunca más en otra parte —dijo Mae.

—Qué alivio —dijo su padre—. Nosotros tampoco queremos que trabajes en otra parte.

Su madre se inclinó de golpe hacia delante y cogió a Mae del brazo.

—Se lo he dicho a la madre de Karolina. Ya la conoces. —Arrugó la nariz, que era lo más parecido a un insulto de que ella era capaz—. Me puso una cara como si le acabaran de meter una estaca afilada por el trasero. Temblaba de envidia.

—Mamá…

—Dejé caer tu sueldo.

—¡Mamá!

—Me limité a decirle: «Espero que pueda salir adelante con un sueldo de sesenta mil dólares».

—No me puedo creer que le hayas dicho eso.

—Es verdad, ¿no?

—En realidad son sesenta y dos mil.

—Ay, caray. Voy a tener que llamarla.

—Ni se te ocurra.

—Vale, no la llamaré. Pero está siendo divertidísimo. Me limito a dejarlo caer en las conversaciones. Mi hija está en la empresa más codiciada del planeta y tiene cobertura total.

—No lo hagas, por favor. Simplemente he tenido suerte. Y Annie…

Su padre se inclinó hacia delante.

—¿Cómo está Annie?

–Bien.

–Dile que la queremos.

–Se lo diré.

–¿No ha podido venir esta noche?

–No. Estaba ocupada.

–Pero ¿la has invitado?

–Sí. Os manda un saludo. Pero trabaja mucho.

–¿A qué se dedica exactamente? –le preguntó su madre.

–Pues, de hecho, a todo –dijo Mae–. Está en la Banda de los 40. Participa en todas las grandes decisiones. Creo que su especialidad es tratar con los problemas de regulación en otros países.

–Estoy segura de que tiene un montón de responsabilidad.

–¡Y acciones! –dijo su padre–. No me puedo ni imaginar la fortuna que debe de tener.

–Papá… Deja de imaginarte esas cosas.

–¿Por qué trabaja, con todas las acciones que tiene? Yo estaría en una playa. Tendría un harén.

La madre de Mae le puso una mano sobre la suya.

–Vinnie, para ya. –Luego le dijo a Mae–: Espero que tenga tiempo de disfrutarlo.

–Lo tiene –dijo Mae–. Seguramente ahora mismo estará en una fiesta que hay en el campus.

Su padre sonrió.

–Me encanta que lo llaméis «campus». Mola mucho. Nosotros a esos sitios los llamábamos «la oficina».

La madre de Mae puso cara preocupada.

–¿Una fiesta, Mae? ¿Y tú no querías ir?

–Sí, pero quería veros a vosotros. Y fiestas hay muchas.

–¡Pero si es tu primera semana! –Su madre parecía afligida–. Tal vez deberías haber ido. Ahora me siento mal. No te hemos dejado ir.

–Creedme. Montan fiestas día sí y día no. Son una gente muy sociable. No pasa nada.

–No estarás parando para almorzar todavía, ¿verdad? –le preguntó su madre.

Le había dicho exactamente lo mismo cuando Mae había empezado a trabajar para el municipio: que la primera semana no hay que parar a la hora del almuerzo. Queda mal.

—No te preocupes —dijo Mae—. Ni siquiera he usado el cuarto de baño.

Su madre puso los ojos en blanco.

—En fin, déjame que te diga lo orgullosa que estoy. Te queremos.

—Y a Annie —dijo su padre.

—Eso. Os queremos a ti y a Annie.

Comieron deprisa, conscientes de que el padre de Mae se cansaría pronto. Había insistido él en salir a cenar, aunque en su pueblo ya no lo hacía casi nunca. Su fatiga era constante, y podía presentarse de pronto y con intensidad, llevándolo casi al colapso. Cuando hacían una escapada como aquella, era importante estar preparados para retirarse deprisa, y lo hicieron antes del postre. Mae los acompañó a su habitación, y allí, entre las docenas de muñecas que tenían los propietarios del hostal, desperdigadas por la habitación y mirándolos, Mae y sus padres tuvieron ocasión de relajarse sin miedo a lo que pudiera pasar. Mae todavía no se había acostumbrado al hecho de que su padre tuviera esclerosis múltiple. Solo hacía dos años que se la habían diagnosticado, aunque los síntomas llevaban años siendo visibles. Había empezado arrastrando las palabras, luego intentaba coger cosas y su brazo pasaba de largo y por fin se había caído dos veces en el vestíbulo de su casa al intentar llegar a la puerta. De manera que habían vendido el aparcamiento, habían sacado una suma decente y ahora dedicaban su tiempo a gestionar el tratamiento médico, lo cual implicaba por lo menos unas horas diarias estudiando facturas médicas y batallando con la aseguradora.

—Ah, el otro día vimos a Mercer —dijo su madre, y su padre sonrió.

Mercer era uno de los ex novios de Mae, uno de los cuatro novios serios que había tenido en el instituto y en la universidad. Por lo que respectaba a sus padres, sin embargo, era el único que contaba, o por lo menos el único al que ellos tenían en cuenta y recordaban. También se debía en parte al hecho de que seguía viviendo en el pueblo.

—Qué bien —dijo Mae, deseosa de atajar aquel derrotero de la conversación—. ¿Sigue haciendo lámparas de brazos con astas de ciervo?

—No te pases —dijo su padre, captando el retintín de ella—. Tiene su propio negocio. Y no es que él se jacte, pero parece que le va muy bien.

Mae sintió la necesidad de cambiar de tema.

—De momento llevo un promedio de 97 —les dijo—. Dicen que para una novata es un récord.

La expresión de las caras de sus padres fue de perplejidad. Su padre parpadeó lentamente. No tenían ni idea de a qué se refería.

—¿Eso qué es, cielo?

Mae lo dejó correr. En cuanto había oído salir las palabras de su boca, se había dado cuenta de que el comentario sería demasiado largo de explicar.

—¿Cómo van las cosas con la aseguradora? —preguntó, y se arrepintió al instante.

¿Por qué hacía aquella clase de preguntas? Ahora la respuesta se tragaría la noche entera.

—Mal —dijo su madre—. No sé. Tenemos la póliza equivocada. O sea, no quieren asegurar a tu padre, así de claro, y parece que están haciendo todo lo que pueden para que nos marchemos. Pero ¿cómo nos vamos a marchar? No tenemos a donde ir.

Su padre se incorporó hasta sentarse.

—Cuéntale lo de la receta.

—Ah, sí. Tu padre lleva dos años tomando Copaxone, para el dolor. Lo necesita. Sin él…

—Al dolor le entran… las malas pulgas —dijo él.

—Pues ahora la aseguradora dice que no le hace falta. Que no lo tienen en la lista de medicaciones aprobadas de antemano. ¡Y eso que él lleva usándolo dos años!

—Parece una crueldad innecesaria —dijo el padre de Mae.

—No han ofrecido ninguna alternativa para el dolor. ¡Nada!

Mae no supo qué decir.

—Lo siento. ¿Queréis que busque alguna alternativa en internet? O sea, ¿habéis mirado si los médicos pueden encontrar otro fármaco que la aseguradora sí pague? Un genérico, tal vez…

Siguieron así una hora, y al final Mae estaba hecha polvo. La esclerosis múltiple, el hecho de que ella no pudiera ralentizarla y su incapacidad para traer de vuelta la vida que su padre había conocido, todo aquello la atormentaba, pero la situación con la aseguradora era otra cosa, era un delito innecesario, algo excesivo. ¿Es que las aseguradoras no se daban cuenta de que el coste de su ofuscación, de sus negativas y de toda la frustración que causaban únicamente empeoraba la salud de su padre y amenazaba la de su madre? En el mejor de los casos, era una actitud ineficiente. Seguramente todo el tiempo que se pasaban denegando la cobertura, discutiendo, haciendo caso omiso y frustrándoles salía menos a cuenta que otorgar el acceso a los cuidados adecuados.

—Ya basta de esto —dijo su madre—. Te hemos traído una sorpresa. ¿Dónde está? ¿La tienes tú, Vinnie?

Se congregaron en la cama alta y cubierta por una raída colcha de retales y su padre le entregó a Mae un regalo pequeño y envuelto en papel. El tamaño y la forma de la caja sugerían un collar, pero Mae sabía que no podía ser un collar. Lo desenvolvió, abrió la caja de terciopelo y se rió. Era una pluma, una de aquellas cada vez más difíciles de encontrar, plateadas y extrañamente pesadas, que requerían ser cuidadas y recargadas y que servían principalmente para exhibirlas.

—No te preocupes, no la hemos comprado —le dijo a Mae su padre.

—¡Vinnie! —se quejó su madre.

—En serio —dijo él—. No la hemos comprado. Me la regaló un amigo mío el año pasado. Le dio lástima que yo ya no pudiera trabajar. No sé cómo pensaba qué iba a usar yo una pluma, si apenas puedo teclear. Pero, bueno, nunca fue un tipo muy listo.

—Hemos pensado que te quedaría bien en la mesa —añadió su madre.

—¿Somos los mejores o qué? —dijo su padre.

La madre de Mae se rió y, todavía más importante, su padre se rió también. Soltó una risa enorme con la panza. En la segunda fase de sus carreras de padres, la fase de la tranquilidad, a él le había dado por reír, por reírse todo el tiempo y de todo. Su risa había sido la banda sonora de los años de adolescencia de Mae. Se reía de cosas que eran abiertamente graciosas y de otras que como mucho provocarían una sonrisa, y también de cosas que lo tendrían que haber molestado. Cuando Mae se portaba mal, por ejemplo, a él le parecía hilarante. Una noche la pilló escabulléndose por su ventana para ir a ver a Mercer y a punto estuvo de desplomarse de la risa. Todo le resultaba cómico, todo lo que tuviera que ver con la adolescencia de ella lo mataba de la risa. «¡Tendrías que haberte visto la cara cuando te he pillado! ¡Impagable!»

Pero luego llegó el diagnóstico de la esclerosis múltiple y el júbilo desapareció casi por completo. El dolor era constante. Los períodos en que no se podía levantar, en que no confiaba en que las piernas lo sostuvieran, eran demasiado frecuentes y demasiado peligrosos. Todas las semanas le tocaba ir a urgencias. Y por fin, gracias a los esfuerzos heroicos de la madre de Mae, visitó a unos cuantos médicos que le prestaron atención y le dieron los fármacos adecuados que lo estabilizaron, por lo menos durante una temporada. Luego vinieron las debacles con las aseguradoras y el descenso a aquel purgatorio de atención sanitaria.

Aquella noche, sin embargo, su padre estaba boyante, y su madre también estaba de buen humor, había encontrado jerez en la cocinita del hostal y se había puesto a compartirlo con Mae. Su padre no tardó en quedarse dormido, sin desvestirse, encima de la ropa de cama, con todas las luces encendidas y con Mae y su madre todavía hablando a pleno volumen. Cuando vieron que se había quedado roque, Mae se hizo una cama a los pies de la de ellos.

Por la mañana se levantaron tarde y fueron a almorzar a una cafetería. Su padre comió bien, y Mae vio que su madre fingía despreocupación y que los dos hablaban sobre la última iniciativa empresarial extravagante de un tío caprichoso, algo relacionado con criar langostas en arrozales. Mae sabía que su madre no podía dejar de estar nerviosa ni un momento, nerviosa por su padre y porque este comiera fuera dos veces seguidas, y que lo estaba vigilando con atención. A él se lo veía contento pero enseguida se le agotaron las fuerzas.

—Vosotras id pagando —les dijo—. Yo me voy a echar un momento en el coche.

—Podemos ayudarte —dijo Mae, pero su madre la hizo callar. Su padre ya estaba de pie y acercándose a la puerta.

—Se cansa. No pasa nada —dijo su madre—. Ahora tiene una rutina distinta. Descansa. Hace cosas, camina, come, se pasa un rato animado y luego descansa. Todo es muy regular y tranquilizador, la verdad.

Pagaron la cuenta y salieron al aparcamiento. Mae vio los mechones ralos del pelo blanco de su padre a través de la ventanilla del coche. La mayor parte de su cabeza quedaba por debajo del marco de la ventanilla, de tan recostado que estaba en el asiento de atrás. Cuando llegaron al coche, vieron que estaba despierto y mirando las ramas entrelazadas de un árbol que no tenía nada de especial. Él bajó la ventanilla.

—Bueno, esto ha sido maravilloso —les dijo.

Mae se despidió de ellos y se marchó, contenta de tener la tarde libre. Condujo en dirección al oeste, bajo un cielo soleado y tranquilo, por entre un paisaje de colores sencillos y claros, azules, amarillos y verdes. Al acercarse a la costa, dobló en dirección a la bahía. Si se daba prisa, todavía le quedarían unas horas para ir en kayak.

Mercer la había introducido al kayak, una actividad que hasta entonces ella había considerado poco elegante y aburrida. Sentarse en la misma línea de flotación, luchando por mover aquel remo con forma de cucharilla de helado. El retorcimiento constante le parecía doloroso, y el ritmo demasiado lento. Pero luego lo había probado, con Mercer, usando no los modelos profesionales, sino el más básico, aquel donde te sentabas encima con las piernas y los pies al descubierto. Habían remado por la bahía, moviéndose más deprisa de lo que ella se esperaba, y habían visto focas moteadas y pelícanos, y Mae se había convencido de que era un deporte infravalorado de un modo vergonzoso, y de que la bahía era una masa de agua lamentablemente desaprovechada.

Habían zarpado desde una playa diminuta, dado que para alquilar el material no hacía falta ni formación ni equipamiento ni papeleo. Solo había que pagar quince dólares la hora y en cuestión de minutos ya estabas en la bahía, fría y despejada.

Ahora salió de la carretera y llegó a la playa, donde encontró el agua plácida y cristalina.

—Hola —le dijo una voz.

Mae se giró para encontrarse con una mujer mayor, patizamba y de pelo crespo. Era Marion, la propietaria de Maiden's Voyages. Ella era la doncella a la que aludía el nombre de su negocio, y llevaba quince años siéndolo, desde que había abierto al público tras ganar un pastón en el ramo de la papelería. Marion le había contado aquella historia a Mae la primera vez que esta le había alquilado el equipo, la misma que le contaba a todo el mundo y que a ella le parecía divertidísima: el hecho de que había ganado dinero vendiendo material de papelería y había abierto un negocio de alquiler de kayaks y surf de remo. Mae no tenía ni idea de por qué a Marion le parecía tan graciosa. Pero Marion era una persona cálida y complaciente, hasta cuando Mae le pedía que le sacara un kayak cuando apenas faltaban unas horas para cerrar, como estaba haciendo hoy.

—El mar está precioso —dijo Marion—. Pero no te vayas muy lejos.

Marion la ayudó a llevar el kayak por la arena y las rocas hasta las olas diminutas. Le puso el salvavidas a Mae.

—Y recuerda, no molestes a la gente de las casas flotantes. Tienen las salas de estar al mismo nivel que tu mirada, o sea que nada de fisgar. ¿Vas a querer botas o impermeable? —le dijo—. Puede que se levanten olas.

Mae dijo que no y se metió en el kayak, descalza y con la misma chaqueta de punto y los mismos vaqueros que había llevado al almuerzo. Tardó unos segundos en dejar atrás las barcas de pesca, las olas que rompían y a los practicantes de surf con remo y en llegar a las aguas abiertas de la bahía.

No vio a nadie. El hecho de que casi nadie usara aquella masa de agua llevaba meses confundiéndola. No había motos acuáticas. Pocos pescadores deportivos, nadie haciendo esquí acuático y solo alguna que otra embarcación a motor. Había veleros, pero no tantos como cabría esperar ni mucho menos. El agua helada solo lo explicaba en parte. ¿Tal vez era simplemente que en el norte de California había muchas otras cosas que hacer al aire libre? Era un misterio, aunque Mae no tenía queja. Así le quedaba más agua para ella.

Fue remando hasta el vientre de la bahía. Era verdad que se estaban levantando olas, y el agua fría le empezó a bañar los pies.

Sin embargo, le resultó agradable, tanto que estiró el brazo y cogió un puñado de agua con la mano ahuecada y se mojó la cara y la nuca. Al abrir los ojos se encontró a una foca moteada a seis o siete metros de distancia, mirándola como la miraría un perro tranquilo al entrar ella en su jardín. Tenía la cabeza redonda, gris y provista de la misma pátina brillante que el mármol pulido.

Se dejó el remo sobre el regazo y miró cómo la foca la miraba a ella. Los ojos del animal eran como botones negros, vacíos de pensamientos. Ella no se movió y la foca tampoco. Estaban las dos paralizadas en aquella contemplación mutua, y el momento, por su forma de alargarse y regocijarse en sí mismo, pedía continuidad. ¿Para qué moverse?

Le llegó una ráfaga de viento, trayéndole el olor acre de la foca. Ella ya se había fijado en aquello la última vez que había salido con el kayak, en lo fuerte que olían aquellos animales, un olor a medio camino entre atún y perro sucio. Era mejor ponerse contra el viento. Como si le acabara de entrar la vergüenza, la foca se sumergió bajo el agua.

Mae siguió alejándose de la costa. Se puso como meta llegar a una boya roja que acababa de ver, cerca del recodo de una península, en las profundidades de la bahía. Tardaría media hora aproximadamente en llegar a ella, y por el camino dejaría atrás varias docenas de barcazas y barcas de pesca ancladas. Muchas habían sido reconvertidas en casas flotantes, y ella sabía que no tenía que mirar por las ventanas, pero no lo pudo evitar; estaban llenas de misterios. ¿Por qué había una motocicleta en esta barcaza? ¿Por qué había una bandera confederada en aquel yate? A lo lejos vio un hidroavión volar en círculos.

Se levantó un viento a su espalda que la hizo dejar atrás enseguida la boya roja y acercarse a la orilla opuesta. No había planeado desembarcar allí, y nunca antes había llegado a cruzar la bahía, pero pronto tuvo la orilla a la vista y acercándosele a marchas forzadas, mientras el agua perdía profundidad y bajo la superficie empezaba a verse la zostera.

Se bajó de un salto del kayak y sus pies aterrizaron sobre los guijarros redondeados y suaves. Mientras empujaba el kayak hacia arriba, las aguas de la bahía subieron y le envolvieron las piernas. No fue una ola, fue más bien una subida uniforme del nivel del mar. Ella estaba de pie en una orilla seca y al momento siguiente el agua le llegaba a las espinillas y la dejaba toda empapada.

Cuando el agua volvió a descender, dejó tras de sí una ringlera ancha de algas grotescas y enjoyadas, azules, verdes y, bajo cierta luz, iridiscentes. Ella la sostuvo en sus manos y vio que era lisa y gomosa y tenía los bordes extravagantemente rizados. Mae tenía los pies mojados y el agua estaba fría como la nieve, pero no le importaba lo más mínimo. Se sentó en las rocas de la playa, cogió un palo y se puso a dibujar con él, repiqueteando en los guijarros lisos. Varios cangrejos diminutos, desenterrados e irritados, se alejaron correteando en busca de nuevos refugios. Un pelícano aterrizó playa abajo, sobre el tronco de un árbol muerto, blanqueado por los elementos e inclinado en diagonal, emergiendo del agua de color gris metálico, señalando perezosamente al cielo.

A continuación Mae se sorprendió a sí misma sollozando. Su padre estaba fatal. No, no estaba fatal. Lo estaba llevando con gran dignidad. Pero aquella mañana había algo completamente fatigado en él, algo derrotado y resignado, como si supiera que no podía luchar al mismo tiempo con lo que le estaba pasando a su cuerpo y con las empresas que gestionaban su tratamiento. Y ella no podía hacer absolutamente nada por él. No, sí que podía hacer mucho por él. Podía dejar su trabajo. Podía dejarlo y ayudar a hacer las llamadas telefónicas, a luchar todas las batallas que había que luchar para mejorar su estado. Era lo que haría una buena hija. Lo que haría una buena hija, una hija única. Una buena hija única se pasaría los siguientes tres o cinco años, que tal vez fueran los últimos años de movilidad y de plenas capacidades de su padre, ayudándolo a él y a su madre, formando parte de la maquinaria familiar. Pero ella sabía que sus padres no se lo permitirían. Nunca la dejarían hacerlo. De manera que estaba atrapada entre el trabajo que necesitaba y amaba y sus padres, a quienes no podía ayudar.

Pero le sentó bien llorar, dejar que le temblaran los hombros, sentir las lágrimas calientes en la cara, notar su sabor infantil a sal y secarse los mocos con los bajos de la camisa. Cuando terminó volvió a sacar el kayak al mar y se encontró a sí misma remando con brío. Ya en mitad de la bahía, se detuvo. Se le habían secado las lágrimas y se le había serenado la respiración. Estaba tranquila y se sentía fuerte, pero en lugar de alcanzar la boya roja, que ya no le interesaba para nada, lo que hizo fue quedarse sentada, con el remo en el regazo, dejando que las olas la mecieran suavemente, notando que el sol cálido le secaba las manos y los pies. Era algo que hacía a menudo cuando se encontraba lejos de la costa: se quedaba sentada muy quieta, sintiendo el volumen enorme del océano debajo de ella. En aquella parte de la bahía había tiburones leopardo, rayas murciélago, medusas y hasta alguna que otra marsopa, pero ella no vio ninguna de aquellas bestias. Estaban escondidas en las aguas oscuras, en su mundo negro y paralelo, y el hecho de saber que estaban allí, pero no dónde, ni tampoco nada más, le produjo en aquel momento una extraña sensación de que todo estaba bien. Muy a lo lejos, podía ver el lugar donde la boca de la bahía daba paso al océano, y allí, abriéndose paso por una franja de niebla ligera, vio un enorme buque contenedor que navegaba hacia alta mar. Pensó en moverse pero no vio razón para ello. No veía razón alguna para ir a ninguna parte. Estar allí, en medio de la bahía, sin nada que hacer ni ver, ya era más que suficiente. De manera que allí se quedó, arrastrada lentamente por la corriente, durante casi una hora. De vez en cuando volvía a notar aquel olor a atún y perro y se giraba para encontrar a otra foca llena de curiosidad, y entonces las dos se miraban entre sí, y Mae se preguntaba si la foca sabría, como lo sabía ella, lo bueno que era aquello: la suerte que tenían de tener todo aquello para ellas solas.

A media tarde los vientos procedentes del Pacífico arreciaron y no resultó fácil regresar a la costa. Cuando llegó a casa le pesaban los brazos y las piernas y notaba la cabeza embotada. Se preparó una ensalada y se comió media bolsa de patatas fritas mirando por la ventana. Se quedó dormida a las ocho y durmió once horas.

La mañana fue ajetreada, tal como ya le había prevenido Dan. A las ocho en punto los había reunido a ella y al centenar largo de representantes de EdC y les había recordado que abrir la compuerta de los mensajes el lunes por la mañana era algo que siempre entrañaba riesgos. Todos los clientes que querían respuestas a lo largo del fin de semana las esperaban sin falta el lunes por la mañana.

Y tenía razón. Se abrió la compuerta, llegó el diluvio de mensajes y Mae estuvo trabajando para contener la inundación hasta las once más o menos, momento en que se produjo algo parecido a un respiro. Había atendido cuarenta y nueve consultas y su promedio era 91, el más bajo que había obtenido hasta la fecha.

«No te preocupes —le escribió Jared—. Es normal en lunes. Limítate a mandar todos los cuestionarios complementarios que puedas.»

Mae llevaba toda la mañana enviando complementarios, pero sin demasiado éxito. Los clientes estaban de mal humor. La única buena noticia de la mañana le llegó por el canal de mensajes interno de la empresa, cuando le apareció un mensaje de Francis invitándola a comer. Oficialmente, a ella y al resto del personal de EdC les daban una hora para almorzar, pero ella no había visto a nadie ausentarse de su mesa durante más de veinte minutos. Era el tiempo que ella se cogía, a pesar de que siempre le resonaban en la mente las palabras de su madre, que equiparaba el almuerzo a una violación monumental del deber.

Llegó tarde al Comedor de Cristal. Miró a su alrededor y luego hacia arriba, hasta que por fin lo vio, sentado varios niveles más arriba, con los pies colgando de un taburete alto de metacrilato. Ella lo saludó con la mano pero no consiguió que él la viera. A continuación le gritó, con toda la discreción que pudo, pero sin éxito. Por fin, sintiéndose tonta, le mandó un mensaje de texto y vio cómo él lo recibía, examinaba la cafetería, la encontraba y le devolvía el saludo con la mano.

Ella avanzó por la cola, compró un burrito vegetariano y una especie de refresco ecológico nuevo y se sentó al lado de él. Francis llevaba una camisa de botones limpia y arrugada y pantalones de operario. Su atalaya tenía vistas a la piscina exterior, donde un grupo de empleados estaban intentando sin mucho éxito jugar un partido de voleibol.

—No parece un grupo muy atlético —señaló él.

—No —admitió Mae.

Mientras él miraba los chapoteos caóticos de más abajo, ella intentó superponer la cara que tenía delante a la que recordaba de su primera noche. Las cejas pobladas y la nariz prominente eran las mismas. Ahora, sin embargo, Francis parecía haberse encogido. Mientras usaba un cuchillo y un tenedor para cortar su burrito por la mitad, las manos se le veían extrañamente delicadas.

—Es casi perverso —dijo—, tener tanto equipamiento deportivo en un sitio donde no hay ninguna aptitud para el deporte. Es como una familia de devotos a la Ciencia Cristiana viviendo al lado de una farmacia. —Se volvió hacia ella—. Gracias por venir. Me preguntaba si te volvería a ver.

—Sí, ha habido mucho trabajo.

Él señaló su comida.

—He tenido que empezar. Lo siento. Para serte sincero, no estaba del todo seguro de que fueras a venir.

—Siento llegar tarde —dijo ella.

—No, créeme, lo entiendo. Tienes que lidiar con la avalancha del lunes. Los clientes lo esperan. El almuerzo es muy secundario.

—Tengo que decir que lamento mucho el final de nuestra conversación de la otra noche. Siento lo de Annie.

—Pero ¿llegasteis a enrollaros? Intenté encontrar un sitio desde donde mirar, pero…

—No.

—Se me ocurrió que si me subía a un árbol…

—No. No. Fue cosa de Annie. Es una idiota.

—Una idiota que forma parte del uno por ciento que manda aquí. Ya me gustaría a mí ser esa clase de idiota.

—Me estabas hablando de cuando eras niño.

—Dios. ¿Puedo echarle la culpa al vino?

—No tienes por qué contarme nada.

Mae se sentía fatal por saber lo que ya sabía, y confiaba en que él se lo contara otra vez a fin de coger la versión anterior y de segunda mano de su historia y reemplazarla por la versión directa de labios de él.

—No, no pasa nada —dijo—. Tuve ocasión de conocer a un montón de adultos interesantes que cobraban del gobierno por cuidarme. Fue maravilloso. ¿Cuánto tiempo te queda, diez minutos?

—Hasta la una.

—Vale. Ocho minutos, pues. Tú come. Yo hablo. Pero no de mi infancia. Eso ya lo conoces. Doy por sentado que Annie ha contado las partes escabrosas. Le encanta contar esa historia.

Y así es como Mae intentó comer todo lo que pudo y lo más deprisa que pudo mientras Francis hablaba de una película que había visto la noche anterior en el cine del campus. Al parecer, la directora había estado allí para presentarla y al acabar había contestado preguntas.

—La película trataba de una mujer que mata a su marido y a sus hijos, y durante el turno de preguntas salió a la luz que la directora llevaba tiempo metida en una larga batalla con su ex marido por la custodia de sus hijos. De manera que todos estábamos allí mirándonos y pensando: ¿Esta mujer está resolviendo sus traumas en la pantalla o qué?

Mae empezó a reírse, pero se interrumpió al acordarse de la espantosa infancia que había tenido Francis.

—No pasa nada —dijo él, sabiendo de inmediato por qué ella se había detenido—. No quiero que pienses que me tienes que tratar con algodones. Ya ha pasado mucho tiempo, y además, si no me sintiera cómodo en este territorio no estaría trabajando en ChildTrack.

—Bueno, aun así, lo siento. Se me da mal saber qué puedo decir. Pero ¿el proyecto va bien? ¿Cuánto te falta para…?

—¡Sigues totalmente incómoda! Me gusta —dijo Francis.

—¿Te gustan las mujeres que se sienten incómodas?

—Sobre todo en mi presencia. Te quiero de puntillas, incómoda, intimidada, esposada y dispuesta a postrarte cuando yo te lo ordene.

Mae intentó reírse pero descubrió que no podía.

Francis clavó la vista en su plato.

—Mierda. Cada vez que mi cerebro aparca el coche en la entrada, mi boca atraviesa la pared del fondo del garaje. Lo siento. Te juro que estoy intentando resolverlo.

—No pasa nada. Háblame de…

—ChildTrack. —Él levantó la vista—. ¿Te interesa de verdad?

—Sí.

—Porque como me hagas empezar, haré que tu diluvio del lunes parezca una fruslería.

—Nos quedan cinco minutos y medio.

—Vale, ¿te acuerdas de cuando intentaron poner los implantes en Dinamarca?

Mae negó con la cabeza. Tenía un vago recuerdo de un caso terrible de secuestro e infanticidio…

Francis miró su reloj, como si fuera consciente de que explicar el caso de Dinamarca le robaría un minuto. Suspiró y empezó a hablar:

—Bueno, pues hace un par de años el gobierno de Dinamarca intentó introducir un programa para implantarles chips en las muñecas a los niños. Era fácil, se tardaba dos segundos, no causaba problemas médicos y funcionaba de forma inmediata. Y así todos los padres sabían dónde estaban sus hijos. Lo limitaron a niños de menos de catorce años, y al principio todo fue bien. Los problemas judiciales desaparecieron porque apenas había objeciones, las encuestas estaban por los aires. A los padres les encantaba. O sea, les encantaba. Se trataba de niños, y había que hacer todo lo posible para que no les pasara nada, ¿verdad?

Mae estaba asintiendo con la cabeza cuando se acordó de que aquella historia tenía un final espantoso.

—Pero un día desaparecieron siete criaturas. Los padres y la policía pensaron: No hay problema. Sabemos dónde están los niños. Y siguieron los chips, pero cuando rastrearon las señales, que llevaban las siete a un mismo aparcamiento, se encontraron todos los chips dentro de una bolsa de papel, todos ensangrentados. Solo los chips.

—Ahora me acuerdo. —Mae se sintió mal.

—Encontraron los cuerpos al cabo de una semana, y para entonces había cundido el pánico entre la gente. Se volvió irracional. Pensaron que los chips habían causado los secuestros y los asesinatos, que de alguna manera los chips habían provocado a los autores de la matanza, que habían hecho su tarea más tentadora.

—Fue un horror total. Fue el final de los chips.

—Sí, pero el razonamiento no tuvo ninguna lógica. Sobre todo aquí. ¿Cuántos secuestros tenemos, doce mil al año? ¿Y cuántos asesinatos? El problema fue que los chips se insertaron a flor de piel. Cualquiera que se lo propusiera los podía arrancar de la muñeca. Demasiado fácil. En cambio, las pruebas que hacemos aquí… ¿has conocido a Sabine?

—Sí.

—Pues bueno, ella está en el equipo. No lo admitirá, porque está haciendo una serie de cosas relacionadas de las que no puede hablar. Pero para esto, ha encontrado la manera de implantar un chip en el hueso. Y eso lo cambia todo.

—Oh, joder. ¿Qué hueso?

—No importa, creo yo. Estás haciendo una mueca.

Mae corrigió su expresión y trató de parecer neutral.

—Vale, es una locura. O sea, a mucha gente le aterra la idea de que llevemos chips en la cabeza y en el cuerpo, pero esta cosa tiene el nivel tecnológico de un walkie-talkie. Lo único que hace es decirte dónde está algo. Todos los productos que compras llevan un chip de estos. Te compras un equipo de música y lleva un chip. Te compras un coche y tiene un puñado de chips. Hay empresas que ponen chips en los paquetes de comida para asegurarse de que sigue fresca cuando llega a la tienda. No es más que un mecanismo de seguimiento. Y si lo incrustas en el hueso, se queda ahí y no se puede ver a simple vista, a diferencia de los chips en las muñecas.

Mae dejó su burrito en el plato.

—Pero ¿en el hueso de verdad?

—Mae, piensa en un mundo donde nunca más pudiera cometerse un delito grave contra un niño. Ni uno. En el mismo momento en que un niño no estuviera donde tiene que estar, se dispararía una alerta enorme y al niño se lo podría encontrar de inmediato. Lo podría encontrar todo el mundo. Todas las autoridades sabrían al instante que ha desaparecido, pero también sabrían dónde está. Podrían llamar a la madre y decirle «Eh, no pasa nada, se ha ido al centro comercial», o bien podrían encontrar al agresor sexual en cuestión de segundos. La única esperanza que tendría un secuestrador sería llevarse al niño, meterse con él en el bosque, hacer algo y escaparse antes de que el mundo entero le cayera encima. Pero tendría un minuto y medio para hacerlo.

—O podrían interferir la señal que transmite el chip.

—Vale, pero ¿quién tiene esa competencia? ¿Cuántos pedófilos hay que sean genios de la electrónica? Muy pocos, imagino. De manera que coges todos los secuestros infantiles, violaciones y asesinatos y los reduces en un noventa y nueve por ciento. Y el precio es que las criaturas tengan un chip en el tobillo. ¿Tú quieres a un niño vivo con un chip en el tobillo, a un niño que sabes que crecerá seguro y que podrá volver a ir corriendo al parque y a la escuela en bicicleta, y todo eso…?

—Estás a punto de decir «o bien».

—Sí, ¿o bien quieres a un niño muerto? ¿O años enteros de preocupación cada vez que tu hijo se va andando a la parada del autobús? O sea, hemos hecho encuestas entre los padres del mundo entero y en cuanto vencen sus escrúpulos iniciales nos dan un índice de aprobación del ochenta y ocho por ciento. En cuanto les entra en la cabeza que es posible, se ponen a gritarnos: «¿Por qué no tenemos esto ya? ¿Cuándo va a llegar?». O sea, esto iniciará una nueva edad de oro para los jóvenes. Una era libre de preocupaciones. Mierda. Ahora llegas tarde. Mira.

Señaló el reloj. La 1.02.

Mae echó a correr.

La tarde fue implacable y su puntuación apenas llegó a 93. Al final de la jornada estaba agotada y se volvió a la segunda pantalla para encontrar un mensaje de Dan. «¿Tienes un segundo? Gina, de CircleSocial, quería verte unos minutos.»

Ella le contestó: «¿Puede ser dentro de un cuarto de hora? Tengo un puñado de complementarios por mandar y llevo desde mediodía sin mear». Era verdad. Hacía tres horas que no se levantaba de la silla, y también quería intentar que su puntuación subiera de 93. Estaba segura de que era por culpa de aquel promedio tan bajo por lo que Dan quería que se viera con Gina.

Dan solo escribió «Gracias, Mae», unas palabras a las que ella no paró de dar vueltas mientras iba al cuarto de baño. ¿Acaso él le estaba dando las gracias por estar disponible dentro de un cuarto de hora, o bien le agradecía sardónicamente aquel nivel de confidencia higiénica que él no quería para nada?

Mae ya casi estaba en la puerta de los baños cuando vio a un hombre con vaqueros verdes ajustados y un jersey ceñido de manga larga, plantado en el pasillo, bajo una ventana alta y estrecha, mirando su teléfono. Bañado en una luz azul blanquecina, parecía estar esperando instrucciones de su pantalla.

Mae entró en el baño.

Cuando terminó, abrió la puerta para encontrarse al tipo en el mismo sitio, pero ahora mirando por la ventana.

—Se te ve perdido —le dijo Mae.

—Qué va. Solo estaba decidiendo algo antes de ir, ya sabes, arriba. ¿Trabajas aquí?

—Sí. Soy nueva. Estoy en EdC.

—¿EdC?

—Experiencia del Cliente.

—Ah, vale. Antes lo llamábamos simplemente Atención al Cliente.

—O sea que tú no eres nuevo…

—¿Yo? No, no. Llevo tiempo por aquí. Aunque no mucho en este edificio.

Sonrió, miró por la ventana y, mientras estaba mirando, Mae aprovechó para examinarlo. Tenía los ojos oscuros, la cara ovalada y el pelo gris, casi blanco, aunque no podía tener más de treinta años. Era flaco, nervudo y los vaqueros ajustados y el jersey ceñido de manga larga le daban a su silueta esas pinceladas biseladas de la caligrafía.

Él se giró hacia ella, parpadeando y reprendiéndose a sí mismo por sus malos modales.

—Perdón. Soy Kalden.

—¿Kalden?

—Es tibetano —dijo—. Quiere decir algo dorado. Mis padres siempre quisieron ir al Tíbet, pero lo más cerca que llegaron fue Hong Kong. ¿Tú cómo te llamas?

—Mae —dijo ella, y se estrecharon la mano.

Él tenía un apretón recio pero mecánico. Le habían enseñado a dar la mano, sospechó Mae, pero seguía sin verle el sentido.

—O sea que no estás perdido —dijo Mae, consciente de que la esperaban de vuelta en su mesa; hoy ya había llegado tarde una vez.

Kalden lo notó.

—Oh, tienes que marcharte. ¿Te acompaño hasta allí? Así veo dónde trabajas.

—Mmm… —dijo Mae, que de pronto se sentía bastante incómoda—. Claro.

Si no supiera lo que sabía, y si no pudiera verle la acreditación colgada del cuello, habría dado por sentado que Kalden, con su curiosidad enfática pero distraída, era alguien que se había colado en el edificio o alguna clase de espía corporativo. Pero qué sabía ella. Llevaba una semana en el Círculo. Aquello podía ser una prueba. O un simple circulista excéntrico.

Mae lo llevó hasta su mesa.

—Está muy limpia —dijo él.

—Lo sé. Recuerda que acabo de empezar.

—Y yo sé que a algunos de los Sabios les gusta que las mesas del Círculo estén muy limpias. ¿Alguna vez los has visto por aquí?

—¿A quiénes? ¿A los Sabios? —Mae soltó un soplido de burla—. Aquí no. Por lo menos todavía no.

—Sí, supongo que no —dijo Kalden, y se inclinó hasta poner la cabeza al nivel del hombro de Mae—. ¿Puedo ver el trabajo que haces?

—¿Mi trabajo?

—Sí. ¿Puedo mirarte? O sea, si no te incomoda.

Mae hizo una pausa. Todas las cosas y las personas con las que había tenido contacto en el Círculo hasta entonces se ceñían a un modelo lógico y a un ritmo, pero Kalden era una anomalía. Su ritmo era distinto, atonal y extraño, aunque no desagradable. Tenía una cara franca y unos ojos líquidos, gentiles y sin pretensiones, y hablaba en un tono tan suave que cualquier posibilidad de amenaza parecía remota.

—Claro. Supongo —dijo ella—. Pero no es muy emocionante que digamos.

—Quizá sí y quizá no.

De manera que se quedó a mirar cómo Mae contestaba consultas. Cada vez que ella se giraba hacia él después de una operación supuestamente mundana, se encontraba con que la pantalla danzaba luminosamente en los ojos del tipo y con que su cara permanecía fascinada, como si jamás hubiera visto nada tan interesante. En otros momentos, sin embargo, parecía distante, como si viera algo que ella no podía ver. Estaba mirando la pantalla, pero sus ojos parecían estar viendo algo situado en sus profundidades.

Ella siguió a lo suyo y él continuó haciéndole preguntas de vez en cuando: «¿Quién era esa persona?», «¿Te pasa muy a menudo?», «¿Por qué has contestado así?».

El tipo estaba cerca de ella, demasiado cerca de haber sido una persona normal con ideas cotidianas sobre el espacio personal, pero estaba más claro que el agua que no era esa clase de persona, que no era normal. Mientras observaba unas veces la pantalla y otras veces los movimientos de los dedos de Mae sobre el teclado, su barbilla se fue acercando mucho al hombro de ella, hasta que su respiración suave se hizo audible y su olor, un olor sencillo a jabón y a champú de plátano, le llegó transportado por las pequeñas exhalaciones de él. Por fin dio la cosa por acabada. Carraspeó y se puso de pie.

—Bueno, será mejor que me vaya —dijo—. Me largo. No quiero estropearte el ritmo. Estoy seguro de que te veré por el campus.

Y se marchó.

Antes de que Mae pudiera analizar nada de lo que acababa de suceder, le apareció otra cara al lado.

—Hola. Soy Gina. ¿Te ha dicho Dan que vendría?

Mae asintió con la cabeza, aunque no recordaba nada de aquello. Miró a Gina, que era unos años mayor que ella, confiando en recordar algo de ella o de ese encuentro. Los ojos de Gina, oscuros y cargados de delineador y de sombra de ojos de color azul nocturno, le sonrieron, aunque Mae no sintió que de ellos emanara ninguna calidez, ni tampoco del resto de Gina.

—Dan me ha dicho que ahora era un buen momento para activarte todos los perfiles sociales. ¿Tienes tiempo?

—Claro —dijo Mae, aunque no tenía ni un minuto.

—Supongo que la semana pasada estuviste demasiado ocupada para abrirte la cuenta social de la empresa, ¿no? Y supongo que tampoco habrás importado tu perfil antiguo…

Mae se maldijo a sí misma.

—Lo siento. He estado bastante agobiada.

Gina frunció el ceño.

Mae dio marcha atrás, enmascarando su patinazo con una risa.

—¡No, en el buen sentido! Pero todavía no he tenido tiempo para las cosas extraoficiales.

Gina inclinó la cabeza y carraspeó teatralmente.

—Qué interesante que lo veas así —dijo, sonriendo, aunque no parecía precisamente contenta—. Nosotros consideramos que tu perfil y la actividad que tienes en él son cosas integrales a tu participación aquí. Es así como tus compañeros de trabajo, hasta los que están al otro lado del campus, pueden saber quién eres. La *comunicación* no es una cosa extraoficial, ¿verdad que no?

Mae se quedó avergonzada.

—No —dijo—. Claro que no.

—Si visitas la página de un compañero de trabajo y le escribes algo en su muro, eso es algo *positivo*. Es un acto de *comunidad*. Y, por supuesto, no me hace falta decirte que esta empresa existe gracias a esos medios sociales que tú consideras «extraoficiales». Imagino que antes de venir aquí habrías usado tus medios sociales, ¿no?

Mae no estaba segura de qué podía decir para aplacar la ira de Gina. Había estado muy cargada de trabajo y no quería parecer distraída, de manera que había retrasado el momento de reactivar su perfil social.

—Lo siento —acertó a decir—. No quería sugerir que fuera extraoficial. En realidad me parece algo primordial. Simplemente me estaba aclimatando a este trabajo y quería concentrarme en aprender mis nuevas responsabilidades.

Pero Gina estaba en plena vena y no pensaba detenerse hasta terminar su exposición.

—¿Eres consciente de que «comunidad» y «comunicación» vienen de la misma raíz, *communis*, que en latín quiere decir «común, público, compartido por muchos»?

A Mae le latía el corazón a cien.

—Lo siento mucho, Gina. He luchado para conseguir un trabajo aquí. Todo eso ya lo sé. Estoy aquí porque creo en todas esas cosas que dices. Simplemente la semana pasada estuve un poco alterada y no tuve ocasión de activarlo.

–Vale. Pero que sepas, en adelante, que tener actividad social y estar presente en tu perfil y en todas las cuentas asociadas es una de las razones de que estés aquí. Consideramos que tu presencia en la red es parte integral de tu trabajo aquí. Está todo conectado.

–Lo siento. Pido disculpas otra vez por expresar mal mis sentimientos.

–Bien. Bueno, empecemos por activar esto.

Gina pasó el brazo por encima de la mampara de Mae, cogió otra pantalla, más grande que la segunda, la puso al lado del ordenador de Mae y se la conectó.

–Muy bien. Así pues, tu segunda pantalla seguirá siendo tu forma de estar en contacto con tu equipo. Será exclusivamente para asuntos de EdC. Tu tercera pantalla es para tu participación social, en el Círculo de la empresa y en el Círculo general. ¿Queda claro?

–Sí.

Mae miró cómo Gina activaba la pantalla y sintió una punzada de emoción. Nunca había tenido un equipo tan complejo. ¡Tres pantallas para alguien que estaba tan abajo en la jerarquía! Solo pasaba en el Círculo.

–Muy bien, primero quiero que volvamos a tu segunda pantalla –dijo Gina–. Me parece que no has activado CircleSearch. Hagámoslo. –Apareció un mapa tridimensional muy elaborado del campus–. Es muy sencillo, y simplemente te permite encontrar a cualquiera en el campus en caso de que necesites hablar cara a cara con él.

Gina señaló un punto rojo que parpadeaba.

–Aquí estás tú. ¡Estás que ardes! Es broma. –Como reconociendo que aquello podría considerarse inapropiado, Gina cambió de tema rápidamente–. ¿No decías que conocías a Annie? Vamos a teclear su nombre. –Apareció un punto azul en el Viejo Oeste–. Está en su despacho, menuda sorpresa. Annie es una máquina.

Mae sonrió.

–Pues sí.

–Estoy muy celosa de que la conozcas tan bien –dijo Gina, sonriendo, aunque de forma muy breve y poco convincente–.

Y aquí vas a ver una aplicación nueva y muy chula, que nos hace una crónica diaria del edificio. Puedes ver cuándo ha entrado cada empleado y cuándo ha salido del edificio. Eso nos permite conocer muy bien la vida de la empresa. Esta parte no la tienes que actualizar tú, por supuesto. Si vas a la piscina, tu identificación actualiza automáticamente esa información en la red. Más allá de tus movimientos, todos los comentarios adicionales son cosa tuya, y por supuesto se te anima a que los hagas.

—¿Comentarios? —preguntó Mae.

—Ya sabes, como por ejemplo qué te ha parecido el almuerzo, alguna novedad en el gimnasio, lo que sea. Puntuaciones básicas, comentarios y «Me gusta». Nada fuera de lo normal, y está claro que todas las opiniones nos ayudan a mejorar nuestros servicios a la comunidad del Círculo. Pues esos comentarios se hacen justo aquí —dijo, y le mostró que se podía hacer clic sobre cualquier edificio y sala, y dentro de ellos se podían añadir comentarios sobre cualquier cosa y sobre cualquiera.

»Así pues, esa es tu segunda pantalla. Es para tus compañeros de trabajo, para tu equipo y para encontrar a gente en el espacio físico. Ahora vamos con las cosas divertidas de verdad. Pantalla tres. Aquí es donde aparecen casi todos tus mensajes sociales y de Zing. Me han dicho que no sueles usar Zing, ¿no?

Mae admitió que no lo usaba, pero lo quería usar.

—Perfecto —dijo Gina—. Pues ya tienes cuenta de Zing. Te he abierto una: MaeDay, como el festivo que conmemora la guerra. Mola, ¿verdad?

Mae no estaba segura de que le gustara el nombre, y tampoco recordaba ningún festivo que se llamara así.

—También te he conectado la cuenta de Zing con la comunidad total del Círculo, ¡de manera que tienes 10.041 seguidores nuevos! Qué genial. En términos de tus zings, esperamos unos diez al día más o menos, pero eso sería el mínimo. Estoy segura de que tendrás mucho más que decir. Ah, y aquí tienes tu lista de reproducción. Si escuchas música mientras trabajas, la red le manda automáticamente esa lista a todo el mundo, y la integra en la lista de reproducción colectiva, que selecciona las canciones más reproducidas en un día, una semana o un mes determinados. Tiene las cien canciones más populares del campus, pero también lo puedes organizar de mil maneras: los temas más populares de hip-hop, de indie, de country, lo que sea. Recibirás recomendaciones basadas en la música que pongas y en lo que ponga otra gente con gusto parecido. Todo se va difundiendo entre todos mientras trabajas. ¿Me sigues?

Mae asintió con la cabeza.

—Ahora, al lado del canal de noticias de Zing, verás la ventana de tu canal social principal. También verás que la dividimos en dos secciones, el canal social de InnerCircle y tu canal social externo, o sea, el OuterCircle. Qué chulo, ¿no? Los puedes fusionar si quieres, pero nos parece útil mantener dos canales separados. Aunque, por supuesto, el OuterCircle sigue estando en el Círculo, ¿verdad? Todo está en el Círculo. ¿Me sigues de momento?

Mae dijo que sí.

—No me puedo creer que te hayas pasado aquí una semana sin estar en el canal social. Tu mundo va a vivir una revolución.

Gina tocó la pantalla de Mae y el flujo de mensajes del InnerCircle de Mae se convirtió en una avalancha que invadió su monitor.

—Fíjate, también estás recibiendo los de la semana pasada. Es por eso que hay tantos. Uau, fíjate en todo lo que te perdiste.

Mae siguió el contador del pie de la pantalla, que calculaba todos los mensajes que le había mandado cualquier persona del Círculo. El contador hizo una pausa al llegar a los 1.200. Después a los 4.400. La cifra siguió creciendo y creciendo, deteniéndose de vez en cuando hasta quedarse en 8.276.

—¿Esos son los mensajes de la semana pasada? ¿Ocho mil?

—Puedes ponerte al día —dijo Gina en tono jovial—. Quizá esta misma noche. Ahora abramos tu cuenta social normal. La llamamos el OuterCircle, pero es el mismo perfil y el mismo canal que tienes desde hace años. ¿Te importa si la abro?

A Mae no le importaba. Miró cómo su perfil social, el que tenía desde hacía años, aparecía en la tercera pantalla, al lado del canal del InnerCircle. Una cascada de mensajes y fotos, unos cuantos centenares, llenaron el monitor.

—Vale, parece que aquí también te tienes que poner al día —dijo Gina—. ¡Qué festival! Diviértete.

—Gracias —dijo Mae.

Intentó parecer tan excitada como pudo. Necesitaba caerle bien a Gina.

—Ah, espera. Una cosa más. Te tengo que explicar la jerarquía de mensajes. Mierda. Casi me olvido de la jerarquía de los mensajes. Como se entere Dan, me mata. A ver, ya sabes que tus responsabilidades de EdC de la primera pantalla son lo primero. Tenemos que servir a nuestros clientes con toda nuestra atención y todo nuestro corazón. Eso queda claro.

—Sí.

—En la segunda pantalla puedes recibir mensajes de Dan y Jared, o de Annie, o de alguno de los supervisores directos de tu trabajo. Esos mensajes informan de la calidad minuto a minuto de tu servicio. De manera que son tu segunda prioridad. ¿Está claro?

—Está claro.

—La tercera pantalla son tus canales sociales, el Inner y el Outer-Circle. Pero no se trata de mensajes superfluos. Son igual de importantes que los demás mensajes, lo que pasa es que van en tercer lugar de prioridad. Y a veces son urgentes. Ten vigilado sobre todo el canal del InnerCicle, porque es ahí donde te enterarás de las reuniones del personal, de las convocatorias obligatorias y de cualquier noticia. Si hay una noticia del Círculo que sea muy urgente te vendrá marcada de color naranja. Las cosas extremadamente urgentes también te llegarán en forma de mensaje en el teléfono. ¿Lo tienes siempre a la vista? —Mae asintió mirando el teléfono, que estaba justo debajo de las pantallas de su mesa—. Bien —dijo Gina—. Pues esas son las prioridades, y en cuarto lugar viene tu participación en el OuterCircle. Que es igual de importante que todo lo demás, porque aquí valoramos tu equilibrio entre vida y trabajo, ya sabes, el balance entre tu vida en la red de aquí de la empresa y la de fuera. Confío en que quede claro. ¿Es así?

—Sí.

—Bien. Pues me parece que ya estás lista. ¿Alguna pregunta?

Mae dijo que no tenía ninguna.

Gina inclinó la cabeza con gesto escéptico, indicando que sabía que a Mae todavía le quedaban muchas preguntas pero que no quería hacerlas por miedo a parecer poco informada. Gina se puso de pie, sonrió y ya estaba dando un paso atrás cuando se detuvo.

—Mierda. Me he olvidado de una cosa más.

Se agachó al lado de Mae y tecleó unos segundos hasta que apareció un número en la tercera pantalla, muy parecido a la puntuación promedio de EdC. Decía: MAE HOLLAND: 10.328.

—Este es tu Nivel de Participación, que aquí llamamos Parti-Rank. Hay quien lo llama Nivel de Popularidad, pero en realidad no lo es. No es más que una cifra generada por un algoritmo que da cuenta de toda tu actividad en el InnerCircle. ¿Me entiendes?

—Creo que sí.

—Tiene en cuenta los zings, los seguidores externos de tus zings ajenos, tus comentarios en los perfiles de otros circulistas, las fotos que cuelgas, tu asistencia a los eventos del Círculo y los comentarios y fotos que cuelgas sobre esos eventos. Los circulistas más activos ocupan puestos superiores, claro. Como puedes ver, ahora mismo tú ocupas un lugar bajo, pero es porque eres nueva y te acabamos de activar el canal social. Pero cada vez que postees o comentes o asistas a algo, eso se tendrá en cuenta, y verás cómo escalas posiciones. Eso es lo divertido. Cuando posteas, subes en las listas. A un puñado de gente le gusta tu post y entonces subes en picado. La cosa va cambiando durante todo el día. ¿Chulo, verdad?

—Mucho —dijo Mae.

—Te hemos dado un pequeño empujoncito… Si no, estarías en el puesto 10.411. Ya te digo que es solo para divertirnos. No se te juzga por el lugar que ocupas en la lista ni nada de eso. Hay circulistas que se lo toman muy en serio, claro, y nos encanta que la gente quiera participar, pero en realidad el rango no es más que una forma divertida de ver cómo tu participación se manifiesta en el seno de la comunidad global del Círculo. ¿De acuerdo?

—De acuerdo.

—Vale pues. Ya sabes cómo contactar conmigo.

Y diciendo aquello, Gina dio media vuelta y se marchó.

Mae abrió el canal interno de la empresa y se puso manos a la obra. Estaba decidida a leerse todos los mensajes internos y externos aquella misma noche. Había anuncios dirigidos a toda la empresa de los menús diarios, del tiempo que iba a hacer cada día y de las frases inspiradoras de la jornada: los aforismos de la semana anterior habían sido de Martin Luther King, Gandhi, Salk, la Madre Teresa y Steve Jobs. Había anuncios de las visitas al campus de la jornada: una agencia de adopción de mascotas, un senador estatal, un congresista de Tennessee y el director de Médecins Sans Frontières. Mae descubrió, sintiendo una punzada de remordimiento, que aquella misma mañana se había perdido una visita de Muhammad Yunus, galardonado con un premio Nobel. Repasó lentamente los mensajes, uno por uno, en busca de cualquier cosa que fuera razonable esperar que ella contestara en persona. Había encuestas, cincuenta por lo menos, que les pedían a los circulistas sus opiniones sobre diversas políticas de empresa y sobre las fechas óptimas para encuentros venideros, grupos de interés, celebraciones y períodos de vacaciones. Había docenas de clubes que solicitaban miembros y mandaban aviso de todas sus reuniones: había grupos de propietarios de gatos —al menos diez—, unos cuantos de conejos y seis de reptiles, cuatro de los cuales dejaban bien claro que eran solo para propietarios de serpientes. Lo que más abundaba eran los grupos de dueños de perros. Mae contó veintidós, pero estaba segura de que había más. Uno de los grupos, dedicado a dueños de perros muy pequeños, Perritos de la Suerte, quería saber cuánta gente se apuntaría a un club de fines de semana para dar paseos, hacer excursiones y prestar apoyo; Mae no hizo caso de aquel. Luego, dándose cuenta de que no hacerle caso únicamente provocaría que le llegara un segundo mensaje más apremiante, escribió una respuesta en la que explicaba que no tenía perro. Alguien le pedía que firmara una petición a favor de más opciones veganas en el almuerzo; ella la firmó. Había nueve mensajes de diversos grupos de trabajo internos de la empresa, que le pedían que se uniera a sus subCírculos para obtener actualizaciones más específicas y compartir información. De momento se apuntó a los grupos dedicados al ganchillo, al fútbol y a Hitchcock.

Parecía haber un centenar de grupos para gente con hijos: padres y madres primerizos, gente divorciada con hijos, gente con hijos autistas, con hijos adoptados de Guatemala, con hijos adoptados de Etiopía y con hijos adoptados de Rusia. Había siete grupos de improvisación cómica, nueve grupos de natación (el miércoles anterior había tenido lugar un encuentro interno de la empresa en el que habían participado centenares de nadadores, y ahora un centenar de los mensajes trataban de aquella competición: de quién había ganado, de cierto fallo técnico relacionado con los resultados y del hecho de que iba a haber un mediador en el campus para resolver cualquier cuestión o disputa que quedara). Había visitas, por lo menos diez al día, de empresas que presentaban al Círculo productos nuevos e innovadores. Coches nuevos que ahorraban combustible. Nuevas zapatillas deportivas de comercio justo. Nuevas raquetas de tenis de fabricación local. Había reuniones de todos los departamentos imaginables: I+D, búsqueda, redes sociales, promoción, comunidades profesionales, asuntos filantrópicos y venta de publicidad; con un vuelco del corazón, Mae vio que se había perdido una reunión considerada «básicamente obligatoria» para todos los recién llegados. Había tenido lugar el jueves pasado. ¿Por qué no se lo había dicho nadie? «Menuda idiota —se contestó a sí misma—. Sí que te lo dijeron. Por aquí.»

—Mierda —dijo.

A las diez de la noche ya había leído todos los mensajes y alertas internos de la empresa, de modo que pasó a su cuenta de OuterCircle. Llevaba seis días sin visitarla y se encontró 118 avisos solo del día en curso. Decidió leerlos todos, empezando por los más recientes y yendo hacia atrás. Entre los recientes había uno de una amiga suya de la universidad, que había colgado un mensaje diciendo que tenía una gripe estomacal; al mensaje le seguía un largo hilo de comentarios, de amigos que le sugerían remedios, algunos que se compadecían de ella y otros que colgaban fotos destinadas a animarla. Mae puso «Me gusta» a dos de las fotos y a tres de los comentarios, a continuación le posteó un comentario deseándole una pronta recuperación y el link a una canción, «Puking Sally», que había encontrado. Aquello generó un nuevo hilo de comentarios, 54 en concreto, sobre la canción y la banda que la había compuesto. Uno de los amigos que comentaban dijo que conocía al bajista de la banda y lo añadió a la conversación. El bajista en cuestión, Damien Ghilotti, ahora vivía en Nueva Zelanda y trabajaba de ingeniero de estudio, pero aseguró que le alegraba saber que «Puking Sally» todavía ayudaba a las víctimas de la gripe estomacal. Su comentario emocionó a todos los presentes y aparecieron 129 comentarios más; todo el mundo estaba emocionado de tener noticias del bajista de la banda en persona, y en los últimos comentarios a Damien Ghilotti lo invitaban a tocar en una boda si le apetecía, o bien a visitar Boulder, o Bath, o Gainesville, o Saint Charles, Illinois, si en algún momento estaba de paso por allí, y siempre tendría una casa donde alojarse y una comida caliente. Cuando apareció en la conversación Saint Charles, alguien preguntó si alguno de los presentes tenía noticias de Tim Jenkins, que estaba combatiendo en Afganistán; habían visto una mención a un chaval de Illinois que había muerto abatido a tiros por un rebelde afgano disfrazado de agente de policía. Al cabo de sesenta mensajes más, los comentaristas ya habían esclarecido que el muerto era un Tim Jenkins distinto, este de Rantoul, Illinois, no de Saint Charles. Hubo muestras generalizadas de alivio, pero pronto el hilo dio paso a un debate a muchas bandas sobre la eficacia de la guerra y de la política exterior estadounidense en general, sobre si ganamos o perdimos en Vietnam, o en Grenada, o hasta en la Primera Guerra Mundial, y sobre la capacidad de los afganos para gobernarse a ellos mismos, y sobre el tráfico de opio que financiaba a los rebeldes, y sobre la posibilidad de que se legalizara cualquier droga ilegal en América y Europa. Alguien mencionó la utilidad de la marihuana para aliviar el glaucoma, y otra persona mencionó que también era útil para la esclerosis múltiple, y a continuación se produjo una conversación frenética entre tres personas que tenían en su familia a un enfermo de esclerosis múltiple; fue entonces cuando Mae, sintiendo una oscuridad que le desplegaba las alas por dentro, se desconectó.

Mae ya no conseguía mantener los ojos abiertos. Aunque solo había repasado tres días de su agenda social atrasada, apagó el ordenador y se dirigió al aparcamiento.

El flujo de consultas del martes por la mañana fue más llevadero que el del lunes, pero la actividad de su tercera pantalla la mantuvo pegada a la silla durante las tres primeras horas del día. Antes de que apareciera la tercera pantalla, siempre había tenido algún remanso de paz, aunque fuera de diez o doce segundos, entre el momento de responder a una consulta y el momento de saber si su respuesta había sido satisfactoria o no. Mae solía usar aquel tiempo para memorizar las respuestas genéricas, redactar algún cuestionario complementario o consultar su teléfono de vez en cuando. Ahora, sin embargo, aquello se estaba volviendo difícil. Cada pocos minutos, la tercera pantalla le soltaba cuarenta mensajes nuevos de InnerCircle y unos quince de OuterCircle y de Zing, y Mae se veía obligada a dedicar hasta el último instante de inactividad a ojearlos rápidamente, asegurarse de que no hubiera nada que exigiera su atención inmediata y regresar a su pantalla principal.

Al final de la mañana, el flujo ya era razonable, y hasta estimulante. Pasaban tantas cosas en aquella empresa, y había en ella tanta humanidad y buenos sentimientos, y era un ambiente pionero en tantos sentidos, que ella sabía que estaba mejorando como persona por el mero hecho de estar en compañía de los circulistas. Era como una tienda de alimentación ecológica bien llevada: por el mero hecho de comprar allí, ya sabías que eras una persona más sana; no podías elegir nada malo, porque las cosas malas ya habían sido vetadas. Pues lo mismo pasaba en el Círculo: sus miembros ya habían sido seleccionados, y por tanto su reserva genética era extraordinaria y su reunión de mentes fenomenal. Era un lugar donde todo el mundo se esforzaba, de forma constante y apasionada, para mejorarse a uno mismo y a los demás, para compartir el propio conocimiento y diseminarlo por el mundo.

A la hora del almuerzo, sin embargo, ya estaba hecha polvo, y se moría de ganas por pasar una hora sentada en el césped, con la corteza cerebral extirpada y en compañía de Annie, que había insistido en ello.

A las 11.50 apareció un mensaje de Dan en la segunda pantalla: «¿Tienes unos minutos?».

Avisó a Annie de que tal vez llegaría tarde, y al llegar al despacho de Dan se lo encontró apoyado en la jamba de la puerta. Él le dedicó una sonrisa amable al verla, pero tenía una ceja enarcada, como si hubiera algo en ella que lo desconcertara, algo que no fuera capaz de identificar. Dan señaló el interior de la oficina con el brazo y ella pasó en silencio a su lado. Él cerró la puerta.

—Siéntate, Mae. Doy por sentado que conoces a Alistair.

Ella no había visto al hombre que estaba sentado en el rincón, pero ahora que lo veía, se dio cuenta de que no lo conocía. Era un tipo alto, de veintimuchos años, con un remolino estudiado de pelo castaño ceniciento. Estaba reclinado en diagonal en una silla redondeada, con el cuerpo delgado muy rígido, como si fuera un tablón. No se puso de pie para presentarse, de manera que Mae le ofreció la mano.

—Encantada de conocerte —dijo ella.

Alistair soltó un suspiro enorme de resignación y le dio la mano como si estuviera a punto de tocar algo podrido que la corriente del mar hubiera arrastrado a la orilla.

A Mae se le secó la boca. Algo iba muy mal.

Dan se sentó.

—Bueno, espero que podamos arreglar esto lo antes posible —dijo—. ¿Quieres empezar tú, Mae?

Los dos hombres se la quedaron mirando. Dan la miraba fijamente, mientras que la mirada de Alistair transmitía dolor pero también expectación. Mae no tenía ni idea de qué decir ni de qué estaba pasando. A medida que el silencio se prolongaba y se volvía más incómodo, Alistair se puso a parpadear con furia, intentando refrenar las lágrimas.

—No me lo puedo creer —consiguió decir.

Dan se volvió hacia él.

—Alistair, venga. Ya sabemos que estás dolido, pero no perdamos la perspectiva. —Dan se giró hacia Mae—. Voy a señalar lo obvio. Mae, estamos hablando del almuerzo portugués de Alistair.

Dan dejó que las palabras flotaran en el aire, esperando que Mae saltara a responderlas, pero Mae no tenía ni idea de qué querían decir aquellas palabras: ¿el almuerzo portugués de Alistair? ¿Acaso podía decir que no tenía ni idea de a qué se refería aquello? Ella sabía que no. Había llegado tarde al canal de noticias. Debía de tener algo que ver con aquello.

—Lo siento —dijo ella.

Sabía que iba a tener que andar con pasos de plomo hasta averiguar de qué trataba todo aquello.

—Es un buen comienzo —dijo Dan—. ¿Verdad, Alistair?

Alistair se encogió de hombros.

Mae continuó avanzando a tientas. ¿Qué sabía ella? Que se había celebrado un almuerzo, eso estaba claro. Y estaba claro que ella no había asistido. El almuerzo lo había planeado Alistair y ahora estaba dolido. Eran todas suposiciones razonables.

—Me habría encantado ir —se aventuró a decir, y de inmediato vio ligeras señales de confirmación en las caras de ellos. Iba por el buen camino—. Pero no estaba segura de si… —Ahora se arriesgó—. No estaba segura de si sería bienvenida, como soy nueva…

Las caras de ellos se suavizaron. Mae sonrió, consciente de haber pulsado la tecla adecuada. Dan negó con la cabeza, contento de ver confirmada su sospecha: que Mae no era una persona intrínsecamente mala. Se levantó de su silla, dio la vuelta a su mesa y se apoyó en ella.

—Mae, ¿acaso no te hemos hecho sentir bienvenida? —le preguntó.

—¡Oh, sí! Ya lo creo. Pero yo no formo parte del equipo de Alistair, y tampoco estaba segura de cuáles eran las normas, ya sabes, sobre el hecho de que la gente de mi equipo asistiera a los almuerzos de miembros más veteranos de otros equipos.

Dan asintió con la cabeza.

—¿Lo ves, Alistair? Ya te dije que había una explicación sencilla.

Alistair puso la espalda recta en su asiento, como si se preparara para volver a intervenir.

—Pues claro que eres bienvenida —dijo, dándole a Mae una palmadita juguetona en la rodilla—. Aunque pases un poco de todo.

—A ver, Alistair…

—Lo siento —dijo él, y respiró hondo—. Ya lo tengo bajo control. Estoy muy contento.

Hubo unas cuantas disculpas más, seguidas de bromas sobre los sobreentendidos y los malentendidos, y sobre la comunicación y el flujo y las equivocaciones y el orden del universo, y por fin llegó el momento de dejarlo correr todo. Se pusieron de pie.

—Démonos un abrazo —dijo Dan.

Y lo hicieron, formando una estrecha melé de comunión renacida.

Para cuando Mae regresó a su despacho, la estaba esperando un mensaje.

«Gracias otra vez por venir hoy a vernos a Alistair y a mí. Creo que ha sido muy productivo y útil. Recursos Humanos está al corriente de la situación, y para cerrarla siempre les gusta que emitamos una declaración conjunta. De manera que he escrito esto. Si te parece bien, simplemente lo firmas en la pantalla y me lo devuelves.»

Error n.º 5616ARN/MRH/RK2

Día: Lunes 11 de junio

Participantes: Mae Holland, Alistair Knight

Historia: Alistair, del Equipo Nueve del Renacimiento, celebró un almuerzo para todos los empleados que habían manifestado interés en Portugal. Mandó tres avisos sobre el evento y Mae, del Equipo Seis del Renacimiento, no contestó a ninguno de ellos. Alistair se preocupó por que no le llegara confirmación ni comunicación de ninguna clase de Mae. Cuando se celebró el almuerzo, Mae no asistió, y Alistair se quedó comprensiblemente disgustado por el hecho de que ella no hubiera respondido a las repetidas invitaciones y luego no hubiera venido. Era un caso típico de falta de participación.

Hoy se ha celebrado una reunión entre Dan, Alistair y Mae, durante la cual Mae ha explicado que no estaba segura de si era bienvenida en un evento de tales características, debido a que lo estaba organizando un miembro de un equipo distinto, y además ella estaba en su segunda semana de vida en la empresa. Lamenta mucho haber causado preocupación y aflicción emocional a Alistair, por no mencionar el hecho de poner en jaque la delicada ecología del Renacimiento. Ahora todo está resuelto y Alistair y Mae son grandes amigos y se sienten rejuvenecidos. Todo el mundo está de acuerdo en que se ha garantizado y propiciado un borrón y cuenta nueva.

Bajo la declaración había una línea para que Mae firmara, y ella usó la uña para firmar con su nombre sobre la pantalla. Envió el documento y recibió el agradecimiento instantáneo de Dan.

«Maravilloso –escribió él–. Está claro que Alistair es un poco sensible, pero es solo porque está tremendamente comprometido con el Círculo. Igual que tú, ¿verdad? Gracias por cooperar tan bien. Has estado maravillosa. ¡Avante toda!»

Mae llegó tarde, confiando en que Annie todavía la estuviera esperando. Hacía un día cálido y despejado, y Mae encontró a Annie en el césped, tecleando en su tablet con una barra de cereales colgando de la boca. Levantó la vista hacia Mae con los ojos entornados.

–Eh. Qué tardona.

–Lo siento.

–¿Cómo estás?

Mae hizo una mueca.

–Ya sé. Ya sé. Lo he seguido todo –dijo Annie, masticando de forma extravagante.

–Para de comer así. Cierra la boca. ¿Lo has seguido?

–Estaba escuchando mientras trabajaba. Me lo han pedido. Y he oído cosas mucho peores. A todo el mundo le pasan varias de estas cuando está empezando. Come deprisa, por cierto. Te quiero enseñar una cosa.

A Mae la invadieron dos sensaciones una detrás de la otra. Primero, una profunda incomodidad porque Annie hubiera estado escuchando sin saberlo ella, y luego una oleada de alivio al saber que su amiga había estado con ella, aunque fuera de lejos, y le confirmara ahora que iba a sobrevivir.

–¿A ti? –le preguntó.

–A mí ¿qué?

–Si a ti te llamaron la atención de esa manera. Todavía estoy temblando.

–Pues claro. Quizá una vez al mes. Todavía me la llaman. Mastica deprisa.

Mae comió tan deprisa como pudo, mirando una partida de cróquet que se estaba jugando en el césped. Daba la impresión de que los jugadores se habían inventado sus propias reglas. Mae se terminó el almuerzo.

—Venga, de pie —dijo Annie, y pusieron rumbo a Tomorrow-Town—. ¿Qué? A tu cara todavía le sobresale una pregunta.

—Pero ¿tú fuiste al almuerzo portugués?

Annie soltó un soplido de burla.

—¿Yo? No, ¿por qué iba a ir? No estaba invitada.

—Pero ¿por qué lo estaba yo? No me apunté. No soy ninguna forofa chiflada de Portugal.

—Pero está en tu perfil, ¿no? ¿Tú no fuiste una vez a Portugal?

—Sí, pero no lo mencioné para nada en mi perfil. He estado en Lisboa, pero ya está. Y hace cinco años.

Se acercaron al edificio de TomorrowTown, cuya fachada era un muro de hierro repujado de aspecto vagamente turco. Annie pasó su acreditación frente a un panel de la pared y la puerta se abrió.

—¿Hiciste fotos? —preguntó Annie.

—¿En Lisboa? Claro.

—¿Y las tenías en el portátil?

Mae lo tuvo que pensar un segundo.

—Supongo.

—Pues debe de haber sido eso. Si las tenías en el portátil ahora están en la nube, y la gente escanea la nube en busca de esa clase de información. No te hace falta ir por ahí apuntándote a grupos de gente interesada en Portugal ni nada parecido. Cuando Alistair quiso montar su almuerzo, lo más seguro es que se limitara a hacer una búsqueda de todo el mundo del campus que había visitado el país, había hecho fotos o lo había mencionado en un correo electrónico o lo que sea. Así recibe automáticamente una lista y manda sus invitaciones. Eso le ahorra un centenar de horas de coñazo. Por aquí.

Se detuvieron ante un pasillo largo. Annie tenía los ojos iluminados con aire travieso.

—Vale. ¿Quieres ver algo surrealista?

—Todavía estoy flipando.

—No lo estés. Entra aquí.

Annie abrió una puerta que daba a una sala preciosa, a medio camino entre un bufet, un museo y una feria comercial.

—¿No es una locura?

La sala le resultaba vagamente familiar. Mae había visto algo parecido por la tele.

—Es como uno de esos sitios donde van los famosos a que les den obsequios, ¿verdad?

Mae examinó la sala. Había productos desplegados por docenas de mesas y tarimas. Aquí, sin embargo, en vez de haber joyas y zapatos de salón, había zapatillas deportivas y cepillos de dientes y una docena de clases de patatas fritas y bebidas y barritas energéticas.

Mae se rió.

—Sospecho que esto es gratis.

—Para ti, para la gente muy importante como tú y yo, sí.

—Dios bendito. ¿Todo?

—Pues sí, esta es la sala de muestras gratuitas. Siempre está llena, y son cosas que necesitan ser usadas de una forma u otra. Lo que hacemos es invitar a una serie rotatoria de grupos: a veces programadores, a veces gente de EdC como tú. Un grupo distinto cada día.

—¿Y uno coge lo que le da la gana?

—Bueno, hay que pasar tu acreditación por todo lo que cojas para que se sepa qué ha cogido cada cual. Si no, puede venir algún idiota y llevarse la sala entera.

—Yo todavía no he visto nada de todo esto.

—¿A la venta? No, nada de todo esto ha salido a la venta. Son prototipos y tiradas de prueba.

—¿Estos son Levi's de verdad?

Mae tenía en la mano unos vaqueros preciosos, que estaba segura de que todavía no existían en el mundo.

—Puede que les falten unos meses para salir al mercado, puede que un año. ¿Los quieres? Los puedes pedir en una talla distinta.

—¿Y me los puedo poner?

—¿Qué quieres hacer, limpiarte el culo con ellos? Sí, quieren que te los pongas. ¡Eres una persona influyente que trabaja en el Círculo! Eres una líder de estilo, anticipas tendencias, todo eso.

—Pues son de mi talla.

—Bien. Llévate dos. ¿Tienes una bolsa?

Annie cogió una bolsa de tela con el logotipo del Círculo y se la dio a Mae, que estaba pululando junto a un expositor de fundas y accesorios nuevos de telefonía. Cogió una funda preciosa de teléfono que era recia como la piedra pero tenía una superficie lisa como la gamuza.

—Mierda —dijo Mae—. No me he traído el teléfono.

—¿Cómo? ¿Dónde está? —preguntó Annie, escandalizada.

—Supongo que en mi mesa.

—Mae, eres increíble. Eres supercentrada y sensata pero de pronto tienes unas lagunas extrañas de zumbada. ¿Has salido a comer sin el teléfono?

—Lo siento.

—No. Es lo que me encanta de ti. Eres parte humana y parte arcoíris. ¿Qué? No te enfades.

—Es que hoy me están pasando muchas cosas.

—No seguirás preocupada, ¿verdad?

—¿A ti te parece que no va a pasar nada con esa reunión con Dan y Alistair?

—Nada de nada.

—¿Solo es un tipo sensible?

Annie puso los ojos en blanco.

—¿Alistair? Hasta el delirio. Pero es un programador genial. Es una máquina. Se tardaría un año en encontrar y formar a alguien para que hiciera lo que hace él. Sí, nos toca tratar mucho con locos. Por aquí hay bastantes chiflados. Chiflados emocionalmente necesitados. Y está la gente como Dan, que les sigue la corriente. Pero no te preocupes. No creo que vayáis a coincidir mucho, por lo menos con Alistair.

Annie miró la hora. Se tenía que marchar.

—Tú te quedas hasta que tengas esa bolsa llena —le dijo—. Te veo luego.

Mae se quedó y se llenó la bolsa de vaqueros, comida, zapatillas, unas cuantas fundas nuevas para el teléfono y un sujetador deportivo. Abandonó la sala, sintiéndose como una ladrona, pero no se encontró con nadie a la salida. Cuando volvió a su mesa, había once mensajes de Annie.

Leyó el primero: «Eh, Mae, me doy cuenta de que no debería haber hablado mal de Dan y de Alistair. Ha sido un poco feo. Muy poco propio del Círculo. Haz como que no he dicho nada».

El segundo: «¿Has recibido mi último mensaje?».

El tercero: «Me estoy poniendo un poco paranoica. ¿Por qué no me contestas?».

Cuarto: «Te acabo de mandar un SMS y te he llamado. ¿Te has muerto? Mierda. Te has olvidado el teléfono. Das pena».

Quinto: «Si te ha ofendido lo que te he dicho de Dan, no me hagas el vacío. Te he dicho que lo sentía. Escríbeme».

Sexto: «¿Estás recibiendo estos mensajes? Esto es muy importante. ¡Llámame!».

Séptimo: «Si le cuentas a Dan lo que te he dicho, eres una zorra. ¿Desde cuándo nos chivamos la una de la otra?».

Octavo: «Me doy cuenta de que debes de estar reunida. ¿Sí?».

Noveno: «Ya hace 25 minutos. ¿Qué PASA?».

Décimo: «Solo quiero asegurarme de que has vuelto a tu mesa. Llámame ahora mismo o tú y yo hemos acabado. Pensaba que éramos amigas».

Undécimo: «¿Hola?».

Mae la llamó.

—¿Qué coño pasa, mema?

—¿Dónde estabas?

—Pero si te he visto hace veinte minutos. He acabado en la sala de muestras, he ido al lavabo y acabo de llegar.

—¿Te has chivado de mí?

—¿Si he hecho qué?

—¿Te has chivado de mí?

—Annie, ¿qué coño dices?

—Dímelo.

—No, no me he chivado de ti. ¿A quién?

—¿Qué le has dicho?

—¿A quién?

—A Dan.

—No lo he visto.

—¿Y no le has mandado un mensaje?

—No. Annie, mierda.

—¿Lo prometes?

–Sí.

Annie suspiró.

–Vale. Mierda. Lo siento. Le he mandado un mensaje y lo he llamado y no me ha contestado. Y luego no me has contestado tú, y mi cerebro se ha puesto a atar cabos de forma extraña.

–Hostia, Annie.

–Lo siento.

–Creo que estás demasiado estresada.

–No, estoy bien.

–Déjame que te invite a unas copas esta noche.

–No, gracias.

–¿Por favor?

–No puedo. Esta semana tenemos demasiado que hacer. Estoy intentando lidiar con esta cagada múltiple en Washington.

–¿Washington? ¿Qué ha pasado?

–Es una historia muy larga. La verdad es que no puedo hablar del tema.

–Pero ¿eres tú quien tiene que resolverlo? ¿Todo lo de Washington?

–Me pasan algunos de los líos con el gobierno porque, no sé, porque creen que mis hoyuelos me van a ayudar. Tal vez sea cierto. No lo sé. Solo sé que me gustaría ser cinco en vez de una.

–Se te ve fatal, Annie. Tómate la noche libre.

–No, no. Estaré bien. Solo tengo que contestar las preguntas de un subcomité. Irá bien. Pero me tengo que ir. Un beso.

Y colgó.

Mae llamó a Francis.

–Annie no quiere salir conmigo. ¿Tú quieres? ¿Esta noche?

–¿Salir-salir? Esta noche toca aquí una banda. Los Creamers, ¿los conoces? Tocan en la Colonia. Es un concierto benéfico.

Mae dijo que sí, que le parecía bien, pero cuando llegó el momento, no tuvo ganas de ver tocar en la Colonia a una banda llamada los Creamers. Engatusó a Francis para que cogieran el coche de ella y se fueran a San Francisco.

–¿Sabes adónde vamos? –le preguntó él.

–Pues no. Pero ¿qué haces?

Él estaba tecleando furiosamente en su teléfono.

—Estoy avisando a todo el mundo de que no voy.

—¿Has acabado?

—Sí.

Él dejó su teléfono.

—Bien. Bebamos primero.

De manera que aparcaron en el centro y encontraron un restaurante con un aspecto tan terrible, con fotos descoloridas y nada apetecibles de la comida pegadas sin orden ni concierto con cinta adhesiva a las ventanas, que supusieron que debía de ser barato. Estaban en lo cierto, de manera que comieron curry y bebieron Singha, sentados en unas sillas de bambú que chirriaban y apenas conseguían permanecer erguidas. Hacia el final de su primera cerveza, Mae decidió que se tomaría otra rápidamente y que poco después de cenar besaría a Francis en la calle.

Terminaron de cenar y lo hizo.

—Gracias —dijo él.

—¿Me acabas de dar las gracias?

—Me acabas de ahorrar un montón de conflictos internos. Yo nunca soy el que da el primer paso. Pero normalmente las mujeres tardan semanas en darse cuenta de que van a tener que tomar la iniciativa ellas.

Mae volvió a tener la sensación de estar siendo aporreada con información que complicaba sus sentimientos hacia Francis, que unas veces parecía encantador y otras completamente extraño y carente de filtros.

Aun así, como estaba en la cresta de una ola de cerveza Singha, se lo llevó cogido de la mano de regreso al coche, donde se besaron más mientras permanecían aparcados en un cruce de calles muy transitado. Un hombre sin techo los estuvo observando como los observaría un antropólogo, desde la acera, imitando el gesto de tomar notas.

—Vámonos —dijo ella, y salieron del coche y deambularon por la ciudad, encontrando una tienda de recuerdos japonesa abierta, y al lado mismo, también abierta, una galería llena de pinturas hiperrealistas de caderas humanas gigantes.

—Pinturas enormes de traseros enormes —señaló Francis mientras encontraban un banco donde sentarse en un callejón convertido en peatonal, bajo unas farolas que le daban un aire de luz azul de luna—. Eso sí que era arte de verdad. No me puedo creer que todavía no hayan vendido nada.

Mae le volvió a besar. Era lo que le apetecía hacer, y como sabía que Francis no iba a llevar a cabo ninguna maniobra agresiva, se sentía cómoda, besándolo más y sabiendo que sería una noche de besos y nada más. Se volcó en los besos, haciendo que transmitieran lujuria, amistad y la posibilidad del amor, y lo besó pensando en su cara, preguntándose si tendría los ojos abiertos, si le importaban los transeúntes que chasqueaban la lengua o que los abucheaban pero aun así pasaban a su lado.

En los días siguientes, Mae supo que tal vez fuera cierto, que tal vez el sol fuera su halo, que tal vez las hojas existieran para maravillarse de cada uno de los pasos de ella, para animarla y felicitarla por lo de aquel tal Francis y por lo que ambos habían hecho. Habían celebrado su juventud reverberante, su libertad, sus bocas húmedas, y lo habían hecho en público, incentivados por el hecho de que, por muchas penurias que hubieran pasado o fueran a pasar, estaban trabajando en el centro del mundo y tratando por todos los medios de mejorarlo. Tenían razones para sentirse bien. Mae se preguntó si estaba enamorada. No, sabía que no estaba enamorada, pero le daba la sensación de que por lo menos estaba a medio camino. Aquella semana, ella y Francis almorzaron juntos varias veces, aunque fuera brevemente, y después de comer, encontraban un sitio en el que pegarse el uno al otro y besarse. Una vez lo hicieron bajo una salida de incendios situada detrás del Paleozoico. Otra vez fue en el Imperio Romano, detrás de las pistas de pádel. A ella le encantaba el sabor de él, siempre limpio, simple como el agua con limón, y el hecho de que se quitaba las gafas y parecía un poco perdido y luego cerraba los ojos y estaba casi hermoso, con una cara tan lisa y carente de complicaciones como la de un niño. Tenerlo cerca les otorgaba una nueva chispa a los días. Todo era asombroso. Era asombroso estar sentados en el Renacimiento, tal como estaban ahora, esperando en el Gran Salón a que empezara el Viernes de los Sueños.

—Presta atención —le dijo Francis—. De verdad creo que te va a gustar.

Francis no le quiso contar a Mae cuál era el tema de la charla sobre innovación de aquel viernes. Al parecer el orador, Gus Khazeni, había formado parte del proyecto de seguridad infantil de Francis antes de desligarse para dirigir una unidad nueva. Hoy sería su primer anuncio público de sus descubrimientos y nuevos planes.

Mae y Francis estaban sentados en las primeras filas, por petición de Gus. Quería ver algunas caras amigas mientras hablaba por primera vez en el Gran Salón, dijo Francis. Mae se giró para escrutar la multitud y vio a Dan unas cuantas filas más atrás, y también a Renata y Sabine, sentadas juntas y concentradas en una tablet que tenían en medio de ambas.

Eamon Bailey subió a la tarima entre cálidos aplausos.

—Bueno, hoy tenemos algo especial para vosotros —dijo—. La mayoría conocéis a nuestra joya y hombre orquesta local, Gus Khazeni. Y la mayoría sabéis que hace un tiempo tuvo una inspiración y nosotros le pedimos que la siguiera. Hoy os va a hacer una pequeña presentación y creo que os va a encantar.

Y, diciendo esto, le cedió el escenario a Gus, que tenía esa extraña combinación de apostura prodigiosa y conducta tímida de mosquita muerta. O por lo menos esa fue la impresión que dio al cruzar dando pasitos el escenario como si fuera de puntillas.

—Muy bien, si sois como yo, si sois solteros y patéticos y os pasáis la vida entera decepcionando a vuestros padres y abuelos persas, que os consideran unos fracasados porque a estas alturas todavía no tenéis pareja reproductiva e hijos porque sois patéticos...

Risas del público.

—¿He usado dos veces la palabra «patéticos»? —Más risas—. Si mi familia hubiese estado aquí, la palabra habría salido muchas más veces.

»Muy bien —continuó Gus—, pero digamos que queréis complacer a vuestra familia, y quizá también a vosotros mismos, encontrando una pareja reproductiva. ¿Hay alguien aquí a quien le interese encontrar una?

Se levantaron unas cuantas manos.

—Venga ya. Mentirosos. Resulta que sé que el sesenta y siete por ciento de esta empresa son solteros. O sea que os hablo a vosotros. El treinta y tres por ciento restante se puede ir a hacer gárgaras.

Mae soltó una risotada. La interpretación de Gus era perfecta. Se inclinó hacia Francis.

—Me encanta este tipo.

El tipo continuó:

—Tal vez hayáis probado en otras páginas de contactos. Y digamos que habéis encontrado pareja, que todo ha ido bien y os encamináis a un encuentro. Todo está bien, la familia está feliz y hasta acarician brevemente la idea de que no eres un total desperdicio de su ADN.

»Pero, bueno, en cuanto le pedís a alguien si quiere salir con vosotros, estáis jodidos, ¿verdad? Bueno, precisamente jodidos no. Lo que estáis es célibes, pero queréis dejar de estarlo. De manera que os pasáis el resto de la semana agobiados intentando decidir adónde vais a llevar a vuestra pareja: ¿a cenar, a un concierto, al museo de cera? ¿A alguna clase de mazmorra? No tenéis ni idea. Como os equivoquéis, quedáis de idiotas. Ya sabéis que tenéis una amplia gama de gustos, de cosas que os gustan, y probablemente vuestra pareja también, pero la primera opción es demasiado importante. Necesitáis ayuda para transmitir el mensaje adecuado: y ese mensaje es que sois sensibles, intuitivos y decididos, que tenéis buen gusto y sois perfectos.

El público estaba riendo; no había parado de reír. Ahora la pantalla que Gus tenía detrás mostraba una parrilla de iconos, cada uno de ellos con información claramente indicada debajo. Mae pudo distinguir lo que parecían símbolos de restaurantes, de películas, música, compras, actividades al aire libre y playas.

—Muy bien —continuó Gus—. Pues echadle un vistazo a esto y acordaos de que no es más que una versión beta. Esto se llama LuvLuv. Vale, puede que el nombre sea una mierda. En realidad sé que es una mierda y estamos trabajando en ello. Pero es así como funciona. Cuando has encontrado a alguien y sabes su nombre, has hecho contacto y tienes una cita planeada… entonces es cuando entra LuvLuv. Tal vez ya hayáis memorizado su perfil de la página de contactos, su página personal y todos sus mensajes. Pero este LuvLuv os dan un información completamente distinta. Así pues, introducís el nombre de la persona con la que vais a salir. Es el principio. Entonces LuvLuv registra internet usando un motor de búsqueda muy potente y preciso para asegurarse de que no hagas un ridículo espantoso y puedas encontrar el amor y producir nietos para tu yaya, que se teme que puedas ser estéril.

—¡Eres la bomba, Gus! —gritó una voz femenina desde el público.

—¡Gracias! ¿Quieres salir conmigo? —dijo, y esperó respuesta. Como la mujer guardó silencio, él dijo—: ¿Veis? Es por eso que necesito ayuda. Ahora, para probar el software, creo que necesitamos a una persona de carne y hueso que quiera averiguar más sobre un potencial candidato romántico de carne y hueso. ¿Alguien se presta voluntario?

Gus escrutó al público, poniéndose teatralmente una mano a modo de visera.

—¿Nadie? Un momento. Veo una mano en alto.

Para espanto y horror de Mae, Gus estaba mirando en dirección a ella. Para ser más exactos, estaba mirando a Francis, que tenía la mano en alto. Antes de que ella pudiera decirle algo, Francis ya se había levantado de su asiento y se encaminaba al escenario.

—¡Dediquémosle a este valiente voluntario una ronda de aplausos! —dijo Gus, y Francis subió correteando los escalones y se vio envuelto en la cálida luz de los focos, junto a Gus.

Llevaba sin mirar a Mae desde que se había marchado de su lado.

—¿Cómo se llama usted, señor?

—Francis Garaventa.

A Mae le vinieron ganas de vomitar. ¿Qué estaba pasando? Esto no es real, se dijo a sí misma. ¿De verdad iba a hablar de ella sobre el escenario? No, se aseguró a sí misma. Solo está ayudando a un amigo, y van a hacer su demostración usando nombres falsos.

—A ver, Francis —continuó Gus—. ¿Debo suponer que tienes a alguien con quien te gustaría salir?

—Sí, Gus, es correcto.

Mae, mareada y aterrada, no pudo evitar sin embargo darse cuenta de que, en el escenario, Francis se había transformado, igual que le había pasado a Gus. Estaba siguiendo el guión, sonriendo de oreja a oreja, haciéndose el tímido pero con gran seguridad en sí mismo.

—¿Y esa persona existe de verdad? —preguntó Gus.

—Claro —dijo Francis—. Ya no salgo con personas imaginarias.

El público se rió jovialmente, y a Mae le dio un vuelco el corazón. «Oh, mierda —pensó—. Oh, mierda.»

—¿Y cómo se llama?

—Se llama Mae Holland —dijo Francis, y por primera vez la miró a ella.

Ella se estaba tapando la cara con las manos y mirando a hurtadillas por entre los dedos temblorosos. Con una inclinación apenas perceptible de la cabeza, él pareció darse por enterado de que Mae no estaba del todo cómoda con lo sucedido hasta entonces, pero nada más establecer contacto con ella, se volvió otra vez hacia Gus, sonriendo como un presentador de concurso.

—Muy bien —dijo Gus, y tecleó el nombre en su tablet—. Mae Holland.

En la ventana de búsqueda, su nombre apareció en letras de un metro de alto sobre la pantalla.

—Así que Francis quiere salir con Mae y no quiere hacer el ridículo. ¿Qué es lo primero que necesita saber? ¿Alguien lo sabe?

—¡Alergias!

—Vale, alergias. Lo puedo buscar.

Hizo clic en un icono que mostraba a un gato estornudando y automáticamente aparecieron debajo las siguientes líneas:

Alergia probable al gluten.
Alergia segura a los caballos.
Su madre tiene alergia a los frutos secos.
No hay más alergias probables.

—Vale. Hago clic en cualquier elemento de la lista para averiguar más. Probemos lo del gluten. —Gus hizo clic en la primera línea, revelando una lista descendente más compleja y densa de vínculos y bloques de texto–. Ahora, como podéis ver, LuvLuv ha buscado todo lo que Mae ha posteado en su vida. Ha cotejado esa información y ha analizado en busca de elementos relevantes. Tal vez Mae haya mencionado el gluten. Tal vez haya comprado productos sin gluten o los haya comentado en la red. Esto indicaría que probablemente sea alérgica al gluten.

Mae quería irse del auditorio, pero sabía que montaría una escena peor que si se quedaba.

–Miremos lo de los caballos –dijo Gus, e hizo clic en el siguiente punto de la lista–. Aquí podemos llevar a cabo una afirmación más categórica, porque el software ha encontrado tres ejemplos de mensajes posteados que dicen directamente, por ejemplo, «Tengo alergia a los caballos».

–¿Y esto te ayuda? –preguntó Gus.

–Pues sí –dijo Francis–. Estaba a punto de llevarla a unos establos a comer pan con levadura. –Le hizo una mueca al público–. ¡Menos mal!

El público se rió y Gus asintió con la cabeza, como diciendo «Menudo par estamos hechos».

–Muy bien –continuó Gus–. Ahora fijémonos que las menciones a la alergia a los caballos se remontan hasta 2010, y son nada menos que de Facebook. A todos los que pensasteis que fue una tontería pagar lo que pagamos por los archivos de Facebook, ¡mirad ahora! Vale, nada de alergias. Pero mirad esto, justo al lado. Esto es lo siguiente que yo tenía en mente: la comida. ¿Estabas pensando en llevarla a comer, Francis?

Francis contestó solícitamente.

–Pues sí, Gus.

Mae no reconocía a aquel hombre del escenario. ¿Adónde había ido Francis? Ella quería matar a esta versión de él.

–Muy bien, aquí es donde las cosas suelen ponerse feas e idiotas. No hay nada peor que esa típica partida de tenis: «¿Dónde quieres comer?», «Ah, a mí me da igual», «No, en serio. ¿Qué prefieres?», «A mí no me importa. ¿Y a ti?». Ya basta de… chorradas. LuvLuv te lo analiza todo. Todo lo que ella ha posteado, todas las veces que le ha gustado o no un restaurante, todas las veces que ha mencionado comida… Todo se ordena por importancia y se clasifica y así termino con una lista como esta.

Hizo clic en el icono de la comida, que reveló una serie de listas secundarias, con clasificaciones de tipos de comida, nombres de restaurantes y restaurantes ordenados por ciudades y por barrios. Las listas tenían una precisión asombrosa. En ellas hasta salía el sitio donde Francis y ella habían comido aquella misma semana.

—Ahora hago clic en el sitio que me gusta, y si ella pagó usando TruYou, sabré lo que pidió la última vez que comió allí. Haces clic aquí y ves los platos del día que habrá en esos restaurantes el viernes, que es el día de nuestra cita. Aquí está el tiempo medio de espera para tener mesa ese día. Se acabó la incertidumbre.

Gus continuó así durante la presentación entera, repasando las preferencias de Mae en materia de cine, en materia de sitios al aire libre para caminar y hacer footing, deportes favoritos y paisajes favoritos. La mayoría de las informaciones eran precisas, y mientras Gus y Francis se dedicaban a sobreactuar en el escenario, y el público se mostraba cada vez más impresionado por el software, Mae primero se escondió detrás de sus manos, después se hundió todo lo que pudo en su asiento, y por fin, cuando tuvo la sensación de que en cualquier momento le iban a pedir que subiera al escenario para confirmar el gran poder de aquella nueva herramienta, se escabulló de su asiento, cruzó el pasillo, salió por la puerta lateral del auditorio y se adentró en la luz blanca e insulsa de una tarde nublada.

—Lo siento.

Mae no podía ni mirarlo.

—Mae. Perdona. No entiendo por qué estás tan enfadada.

Ella no quería tenerlo cerca. Estaba de vuelta en su mesa y él la había seguido hasta allí, acechando junto a ella como un ave carroñera. Ella no le echó ni un vistazo, porque además de odiarlo y de que su cara le pareciera flácida y su mirada furtiva, además de que estaba segura de que ya no querría volver a ver aquella cara de las narices, encima tenía trabajo que hacer. Le habían abierto la compuerta de mensajes de la tarde y el flujo era intenso.

–Podemos hablar más tarde –le dijo ella, pero no tenía intención de volver a hablar con él, ni aquel día ni ningún otro.

Había alivio en aquella certidumbre.

Al final él se marchó, o por lo menos se marchó su yo corpóreo, pero volvió a aparecer en cuestión de minutos, en la tercera pantalla de ella, suplicando perdón. Le dijo que sabía que no debería habérselo hecho sin avisar, pero que Gus había insistido en que fuera una sorpresa. A lo largo de la tarde le mandó cuarenta o cincuenta mensajes, disculpándose, contándole el exitazo que había tenido y diciendo que habría sido mejor que ella subiera al escenario, porque la gente la estaba ovacionando. Le aseguró que todo lo que había salido en pantalla estaba disponible al público, que nada de ello era embarazoso y que a fin de cuentas todo estaba sacado de cosas que había posteado ella.

Y Mae sabía que todo eso era cierto. No estaba enfadada porque se hubieran revelado sus alergias. Ni su comida favorita. Llevaba muchos años ofreciendo abiertamente aquella información, y tenía la sensación de que ofrecer sus preferencias y leer sobre las ajenas era una de las cosas que le encantaban de su vida en la red.

Entonces ¿qué era lo que la había mortificado durante la presentación de Gus? Ella no lo sabía a ciencia cierta. ¿Acaso había sido únicamente la sorpresa? ¿Acaso era la precisión milimétrica del algoritmo? Tal vez. Pero, bien pensado, tampoco había sido cien por cien preciso, así pues, ¿ahí estaba el problema? ¿O era el hecho de que se presentara una matriz de preferencias como tu esencia, como tu yo entero? Tal vez fuera aquello. Era una especie de espejo, pero estaba incompleto, distorsionado. Y si Francis quería alguna de aquella información, o toda, ¿por qué no se la podía pedir simplemente? Su tercera pantalla, sin embargo, se pasó la tarde entera llena de mensajes de felicitación.

«Eres genial, Mae.»

«Buen trabajo, novata.»

«Nada de paseos a caballo para ti. ¿En llama, quizá?»

Bregó con la tarde y no se fijó en la luz intermitente del teléfono hasta pasadas las cinco. Se le habían pasado por alto tres mensajes de su madre. Cuando los escuchó, los tres decían lo mismo: «Ven a casa».

Mientras conducía hasta el otro lado de las colinas y por el túnel, rumbo al este, llamó a su madre para enterarse de los detalles. Su padre había tenido un ataque, lo habían llevado al hospital y le habían pedido que pasara allí la noche en observación. Su madre le dijo que fuera directamente al hospital, pero cuando llegó se encontró con que su padre ya no estaba. Llamó a su madre.

—¿Dónde está?

—En casa. Lo siento. Acabamos de llegar. No pensé que fueras a llegar tan deprisa. Tu padre está bien.

De manera que Mae fue a casa, y cuando llegó, sin aliento, furiosa y asustada, vio la camioneta Toyota de Mercer delante de la casa, y aquello la sumió en un embrollo mental. Ella no lo quería allí. Le complicaba una escena ya de por sí truculenta.

Abrió la puerta y no vio a sus padres, sino la forma gigante y amorfa de Mercer. Estaba de pie en el vestíbulo. Cada vez que ella lo volvía a ver después de un tiempo de separación se quedaba pasmada con lo grande y voluminoso que era. Ahora además llevaba el pelo largo, lo cual se añadía a su masa. Su cabeza eclipsaba toda la luz.

—He oído tu coche —dijo él.

Tenía una pera en la mano.

—¿Qué haces tú aquí? —preguntó ella.

—Me han llamado para que los ayudara —dijo él.

—¿Papá?

Ella pasó corriendo junto a Mercer y entró en la sala de estar. Allí estaba su padre descansando, tumbado, en el sofá, mirando el béisbol por la tele.

Él no giró la cabeza pero miró en dirección a ella.

—Eh, cielo. He oído que estabas ahí.

Mae se sentó en la mesilla del café y le cogió la mano.

—¿Estás bien?

—Sí. No ha sido más que un susto. Ha empezado fuerte pero se ha ido apagando.

De forma casi imperceptible, él fue estirando poco a poco el cuello hacia delante, para ver lo que había detrás de ella.

—¿Estás intentando ver el partido?

—Novena entrada —dijo él.

Mae se quitó de en medio. Su madre entró en la sala.

—Hemos llamado a Mercer para que ayudara a tu padre a entrar en el coche.

—No he querido ambulancia —dijo su padre, sin dejar de ver el partido.

—Entonces ¿ha sido un ataque? —preguntó Mae.

—No están seguros —dijo Mercer desde la cocina.

—¿Pueden ser mis padres quienes me contesten? —le dijo Mae, levantando la voz.

—Mercer ha sido un salvavidas —dijo su padre.

—¿Por qué no me habéis llamado para avisarme de que no era tan grave? —preguntó Mae.

—Es que era grave —dijo su madre—. Fue cuando te llamé.

—Pero ahora está viendo el béisbol.

—Ahora ya no es tan grave —dijo su madre—. Pero ha habido un rato en que no sabíamos lo que estaba pasando. Así que hemos llamado a Mercer.

—Me ha salvado la vida.

—Yo no creo que Mercer te haya salvado la vida, papá.

—No quiero decir que me estuviera muriendo. Pero ya sabes cómo odio todo el rollo de los técnicos de urgencias y las sirenas, y que los vecinos se enteren. Hemos llamado a Mercer, se ha plantado aquí en cinco minutos, me ha ayudado a entrar en el coche y a llegar al hospital y ya está. Ha hecho que cambiara la cosa.

Mae estaba que echaba humo. Había conducido dos horas presa de un pánico espantoso para encontrarse a su padre tumbado en el sofá y viendo el béisbol. Había conducido dos horas para encontrarse a su ex en casa, ungido como el héroe de la familia. ¿Y ella qué era? Pues un poco negligente. Y superflua. Aquello le recordó a muchas de las cosas que no le gustaban de Mercer. Le gustaba que lo consideraran amable pero siempre se aseguraba de que todo el mundo lo supiera, y aquello ponía furiosa a Mae, el tener que oír hablar siempre de lo amable que era él, de lo franco y de fiar que era y de su empatía sin límites. Con ella, sin embargo, él había sido retraído y huraño y no había estado disponible las numerosas veces que ella lo había necesitado.

—¿Quieres pollo? Lo ha traído Mercer —dijo su madre, y Mae decidió aprovechar para usar su cuarto de baño durante un minuto o diez.

—Voy a lavarme —dijo, y subió las escaleras.

Más tarde, después de que todos cenaran y de que le contaran los sucesos de la jornada —el hecho de que la visión de su padre se había reducido hasta un punto alarmante y también se había agravado el entumecimiento de sus manos, unos síntomas que los médicos decían que eran normales y tenían tratamiento, por lo menos paliativo—, y después de que sus padres se fueran a la cama, Mae y Mercer se sentaron en el jardín de atrás, donde todavía subía calor de la hierba, de los árboles y de las cercas grises mojadas por la lluvia que los rodeaban.

—Gracias por ayudar —le dijo ella.

—Ha sido fácil. Vinnie no pesa tanto como antes.

A Mae no le gustó cómo sonaba aquello. No quería que su padre pesara menos y fuera más fácil de cargar. Así que cambió de tema.

—¿Cómo va el trabajo?

—Pues muy bien. Muy bien. La semana pasada tuve que contratar a un aprendiz. Mola, ¿verdad? Tengo un aprendiz. ¿Y tu trabajo? ¿Maravilloso?

Mae se quedó desconcertada. Mercer casi nunca se mostraba tan vivaz.

—Maravilloso, sí —le dijo.

—Bien. Me alegro mucho. Confiaba en que fuera todo bien. ¿Y qué haces, pues, programar o algo parecido?

—Estoy en EdC. Experiencia del Cliente. Ahora mismo trato con anunciantes. Espera. El otro día vi algo sobre ti. Te busqué en internet y vi un comentario de alguien que había recibido un envío con desperfectos. Menudo cabreo llevaba. Supongo que lo habrás visto.

Mercer soltó un suspiro teatral.

—Pues no. —Se le agrió la cara.

—No te preocupes —le dijo ella—. Era un chiflado.

—Y ahora yo lo tengo en la cabeza.

—No me eches la culpa a mí. Yo solo…

—Solo me has hecho saber que hay un tarado en alguna parte que me odia y quiere perjudicar a mi negocio.

—Había más comentarios, y la mayoría eran positivos. Había uno que era supergracioso.

Se puso a buscar en su teléfono.

—Mae. Por favor. Te pido que no lo leas.

—Aquí está: «¿Todas esas pobres astas de ciervo tuvieron que morir para esto?».

—Mae, te he pedido que no me lo leyeras.

—¿Qué? ¡Pero si es gracioso!

—¿Cómo te puedo pedir que respetes mis deseos y no lo hagas?

Aquel era el Mercer que Mae recordaba y no soportaba: quisquilloso, huraño, prepotente.

—¿De qué estás hablando?

Mercer respiró hondo y Mae se dio cuenta de que estaba a punto de soltar un discurso. Si tuviera una tarima delante, se estaría subiendo a ella, sacándose los papeles de la cazadora. Dos años de universidad de repesca y se creía que era una especie de catedrático. A ella le había soltado discursos sobre la ternera de crianza ecológica y sobre la primera época de King Crimson y siempre empezaba de aquella manera, respirando hondo, con un gesto que decía: «Ponte cómoda, que esto va para rato y te va a dejar alucinada».

—Mae, tengo que pedirte que…

—Ya sé, quieres que deje de leerte los comentarios de tus clientes. Vale.

—No, no era eso lo que…

—¿Qué? ¿Quieres que sí te los lea?

—Mae, ¿por qué no me dejas terminar la frase? Entonces sabrás lo que te estoy diciendo. No ayuda nada que adivines el final de mis frases, porque no aciertas nunca.

—Es que hablas muy despacio.

—Hablo normal. Es que tú te pones impaciente.

—Vale. Sigue.

—Pero si estás hiperventilando.

—Supongo que es algo que me aburre enseguida.

—¿Hablar?

—Hablar a cámara lenta.

—¿Puedo empezar? Tardaré tres minutos. ¿Me puedes conceder tres minutos, Mae?

—Vale.

—Tres minutos que pasarás sin saber qué te voy a decir, ¿vale? Será sorpresa.

—Muy bien.

—De acuerdo. Mae, tenemos que cambiar nuestra forma de relacionarnos. Cada vez que tengo noticias tuyas, es a través de un filtro. Me mandas links, citas a alguien que habla de mí, dices que has visto una foto de mí en el muro de alguien… siempre es un asalto a través de terceros. Hasta cuando hablas cara a cara conmigo me estás contando lo que dice de mí un desconocido. Al final es como que nunca estamos solos. Cada vez que te veo hay cien personas más en la sala. Siempre me estás mirando a través de los ojos de cien personas.

—No te pongas dramático.

—Yo solo quiero hablar contigo directamente. Sin que traigas a todos los desconocidos del mundo que puedan tener una opinión de mí.

—Yo no hago eso.

—Sí lo haces, Mae. Hace unos meses leíste algo sobre mí, ¿y te acuerdas de qué pasó? Cuando te vi, estabas totalmente distante.

—¡Es porque decían que estabas usando especies en peligro para tu trabajo!

—Pero si no lo he hecho nunca.

—Ah, ¿y cómo iba yo a saber eso?

—¡Me lo podías preguntar! Directamente a mí. ¿Sabes lo raro que es que tú, que eres mi amiga y mi ex novia, saque su información sobre mí de una persona al azar que no me conoce de nada? Y luego yo tengo que sentarme ante ti y es como si nos estuviéramos mirando a través de una niebla extraña.

—Vale. Lo siento.

—¿Me prometes que dejarás de hacerlo?

—¿Leer cosas de internet?

—Me da igual lo que leas. Pero cuando tú y yo nos comuniquemos, quiero que sea directamente. Tú me escribes a mí y yo te escribo a ti. Tú me haces preguntas y yo te las contesto. Y dejas de recibir noticias mías a través de terceros.

—Pero, Mercer, diriges un negocio. Necesitas participar en la red. Esos son tus clientes, y es así como se expresan y como sabes que te está yendo bien.

Por la mente de Mae revoloteaba media docena de herramientas del Círculo que ella sabía que lo ayudarían a él en su empresa. Pero Mercer era un tipo sin éxito. Un tipo sin éxito que se las apañaba para llevarlo con arrogancia.

—Pero es que no es verdad, Mae. No es verdad. Yo sé que tengo éxito si vendo lámparas. Si la gente me las encarga y yo las fabrico y ellos me las pagan. Si tienen algo que decir después, me pueden llamar o escribirme. O sea, todas esas cosas en las que tú trabajas no son más que cotilleos. Es gente hablando de otra gente a sus espaldas. Eso es la gran mayoría de las redes sociales, las reseñas, los comentarios y tal. Vuestras herramientas han elevado los cotilleos, los rumores y las conjeturas al nivel de la comunicación válida de masas, y además, es para putos pringaos.

Mae soltó aire por la nariz.

—Me encanta cuando haces eso —dijo él—. ¿Significa que no tienes respuesta? Mira, hace veinte años no molaba demasiado llevar reloj con calculadora, ¿verdad? Y pasarte todo el día encerrado en casa jugando con tu reloj calculadora indicaba muy a las claras que no te iba muy bien en la vida social. Y juicios del tipo «Me gusta» y «No me gusta» y las sonrisitas y las caritas enfadadas se limitaban al primer año de la secundaria. Alguien te escribía una notita que decía: «¿Te gustan los unicornios y las pegatinas?». Y tú decías: «¡Sí, me gustan los unicornios y las pegatinas! ¡Sonrisa!». Ese rollo. Pero ya no solo lo hacen los chavales de primero de instituto, ahora lo hace todo el mundo, y a veces me da la impresión de que he entrado en una zona invertida, en un mundo-espejo donde los rollos más pringaos del mundo se han vuelto completamente dominantes. El mundo se ha vuelto pringao.

—Mercer, ¿para ti es importante molar?

—¿Tengo pinta de que sí? —Se pasó una mano por el vientre en plena expansión, por la ropa de faena rota—. Está claro que no soy el campeón de molar. Pero me acuerdo de que uno veía a John Wayne o a Steve McQueen y decía: Uau, esos sí que eran tipos duros. Van en caballo y en moto y recorren el mundo deshaciendo entuertos.

Mae no pudo aguantarse la risa. Miró la hora en su teléfono.

—Ya llevas más de tres minutos.

Mercer siguió erre que erre.

—Ahora las estrellas de cine le suplican a la gente que sigan sus cuentas de Zing. Mandan mensajes suplicantes pidiéndole a todo el mundo que les sonría. ¡Y hostia puta, las listas de correo! Todo el mundo manda correo basura. ¿Sabes en qué pierdo una hora todos los días? Pues en pensar maneras de cancelar la suscripción a listas de correo sin herir los sentimientos de nadie. Todo empieza a estar invadido de gente que no para de insistir en que les hagas caso. —Suspiró como si acabara de hacer unas declaraciones muy importantes—. El planeta ha cambiado mucho.

—Ha cambiado para bien —dijo Mae—. Es mejor en mil sentidos, y te puedo hacer una lista. Pero si no eres una persona social, no te puedo ayudar. O sea, tus necesidades sociales son tan mínimas…

—No es que no sea una persona social. Soy bastante social. Pero las herramientas que vosotros creáis lo que hacen es *fabricar* unas necesidades sociales antinaturalmente extremas. Nadie necesita el nivel de contacto que vosotros suministráis. No mejora nada. No es nutritivo. Son como aperitivos para picar. ¿Sabes cómo se diseñan esos aperitivos? Se determina científicamente cuánta sal y grasa necesitan incluir para que no pares de comer. No tienes hambre, no necesitas esa comida, no te beneficia en nada, pero no paras de comer esas calorías vacías. Eso es lo que vosotros estáis promocionando. Es lo mismo. Calorías vacías sin fin, pero en su equivalente digital-social. Y las diseñáis para que sean igualmente adictivas.

—Dios mío.

—¿Sabes cuando te terminas una bolsa de patatas fritas y te das asco? Porque sabes que no has hecho nada bueno para ti mismo. Pues después de pasarte horas en el mundo digital tienes la misma sensación, y lo sabes. Te sientes desperdiciado y vacío y degradado.

—Yo nunca me siento degradada.

Mae pensó en la petición que había firmado aquel mismo día exigiendo más oportunidades laborales para los inmigrantes que vivían en los suburbios de París. Resultaba vigorizante y tendría impacto. Pero Mercer no sabía nada de aquello, ni de nada de lo que hacía Mae, ni de lo que hacía el Círculo, y ella estaba demasiado harta de él para explicárselo.

–Y ha eliminado mi capacidad para hacer algo tan sencillo como hablar contigo. –Él seguía hablando–. O sea, no te puedo mandar correos electrónicos, porque inmediatamente se los reenvías a alguien. No te puedo mandar una foto porque la cuelgas en tu perfil. Y entretanto, tu empresa está revisando todos nuestros mensajes en busca de información con la que puedan sacar dinero. ¿No te parece que todo esto es una locura?

Mae le miró la cara rolliza. Estaba engordando por todos lados. Parecía que hasta le colgaban los carrillos. ¿Acaso a un hombre de veinticinco años ya le podían colgar los carrillos? No era de extrañar que pensara tanto en aperitivos.

–Gracias por ayudar a mi padre –le dijo ella, a continuación entró y esperó a que se marchara.

Él insistió en quedarse unos minutos más para terminarse la cerveza, pero no tardó en marcharse, y entonces Mae apagó las luces de la planta baja, se fue a su antigua habitación y se dejó caer en la cama. Comprobó sus mensajes, encontró varias docenas que requerían su atención y luego, como solo eran las nueve y sus padres ya estaban durmiendo, se conectó a su cuenta del Círculo y contestó unas docenas de consultas de clientes, sintiendo, cada vez que contestaba una, que se estaba desinfectando de Mercer. Hacia la medianoche ya se sentía renacida.

El sábado Mae se despertó en su antigua cama. Después del desayuno se sentó con su padre y los dos se dedicaron a ver por televisión el baloncesto femenino profesional, un espectáculo al que él se había aficionado con gran entusiasmo. Desperdiciaron el resto del día jugando a las cartas y haciendo recados, y por fin cocinaron entre los dos una receta a base de pollo salteado que sus padres habían aprendido en un curso de cocina al que habían asistido en el YMCA.

El domingo por la mañana se repitió la misma rutina. Mae se levantó tarde, sintiéndose aturdida y contenta de ello, y se fue adormilada hasta el cuarto de la tele, donde su padre estaba viendo otro partido de la WNBA. Esta vez él llevaba puesto un grueso albornoz blanco que un amigo suyo había mangado de un hotel de Los Ángeles.

Su madre estaba fuera, usando cinta aislante para reparar un cubo de basura que los mapaches habían roto al intentar extraer sus contenidos. Mae se sentía atontada y su cuerpo no quería hacer nada que no fuera tumbarse. Se dio cuenta de que había pasado una semana entera en estado de alerta constante, y no había habido ni una sola noche en que durmiera más de cinco horas. El mero hecho de estar sentada en la penumbra de la sala de estar de sus padres, viendo aquel partido de baloncesto que no significaba nada para ella, viendo botar todas aquellas coletas y trenzas y oyendo chirriar todas aquellas zapatillas deportivas, le resultaba reconstituyente y sublime.

—¿Me podrías echar una mano, cielo? —le preguntó su padre.

Tenía los puños hundidos en el sofá pero no se podía incorporar. Los cojines eran demasiado profundos.

Mae se levantó, pero cuando fue a cogerle la mano oyó un ruido suave y líquido.

—Me cago en la puta —dijo su padre, y empezó a sentarse otra vez.

Luego alteró su trayectoria y aterrizó de costado, como si acabara de acordarse de que tenía debajo algo frágil y no podía sentarse encima.

—¿Puedes decirle a tu madre que venga? —dijo entre dientes y con los ojos cerrados.

—¿Qué pasa? —preguntó Mae.

Él abrió los ojos y en ellos apareció una furia desconocida.

—Por favor, dile a tu madre que venga.

—Yo estoy aquí. Déjame que te ayude —le dijo ella.

Volvió a intentar cogerle la mano. Él la apartó de un manotazo.

—Llama. A. Tu. Madre.

Y por fin le llegó el olor. Su padre se había cagado encima.

Él soltó un fuerte suspiro, recobrando la compostura. Y en tono más suave, dijo:

—Por favor. Por favor, cielo. Llama a tu madre.

Mae corrió a la puerta de la casa. Encontró a su madre junto al garaje y le contó lo sucedido. Pero en vez de entrar corriendo, su madre le cogió las manos.

—Creo que tendrías que marcharte ya —le dijo—. Él no querrá que veas esto.

—Pero puedo echar una mano —dijo Mae.

—Por favor, cariño. Tienes que permitirle un poco de dignidad.

—¡Bonnie! —retumbó la voz de él desde dentro de la casa.

La madre de Mae le cogió la mano.

—Mae, cielo, recoge tus cosas y ya te veremos dentro de unas semanas, ¿vale?

Mae condujo de vuelta a la costa, con el cuerpo temblando de rabia. No tenían ningún derecho a hacer aquello, a hacerla ir a casa y luego echarla sin contemplaciones. ¡No es que ella quisiera oler la mierda de su padre! Estaba dispuesta a ayudar, sí, siempre que se lo pidieran, pero no si la trataban de aquella manera. ¡Y Mercer! ¡Se atrevía a echarle la bronca en su propia casa! Dios bendito. Vaya tres. Mae había hecho dos horas de trayecto en coche para ir allí y ahora estaba haciendo otras dos de vuelta, ¿y qué había obtenido a cambio de tanto esfuerzo? Nada más que frustración. De noche un gordo que le daba sermones y de día unos padres que la echaban con malos modos.

Para cuando llegó de vuelta a la costa eran las 16.14. Tenía tiempo, pensó. ¿El sitio cerraba a las cinco o a las seis? No se acordaba. Dio un volantazo para salir de la carretera y entrar en el puerto deportivo. Cuando llegó a la playa se encontró la puerta del almacén de los kayaks abierta, pero ni un alma a la vista. Mae miró por todos lados, entre las filas de kayaks, remos y salvavidas.

—¿Hola? —dijo.

—¡Hola! —le contestó una voz—. Aquí. En la caravana.

Detrás de las filas de equipamiento había una caravana apoyada en bloques de hormigón, y a través de la puerta abierta Mae vio unos pies de hombre encima de una mesa de trabajo y un cable de teléfono desplegado desde una mesa hasta una cara invisible. Subió los escalones y en la penumbra del interior de la caravana se encontró con un hombre de treinta y tantos años, medio calvo, que le hizo una señal con el dedo índice. Mae se dedicó a mirarse el teléfono para consultar la hora a cada minuto, viendo cómo el tiempo se le escapaba: 16.20, 16.21, 16.23. Por fin el hombre colgó el teléfono y sonrió.

—Gracias por su paciencia. ¿En qué puedo ayudarla?

—¿Está Marion?

—No, yo soy su hijo. Walt.

Se puso de pie y estrechó la mano de Mae. Era alto, flaco y estaba quemado por el sol.

—Encantada. ¿Llego demasiado tarde?

—¿Demasiado tarde para qué? ¿Para cenar? —dijo él, convencido de estar haciendo un chiste.

—Para alquilar un kayak.

—Ah. Bueno, ¿qué hora es? Hace un rato que no lo miro.

A ella no le hizo falta mirar.

—Las cuatro y veintiséis —dijo.

Él carraspeó y sonrió.

—Las cuatro y veintiséis, ¿eh? Bueno, normalmente cerramos a las cinco, pero visto que se le da a usted tan bien saber la hora, estoy seguro de que puedo contar con que me traiga el kayak de vuelta a las cinco y veintidós. ¿Le parece bien? Es cuando tengo que marcharme a recoger a mi hija.

—Gracias —dijo Mae.

—Déjeme que la inscriba —dijo él—. Acabamos de informatizar nuestro sistema. ¿Dice usted que ya tiene cuenta?

Mae le dio su nombre y él lo introdujo en una tablet nueva, pero el sistema no lo cogió. Después de tres intentos, el hombre se dio cuenta de que no le funcionaba el wi-fi.

—A lo mejor la puedo inscribir con el teléfono —dijo, sacándoselo del bolsillo.

—¿Podemos hacerlo a mi vuelta? —preguntó Mae, y él aceptó, pensando que así le daría tiempo de volver a poner en funcionamiento la red.

Le entregó a Mae un salvavidas y un kayak, y una vez en el agua, ella se volvió a mirar el teléfono. Las 16.32. Tenía casi una hora. En las aguas de la bahía una hora siempre cundía mucho. Una hora era un día entero.

Mae echó a remar y aquella vez no vio ninguna foca moteada en el puerto deportivo, a pesar de que se demoró a propósito para intentar hacerlas salir. Fue hasta el viejo amarradero medio hundido, donde a veces los animales tomaban el sol, pero no vio ninguno. Ni focas moteadas ni leones marinos: el amarradero estaba vacío, a excepción de un solo pelícano muy sucio posado sobre un poste.

Ella remó hasta dejar atrás los pulcros yates y las embarcaciones misteriosas y se adentró en las aguas abiertas de la bahía. Una vez allí descansó, sintiendo el agua debajo de ella, suave y ondulante como si fuera una gelatina de muchas brazas de profundidad. Mientras estaba allí, sentada y quieta, aparecieron dos cabezas a unos veinte metros delante de ella. Eran focas moteadas, y se estaban mirando la una a la otra, como si estuvieran decidiendo si debían mirar a Mae, al unísono. Y por fin lo hicieron.

Y se quedaron las tres mirándose, las dos focas y Mae, sin que nadie pestañeara, hasta que por fin, como si acabara de darse cuenta de lo poco interesante que era Mae, que ni se movía ni hacía nada, una de las focas se hundió en una ola y desapareció, y la segunda foca no tardó en seguirla.

Más adelante, en medio de la bahía, Mae vio algo nuevo, una forma artificial en la que no se había fijado nunca, y decidió que sería su tarea del día: llegar hasta aquella forma e investigarla. Se acercó remando y vio que en realidad la forma la componían dos embarcaciones distintas, un viejo bote de pesca amarrado a una barcaza de pequeño tamaño. Sobre la barcaza había una especie de refugio elaborado pero chapucero. Si aquello existiera en tierra firme, sobre todo por aquella zona, lo desmantelarían de inmediato. Se parecía a las fotos que Mae había visto de las chabolas de la Gran Depresión o de algún asentamiento improvisado de refugiados.

Mae estaba allí sentada, contemplando aquella chapuza, cuando de debajo de una lona azul emergió una mujer.

—Vaya —le dijo la mujer—, pero si has salido de la nada.

Debía de tener unos sesenta años, pelo largo y blanco, tupido y descuidado, recogido en una coleta. Avanzó unos pasos y Mae vio que en realidad era más joven de lo que ella había supuesto, tal vez cincuenta y pocos años, y que todavía tenía mechones rubios.

–Hola –dijo Mae–. Perdón por acercarme demasiado. La gente del puerto deportivo siempre nos insiste en que no molestemos a la gente que vive aquí.

–Y normalmente es así –dijo la mujer–. Pero teniendo en cuenta que estamos saliendo a tomar nuestro cóctel de la tarde –dijo la mujer, acomodándose en una silla de plástico blanca–, llegas en el momento perfecto. –La mujer echó la cabeza hacia atrás y se dirigió a la lona azul–. ¿Te vas a quedar escondido ahí dentro o qué?

–Estoy trayendo las copas, chata –dijo una voz de hombre, todavía invisible, esforzándose por ser cortés.

La mujer se volvió hacia Mae. Bajo la tenue luz se le veían unos ojos luminosos y un poco traviesos.

–Pareces inofensiva. ¿Quieres subir a bordo? –dijo inclinando la cabeza para examinar a Mae.

Mae se acercó remando y en aquel momento la voz masculina emergió de debajo de la lona y adoptó forma humana. Era un tipo correoso, un poco mayor que su compañera, y salió con movimientos lentos del bote para pasar a la barcaza. Llevaba algo que parecían dos termos.

–¿Va a subir con nosotros? –le preguntó el hombre a la mujer, dejándose caer en la silla de plástico idéntica que había junto a la de ella.

–La he invitado yo –dijo la mujer.

Cuando estuvo lo bastante cerca como para distinguir sus caras, Mae vio que iban limpios y pulcros. Se había temido que su ropa confirmara lo que su embarcación sugería: que no solo eran vagabundos acuáticos, sino también peligrosos.

La pareja dedicó un momento a observar cómo Mae maniobraba hasta su barcaza, mostrando curiosidad hacia ella pero sin hacer nada, como si ellos estuvieran en su sala de estar y ella fuera su espectáculo de aquella noche.

–Venga, ayúdala –dijo la mujer con irritación, y el hombre se puso de pie.

La proa del kayak de Mae chocó con el borde metálico de la barcaza y el hombre lo rodeó rápidamente con una cuerda y tiró del kayak para ponerlo en paralelo. Luego la ayudó a subir a la cubierta, un abigarrado mosaico de tablones.

—Siéntate aquí, cielo —dijo la mujer, señalando la silla que él acababa de desocupar para ir a ayudarla.

Mae se sentó y sorprendió al hombre mirando a la mujer con furia.

—Pues coge otra —le dijo la mujer al hombre.

Y él volvió a desaparecer bajo la lona azul.

—Normalmente no soy tan mandona con él —le explicó la mujer a Mae, cogiendo uno de los termos que el hombre había dejado en el suelo—. Pero es que no sabe tener invitados. ¿Quieres blanco o tinto?

Mae no tenía razón alguna para aceptar ni uno ni otro, considerando que era media tarde y a ella le tocaba hacer el trayecto de vuelta en kayak y después coger el coche para ir a casa. Pero tenía sed, y si el vino era blanco, sabría muy bien bajo el sol de media tarde, así que decidió rápidamente que quería un poco.

—Blanco, por favor —dijo.

De los pliegues de la lona emergió un taburete rojo y pequeño, seguido del hombre, que venía haciéndose teatralmente el ofendido.

—Siéntate y toma una copa, anda —le dijo la mujer, y procedió a servir en sendos vasitos de plástico vino blanco para Mae y tinto para ella y su compañero.

El hombre se sentó, todos levantaron sus vasos y el vino, que Mae sabía que no era bueno, aun así le supo extraordinario.

El hombre estaba escrutando a Mae.

—O sea que eres una especie de aventurera, imagino. Te van los deportes extremos y esas cosas.

Vació su vaso y cogió el termo. Mae supuso que su mujer lo miraría con desaprobación, como habría hecho su madre, pero tenía los ojos cerrados y la cara orientada hacia el sol vespertino.

Mae negó con la cabeza.

—Pues no. Para nada.

—Por aquí no vemos a mucha gente en kayak —dijo, rellenándose el vaso—. Se suelen quedar más cerca de la costa.

—A mí me parece una chica agradable —dijo la mujer, con los ojos todavía cerrados—. Mírale la ropa. Es casi pija. Pero no es ninguna esclava. Es una chica agradable que tiene arranques de curiosidad de vez en cuando.

Ahora le tocó al hombre pedir disculpas.

–Dos sorbos de vino y ya se cree adivina.

–No pasa nada –dijo Mae, aunque no sabía qué pensar del diagnóstico de la mujer.

Mientras ella miraba primero al hombre y después a la mujer, esta abrió los ojos.

–Mañana llegará por aquí un grupo de ballenas grises –dijo, y volvió la mirada hacia el Golden Gate.

Entornó los ojos, como si estuviera haciéndole al océano la promesa mental de que, cuando llegaran las ballenas, ellos las tratarían bien. Luego volvió a cerrar los ojos. De momento la tarea de entretener a Mae parecía recaer en el hombre.

–¿Y cómo estaba hoy la bahía? –preguntó.

–Bien –dijo Mae–. Muy tranquila.

–No ha estado tan tranquila en toda la semana –admitió él, y los tres se pasaron un rato sin hablar, como si estuvieran honrando la placidez de las aguas con un momento de silencio.

Y en medio de aquel silencio, Mae pensó en cómo reaccionaría Annie, o sus padres, si la vieran allí, bebiendo vino por la tarde en una barcaza. Con unos desconocidos que vivían en una barcaza. Ella sabía que Mercer lo aprobaría.

–¿Has visto alguna foca? –le preguntó por fin el hombre.

Mae no sabía nada de aquella gente. Ni se habían presentado ni le habían preguntado a Mae cómo se llamaba.

Una sirena de niebla sonó a lo lejos.

–Hoy muy pocas, cerca de la costa –dijo Mae.

–¿Qué aspecto tenían? –preguntó el hombre, y cuando Mae describió a los dos animales y sus cabezas grises como de papel de cera, el hombre echó un vistazo a la mujer–. Stevie y Kevin.

La mujer asintió con la cabeza para mostrar su reconocimiento.

–Creo que hoy las demás han ido mar adentro, de caza. Stevie y Kevin no salen mucho de esta parte de la bahía. Se nos acercan todo el tiempo a saludarnos.

Mae tuvo ganas de preguntarles si vivían allí o, en caso de que no, qué estaban haciendo exactamente allí, en aquella barcaza amarrada a un bote de pesca, dos embarcaciones que no parecían funcionar de ninguna forma. ¿Estaban allí permanentemente?

¿Cómo habían conseguido llegar hasta allí? Sin embargo, le parecía imposible hacerles cualquiera de aquellas preguntas cuando ellos no le habían preguntado ni cómo se llamaba.

—¿Estabas aquí cuando eso se quemó? —le preguntó el hombre, señalando una isla grande y deshabitada que había en mitad de la bahía.

La isla se elevaba, muda y negra, detrás de ellos. Mae negó con la cabeza.

—Estuvo ardiendo dos días. Nosotros acabábamos de llegar. De noche el calor se sentía desde aquí. Teníamos que zambullirnos en estas aguas dejadas de la mano de Dios solo para refrescarnos. Creíamos que se iba a acabar el mundo.

Ahora la mujer abrió los ojos y se quedó mirando a Mae.

—¿Has nadado en esta bahía?

—Unas cuantas veces —dijo Mae—. Es brutal. Pero de niña nadaba en el lago Tahoe, que está por lo menos igual de frío que esto.

Mae se terminó el vino y se sintió radiante por un momento. Miró el sol con los ojos entornados, apartó la vista y vio a un hombre a lo lejos, a bordo de un velero plateado e izando una bandera tricolor.

—¿Qué edad tienes? —le preguntó la mujer—. Aparentas once años.

—Veinticuatro —dijo Mae.

—Dios mío. No tienes ni una marca. ¿Nosotros hemos tenido veinticuatro años alguna vez, amor?

Se giró hacia el hombre, que estaba usando un bolígrafo para rascarse la planta del pie. Él se encogió de hombros y ella dejó el tema.

—Esto es precioso —dijo Mae.

—Estamos de acuerdo —dijo la mujer—. Es una belleza escandalosa y constante. La salida del sol esta mañana ha sido tremenda. Y esta noche hay luna llena. Ha estado saliendo de color naranja y volviéndose plateada a medida que sube por el cielo. El agua se teñirá primero de dorado y luego de color platino. Deberías quedarte.

—Tengo que devolver eso —dijo Mae, señalando el kayak. Miró su teléfono—. Dentro de unos ocho minutos.

Se puso de pie y el hombre se levantó también, le cogió el vaso y colocó el suyo dentro.

—¿Crees que puedes cruzar la bahía de vuelta en ocho minutos?

—Lo voy a intentar —dijo Mae, y se puso de pie.

La mujer chasqueó la lengua ruidosamente.

—No me puedo creer que se marche ya. Me caía bien.

—No está muerta, cariño. Sigue con nosotros —dijo el hombre. Ayudó a Mae a entrar en el kayak y lo desamarró—. Sé educada.

Mae hundió la mano en las aguas de la bahía y se mojó la nuca.

—Huye, traidora —le dijo la mujer.

El hombre puso los ojos en blanco.

—Lo siento.

—No pasa nada. Gracias por el vino —dijo Mae—. Volveré.

—Estaría bien —dijo la mujer, aunque parecía haber terminado con Mae.

Era como si, por un momento, hubiera pensado que Mae era un tipo de persona, pero ahora, sabiendo que era otro distinto, ya pudiera romper con ella y devolverla al mundo.

Mae remó hacia la orilla, un poco mareada, con una sonrisa torcida por culpa del vino. Y solo entonces fue consciente de cuánto rato llevaba sin pensar para nada en sus padres. El viento arreció, ahora en dirección oeste, y ella remó aprovechándolo de modo temerario, con la espuma volando por todas partes, empapándole las piernas, la cara y los hombros. Se sentía muy fuerte, sus músculos ganaban en atrevimiento con cada envite del agua fría. A ella le encantó todo aquello, ver cómo se acercaban los botes sueltos a su aire, cómo aparecían los yates enjaulados y adoptaban nombres, y, por fin, cómo cobraba forma la playa, con Walt esperando en la orilla.

El lunes, cuando fue a trabajar y se conectó, le apareció un centenar aproximado de mensajes en la segunda pantalla.

Annie: «¡Te echamos de menos el viernes por la noche!».

Jared: «Te perdiste una buena juerga».

Dan: «¡Qué putada que no estuvieras en la celebración del domingo!».

Mae miró su calendario y vio que el viernes se había celebrado una fiesta, abierta a todo el mundo del Renacimiento. El domingo había habido una barbacoa para los novatos: todo el que hubiera llegado durante las dos semanas que ella llevaba en el Círculo.

«Hoy tengo mucho lío —escribió Dan—. Ven a verme cuanto antes.»

Ella se lo encontró de pie en la esquina de su oficina, de cara a la pared. Golpeó suavemente la puerta con los nudillos y él, sin darse la vuelta, levantó el dedo índice, pidiendo un momento. Mae se lo quedó mirando, dando por sentado que estaba al teléfono, y aguardó pacientemente y en silencio, hasta darse cuenta de que en realidad Dan estaba usando sus retinales y quería un fondo vacío. Ella había visto a algún que otro circulista hacer aquello: mirar las paredes para ver con mayor claridad las imágenes de sus pantallas retinales. Cuando terminó, él se giró en redondo para mirar a Mae con una sonrisa amistosa que se disolvió enseguida.

—¿No pudiste venir ayer?

—Lo siento. Estaba con mis padres. Mi padre...

—Un evento fabuloso. Creo que fuiste la única novata que no fue. Pero podemos hablar de ello más tarde. Ahora mismo te tengo que pedir un favor. Hemos tenido que traer a mucha gente nueva, a tenor de lo deprisa que se está expandiendo todo, así que me preguntaba si me podías ayudar con algunos de los recién llegados.

—Claro.

—Creo que para ti será pan comido. Déjame que te lo enseñe. Volvamos a tu despacho. ¿Renata?

Renata los siguió, llevando en la mano un pequeño monitor del tamaño de una libreta de notas. Lo instaló en la mesa de Mae y se marchó.

—Vale. Así pues, idealmente vas a estar haciendo lo que al principio hacía Jared contigo, ¿te acuerdas? Cada vez que un novato se encalle con una consulta y haya que reenviársela a alguien con más experiencia, la coges tú. Ahora eres la veterana. ¿Lo entiendes?

—Sí.

—Lo otro es que quiero que los novatos te puedan hacer preguntas mientras trabajan. Lo más fácil será que te las hagan por esta pantalla. —Señaló la pantallita que le acababan de colocar debajo de su monitor principal—. Si ves que aparece algo aquí, ya sabrás que es de alguien de tu grupo, ¿vale? —Se giró hacia la nueva pantalla y tecleó en su tablet una petición, «¡Ayúdame, Mae!», de forma que las palabras aparecieran en aquella nueva y cuarta pantalla—. ¿Te parece lo bastante fácil?

—Sí.

—Bien. Pues los novatos llegarán después de que Jared les haga el training. Está haciendo uno colectivo mientras hablamos. Sobre las once de la mañana llegará una docena de empleados nuevos, ¿vale?

Dan le dio las gracias y se marchó.

Hasta las once hubo una carga grande de trabajo, pero ella obtuvo una puntuación de 98. Mandó cuestionarios complementarios a un puñado de puntuaciones inferiores a 100 y a un par de noventa y pocos, y en la mayoría de los casos los clientes cambiaron su puntuación a 100.

A las once levantó la vista para ver a Jared guiando por la sala a un grupo, cuyos miembros parecían todos muy jóvenes y caminaban con mucho cuidado, como si tuvieran miedo de despertar a un bebé invisible. Jared los colocó a todos en sus mesas respectivas y la sala, que llevaba semanas completamente vacía, se llenó en cuestión de minutos.

Jared se puso de pie sobre una silla.

—¡A ver, todo el mundo! —dijo—. Este está siendo con diferencia nuestro proceso de integración más rápido. Y nuestra sesión de training más rápida. Y nuestro primer día más desquiciantemente acelerado. Pero yo sé que todos sois más que capaces. Y sobre todo sé que vais a poder porque yo me voy a pasar todo el día aquí para ayudaros, y Mae también. Mae, ¿puedes ponerte de pie?

Mae se puso de pie. Pero saltó a la vista que pocos de los novatos presentes en la sala podían verla.

—¿Y si te pones de pie encima de tu silla? —le pidió Jared, y Mae obedeció, alisándose la falda, sintiéndose bastante ridícula y llamativa y confiando en no caerse.

–Los dos nos pasaremos aquí todo el día contestando preguntas y cogiendo las consultas que os hagan encallaros. Si os encalláis en una consulta, reenviadla y nos llegará a ella o a mí, según quien tenga menos pendientes. Si tenéis alguna pregunta, lo mismo. La mandáis por el canal que os he enseñado en la orientación y nos llegará a uno de nosotros. Entre Mae y yo estaréis cubiertos. ¿Todo el mundo se siente bien? –Nadie se movió ni dijo nada–. Bien. Voy a volver a abrir la compuerta y seguiremos hasta las doce y media. El almuerzo será más corto hoy por el training y todo lo demás, pero os lo compensaremos el viernes. ¿Todo el mundo listo? –Nadie parecía listo–. ¡Adelante!

Jared se bajó de un salto y Mae se bajó con cuidado, se compuso otra vez y de inmediato se vio con treinta consultas de retraso. Se puso con la primera y en menos de un minuto le llegó una pregunta a la cuarta pantalla, la de los novatos.

«El cliente quiere todo su historial de pagos del año pasado. ¿Disponible? ¿Y dónde?»

Mae le indicó la carpeta adecuada al novato y regresó a la consulta que tenía delante. Siguió así, viéndose apartada de su trabajo a cada minuto por las preguntas de los novatos, hasta las doce y media, hora en que vio que Jared se volvía a subir a una silla.

–Uau. Uau –dijo Jared–. Hora de almorzar. Intenso. Intenso. ¿Verdad? Pero lo hemos conseguido. Nuestra media global es 93, que normalmente no estaría muy bien, pero tampoco está mal considerando los sistemas nuevos y el aumento de flujo. Felicidades. Comed algo, recargad baterías y os veo a la una en punto. Mae, ven a verme cuando puedas.

Se volvió a bajar de un salto y estuvo en la mesa de Mae antes de que ella pudiera llegar a la de él. Tenía una expresión de preocupación amable.

–No has pasado por la clínica.

–¿Yo?

–¿Es verdad?

–Supongo.

–Se suponía que tenías que ir durante tu primera semana.

–Ah.

–Te están esperando. ¿Puedes ir hoy?

—Claro. ¿Ahora?

—No, no. Ahora estamos demasiado liados, como puedes ver. ¿Qué te parece a las cuatro? Yo puedo ocuparme del último turno. Y por la tarde todos estos novatos ya estarán un poco más a punto. ¿Te lo has pasado bien hasta ahora?

—Claro.

—¿Estresada?

—Bueno, esto le añade un nivel nuevo a la cosa.

—Sí, así es. Y todavía vendrán más niveles, te lo aseguro. Sé que alguien como tú se acabaría aburriendo del trabajo normal de Experiencia del Cliente, así que la semana que viene te vamos a reclutar para un aspecto distinto del trabajo. Creo que te va a encantar. —Se miró la pulsera y vio la hora—. Oh, mierda. Tienes que irte a comer. Te estoy quitando literalmente la comida de la boca. Ve. Tienes veintidós minutos.

Mae encontró un bocadillo ya preparado en la cocina más cercana y se lo comió sentada a su mesa. Repasó el canal de mensajes sociales de la tercera pantalla en busca de algo urgente o que necesitara respuesta. Encontró y respondió treinta y un mensajes, quedándose satisfecha de haber prestado una atención meticulosa a todos los que la requerían.

La tarde fue un tren fuera de control, con preguntas constantes de los novatos, en contra de lo que le había asegurado Jared, que se pasó la tarde entera entrando y saliendo, dejando la sala una docena de veces y hablando por teléfono con gran intensidad. Mae lidió con su flujo redoblado de consultas y a las 15.48 tenía una media personal de 96. La media del grupo era 94. No estaba mal, pensó, considerando que se habían añadido doce personas nuevas y que había tenido que ayudarlas a todas ellas sola, durante casi tres horas. Cuando dieron las cuatro, se acordó de que la esperaban en la clínica y confió en que Jared se acordara también. Se puso de pie y vio que él la estaba mirando y que le hacía una señal con los pulgares levantados. Se marchó.

El vestíbulo de la clínica no era realmente un vestíbulo. Parecía más bien una cafetería, con circulistas charlando en parejas, una pared cubierta por un precioso despliegue de alimentos y bebidas naturales, una barra de ensaladas con las verduras que se cultivaban en el campus y un pergamino enmarcado en la pared que contenía la receta de una sopa de paleodieta.

Mae no supo a quién dirigirse. En la sala había cinco personas, cuatro trabajando con tablets y una completamente retinal, plantada en la esquina. No había nada que se pareciera a la clásica ventanilla a través de la cual la habría saludado un empleado administrativo de la clínica.

—¿Mae?

Siguió aquella voz hasta la cara de una mujer de pelo corto y negro, con hoyuelos en ambas mejillas, que le estaba sonriendo.

—¿Ya estás lista?

La mujer llevó a Mae por un pasillo azul hasta una sala que parecía más una cocina de diseño que una sala de reconocimientos. La mujer de los hoyuelos le indicó un sillón y la dejó allí.

Mae se sentó y al cabo de un momento se volvió a incorporar, atraída por los armarios que cubrían las paredes. Vio las líneas horizontales, finas como cabellos, que indicaban dónde terminaba cada cajón y dónde empezaba el siguiente, pero no había ni pomos ni tiradores. Pasó una mano por la superficie y apenas pudo notar las finísimas separaciones. Por encima de los armarios había una banda metálica con una inscripción grabada: PARA CURAR DEBEMOS SABER, Y PARA SABER DEBEMOS COMPARTIR.

Se abrió la puerta y Mae dio un respingo.

—Hola, Mae —dijo una cara que se aproximó, preciosa y sonriente, a ella—. Soy la doctora Villalobos.

Mae estrechó la mano de la doctora, boquiabierta. Aquella mujer era demasiado sofisticada para aquello, para aquella sala y para Mae. Tenía como mucho cuarenta años, una coleta negra y la piel luminosa. Unas elegantes gafas de lectura le colgaban del cuello, le reseguían brevemente el borde de la chaqueta de color crema y le descansaban sobre el amplio busto. Llevaba tacones de cinco centímetros.

—Me alegro muchísimo de verte, Mae.

Mae no supo qué decir. Se decidió por «Gracias por recibirme» y se sintió inmediatamente tonta.

—No, gracias a ti por venir —dijo la doctora—. Hacemos venir a todo el mundo, normalmente durante la primera semana, así que estábamos preocupados por ti. ¿Hay alguna razón para que hayas tardado tanto?

—No, no. Estaba ocupada, simplemente.

Mae examinó a la doctora en busca de defectos físicos y por fin le encontró un lunar en el cuello, del que le sobresalía un solo pelito diminuto.

—¡Demasiado ocupada para tu salud! No digas eso. —La doctora estaba de espaldas a Mae, preparando alguna clase de bebida. Por fin se dio la vuelta y sonrió—. En fin, esto no es más que un examen introductorio, un chequeo básico que les hacemos a todos los nuevos miembros de la plantilla del Círculo, ¿de acuerdo? Y has de saber antes de nada que somos una clínica que hace énfasis en la prevención. En aras de mantener a nuestros circulistas física y mentalmente sanos, proporcionamos servicios de bienestar integrales. ¿Te cuadra esto con lo que te han contado?

—Sí. Tengo una amiga que lleva un par de años trabajando aquí y dice que la asistencia médica es increíble.

—Vaya, me alegro de oírlo. ¿Quién es esa amiga tuya?

—Annie Allerton…

—Ah, claro. Lo ponía en tu matrícula. ¿Quién no quiere a Annie? Salúdala de mi parte. Aunque supongo que la puedo saludar yo. La tengo en mi rotación, o sea que la veo cada dos semanas. ¿Te ha dicho que los chequeos son quincenales?

—Pero eso es…

La doctora sonrió.

—Cada dos semanas. Es la clave del bienestar. Si solo vienes cuando tienes un problema, no puedes adelantarte a las cosas. Los chequeos quincenales incluyen consultas dietéticas, y también vigilamos cualquier variación de vuestra salud general. Esto es crucial para la detección precoz, para calibrar cualquier medicación que puedas estar tomando y para ver cualquier problema a unos cuantos kilómetros de distancia, en vez de cuando te haya arrollado. ¿Te parece bien?

Mae se acordó de su padre y de lo tarde que habían descubierto que sus síntomas eran de esclerosis múltiple.

—Pues sí —contestó.

—Y todos los datos que generamos aquí los puedes consultar en la red. Todo lo que hagamos, todo lo que hablemos, y por supuesto tu historial pasado. Al entrar en la empresa firmaste el formulario que nos permitía traer aquí la información de todos tus médicos anteriores, de manera que por fin la tienes toda en un solo lugar, y podemos acceder a ella tanto tú como nosotros, y así podemos tomar decisiones y ver patrones y problemas en potencia, gracias a que tenemos acceso a todo el historial. ¿Quieres verlo? —le preguntó la doctora, y activó una pantalla en la pared.

El historial médico completo de Mae apareció ante ella en forma de listas, imágenes e iconos. La doctora Villalobos se puso a tocar la pantalla de pared, abriendo carpetas, moviendo imágenes y revelando los resultados de todas y cada una de sus visitas al médico, remontándose hasta su primer chequeo antes de entrar en la guardería.

—¿Cómo va esa rodilla? —le preguntó la doctora.

Acababa de encontrar la resonancia magnética que Mae se había hecho unos años atrás. Mae había decidido no operarse el ligamento anterior cruzado; su antigua póliza no le cubría la operación.

—Me funciona —dijo Mae.

—Bueno, si quieres ocuparte de ella, me lo dices. Aquí hacemos esa intervención. Se haría en una tarde y por supuesto sería gratis. Al Círculo le gusta que sus empleados tengan rodillas operativas.

La doctora apartó la vista de la pantalla para sonreír a Mae, una sonrisa ensayada pero convincente.

—No ha sido fácil reunir algunas de las fichas de cuando eras adolescente, pero de ahora en adelante tendremos información casi completa. Cada dos semanas te haremos análisis de sangre, pruebas cognitivas, de reflejos, un breve examen ocular y toda una serie rotatoria de exámenes más exóticos, como resonancias magnéticas y esas cosas.

Mae no entendía nada.

—Pero ¿cómo os podéis permitir todo esto? O sea, solo el precio de una resonancia magnética...

—Bueno, la prevención es barata. Sobre todo en comparación con encontrarse un tumor en fase cuatro cuando lo podríamos haber encontrado en la fase uno. Y el diferencial de coste es enorme. Como los circulistas suelen ser gente joven y sana, nuestros costes sanitarios son una fracción de los que tiene una empresa de tamaño parecido. Una que no tenga la misma previsión.

A Mae le dio la sensación, a la que ya se estaba acostumbrando, de que la gente del Círculo era la única capaz de pensar, o simplemente capaz de poner en práctica, unas reformas cuyas necesidad y urgencia parecían incuestionables.

—¿Y cuándo te hiciste tu última revisión?

—¿En la universidad, tal vez?

—Uau, vale. Empecemos con tus constantes vitales, lo básico. ¿Alguna vez has visto uno de estos?

La doctora le enseñó un brazalete plateado de unos ocho centímetros de ancho. Mae había visto que Jared y Dan llevaban monitores de salud, pero los de ellos eran de goma y no les quedaban tan apretados. Aquel era más fino y ligero.

—Creo que sí. ¿Te mide el ritmo cardíaco?

—Exacto. La mayoría de los circulistas de toda la vida tienen alguna versión de él, pero muchos se han estado quejando de que les queda demasiado suelto, como si fuera una pulsera. De manera que lo he modificado para que no se mueva. ¿Te lo quieres probar?

Mae se lo probó. La doctora se lo puso en la muñeca izquierda y se lo cerró con un clic. Era cómodo.

—Está caliente —dijo Mae.

—Te pasarás unos días notándolo caliente, luego el brazalete y tú os acostumbraréis el uno al otro. Pero te tiene que tocar la piel, claro, para medir lo que queremos medir, que es todo. Querías el programa entero, ¿verdad?

—Creo que sí.

—En tu matrícula decías que querías toda la gama recomendada de mediciones. ¿Sigues queriéndola?

—Sí.

—Vale. ¿Te puedes beber esto? —La doctora le dio a Mae el líquido verde y espeso que había estado preparando—. Es un batido.

Mae se lo bebió. Estaba frío y viscoso.

—Muy bien, acabas de ingerir el sensor que se conectará con el monitor que llevas en la muñeca. Estaba en ese vaso. —La doctora le dio un puñetazo juguetón a Mae en el hombro—. Me encanta hacer esto.

—¿Ya me lo he tragado? —dijo Mae.

—Es la mejor manera. Si te lo pongo en la mano, te dedicarás a darle vueltas y más vueltas. Pero el sensor es tan pequeño, y por supuesto es orgánico, que si te lo bebes no te das cuenta y se acabó la cosa.

—¿O sea que ya tengo el sensor dentro?

—Pues sí. Y ahora —dijo la doctora, dando unos golpecitos en el monitor de la muñeca de Mae— ya está activo. Recogerá datos de tu ritmo cardíaco, presión sanguínea, colesterol, flujo de calor, consumo de calorías, duración del sueño, calidad del sueño, eficiencia digestiva y demás. Una cosa que os va muy bien a los circulistas, sobre todo a los que tenéis cargos que pueden ser estresantes, es que mide la respuesta galvánica de la piel, que nos permite saber cuándo estáis acelerados o ansiosos. Cuando vemos índices no normativos de estrés en un circulista o en un departamento, podemos hacer ajustes en la carga de trabajo, por ejemplo. También te mide el nivel de pH del sudor, para que sepas cuándo tienes que hidratarte con agua alcalina. Detecta tu postura, para que sepas cuándo tienes que cambiarla. Te evalúa el oxígeno de la sangre y los tejidos, el nivel de glóbulos rojos y hasta tiene un podómetro. Como sabes, los médicos recomiendan dar unos diez mil pasos al día, y esto te enseña cuántos te faltan. A ver, camina un poco por la sala.

Mae vio primero el número 10.000 en su muñeca y luego números que descendían a medida que ella daba pasos: 9.999, 9.998, 9.997.

—A todos los novatos les pedimos que se pongan estos modelos de segunda generación, y así en cuestión de meses tendremos a todos los circulistas coordinados. La idea es que si obtenemos una información completa podremos suministrar mejor atención. La información incompleta crea lagunas en nuestro conocimiento, y en términos médicos, las lagunas en nuestro conocimiento generan errores y omisiones.

—Lo sé —dijo Mae—. Ese fue el problema que yo tuve en la universidad. Que eras tú quien suministrabas tus datos sanitarios, de forma que aquello era un caos. Murieron tres chavales de meningitis antes de que se descubriera que había un brote.

La expresión de la doctora Villalobos se ensombreció.

—¿Sabes? Esa clase de cosas ya son completamente innecesarias. En primer lugar, no se puede esperar que los chavales de la universidad suministren sus datos. Tienes que hacérselo tú, para que ellos se puedan concentrar en sus estudios. Solo las enfermedades de transmisión sexual, la hepatitis C... imagina que dispones de todos los datos. Entonces sí que puedes emprender acciones apropiadas. En vez de simples conjeturas. ¿Has oído hablar de aquel experimento que hicieron en Islandia?

—Creo que sí —dijo Mae, aunque solo lo creía a medias.

—Bueno, pues como Islandia tiene una población increíblemente homogénea, las raíces de la mayoría de sus habitantes se remontan a muchos siglos en la isla. Todo el mundo puede rastrear con facilidad a sus ancestros de hace un millar de años. De manera que se pusieron a hacer el mapa del genoma de los islandeses, de todos y cada uno de ellos, y así pudieron seguir la pista de toda clase de enfermedades hasta sus mismos orígenes. De esa comunidad de gente han extraído datos valiosísimos. No hay nada como un grupo estable y relativamente homogéneo, expuesto a los mismos factores, y que además puedes estudiar a lo largo del tiempo. Ese grupo estable, y esa información completa, fueron factores cruciales para maximizar los resultados del estudio. De manera que aquí tenemos la esperanza de hacer lo mismo. Si podemos conseguir el historial de todos los que van llegando, y al final el de todos los más de diez mil circulistas, podremos ver los problemas mucho antes de que se vuelvan graves y al mismo tiempo podremos recopilar datos sobre el conjunto de la población. La mayoría de los novatos tenéis la misma edad más o menos y en general estáis bien de salud, hasta los ingenieros. —Sonrió al decir lo que estaba claro que era una broma que hacía con frecuencia—. De manera que cuando se producen desviaciones, queremos estar enterados y ver si existen tendencias de las que podamos aprender. ¿Me explico?

Mae estaba distraída con el brazalete.

—¿Mae?

—Sí. Me parece fantástico.

El brazalete era precioso, una auténtica marquesina de luces, gráficas y números parpadeantes. El pulso de Mae estaba representado por medio de una rosa delicadamente dibujada que se abría y se cerraba. Había un electrocardiograma que se proyectaba hacia la derecha como una centella azul y volvía al principio. La temperatura corporal se veía bien grande, en color verde, 37,1, recordándole también el promedio de la jornada, 36,1, que ella necesitaba mejorar.

—¿Y esto para qué es? —preguntó.

Había una serie de botones e indicadores, organizados en fila debajo de los datos.

—Pues es que puedes hacer que el brazalete te mida cien cosas más. Si corres, te mide cuánto has corrido. Te calcula la relación entre el ritmo cardíaco en estado de reposo y de actividad. Te mide el índice de masa corporal, la ingesta de calorías… ¿Ves?, te está saliendo.

Mae estaba ocupada experimentando. Era uno de los objetos más elegantes que había visto en su vida. Había docenas de niveles de información, y cada dato le permitía solicitar otros y adentrarse más. Si tocaba los dígitos de su temperatura actual, podía ver la temperatura media de las veinticuatro horas anteriores, la máxima, la mínima y la mediana.

—Y por supuesto —dijo la doctora Villalobos—, todos los datos se almacenan en la nube y en tu tablet, donde tú los quieras. Se puede acceder a ellos en todo momento y se actualizan constantemente. De manera que si te caes o te das un golpe en la cabeza y vas en una ambulancia, los enfermeros pueden acceder a tu historial completo en cuestión de segundos.

—¿Y esto es gratis?

—Claro que es gratis. Forma parte de tu cobertura médica.

—Es precioso —dijo Mae.

—Sí, a todo el mundo le encanta. Bueno, voy a hacerte el resto de las preguntas estándar. ¿Cuándo tuviste la última regla?

Mae intentó acordarse.

—Hace unos diez días.

—¿Eres sexualmente activa?

—Ahora mismo no.

—Pero ¿en general?

—En general sí.

—¿Tomas anticonceptivos?

—Sí.

—Vale. Puedes trasladar tu receta aquí. Habla con Tanya cuando salgas y ella te dará condones para las cosas que la píldora no puede prevenir. ¿Tomas alguna otra medicación?

—No.

—¿Antidepresivos?

—No.

—¿Dirías que en general eres feliz?

—Sí.

—¿Alguna alergia?

—Sí.

—Ah, sí. Las tengo aquí. A los caballos, qué lástima. ¿Algún caso de enfermedad en la familia?

—¿Cómo? ¿A mi edad?

—A tu edad. ¿Tus padres? ¿Están bien?

La manera en que la doctora se lo estaba preguntando, el hecho de que estuviera claro que esperaba una respuesta afirmativa, con el lápiz óptico suspendido sobre la tablet, dejó a Mae sin respiración y le impidió contestar.

—Oh, cariño —dijo la mujer, rodeando los hombros de Mae con el brazo y acercándosela. Olía un poco a flores—. Tranquila —dijo, y Mae se echó a llorar, con los hombros palpitando y la nariz y los ojos inundados.

Sabía que le estaba mojando la bata de algodón a la doctora, pero aquello le proporcionaba consuelo y hasta le daba una sensación de perdón, y Mae se encontró a sí misma contándole a la doctora Villalobos los síntomas de su padre, su fatiga y el accidente que había tenido el fin de semana.

—Oh, Mae —dijo la doctora, acariciándole el pelo—. Mae. Mae.

Mae no podía parar. Le contó a la doctora Villalobos la desoladora situación de su padre con la aseguradora, el hecho de que su madre ya esperaba dedicar el resto de su vida a cuidar de él, a luchar por cada tratamiento y a pasarse varias horas al día al teléfono con aquella gente.

—Mae —le dijo la doctora, por fin—. ¿Has preguntado en Recursos Humanos si puedes añadir a tus padres a la cobertura de la empresa?

Mae levantó la vista.

—¿Qué?

—Hay unos cuantos circulistas que tienen a miembros de su familia con situaciones parecidas en el plan médico. Me imagino que en tu caso es posible.

Mae no había oído hablar para nada de aquello.

—Pregúntalo en Recursos Humanos —dijo la doctora—. O mira, mejor se lo preguntas a Annie.

—¿Por qué no me lo has contado antes? —le dijo Annie aquella noche. Estaban las dos en el despacho de Annie, una sala grande y blanca con ventanales del suelo al techo y un par de sofás bajos—. No tenía ni idea de que tus padres estuvieran viviendo esa pesadilla con el seguro médico.

Mae estaba mirando las fotos enmarcadas de la pared, que mostraban árboles o arbustos podados en formas pornográficas.

—La última vez que vine solo tenías seis o siete, ¿verdad?

—Lo sé. Corrió la voz de que yo era una coleccionista apasionada, de forma que ahora me las regalan todos los días. Y cada vez son más guarras. ¿Ves la que hay arriba del todo?

Annie señaló la foto de un cactus fálico enorme.

En la puerta apareció una cara de color cobrizo, con el cuerpo oculto tras el recodo del pasillo.

—¿Me necesitas?

—Claro que te necesito, Vickie —dijo Annie—. No te vayas.

—Estaba pensando en ir a la inauguración de lo del Sáhara.

—Vickie. No me dejes —dijo Annie en tono inexpresivo—. Te amo y no quiero que nos separemos.

Vickie sonrió, pero parecía estar preguntando cuándo Annie iba a acabar con aquello y dejar que se marchara.

—Vale —dijo Annie—. Yo también debería ir, pero no puedo. Así que ve tú.

La cara de Vickie desapareció.

—¿La conozco? —preguntó Mae.

—Está en mi equipo —dijo Annie—. Ahora mismo somos unos diez, pero Vickie es mi persona de confianza. ¿Te has enterado de la cosa esa del Sáhara?

—Creo que sí.

Mae había leído un anuncio en el InnerCircle, algo así como un plan para contar los granos de arena del Sáhara.

—Lo siento, estábamos hablando de tu padre —dijo Annie—. No entiendo por qué no me lo has contado antes.

Mae le contó la verdad: que no se había imaginado para nada cómo la atención sanitaria de su padre podría encajar en el Círculo. No había una sola empresa en todo el país que cubriera la asistencia de los padres de los empleados.

—Claro, pero ya sabes lo que decimos aquí —dijo Annie—: «Cualquier cosa que mejore la vida de nuestros circulistas…» —pareció esperar a que Mae terminara la frase, pero Mae no tenía ni idea— «… se vuelve posible en el acto». ¡Ya tendrías que saberlo!

—Lo siento.

—¡Estaba en tu orientación cuando entraste en la empresa, Mae! Bueno, me pongo a ello. —Annie estaba tecleando algo en su teléfono—. Seguramente esta misma noche. Ahora me tengo que ir corriendo a una reunión.

—Pero si ya son las seis. —Se miró la muñeca—. No, las seis y media.

—¡Eso es pronto! Yo me quedo hasta las doce. O tal vez toda la noche. Tenemos algunas cosas realmente divertidas entre manos. —Su rostro brillaba, pleno de expectactivas—. Unos rollos fiscales pendientes muy suculentos en Rusia. Esos tíos no se andan con bromas.

—¿Vas a dormir en la residencia de empleados?

—Qué va. Lo más seguro es que junte estos dos sofás. Oh, mierda. Me tengo que ir. Te quiero.

Annie le dio un apretón cariñoso a Mae y salió del despacho.

Mae se quedó a solas en el despacho de Annie, aturdida. ¿Acaso era posible que su padre fuera a tener cobertura médica de verdad? ¿Que fuera a acabarse la cruel paradoja vital de sus padres, el hecho de que sus batallas constantes con las aseguradoras agravaban los problemas de salud de su padre e impedían trabajar a su madre, eliminando su capacidad para ganar dinero y pagar la atención médica de él?

El teléfono de Mae zumbó. Era Annie.

–Y no te preocupes. Ya sabes que para estas cosas soy una ninja. Lo conseguiré.

Y colgó.

Mae contempló la ciudad de San Vincenzo a través de la ventana de Annie: la mayor parte había sido construida o renovada en los últimos años. Restaurantes para los circulistas, hoteles para la gente que visitaba el Círculo, tiendas deseosas de atraer a los circulistas y sus visitantes y escuelas para los hijos del Círculo. El Círculo ya había adquirido una cincuentena de edificios de las inmediaciones, transformando almacenes en ruinas en recintos para escalada, escuelas, silos de servidores informáticos, todos ellos estructuralmente innovadores y sin precedentes, sobrepasando con creces los criterios del Consejo Estadounidense de Edificios Ecológicos.

El teléfono de Mae volvió a sonar; era Annie otra vez.

–Vale, buenas noticias, y antes de lo que esperaba. He preguntado y no hay problema. Ya tenemos a una docena de padres y madres en el plan y también a algunos hermanos y hermanas. He retorcido unos cuantos brazos y me han dicho que pueden coger también a tu padre.

Mae se quedó mirando su teléfono. Hacía solo cuatro minutos que le había mencionado la situación a Annie.

–Joder. ¿Me lo dices en serio?

–¿Quieres que incluyamos también a tu madre? Claro que sí. Ella está mejor de salud, de manera que será más fácil. Los pondremos a los dos.

–¿Cuándo?

–Supongo que ya mismo.

–No me lo puedo creer.

–Venga ya, reconóceme un poco de mérito –dijo Annie, jadeante. Estaba caminando a toda prisa–. Esto es fácil.

–Entonces ¿qué hago, se lo digo a mis padres?

–¿Qué pasa? ¿Quieres que se lo diga yo?

–No, no. Solo me estoy asegurando de que esto es definitivo.

–Pues sí. En realidad estas cosas no cuestan tantísimo. Tenemos a once mil personas en cobertura. Eso nos permite dictar los términos, ¿no?

–Gracias, Annie.

—Mañana te llamará alguien de Recursos Humanos. Podéis arreglar los detalles vosotros. Tengo que volver a colgarte. Ahora sí que llego tarde de verdad.

Y colgó otra vez.

Mae llamó a sus padres y se lo contó a su madre primero y a su padre después, a continuación hubo exclamaciones de júbilo, lágrimas, seguidas de más elogios a Annie, la salvadora de la familia, y una serie de comentarios bastante embarazosos sobre cómo Mae se había convertido en una adulta de verdad y ahora a sus padres les producía vergüenza y embarazo depender de ella, depender tanto de una hija tan joven, por culpa de aquel sistema tan jodido en el que todos estaban atrapados. Pero gracias, le dijeron, estamos muy orgullosos de ti. Y cuando se quedó por fin a solas al teléfono con su madre, esta le dijo:

—Mae, no solo le has salvado la vida a tu padre sino también a mí, te lo juro por Dios, mi dulce Maebelline.

A las siete Mae descubrió que ya no lo aguantaba más. No podía seguir sentada sin hacer nada. Necesitaba levantarse y celebrarlo de alguna manera. Miró qué había aquella noche en el campus. Se había perdido la inauguración de lo del Sáhara y ya lo estaba lamentando. Había un slam de poesía con disfraces, y ella lo puso en primer lugar y hasta confirmó su asistencia. Después, sin embargo, vio la clase de cocina en la que iban a asar y comerse una cabra entera. La puso en segundo lugar. A las nueve había programada la aparición de una activista que quería la ayuda del Círculo para su campaña contra la mutilación genital en Malawi. Si lo intentaba, Mae podía llegar por lo menos a algunos de aquellos eventos, pero justo cuando ya se estaba montando un itinerario, vio algo que le hizo olvidar el resto: el Funky Arse Whole Circus actuaba en el campus, en los jardines contiguos a la Edad de Hierro, a las siete. Ella había oído hablar de ellos, tenían unas reseñas y puntuaciones estelares, y se le ocurrió que aquella noche un circo era lo que estaba más a la altura de su euforia.

Se lo comentó a Annie, pero esta no podía ir. Tenía que quedarse en su reunión por lo menos hasta las once. CircleSearch, sin embargo, le mostró a un puñado de gente a la que ella conocía, entre ellos Renata, Alistair y Jared, que sí que iban a ir –los dos últimos ya estaban allí–, así que terminó y se fue volando.

Ya empezaba a oscurecer, con tintes dorados, cuando dobló la esquina de los Tres Reinos y vio a un hombre de dos plantas de altura que vomitaba fuego. Detrás de él había una mujer con una tiara reluciente que lanzaba al aire una batuta de neón y la cazaba al vuelo. Mae acababa de encontrar el circo.

Había un par de centenares de espectadores desplegados más o menos en círculo en torno a los artistas, que trabajaban al aire libre, con una utilería mínima y un presupuesto que parecía claramente reducido. Los circulistas que rodeaban la actuación emitían un verdadero despliegue de lucecitas, procedentes de los monitores de sus muñecas o bien de sus teléfonos, que tenían fuera e iluminados para grabar el espectáculo. Mientras buscaba a Jared y a Renata, y vigilaba con cautela para no toparse con Alistair, Mae se quedó mirando cómo el circo se arremolinaba delante de ella. El espectáculo parecía no tener un inicio claro –ya se lo había encontrado en marcha al llegar– ni tampoco ninguna estructura discernible. El circo tenía una decena de miembros, todos visibles en todo momento y todos ataviados con ropa raída que ponía de manifiesto su humildad de anticuario. Un hombre bajito hacía descabellados números acrobáticos con una aterradora máscara de elefante puesta. Una mujer prácticamente desnuda, con la cara oculta bajo una cabeza de flamenco, danzaba en círculos con unos movimientos que alternaban el ballet con los tambaleos de un borracho.

A cierta distancia de ella, Mae vio a Alistair, que la saludó con la mano y se puso a escribirle un mensaje de texto. Al cabo de un momento ella miró su teléfono y vio que Alistair estaba organizando otro evento la semana siguiente, este más grande y mejor, para todos los entusiastas de Portugal. «Será descomunal –le escribió–. ¡Películas, música, poesía, narración de cuentos y diversión!» Ella le contestó con un mensaje diciendo que asistiría y que se moría de ganas. Al otro lado del jardín y del flamenco, Mae le vio leer el mensaje y luego levantar la vista hacia ella y saludarla con la mano.

Ella volvió a contemplar el circo. Le dio la impresión de que los artistas no solo estaban impostando aquel aire de pobreza, sino también viviéndolo: todo en ellos parecía viejo y olía a decrepitud. A su alrededor, los circulistas grababan el espectáculo con sus pantallas, ansiosos por recordar la extrañeza de aquella panda de tipos de la farándula con pinta de gente sin techo, documentando la incongruencia que constituían allí en el Círculo, en medio de los senderos y jardines impecablemente diseñados, en medio de la gente que trabajaba allí, que se duchaba con regularidad, intentaba seguir la moda por lo menos hasta un punto razonable y además se lavaba la ropa.

Mae se abrió paso entre el público y se encontró con Josiah y Denise, que se mostraron encantados de verla pero también escandalizados por el circo, cuyo tono y tenor consideraban que iba demasiado lejos. Josiah hasta le había puesto una reseña negativa. Mae los dejó allí, contenta de que la hubieran visto y hubieran registrado su asistencia, y se puso a buscar una bebida. Vio una hilera de casetas a lo lejos, y ya estaba dirigiéndose a una de ellas cuando uno de los artistas, un tipo sin camisa y con bigote de herradura, echó a correr hasta ella, llevando tres espadas. Parecía haber perdido el equilibrio, y un momento antes de que la alcanzara, Mae entendió que aunque el tipo quería dar la impresión de que tenía la situación bajo control y de que todo formaba parte de su actuación, iba a chocar realmente con ella con los brazos llenos de espadas afiladas. Se quedó petrificada, y ya lo tenía a pocos centímetros cuando notó que alguien la cogía por los hombros y la empujaba. Cayó de rodillas y de espaldas al tipo de las espadas.

—¿Estás bien? —le preguntó otro hombre.

Mae levantó la vista para ver que el hombre estaba de pie donde ella había estado hacía un segundo.

—Creo que sí —le contestó.

Luego él se giró hacia el tipo nervudo de las espadas.

—¿Qué coño te pasa, payaso?

¿Era Kalden?

El malabarista de las espadas se quedó mirando a Mae, intentando asegurarse de que no le había pasado nada. Cuando vio que no, se giró hacia el hombre que tenía delante.

Era Kalden. Ahora Mae estaba segura. Tenía la misma silueta caligráfica que Kalden. Llevaba una camiseta blanca y lisa con cuello de pico y unos pantalones grises, igual de ajustados que los vaqueros de la otra vez. A Mae no le había dado la impresión de ser un tipo propenso a pelearse, y sin embargo allí lo tenía plantado ahora, sacando pecho y con las manos listas, mientras el saltimbanqui lo escrutaba, con mirada firme, intentando decidir si seguía fiel a su personaje y al circo, si continuaba con el espectáculo y cobraba una buena suma de aquella empresa enorme, próspera e influyente, o bien se liaba a golpes con ese tipo delante de doscientas personas.

Por fin decidió sonreír, retorcerse teatralmente las dos puntas del bigote y darse la vuelta.

—Siento lo sucedido —dijo Kalden, ayudándola a levantarse—. ¿Seguro que estás bien?

Mae le dijo que sí. El tipo del bigote no la había tocado, solo la había asustado y además había sido un momento de nada.

Ella se le quedó mirando la cara, que bajo la repentina luz azul parecía una escultura de Brancusi, lisa y perfectamente ovalada. Sus cejas eran arcos romanos y su nariz el delicado hocico de una pequeña criatura marina.

—Esos gilipollas no pintan nada aquí para empezar —dijo él—. Una panda de bufones para entretener a la realeza. No le veo el sentido por ningún lado —añadió, mirando a su alrededor y poniéndose de puntillas—. ¿Podemos marcharnos de aquí?

Por el camino encontraron la mesa de la comida y las bebidas y se llevaron unas cuantas tapas, unas salchichas y unos vasos de vino tinto hasta una hilera de limoneros que había detrás de la Era Vikinga.

—No te acuerdas de mi nombre —dijo Mae.

—No. Pero te conozco y quería verte. Por eso estaba cerca cuando el tío del bigote se te ha echado encima.

—Mae.

—Eso. Yo soy Kalden.

—Lo sé. Yo sí me acuerdo de los nombres.

—Y yo lo intento. Lo intento siempre. Entonces ¿Josiah y Denise son amigos tuyos?

—No sé. Supongo. O sea, me hicieron la orientación y, bueno, he hablado con ellos desde entonces. ¿Por qué?

—Por nada.

—¿A qué te dedicas tú aquí, a todo esto?

—¿Y Dan? ¿Con Dan te ves?

—Dan es mi jefe. No me quieres decir a qué te dedicas, ¿verdad?

—¿Quieres un limón? —preguntó él, y se puso de pie.

Sin dejar de mirar a Mae, metió la mano entre las ramas y sacó un limón bien grande. El gesto tuvo una elegancia masculina, una forma de estirarse, con fluidez, hacia arriba, más despacio de lo que cabía esperar, que la hizo pensar en un submarinista. Él le entregó el limón sin mirarlo.

—Está verde —dijo ella.

Él se quedó mirando la fruta con los ojos entornados.

—Oh, pensé que mi truco funcionaría. Fui a por el más grande que pude encontrar. Debería ser amarillo. Ven, levántate.

Kalden le dio la mano, la ayudó a levantarse y la puso a cierta distancia de las ramas del árbol. Luego cogió el tronco con los brazos y se puso a zarandearlo hasta que empezaron a llover limones. Cinco o seis de ellos alcanzaron a Mae.

—Dios mío, lo siento —dijo él—. Soy un idiota.

—No, si ha estado bien —dijo ella—. Eran bastante pesados y dos me han dado en la cabeza. Me ha encantado.

Entonces él la tocó, palpándole la cabeza con la mano.

—¿Alguno te ha hecho daño?

Ella dijo que estaba bien.

—Uno siempre hace daño a quienes ama —dijo él, con la cara convertida en una forma oscura por encima de ella. Luego, como si acabara de darse cuenta de lo que había dicho, carraspeó—. Bueno. Eso decían mis padres. Y ellos me querían mucho.

Por la mañana, Mae llamó a Annie y se encontró con que estaba yendo al aeropuerto, rumbo a México para arreglar alguna metedura de pata legal.

—He conocido a alguien interesante —dijo Mae.

—Me alegro. El otro no me volvía loca precisamente. Gallipoli.

—Garaventa.

—Francis. Es un ratoncillo nervioso. ¿Y el nuevo? ¿Qué sabemos de él?

Mae notó que Annie tenía ganas de acabar con aquella conversación.

Mae intentó describirlo, pero se dio cuenta de que no sabía casi nada de él.

—Es flaco. Ojos castaños y tirando a alto.

—¿Y ya está? ¿Ojos castaños y tirando a alto?

—Ah, espera —dijo Mae, riéndose de sí misma—. Tenía el pelo canoso. Tiene el pelo canoso.

—Un momento. ¿Qué?

—Es joven, pero tiene el pelo canoso.

—Vale, Mae. No pasa nada si te dedicas a perseguir abuelos.

—No, no, estoy segura de que es joven.

—¿Me estás diciendo que tiene menos de treinta años pero es canoso?

—Te lo juro.

—Pues no conozco a nadie aquí que sea así.

—¿Qué pasa, que conoces a los diez mil?

—Tal vez tenga un contrato temporal. ¿No te ha dicho su apellido?

—Se lo pregunté, pero es muy reservado.

—Mmm… Eso no es muy propio del Círculo, ¿verdad? ¿Y dices que tiene el pelo canoso?

—Casi blanco.

—¿Como el que se les pone a los nadadores cuando usan el champú ese?

—No. No digo plateado. Gris canoso, como el de los hombres mayores.

—¿Y estás segura de que no es un hombre mayor? ¿Un viejo que te has encontrado por la calle?

—No.

—¿Estabas deambulando por las calles, Mae? ¿Te gusta ese olor tan especial de los hombres viejos? ¿Mucho mayores que tú? Es un olor como de moho. Como de caja de cartón mojada. ¿Te gusta?

—Por favor…

Annie lo estaba pasando bien, de forma que continuó.

—Supongo que es reconfortante saber que puede cobrar el dinero de su plan de jubilación. Y debe de estar tan agradecido por cualquier clase de afecto… Oh, mierda, ya estoy en el aeropuerto. Te llamo después.

Annie no la volvió a llamar, pero le estuvo poniendo mensajes de texto desde el avión y luego desde Ciudad de México, mandándole fotos de distintos viejos que se iba encontrando por la calle. «¿Es este?» «¿Y este?» «¿Es ese de ahí?» «¿Ese?» «¿Ese?»

Mae se quedó intrigada con todo aquello. ¿Cómo era posible que no supiera el apellido de Kalden? Hizo una búsqueda preliminar en el directorio de la empresa y no encontró a ningún Kalden. Probó con Kaldan, Kaldin y Khalden. Nada. ¿Tal vez lo había escrito mal u oído mal? Podría haber llevado a cabo una búsqueda más precisa de haber sabido en qué departamento estaba él, qué parte del campus ocupaba, pero no sabía nada.

Pese a todo, apenas podía pensar en otra cosa. Su camiseta blanca de cuello de pico, aquellos ojos tristes que intentaban no parecer tristes, sus pantalones grises ajustados que ella no estaba segura de si eran elegantes u horribles, no podía estarlo por culpa de la falta de luz, su forma de abrazarla al final de la noche, cuando habían paseado hasta el helipuerto, esperando ver un helicóptero, y al no ver ninguno habían regresado a los limoneros, y allí él le había dicho que tenía que marcharse y le había preguntado si podía encontrar ella sola la lanzadera. Luego él la había atraído hacia sí, tan de repente que ella no supo si estaba intentando darle un beso o manosearla o qué. Pero lo que hizo finalmente fue pegar el cuerpo de ella al de él, pasarle el brazo por la espalda, ponerle la mano derecha en el hombro y la izquierda mucho más abajo, apoyada con atrevimiento en su sacro, con los dedos desplegados hacia abajo.

Luego se apartó de ella y sonrió.

—¿Seguro que estás bien?

—Que sí.

—¿No tienes miedo?

Ella se rió.

—No. No tengo miedo.

—Vale. Pues buenas noches.

Y dio media vuelta y se marchó en otra dirección que no era la de las lanzaderas ni la de los helicópteros ni la del circo, sino un camino estrecho y sumido en las sombras, él solo.

Mae se pasó la semana entera pensando en la silueta de él al alejarse, en las manos fuertes con que la había cogido, y también mirando el limón grande y verde que él le había dado y que ella había guardado, convencida erróneamente de que si esperaba unos días maduraría sobre su mesa. Se quedó verde.

Pero ella no lo encontraba por ningún lado. Puso unos cuantos zings a toda la empresa, en busca de un tal Kalden, con cuidado de no parecer desesperada. Pero no obtuvo ninguna respuesta.

Sabía que Annie se lo podría averiguar, el problema era que Annie estaba en Perú. La empresa se había metido en líos moderados por culpa de sus planes en el Amazonas: algo relacionado con usar aviones sin tripulación para contar y fotografiar todos los árboles que quedaban. Entre reuniones con miembros de varios organismos medioambientales y legislativos, por fin Annie le devolvió la llamada.

—Déjame hacerle un reconocimiento facial. Mándame una foto suya.

Pero Mae no tenía ninguna foto de él.

—Estás de broma. ¿Nada?

—Estaba oscuro. Era un circo.

—Ya me lo has dicho. O sea, que te dio un limón verde y ni una triste foto. ¿Estás segura de que no estaba simplemente de visita?

—Pero si yo ya lo había visto, ¿te acuerdas? Al lado del cuarto de baño. Y luego vino a mi mesa y se puso a mirar cómo trabajaba.

—Uau, Mae. Ese tío parece todo un triunfador. Te da limones verdes y te jadea en el hombro mientras tú contestas consultas de los clientes. Si yo fuera solo una pizca paranoica, pensaría que es alguna clase de infiltrado o bien un agresor sexual de poca monta.

Annie tuvo que colgar, pero al cabo de una hora mandó un mensaje de texto. «Tienes que mantenerme al corriente sobre ese tipo. Cada vez me está intranquilizando más. A lo largo de los años hemos tenido algunos acosadores raros. El año pasado tuvimos a un tipo, un bloguero o algo parecido, que asistió a una fiesta y se quedó dos semanas en el campus, merodeando y durmiendo en los almacenes. Resultó ser bastante inofensivo, pero entiende que un tipo raro sin identificar pueda ser motivo de preocupación.»

Pero Mae no estaba preocupada. Confiaba en Kalden y no se podía creer que tuviera ninguna intención siniestra. Su cara era franca y en ella reinaba una ausencia inconfundible de malicia; Mae no sabía cómo explicárselo a Annie, pero confiaba plenamente en él. Sabía, eso sí, que no era fiable en cuanto que comunicador, pero también sabía, sin lugar a dudas, que se volvería a poner en contacto con ella. Y aunque le habría resultado molesto, y hasta exasperante, no poder ponerse en contacto con cualquier otra persona en su vida, el hecho de que él estuviera por allí, al menos durante unos días, inalcanzable pero supuestamente dentro del campus, le infundía a sus horas un escalofrío agradable. Era una semana con mucho trabajo, pero cuando pensaba en Kalden, cada consulta se convertía en un aria gloriosa. Los clientes le cantaban a ella y ella les cantaba de vuelta. Los amaba a todos. Amaba a Risa Thomason de Twin Falls, Idaho. Amaba a Mack Moore de Gary, Indiana. Amaba a los novatos que la rodeaban. Amaba el semblante preocupado de Jared cada vez que aparecía en su puerta, preguntándole cómo podían conseguir que el promedio del grupo pasara de 98. Y le encantaba el hecho de haber sido capaz de no hacer ningún caso a Francis ni a sus intentos constantes de ponerse en contacto con ella. Sus minivídeos. Sus tarjetas de felicitación de audio. Sus listas de reproducción, que se componían todas de canciones de disculpa y pesar. Ya no era más que un recuerdo, borrado por Kalden y su elegante silueta, por sus manos fuertes e inquisitivas. Le encantaba el hecho de ser capaz, en el cuarto de baño, de simular el efecto de aquellas manos, de poder aproximarse con su propia mano a la presión que él le había aplicado. Pero ¿dónde estaba él? Lo que había resultado interesante el lunes y el martes ya resultaba prácticamente molesto el miércoles y exasperante el jueves. La invisibilidad de él empezó a parecer intencionada y hasta agresiva. Él le había prometido que se mantendría en contacto con ella, ¿verdad? Tal vez no, pensó ella. ¿Qué era lo que había dicho exactamente? Buscó en su memoria y se dio cuenta, presa de algo parecido al pánico, de que lo único que él había dicho, al acabarse la velada, era «Buenas noches». Pero Annie regresaba el viernes, y las dos juntas, aunque solo tuvieran una hora juntas, podrían encontrarlo, averiguar su nombre y ponerlo a buen recaudo.

Y por fin, el viernes por la mañana, Annie regresó y quedaron en verse justo antes del Viernes de los Sueños. Había programada una presentación sobre el futuro de CircleMoney —una forma de gestionar todas las compras de internet a través del Círculo y, llegado un punto, eliminar la necesidad de papel moneda—, pero luego la presentación se canceló. En su lugar se pidió a todos los empleados que vieran una conferencia de prensa que se estaba celebrando en Washington.

Mae bajó a toda prisa al vestíbulo del Renacimiento, donde ya había unos centenares de circulistas mirando la pantalla de pared. Una mujer con traje chaqueta de color arándano estaba detrás de un estrado engalanado con micrófonos, flanqueada por un equipo de ayudantes y un par de banderas estadounidenses. Por debajo de ella, la teleimpresora decía: LA SENADORA WILLIAMSON DESEA ROMPER EL CÍRCULO. Al principio había demasiado ruido para oír nada, pero entre unos chistando y otros subiendo el volumen, por fin se pudo oír su voz. La senadora estaba leyendo una declaración escrita.

—Estamos aquí hoy para insistir en que el Grupo de Trabajo Antimonopolio del Senado emprenda una investigación para saber si el Círculo ejerce o no el monopolio. Estamos convencidos de que el Departamento de Justicia verá el Círculo como lo que es, un monopolio en el sentido más puro, y tomará las medidas necesarias para romperlo, como hizo anteriormente con Standard Oil, AT&T y todos los demás monopolios demostrados de nuestra historia. El dominio del Círculo ahoga la competencia y supone un peligro para nuestra modalidad de capitalismo de mercado libre.

Cuando terminó, la pantalla regresó a su propósito habitual: celebrar los pensamientos de los empleados del Círculo, y en el seno de las multitudes de aquel día no faltaban pensamientos. La opinión unánime era que a aquella senadora se la conocía por las posturas minoritarias que adoptaba de vez en cuando —había estado en contra de las guerras de Irak y Afganistán–, y por tanto no conseguiría muchos apoyos para su cruzada antimonopolio. El Círculo era una empresa popular a ambos lados del espectro, conocida por sus posiciones pragmáticas sobre básicamente cualquier asunto político y por sus generosas donaciones, de manera que aquella senadora izquierdista no recibiría mucho apoyo de sus colegas progresistas, y mucho menos de las filas republicanas.

Mae no sabía lo bastante de leyes antimonopolio como para improvisar una opinión. ¿Acaso era verdad que no existía competencia? El círculo tenía el 90 por ciento del mercado de las búsquedas. El 88 por ciento del mercado del correo gratuito y el 92 por ciento de los servicios de texto. Se trataba, en opinión de ella, del mero resultado de producir y distribuir el mejor producto. Le parecía una locura castigar a la empresa por su eficiencia y su atención a los detalles. Por triunfar.

–Ahí estás –dijo Mae, al ver que se acercaba Annie–. ¿Cómo te ha ido en México? ¿Y en Perú?

–Menuda idiota.

Annie soltó un resoplido burlón, mirando con los ojos entrecerrados la pantalla en la que acababa de aparecer la senadora.

–¿O sea que todo eso no te preocupa?

–¿Te refieres a si va a llegar a alguna parte con eso? No. Pero a ella, a título personal, la espera un marrón de narices.

–¿Qué quieres decir? ¿Cómo lo sabes?

Annie miró a Mae y luego se giró para contemplar el fondo de la sala. Allí estaba Tom Stenton, charlando con unos cuantos circulistas, cruzado de brazos, en una postura que en otra persona habría podido transmitir preocupación o hasta furia. Él, sin embargo, parecía más divertido que otra cosa.

–Vámonos –dijo Annie, y las dos echaron a andar por el campus, confiando en comprar su almuerzo en una furgoneta de tacos contratada para alimentar aquel día a los circulistas–. ¿Cómo está ese caballero que te visita? No me digas que se ha muerto mientras teníais relaciones sexuales.

–Pues llevo sin verlo desde la semana pasada.

–¿No se ha puesto en contacto contigo para nada? –preguntó Annie–. Menudo cabrón.

—Creo que es de otra época.

—¿De otra época? ¿Y canoso? Mae, ¿te acuerdas de aquel momento de *El resplandor* en que Nicholson está teniendo una especie de encuentro sexual con la mujer en el cuarto de baño? ¿Y luego la mujer resulta ser el cadáver viviente de una vieja?

Mae no sabía de qué le estaba hablando Annie.

—De hecho… —dijo Annie, y su mirada se distrajo.

—¿Qué?

—¿Sabes? Con todo esto de la investigación de Williamson, me preocupa que haya un tipo sospechoso merodeando por el campus. ¿Me puedes avisar la próxima vez que lo veas?

Mae miró a Annie y, por primera vez desde que le alcanzaba la memoria, vio algo parecido a la preocupación verdadera.

A las cuatro y media, Dan le mandó un mensaje: «¡Llevamos un día magnífico! ¿Nos vemos a las cinco?».

Mae llegó a la puerta de Dan. Él se levantó, la llevó a una silla y cerró la puerta. Se sentó a su mesa y le dio unos toquecitos al cristal de su tablet.

—97.98.98.98. Una semana de promedios magníficos.

—Gracias —dijo Mae.

—Espectaculares de verdad. Sobre todo considerando la carga añadida de trabajo que han traído los novatos. ¿Te ha resultado difícil?

—Tal vez los dos primeros días, pero ahora ya están entrenados y no me necesitan tanto. Son todos excelentes, de manera que en realidad la cosa resulta algo más fácil, por el hecho de tener a más gente trabajando.

—Bien. Me alegro. —Dan levantó la vista y le sondeó los ojos con la mirada—. Mae, ¿estás teniendo una buena experiencia de momento en el Círculo?

—Ya lo creo —dijo ella.

A él se le iluminó la cara.

—Bien. Bien. Es una magnífica noticia. Te he hecho venir para, en fin, cuadrar eso con la conducta social que estás teniendo aquí y con el mensaje que esa conducta está transmitiendo. Y creo que tal vez no he conseguido comunicarte de forma adecuada todos los aspectos de este trabajo. Así que me culpo a mí mismo por no haberlo conseguido.

—No, no. Yo sé que lo has hecho bien. Estoy convencida.

—Bueno, gracias, Mae. Te lo agradezco. Pero lo que necesitamos comentar es, bueno… Déjame decirlo de otra manera. Ya sabes que esta no es una empresa de fichar y marcharse. ¿Me explico?

—Ah, ya lo sé. Yo nunca… ¿He dado a entender que yo pienso…?

—No, no. No has dado a entender nada. Lo que pasa es que no te hemos visto mucho después de las cinco de la tarde, así que nos preguntamos si te sientes, no sé, ansiosa por marcharte.

—No, no. ¿Necesitáis que me quede más rato?

Dan hizo una mueca.

—No, no es eso. Manejas bien tu carga de trabajo. Pero el pasado jueves por la noche te echamos de menos en la fiesta del Viejo Oeste, que fue un evento bastante crucial de cara a la construcción del espíritu de equipo, y centrado en un producto del que estamos muy orgullosos. Te has perdido por lo menos dos eventos para novatos, y en el circo parecía que te morías de ganas de marcharte. Creo que te largaste después de veinte minutos. Y serían cosas comprensibles si tu Nivel de Participación no fuera tan bajo. ¿Sabes qué puesto ocupas?

Mae calculó que andaría por el 8.000.

—Creo que sí.

—¿Crees que sí? —dijo Dan, y comprobó su pantalla—. Estás en el 9.101. ¿Cómo lo ves?

Su posición había bajado en la última hora, desde la última vez que ella lo había mirado.

Dan chasqueó la lengua y asintió con la cabeza, como si intentara averiguar cómo le había salido una mancha en la camisa.

—En fin, que la cosa se ha ido acumulando y, bueno, nos hemos empezado a preguntar si te estamos repeliendo de alguna forma.

—¡No, no! No es eso para nada.

—Vale, concentrémonos en el jueves a las cinco y cuarto. Tuvimos un encuentro en el Viejo Oeste, donde trabaja tu amiga Annie. Era una fiesta de bienvenida semiobligatoria para un grupo de socios potenciales. Tú estabas fuera del campus, que es algo que realmente me confunde. Parece que huyas.

Mae se puso a pensar frenéticamente. ¿Por qué no había ido? ¿Dónde estaba? No se había enterado de aquel evento. Había sido en la otra punta del campus, en el Viejo Oeste: ¿cómo se había perdido un evento semiobligatorio? El aviso debía de haber quedado sepultado en las profundidades de la tercera pantalla.

—Dios, lo siento —dijo ella, acordándose por fin—. A las cinco me marché del campus para comprar aloe en una tienda de productos naturales de San Vincenzo. Mi padre me pidió un tipo especial de…

—Mae —la interrumpió Dan en tono condescendiente—, la tienda de la empresa tiene aloe. Nuestra tienda está mejor abastecida que una tienda de barrio, y tiene productos superiores. Está gestionada muy meticulosamente.

—Lo siento. No sabía que la tienda de la empresa tuviera cosas como aloe.

—¿Fuiste a nuestra tienda y no lo pudiste encontrar?

—No, no. No fui a nuestra tienda. Fui directamente a la otra. Pero me alegra mucho saber que…

—Déjame que te interrumpa ahí, porque has dicho una cosa interesante. ¿Has dicho que no fuiste primero a nuestra tienda?

—No. Lo siento. Simplemente supuse que no tendrían algo así, de manera…

—A ver, escucha. Mae, tengo que admitir que ya sé que no fuiste a nuestra tienda. Es una de las cosas de las que te quería hablar. No has estado en la tienda ni una sola vez. No has pisado el gimnasio, pese a que hacías atletismo en la universidad, y apenas has explorado el campus. Creo que has usado un uno por ciento de nuestras instalaciones.

—Lo siento. Supongo que ha sido todo el frenesí.

—¿Y el viernes por la noche? También hubo un evento muy importante.

—Lo siento. Quería ir a esa fiesta, pero me tuve que ir corriendo a casa. Mi padre tuvo un ataque, que acabó siendo poco importante, pero yo no lo supe hasta que llegué a casa.

Dan miró su mesa de cristal y trató de quitarle una manchita con un pañuelo de papel. Satisfecho, levantó la vista.

—Eso es muy comprensible. Pasar tiempo con tus padres, créeme, me parece algo de coña. Solo quiero hacer hincapié en el aspecto de *comunidad* que tiene este trabajo. Nosotros vemos este lugar de trabajo como una *comunidad*, y todo el mundo que trabaja aquí forma *parte* de esa comunidad. Y para que todo funcione, hace falta cierto nivel de participación. Es como si fuéramos una clase del jardín de infancia y una niña montara una fiesta y solo asistiera la mitad de la clase, ¿cómo se sentiría la niña?

—Mal. Ya lo sé. Pero sí que asistí al evento del circo y fue genial. Realmente genial.

—Sí que fue genial, ¿verdad? Y también fue genial verte allí. Pero no tenemos constancia de que tú estuvieras. No hay fotos ni zings ni reseñas ni avisos ni toques. ¿Por qué no?

—No sé. Supongo que estaba enfrascada en...

Dan soltó un fuerte suspiro.

—Sabes que nos encanta que la gente se exprese, ¿verdad? Que valoramos las opiniones de los circulistas...

—Claro.

—Y que el Círculo se basa en gran medida en las opiniones y la participación de la gente como tú.

—Lo sé.

—Escucha. Tiene todo el sentido del mundo que quieras pasar tiempo con tus padres. ¡Son tus padres! Es algo completamente honorable por tu parte. Como te he dicho: está de coña. Solo te estoy diciendo que a nosotros también nos caes muy bien, y queremos conocerte mejor. Y a ese fin, me gustaría que te quedaras unos minutos más para hablar con Josiah y Denise. Creo que los recuerdas de tu orientación, ¿verdad? Les encantaría ampliar esta conversación que estamos teniendo, ir un poco más al fondo. ¿Te parece bien?

—Claro.

—¿No tienes que irte corriendo a casa ni nada?

—No. Soy toda vuestra.

—Bien. Bien. Me alegra oírlo. Aquí los tienes, pues.

Mae se giró para ver a Denise y Josiah, que la estaban saludando con la mano desde el otro lado de la puerta de cristal de Dan.

—¿Cómo estás, Mae? —dijo Denise mientras caminaban hacia la sala de conferencias—. ¡No me puedo creer que ya haga tres semanas que te llevamos a conocer las instalaciones! Aquí nos quedamos.

Josiah abrió la puerta de una sala de conferencias frente a la que Mae había pasado muchas veces. Era una sala ovalada con paredes de cristal.

—Vamos a sentarte aquí —dijo Denise, señalando una butaca de cuero de respaldo alto.

Josiah y ella se sentaron delante de ella, preparando sus tablets y ajustando sus asientos como si se estuvieran poniendo cómodos para una tarea que podía durar horas y que era casi seguro que resultaría desagradable. Mae intentó sonreír.

—Como ya sabes —dijo Denise, pasándose un mechón de pelo oscuro por detrás de la oreja—, somos de Recursos Humanos, y esto es una sesión rutinaria que hacemos con los miembros nuevos de nuestra comunidad. Las hacemos todos los días en distintas partes de la empresa y nos alegramos especialmente de volver a verte. Eres todo un enigma.

—¿Lo soy?

—Lo eres. Hacía años que no me encontraba a un recién llegado a nuestra empresa que estuviera tan envuelto, ya sabes, en un halo de misterio.

Mae no estuvo segura de cómo contestar a aquello. No se sentía envuelta en ningún halo de misterio.

—Así que he pensado que podíamos empezar hablando un poco de ti, y cuando ya sepamos más de ti, podemos hablar de cómo conseguir que te puedas sentir cómoda participando un poco más en términos de la comunidad. ¿Te parece bien?

Mae asintió con la cabeza.

—Claro.

Miró a Josiah, que todavía no había dicho ni una palabra pero estaba trabajando furiosamente en su tablet, tecleando y arrastrando el dedo por la pantalla.

—Bien. He pensado que podemos empezar diciendo que nos caes muy bien —dijo Denise.

Josiah habló por fin, con los ojos azules centelleando.

—Es verdad —dijo—. Nos caes muy bien de verdad. Eres un miembro superfantástico del equipo. Lo piensa todo el mundo.

—Gracias —dijo Mae, convencida de que la estaban echando.

Había ido demasiado lejos al pedir que añadieran a sus padres a la póliza de seguros. ¿Cómo había sido capaz de hacerlo cuando llevaba tan poco tiempo contratada?

—Y el trabajo que has hecho aquí ha sido ejemplar —continuó Denise—. Tu promedio de puntuaciones ha sido 97, lo cual es excelente, sobre todo para ser tu primer mes. ¿Te sientes satisfecha de tus resultados?

Mae intentó acertar la respuesta correcta.

—Sí.

Denise asintió con la cabeza.

—Bien. Pero, como sabes, aquí no se trata solo de trabajar. O mejor dicho, esto no es una simple cuestión de puntuaciones, aprobaciones y esas cosas. No eres una simple pieza en la máquina.

Josiah estaba negando vigorosamente con la cabeza.

—Te consideramos un ser humano pleno y cognoscible con un potencial ilimitado. Y un miembro crucial de la comunidad.

—Gracias —dijo Mae, ahora menos segura de que la estuvieran echando.

Denise sonrió con expresión afligida.

—Pero, como sabes, has tenido un par de problemillas en lo tocante a relacionarte con nuestra comunidad. Por supuesto, hemos leído el informe del incidente con Alistair y su almuerzo portugués. Tu explicación nos parece completamente comprensible, y nos anima mucho el hecho de que al parecer hayas reconocido las cuestiones que aquí entran en juego. Pero luego has estado ausente en la mayor parte de los eventos de las noches y los fines de semana, todos los cuales, por supuesto, son completamente optativos. ¿Hay algo que quieras añadir para ayudarnos a entender todo esto? ¿Tal vez sobre la situación con Alistair?

—Solo que lamento mucho haberle causado sin querer un disgusto a Alistair.

Denise y Josiah sonrieron.

—Bien, bien —dijo Denise—. Pero el hecho de que lo entiendas me genera confusión, en el sentido de que no me cuadra con algunas de las cosas que has hecho después de esa discusión. Empecemos por este último fin de semana. Sabemos que te fuiste del campus a las 17.42 del viernes y que volviste a las 8.46 del lunes.

—¿Había trabajo el fin de semana? —Mae intentó recordar—. ¿Me he perdido algo?

—No, no, no. No hubo, ya sabes, trabajo obligatorio aquí el fin de semana. Lo cual no quiere decir que no hubiera aquí miles de personas el sábado y el domingo, disfrutando del campus y participando en un centenar de actividades distintas.

—Lo sé, lo sé. Pero estaba en casa. Mi padre estaba enfermo y fui a ayudar.

—Lo siento mucho —dijo Josiah—. ¿Fue algo relacionado con su esclerosis múltiple?

—Sí.

Josiah puso una cara comprensiva y Denise se inclinó hacia delante.

—Pero fíjate, esto es lo que resulta especialmente desconcertante. No sabemos nada de este episodio. ¿Acudiste a algún circulista durante esa crisis? ¿Sabes que hay cuatro grupos en el campus para empleados que conviven con la esclerosis múltiple? Dos de ellos son para gente con padres que la sufren. ¿Has buscado el apoyo de alguno de esos grupos?

—No, todavía no. Iba a hacerlo.

—Vale —dijo Denise—. Aparquemos un segundo esa idea porque resulta instructiva, el hecho de que conozcas la existencia de los grupos pero no hayas acudido a ellos. Seguramente admites los beneficios de compartir información sobre esa enfermedad.

—Sí.

—¿Y también ves el beneficio de compartirla con otra gente joven que tiene padres con la enfermedad?

—Por supuesto.

—Por ejemplo, cuando te enteraste de que tu padre tenía un ataque, ¿cuántos kilómetros en coche hiciste? ¿Ciento cincuenta? Y durante ese trayecto no intentaste ni una sola vez obtener información de la gente del InnerCircle ni tampoco del Outer-Circle. ¿No te parece una oportunidad perdida?

—Ahora sí me lo parece, ya lo creo. Pero entonces estaba preocupada, nerviosa y conduciendo como una loca. No estaba muy presente.

Denise levantó un dedo.

—Ah, «presente». Qué palabra tan maravillosa. Me encanta que la hayas usado. ¿Consideras que normalmente estás presente?

—Intento estarlo.

Josiah sonrió y dio una serie rápida de golpecitos en su tablet.

—Pero ¿qué sería lo contrario de «presente»? —preguntó Denise.

—¿Ausente?

—Sí. Ausente. Pero archivemos también de momento esa idea. Volvamos a tu padre y a este fin de semana. ¿Se ha recuperado bien?

—Sí. En realidad fue una falsa alarma.

—Bien. Me alegro mucho de oírlo. Pero es curioso que no compartieras el episodio con nadie. ¿Posteaste algo en algún lado? ¿Un zing, un comentario en alguna parte?

—Pues no —dijo Mae.

—Mmm… Vale —dijo Denise, respirando hondo—. ¿No crees que alguien podría beneficiarse de tu experiencia? Es decir, tal vez la siguiente persona a quien le toque tirarse dos o tres horas en coche se podría beneficiar de saber lo que tú aprendiste con el episodio, que no fue más que un seudoataque de poca importancia.

—Por supuesto. Me doy cuenta de que sería útil.

—Bien. Entonces ¿cuál crees que debería ser el plan de acción?

—Creo que me apuntaré al club de esclerosis múltiple —dijo Mae—. Y postearé algo sobre lo que pasó. Sé que beneficiará a gente.

Denise sonrió.

—Fantástico. Ahora hablemos del resto del fin de semana. El viernes te enteraste de que tu padre estaba bien. Pero el resto del fin de semana te lo pasaste en blanco. ¡Es como si hubieses desaparecido! —Se le abrieron mucho los ojos—. Habría sido el momento perfecto para que alguien como tú, que tiene un Nivel de Participación bajo, lo mejorara si quisiera. Pero es que el tuyo bajó más: dos mil puntos. No es por ser una flipada de los números, pero el viernes ocupabas el lugar 8.625 y a última hora del domingo el 10.288.

—No sabía que era tan grave —dijo Mae, odiándose a sí misma, a aquel yo que parecía incapaz de no estorbarla—. Supongo que me estaba recuperando del estrés que me había causado el episodio de mi padre.

—¿Puedes hablar de lo que hiciste el sábado?

—Me da vergüenza —dijo Mae—. Nada.

—¿Qué quiere decir nada?

—Bueno, me pasé la mayor parte del día en casa de mis padres viendo la tele.

Josiah pareció animarse.

—¿Viste algo bueno?

—Solo baloncesto femenino.

—¡El baloncesto femenino no tiene nada de malo! —dijo en tono efusivo—. A mí el baloncesto femenino me encanta. ¿Has seguido mis zings sobre la WNBA?

—Pues no. ¿Tienes un canal de Zing sobre la WNBA?

Josiah asintió con la cabeza, con expresión dolida, hasta perpleja.

Denise intervino.

—Vuelve a resultar curioso que decidieras no compartirlo con nadie. ¿Has participado en alguna de las discusiones sobre ese deporte? Josiah, ¿cuántos participantes tiene nuestro grupo de discusión global sobre la WNBA?

Josiah, todavía visiblemente agitado tras descubrir que Mae no había estado siguiendo su canal de la WNBA, consiguió encontrar la cifra en su tablet y murmuró:

—143.891.

—¿Y cuántos usuarios de Zing hay que se centren en la WNBA? Josiah encontró la cifra enseguida:

—12.992.

—Y tú no formas parte de ninguno, Mae. ¿Por qué crees que es?

—Supongo que porque no creí que mi interés por la WNBA fuera a llegar a un nivel que justificara unirme a un grupo de discusión, ni, ya sabes, hacerme seguidora de nada. Tampoco es que me apasione.

Denise miró a Mae con los ojos entornados.

—Es interesante que hayas escogido esa palabra: «apasionar». ¿Te suenan las letras PPT? Pasión, participación y transparencia.

Mae había visto las letras PPT por el campus, pero hasta aquel momento no las había relacionado con aquellas tres palabras. Ahora se sintió idiota.

Denise puso las palmas de las manos sobre la mesa, como si se fuera a levantar.

—Mae, sabes que esto es una empresa de tecnología, ¿correcto?

—Pues claro.

—Y que consideramos que estamos a la vanguardia de las redes sociales.

—Sí.

—Y conoces el término «transparencia», ¿verdad?

—Sí. Por supuesto.

Josiah miró a Denise, confiando en calmarla. Ella se puso las manos en el regazo. Josiah cogió el testigo. Sonrió y arrastró el dedo por la pantalla de la tablet para pasar página.

—Muy bien. Vayamos al domingo. Háblanos del domingo.

—Pues me volví.

—¿Y ya está?

—Fui en kayak…

Josiah y Denise pusieron idénticas caras de sorpresa.

—¿Fuiste en kayak? —dijo Josiah—. ¿Adónde?

—A la bahía.

—¿Con quién?

—Con nadie. Yo sola.

Denise y Josiah parecieron dolidos.

—Yo voy en kayak —dijo Josiah, y tecleó algo en su tablet, apretando mucho.

—¿Con qué frecuencia vas en kayak? —le preguntó Denise a Mae.

—No sé, cada dos o tres semanas.

Josiah estaba mirando fijamente su tablet.

—Mae, estoy mirando tu perfil y no encuentro nada de que vayas en kayak. Ni sonrisas ni puntuaciones ni post ni nada. ¿Y ahora me dices que vas en kayak cada dos o tres semanas?

—Bueno, quizá menos…

Mae se rió, pero Denise y Josiah no. Josiah seguía mirando su pantalla, mientras que Denise tenía la vista clavada en Mae.

—Y cuando vas en kayak, ¿qué ves?

—No sé. Toda clase de cosas.

—¿Focas?

—Ya lo creo.

—¿Leones marinos?

—Normalmente, sí.

—¿Aves acuáticas? ¿Pelícanos?

—Sí.

Denise dio unos toquecitos a su tablet.

—Vale, ahora estoy haciendo una búsqueda de tu nombre a ver si encuentro documentación visual de alguna de esas expediciones que has hecho. Pero no encuentro nada.

—Ah, nunca he llevado cámara.

—Pero ¿cómo identificas a todas esas aves?

—Pues tengo una guía. Me la regaló mi ex novio. Es una pequeña guía plegable de la fauna y flora local.

—Pero ¿qué es, un folleto o algo así?

—Sí, o sea, es sumergible y…

Josiah soltó un fuerte suspiro.

—Lo siento —dijo Mae.

Josiah puso los ojos en blanco.

—No, a ver, esto es tangencial, pero el problema que tengo con el papel es que toda la comunicación muere en él. No ofrece posibilidad de continuidad. Miras tu folleto de papel y ahí termina todo. Termina en ti. Como si tú fueras lo único que importa. Pero piensa en cómo habría sido la cosa si la hubieras documentado. Si hubieras usado una herramienta que te ayudara a confirmar la identidad de las aves que ibas viendo, todo el mundo se habría podido beneficiar: naturalistas, estudiantes, historiadores, la Guardia Costera. Todo el mundo podría enterarse de qué aves había aquel día en la bahía. Es exasperante pensar en todo el conocimiento que se pierde a diario por culpa de esta cortedad de miras. Y no lo quiero llamar egoísta, pero…

—No. Lo fue. Sé que lo fue —dijo Mae.

Josiah se ablandó.

—Pero dejando de lado la documentación, me fascina el que no hayas mencionado nada en ninguna parte de que vas en kayak. O sea, forma parte de ti. Parte integral.

A Mae se le escapó un involuntario resoplido de burla.

—No me parece tan integral. Ni tampoco tan interesante.

Josiah levantó la vista, con fuego en los ojos.

—¡Sí que lo es!

—Hay mucha gente que va en kayak —dijo Mae.

—¡De eso se trata precisamente! —dijo Josiah, poniéndose rojo al instante—. ¿No te gustaría conocer a otra gente que va en kayak? —Josiah le dio unos toquecitos a su pantalla—. Hay 2.331 personas cerca de ti a quienes también les gusta ir en kayak. Incluyéndome a mí.

Mae sonrió.

—Son muchas.

—¿Más o menos de las que esperabas? —preguntó Denise.

—Más, supongo —dijo Mae.

Josiah y Denise sonrieron.

—Entonces ¿qué? ¿Te apuntamos para que recibas más noticias de la gente cercana a ti a la que le gusta ir en kayak? Hay muchas herramientas…

Josiah parecía estar abriendo una página donde la podía apuntar.

—Uy, no sé —dijo ella.

A ellos se les torció el semblante.

Josiah parecía enfadado otra vez.

—¿Por qué no? ¿Crees que tus pasiones no son importantes?

—No es eso. Es que…

Josiah se inclinó hacia delante.

—¿Cómo crees que se sienten los demás circulistas, sabiendo que estás tan cerca de ellos físicamente, que eres parte ostensible de esta comunidad, y sin embargo no quieres que conozcan tus hobbies e intereses? ¿Cómo crees que se sienten?

—Pues no sé. No creo que se sientan de ninguna manera.

—¡Pues te equivocas! —dijo Josiah—. ¡Lo que pasa es que no te relacionas con la gente que te rodea!

—¡No es más que ir en kayak! —dijo Mae, riendo otra vez y tratando de reconducir la discusión a un terreno más leve.

Josiah estaba trabajando en su tablet.

—¿No es más que ir en kayak? ¿Eres consciente de que el kayak es una industria de tres mil millones de dólares? ¡Y dices que no es más! Mae, ¿es que no ves que todo está conectado? Tú tienes un rol. Tienes que participar.

Denise estaba mirando a Mae con intensidad.

—Mae, tengo que hacerte una pregunta delicada.

—De acuerdo —dijo Mae.

—¿Crees…? Vaya, ¿crees que puede ser un problema de autoestima?

—¿Perdona?

—¿Eres reticente a expresarte porque tienes miedo de que tus opiniones no sean válidas?

Mae nunca se lo había planteado así, pero tenía cierta lógica. ¿Acaso era demasiado tímida para expresarse?

—Pues la verdad es que no lo sé —dijo.

Denise entornó los ojos.

—Mae, yo no soy psicóloga, pero si lo fuera, tal vez me preguntaría por tu amor propio. Hemos estudiado varios modelos de esa clase de conducta. No quiero decir que se trate de un tipo de conducta antisocial, pero sí sub-social, y ciertamente nada transparente. Y hemos comprobado que a veces esa conducta nace de un amor propio tirando a bajo. De un punto de vista que dice: «Oh, lo que yo tengo que decir no es importante». ¿Crees que eso se aplica a tu punto de vista?

Mae estaba demasiado descolocada para verse con claridad a sí misma.

—Tal vez —dijo para ganar tiempo, sabiendo que no debía mostrarse demasiado acomodaticia—. Pero a veces sí estoy segura de que lo que digo es importante. Y cuando tengo algo significativo que decir, me siento más que autorizada a decirlo.

—Pero fíjate en que has dicho «a veces sí estoy segura» —dijo Josiah, haciéndole un gesto admonitorio con el dedo—. Ese «a veces» me resulta interesante. O, mejor dicho, preocupante. Porque me parece que no estás encontrando esas «veces» con la bastante frecuencia.

Se reclinó en su asiento, como si tuviera que descansar tras la dura tarea de analizarla.

—Mae —dijo Denise—. Nos encantaría que pudieras participar en un programa especial. ¿Te atrae la idea?

Mae no sabía de qué le estaban hablando, pero como estaba metida en un buen lío y ya había consumido gran parte de su tiempo, sabía que tenía que decir que sí, de manera que sonrió y dijo:

—Por supuesto.

—Bien. En cuanto podamos, nos ponemos en contacto contigo. Conocerás a Pete Ramirez y él te lo explicará todo. Creo que te podría hacer sentirte segura no solo «a veces», sino «siempre». ¿No te parece mejor?

Después de la entrevista, sentada a su mesa, Mae se riñó a sí misma. ¿Qué clase de persona era? Por encima de todo, se sentía avergonzada. Había estado haciendo el mínimo esfuerzo. Se daba asco a sí misma y se sentía mal por Annie. Seguro que a Annie le habían llegado voces de lo holgazana que era su amiga Mae, que había aceptado aquel regalo, aquel codiciado trabajo en el Círculo —¡una empresa que había asegurado a sus padres!, ¡que los había salvado de la catástrofe familiar!—, y se había dedicado a columpiarse. ¡Maldita sea, Mae, implícate!, pensó. Haz algo de valor para el mundo.

Escribió a Annie para disculparse y asegurarle que iba a hacer las cosas mejor, que estaba avergonzada, que no quería abusar de aquel privilegio, de aquel regalo, y diciéndole que no hacía falta que contestase, que ella haría las cosas mejor y ya está, mil veces mejor, que cambiaría de inmediato y sin demora. Annie le contestó con un mensaje de texto en que le decía que no se preocupara, que no era más que un cachete en la muñeca, una reprimenda, algo normal con los novatos.

Mae miró la hora. Eran las seis en punto. Tenía muchas horas por delante para mejorar, empezando ya mismo, de manera que se embarcó en un frenesí de actividad, posteando cuatro zings, treinta y dos comentarios y ochenta y ocho sonrisas. En una sola hora, su PartiRank subió hasta el 7.288. Pasar del 7.000 era más difícil, pero para las ocho, después de hacerse de once grupos de discusión y postear en todos ellos, de mandar doce zings más, uno de los cuales entró en el Top 5.000 global de la hora en curso, y de apuntarse a sesenta y siete canales de noticias más, lo consiguió. Estaba en el puesto 6.872, y a continuación pasó a su canal social del InnerCircle. Llevaba unos cuantos centenares de post de retraso, de manera que se dedicó a ponerse al día, respondiendo a unos setenta y tantos mensajes, confirmando asistencia a once eventos que se celebraban en el campus, firmando nueve peticiones y aportando comentarios y críticas constructivas a cuatro productos que se encontraban en fase beta. A las 10.16 ya ocupaba el puesto 5.342, pero nuevamente le estaba costando rebasar la siguiente barrera, esta vez situada en los 5.000. Escribió una serie de zings sobre un nuevo servicio del Círculo, que permitía que quienes tenían cuenta se enteraran cada vez que alguien mencionaba su nombre en algún mensaje, y uno de los zings, el séptimo que mandaba, causó furor y fue reenviado 2.904 veces, disparando su PartiRank hasta el 3.887.

Experimentó una profunda sensación de logro personal y de optimismo que vino acompañada, al cabo de muy poco, por una sensación de agotamiento absoluto. Era casi medianoche y necesitaba dormir. Ya se había hecho tarde para volver a casa, de manera que consultó las habitaciones disponibles en la residencia, reservó una, obtuvo su código de acceso y cruzó el campus hasta el HomeTown.

En cuanto cerró la puerta de su habitación, se sintió idiota por no haberse aprovechado antes de la residencia. Era una habitación inmaculada, repleta de acabados plateados y en maderas color miel, con los suelos cálidos gracias a los radiadores y unas sábanas y fundas de almohada tan blancas y recién planchadas que crujían cuando las tocabas. El colchón, tal como explicaba una tarjeta que había junto a la cama, era ecológico, y no contenía ni muelles ni espuma, sino una fibra nueva que Mae descubrió que era al mismo tiempo más firme y más flexible, superior a cualquier cama que ella hubiera conocido. Se tapó con el edredón, que era de color blanco nube y estaba relleno de plumón.

Pero no podía dormir. Pensando en lo mucho que le faltaba por mejorar, se volvió a conectar, esta vez con la tablet, y se juró a sí misma que seguiría trabajando hasta las dos de la mañana. Estaba decidida a pasar del 3.000. Y lo consiguió, aunque para entonces ya eran las 3.19 de la madrugada. Por fin, no del todo agotada pero sabiendo que necesitaba descansar, se tapó y apagó las luces.

Por la mañana, Mae inspeccionó los armarios y cajoneras, sabiendo que las habitaciones de la residencia contaban con un arsenal de ropa, toda nueva, para quien quisiera cogerla prestada o quedársela. Eligió una camiseta de algodón y unos pantalones pirata, las dos prendas impecables. En el lavabo había botes nuevos de crema hidratante y loción bucal, ambos ecológicos y de producción local, y ella los probó los dos. Se duchó, se vistió y ya estaba en su despacho a las 8.20.

Los frutos de su esfuerzo se hicieron evidentes de inmediato. En su tercera pantalla apareció una riada de mensajes de felicitación, procedentes de Dan, Jared, Josiah y Denise, a razón de unos cinco mensajes por cabeza, y una docena por lo menos de Annie, que parecía a punto de reventar de orgullo y emoción. Corrió la voz por el InnerCircle y para mediodía Mae ya había recibido 7.716 sonrisas. Todo el mundo había sabido siempre que ella era capaz de aquello. Todo el mundo le veía un gran futuro en el Círculo, todo el mundo estaba seguro de que no tardaría en salir de Experiencia del Cliente, en septiembre ya, porque prácticamente nadie había escalado posiciones en el PartiRank tan deprisa y con semejante determinación de rayo láser.

Aquella nueva sensación de competencia y seguridad en sí misma acompañó a Mae durante el resto de la semana, y dado lo cerca que estaba del Top 2000, se pasó todo el fin de semana y principios de la semana siguiente quedándose en el despacho hasta tarde y durmiendo cada noche en la misma habitación de la residencia. Sabía que las dos mil primeras posiciones, apodadas Top 2000 o T2M, era un grupo de circulistas que mantenían una actividad social casi enloquecida y contaban con unos seguidores de élite. Los miembros del T2M llevaban prácticamente dieciocho meses siendo los mismos, sin apenas nuevos nombres ni cambios en sus filas.

Pero Mae sabía que tenía que intentarlo. Para el jueves por la noche, ya había llegado al 2.219 y era consciente de contarse entre un grupo de aspirantes parecidos que, igual que ella, trabajaban a un ritmo febril para ascender. Se pasó una hora entera trabajando y vio que únicamente ascendía dos puestos, hasta el 2.217. Sabía que iba a ser difícil, pero el desafío era delicioso. Y cada vez que había cruzado la barrera de un millar nuevo, había recibido tantos elogios, y había tenido semejante sensación de estar devolviéndole el favor a Annie, que se sentía espoleada.

A las diez de la noche, justo cuando ya se estaba cansando, y solo había llegado a la posición 2.188, tuvo la revelación de que era joven y fuerte, y que si se pasaba la noche trabajando, una sola noche sin dormir, podría acceder al T2M mientras todo el mundo dormía. Se fortaleció a sí misma con una bebida energética y gusanitos de gominola y al subirle la cafeína y el azúcar se sintió invencible. No le bastaba con la tercera pantalla del InnerCircle. Encendió también el canal del OuterCircle y se puso a gestionarlo sin dificultad alguna. Apretó el acelerador, suscribiéndose a unos cuantos centenares más de canales de Zing y empezando con un comentario en cada uno de ellos. Pronto llegó al puesto 2.012, donde se encontró con una fuerte resistencia. Posteó 33 comentarios en la página web de prueba de un producto y subió al 2.009. Se examinó la muñeca izquierda para ver cómo le reaccionaba el cuerpo y se emocionó al ver que se le estaba acelerando el pulso. Tenía pleno control de la situación y necesitaba más. De momento no estaba siguiendo más que 41 estadísticas. Estaba su puntuación global de servicio al cliente, que era 97. Estaba su puntuación última, que era 99. Estaba la puntuación media de su equipo, que era 96. Estaba el número de consultas que llevaba resueltas en lo que iba de día, 221, y el número de consultas resueltas a la misma hora el día anterior, 219, así como la media de las que resolvía, 220, y de las que resolvían los demás miembros del equipo: 198. En su segunda pantalla constaba el número de mensajes que los demás empleados le habían mandado aquel día, 1.192, seguido del número de aquellos mensajes que ella había leído, 239, y de los que había respondido, 88. Estaba el número de invitaciones recientes a eventos corporativos del Círculo que había recibido, 41, y el número de las que había respondido, 28. Estaba el número global de visitantes que habían recibido aquel día las páginas del Círculo, 3.200 millones, y el número de páginas vistas, 88.700 millones. Estaba el número de amigos que Mae tenía en su OuterCircle, 762, y las solicitudes pendientes de quienes le pedían amistad,

27. Estaba el número de miembros de Zing a los que ella seguía, 10.343, y el número de quienes la seguían a ella, 18.198. Estaba el número de mensajes de Zing pendientes de lectura, 887. Estaba el número de amistades de Zing que le habían sugerido, 12.862. Estaba el número de canciones que tenía en su biblioteca digital, 6.877, el número de artistas representados, 921, y el número de artistas que le habían sido recomendados basándose en sus gustos: 3.408. Estaba el número de imágenes que tenía en su biblioteca, 33.002, y el número de imágenes que le habían sido recomendadas, 100.038. Estaban la temperatura en el interior del edificio, 21 grados, y la temperatura en el exterior, 22 grados. Estaba el número de empleados que había aquel día en el campus, 10.981, y el número de personas que habían visitado el campus aquel día, 248. Mae tenía alertas de noticias correspondientes a 45 nombres y temas, y cada vez que alguien los mencionaba en alguno de los canales de noticias que ella seguía, a ella le llegaba un aviso. Aquel día llevaba recibidos 187. Podía ver cuánta gente había visitado su perfil aquel día, 210, y la media de tiempo que habían pasado visitándolo, 1,3 minutos. Si ella quería, por supuesto, podía ahondar en aquello y ver con exactitud qué era lo que había mirado cada persona. Sus estadísticas de salud añadían unos cuantos números más, cada uno de los cuales le confería una enorme sensación de calma y de control. Conocía su ritmo cardíaco y sabía que era el correcto. Conocía su cómputo de pasos de la jornada, casi 8.200, y sabía que podía llegar a los 10.000 con facilidad. Sabía que estaba bien hidratada y que su consumo de calorías de aquella jornada estaba dentro de lo aceptable para una persona con su índice de masa corporal. Se le ocurrió, en un momento repentino de lucidez, que lo que siempre le había causado ansiedad, o estrés, o preocupación, no era ninguna fuerza en concreto, nada independiente ni externo, no era nada que le planteara ningún peligro ni tampoco la calamidad constante de los demás y sus problemas. Era algo interno, era subjetivo, era el *no saber*. No era el haberse peleado con una amiga ni el que Josiah y Denise le hubieran dado una buena reprimenda: era el no saber qué significaba aquello, el no saber qué planes tenían, el no conocer ni las consecuencias ni el futuro. Si ella supiera aquellas cosas, tendría calma. Sabía, con cierto

grado de certidumbre, dónde estaban sus padres en casa, como siempre. Podía ver, gracias a su aplicación CircleSearch, dónde estaba Annie: en su despacho, seguramente todavía trabajando también. Pero ¿dónde estaba Kalden? Llevaba dos semanas sin verlo ni saber nada de él. Le mandó un mensaje de texto a Annie.

«¿Estás despierta?»

«Yo siempre.»

«Sigo sin saber nada de Kalden.»

«¿El viejo? Se habrá muerto. Tuvo una vida larga y feliz.»

«¿De verdad crees que era un intruso?»

«Creo que te has librado de una buena. Me alegro de que no haya vuelto. Me preocupaba que pudiera ser un caso de espionaje.»

«No era un espía.»

«Entonces era solo viejo. ¿Tal vez fuera el abuelo de algún circulista, que estaba de visita y se perdió? Mejor así. Eres demasiado joven para ser viuda ya.»

Mae pensó en las manos de Kalden. Aquellas manos la habían echado a perder. Lo único que ella quería en aquel momento era volver a sentir sus manos sobre ella. Sentir su mano en el sacro, atrayéndola. ¿Acaso podían sus deseos ser tan simples? ¿Y dónde demonios se había metido Kalden? No tenía derecho a desaparecer así. Volvió a mirar con CircleSearch; lo había buscado de aquella forma un centenar de veces, sin éxito. Pero ella tenía derecho a saber dónde estaba. A saber por lo menos dónde estaba y quién era. Pesaba sobre ella la carga de la incertidumbre, innecesaria y anticuada. ¿Podía saber al instante la temperatura en Yakarta pero no podía encontrar a un hombre en un campus como aquel? ¿Dónde estaba aquel hombre que la había tocado de una manera determinada? Si uno fuera capaz de eliminar aquella clase de incertidumbre —¿quién la volvería a tocar de aquella forma determinada, y dónde?— desaparecerían la mayor parte de los factores de estrés del mundo, y tal vez también la oleada de desesperación que se le estaba acumulando a Mae en el pecho. Había estado sintiendo aquello, aquel desgarrón negro, aquella rotura estrepitosa, unas cuantas veces por semana. No solía durar mucho, pero cada vez que cerraba los ojos veía un desgarrón diminuto en lo que parecía ser una tela negra, y a través de aquel desgarrón oía los gritos de millones de almas invisibles. Comprendió que se trataba de algo muy extraño, y de algo que no le había mencionado a nadie. Se lo podría haber explicado a Annie, pero no quería preocuparla mientras llevara tan poco tiempo en el Círculo. Pero ¿qué era aquella sensación? ¿Quién estaba gritando a través del desgarrón en la tela? Había descubierto que la mejor forma de olvidarlo era concentrarse, mantenerse ocupada y dar más de sí. Tuvo la breve y ridícula ocurrencia de que tal vez encontrara a Kalden en LuvLuv. Lo comprobó y se sintió idiota al ver sus dudas confirmadas. El desgarrón le estaba creciendo por dentro, la estaba invadiendo una negrura. Cerró los ojos y oyó gritos debajo del agua. Mae maldijo el no saber, y supo que necesitaba a alguien de quien pudiera saber. A quien pudiera localizar.

Alguien dio unos golpes graves y vacilantes en su puerta.

—Está abierto —dijo Mae.

Francis metió la cabeza en la habitación y sostuvo la puerta.

—¿Seguro? —dijo él.

—Te he invitado yo —dijo Mae.

Él entró correteando y cerró la puerta, como si acabara de escaparse por los pelos de alguien que lo perseguía por el pasillo. Examinó la habitación.

—Me gusta cómo la has decorado.

Mae se rió.

—Mejor vamos a la mía.

Ella se planteó protestar, pero quería ver qué aspecto tenía la habitación de él. Todas las habitaciones de la residencia presentaban sutiles variaciones, y ahora, como se habían vuelto tan populares y prácticas que muchos circulistas vivían en ellas de forma más o menos permanente, sus ocupantes las podían personalizar. Cuando llegó, vio que la habitación de él era un reflejo perfecto de la de ella, aunque con algún toque de Francis, principalmente una máscara de cartón piedra que había hecho de niño. Amarilla, con unos ojos enormes y gafas, la máscara dominaba el cuarto desde encima de la cama. Él vio que ella la estaba mirando.

—¿Qué? —dijo Francis.

—Que es raro, ¿no te parece? Que haya una máscara encima de la cama.

—Cuando duermo no la veo —dijo él—. ¿Quieres algo de beber?

Miró dentro de la nevera y encontró zumos y un tipo nuevo de sake que venía en un recipiente redondo de cristal tintado de color rosa.

—Qué chulo —dijo ella—. En mi habitación no lo tengo. El mío viene en una botella normal. Debe de ser otra marca.

—Yo me bebo unos cuantos chupitos cada noche —dijo él—. Es la única forma de parar de darle vueltas a la cabeza y dormir un poco. ¿Tú tienes el mismo problema?

—Yo tardo una hora en dormirme —dijo Mae.

—Bueno —dijo Francis—. Pues esto reduce la transición de una hora a quince minutos.

Él le dio el vaso. Mae miró su contenido, pensando primero que era muy triste, aquello de beber sake todas las noches, pero comprendiendo inmediatamente que ella lo iba a probar al día siguiente.

Francis se quedó mirando algo situado entre la barriga de ella y su codo.

—¿Qué?

—No me quito tu cintura de la cabeza —dijo él.

—¿Cómo dices? —dijo Mae, pensando que no valía la pena, que no podía valerla, estar con un tipo que decía cosas como aquella.

—¡No, no! —dijo—. Me refiero a que es extraordinaria. Su contorno, la forma en que se dobla como si fuera un arco.

A continuación se puso a trazar el contorno de la cintura de ella con las manos, dibujando una larga C en el aire.

—Me encanta que tengas caderas y hombros. Y con esa cintura...

Sonrió y se quedó mirando fijamente a Mae, como si no tuviera ni idea de lo extrañamente directo que era lo que acababa de decirle, o bien no le importara.

—Gracias... supongo —dijo ella.

—Es un verdadero cumplido —dijo él—. Es como si esas curvas hubieran sido inventadas para que alguien les pusiera las manos encima.

Imitó el gesto de ponerle las palmas sobre la cintura.

Ella se puso de pie, dio un sorbo a su copa y se preguntó si debería marcharse. Pero era un cumplido. Él le había dedicado un cumplido inapropiado y torpe, pero muy directo, que ella sabía que no olvidaría nunca y que ya había provocado que su corazón empezara a latir con fuerza errática otra vez.

—¿Quieres ver algo? —preguntó Francis.

Mae se encogió de hombros, todavía aturdida.

Francis recorrió las opciones en pantalla. Tenían acceso a prácticamente todas las películas y series de televisión que existían, y se pasaron cinco minutos fijándose en las distintas cosas que podían ver y luego pensando en otras que se les parecieran pero fueran mejores.

—¿Has oído lo nuevo de Hans Willis? —le preguntó Francis.

Mae había decidido quedarse, y también que se sentía bien consigo misma en compañía de Francis. Que allí tenía poder y que era un poder que le gustaba.

—No. ¿Quién es?

—Es uno de los músicos residentes aquí… La semana pasada grabó un concierto entero.

—¿Se ha publicado?

—No, pero puede que lo intenten publicar si obtiene buenas puntuaciones de los circulistas. Déjame ver si lo puedo encontrar.

Francis se lo puso, una delicada pieza de piano que sonaba a arranque de lluvia. Mae se levantó para apagar las luces y dejar solo la luminiscencia gris del monitor, que proyectó una luz fantasmal sobre Francis.

Ella se fijó en un grueso libro con tapas de cuero y lo cogió.

—¿Esto qué es? En mi habitación no tengo ninguno.

—Es que es mío. Es un álbum. De fotos.

—¿Fotos familiares y eso? —preguntó Mae, y de pronto se acordó de lo complicada que era la historia de él—. Lo siento. Ya sé que seguramente no debe de ser la mejor manera de llamarlas.

—No pasa nada —dijo él—. Sí que son fotos familiares, más o menos. En algunas salen hermanos y hermanas míos. Pero sobre todo salgo yo con mis familias de acogida.

—¿Y lo tienes aquí en el Círculo?

Él se lo cogió de las manos a Mae y se sentó en la cama.

–No. Normalmente lo tengo en casa, pero me lo he traído. ¿Quieres verlo? Es bastante deprimente.

Francis ya había abierto el álbum. Mae se sentó a su lado y se puso a mirar cómo pasaba páginas. Vislumbró a Francis en humildes salas de estar, con luces de color ámbar, en cocinas y en algún que otro parque de atracciones. Los padres siempre salían borrosos o cortados. Llegó a una foto en que salía él sentado en un monopatín y con unas gafas enormes puestas.

–Debían de ser de la madre –dijo él–. Mira la montura. –Recorrió con el dedo las lentes redondas–. Son de mujer, ¿verdad?

–Creo que sí –dijo Mae, mirando la cara de Francis de niño.

Tenía la misma expresión abierta, la misma nariz prominente y el mismo labio inferior grueso. Notó que se le llenaban los ojos de lágrimas.

–No me acuerdo de esa montura –dijo él–. No sé de dónde salió. Lo único que se me ocurre es que se me debieron de romper las gafas que llevaba yo normalmente y la madre me debió de dejar usar las de ella.

–Estás guapo –dijo Mae, pero solo tenía ganas de llorar.

Francis se dedicó a mirar la foto con los ojos entornados, como si esperara obtener respuestas del hecho de mirarla mucho rato.

–¿Dónde era esto? –preguntó Mae.

–Ni idea –dijo él.

–¿No sabes dónde vivías?

–Ni idea. Hasta el hecho de tener fotos es bastante poco común. No todas las familias de acogida te querían dar fotos, pero cuando te las daban se aseguraban de no enseñar nada que te pudiera ayudar a encontrarlas. No se veían exteriores de las casas, direcciones, rótulos ni nada identificable.

–¿Lo dices en serio?

Francis la miró.

–Así funcionan los hogares de acogida.

–¿Por qué? ¿Para que no pudieras volver o qué?

–Era una norma que tenían. Sí, para que no pudieras volver. Si se quedaban contigo un año, ese era el trato, y no te querían ver aparecer otra vez en su puerta, sobre todo cuando te hacías mayor. Algunos de los chavales tenían inclinaciones graves, de manera que las familias se preocupaban de lo que podría pasar si los encontrábamos de mayores.

—No tenía ni idea.

—Sí. Es un sistema extraño, pero tiene lógica.

Se bebió el resto de su sake y se levantó para manipular el equipo de música.

—¿Puedo mirar? —preguntó Mae.

Francis se encogió de hombros. Mae hojeó el álbum, buscando alguna imagen que tuviera elementos identificables. Pero en todas aquellas docenas de fotos no vio ni una sola dirección ni una casa. Eran todo fotos de interiores o de jardines anónimos.

—Estoy segura de que a alguno de ellos le gustaría tener noticias tuyas —dijo ella.

Francis acabó con el equipo de música y empezó a sonar otra canción, un viejo tema soul cuyo título ella no conocía. Él se sentó a su lado.

—Tal vez. Pero ese no es el trato.

—¿Y no has intentado ponerte en contacto con ninguno de ellos? O sea, usando el reconocimiento facial…

—No lo sé. No lo he decidido. O sea, es por eso que lo he traído aquí. Mañana voy a escanear las fotos a ver qué. Tal vez haya alguna coincidencia. Pero no tengo planeado hacer gran cosa, más allá de eso. Rellenar alguna laguna y tal.

—Tienes derecho a conocer por lo menos unas cuantas cosas básicas.

Mae estuvo pasando páginas hasta encontrar una foto de Francis de niño, a los cinco años como mucho, en compañía de dos niñas, de nueve o diez años, una a cada lado. Mae se dio cuenta de que eran sus hermanas, las dos que habían sido asesinadas, y tuvo ganas de mirarlas, aunque no sabía por qué. No quería obligar a Francis a hablarle de ellas, y también sabía que no debía decir nada, no debía darle pie a iniciar ninguna conversación sobre ellas; si él no decía nada, ella pasaría pronto de página.

Francis no dijo nada, así que ella pasó la página, sintiendo una oleada de ternura hacia él. Ella lo había tratado con demasiada dureza en el pasado. Él estaba aquí, la apreciaba, la quería a su lado y además era la persona más triste que había conocido nunca. Ella podía cambiar aquello.

–Se te está yendo el pulso por las nubes –le dijo él.

Mae se miró la pulsera y vio que su ritmo cardíaco estaba en 134.

–Déjame ver el tuyo –le dijo ella.

Francis se subió la manga. Mae le agarró la muñeca y le dio la vuelta. El de él iba por 128.

–Tú tampoco estás muy tranquilo que digamos –le dijo ella, y le dejó la mano sobre el regazo.

–Ponme la mano ahí y mira cómo se acelera –dijo él, y lo hicieron juntos.

Fue asombroso. La cifra no tardó en subir hasta 134. Ella se maravilló del poder que tenía y de sus pruebas fehacientes, visibles delante de ella y mensurables. Él iba por 136.

–¿Quieres que pruebe una cosa? –dijo ella.

–Sí –susurró él, respirando entrecortadamente.

Ella le metió la mano por dentro de los pliegues de los pantalones y encontró el pene de él, apretado contra la hebilla del cinturón. Le frotó la punta con el dedo índice y los dos juntos miraron cómo la cifra subía a 152.

–Qué fácil de excitar eres –dijo ella–. Imagínate que estuviera pasando algo de verdad.

Él tenía los ojos cerrados.

–Ya –dijo por fin, con respiración jadeante.

–¿Te lo estás pasando bien? –le preguntó ella.

–Ajá –consiguió decir él.

Mae se emocionó con el poder que tenía sobre él. Viendo a Francis con las manos en la cama y el pene apretado contra los pantalones, se le ocurrió algo que decir. Era una cursilería, y ella no lo diría jamás si pensara que alguien se iba a enterar, pero aun así la ocurrencia la hizo sonreír, y supo que pondría como una moto a Francis, con lo tímido que era.

–¿Qué más mide eso? –preguntó ella, y se abalanzó sobre él.

A él se le abrieron los ojos como platos y se puso a forcejear con sus pantalones, intentando quitárselos. Pero justo cuando se los estaba bajando hasta los muslos le salió un sonido de la boca, algo parecido a «¡Oh, Dios!» o «¡Me voy!», y acto seguido se dobló por la mitad, sacudiendo la cabeza a un lado y a otro hasta quedarse encogido en la cama, con la cabeza pegada a la pared. Ella se echó hacia atrás y se quedó mirándolo, con la camisa levantada y la entrepierna al desnudo. Lo único que le vino a la cabeza fue una fogata de campamento con un tronco pequeño, todo rociado de leche.

—Lo siento —dijo él.

—No. Me ha gustado —dijo ella.

—En la vida me había venido tan de repente —dijo sin dejar de jadear pesadamente.

En aquel momento una sinapsis rebelde en la mente de Mae conectó aquella escena con su padre, con el hecho de verlo en el sofá, de verse impotente junto al cuerpo de él, y le vinieron unas ganas locas de estar en otra parte.

—Me tengo que ir —dijo ella.

—¿De verdad? ¿Por qué? —dijo él.

—Es la una pasada, tengo que dormir.

—Vale —dijo él, de una forma que a ella le pareció poco atractiva.

Dio la impresión de que él tenía tantas ganas de perderla de vista como ella de marcharse.

Francis se puso de pie y recogió su teléfono, que había estado apoyado verticalmente en el armario, de cara a ellos.

—¿Qué pasa, nos has grabado? —bromeó ella.

—Tal vez —dijo él, dejando claro por su tono que sí.

—Un momento. ¿En serio?

Mae intentó coger el teléfono.

—No —dijo él—. Es mío.

Y se lo metió en el bolsillo.

—¿Es *tuyo*? ¿Lo que acabamos de hacer es *tuyo*?

—Es tan mío como tuyo. Y he sido yo el que ha tenido, ya sabes, un clímax. ¿Y a ti qué más te da? No estabas desnuda ni nada.

—Francis. No me puedo creer esto. Borra eso. Ahora.

—¿Has dicho «borra»? —dijo él en broma, pero el sentido de sus palabras estaba claro: «En el Círculo no borramos»—. Necesito poder verlo yo.

—Entonces lo verá todo el mundo.

—No lo anunciaré ni nada.

—Francis. Por favor.

—Venga, Mae. Tienes que entender lo mucho que esto significa para mí. No soy ningún semental. Para mí es muy poco frecuente que me pase una cosa como esta. ¿No me puedo guardar un recuerdo de la experiencia?

—No debes preocuparte —le dijo Annie.

Estaban en el Gran Salón de la Ilustración. Se daba la circunstancia nada habitual de que era Stenton quien estaba dando la charla de Ideas, en la cual había prometido que tendría a un invitado especial.

—Pero es que ya estoy preocupada —dijo Mae.

Llevaba sin poder concentrarse toda la semana posterior a su encuentro con Francis. El vídeo no lo había visto nadie más, pero si estaba en su teléfono, también estaba en la nube del Círculo, y todo el mundo podía acceder a él. Por encima de todo, estaba decepcionada consigo misma. Había dejado que el mismo hombre le hiciera lo mismo dos veces.

—No me vuelvas a pedir que lo borre —dijo Annie, saludando con la mano a unos cuantos circulistas veteranos que había entre el público, miembros de la Banda de los 40.

—Por favor, bórralo.

—Ya sabes que no puedo. Aquí no borramos, Mae. Bailey se subiría por las paredes. Lloraría. Le duele personalmente el hecho de que alguien se plantee borrar cualquier información. Él dice que es como matar bebés. Ya lo sabes.

—Pero es que este bebé está haciéndole una paja a un tío. Nadie quiere a este bebé. Necesitamos borrarlo.

—No lo va a ver nadie. Ya lo sabes. El noventa y nueve por ciento de las cosas que hay en la nube no las ve nadie. Si recibe una sola visita, entonces lo hablamos otra vez. ¿Vale? —Annie puso su mano sobre la de Mae—. Ahora mira. No sabes lo poco común que es el hecho de que la charla la dé Stenton. Debe de ser algo importante, y debe de tener algo que ver con el gobierno. Es su especialidad.

—¿No sabes de qué va a hablar?

—Tengo alguna idea —dijo Annie.

Stenton subió al estrado sin presentaciones. El público aplaudió, pero de forma marcadamente distinta a como habían aplaudido a Bailey. Bailey era como un tío suyo lleno de talento, que les había salvado la vida a todos personalmente. Stenton era su jefe, ante quien tenían que comportarse con profesionalidad y a quien tenían que aplaudir con profesionalidad. Con traje negro impoluto y sin corbata, Stenton fue al centro de la tarima y se puso a hablar sin presentarse ni saludar.

—Como sabéis —dijo—, aquí en el Círculo siempre hemos defendido la transparencia. A un tipo como Stewart lo consideramos una inspiración, un hombre dispuesto a poner su vida al descubierto para mejorar nuestro conocimiento colectivo. Ya lleva cinco años filmando y grabando hasta el último momento de su vida, y ha tenido un valor incalculable para el Círculo, y pronto, estoy seguro, para la humanidad entera. ¿Stewart?

Stenton buscó entre el público hasta encontrar a Stewart, el Hombre Transparente, de pie allí en medio, llevando alrededor del cuello algo que parecía un pequeño teleobjetivo. Era un tipo calvo de unos sesenta años, un poco encorvado, como si le pesara el artefacto que llevaba apoyado en el pecho. Recibió una cálida salva de aplausos antes de volver a sentarse.

—Entretanto —dijo Stenton—; hay otra esfera de la vida pública en la que queremos y esperamos transparencia, que es la democracia. Tenemos suerte de haber nacido y crecido en una democracia, pero además en una que siempre está emprendiendo mejoras. Cuando yo era niño, por ejemplo, para combatir los tratos políticos que se hacían a espaldas del público, los ciudadanos insistieron en las Leyes Sunshine. Se trata de leyes que otorgan a los ciudadanos acceso a las reuniones y las actas. Que les permiten asistir a vistas públicas y solicitar documentos. Y aun así, con la de años que llevamos ya de democracia, nuestros líderes electos siguen viéndose enredados a diario en alguna clase de escándalo, normalmente provocado por haber hecho algo que no debían. Algo secreto e ilegal que va contra la voluntad y el interés de la república. No me sorprende que la confianza del público en el Congreso sea del once por ciento.

Hubo una oleada de murmullos entre el público. Stenton la fagocitó.

—¡El nivel de aprobación del Congreso está en el once por ciento! Y como sabéis, acaba de salir a la luz que cierta senadora está involucrada en asuntos bastante desagradables.

El público se rió, aplaudió y ahogó risitas.

Mae se inclinó hacia Annie.

—Un momento, ¿qué senadora?

—Williamson. ¿No te has enterado? La han trincado por toda clase de cosas raras. Está bajo investigación por media docena de asuntos, toda clase de infracciones éticas. Le han encontrado de todo en el ordenador, un centenar de búsquedas raras, descargas… cosas muy chungas.

Mae pensó, sin quererlo, en Francis. Devolvió su atención a Stenton.

—Vuestra tarea podría ser echarles heces humanas sobre la cabeza a personas de la tercera edad —dijo—, y aun así la aprobación de vuestro trabajo superaría el once por ciento. Así pues, ¿qué podemos hacer? ¿Qué se puede hacer para devolver la confianza de la gente en sus líderes electos? Me alegra decir que hay una mujer que se está tomando todo esto muy en serio, y que está haciendo algo en relación con este problema. Permitidme que os presente a Olivia Santos, representante del Distrito 14.

Una mujer robusta de unos cincuenta años, con traje chaqueta rojo y pañuelo de flores amarillo, salió de entre bastidores, saludando con los dos brazos en alto. A juzgar por los aplausos dispersos y corteses, se hizo evidente que pocos de los presentes en el Gran Salón sabían quién era.

Stenton le dio un abrazo frío, y mientras ella se ponía a su lado, con las manos juntas frente al regazo, él siguió hablando.

—Para quienes necesiten un recordatorio cívico, la congresista Santos representa a este mismo distrito en el que estamos. No pasa nada si no la conocíais. Ahora ya la conocéis. —Se volvió hacia ella—. ¿Cómo está usted, congresista?

—Estoy bien, Tom, muy bien. Muy contenta de estar aquí.

Stenton le ofreció su versión de una sonrisa cálida y luego se volvió una vez más hacia el público.

—La congresista Santos ha venido a anunciarnos lo que yo considero un acontecimiento muy importante en la historia de los gobiernos. Se trata de un movimiento hacia la transparencia total que todos llevamos esperando de nuestros líderes electos desde el nacimiento de la democracia representativa. Congresista…

Stenton dio un paso atrás y se sentó detrás de ella, en un taburete alto. La representante Santos ocupó el centro de la tarima, con las manos entrelazadas ahora tras la espalda, y recorrió la sala con la mirada.

−Así es, Tom. Me preocupa tanto como a vosotros la necesidad de que los ciudadanos sepan qué están haciendo sus líderes electos. O sea, tenéis ese derecho, ¿verdad? Tenéis derecho a saber cómo pasan el día. Con quiénes se reúnen. Con quiénes hablan. Lo que están haciendo con el dinero del contribuyente. Hasta ahora, ha habido un sistema ad hoc de rendir cuentas. Ha habido senadores y representantes, alcaldes y concejales que alguna vez han publicado sus agendas y han concedido a sus ciudadanos diversos grados de acceso. Pero seguimos preguntándonos: ¿por qué se están reuniendo con ese antiguo senador que ahora dirige un lobby? ¿Y cómo ha conseguido ese congresista esos ciento cincuenta mil dólares que el FBI le ha encontrado en la nevera? ¿Cómo es que ese otro senador ha concertado y mantenido citas con una serie de mujeres mientras su mujer estaba recibiendo tratamiento para el cáncer? O sea, la cantidad de fechorías llevadas a cabo por esos funcionarios mientras vosotros, la ciudadanía, les estabais pagando el sueldo no es solo deplorable, ni solo inaceptable, sino también innecesaria.

Hubo algunos aplausos. Santos sonrió, asintió con la cabeza y continuó:

−Todos hemos querido y esperado siempre transparencia de nuestros líderes electos, pero lo que no teníamos era la tecnología necesaria para que fuera plenamente posible. Ahora, en cambio, sí la tenemos. Tal como ha demostrado Stewart, resulta muy fácil darle al mundo en general pleno acceso a tu jornada, permitirle a la gente que vea lo que tú estás viendo y que oiga lo que tú oyes y lo que dices. Gracias por tu valentía, Stewart.

El público volvió a aplaudir a Stewart con vigor renovado. Algunos de sus miembros ya adivinaban lo que Santos estaba a punto de anunciar.

−Así pues, tengo intención de seguir a Stewart por su camino de iluminación. Y de paso, tengo intención de demostrar cómo puede y debe ser la democracia: totalmente abierta y totalmente transparente. A partir de hoy mismo llevaré el mismo aparato que lleva Stewart. Todas mis reuniones, todos mis movimientos y todo lo que yo diga estará a disposición de mis electores y del mundo entero.

Stenton se levantó de su taburete y se acercó a Santos. Miró a los circulistas reunidos.

—¿Podemos dedicarle una salva de aplausos a la congresista Santos?

Pero el público ya estaba aplaudiendo. Hubo jolgorio y silbidos, y Santos sonrió de oreja a oreja. Mientras duraba el jaleo, salió de entre bastidores un técnico que le puso a Santos un collar por la cabeza: una versión más pequeña de la cámara que llevaba Stewart. Santos se llevó la lente a los labios y le dio un beso. El público la vitoreó. Al cabo de un minuto Stenton levantó las manos y el público guardó silencio. Se dirigió a Santos.

—Así pues, ¿está usted diciendo que se va a emitir hasta la última conversación, reunión y momento de su vida?

—Sí. Estará todo disponible en mi página del Círculo. Hasta el último momento antes de dormirme.

El público volvió a aplaudir, y Stenton se lo permitió antes de volver a pedirles silencio.

—¿Y qué pasa si quienes se quieren reunir con usted se niegan a que se emita una reunión determinada?

—Pues entonces no se reunirán conmigo —dijo ella—. O eres transparente o no lo eres. O asumes la responsabilidad o no la asumes. ¿Qué puede tener alguien que decirme que no se pueda decir en público? ¿Qué parte de la representación de la ciudadanía no la puede conocer esa misma gente a la que estoy representando?

Los aplausos estaban ahogando sus palabras.

—Por supuesto —dijo Stenton.

—¡Gracias! ¡Gracias! —dijo Santos, haciendo una reverencia, juntando las palmas de las manos en postura de oración.

El aplauso se prolongó unos minutos. Por fin, Stenton hizo otro gesto pidiendo calma.

—¿Y cuándo va a iniciar usted este nuevo programa? —preguntó.

—No hay mejor momento que ahora mismo —dijo ella.

Pulsó un botón del aparato que llevaba colgando del cuello y allí apareció: lo que veía su cámara, proyectado en la pantalla gigante que tenía detrás. El público se vio a sí mismo, con gran claridad, y manifestó estruendosamente su aprobación.

—Ahora empiezo yo, Tom —dijo la mujer—. Pero espero que pronto empiece también el resto de los líderes electos de este país, y también los de todas y cada una de las democracias del mundo.

Hizo una reverencia, volvió a juntar las manos y empezó a bajarse de la tarima. Cuando ya estaba cerca de las cortinas del lado izquierdo del escenario, se detuvo.

—No tiene sentido que me vaya por ahí, está demasiado oscuro. Me iré por aquí —dijo, y las luces del auditorio se encendieron mientras ella bajaba al patio de butacas, adentrándose en la luz radiante, con el millar de caras de la sala repentinamente visibles y vitoreando.

La congresista recorrió el pasillo, flanqueada por numerosas manos que se extendían hacia ella y por caras sonrientes que le decían gracias, gracias, vaya usted y llénenos de orgullo.

Aquella noche, en la Colonia, hubo una recepción para la congresista Santos, que volvió a rodearse de más admiradores. Mae albergó brevemente la ida de intentar acercarse lo bastante a ella para estrecharle la mano, pero la multitud que la llevaba rodeando toda la noche tenía cinco personas de profundidad, de manera que Mae optó por ir a comer al bufet, que servía una especie de cerdo cortado en virutas y preparado en el mismo campus, y esperar a Annie. Esta le había dicho que intentaría pasarse por la recepción, pero que tenía que entregar un trabajo, algo que estaba preparando para una vista en la Unión Europea. «Ya vuelven a lloriquear por los impuestos», le había dicho.

Mae deambuló por la sala, cuya decoración estaba vagamente inspirada en el desierto, con cactus dispersos y arenisca frente a murales digitales de puestas de sol. Vio y saludó a Dan y a Jared y a unos cuantos de los novatos a los que ella había hecho el training. Buscó con la vista a Francis, confiando en que no estuviera, pero luego se acordó con gran alivio de que estaba en una conferencia en Las Vegas, una reunión de agencias policiales a las que les estaba presentando ChildTrack. Mientras deambulaba por la fiesta, la imagen de un crepúsculo emitida por una pantalla de pared se disipó gradualmente para dar paso a la cara de Ty. Iba sin afeitar y tenía ojeras, y aunque saltaba a la vista que estaba agotado, lucía una amplia sonrisa. Llevaba su habitual sudadera ancha con capucha negra, y dedicó un momento a limpiarse las gafas con la manga antes de contemplar a la concurrencia, de izquierda a derecha, como si pudiera verlos desde donde estaba. Tal vez pudiera. Se hizo rápidamente el silencio en la sala.

–Hola a todos. Siento no poder estar ahí con todos vosotros. He estado trabajando en una serie de proyectos nuevos muy interesantes que me están manteniendo apartado de actividades sociales tan increíbles como la que estáis disfrutando. Pero sí quería felicitaros a todos por este fenomenal nuevo acontecimiento. Creo que es un nuevo paso crucial para el Círculo y que nos hará ser aún más alucinantes de lo que ya somos. –Durante un segundo pareció que miraba a la persona que estaba operando la cámara, como para confirmar que ya había dicho suficiente. Luego sus ojos volvieron a mirar a la concurrencia–. Gracias a todos por lo mucho que habéis trabajado en esto, ¡y que empiece la fiesta de verdad!

Desapareció su cara y la proyección sobre la pared volvió a mostrar el crepúsculo digital. Mae charló con algunos de los novatos de su equipo, algunos de los cuales nunca habían visto un discurso en directo de Ty y estaban al borde de la euforia. A continuación hizo una foto, la colgó en Zing y añadió unas palabras: «¡Qué emocionante!».

Mae estaba cogiendo su segunda copa de vino, decidiendo que no tenía por qué llevarse también la servilleta de debajo, que no servía para nada y terminaría en su bolsillo, cuando vio a Kalden. Lo vio en una escalera sumida en las sombras, sentado en los peldaños. Se abrió paso serpenteando por entre la gente hasta allí, y cuando Kalden la vio, se le iluminó la cara.

–Eh, hola –le dijo.

–¿Eh, hola?

–Perdona –dijo él, y se acercó a ella con intención de darle un abrazo.

Ella se apartó.

–¿Dónde has estado?

–¿Estado?

—Has desaparecido dos semanas —dijo Mae.

—No hace tanto tiempo, ¿no? Y sí que he estado por aquí. Un día te busqué pero parecías ocupada.

—¿Viniste a Experiencia del Cliente?

—Sí, pero no te quise molestar.

—¿Y no tenías alguna manera de dejarme un mensaje?

—No sabía tu apellido —dijo, sonriendo como si supiera mucho más de lo que daba a entender—. ¿Por qué no te pusiste tú en contacto conmigo?

—Yo tampoco sabía cómo te apellidas. Y no figura ningún Kalden en ninguna parte.

—¿En serio? ¿Cómo lo has deletreado?

Mae se puso a enumerar las permutaciones que había probado, pero él la interrumpió.

—Escucha, no importa. Los dos hemos metido la pata. Pero ahora estamos aquí.

Mae dio un paso atrás para verlo bien, pensando que tal vez podría encontrar en su aspecto alguna pista de si era o no real, un circulista de verdad, una persona de verdad. Volvía a llevar un jersey ceñido de manga larga, este de rayas horizontales finas verdes, rojas y marrones, y nuevamente se las había ingeniado para embutirse en unos pantalones negros muy estrechos que le daban a sus piernas forma de V invertida.

—Pero tú trabajas aquí, ¿no? —le preguntó ella.

—Claro. Si no, ¿cómo iba a entrar? La seguridad de aquí es bastante buena. Sobre todo en un día como hoy, con nuestra luminosa invitada.

Señaló con la cabeza a la congresista, que estaba firmándole un autógrafo a alguien en la tablet.

—Tienes pinta de estar a punto de irte —dijo Mae.

—¿Yo? —dijo Kalden—. No, no. Es que estoy cómodo aquí. En estos eventos me gusta estar sentado. Y supongo que me gusta tener la opción de escaparme.

Señaló con el pulgar por encima del hombro, en dirección a las escaleras que tenía detrás.

—Yo me alegro de que mis supervisores me hayan visto aquí —dijo Mae—. Era mi principal prioridad. ¿A ti te tiene que ver aquí un supervisor o alguien así?

—¿Un supervisor? —Por un momento Kalden la miró como si acabara de decir algo en un idioma familiar pero incomprensible—. Ah, sí —dijo, asintiendo con la cabeza—. Ya me han visto aquí. Me he encargado.

—¿Me has contado ya de qué trabajas aquí?

—Ah, pues no lo sé. ¿Te lo he contado ya? Mira a ese tipo.

—¿Qué tipo?

—Ah, da igual —dio Kalden, que parecía haberse olvidado ya de a quién estaba mirando—. ¿O sea que trabajas en relaciones públicas?

—No. En Experiencia del Cliente.

Kalden ladeó la cabeza.

—Ah. Ah. Ya me acuerdo —dijo de forma poco convincente—. ¿Llevas mucho tiempo aquí?

Mae se tuvo que reír. El tipo estaba en la luna. Su mente parecía a duras penas conectada a su cuerpo, ya no digamos a la tierra.

—Lo siento —dijo él, girándose para mirarla con una cara que ahora parecía imposiblemente sincera y de ojos límpidos—. Pero *quiero* recordar esas cosas de ti. La verdad es que confiaba en encontrarte aquí.

—¿Cuánto tiempo me dijiste que llevabas trabajando aquí? —le preguntó ella.

—¿Yo? Mmm… —Se rascó la parte de atrás de la cabeza—. Uau. No lo sé. Ya hace tiempo.

—¿Un mes? ¿Un año? ¿Seis años? —preguntó ella, pensando que el tipo estaba realmente hecho un genio inútil.

—¿Seis? —dijo él—. Eso solo para empezar. ¿Te parezco tan mayor como para haber trabajado seis años aquí? No quiero parecer tan viejo. ¿Son las canas?

Mae no tenía ni idea de qué decir. Pues claro que eran las canas.

—¿Vamos a por algo de picar? —dijo ella.

—No, ve tú y te espero —dijo él.

—¿Te da miedo salir de tu escondrijo?

—No, es que no me siento muy sociable.

Ella caminó hasta una mesa donde había varios centenares de copas de vino ya servidas y esperando.

—Eres Mae, ¿verdad?

Ella se giró para encontrarse con las dos mujeres, Dayna y Hillary, que le estaban construyendo un batiscafo a Stenton. Mae se acordó de que las había conocido el primer día y llevaba desde entonces recibiendo sus actualizaciones por la segunda pantalla al menos tres veces al día. Les faltaban semanas para acabar el vehículo. Stenton tenía planeado llevarlo a la fosa de las Marianas.

—He estado siguiendo vuestro trabajo —dijo Mae—. Es increíble. ¿Lo estáis construyendo aquí?

Mae echó un vistazo por encima del hombro para asegurarse de que Kalden no se hubiera escabullido.

—Con la gente del Proyecto 9, sí —dijo Hillary, haciendo un gesto con la mano en dirección a otra parte del campus que Mae no conocía—. Es más seguro construirlo aquí, para que no corran riesgos las cosas patentadas.

—Es el primer vehículo lo bastante grande como para capturar muestras de vida animal a escala real —dijo Dayna.

—¿Y vosotras podréis ir en él?

Dayna y Hillary se rieron.

—No —dijo Hillary—. Este trasto está construido para un hombre y solo para uno: Tom Stenton.

Dayna miró con recelo a Hillary y después otra vez a Mae.

—Los costes de hacerlo lo bastante grande como para llevar a más gente son básicamente prohibitivos.

—Sí —dijo Hillary—. A eso me refería.

Cuando Mae regresó a la escalera de Kalden, con una copa de vino en cada mano, él seguía en el mismo sitio, pero se las había apañado para conseguir otras dos copas.

—Ha venido una persona con una bandeja —dijo él, levantándose.

Se quedaron un momento de pie, los dos con las manos ocupadas, y a Mae no se le ocurrió más que brindar con las cuatro copas, y así lo hicieron.

—Me he encontrado con el equipo que está construyendo el batiscafo —dijo Mae—. ¿Los conoces?

Kalden puso los ojos en blanco. Era desconcertante. Mae no había visto a nadie del Círculo hacer nada parecido.

—¿Qué? —dijo Mae.

—Nada —dijo él—. ¿Te ha gustado el discurso? —le preguntó.

—¿El de la Santos? Sí. Muy emocionante. —Eligió las palabras con cuidado—. Creo que este va a ser un momento… mmm… trascendental en la historia de la demo… —Se detuvo cuando lo vio sonreír—. ¿Qué? —dijo.

—Nada —dijo él—. No hace falta que me sueltes un discurso tú. Ya he oído lo que decía Stenton. ¿De verdad te parece buena idea?

—¿A ti no?

Él se encogió de hombros y vació media copa de un trago.

—A veces ese tipo me preocupa. —Luego, consciente de que no debería haber hablado así de uno de los Tres Sabios, cambió de táctica—. Es que es muy listo. Intimida. ¿De verdad me ves viejo? ¿Qué edad me echas? ¿Treinta?

—No, tan viejo no —dijo Mae.

—No te creo. Sé que los aparento.

Mae bebió de una de las copas. Miraron a su alrededor y contemplaron las imágenes de la cámara de la congresista Santos. Se estaban proyectando sobre la pared del fondo, y había un grupo de circulistas mirándolas, mientras Santos alternaba con los asistentes a un par de metros de distancia de ellos. Uno de los circulistas encontró su propia imagen captada por la cámara de la congresista y levantó la mano para tapar aquella segunda cara proyectada.

Kalden miró con atención y el ceño fruncido.

—Mmm… —dijo.

Ladeó la cabeza, como un viajero perplejo por alguna extraña costumbre local. A continuación se volvió hacia Mae y miró las copas que tenía en las manos y luego las que tenía él, como si acabara de darse cuenta ahora mismo de lo cómico que resultaba el que estuvieran los dos de pie, con las manos ocupadas, en un umbral.

—Voy a dejar esta —dijo, y se acabó la copa que tenía en la mano izquierda.

Mae lo imitó.

—Lo siento —dijo ella, sin razón alguna.

Sabía que pronto iba a estar achispada, probablemente demasiado achispada para esconderlo; después tomaría decisiones poco acertadas. Intentó que se le ocurriera algún comentario inteligente, para hacerlo mientras todavía podía.

—¿Y adónde va todo esto? —preguntó ella.

—¿Lo que graba la cámara?

—Sí. ¿Se almacena en algún lugar de aquí? ¿En la nube?

—Bueno, está en la nube, sí, pero también hay que almacenarlo en un lugar físico. Las grabaciones de la cámara de Stewart… Espera. ¿Quieres ver una cosa?

Ya estaba a medio bajar la escalera, con movimientos ágiles y arácnidos de los brazos y las piernas.

—No lo sé —dijo Mae.

Kalden levantó la vista, como si ella lo acabara de ofender.

—Te puedo enseñar el sitio donde tienen almacenado a Stewart. ¿Quieres? No te estoy llevando a ninguna mazmorra.

Mae recorrió la sala con la mirada, en busca de Dan y Jared, pero no los vio por ninguna parte. Ya llevaba una hora allí, y ellos la habían visto, de manera que supuso que podía marcharse. Sacó unas cuantas fotos, las posteó y a continuación mandó una serie de zings en los que comentaba los detalles del evento. Luego siguió a Kalden escaleras abajo, tres pisos, hasta lo que ella dio por sentado que era un sótano.

—Estoy confiando mucho en ti —dijo ella.

—Haces bien —dijo Kalden, acercándose a una puerta azul y grande. Pasó los dedos por encima de un panel que había instalado en la pared y la puerta se abrió—. Ven.

Ella lo siguió por un largo pasillo y le dio la sensación de que pasaban de un edificio al siguiente, por un túnel situado muy por debajo del nivel del suelo. Pronto apareció otra puerta y Kalden volvió a abrir la cerradura con las huellas dactilares. Mae lo siguió, medio mareada, intrigada por la extraordinaria libertad de movimientos de que él gozaba, demasiado achispada para evaluar si era buena idea seguir a aquel tipo caligráfico por aquel laberinto. Bajaron lo que a Mae le pareció que eran cuatro pisos, salieron a otro largo pasillo y por fin accedieron a otra escalera, por la que volvieron a bajar. Mae no tardó en descubrir que la molestaba la segunda copa de vino, así que se la acabó.

—¿Esto lo puedo dejar en alguna parte? —preguntó.

Sin decir palabra, Kalden le cogió la copa y la dejó en el peldaño inferior de la escalera que acababan de bajar.

¿Quién era aquel tipo? Podía abrir todas las puertas que se encontraba, pero también tenía una vena anárquica. En el Círculo no había nadie más capaz de abandonar una copa así, de llevar a cabo aquel enorme acto de polución, ni tampoco de emprender una expedición como aquella en plena fiesta de la empresa. Mae tenía una parte silenciada de sí misma que sabía que seguramente Kalden andaba en busca de problemas, y que seguramente lo que estaban haciendo ahora iba en contra de algunas o todas las normas y reglamentos.

—Sigo sin saber de qué trabajas —dijo ella.

Estaban recorriendo un pasillo tenuemente iluminado que se inclinaba ligeramente hacia abajo y no parecía tener fin.

Él se giró hacia ella.

—Pues no hago gran cosa. Voy a reuniones. Escucho y aporto ideas. No es muy importante —dijo, caminando con brío por delante de ella.

—¿Conoces a Annie Allerton?

—Por supuesto. Me encanta Annie. —Ahora se volvió hacia ella—. Eh, ¿todavía tienes el limón que te di?

—No. No se llegó a poner amarillo.

—Ja —dijo él, y apartó un momento la vista de ella, como si la necesitara en alguna otra parte, en las profundidades de su mente, para llevar a cabo un cálculo breve pero crucial.

—¿Dónde estamos? —preguntó Mae—. Me da la sensación de estar a trescientos metros bajo tierra.

—No tanto —dijo él, mientras su mirada regresaba—. Pero te acercas. ¿Has oído hablar del Proyecto 9?

El Proyecto 9, por lo que sabía Mae, era el nombre general que recibía la investigación secreta del Círculo. Todo lo que iba desde la tecnología espacial —Stenton pensaba que el Círculo podía diseñar y construir un aparato espacial reutilizable mucho mejor que los existentes— hasta lo que se rumoreaba que era un plan para incrustar cantidades enormes de información en el ADN, y así hacerla accesible.

—¿Es ahí adonde vamos? —preguntó Mae.

—No —dijo él, y abrió otra puerta.

Entraron en una sala grande, del tamaño aproximado de una pista de baloncesto, escasamente iluminada por una docena de focos orientados a una caja metálica roja y enorme, del tamaño de un autobús. Todos sus lados eran lisos y bruñidos y la caja en sí estaba rodeada de un entramado de relucientes tubos plateados que formaban un elaborado bastidor a su alrededor.

—Casi parece una escultura de Donald Judd.

Kalden se volvió hacia ella, con la cara iluminada.

—Me encanta que hayas dicho eso. Para mí fue una gran inspiración. Me encanta lo que dijo una vez: «Las cosas que existen existen, y lo tienen todo de su lado». ¿Has llegado a ver su obra en persona?

Mae solo conocía de pasada la obra de Donald Judd —le habían dedicado unos días en una de sus clases de historia del arte—, pero no quería decepcionar a Kalden.

—No, pero me encanta —dijo—. Me encanta su gravedad.

Al oír aquello, algo nuevo apareció en la cara de Kalden, un respeto o un interés renovados por Mae, como si en aquel momento se acabara de volver tridimensional y permanente.

Luego Mae lo estropeó todo.

—¿Esto lo ha hecho para la empresa? —dijo ella, señalando con la cabeza la enorme caja roja.

Kalden se rió y la volvió a mirar, sin perder del todo su interés, pero ciertamente con menos.

—No, no. Lleva décadas muerto. Esto solo está inspirado en su estética. Es una máquina, al menos por dentro. Una unidad de almacenamiento.

Miró a Mae, esperando que ella completara la idea.

Pero ella no pudo.

—Esto es Stewart —dijo él por fin.

Mae no sabía nada de almacenamiento de datos, pero le daba la impresión de que aquella información se podía almacenar en un espacio mucho más pequeño.

—¿Todo esto para una sola persona? —preguntó.

—Bueno, aquí se almacenan los datos en bruto y también la posibilidad de construir toda clase de narraciones con ellos. Hasta la última imagen de vídeo es mapeada de cien maneras distintas. Todo lo que ve Stewart se correlaciona con el resto de los vídeos que tenemos, lo cual ayuda a trazar un mapa del mundo y de todo lo que contiene. Y, por supuesto, lo que se recibe por las cámaras de Stewart es muchísimo más detallado y tiene muchísimos más niveles que lo que registra un simple aparato comercial.

−¿Y por qué lo tienen aquí, en lugar de almacenarlo en la nube o en algún lado del desierto?

−Bueno, hay gente a quien le gusta esparcir sus cenizas y gente a quien le gusta estar en una parcela de tierra cerca de casa, ¿verdad?

Mae no estaba del todo segura de qué quería decir aquello, pero le dio la impresión de que no podía admitirlo.

−¿Y los tubos son para la electricidad? −preguntó ella.

Kalden abrió la boca, hizo una pausa y sonrió.

−No, llevan agua. Para mantener los procesadores refrigerados hace falta una tonelada de agua. De manera que el agua circula por el sistema y refrigera el mecanismo entero. Millones de litros al mes. ¿Quieres ver la habitación de la Santos?

La llevó por una puerta a otra habitación idéntica, donde otra caja roja dominaba el espacio.

−Tenía que ser para otra persona, pero como Santos se ofreció, se la asignaron a ella.

Mae ya había dicho demasiadas bobadas aquella noche, y se sentía mareada, de manera que no formuló las preguntas que quería formular, como, por ejemplo: ¿cómo es que estas cosas ocupan tanto sitio? ¿Y cómo es que usan tanta agua? Y si hubiera cien personas más que quisieran almacenar hasta el último minuto de sus vidas, y está claro que habrá millones de personas dispuestas a volverse transparentes, a suplicar por ello, ¿cómo podremos hacerlo si cada vida ocupa tanto espacio? ¿Dónde irán todos estas enormes cajas rojas?

−Un momento, está a punto de pasar una cosa −dijo Kalden.

La cogió de la mano y la llevó de vuelta a la sala de Stewart, donde los dos se quedaron de pie, escuchando el ronroneo de las máquinas.

−¿Ya ha pasado? −preguntó Mae, excitándose al sentir el contacto de su mano, de su palma suave y sus dedos cálidos y largos.

Kalden enarcó las cejas para indicarle que esperara.

Del techo vino un chapoteo muy fuerte, un movimiento inconfundible de agua. Mae levantó la vista, pensando por un momento que les iba a caer una tromba encima, pero enseguida se dio cuenta de que no era más que el agua que bajaba por las tuberías, rumbo a Stewart, refrigerando todo lo que este había hecho y visto.

–Qué ruido tan bonito, ¿no te parece? –dijo Kalden mirándola, con una mirada que parecía querer regresar al lugar donde Mae no era puramente efímera.

–Precioso –dijo ella.

Y luego, debido a que el vino la estaba haciendo tambalearse, y a que él acababa de cogerle la mano, y a que el chapoteo del agua tenía algo que la había liberado, le cogió la cara a Kalden con las manos y le besó en los labios.

Él levantó las manos de los costados para cogerla, vacilante, de la cintura, con las puntas de los dedos, como si ella fuera un globo que él no quería romper. Pero durante un momento terrible, su boca permaneció inanimada, aturdida. Mae pensó que había cometido una equivocación. Luego, como si un haz de señales y directivas acabara de llegarle a la corteza cerebral, sus labios se despertaron y devolvieron la fuerza del beso.

–Espera –le dijo él al cabo de un momento, separándose de ella.

Señaló con la cabeza la caja roja donde estaba Stewart y se la llevó de la mano fuera de la sala y a un pasillo estrecho que ella no había visto antes. Era un pasillo sin luz, y a medida que se adentraban en él dejó de penetrar también la luz procedente de Stewart.

–Ahora tengo miedo –dijo Mae.

–Ya casi estamos –dijo él.

A continuación se oyó el chirrido de una puerta de acero. Al abrirse apareció ante ellos una cámara enorme iluminada por una tenue luz azul. Kalden la llevó al otro lado de la puerta y al interior de lo que parecía ser una caverna enorme, de diez metros de altura, con bóveda de cañón.

–¿Esto qué es? –preguntó ella.

–Se suponía que tenía que formar parte del metro –dijo él–. Pero lo abandonaron. Ahora es un simple lugar vacío, una extraña combinación de túnel artificial y cueva propiamente dicha. ¿Ves las estalactitas?

Señaló el interior del túnel enorme, al que las estalactitas y estalagmitas daban aspecto de boca llena de dientes desiguales.

—¿Y adónde va?

—Conecta con el que hay debajo de la bahía —dijo él—. Yo me he adentrado media milla por él, pero ya empezaba a haber demasiada agua.

Desde donde estaban veían agua negra, un lago de poca profundidad, en el suelo del túnel.

—Yo supongo que es ahí donde irán los futuros Stewart —dijo—. Miles de ellos, seguramente más pequeños. Estoy seguro de que pronto podrán hacer que los contenedores sean del tamaño de personas.

Se asomaron juntos al interior del túnel y Mae se lo imaginó convertido en un mosaico interminable de cajas metálicas rojas extendiéndose en la oscuridad.

Él la volvió a mirar.

—No puedes decirle a nadie que te he traído aquí.

—No se lo diré a nadie —dijo Mae, pero se dio cuenta de que para mantener su promesa iba a tener que mentir a Annie.

En aquel momento le pareció un precio pequeño a pagar. Quería volver a besar a Kalden, de manera que le volvió a coger la cara, a atraerlo hacia sí y a abrir su boca para recibir la de él. Cerró los ojos y se imaginó la larga cueva, la luz azul del techo y el agua negra del suelo.

Y luego, en las sombras y lejos de Stewart, Kalden experimentó un cambio y sus manos ganaron confianza. La abrazó más estrechamente y sus manos cobraron fuerza. Su boca se separó de la de ella y le recorrió la mejilla y el cuello, deteniéndose allí para trepar hasta su oreja, con la respiración febril. Ella intentó seguirlo, cogiéndole la cabeza con las manos, explorándole el cuello y la espalda, pero él llevaba la batuta, tenía planes. Le puso la mano derecha en la rabadilla y la atrajo hacia sí, permitiéndola que sintiera su miembro duro y pegado al vientre de ella.

Y luego Mae se vio levantada del suelo. Se vio en el aire y luego en brazos de él, y lo rodeó con las piernas mientras él daba zancadas resueltas en dirección a algún punto situado detrás de ella. Mae abrió los ojos un momento pero los volvió a cerrar, no quería saber adónde la estaba llevando Kalden, confiaba en él, aun sabiendo que aquello que hacían estaba mal, confiaba en él, tan hundidos como estaban en el subsuelo, confiaba en un hombre al que nunca podía encontrar y cuyo nombre completo no conocía.

Luego él la bajó y ella se preparó para sentir el suelo de piedra de la cueva, pero en cambio sintió el lecho suave de una especie de colchón. Abrió los ojos. Estaban en un nicho, una cueva dentro de la cueva, situado un par de metros por encima del suelo y abierto en el muro. Estaba lleno de mantas y almohadas, y él la dejó encima de todo.

—¿Aquí es donde duermes? —le preguntó ella, y en su estado febril aquello le pareció casi lógico.

—A veces —dijo él, y le lanzó su aliento de fuego al oído.

Ella se acordó de los condones que le habían dado en la oficina de la doctora Villalobos.

—Tengo esto —le dijo.

—Bien —dijo él, y le cogió uno, rompiendo el envoltorio mientras ella le bajaba los pantalones.

Con dos movimientos rápidos él le bajó los pantalones y la ropa interior y los tiró a un lado. Le sepultó la cara en el vientre, cogiéndole la parte de atrás de los muslos con las manos y moviendo los dedos lentamente hacia arriba y hacia dentro.

—Vuelve aquí arriba —le dijo ella.

Él obedeció y le susurró al oído.

—Mae.

Ella no pudo formar palabras.

—Mae —repitió, y ella se dejó caer sobre él.

Se despertó en la residencia y al principio le pareció que lo había soñado todo, hasta el último momento: las cámaras subterráneas, el agua, las cajas rojas, la mano en su rabadilla y después la cama, las almohadas de aquella cueva dentro de la cueva: nada de todo ello parecía verosímil. Era la clase de ensamblaje de detalles arbitrario que llevaban a cabo torpemente los sueños, pero que no era posible en este mundo.

Sin embargo, en cuanto se levantó, se dio una ducha y se vistió, se dio cuenta de que todo había pasado tal como ella lo recordaba. Ella había besado a aquel tal Kalden, de quien sabía muy poco, y él la había llevado no solo por una serie de cámaras de alta seguridad, sino también a una antesala muy oscura, donde los dos se habían perdido durante horas y se habían quedado dormidos.

Llamó a Annie.

—Lo hemos consumado.

—¿Quién? ¿Tú y el viejo?

—No es viejo.

—¿No olía a moho? ¿No ha mencionado el marcapasos ni los pañales? No me digas que se te ha muerto.

—No tiene ni treinta años.

—¿Esta vez te has quedado con su apellido?

—No, pero sí me ha dado un número al que lo puedo llamar.

—Uy, cuánta clase. ¿Y has probado a llamar?

—Todavía no.

—¿Todavía no?

A Mae se le hizo un nudo en el estómago. Annie soltó un fuerte suspiro.

—Ya sabes que me preocupa que sea alguna clase de espía o acosador. ¿Has confirmado que es legal?

—Sí. Trabaja en el Círculo. Me ha dicho que te conocía, y además tenía acceso a muchos sitios. Es normal. Como mucho un poco excéntrico.

—¿Acceso a sitios? ¿Qué quieres decir? —A Annie le cambió el tono de la voz.

En aquel momento Mae supo que iba a empezar a mentir a Annie. Quería estar otra vez con Kalden, quería lanzarse sobre él en aquel momento, y no quería que Annie pusiera en peligro de ninguna manera su acceso a él, a sus espaldas anchas y a su elegante silueta.

—Me refiero simplemente a que sabía moverse —dijo Mae.

A una parte de ella le parecía ciertamente posible que Kalden estuviera allí de forma ilegal, que fuera un intruso, y también tuvo la revelación repentina de que era posible que viviera en aquella extraña guarida subterránea. Que tal vez representara a alguna fuerza contraria al Círculo. Tal vez realizara alguna tarea para la senadora Williamson, o para algún aspirante a competidor del Círculo. O tal vez no fuera más que un bloguero-acosador de poca monta que quería estar más cerca de la maquinaria en el centro del mundo.

—Y a ver, ¿dónde lo habéis consumado? ¿En tu habitación de la residencia?

—Ajá —dijo Mae.

No costaba tanto mentir así.

—¿Y se ha quedado a dormir?

—No, se ha tenido que ir a casa. —Y, dándose cuenta de que, cuanto más tiempo pasara hablando con Annie, más mentiras le contaría, Mae se inventó una razón para colgar—. Hoy me tienen que preparar para hacer la CircleSurvey —dijo.

Y era más o menos verdad.

—Llámame más tarde. Y tienes que enterarte de cómo se llama.

—Vale.

—Mae, no soy tu jefa. No quiero ser tu supervisora ni nada parecido. Pero la empresa necesita saber quién es ese tipo. Tenemos que tomarnos en serio la seguridad de la empresa. Vamos a localizarlo hoy mismo, ¿de acuerdo?

A Annie le había cambiado la voz; ahora parecía una superior descontenta. Mae contuvo su enfado y colgó.

Mae llamó al número que le había dado Kalden. El teléfono, sin embargo, se limitó a sonar interminablemente. No había buzón de voz. Y Mae volvió a darse cuenta de que no tenía forma de ponerse en contacto con él. A lo largo de la noche anterior, y de forma intermitente, se le había ocurrido preguntarle su apellido, o cualquier otra información, pero nunca parecía el momento oportuno, y él tampoco le había preguntado el de ella, de manera que Mae había dado por sentado que intercambiarían la información al despedirse. Pero se habían olvidado. O por lo menos se había olvidado ella. Y a todo esto, ¿cómo se habían despedido? Él la había acompañado a la residencia y allí se habían vuelto a besar, bajo el dintel. Mae volvió a pensar y se acordó de que él había hecho lo mismo que la vez anterior: la había llevado a un lado, apartándola de la luz de la puerta, y la había besado cuatro veces: en la frente, el mentón y las mejillas, la señal de la cruz. Luego se separó de ella dándose la vuelta y desapareció en las sombras de las inmediaciones de la cascada, la misma donde Francis había encontrado el vino.

A la hora del almuerzo Mae fue hasta la Revolución Cultural, donde, a instancias de Jared, Josiah y Denise, la pondrían a punto para responder las CircleSurveys. Le habían asegurado que era una recompensa y un honor, y además divertido, ser uno de los circulistas a quienes les preguntaban por sus gustos, sus preferencias, sus hábitos y planes de compra, para uso posterior de los clientes del Círculo.

—Te aseguro que es el paso siguiente perfecto para ti —le había dicho Josiah.

Denise había asentido con la cabeza.

—Creo que te va a encantar.

Pete Ramírez era un hombre insulsamente atractivo y unos años mayor que Mae, cuyo despacho no parecía tener ni mesa ni sillas ni ángulos rectos. Era redondo, y al entrar en él Mae se encontró a Pete de pie, hablando por un micrófono de diadema, golpeando el aire con un bate de béisbol y mirando por la ventana. Él le hizo una señal con la mano para que entrara y puso fin a su llamada. Siguió sosteniendo el bate con la mano izquierda mientras le estrechaba la mano a Mae con la derecha.

—Mae Holland. Encantado de tenerte aquí. Ya sé que estás en la pausa del almuerzo, de manera que seré rápido. Saldrás de aquí en siete minutos si me disculpas la brusquedad, ¿vale?

—Vale.

—Genial. ¿Sabes por qué estás aquí?

—Creo que sí.

—Estás aquí porque valoramos tus opiniones. Nos parecen tan valiosas que el mundo necesita conocerlas. Tus opiniones acerca de todo. ¿A que te sientes halagada?

Mae sonrió.

—Pues sí.

—Vale, ¿ves este auricular de diadema que llevo puesto?

Señaló el artilugio que llevaba en la cabeza. Un brazo fino como un hilo, con un micrófono en la punta, le reseguía el pómulo.

—Pues te voy a colocar la misma maravilla. ¿Te parece bien?

Mae sonrió, pero Pete no esperaba respuesta. Le puso una diadema igual a la de él sobre el pelo y le ajustó el micrófono.

—¿Puedes decir algo para que yo compruebe los niveles?

El tipo no tenía ni tablet ni pantalla a la vista, de manera que Mae supuso que lo tendría todo retinal; era el primero que ella conocía.

—Dime qué has desayunado.

—Un plátano y avena —dijo ella.

—Genial. Elijamos antes de nada un sonido. ¿Tienes alguno que prefieras para tus avisos? ¿Un pajarito o un tritón o algo así?

—¿El típico del pajarito?

—Este es el pajarito —dijo él, y ella lo oyó por los auriculares.

—Está bien.

—Va a tener que estar mejor que bien, porque lo vas a oír todo el rato. Mejor asegúrate. Prueba unos cuantos más.

Repasaron una docena de opciones y por fin se decidieron por el sonido de una campanita, suave y con una reverberación inquietante, como si la hubieran tañido en una iglesia lejana.

—Genial —dijo Pete—. Ahora déjame que te explique cómo funciona esto. La idea es sondear a una selección representativa de miembros del Círculo. Es un trabajo importante. Has sido elegida porque tus opiniones son cruciales para nosotros y para nuestros clientes. Las respuestas que des nos ayudarán a adaptar nuestros servicios a las necesidades de ellos. ¿De acuerdo?

Mae empezó a contestar, pero él ya estaba hablando otra vez.

—Así pues, cada vez que oigas la campana asentirás con la cabeza, el auricular registrará tu movimiento y se oirá la pregunta por tus auriculares. La pregunta la contestarás en inglés estándar. En muchos casos se te hará una pregunta estructurada para recibir una de las dos respuestas estándar: «Sonrisa» o «Cara enfadada». El reconocimiento de voz está perfectamente ajustado a estas dos respuestas, de manera que no te tienes que preocupar de si pronuncias mal o algo. Y, por supuesto, si vocalizas bien no deberías tener problema con ninguna respuesta. ¿Quieres probar con una?

Mae asintió con la cabeza, y al oír la campanita volvió a asentir con la cabeza y le llegó una pregunta por el auricular.

–¿Te gustan los zapatos?

Mae sonrió y dijo:

–Sonrisa.

Pete le guiñó el ojo.

–Esa era fácil.

–¿Te gustan los zapatos elegantes? –preguntó la voz.

–Sonrisa –dijo Mae.

Pete levantó la mano para pedir una pausa.

–Por supuesto, la mayoría de las preguntas no estarán cerradas a una de las tres respuestas estándar: «Sonrisa», «Cara enfadada» o «Pse». Puedes contestar cualquier pregunta con más detalle. La siguiente, por ejemplo, requiere más. Aquí va.

–¿Cada cuánto tiempo te compras zapatos?

–Cada dos meses –contestó Mae, y oyó el ruido de la campanita–. He oído la campana. ¿Eso es bueno?

–Sí, perdona –dijo él–. Acabo de activar la campanita, lo cual quiere decir que tu respuesta se ha oído y grabado, y que la siguiente pregunta está lista. Ahora puedes volver a asentir con la cabeza para que te llegue la siguiente pregunta o bien puedes esperar a que te llegue el aviso.

–¿Cuál me has dicho que era la diferencia?

–Bueno, tienes cierta… en fin, no quiero decir «cuota», pero hay un número de preguntas que es ideal y que se espera que contestes en una jornada de trabajo. Digamos quinientas, pero pueden ser más o menos. Puedes contestarlas a tu ritmo, dándote caña, o repartirlas a lo largo de la jornada de trabajo. La mayoría de la gente puede contestar quinientas en una hora, o sea que no es demasiado estresante. O bien puedes esperar los avisos, que te llegan si el programa piensa que necesitas pisar el acelerador. ¿Alguna vez has hecho uno de esos programas de internet de la jefatura de tráfico?

Mae lo había hecho. Le habían puesto doscientas preguntas y habían calculado que tardaría dos horas en contestarlas. Ella lo había hecho en veinticinco minutos.

–Sí –dijo.

–Pues esto es lo mismo. Estoy seguro de que puedes hacer todas las preguntas de la jornada en un abrir y cerrar de ojos. Por supuesto, si les coges el ritmo las podemos acelerar. ¿Correcto?

—Perfecto —dijo ella.

—Y luego, si te distraes con algo, al cabo de un momento suena una segunda señal que te recuerda que vuelvas a las preguntas. Es una señal distinta. ¿Quieres elegir la segunda señal?

De manera que volvieron a repasar todas las señales y ella eligió una sirena de niebla lejana.

—O bien —dijo él—, hay una señal aleatoria que alguna gente elige. Escucha. O a ver, espera un momento. —Dejó de prestar atención a Mae para hablar por su micrófono de diadema—. Demo voz de Mae, M-A-E. —Se dirigió una vez más a Mae—. Muy bien, aquí está.

Mae oyó su propia voz diciendo su nombre, en un tono que apenas era un susurro. Era una voz muy íntima y le provocó un extraño escalofrío por todo el cuerpo.

—Es tu voz, ¿verdad?

Mae estaba ruborizada y perpleja: la voz no se parecía en nada a la de ella, pero aun así consiguió asentir con la cabeza.

—El programa hace una captura de voz de tu teléfono y con ella podemos formar las palabras que queramos. ¡Hasta tu nombre! Así pues, ¿quieres que sea tu segunda señal?

—Sí —dijo Mae.

No estaba segura de querer oír su propia voz repitiendo una y otra vez su nombre, y sin embargo también sabía que quería volver a oírla cuanto antes. Era muy extraña, estaba muy cerca de ser su voz normal.

—Bien —dijo Pete—. Pues ya estamos. Ahora te vuelves a tu mesa y allí oirás el primer timbre. Luego esta tarde contestas tantas como puedas, las primeras quinientas seguro. ¿Vale?

—Vale.

—Ah, y cuando vuelvas a tu mesa verás una pantalla nueva. De vez en cuando una de las preguntas te vendrá acompañada de una imagen si hace falta. Intentamos que sean las mínimas, porque sabemos que te hace falta concentrarte.

Cuando Mae volvió a su mesa le habían puesto una pantalla nueva, la quinta, a la derecha de la pantalla de las preguntas de los novatos. Le quedaban unos minutos para la una, de forma que probó el sistema. Sonó la primera campana y ella asintió con la cabeza. Una voz de mujer, que parecía de presentadora de noticias, le preguntó:

—Cuando vas de vacaciones, ¿prefieres ir a relajarte, tipo a una playa o a un hotel de lujo, o prefieres ir de aventura, como por ejemplo ir a hacer rafting por aguas rápidas?

—De aventura —contestó Mae.

Sonó una campanita, débil y agradable.

—Gracias. ¿Qué clase de aventura? —preguntó la voz.

—De rafting por aguas rápidas —contestó Mae.

Otra campanita. Mae asintió con la cabeza.

—Gracias. Cuando vas de rafting por aguas rápidas, ¿prefieres un viaje de varios días, acampando por las noches, o un viaje de un solo día?

Mae levantó la vista y vio que la sala se estaba llenando del resto de los miembros de su equipo, que regresaban de almorzar. Eran las 12.58.

—Varios días —dijo ella.

Otra campanita. Mae asintió con la cabeza.

—Gracias. ¿Te gustaría hacer un viaje al Gran Cañón?

—Sonrisa.

La campanita tintineó débilmente. Mae asintió con la cabeza.

—Gracias. ¿Estarías dispuesta a pagar mil doscientos dólares por un viaje de una semana al Gran Cañón? —preguntó la voz.

—Pse —dijo Mae, y levantó la vista para ver a Jared de pie encima de su silla.

—¡La compuerta está abierta! —vociferó.

Casi de inmediato le apareció una docena de consultas de clientes. Mae contestó la primera, obtuvo una puntuación de 92, mandó el segundo cuestionario y la hizo subir a 97. Contestó las dos siguientes con un promedio de 96.

—Mae.

Era un voz de mujer. Miró a su alrededor, pensando que sería Renata. Pero no había nadie cerca de ella.

—Mae.

De pronto se dio cuenta de que era su propia voz, el aviso que había aceptado. Había sonado más fuerte de lo que ella esperaba, más fuerte que las preguntas o la campana, y sin embargo le resultaba seductor, emocionante. Bajó el volumen de los auriculares y se volvió a oír la voz:

—Mae.

Con el volumen bajo, sin embargo, no resultaba tan interesante ni mucho menos, de manera que devolvió el volumen al nivel que estaba antes.

—Mae.

Sabía que era su propia voz, pero por alguna razón sonaba menos a ella que a una versión mayor y más sabia de sí misma. A Mae se le ocurrió que si tuviera una hermana mayor que hubiera visto más mundo que ella, su voz se parecería a aquella.

—Mae —repitió la voz.

La voz pareció levantar a Mae de su asiento y darle la vuelta entera. Cada vez que la oía se le aceleraba el corazón.

—Mae.

—¿Sí? —dijo por fin.

Pero no pasó nada. La cosa no estaba programada para contestar preguntas. Y a ella no le habían dicho cómo contestar. Probó a asentir con la cabeza.

—Gracias, Mae —dijo su voz, y sonó la campanita.

—¿Estarías dispuesta a pagar mil doscientos dólares por un viaje de una semana al Gran Cañón? —volvió a preguntar la primera voz.

—Sí.

Sonó la campanita.

No le costó nada asimilar aquello. El primer día contestó 652 preguntas del cuestionario, y le llegaron mensajes de felicitación de Pete Ramírez, Dan y Jared. Como se sentía fuerte y quería impresionarlos todavía más, al día siguiente contestó 820 y al siguiente 991. No le resultaba difícil, y la aprobación de los demás la hacía sentirse bien. Pete le dijo que los clientes le agradecían mucho su implicación, su sinceridad y sus ideas. La facilidad que tenía con el programa estaba permitiendo ampliarlo a otra gente de su equipo, y para el final de la segunda semana ya había una docena más de personas de su sala respondiendo también preguntas del cuestionario. A ella le costó un día más o menos acostumbrarse a ver a tanta gente asintiendo todo el rato con la cabeza –y además con estilos distintos, algunos con asentimientos repentinos y bruscos de pájaro y otros con más fluidez–, pero pronto le resultó tan normal como el resto de sus rutinas, como teclear, estar sentada y ver aparecer su trabajo en una serie de pantallas. En ciertos momentos se le presentaba la feliz estampa de un rebaño de cabezas asintiendo en apariencia al unísono, como si todos tuvieran la misma música sonándoles en la mente.

El nivel extra de trabajo que representaban las CircleSurveys ayudó a Mae a distraerse de tanto pensar en Kalden, que todavía no se había puesto en contacto con ella, y que no había contestado el teléfono ni una sola vez. Al cabo de dos días ella había dejado de llamarlo, y había decidido no hablar de él ni con Annie ni con nadie. Sus pensamientos sobre él siguieron un itinerario parecido al que habían seguido después de su primer encuentro, en el circo. Primero aquella inaccesibilidad suya le había resultado interesante, hasta excitante. Después de tres días, sin embargo, ya le parecía demasiado obstinada y adolescente. Para el cuarto día ya estaba cansada del juego. Cualquiera que desapareciera de aquella forma no era una persona seria. Kalden no se la tomaba en serio ni a ella ni a sus sentimientos. En todos sus encuentros le había parecido un tipo tremendamente sensible, pero luego, cuando se separaban, la ausencia de él, debido a que era completa y a lo difícil que era el hecho de no comunicarse en un lugar como el Círculo, le parecía un acto de violencia. Por mucho que Kalden fuera el único hombre por el que ella había sentido verdadera lujuria, ya no quería nada con él. Prefería tener a alguien menos atractivo pero disponible, familiar y localizable.

Entretanto, Mae estaba mejorando su rendimiento en Circle-Survey. Como las cifras de las encuestas de sus compañeros estaban a disposición de todos, se estableció una competición sana que los mantenía a todos en forma. La media de Mae era 1.345 preguntas al día, solo por detrás de un novato llamado Sebastian, que se sentaba en el rincón y no se levantaba de su mesa ni para almorzar. Debido a que todavía le llegaba el excedente de consultas de los novatos en su cuarta pantalla, a Mae le parecía bien ocupar el segundo puesto en aquella categoría. Sobre todo debido a que su PartiRank llevaba todo el mes entre el 1.900 y el 2.000, mientras que Sebastian todavía no había llegado al 4.000.

Un martes por la tarde ella estaba intentando bajar del 1.900, comentando centenares de fotos y post del InnerCircle, cuando vio una figura a lo lejos, apoyada en la hoja de la puerta de la otra punta de la sala. Era un hombre, con la misma camisa de rayas que llevaba Kalden la última vez que ella lo había visto. Tenía los brazos cruzados y la cabeza ladeada, como si estuviera viendo algo que no acababa de entender o de creerse. Mae supo a ciencia cierta que era Kalden, y se olvidó de respirar. Antes de que se le pudiera ocurrir una reacción menos ansiosa, lo saludó con la mano, y él le devolvió el saludo, levantando la mano apenas por encima de la cintura.

—Mae —le dijo la voz por sus auriculares.

Y en aquel momento, la figura del umbral dio media vuelta y desapareció.

—Mae —repitió la voz.

Ella se quitó los auriculares y fue correteando a la puerta donde lo había visto, pero él ya no estaba. Fue instintivamente al cuarto de baño donde lo había conocido, pero tampoco estaba allí.

Cuando regresó a su mesa, había alguien sentado en su silla. Era Francis.

—Sigo arrepentido —dijo él.

Ella lo miró. Aquellas cejas pobladas, aquella nariz que parecía la quilla de un barco, aquella sonrisa insegura. Mae suspiró y lo contempló. Aquella sonrisa, comprendió, era la sonrisa de alguien que nunca había estado seguro de entender el chiste. Aun así, en los últimos días Mae había estado pensando en Francis y en lo distinto que era de Kalden. Kalden era un fantasma que quería que Mae lo persiguiera, mientras que Francis estaba completamente disponible y carecía por completo de misterio. En un momento o dos de debilidad, Mae se había preguntado qué haría la siguiente vez que lo viera. ¿Sucumbiría a la disponibilidad de Francis, al simple hecho de que quería estar cerca de ella? La pregunta llevaba días rondándole la cabeza, pero solo ahora conocía la respuesta. No. Él la seguía asqueando. Su docilidad. Su pesadez. Su voz suplicante. Su costumbre de robar cosas.

−¿Has borrado el vídeo? −le preguntó ella.

−No −dijo él−. Ya sabes que no puedo. −A continuación sonrió, haciendo girar la silla de ella. Él pensaba que estaban teniendo un momento cordial−. Tenías una pregunta de la CircleSurvey en pantalla y te la he contestado. Supongo que apruebas que el Círculo mande ayuda a Yemen, ¿no?

Ella se imaginó brevemente que le estampaba el puño en la cara.

−Vete, por favor −dijo ella.

−Mae. Nadie ha visto el vídeo. Es una simple parte del archivo. Uno de los dos mil clips que se suben cada día solo desde el Círculo. Uno de los mil millones que se suben cada día desde todo el mundo.

−Pues yo no quiero ser uno de esos mil millones.

−Mae, ya sabes que técnicamente ninguno de nosotros dos es dueño ya de ese vídeo. Aunque lo quisiera borrar, no podría. Es como las noticias. Nadie es dueño de las noticias, aunque te pasen a ti. Nadie es dueño de la historia. Ahora forma parte de la memoria colectiva.

A Mae estaba a punto de explotarle la cabeza.

−Tengo que trabajar −dijo ella, consiguiendo no darle una bofetada−. ¿Puedes marcharte?

Por fin dio la impresión de que él entendía que ella lo despreciaba y no lo quería tener cerca. Retorció la cara para formar una especie de mohín. Se miró los zapatos.

−¿Sabes que han aprobado ChildTrack en Las Vegas?

Y ella sintió pena por él, aunque fuera una pena breve. Francis era un hombre desesperado que no había tenido infancia, y que sin duda llevaba toda su vida intentando complacer a quienes lo rodeaban, a aquella sucesión de padres y madres de acogida que no tenían intención alguna de quedárselo.

−Es estupendo, Francis −le dijo.

A él le iluminó la cara un conato de sonrisa. Confiando en que aquello lo apaciguara y la permitiera a ella volver al trabajo, Mae fue más allá:

−Estás salvando muchas vidas.

Ahora Francis sonrió de oreja a oreja.

—¿Sabes? En seis meses ya podría estar en todas partes. En el mundo entero. Saturación total. Todos los niños estarán localizables y a salvo para siempre. Me lo ha dicho Stenton en persona. ¿Sabes que ha visitado mi laboratorio? Se ha interesado personalmente. Y parece que le van a cambiar el nombre por el de TruYouth. ¿Lo pillas? TruYou, TruYouth…

—Está muy bien, Francis —dijo Mae, con el cuerpo invadido por una oleada de sentimientos hacia él, una mezcla de empatía, lástima y hasta admiración—. Hablamos luego.

En las últimas semanas se estaban produciendo novedades como la de Francis a un ritmo endiablado. Se decía que el Círculo, y Stenton en concreto, había asumido el control del gobierno de San Vincenzo. Tenía lógica, dado que la mayoría de los servicios públicos de la ciudad estaban financiados por la empresa y habían sido mejorados por ella. Se rumoreaba que los ingenieros del Proyecto 9 habían descubierto una forma de reemplazar el caos arbitrario de nuestros sueños nocturnos por pensamiento organizado y resolución de problemas de la vida real. Otro equipo del Círculo estaba a punto de averiguar cómo deshacer tornados en cuanto se formaban. Y luego estaba el proyecto favorito de todos, que ya llevaba meses en funcionamiento: el recuento de los granos de arena del Sáhara. ¿Acaso el mundo necesitaba aquello? La utilidad del proyecto no estaba clara de entrada, pero los Tres Sabios se lo tomaban con humor. Stenton, que era quien había iniciado la empresa, lo definía como un cachondeo, algo que estaban haciendo, por encima de todo, para ver si podían hacerlo —aunque no parecía que hubiera duda alguna, en vista de la sencillez de los algoritmos empleados—, y solo de forma secundaria en pos de algún beneficio científico. Mae lo interpretaba igual que la mayoría de los circulistas: como una demostración de fuerza, una prueba de que, con la voluntad y el ingenio y los medios económicos de que disponía el Círculo, no había pregunta en la tierra que quedara sin contestar. Y así pues, a lo largo del otoño, con un poco de teatralidad —se dedicaron a alargar el proceso más de lo necesario, porque no habían tardado más que tres semanas en contarlos–, por fin revelaron el número de granos de arena que había en el Sáhara, un número que resultó ser cómicamente grande y que, de entrada, no significaba gran cosa para nadie, más allá del reconocimiento de que el Círculo siempre hacía lo que prometía. Hacían las cosas y las hacían con rapidez y eficacia espectacular.

La principal novedad, sobre la cual el mismo Bailey se dedicaba a mandar zings cada pocas horas, era la rápida proliferación de líderes electos, tanto en Estados Unidos como a escala global, que habían decidido volverse visibles. Para la mayoría de las mentes se trataba de una progresión inexorable. La primera vez que la congresista Santos había anunciado su visibilidad, los medios habían cubierto la noticia, pero no se había producido la clase de explosión que esperaba la gente del Círculo. Luego, sin embargo, a medida que la gente se conectaba y empezaba a mirar, y empezaba a darse cuenta de que la mujer iba muy en serio –de que estaba permitiendo que los espectadores vieran y oyeran exactamente todo lo que pasaba en su jornada, sin filtros ni censuras–, las visitas crecieron exponencialmente. Santos colgaba su horario todos los días, y para la segunda semana, cuando se reunió con un grupo de lobbies que querían perforar la tundra de Alaska en busca de petróleo, ya había millones de personas mirándola. Ante aquellos lobbies se mostró natural, evitando todo lo que se pareciera a sermonear ni adular. Fue tanta su franqueza, haciendo las mismas preguntas que habría hecho a puerta cerrada, que aquello acabó siendo un espectáculo fascinante, casi inspirador.

Para la tercera semana, otros veintiún líderes electos de Estados Unidos ya habían pedido ayuda al Círculo para volverse visibles. Entre ellos el alcalde de Sarasota. Un senador de Hawái y, lo cual no fue sorpresa alguna, los dos senadores de California. El alcalde y todos los concejales de San José. El administrador municipal de Independence, Kansas. Y cada vez que uno de ellos se comprometía, los Tres Sabios colgaban un zing y se celebraba una rueda de prensa apresurada para mostrar el momento exacto en que su vida se volvía transparente. A finales del primer mes, ya había miles de peticiones procedentes del mundo entero. Stenton y Bailey estaban estupefactos, halagados y abrumados, dijeron, pero los habían pillado por sorpresa. El Círculo no podía satisfacer toda aquella demanda. Aunque se esforzarían.

La fabricación de las cámaras, que todavía no estaban a disposición del público, cogió la quinta marcha. La planta de fabricación, situada en la provincia china de Guangdong, añadió turnos y se puso a construir una segunda fábrica para cuadruplicar su capacidad. Cada vez que se instalaba una cámara y un líder nuevo se volvía transparente, Stenton llevaba a cabo otro anuncio y otra celebración y crecía el número de espectadores. A finales de la quinta semana ya había 16.188 cargos electos que se habían vuelto completamente visibles, desde Lincoln a Lahore, y la lista de espera crecía.

La presión sobre quienes no se habían vuelto transparentes pasó de educada a opresiva. La pregunta que les hacían los comentaristas y electores era obvia y escandalosa: si no eres transparente, ¿qué estás escondiendo? Aunque hubo ciudadanos y opinadores que plantearon objeciones basadas en la privacidad, afirmando que el gobierno, en prácticamente todos sus niveles, siempre había necesitado hacer cosas en privado en aras de la seguridad y la eficacia, la inercia aplastó todos los argumentos y la progresión no se detuvo. Si no estabas operando a la luz del día, ¿a qué te dedicabas en las sombras?

Y también empezó a suceder algo prodigioso, algo que parecía justicia poética: cada vez que alguien se ponía a clamar contra el supuesto monopolio del Círculo, o sobre la monetización injusta que llevaba a cabo el Círculo de los datos personales de sus usuarios, o llevaba a cabo cualquier otra acusación paranoica y demostrablemente falsa, enseguida salía a la luz que aquella persona era un delincuente o un pervertido de primer orden. Uno de ellos estaba conectado con una red terrorista en Irán. Otro compraba pornografía infantil. Y parecía que la cosa siempre terminaba en las noticias, con imágenes de investigadores saliendo de las casas de aquella gente llevándose los ordenadores, con los cuales al parecer se habían emprendido un sinfín de búsquedas innombrables y en los cuales se almacenaban fajos de materiales ilegales e inapropiados. Y tenía lógica. ¿Quién sino un personaje turbio intentaría impedir la intachable mejora del mundo?

En cuestión de semanas, a los cargos no transparentes ya se los trataba como a parias. Los visibles se negaban a reunirse con ellos si no querían aparecer ante la cámara, y así fue como aquellos líderes se fueron quedando apartados. Sus electores se preguntaban qué estarían escondiendo, pocos se atrevían a competir por un cargo sin declarar su transparencia, y se daba por sentado que esta mejoraba de forma inmediata y permanente la calidad de los candidatos. Nunca volvería a haber un político exento de responsabilidad inmediata y total, dado que sus palabras y actos se conocerían y quedarían grabados y más allá de todo debate. No tendrían lugar más reuniones secretas ni acuerdos hechos en la sombra. Solo habría claridad y luz.

Y también era inevitable que la transparencia llegara al Círculo. A medida que proliferaba la visibilidad entre los cargos electos, circularon rumores dentro y fuera del Círculo: ¿qué pasaba con el Círculo en sí? Sí, dijo Bailey, en público y ante los circulistas: nosotros también tendríamos que ser transparentes. Deberíamos estar abiertos. Y así empezó el plan de transparencia del Círculo, que arrancó con la instalación de un millar de cámaras SeeChange en el campus. Las instalaron primero en las salas comunes, las cafeterías y los espacios al aire libre. Luego, mientras los Tres Sabios valoraban los problemas que podían plantear en términos de protección de la propiedad intelectual, las colocaron también en los pasillos, las zonas de trabajo y hasta los laboratorios. La saturación no fue total: había cientos de espacios más delicados que seguían siendo inaccesibles, y se prohibieron las cámaras en los cuartos de baño y otras habitaciones privadas, pero por lo demás el campus quedó repentinamente abierto y visible de cara a unos mil millones de usuarios del Círculo, y los devotos del Círculo, que ya se sentían leales a la empresa y cautivados por su mística, pasaron a sentirse todavía más próximos, a sentirse parte de un mundo abierto que les daba la bienvenida.

En la unidad de Mae había ocho cámaras SeeChange, y unas horas después de que empezaran a emitir, tanto a ella como a los demás ocupantes de la sala les trajeron otra pantalla, en la que podían ver desplegadas las imágenes de su sala y también conectarse con cualquier vista del campus. Podían ver, por ejemplo, si estaba disponible su mesa favorita del Comedor de Cristal. Podían ver si el partido de kickball tenía nivel o era para negados. Y a Mae le sorprendió lo mucho que a la gente de fuera le interesaba la vida en el campus del Círculo. En cuestión de horas se pusieron en contacto con ella varias amigas del instituto y de la universidad que la habían localizado y que ahora podían verla trabajar. El profesor de gimnasia de su instituto de secundaria, que una vez le había dicho a Mae que no se tomaba lo bastante en serio las pruebas físicas del Programa Presidencial, ahora estaba impresionado. «¡Me alegro de ver que te estás esforzando tanto, Mae!» Un chico con el que había salido brevemente en la universidad le escribió: «¿Nunca te levantas de esa mesa?».

Empezó a preocuparse un poco más por la ropa que se ponía para ir al trabajo. Pensaba más dónde se rascaba, cuándo se sonaba la nariz y cómo. Pero era una forma positiva de pensar, una forma positiva de calibrar las cosas. Y el hecho de saber que la estaban mirando, que el Círculo era, de la noche a la mañana, el lugar de trabajo más observado del mundo, le recordó, más profundamente que nunca, los cambios tan radicales que su vida había experimentado en unos pocos meses. Hacía solo doce semanas había estado trabajando en los servicios municipales de su pueblo, un pueblo del que nadie había oído hablar nunca. Y ahora se estaba comunicando con clientes de todo el planeta, controlando seis pantallas, haciendo el training de un grupo de novatos y en general sintiéndose más necesitada, valorada e intelectualmente estimulada de lo que nunca le había parecido posible.

Y con las herramientas que el Círculo ponía a su alcance, Mae se sentía capaz de influir en los acontecimientos globales, hasta de salvar vidas, en la otra punta del mundo. Aquella misma mañana le había llegado un mensaje de una amiga de la universidad, Tania Schwartz, pidiéndole ayuda para una iniciativa que estaba encabezando su hermano. Había un grupo paramilitar en Guatemala, una resurrección de las organizaciones terroristas de los ochenta, que se dedicaba a atacar aldeas y hacer prisioneras a las mujeres. Una mujer, Ana María Herrera, había conseguido escapar y había contado historias de violaciones rituales, de chicas adolescentes forzadas a ser concubinas y de cómo se asesinaba a quienes se negaban a cooperar. La amiga de Mae, Tania, nunca había sido activista en la universidad, pero ahora contaba que aquellas atrocidades la habían llevado a actuar, y estaba pidiendo a todos sus conocidos que se apuntaran a una iniciativa llamada «Te oímos, Ana María». «Asegurémonos de que sabe que tiene amigos por todo el mundo que no aceptan la situación», decía el mensaje de Tania.

Mae vio una foto de Ana María, sentada en una silla plegable en una habitación blanca, mirando hacia arriba, con cara inexpresiva y una criatura anónima en el regazo. Al lado de su foto había un icono con una carita sonriente que decía «Te oigo, Ana María» y que, cuando Mae hizo clic en él, añadió su nombre a una lista de quienes prestaban su apoyo a Ana María. Mae hizo clic en el icono. «Es igual de importante —había escrito Tania— que mandemos a los paramilitares el mensaje de que estamos denunciando sus actos.» Debajo de la foto de Ana María había una foto borrosa de un grupo de hombres con abigarrada indumentaria militar, atravesando una densa jungla. Al lado de la foto había una carita con el ceño fruncido que decía: «Denunciamos a las Fuerzas de Seguridad Central de Guatemala». Mae vaciló un segundo, consciente de la gravedad de lo que estaba a punto de hacer, de manifestarse en contra de aquellos violadores y asesinos, pero necesitaba dejar clara su postura. Hizo clic en el icono. Un mensaje automático de respuesta le dio las gracias, señalándole que era la persona número 24.726 que le mandaba una sonrisa a Ana María y la 19.282 que le mandaba una cara ceñuda a los paramilitares. Tania señaló que aunque las sonrisas le llegaban directamente a Ana María a su teléfono, el hermano de Tania todavía estaba buscando la forma de que las caras enfadadas les llegaran a las Fuerzas de Seguridad Central de Guatemala.

Después de la petición de Tania, Mae se quedó un momento sentada, sintiéndose muy alerta, muy consciente de sí misma, sabiendo que no solo era posible que se hubiera ganado un grupo de poderosos enemigos en Guatemala, sino que la habían visto hacerlo quién sabía cuántos millares de espectadores de See-Change. Aquello le confirió varios niveles de conciencia de sí misma y una sensación nítida del poder que podía ostentar en aquella posición. Decidió usar el cuarto de baño, echarse un poco de agua fría en la boca y estirar un poco las piernas, y fue en el cuarto de baño donde le sonó el teléfono. La identidad de quien la llamaba estaba bloqueada.

—¿Hola?

—Soy yo. Kalden.

—¿Dónde has estado?

—La cosa se ha complicado. A causa de las cámaras.

—No serás un espía, ¿verdad?

—Ya sabes que no soy un espía.

—Pues Annie piensa que sí.

—Quiero verte.

—Estoy en el cuarto de baño.

—Ya lo sé.

—¿Ya lo sabes?

—CircleSearch, SeeChange… No es difícil encontrarte.

—¿Y dónde estás tú?

—Ya voy. Quédate ahí.

—No. No.

—Necesito verte. Quédate ahí.

—No. Puedo verte más tarde. Hay un evento en el Nuevo Reino. Noche de micrófono abierto de folk. Es un sitio público y seguro.

—No, no. No puedo ir ahí.

—Pues aquí tampoco.

—Sí que puedo, y lo voy a hacer.

Y le colgó.

Mae miró en su bolso. Tenía un condón. Así que se quedó. Eligió el cubículo del fondo de todo y esperó. Sabía que no era buena idea quedarse a esperarlo. Que estaba mal a muchos niveles. No iba a poder contárselo a Annie. Annie aprobaría casi cualquier actividad carnal, pero no allí, en el trabajo, en un cuarto de baño. Era una muestra de insensatez y dejaría en mal lugar a Annie. Mae miró la hora. Habían pasado dos minutos y ella seguía en un cubículo de los cuartos de baño, esperando a un hombre al que no conocía más que vagamente y que sospechaba que únicamente quería seducirla una y otra vez en lugares cada vez más extraños. Así pues, ¿por qué se había quedado? Pues porque quería que sucediera. Quería que él la poseyera en aquel cubículo, y quería saber que había sido poseída en el cubículo, y que solo lo supieran ellos dos. ¿Por qué aquello era algo rutilante que ella necesitaba? Oyó que se abría la puerta y el clic del cerrojo de la puerta. Un cerrojo cuya existencia ella desconocía. Luego oyó el ruido de las zancadas de Kalden. Los pasos se detuvieron cerca de los cubículos, seguidos de un oscuro chirrido, un ruido de tornillos y acero bajo presión. Notó una sombra encima de ella y estiró el cuello para ver una figura que descendía. Kalden había trepado por el tabique alto de los cubículos y había franqueado la mampara para llegar al de ella. A continuación notó que le pasaba por detrás. Notó que el calor del cuerpo de él le calentaba la espalda y sintió su aliento tórrido en la nuca.

—¿Qué estás haciendo? —le preguntó ella.

La boca de él se abrió junto a la oreja de ella y su lengua se zambulló. Ella ahogó una exclamación y se apoyó en él. Las manos de Kalden le rodearon el vientre, le resiguieron la cintura, se desplazaron rápidamente a sus muslos y se los sostuvieron con firmeza. Ella presionó con las manos hacia dentro y hacia arriba, luchando mentalmente y por fin afirmando que tenía derecho a hacer aquello. Tenía veinticuatro años, y si no hacía aquellas cosas ahora —si no hacía exactamente *aquello* y exactamente *ahora*—, ya no lo haría nunca. Era el imperativo de la juventud.

—Mae —le susurró él—, deja de pensar.

—Vale.

—Y cierra los ojos. Imagínate lo que te estoy haciendo.

Él le puso la boca en el cuello, besándolo y lamiéndolo, mientras con las manos se encargaba de su falda y sus bragas. Le bajó ambas hasta el suelo y la atrajo hacia sí, llenándola de inmediato.

—Mae —le dijo mientras se introducía en ella, cogiéndole las caderas con las manos, metiéndose tan adentro que ella notó su corona inflada cerca del corazón—. Mae —le dijo, mientras ella agarraba las paredes que tenían a ambos lados, como si intentara mantener a raya al resto del mundo.

Ella se corrió, jadeando, y él terminó también, con un estremecimiento pero en silencio. De inmediato a los dos les entró la risa, por lo bajo, conscientes de que habían cometido una temeridad que ponía en jaque sus carreras y que tenían que marcharse. Él la giró hacia sí y la besó en la boca, con los ojos abiertos, con expresión asombrada y traviesa.

—Adiós —le dijo, y ella se limitó a despedirse con la mano, sintiendo que el cuerpo de él volvía a ascender por detrás de ella, trepaba por el tabique y salía.

Y como él se paró ante la puerta para abrir la cerradura, y como ella pensó que quizá no volvería a verlo más, Mae encontró su teléfono, pasó el brazo por encima del tabique del cubículo y le hizo una foto, sin saber si llegaría a captar algo de su semblante. Cuando miró lo que había fotografiado, resultó que no era más que su brazo derecho, del codo a las yemas de los dedos; el resto ya había desaparecido.

¿Por qué mentirle a Annie?, se preguntó Mae sin conocer la respuesta, pero sabiendo que iba a mentirle en cualquier caso. Después de arreglarse en el cuarto de baño, Mae regresó a su mesa y de inmediato, incapaz de controlarse, le mandó un mensaje a Annie, que estaba en un avión rumbo a Europa o sobrevolándola ya: «Otra vez con el canoso», le escribió. El hecho de contárselo a Annie precipitaría una cadena de mentiras, grandes y pequeñas, y en los minutos que pasaron desde que envió el mensaje hasta la inevitable respuesta de Annie, Mae se encontró a sí misma preguntándose cuánto tenía que ocultar y por qué.

Por fin le llegó el mensaje de Annie. «Me lo tienes que contar todo ya. Estoy en Londres con unos lacayos del Parlamento. Creo que uno acaba de sacar un monóculo. Distráeme, anda.»

Mientras decidía cuánto le contaba a Annie, Mae empezó a ofrecerle detalles para ponerle los dientes largos. «En un lavabo.»

«¿Con el viejo? ¿En un lavabo? ¿Habéis usado el cuarto de cambiar los pañales?»

«No. Un cubículo. Y ha sido VIGOROSO.»

Una voz detrás de Mae dijo su nombre. Mae se giró para ver a Gina con su enorme sonrisa nerviosa.

—¿Tienes un segundo?

Mae intentó apartar la pantalla donde estaba su diálogo con Annie, pero Gina ya lo había visto.

—¿Estás hablando con Annie? —le dijo—. Sí que sois íntimas, ¿no?

Mae asintió con la cabeza, apartó su pantalla y a Gina se le apagó la cara.

—¿Todavía es buen momento para explicar la Tasa de Conversión y la Cifra de Venta?

Mae se había olvidado por completo de que Gina tenía que venir para hacerle la demostración de un nivel nuevo.

—Claro —dijo Mae.

—¿Annie ya te lo ha explicado todo? —dijo Gina con una expresión muy frágil en la cara.

—No —dijo Mae—. No me lo ha explicado.

—¿No te ha explicado la Tasa de Conversión?

—No.

—¿Ni la Cifra de Venta?

—No.

A Gina se le iluminó la cara.

—Ah. Vale. Bien. ¿Lo hacemos ahora, pues?

Gina examinó la cara de Mae como si buscara el más pequeño indicio de duda, que a continuación consideraría razón para venirse abajo por completo.

—Fantástico —dijo Mae, y Gina se volvió a animar.

—Bien. Empecemos por la Tasa de Conversión. Esto no deja de ser bastante obvio, pero el Círculo no existiría, ni crecería, ni se acercaría a cerrar el Círculo, si no se llevaran a cabo ventas reales, si no se promoviera el comercio real. Estamos aquí para hacer de portal de toda la información del mundo, pero quienes nos mantienen son los anunciantes que esperan llegar a sus clientes a través de nosotros, ¿verdad?

Gina sonrió y por un momento sus dientes grandes y blancos ocuparon toda su cara. Mae se intentó concentrar, pero no podía dejar de pensar en Annie, reunida en el Parlamento, que sin duda estaría pensando a su vez en Mae y en Kalden. Y cuando Mae pensó en sí misma y en Kalden, pensó en las manos de él sobre su cintura, atrayéndola suavemente hacia él, con los ojos cerrados y su mente agrandándolo todo…

Gina seguía hablando:

—Pero ¿cómo provocar, cómo estimular las compras…? Esa es la Tasa de Conversión. Puedes mandar un zing, puedes postear comentarios y puntuaciones y destacar un producto, pero ¿puedes traducir todo esto en acción? Hacer uso de tu credibilidad para estimular la acción es crucial, ¿de acuerdo?

Ahora Gina estaba sentada al lado de Mae, con los dedos en su teclado. Hizo aparecer una compleja hoja de cálculo. En aquel momento llegó otro mensaje de Annie a la segunda pantalla de Mae. Ella la giró un poco. «Ahora me toca ser la jefa. ¿Te has quedado con su apellido esta vez?»

Mae vio que Gina también estaba leyendo el mensaje, sin fingir para nada que no lo leía.

—Contesta —dijo Gina—. Parece importante.

Mae pasó los brazos por delante de Gina para alcanzar su teclado y tecleó la mentira que ya sabía que le iba a contar a Annie momentos después de salir del cuarto de baño. «Sí. Lo sé todo.»

La respuesta de Annie llegó de inmediato: «¿Y cómo se apellida?».

Gina miró aquel mensaje.

—Tiene que ser tremendo que te esté mandando mensajes Annie Allerton.

—Supongo —dijo Mae, y tecleó: «No lo puedo decir».

Gina leyó el mensaje de Mae y pareció menos interesada en su contenido que en el hecho de que aquel diálogo estuviera teniendo lugar ante ella.

—¿Y os mandáis mensajes así, como si nada? —preguntó.

Mae suavizó el impacto.

—Todo el día no.

—¿Todo el día no? —A Gina le iluminó la cara una sonrisa vacilante.

Annie irrumpió de golpe.

«¿De verdad no me lo piensas decir? Dímelo ahora mismo.»

—Lo siento —dijo Mae—. Ya casi estamos.

Y tecleó: «No. Lo agobiarás».

«Mándame una foto», escribió Annie.

«No. Pero tengo una», tecleó Mae, poniendo en juego la segunda mentira que sabía necesaria. Sí que tenía una foto de él, y en cuanto había comprendido que la tenía, y que se lo podía mencionar a Annie, y estar diciendo la verdad sin decirla toda, y que aquella foto, junto con la mentira inofensiva de que conocía su apellido, la permitirían seguir con aquel hombre, Kalden, que podría muy bien representar un peligro para el Círculo, había comprendido también que usaría aquella segunda mentira con Annie, y que aquello le daría más tiempo, más tiempo para elevarse y caer con Kalden, mientras intentaba averiguar exactamente quién era y qué quería de ella.

«Es una foto en plena acción –tecleó–. Le he hecho un reconocimiento facial y concuerda.»

«Gracias a Dios –escribió Annie–. Pero eres una cabrona.»

Gina leyó el mensaje y se mostró visiblemente incómoda.

–¿Tal vez deberíamos hacer esto más tarde? –dijo, con la frente repentinamente reluciente.

–No, perdona –dijo Mae–. Sigue. Ya le doy la vuelta a la pantalla.

Apareció otro mensaje de Annie. Mientras le estaba dando la vuelta a la pantalla, Mae le echó un vistazo. «¿Has oído que se fracturara algún hueso mientras estabas sentada encima de él? Los hombres mayores tienen los huesos frágiles, y una presión como la que describes podría resultar fatal.»

–Vale –dijo Gina, tragando saliva aparatosamente–, hay empresas más pequeñas que llevan años rastreando la conexión que hay entre las menciones, las reseñas y los comentarios en internet y las compras en sí, y tratando de influir en esa conexión. Los programadores del Círculo han descubierto una forma de medir el impacto de estos factores, de la participación de cada cual, en suma, y articularla por medio de la Tasa de Conversión.

Apareció otro mensaje, pero Mae no le hizo caso, y Gina siguió avanzando, emocionada por el hecho de que la consideraran más importante que Annie, aunque fuera por un momento.

–De manera que cada compra que se inicia o se promueve con una recomendación tuya eleva tu Tasa de Conversión. Si tu compra o recomendación lleva a cincuenta personas más a emprender la misma acción, entonces tu TC es ×50. Hay circulistas que tienen una Tasa de Conversión de ×1200. Eso quiere decir que una media de mil doscientas personas compra lo que ellos compran. Han acumulado tanta credibilidad que sus seguidores confían en sus recomendaciones de forma implícita, y les están profundamente agradecidos por la seguridad que les dan a sus compras. Por supuesto, Annie tienen una de las TC más altas del Círculo.

En aquel momento sonó otro tintineo. Gina parpadeó como si le hubieran propinado una bofetada, pero siguió adelante.

–De acuerdo, pues resulta que de momento tienes una Tasa de Conversión media de ×119. No está mal. Pero en una escala del uno al mil, te queda mucho margen de mejora. Por debajo de la Tasa de Conversión tienes tu Cifra de Venta, que es el precio bruto total de los productos que has recomendado. Así pues, digamos que recomiendas un llavero y que mil personas siguen tu recomendación, entonces esos mil llaveros, que valen cuatro dólares cada uno, hacen que tu Cifra de Venta sea cuatro mil dólares. No es más que el precio de venta bruto de las transacciones que has promovido. Divertido, ¿no?

Mae asintió con la cabeza. Le encantaba la idea de poder calcular el efecto que tenían sus gustos y elecciones personales.

Sonó otro tintineo. Gina dio la impresión de estar conteniendo las lágrimas. Se puso de pie.

–Vale. Tengo la sensación de que estoy invadiendo tu almuerzo y tu amistad. Así pues, eso son la Tasa de Conversión y la Cifra de Venta. Sé que lo entiendes. Al final de la jornada te pondrán otra pantalla para medir tus puntuaciones.

Gina intentó sonreír, pero no pareció capaz de levantar las comisuras de la boca lo bastante como para resultar convincente.

–Ah, y la expectativa mínima para los circulistas de alto rendimiento es una Tasa de Conversión de ×250 y una Cifra de Venta semanal de cuarenta y cinco mil dólares, que son dos metas modestas que la mayoría de los circulistas supera con creces. Y si tienes preguntas, pues bueno… –Se detuvo, con una expresión frágil en los ojos–. Seguro que se las puedes hacer a Annie.

Dio media vuelta y se marchó.

Unas cuantas noches más tarde, un jueves de cielo despejado, Mae condujo a casa de sus padres por primera vez desde la entrada en vigor del seguro médico del Círculo para su padre. Sabía que su padre se había estado encontrando mucho mejor, y tenía ganas de verlo en persona, confiando, ridículamente, en que se hubiera producido un cambio milagroso, aunque sabía que ella únicamente veía una pequeña mejoría. Pese a todo, sus padres, tanto por teléfono como en los mensajes de texto, le habían hablado en tono entusiasta. «Ahora todo es distinto», le llevaban diciendo desde hacía semanas, y le habían estado pidiendo que fuera a celebrarlo con ellos. Y así pues, ilusionada con el agradecimiento que estaba a punto de recibir, condujo en dirección sudeste, y a su llegada, su padre salió a recibirla a la puerta con un aspecto mucho más vigoroso y —mejor todavía— más seguro de sí mismo, más parecido a un hombre, al hombre que había sido antaño. Él le mostró el monitor de su muñeca y lo colocó en paralelo al de Mae.

—Míranos. Vamos iguales. ¿Quieres una copa de vino?

Dentro, los tres se dispusieron, como de costumbre, a lo largo de la encimera de la cocina, y se dedicaron a cortar pollo en dados, a empanarlo, y a hablar de los distintos sentidos en que había mejorado la salud del padre de Mae. Ahora tenía todos los médicos que quisiera. Ya no tenía límites a la hora de tomar medicinas; estaban todas cubiertas y no había copago. Mae también se dio cuenta, mientras ellos le narraban su historial sanitario reciente, de que su madre estaba más animada y alegre. Llevaba shorts de los cortos.

—Lo mejor de todo —le dijo su padre— es que ahora tu madre tiene bastante tiempo libre. Todo es muy simple. Yo voy al médico y el Círculo se encarga del resto. No hay intermediarios. No hay discusiones.

—¿Eso es lo que creo que es? —dijo Mae.

Sobre la mesa del comedor colgaba una lámpara de brazos plateada, que al mirarla más de cerca le pareció una de las de Mercer. En realidad los brazos plateados eran astas de ciervo pintadas. En el pasado Mae solo había mostrado un entusiasmo fugaz por el trabajo de él (cuando salían juntos, se esforzaba para decir cosas amables al respecto), pero esta le gustaba de verdad.

—Sí —dijo su madre.

—No está mal —dijo Mae.

—¿No está mal? —dijo su padre—. Es su mejor trabajo, y lo sabes. Esta lámpara se vendería por cinco de los grandes en una de esas boutiques de San Francisco. Y nos la ha dado gratis.

Mae se quedó impresionada.

—¿Por qué gratis?

—¿Por qué gratis? —preguntó su madre—. Pues porque es amigo nuestro. Y porque es un chico muy majo. Y espérate antes de poner los ojos en blanco o soltar algún comentario ingeniosillo.

Mae esperó, y después de callarse media docena de cosas poco amables que se le ocurrían sobre Mercer y de elegir morderse la lengua, se sorprendió a sí misma sintiéndose generosa con él. Porque ya no lo necesitaba, porque ahora era una agente crucial y mensurable del comercio mundial, y como tenía a dos hombres en el Círculo entre los que elegir —uno de ellos un enigma volcánico y caligráfico que trepaba tabiques para poseerla desde detrás—, se podía permitir ser generosa con el pobre Mercer, con su cabeza greñuda y su trasero grotescamente gordo.

—Es muy bonita —dijo Mae.

—Me alegro de que te lo parezca —dijo su madre—. Se lo puedes decir dentro de unos minutos. Viene a cenar.

—No —dijo Mae—. No, por favor.

—Mae —dijo su padre con firmeza—. Viene a cenar, ¿de acuerdo?

Y ella comprendió que no tenía nada que decir al respecto. De manera que se sirvió una copa de tinto y, mientras iba poniendo la mesa, se bebió la mitad. Para cuando Mercer llamó con los nudillos y entró sin esperar que le abrieran, Mae ya tenía la cara medio embotada y pensaba con imprecisión.

—Eh, Mae —le dijo él, y le dio un abrazo vacilante.

—Esa lámpara tuya es fantástica —dijo ella, y a medida que se lo decía, vio el efecto de sus palabras en él, de forma que fue más allá—. Es preciosa de verdad.

—Gracias —dijo él.

Miró a los padres de Mae, como para confirmar que ellos también lo habían oído. Mae se sirvió más vino.

—De verdad —continuó Mae—. O sea, yo sé que tú trabajas bien. —Y al decirlo, Mae se aseguró de no mirarlo, consciente de que los ojos de él no la creerían—. Pero esto es lo mejor que has hecho hasta ahora. Me alegro mucho de que te hayas esforzado tanto para… Me alegro de que tu pieza que más me gusta esté en el comedor de mis padres.

Mae sacó su cámara y le hizo una foto.

—¿Qué haces? —dijo Mercer, aunque parecía complacido de que a ella le hubiera parecido digna de fotografiarla.

–Solo le quería hacer una foto. Mira –dijo, y se la enseñó.

Ahora sus padres habían desaparecido, pensando sin duda que ella querría estar a solas con Mercer. Era para partirse de risa de lo chiflados que estaban.

–Queda bien –dijo él, mirando la foto durante un momento un poco más largo de lo que Mae había esperado.

Saltaba a la vista que no estaba por encima de sentirse satisfecho y hasta orgulloso de su trabajo.

–Queda *increíble* –dijo ella. El vino la había puesto por las nubes–. Has tenido un gesto muy amable. Y sé que para ellos significa mucho, sobre todo ahora. Esa lámpara añade algo muy importante aquí. –Mae estaba eufórica, y no era solo el vino. Era la liberación. Su familia había sido liberada–. Este sitio ha estado tan oscuro… –dijo.

Y por un breve momento, Mercer y ella parecieron encontrar su antigua conexión. Mae, que llevaba años pensando en Mercer con una decepción que bordeaba la lástima, se acordó ahora de que él era capaz de hacer cosas fantásticas. Sabía que era compasivo y muy amable, a pesar de que su estrechez de miras resultara exasperante. Pero ahora que veía aquello –¿acaso podía llamarlo obra de arte?; se parecía un poco al arte–, y veía el efecto que tenía en la casa, su fe en él se vio reavivada.

Aquello le dio una idea a Mae. Fingiendo que se iba a su cuarto a cambiarse, se disculpó y subió las escaleras a toda prisa. Lo que hizo, sin embargo, fue sentarse en su antigua cama y dedicar tres minutos a postear la foto que había hecho de su lámpara en dos docenas de canales de diseño e interiorismo, con link a la página web de Mercer –donde no había más que su número de teléfono y un puñado de fotos; llevaba años sin actualizarla– y a su dirección de correo electrónico. Si él no era lo bastante listo como para buscarse más trabajo, ella estaba encantada de hacerlo por él.

Cuando terminó, Mercer ya estaba sentado con los padres de ella a la mesa de la cocina, atiborrada de ensaladas y pollo y verduras salteados. Sus miradas la siguieron mientras bajaba las escaleras.

–Te estaba llamando –le dijo su padre.

–Nos gusta la comida caliente –añadió su madre.

Mae no los había oído.

—Lo siento. Estaba… Uau, qué buena pinta. Papá, ¿no te parece que la lámpara de Mercer es tremenda?

—Pues sí. Y te lo he dicho a ti y se lo he dicho a él. Llevamos un año pidiéndole una de sus creaciones.

—Necesitaba las astas adecuadas —dijo Mercer—. Llevaba tiempo sin que me llegaran unas lo bastante buenas.

Se puso a explicar de dónde sacaba sus materiales, el hecho de que solo compraba astas a colaboradores de confianza, a gente que sabía que no había cazado a los ciervos o bien, si los habían cazado, lo habían hecho por mandato de la Dirección de Pesca y Caza para evitar la superpoblación.

—Es fascinante —dijo la madre de Mae—. Antes de que me olvide, quiero proponer un brindis… ¿Qué es eso?

A Mae le había llegado un pitido de aviso al teléfono.

—Nada —dijo—. Pero dentro de un momento creo que podré anunciaros una buena noticia. Continúa, mamá.

—Estaba diciendo que quiero proponer un brindis porque estemos…

Ahora fue a Mercer a quien le sonó el teléfono.

—Perdón —dijo él, y se sacó como pudo el teléfono de los pantalones para encontrar el botón de apagado.

—¿Todo el mundo está listo? —preguntó su madre.

—Perdón, señora Holland —dijo Mercer—. Continúe.

En aquel momento, sin embargo, a Mae le volvió a zumbar ruidosamente el teléfono, y cuando miró la pantalla, vio que había treinta y siete zings y mensajes nuevos.

—¿Es algo que tienes que atender? —dijo su padre.

—No, todavía no —dijo Mae, aunque casi estaba demasiado emocionada para esperar.

Estaba orgullosa de Mercer, y pronto iba a poder enseñarle todo el público que podía tener fuera de Longfield. Si en cuestión de minutos le llegaban treinta y siete mensajes, en veinte más ya habría un centenar.

Su madre continuó.

—Te iba a dar las gracias, Mae, por todo lo que has hecho para mejorar la salud de tu padre, y también mi salud mental. Y quiero brindar también por Mercer, que es parte de la familia, y darle las gracias por su precioso trabajo. —Hizo una pausa, como si esperara que zumbara algún teléfono en cualquier momento—. Bueno, me alegro de haber podido acabar de decirlo todo. A comer. Se está enfriando la cena.

Y se pusieron a comer, pero al cabo de unos minutos Mae ya había oído tantos avisos, y había visto actualizarse la pantalla de su teléfono tantas veces, que ya no pudo esperar más.

—Vale, ya no me aguanto. He posteado la foto que le he sacado a tu lámpara, ¡y a la gente le encanta! —Sonrió de oreja a oreja y levantó su copa—. Es por eso por lo que deberíamos brindar.

No pareció que a Mercer le hiciera gracia.

—Espera. ¿Dónde la has posteado?

—Es fantástico, Mercer —dijo su padre, y alzó su copa también.

Mercer no tenía la copa levantada.

—¿Dónde la has posteado, Mae?

—En todos los sitios relevantes —dijo ella—. Y los comentarios son increíbles. —Ella buscó en su pantalla—. Déjame leerte el primero. Y cito textualmente: «Uau, es preciosa». Lo ha puesto un diseñador industrial bastante conocido de Estocolmo. Y otro: «Muy chula. Me recuerda a una que vi el año pasado en Barcelona». Lo ha puesto una diseñadora de Santa Fe que tiene tienda propia. Le ha puesto a tu lámpara tres estrellas de cuatro y te cuelga unas sugerencias para mejorarla. Seguro que si quisieras podrías vender en su tienda. Aquí hay otro de…

Mercer tenía las palmas de las manos en la mesa.

—Para. Por favor.

—¿Por qué? Todavía no has oído lo mejor. En DesignMind ya tienes 122 sonrisas. Es una cantidad increíble en tan poco tiempo. Y tienen un ranking y estás en el Top 50 de hoy. En realidad, sé cómo puedes subir en el ranking…

Al mismo tiempo, a Mae se le ocurrió que seguramente aquella clase de actividad podía hacer que su PartiRank subiera al 1.800. Y si podía conseguir que la suficiente gente comprara la pieza, eso revertiría en buenas cifras de Conversión y de Venta…

—Mae. Para. Para, por favor. —Mercer la estaba mirando fijamente con ojos pequeños y redondos—. No quiero levantar la voz aquí, en casa de tus padres, pero o paras o voy a tener que marcharme.

—Espera un segundo —dijo ella, y repasó sus mensajes en busca de uno que estaba segura de que lo impresionaría.

Había visto un mensaje procedente de Dubái, y si lo encontraba ahora, sabía que vencería su resistencia.

—Mae —oyó que le decía su madre—. Mae…

Pero Mae no podía encontrar el mensaje. ¿Dónde estaba? Mientras bajaba por la pantalla, oyó el arrastrar de las patas de una silla por el suelo. Pero estaba tan cerca de encontrarlo que no alzó la vista. Cuando la levantó, descubrió que Mercer se había marchado y que sus padres la estaban mirando fijamente.

—Me parece bonito que intentes apoyar a Mercer —le dijo su madre—, pero no entiendo por qué haces esto ahora. Estamos intentando tener una cena agradable.

Se quedó mirando a su madre, absorbiendo toda la decepción y perplejidad que podía soportar. A continuación salió de casa y alcanzó a Mercer mientras este estaba dando marcha atrás para sacar el coche de la entrada.

—Para —le dijo, metiéndose en el asiento del pasajero.

Él tenía los ojos apagados, sin vida. Puso el coche en punto muerto y se apoyó las manos en el regazo, suspirando con toda la condescendencia que pudo.

—¿Qué demonios te pasa, Mercer?

—Mae, te he pedido que pararas y tú has seguido.

—¿Te he ofendido?

—No. Me has dado dolor de cabeza. Me haces pensar que estás como una puñetera cabra. Te he pedido que pararas y no has querido.

—No quiero parar de ayudarte.

—Yo no te he pedido que me ayudaras. Y tampoco te he dado permiso para que postees una foto de mi obra.

—De tu *obra*.

Ella oyó un tonillo abrasivo en su propia voz que fue consciente de que no era correcto ni productivo.

—Eres sarcástica, Mae, y maliciosa, e insensible.

—¿Cómo? Soy lo contrario de insensible, Mercer. Estoy intentando ayudarte porque creo en lo que haces.

–No es verdad. Mae, simplemente eres incapaz de permitir que nada viva dentro de una única sala. Y mi trabajo existe dentro de una sala. No existe en ninguna otra parte. Y así es como quiero que siga.

–¿O sea que no quieres hacer negocio?

Mercer miró a través del parabrisas y luego reclinó la espalda en el asiento.

–Mae, nunca había tenido una sensación tan grande de que hay una secta que está conquistando el mundo. ¿Sabes qué me intentó vender una persona el otro día? De hecho, apuesto a que está de alguna forma conectado con el Círculo. ¿Has oído hablar del Homie? ¿Esa cosa que te permite escanear tu casa con el teléfono para captar los códigos de barras de todos los productos…?

–Sí. Y encarga recambios de todo lo que se te está acabando. Es genial.

–¿A ti te parece bien? –dijo Mercer–. ¿Sabes cómo me lo intentaron vender? Es la típica visión utópica. Esta vez me dijeron que reducirá los desperdicios. Que si las tiendas saben lo que quieren sus clientes, dejarán de producir en exceso, de mandar sus mercancías en exceso, y así no habrá que tirar las cosas que no se vendan. O sea, igual que todas las demás cosas que estáis intentando meternos con calzador, suena perfecto, suena progresista, pero lo único que conlleva es más control y más vigilancia centralizada de todo lo que hacemos.

–Mercer, el Círculo es un grupo de gente como yo. ¿Me estás diciendo que estamos todos en una sala vigilándoos y planeando dominar el mundo?

–No. En primer lugar, ya sé que son todos gente como tú. Y es eso lo que me da tanto miedo. Como individuos no sabéis lo que estáis haciendo como colectivo. Pero, en segundo lugar, no deis por sentada la benevolencia de vuestros líderes. Durante años hubo una época feliz en que la gente que controlaba los principales conductos de internet era bastante decente. O por lo menos no eran depredadores y vengativos. Pero a mí siempre me preocupó una cosa: ¿qué pasaría si alguien quisiera usar ese poder para castigar a todos los que los desafiaran?

–¿Qué estás diciendo?

–¿Te parece una coincidencia que cada vez que una congresista o un bloguero hablan de monopolio, de pronto se ven enredados en algún escándalo terrible de sexo-porno-brujería? Durante veinte años internet ha sido capaz de hundir a cualquiera en cuestión de minutos, pero antes de vuestros Tres Sabios, o por lo menos de uno de ellos, no era algo deliberado. ¿Me estás diciendo que no lo sabías?

–Pero qué paranoico. Tu mente llena de teorías de la conspiración siempre me ha deprimido, Mercer. Te hace parecer un ignorante. Y decir que el Homie es algo nuevo que da miedo… O sea, hace cien años que hay lecheros que te traen la leche. Y siempre sabían cuándo te hacía falta. Siempre ha habido carniceros que te vendían la carne, panaderos que te traían el pan…

–¡Pero el lechero no me escaneaba la casa! O sea, todo lo que lleve código de barras se puede escanear. Ya hay millones de teléfonos escaneando las casas de sus dueños y comunicándole toda esa información al mundo.

–¿Y qué? ¿No quieres que Charmin sepa cuánto papel higiénico usas? ¿Es que Charmin te está oprimiendo de alguna manera significativa?

–No, Mae, es distinto. Eso sería más fácil de entender. El problema es que aquí no hay opresores. Nadie te está obligando a hacer nada. Con estas cadenas se ata uno voluntariamente. Y voluntariamente es como te vuelves un autista social completo. Ya no captas las señales básicas de la comunicación humana. Estás sentada a una mesa con tres seres humanos que te están mirando y tratando de hablar contigo, y tú en cambio estás mirando una pantalla, buscando a un desconocido de Dubái.

–Pues tú no eres tan puro, Mercer. Tienes una cuenta de correo electrónico. Y una página web.

–La cuestión, y me duele decírtelo, es que ya no eres tan interesante. Te pasas doce horas al día sentada a una mesa y lo único que obtienes a cambio son unas cifras que dentro de una semana ya ni existirán ni recordará nadie. No estás dejando ningún testimonio de que viviste. Ni una sola prueba.

–Vete a la mierda, Mercer.

–Y lo que es peor, ya no estás *haciendo* nada interesante. No estás ni viendo nada ni haciendo nada. La extraña paradoja es que te crees que estás en el centro de las cosas, y que por eso tus opiniones son más valiosas, y sin embargo cada vez estás menos viva. Seguro que llevas meses sin hacer nada que no pase delante de una pantalla. ¿Tengo razón?

—Pero qué cabrón eres, Mercer.

—¿Todavía sales alguna vez a la calle?

—Y tú sí que eres interesante, ¿verdad? ¿El idiota que hace lámparas con restos de animales muertos? ¿Tú eres el niño prodigio de todas las cosas fascinantes?

—¿Sabes qué pienso, Mae? Pienso que te crees que sentada a tu mesa, mandando sonrisitas y caritas enfadadas, estás viviendo una vida fascinante. Te dedicas a comentar cosas y eso sustituye el hacerlas. Miras fotos de Nepal, haces clic en el icono de una sonrisita y te crees que es lo mismo que ir a Nepal. O sea, ¿qué pasaría si fueras de verdad? ¡Pues que tu puntuación de CírculoPollas, o como coño se diga, bajaría por debajo del nivel aceptable! Mae, ¿eres consciente de lo increíblemente aburrida que te has vuelto?

Mercer llevaba muchos años siendo el ser humano que ella más despreciaba en el mundo. Eso no era nuevo. Siempre había tenido la capacidad extraordinaria de provocarle una apoplejía. Aquella petulancia de profesor universitario. Aquella pesadez de anticuario. Y por encima de todo, su idea mezquina —y completamente equivocada— de que la conocía. Mercer conocía las partes de ella que le gustaban y con las que estaba de acuerdo, y fingía que esas eran su verdadero yo, su esencia. Pero no sabía nada.

Pero con cada kilómetro que dejaba atrás, yendo por la carretera de vuelta a casa, Mae se sentía mejor. Con cada kilómetro que ponía entre ella y aquel gordo de mierda se sentía mejor. El hecho de haberse acostado con él le provocaba náuseas. ¿Acaso la había poseído algún extraño demonio? Su cuerpo debía de haber estado controlado, durante aquellos tres años, por alguna fuerza terrible que no le había dejado ver la malicia de él. Por entonces ya estaba gordo, ¿verdad? ¿Qué clase de tío ya estaba gordo en el instituto? ¿Y la estaba acusando a ella de pasarse el día sentada a su mesa cuando a él le sobraban veinte kilos? Aquel tío estaba fatal.

No pensaba hablar con él nunca más. Y el hecho de saberlo la reconfortaba. El alivio la inundó como agua caliente. Nunca más volvería a hablar con él, ni a escribirle. Insistiría a sus padres para que cortaran toda relación con él. Planeó también destruir la lámpara; que pareciera un accidente. Podría escenificarlo como si hubieran entrado a robar. Mae se rió para sus adentros, pensando en exorcizar a aquel gordo idiota de su vida. Aquel hombre ciervo, feo y siempre sudoroso, nunca más volvería a tener voz ni voto en su mundo.

Vio el letrero de Maiden's Voyages y la dejó indiferente. Pasó ante la salida y no sintió nada. Al cabo de unos segundos, sin embargo, salió de la autopista y dio la vuelta en dirección a la playa. Eran casi las diez, y Mae era consciente de que la tienda llevaba horas cerrada. ¿Qué estaba haciendo, pues? No estaba reaccionando a las preguntas de mierda de Mercer sobre lo que ella hacía o dejaba de hacer al aire libre. Solo estaba comprobando si el sitio estaba abierto; sabía que no lo estaba, pero tal vez Marion sí que estuviera, y tal vez la dejara sacar un kayak durante media hora… Al fin y al cabo, vivía en una caravana justo al lado de la tienda. Tal vez Mae la pudiera encontrar caminando por las instalaciones y convencerla de que la dejara alquilar uno.

Mae aparcó y miró a través de la alambrada, pero no vio a nadie ni nada más que el quiosco cerrado de atención al público y las hileras de kayaks y tablas de surf con remo. No se movió de allí, confiando en ver alguna silueta dentro de la caravana, pero no había nadie. La luz del interior era tenue y rosada y la caravana estaba vacía.

Caminó hasta la diminuta playa y se quedó allí de pie, mirando cómo la luz de la luna jugaba con la superficie inmóvil de las aguas de la bahía. Se sentó. No se quería ir a casa, aunque tampoco tenía sentido quedarse allí. No se podía quitar de la cabeza a Mercer con su cara de bebé gigante, ni la sarta de gilipolleces que le había dicho aquella noche y todas las noches. Tenía claro que era la última vez que intentaba ayudarlo de ninguna manera. Mercer formaba parte de su pasado, del pasado en general, era una antigualla, un objeto apagado e inanimado que ella podía guardar en el desván.

Se puso de pie, pensando que debería regresar para trabajar en su PartiRank, y de pronto vio algo raro. Apoyado precariamente en la otra punta de la alambrada, por la parte de fuera del recinto, había un objeto grande. Era o bien un kayak o una tabla de surf con remo, y Mae fue para allí con paso ligero. Por fin vio que era un kayak, y que estaba apoyado en el lado de libre acceso de la alambrada, con un remo al lado. La posición del kayak no tenía mucho sentido; Mae nunca había visto uno puesto casi en vertical, y estaba segura de que Marion no lo habría aprobado. La única explicación que se le ocurría era que alguien lo hubiera alquilado, lo hubiera devuelto después de la hora del cierre y hubiera intentado llevarlo lo más cerca posible del recinto.

Mae pensó que por lo menos debía dejar el kayak bien puesto en el suelo, para intentar evitar que se cayera durante la noche. Y así lo hizo, bajándolo con cuidado a la arena, sorprendida de lo poco que pesaba.

Y entonces tuvo una idea. El agua solo estaba a treinta metros, y ella sabía que podía arrastrarlo con facilidad hasta la orilla. ¿Acaso sería robar si cogiera prestado un kayak que ya había cogido en préstamo otra persona? A fin de cuentas, no lo estaría sacando por encima de la alambrada; solo estaría ampliando un poco más el préstamo que ya había ampliado otro. Lo devolvería dentro de un par de horas y nadie se daría cuenta.

Mae metió el remo dentro y arrastró el kayak un par de metros por la arena, para ver cómo se sentía haciéndolo. ¿Acaso era robar? Lo que estaba claro era que si Marion se enteraba, lo entendería. Marion era un espíritu libre, no una arpía obsesionada con las reglas, y parecía la clase de persona que, si estuviera en el lugar de Mae, haría lo mismo. No le gustarían los riesgos legales que aquello entrañaba, pero en realidad, ¿existían aquellos riesgos? ¿Cómo podía ser Marion legalmente responsable si alguien se llevaba el kayak sin decírselo?

Mae ya estaba en la orilla y la proa del kayak ya estaba en el agua. Y entonces, sintiendo el agua debajo de la embarcación, la forma en que la corriente parecía quitárselo de las manos para llevárselo a la enorme masa de la bahía, Mae supo que iba a hacerlo. El único problema era que no se podía poner salvavidas. Era la única cosa que el otro cliente había conseguido tirar por encima de la alambrada. Pero el agua estaba tan tranquila que Mae no vio posibilidad alguna de peligro real si se quedaba cerca de la orilla.

En cuanto estuvo en el agua, sin embargo, sintiendo aquel grueso cristal bajo ella y lo deprisa que se movía por él, pensó que no tenía por qué quedarse en los bajíos. Que aquella era la noche ideal para llegarse a Blue Island. Angel Island era un destino fácil, la gente iba allí todo el tiempo, en cambio Blue Island era extraña, su contorno era irregular, nadie la visitaba. Mae sonrió, imaginándose allí, y a continuación sonrió todavía más, pensando en Mercer y en su cara petulante sorprendida y vencida. Mercer estaba demasiado gordo para caber en un kayak, pensó, y era demasiado perezoso para salir del puerto deportivo. Un hombre que ya casi tenía treinta años, que fabricaba lámparas con astas de ciervo y que encima le soltaba a ella —¡que trabajaba en el Círculo!— un sermón sobre los caminos a seguir en la vida. Menudo chiste. Pero Mae, que ya estaba en el T2M y no paraba de ascender posiciones rápidamente en el ranking, también era valiente, era capaz de coger un kayak en plena noche, sacarlo a las aguas negras de la bahía y explorar una isla que Mercer solo se atrevería a mirar con telescopio, sentado con aquel culo que parecía un saco de patatas y pintando restos de animales con pintura plateada.

El itinerario de Mae no tenía ninguna base lógica. No sabía ni qué corrientes había en las aguas profundas de la bahía, ni si era seguro acercarse tanto a los petroleros que usaban el canal de navegación cercano, sobre todo teniendo en cuenta que ella estaría en la oscuridad y ellos no la podrían ver. Y para cuando llegara a la isla, o estuviera lo bastante cerca de ella, puede que ya hubiera demasiada marejada y no pudiera volver. Y, sin embargo, movida por una fuerza interior que era igual de fuerte y reflexiva que el sueño, comprendió que no se detendría hasta llegar a Blue Island, o por lo menos hasta que algo se lo impidiera. Pero si el aire seguía quieto y el agua tranquila, estaba claro que llegaría.

Mientras dejaba atrás los veleros y las olas, miró hacia el sur con los ojos guiñados, en busca de la barcaza donde vivían la mujer y el hombre, pero a tanta distancia las formas no se distinguían bien, y además no era muy probable que tuvieran las luces encendidas tan tarde. De manera que siguió su rumbo, dejando atrás rápidamente los yates anclados y adentrándose en el vientre redondo de la bahía.

Oyó un chapoteo rápido detrás de ella y se giró para ver la cabeza negra de una foca moteada, a menos de cinco metros de ella. Esperó a que se sumergiera otra vez, pero el animal se quedó allí, mirándola fijamente. Ella se volvió a girar y se puso a remar otra vez hacia la isla, y la foca la estuvo siguiendo un momento, como si quisiera ver lo mismo que ella. Mae se preguntó brevemente si la foca tendría intención de seguirla todo el rato o bien si estaba de camino al grupo de rocas que había cerca de la isla, donde ella había visto muchas veces focas tomando el sol mientras cruzaba con el coche el puente que pasaba por encima. Pero cuando se volvió a girar, el animal ya no estaba.

La superficie permaneció en calma mientras ella se aventuraba en aguas cada vez más profundas. Allí donde normalmente empezaba a haber marejada, donde las aguas estaban expuestas a los vientos del océano, aquella noche estaban completamente en calma, y Mae siguió avanzando deprisa. En apenas veinte minutos ya estaba a medio camino de la isla, o eso le parecía. Era imposible calcular las distancias, sobre todo de noche, pero la isla seguía creciendo ante sus ojos, y ahora pudo ver formaciones rocosas que no había captado nunca. En lo alto de todo vio algo reflectante que la luz de la luna teñía de un resplandor plateado. Vio los restos de lo que estaba segura de que era una ventana, apoyada en la arena negra de la orilla. A lo lejos oyó una sirena de niebla procedente del acceso del Golden Gate. Debía de haber mucha niebla por allí, pensó, a pesar de que donde estaba ella, a pocos kilómetros de distancia, la noche era despejada y la luna resplandecía y estaba casi llena. Su luz tenía una reverberación extraña en el agua, tan brillante que Mae se vio obligada a entrecerrar los ojos. Sintió curiosidad por las rocas cercanas a la isla donde ella había visto focas y leones marinos. ¿Acaso estarían allí ahora, y acaso huirían antes de que ella llegara? Le llegó una brisa del oeste, un viento del Pacífico que bajaba de las colinas, y se quedó quieta un momento, calibrándola. Si arreciaba, tendría que dar media vuelta. Ya estaba más cerca de la isla que de la costa, pero si el agua se picaba, el peligro de estar allí, sola, sin salvavidas y sentada en un kayak, sería insostenible. Sin embargo, el viento desapareció tan de repente como había llegado.

Un fuerte murmullo la hizo desviar su atención hacia el norte. Venía hacia ella una barca, con pinta de remolcador. En el techo de la cabina vio luces blancas y rojas, y comprendió que era una patrullera, probablemente de la guardia costera, y que estaban lo bastante cerca como para verla. Si se quedaba erguida, su silueta no tardaría en delatarla.

Se pegó al suelo del kayak, confiando en que si sus ocupantes veían su silueta supusieran que era una roca, un tronco, una foca o una simple onda negra que interrumpía el resplandor plateado de las aguas de la bahía. El ronroneo del motor de la lancha aumentó de intensidad y a Mae no le cupo duda de que muy pronto la iban a bañar en luz. Sin embargo, la patrullera pasó deprisa y sus tripulantes no la vieron.

El último trecho hasta llegar a la isla fue tan breve que Mae se cuestionó su sentido de las distancias. Ella pensaba que estaba como mucho a medio camino y de pronto se vio volando hacia la playa de la isla como si la impulsaran fuertes vientos de cola. Se bajó de un salto de la popa y el agua blanca y fría la abrazó. Llevó el kayak a toda prisa hasta la orilla, arrastrándolo hasta que estuvo completamente fuera del agua y sobre la arena. Acordándose de una vez en que la subida rápida de una marea había estado a punto de llevársele el kayak, lo colocó en paralelo a la orilla y colocó piedras grandes a los lados.

Se puso de pie, jadeando, sintiéndose fuerte y enorme. Qué extraño era estar allí, pensó. Había un puente cerca, y cruzándolo con el coche había visto aquella isla un centenar de veces pero nunca había visto ni un alma en ella, ni animal ni persona. A nadie le interesaba ir allí, o bien nadie se atrevía. ¿Qué tenía ella para que la isla le despertara tanta curiosidad? Se le ocurrió que aquella era la única forma de llegar allí, o por lo menos la mejor. Marion no le habría dejado que fuera tan lejos, y hasta puede que hubiera mandado una motora para encontrarla y traerla de vuelta. ¿Y acaso la guardia costera no se dedicaba de forma rutinaria a disuadir a la gente de ir allí? ¿Acaso era una isla privada?

Todas aquellas preguntas y preocupaciones ya eran irrelevantes, puesto que estaba oscuro, no la podía ver nadie y tampoco nadie se iba a enterar nunca de que había estado allí. Ella, en cambio, sí que lo sabría.

Recorrió el perímetro de la isla. La playa rodeaba la mayor parte del lado sur y luego daba paso a un acantilado. Mae miró hacia arriba pero no vio rocas que permitieran trepar por él, y por debajo solo había aguas espumosas, de manera que regresó por donde había venido, y se encontró con que la ladera era rocosa y agreste y la playa en sí no tenía nada de especial. Había una gruesa franja de algas, con caparazones de cangrejo y detritos incrustados, y hurgó en su interior con los dedos. La luz de la luna les daba a las algas aquella fosforescencia que ella ya había visto antes, añadiéndoles un matiz irisado, como si estuvieran iluminadas por dentro. Por un momento fugaz le dio la impresión de estar en una masa de agua de la luna, a juzgar por la extraña paleta de colores invertida de todo lo que veía. Lo que tendría que haber sido verde era gris y lo que tendría que haber sido azul era plateado. Todo lo que veía allí lo estaba viendo por primera vez. Y justo mientras pensaba esto, estuvo segura de ver con el rabillo del ojo una estrella fugaz descendiendo sobre el Pacífico. Solo había visto una antes, y no estaba segura de que esto fuera lo mismo, un arco de luz que desaparecía detrás de las colinas negras. Pero ¿qué otra cosa podía ser? Se sentó un momento en la playa y se quedó mirando fijamente el mismo punto del cielo, como si pudiera venir otra detrás, o hasta desencadenarse una lluvia de estrellas.

Pero Mae era consciente de estar retrasando lo que más quería hacer, que era la breve escalada hasta la cima de las rocas, de manera que se puso a ello. No había sendero, lo cual le produjo un gran placer —nadie, o casi nadie, había estado donde ella estaba—, de manera que se puso a trepar agarrándose a las matas de hierba o las raíces y colocando los pies en los salientes de la roca. Se detuvo una vez, tras encontrar un agujero grande, casi redondo y casi limpio, en la ladera. Tenía que ser una madriguera, pero no estaba segura de a qué clase de animal pertenecía. Se imaginó conejos y zorros, serpientes, topos y ratones, todos le parecían al mismo tiempo posibles e imposibles en aquel lugar, y por fin reanudó el ascenso, subiendo y subiendo. No era difícil. Llegó a la cima en cuestión de minutos, y se acercó a un pino solitario, no mucho más grande que ella. Se quedó a su lado, usando su tronco áspero para mantener el equilibrio, y se dio la vuelta. Vio las ventanitas blancas y minúsculas de la ciudad a lo lejos. Contempló el avance de un petrolero de líneas bajas, que transportaba una constelación de luces rojas a las aguas del Pacífico.

De pronto le pareció que la playa quedaba muy abajo y le dio un vuelco el estómago. Miró al este, aprovechando que ahora tenía una vista mucho mejor del grupo de rocas de las focas, y vio una docena aproximada de ellas, tumbadas y durmiendo. Levantó la vista hasta el puente cercano, que no era el Golden Gate sino uno más pequeño, con su corriente blanca y líquida de coches, todavía constante a medianoche, y se preguntó si alguien podría ver la silueta de ella recortándose sobre el fondo plateado de la bahía. Se acordó de lo que le había dicho una vez Francis, que nunca se había fijado en que hubiera una isla debajo del puente. A la mayoría de los conductores y sus pasajeros no se les ocurriría bajar la vista hacia donde estaba ella, de manera que no se enterarían para nada de su existencia.

Luego, todavía agarrada al tronco huesudo del pino, se fijó por primera vez en que había un nido en las ramas superiores del árbol. No se atrevió a tocarlo, consciente de que trastornaría su equilibro de aromas y de construcción, aunque se moría de ganas de ver lo que había dentro. Se puso de pie sobre una piedra, intentando situarse por encima de él para mirarlo desde arriba, pero no consiguió elevarse lo bastante como para tener perspectiva. ¿Acaso podía cogerlo con las manos y bajarlo para echarle un vistazo? ¿Aunque fuera un segundo? Podía, ¿verdad que sí? Y luego lo devolvería a su sitio. No. Sabía perfectamente que no podía. Si lo hacía, estropearía lo que había dentro.

Se sentó mirando al sur para ver las luces, los puentes y las colinas negras y vacías que separaban la bahía del Pacífico. Según le habían contado, hacía unos cuantos millones de años todo aquello había estado bajo las aguas. Todos aquellos cabos e islas habían estado hundidos a tanta profundidad que apenas debieron de ser visibles en forma de estribaciones del suelo oceánico.

Al otro lado de las aguas plateadas de la bahía vio una pareja de aves, garcetas o garzas, que planeaban bajas rumbo al norte, y se pasó un rato allí sentada, con la mente derivando hacia el vacío. Pensó en los zorros que tal vez hubiera debajo de ella, en los cangrejos que tal vez hubiera escondidos bajo las piedras de la playa, en la gente de los coches que tal vez estuvieran pasando más arriba y en los hombres y mujeres a bordo de los remolcadores y los petroleros, llegando a puerto o bien zarpando, suspirando, gente que ya lo había visto todo. Intentó imaginarlo todo, lo que vivía y se movía deliberadamente o bien a la deriva bajo las aguas que la rodeaban, pero nada de todo ello le interesó demasiado. Le bastaba con ser consciente del millón de permutaciones posibles que la rodeaban, y reconfortarse con la idea de que ni quería saber mucho al respecto ni tampoco podía.

Cuando Mae llegó de vuelta a la playa de Marion, al principio la vio exactamente igual que cuando se había marchado. No había nadie a la vista y la caravana de Marion estaba iluminada por la misma luz de antes, rosada y tenue.

Mae saltó a la playa, los pies se le hundieron con un susurro en la arena húmeda y se puso a arrastrar el kayak por la calle. Le dolían las piernas y se detuvo, dejó caer el kayak y se desperezó. Con las manos por encima de la cabeza, miró en dirección al aparcamiento y vio su coche, pero ahora había otro al lado. Y mientras estaba contemplando aquel segundo coche, preguntándose si habría vuelto Marion, una luz blanca la cegó.

—No se mueva —dijo una voz amplificada.

Ella apartó la cara instintivamente.

La voz amplificada habló otra vez.

—¡Quieta, he dicho! —dijo, ahora con furia.

Mae se quedó paralizada, desequilibrada, y tuvo un momento de preguntarse con preocupación cuánto tiempo podría mantener aquella postura. Sin embargo, su preocupación fue innecesaria. Dos sombras se abalanzaron sobre ella, le agarraron bruscamente los brazos y le esposaron las manos detrás de la espalda.

Mae ocupó el asiento trasero del coche patrulla y los agentes de policía, ya más tranquilos, sopesaron si podía ser verdad lo que

Mae les estaba contando: que era una clienta habitual, con carnet de socia, y que simplemente estaba devolviendo con retraso un kayak que había alquilado. Habían contactado con Marion por teléfono y ella les había corroborado que Mae era clienta, pero cuando los agentes le preguntaron si era verdad que Mae había alquilado un kayak aquel día y simplemente lo estaba devolviendo tarde, Marion les colgó y les dijo que iba para allá.

Marion llegó al cabo de veinte minutos. Venía en el asiento del pasajero de una camioneta roja y antigua, conducida por un barbudo que parecía perplejo y molesto. Al ver que Marion caminaba haciendo eses hacia el coche de policía, Mae se dio cuenta de que había estado bebiendo, y posiblemente el barbudo también. Este seguía dentro del coche y parecía decidido a no salir.

Mientras Marion se acercaba al coche patrulla, su mirada se encontró con la de Mae, y al verla allí en el asiento trasero, con los brazos esposados a la espalda, pareció que se le pasaba la borrachera de golpe.

—Oh, Dios mío —dijo, corriendo hacia Mae. Se volvió hacia los agentes—. Es Mae Holland. Alquila kayaks aquí todo el tiempo. Puede entrar y salir cuando quiera. ¿Cómo demonios ha ocurrido esto? ¿Qué está pasando aquí?

Los agentes le explicaron que habían recibido dos mensajes distintos sobre un probable robo.

—Nos ha llamado un ciudadano que no quiere ser identificado. —A continuación se volvieron hacia Marion—. El otro aviso nos ha llegado de una de sus cámaras, señora Lefebvre.

Mae apenas durmió. La adrenalina la mantuvo despierta toda la noche. ¿Cómo podía ser tan idiota? Ella no era una ladrona. ¿Y si no hubiera venido Marion a salvarla? Podría haberlo perdido todo. Habrían tenido que ir sus padres a pagarle la fianza y ella habría perdido su posición en el Círculo. A Mae no le habían puesto nunca ni una multa de tráfico, jamás había tenido un solo problema legal, y de pronto se dedicaba a robar un kayak de mil dólares.

Pero ahora todo se había acabado, y al despedirse de ella Marion le había insistido en que volviera.

—Ya sé que vas a pasar vergüenza, pero quiero que vuelvas. Como no vuelvas, te buscaré.

Sabía que Mae iba a estar muy arrepentida y llena de vergüenza y que no iba a querer a mirarla a la cara otra vez.

Pese a todo, cuando se despertó al cabo de unas horas de sueño intermitente, Mae experimentó una extraña sensación de liberación, como si se acabara de despertar de una pesadilla y se diera cuenta por fin de que no era real. La pizarra estaba en blanco, de forma que se fue a trabajar.

Se conectó a las ocho y media. Estaba en el puesto 3.892 del ranking. Se pasó la mañana trabajando, convencida de que era posible mantener un nivel extraordinario de concentración durante unas horas a pesar de no haber dormido casi nada. Periódicamente regresaban a ella los recuerdos de la noche anterior —el silencio plateado del agua, el pino solitario de la isla, la luz cegadora del coche patrulla, su olor a plástico, la conversación idiota con Mercer—, pero eran recuerdos que ya estaban desapareciendo, o bien ella los estaba obligando a desaparecer. Y entonces le llegó un mensaje de Dan por la segunda pantalla: «Por favor, ven cuanto antes a mi despacho. Jared te sustituirá».

Fue hacia allí corriendo, y cuando llegó a la puerta de Dan se lo encontró de pie y ya listo. Su cara mostraba cierta satisfacción por el hecho de que ella hubiera llegado tan deprisa. Dan cerró la puerta y los dos se sentaron.

—Mae, ¿sabes de qué te quiero hablar?

¿Acaso era una prueba para ver si ella mentía?

—Lo siento, no —probó a decir.

Dan parpadeó lentamente.

—Mae. Última oportunidad.

—¿Es por lo de anoche? —dijo ella.

Si él no sabía lo de la policía, tal vez ella pudiera inventarse algo, alguna otra cosa que hubiera pasado durante la noche.

—Pues sí. Mae, esto es muy grave.

Lo sabía. Dios, lo sabía. En algún recoveco de su mente, Mae comprendió que el Círculo debía de tener alguna alerta de internet que les mandaba una notificación cada vez que una persona en plantilla era acusada o interrogada por la policía. Era lo lógico.

—Pero no se presentaron cargos —protestó ella—. Marion lo aclaró todo.

—¿Marion es la propietaria del establecimiento?

—Sí.

—Pero, Mae, tú y yo sabemos que se cometió un delito, ¿verdad?

Mae no tenía ni idea de qué decir.

—Mae, yo te ayudo. ¿Sabías que un miembro del Círculo, Gary Katz, había colocado en esa playa una cámara de SeeChange?

A Mae se le cayó el alma a los pies.

—Pues no.

—¿Y que el hijo de la propietaria, Walt, había colocado otra?

—No.

—Vale, en primer lugar, eso ya es preocupante en sí mismo. A veces vas en kayak, ¿verdad? Veo en tu perfil que eres practicante de kayak. Josiah y Denise dicen que tuvisteis una buena charla al respecto.

—Voy a veces. Llevaba meses sin ir.

—Pero ¿nunca se te ha ocurrido mirar en SeeChange para ver cuál es el estado de la mar?

—No. Debería. Pero siempre que voy, en realidad es una decisión del momento. La playa me queda de camino a casa desde casa de mis padres, de manera que…

—¿Y ayer estuviste en casa de tus padres? —dijo Dan, en un tono que dejaba claro que si ella decía que sí, él se enfadaría todavía más.

—Pues sí. Pero solo para cenar.

Dan se puso de pie y dio la espalda a Mae. Ella lo oyó respirar de forma entrecortada y exasperada.

Mae tuvo el presentimiento muy claro de que estaban a punto de echarla. Se acordó de Annie. ¿Acaso Annie podría salvarla? Esta vez no.

—Muy bien —dijo Dan—. O sea que te fuiste a casa, perdiéndote todas las actividades que había aquí, y cuando estabas volviendo te paraste en la tienda de alquiler, que ya estaba cerrada. No me digas que no sabías que estaba cerrada.

—Imaginé que sí, pero paré un momento para asegurarme.

—Luego viste que había un kayak fuera de la verja y decidiste cogerlo.

—Prestado. Tengo carnet de socia.

—¿Has visto las imágenes?

Él encendió la pantalla de pared. Mae vio una imagen de la playa clara e iluminada por la luna, tomada por una cámara de gran angular. El reloj sobreimpreso al pie de la pantalla indicaba que la imagen había sido registrada a las 22.14.

—¿No te parece que una cámara como esta te habría resultado útil? —le preguntó Dan—. Como mínimo para el estado de la mar… —No esperó respuesta—. Ahora vamos a verte.

Adelantó unos segundos con la función de búsqueda rápida y Mae vio aparecer su propia figura oscura en la playa. Todo estaba muy claro: su sorpresa al encontrarse el kayak, sus momentos de deliberación y duda y finalmente la rapidez con que se había llevado la embarcación al agua y había remado hasta desaparecer de la vista.

—Muy bien —dijo Dan—. Ya ves que es obvio que sabías que estabas haciendo algo mal. Esta no es la conducta de alguien que tiene un acuerdo verbal con Marge o como se llame. O sea, me alegro de que las dos os compincharais con vuestras historias y que gracias a eso no te detuvieran, porque eso habría hecho imposible que siguieras trabajando aquí. En el Círculo no trabajan delicuentes. Pero aun así, todo esto me asquea profundamente. Mentiras y disimulos. Me resulta asombroso el mero hecho de tener que tratar con esto.

Mae volvió a experimentar aquel presentimiento, a notar aquella vibración en el aire que le decía que estaba despedida. Pero si la fueran a despedir, Dan no llevaría tanto rato con ella, ¿verdad que no? ¿Y acaso despediría a alguien contratado por Annie, que estaba muy por encima de él en la jerarquía? Si alguien le fuera a comunicar su destitución, sería Annie en persona. De manera que Mae se quedó allí sentada, confiando en que todo aquello fuera por otro lado.

—A ver, ¿qué falta aquí? —preguntó él, señalando la imagen detenida de Mae subiéndose al kayak.

—No lo sé.

—¿De verdad no lo sabes?

—¿Permiso para usar el kayak?

—Por supuesto —dijo él en tono seco—. Pero ¿qué más?

Mae negó con la cabeza.

–Lo siento. No lo sé.

–¿Es que normalmente no llevas salvavidas?

–Sí, sí. Pero es que estaban al otro lado de la alambrada.

–Y si te hubiera pasado algo, Dios no lo quiera, ¿cómo se sentirían ahora tus padres? ¿Y cómo se sentiría Marge?

–Marion.

–¿Cómo se sentiría, Mae? Se quedaría sin negocio de la noche a la mañana. Punto y final. Y toda la gente que trabaja para ella, ya no tendría trabajo. La playa quedaría cerrada. El negocio en general de los kayaks de la bahía se iría al garete. Y todo por culpa de tu irresponsabilidad. Perdóname por ser tan franco, pero sería por culpa de tu egoísmo.

–Ya lo sé –dijo Mae, sintiendo la punzada de la verdad.

Había sido una egoísta. No había pensado en nada que no fueran sus propios deseos.

–Y es una pena, porque estabas mejorando mucho. Tu Parti-Rank había llegado a 1.668. Tu Tasa de Conversión y tu Cifra de Venta estaban en el cuartil superior. Y ahora esto. –Dan emitió un suspiro dramático–. Pero, bueno, por angustiante que sea este asunto, al menos nos va a proporcionar un momento instructivo. Y me refiero a un momento instructivo de los que te cambian la vida. Porque este vergonzoso episodio te ha dado la oportunidad de conocer a Eamon Bailey en persona.

Mae ahogó audiblemente una exclamación.

–Sí. Se ha interesado por esto, dado lo mucho que se solapa con sus intereses y con las metas generales del Círculo. ¿Estás interesada en hablar de esto con Eamon?

–Sí –consiguió decir Mae–. Claro.

–Bien. Se muere de ganas de conocerte. Hoy a las seis de la tarde te llevarán a su despacho. Por favor, entretanto pon tus pensamientos en orden.

Mae tenía la mente llena de autorreproches. Se odiaba como persona. ¿Cómo podía haber hecho aquello y haber puesto en jaque su trabajo? Había avergonzado a su mejor amiga, había puesto en peligro el seguro médico de su padre… Era una imbécil, sí, pero también debía de ser un poco esquizofrénica. ¿Qué se había adueñado de ella la noche anterior? ¿Qué clase de persona hacía algo así? Su mente discutió consigo misma mientras trabajaba febrilmente, intentando obtener resultados visibles que demostraran lo comprometida que estaba con la empresa. Resolvió 140 consultas de clientes, su récord hasta el momento, al mismo tiempo que contestaba 1.129 preguntas de encuesta y ayudaba a los empleados a cumplir con sus objetivos. La puntuación general del equipo estaba en 98, cosa que la enorgulleció pese a saber que había algo de suerte y también que Jared había puesto algo de su parte: sabía en qué andaba metida Mae y se había comprometido a ayudar. A las cinco de la tarde la compuerta se cerró. Mae estuvo trabajando durante cuarenta y cinco minutos en su PartiRank y consiguió subirlo de 1.827 a 1.430, un proceso que requirió 344 comentarios, post y casi un millar de sonrisas y caritas enfadadas. Convirtió 38 temas principales y 44 secundarios, y su Cifra de Venta se puso en 24.050 dólares. Estaba segura de que Bailey vería esto y lo apreciaría, ya que de los Tres Sabios era el que tenía un mayor interés personal en el PartiRank.

A las cinco y cuarenta y cinco, una voz la llamó por su nombre. Levantó la vista para ver a una figura en la puerta, alguien nuevo, un hombre de unos treinta años. Se reunió con él en la puerta.

—¿Mae Holland?

—Sí.

—Soy Dontae Peterson. Trabajo con Eamon y me ha pedido que te lleve a su despacho. ¿Estás lista?

Tomaron la misma ruta por la que la había llevado Annie, y por el camino Mae se dio cuenta de que Dontae no sabía que ella ya había estado en el despacho de Bailey. Annie nunca le había hecho jurar que guardaría el secreto, pero el hecho de que Dontae no lo supiera indicaba que Bailey tampoco lo sabía, y que ella no debía revelarlo.

Para cuando se adentraron por el largo pasillo de color carmesí, Mae ya sudaba en abundancia. Notaba goterones que le caían desde las axilas hasta la cintura. No sentía los pies.

—Aquí hay un retrato gracioso de los Tres Sabios —dijo Dontae mientras se detenían ante la puerta—. Lo hizo la sobrina de Bailey.

Mae fingió que la sorprendía y que le encantaban su inocencia y su tosca lucidez.

Dontae cogió el enorme llamador en forma de gárgola y llamó a la puerta. Esta se abrió y en el hueco apareció la cara sonriente de Bailey.

—¡Hola! —dijo—. ¡Hola, Dontae! ¡Hola, Mae! —Su sonrisa se ensanchó, consciente de la rima—. Entrad.

Llevaba pantalones caqui y camisa blanca de botones y parecía recién duchado. Mae lo siguió mientras él contemplaba la sala, rascándose el pescuezo, como si casi le diera vergüenza lo bien que se lo había montado allí.

—En fin, esta es mi sala favorita. La ha visto muy poca gente. Tampoco es que la mantenga en supersecreto ni nada parecido, lo que pasa es que no tengo tiempo de organizar visitas turísticas y tal. ¿Habías visto algo parecido?

Mae tuvo ganas de decirle que había visto esa misma sala antes, pero no podía.

—Para nada —dijo.

En aquel momento a Bailey le pasó algo en la cara, un temblor que pareció acercarle el rabillo del ojo izquierdo y la comisura izquierda de la boca.

—Gracias, Dontae —dijo Bailey.

Dontae sonrió y se marchó, cerrando la pesada puerta tras de sí.

—Muy bien, Mae. ¿Un té?

Bailey estaba de pie frente a un juego de té de anticuario y una tetera de plata de la que salía un fino hilillo enroscado de vapor.

—Vale —dijo ella.

—¿Verde? ¿Negro? —preguntó, sonriente—. ¿Grey?

—Verde, gracias. Pero no hace falta que se moleste.

Bailey se puso a preparar el té.

—¿Hace mucho que conoces a nuestra querida Annie? —preguntó, sirviéndolo con cuidado.

—Pues sí. Desde segundo de universidad. Cinco años ya.

—¡Cinco años! ¿Cuánto es eso? ¡El treinta por ciento de tu vida!

Mae se dio cuenta de que él lo estaba redondeando un poco, pero aun así soltó una risilla.

—Supongo —dijo—. Mucho tiempo.

Él le dio un platillo y una taza y le hizo una señal para que se sentara. Había dos butacas, las dos de cuero y acolchadas.

Bailey se dejó caer en su butaca con un fuerte suspiro y apoyó el tobillo en la rodilla.

—En fin, Annie es muy importante para nosotros, y tú también. Ella habla de ti como si pudieras acabar siendo una persona muy valiosa para esta comunidad. ¿Te parece que es verdad?

—¿El que yo podría ser valiosa aquí?

Él asintió con la cabeza y sopló el té de su taza para enfriarlo. Clavó una mirada firme en ella por encima de la taza. Mae se la sostuvo un momento y luego, momentáneamente abrumada, se la rehuyó, solo para encontrarse otra vez con su cara, esta vez en una foto enmarcada que había en un estante cercano. Era un retrato formal en blanco y negro, donde aparecían sus tres hijas de pie junto a Bailey y su esposa sentados. Bailey tenía a su hijo en el regazo, vestido con chándal y con un muñeco de Iron Man en la mano.

—Bueno, yo espero que sí —dijo Mae—. He estado intentándolo todo lo que he podido. Amo el Círculo y no puedo expresar lo mucho que agradezco la oportunidad que me han dado ustedes aquí.

Bailey sonrió.

—Bien, bien. Dime, pues, ¿cómo te sientes después de lo que pasó anoche?

Le hizo la pregunta como si sintiera una curiosidad genuina, como si la respuesta de ella pudiera seguir varios caminos distintos.

Ahora Mae pisaba terreno firme. No necesitaba ofuscarse.

—Terrible —dijo ella—. Apenas he dormido. Me da tanta vergüenza que tengo ganas de vomitar.

No habría usado esa palabra si estuviera hablando con Stenton, pero le dio la impresión de que Bailey apreciaría su tosquedad.

Él sonrió de forma apenas perceptible y prosiguió.

—Mae, déjame que te haga una pregunta. ¿Te habrías comportado de forma distinta si hubieras sabido que había cámaras de SeeChange en el puerto deportivo?

—Sí.

Bailey asintió enfáticamente con la cabeza.

—Vale, ¿cómo?

—Pues no habría hecho lo que hice.

—¿Y por qué no?

—Porque me habrían pillado.

Bailey inclinó la cabeza.

—¿Solo por eso?

—Bueno, no querría que nadie me viera haciendo lo que hice. No estuvo bien. Es vergonzoso.

Él dejó la taza en la mesita que tenía al lado y apoyó las manos en el regazo, con las palmas abrazándose suavemente entre sí.

—Así pues, en general, ¿dirías que te comportas de forma distinta cuando sabes que te están viendo?

—Claro, ya lo creo.

—Y cuando tienes que rendir cuentas de lo hecho...

—Sí.

—Y cuando existe un registro histórico. Es decir, cuando se da el caso de que se puede acceder de forma permanente a lo que has hecho. Cuando, por ejemplo, va a existir un vídeo para siempre de lo que has hecho.

—Sí.

—Bien. ¿Y te acuerdas de la charla que di este mismo verano sobre la meta última del SeeChange?

—Sé que si hubiera saturación total de cámaras, desaparecerían la mayoría de los delitos.

Bailey pareció satisfecho.

—En efecto. Correcto. Son los ciudadanos normales y corrientes, como en este caso Gary Katz y Walt Lefebvre, que se tomaron la molestia de instalar sus cámaras, quienes nos ayudan a estar a salvo. En este caso el delito fue poco importante y no hubo víctimas, gracias a Dios. Tú estás viva. El negocio de Marion, y la industria del kayak en general, van a vivir para contarlo. Pero una sola noche de egoísmo por tu parte podría haber hecho que todo peligrara. El acto individual tiene reverberaciones que pueden ser casi interminables. ¿Estás de acuerdo?

—Sí. Lo sé. Es inadmisible.

Y una vez más a Mae le dio la sensación de que era una persona corta de miras, que no paraba de hacer peligrar todo lo que el Círculo le había dado.

—Señor Bailey, no me puedo creer lo que hice. Y sé que se está preguntando usted si encajo aquí. Solo quiero decirle que valoro mucho el puesto que ocupo y la fe que tienen ustedes en mí. Y quiero estar a la altura. Haré lo que sea para compensarlos. En serio, asumiré cualquier trabajo extra, haré lo que sea. Lo que me digan.

En la cara de Bailey apareció una sonrisa divertida.

—Mae, tu trabajo no peligra. Estás aquí para siempre. Igual que Annie. Siento que lo hayas dudado, aunque sea un segundo. No queremos que os vayáis nunca ninguna de las dos.

—Me alegro mucho de oírlo. Gracias —dijo Mae, aunque ahora el corazón le latía con más fuerza.

Él sonrió, asintiendo con la cabeza, como si estuviera contento y aliviado de haber dejado aquello claro de una vez por todas.

—Pero todo este episodio nos otorga una oportunidad muy importante para aprender, ¿no te parece? —La pregunta parecía retórica, pero Mae asintió con la cabeza de todos modos—. Mae —le dijo—, ¿cuándo son buenos los secretos?

Mae se lo pensó unos segundos.

—Cuando pueden proteger los sentimientos de alguien.

—¿Por ejemplo?

—Bueno —titubeó—, digamos que sabes que a tu amiga la está engañando su novio, pero…

—Pero ¿qué? ¿No se lo cuentas a tu amiga?

—Vale, no es un buen ejemplo.

—Mae, ¿tú te alegras cuando una amiga te oculta un secreto?

Mae pensó en las muchas pequeñas mentiras que ella le había contado recientemente a Annie. Mentiras que no solo había dicho sino también tecleado, mentiras que se habían vuelto permanentes e innegables.

—No. Pero si no le queda otro remedio, lo entiendo.

—Eso es interesante. ¿Se te ocurre alguna vez en que te hayas alegrado de que una de tus amigas te ocultara algo?

A Mae no se le ocurría.

—Ahora mismo no —dijo. Se sentía mareada.

—Vale —dijo Bailey—. De momento no se nos ocurren secretos buenos entre amigas. Pasemos a las familias. Dentro de las familias, ¿los secretos son buenos? En el plano teórico, dime si alguna vez piensas: ¿Sabes qué estaría muy bien ocultarle a mi familia? Pues mira, un secreto…

A Mae se le ocurrieron muchas cosas que seguramente sus padres no le estaban contando: las diversas indignidades que les causaba la enfermedad de su padre, sin ir más lejos.

—No —dijo ella.

—¿No tiene que haber secretos en una familia?

—Pues la verdad es que no lo sé —dijo Mae—. Sí que hay cosas que no quieres que sepan tus padres.

—¿Y tus padres querrían saber esas cosas?

—Tal vez.

—De manera que estás privando a tus padres de algo que ellos quieren. ¿Eso es bueno?

—No. Pero tal vez sea lo mejor para todos.

—Es lo mejor para ti. Para quien se guarda el secreto. Los secretos sórdidos es mejor ocultárselos a tus padres. ¿O hablamos de guardar en secreto algo maravilloso que has hecho, porque tal vez enterarse de ello les provocaría demasiada alegría a tus padres?

Mae se rió.

—No. Está claro que un secreto es algo que no quieres que los demás sepan porque te da vergüenza o porque no quieres que se enteren de alguna metedura de pata tuya.

—Pero estamos de acuerdo en que a ellos les gustaría enterarse.

—Sí.

—¿Y no tienen derecho a enterarse?

—Supongo.

—Vale. Así pues, ¿podemos acordar que estamos hablando de una situación en que, si el mundo fuera perfecto, no harías nada que te avergonzaras de contarles a tus padres?

—Claro. Pero hay otras cosas que tal vez no entenderían.

—¿Porque ellos nunca tuvieron padres?

—No. Pero…

—Mae, ¿tienes algún pariente o amistad gay?

—Claro.

—¿Y sabes lo distinto que era el mundo para los gays antes y después de que empezaran a salir del armario?

—Algo sé al respecto.

Bailey se puso de pie y se ocupó del juego de té. Sirvió más para los dos y se volvió a sentar.

—Pues no estoy seguro de que lo sepas. Yo soy de una generación que luchó mucho para salir del armario. Mi hermano es gay y no lo admitió ante mi familia hasta los veinticuatro años. Y hasta aquel momento, el secreto lo estaba matando. Era un tumor que se le pudría por dentro y que crecía día a día. Pero ¿por qué pensaba que sería mejor guardárselo para él solo? Cuando se lo dijo a nuestros padres, ellos apenas se inmutaron. Él se había creado un gran drama dentro de su mente, había rodeado de misterio y de gravedad aquel gran secreto suyo. Y parte del problema, históricamente, era toda la demás gente que se estaba guardando secretos como el suyo. Salir del armario fue muy difícil hasta que salieron de él millones de hombres y mujeres. Luego la cosa se puso mucho más fácil, ¿no te parece? Al salir del armario millones de hombres y mujeres, la homosexualidad dejó de ser una supuesta perversión misteriosa para convertirse en un itinerario vital establecido. ¿Me sigues?

—Sí. Pero…

—Y yo diría que en cualquier parte del mundo donde los gays sigan estando perseguidos, se podría avanzar mucho de forma instantánea si todos los gays y las lesbianas salieran del armario públicamente al mismo tiempo. Entonces quien los estuviera persiguiendo, así como quienes apoyaran tácitamente esa persecución, se darían cuenta de que perseguirlos implicaría perseguir al menos a un diez por ciento de la población, incluyendo a sus propios hijos, hijas, vecinos y amigos, y hasta a sus padres y madres. La situación se volvería instantáneamente insostenible. Porque la persecución de los gays o de cualquier grupo minoritario solo es posible mediante el secretismo.

—Vale. No lo había pensado de esa manera.

—No pasa nada —dijo él, satisfecho, y dio un sorbo de su té. Se pasó el dedo por el labio superior para secárselo—. Así pues, hemos explorado el daño que infligen los secretos dentro de la familia y entre los amigos, y el rol que juega el secretismo a la hora de perseguir a amplios colectivos de personas. Continuemos nuestra misión para encontrarle utilidad a la política del secretismo. ¿Pensamos ahora en la política? ¿Crees que un presidente o presidenta tiene que ocultarle secretos a la gente a la que gobierna?

—No, pero tiene que haber cosas que no podemos saber. Aunque sea por una cuestión de seguridad nacional.

Él sonrió, aparentemente feliz de que ella hubiera dicho lo que él esperaba que dijera.

—¿En serio, Mae? ¿Te acuerdas de cuando un hombre llamado Julian Assange filtró millones de páginas de documentos secretos de Estados Unidos?

—Leí sobre el tema.

—Pues, bueno, primero el gobierno estadounidense se enfureció, igual que la mayor parte de los medios de comunicación. Mucha gente pensó que era una violación grave de la seguridad y que representaba un peligro claro y manifiesto para nuestros hombres y mujeres de uniforme, tanto aquí como en el extranjero. Pero ¿acaso recuerdas si hubo soldados que recibieran daños por el hecho de que se publicaran aquellos documentos?

—No lo sé.

—Ninguno. Ni uno solo. Lo mismo pasó en los años setenta con los Papeles del Pentágono. Ni un solo soldado recibió un arañazo debido a la publicación de aquellos documentos. Que yo recuerde, el principal efecto de que aquellos documentos se hicieran públicos fue que descubrimos que muchos de nuestros diplomáticos cotilleaban sobre los líderes de otros países. Se publicaron millones de documentos y la revelación principal fue que los diplomáticos estadounidenses pensaban que Gadafi estaba chiflado, con todas aquellas mujeres guardaespaldas y sus extraños hábitos alimentarios. De hecho, lo que consiguió la publicación de aquellos documentos fue que los diplomáticos empezaran a portarse mejor. Que tuvieran más cuidado con lo que decían.

—Pero la defensa nacional…

—¿Qué pasa con ella? Solo corremos peligro cuando no conocemos los planes o las motivaciones de los países a los que supuestamente estamos enfrentados. O cuando ellos no conocen nuestros planes y eso les preocupa, ¿verdad?

–Verdad.

–Pero ¿qué pasaría si ellos *sí* que conocieran nuestros planes y nosotros los de ellos? De pronto nos libraríamos de eso que antes se llamaba el peligro de la destrucción mutua asegurada, y en cambio llegaríamos a una *confianza* mutua asegurada. Estados Unidos no tiene motivaciones puramente malignas, ¿verdad? No estamos planeando borrar a ningún país del mapa. A veces, sin embargo, damos pasos subrepticios para conseguir lo que queremos. Pero ¿qué pasaría si todo el mundo fuera franco y abierto y no tuviera más remedio que serlo?

–Que sería mejor…

Bailey sonrió de oreja a oreja.

–Bien. Estoy de acuerdo.

Dejó la taza en la mesa y volvió a apoyarse las manos en el regazo.

Mae sabía que no debía atosigarlo, pero su boca se le adelantó:

–Pero no me estará usted diciendo que todo el mundo tiene que saberlo todo…

Bailey abrió mucho los ojos, como si se alegrara de que ella lo hubiera llevado hasta una idea que a él le encantaba.

–Claro que no. Pero sí estoy diciendo que todo el mundo debería tener *derecho* a saberlo todo, y debería tener las *herramientas* para saberlo todo. No hay tiempo suficiente para saberlo todo, aunque ciertamente me encantaría que lo hubiera.

Hizo una pausa, enfrascado brevemente en sus pensamientos, y luego devolvió su atención a Mae.

–Tengo entendido que no te gustó ser el objeto de la demostración de LuvLuv que hizo Gus.

–Bueno, me cogió por sorpresa. Él no me había avisado antes.

–¿Eso es todo?

–Bueno, presentaba una visión distorsionada de mí.

–¿La información que presentó era incorrecta? ¿Contenía datos erróneos?

–No, no es eso. Es que estaba… fragmentada. Y tal vez fuera eso lo que hizo que *pareciera* incorrecta. Fue coger unos cuantos trozos de mí y presentarlos como el conjunto…

–Parecía incompleta.

–Sí.

—Mae, me alegro mucho de que lo expreses así. Como sabes, el Círculo también está intentando completarse. Estamos intentando cerrar el círculo del Círculo. —Su juego de palabras le arrancó una sonrisa—. Pero doy por sentado que ya conoces nuestras metas globales de completarnos.

Ella no las conocía.

—Creo que sí —dijo.

—Mira nuestro logo —dijo, y señaló una pantalla de pared, donde nada más decir él la palabra, apareció el logo—. ¿Ves que esa «c» del centro está abierta? Lleva años molestándome, y se ha vuelto un símbolo de lo que nos falta por hacer aquí, que es cerrarla. —La «c» de la pantalla se cerró y se convirtió en un círculo perfecto—. ¿Lo ves? El círculo es la forma más fuerte del universo. Nada la puede vencer, nada la puede mejorar, nada puede ser más perfecto que ella. Y eso es justamente lo que queremos ser: perfectos. De manera que cualquier información que se nos escape, todo aquello a lo que no podamos acceder, nos impide ser perfectos. ¿Lo ves?

—Sí —dijo Mae, aunque no estaba segura de verlo.

—Y eso cuadra con nuestro objetivo de que el Círculo nos pueda ayudar, individualmente, a sentirnos más completos, y a sentir que las impresiones que tienen los demás de nosotros son completas, que se basan en información completa. Y también a librarnos de la impresión, como la que tú tuviste, de que se está presentando ante el mundo una visión distorsionada de nosotros. Es como un espejo roto: si miramos un espejo roto, un espejo con grietas o al que le falten partes, ¿qué es lo que vemos?

Ahora sí que le había quedado claro a Mae: cualquier valoración, juicio o imagen que utilizara información incompleta siempre estaría mal.

—Vemos un reflejo distorsionado y roto —dijo.

—Eso mismo —dijo Bailey—. ¿Y si el espejo está completo?

—Lo vemos todo.

—Los espejos dicen la verdad, ¿correcto?

—Claro. Son espejos. Son la realidad.

—Pero los espejos solo pueden decir la verdad cuando están completos. Y creo que, en tu caso, el problema que tuviste con la presentación de LuvLuv que hizo Gus fue que no estaba completa.

–Vale.

–¿Vale?

–Bueno, es verdad –dijo ella. No supo muy bien por qué abría la boca, pero las palabras le salieron a trompicones antes de que ella las pudiera refrenar–. Aun así, creo que hay cosas, aunque sean pocas, que es mejor guardarnos para nosotros mismos. O sea, todo el mundo hace cosas a solas, o en el dormitorio, de las que se avergüenza.

–Pero ¿por qué te ibas a avergonzar de ellas?

–Tal vez no siempre te vas a avergonzar. Pero hay cosas que no quieres compartir. Tal vez creas que la gente no las va a entender. O que van a cambiar la percepción que tienen de ti.

–Muy bien, con esa clase de cuestiones, siempre acabará pasando una de dos cosas. La primera es que nos daremos cuenta de que cualquier conducta de la que estemos hablando está tan generalizada y es tan inofensiva que no necesita ser secreta. Si la desmitificamos, si admitimos que es algo que hacemos todos, entonces perderá su poder para escandalizarnos. Y la segunda posibilidad es mejor todavía: si todos, en cuanto que sociedad, decidimos que se trata de una conducta que es mejor que no adoptemos, entonces el hecho de que todo el mundo la conozca, o bien tenga el poder de saber quién la está llevando a cabo, evitará que la gente adopte esa conducta. Es justamente lo que tú has dicho: que no habrías robado si supieras que te estaban viendo.

–Sí.

–¿El tipo de la otra punta de la sala estaría mirando porno en el trabajo si supiera que lo estaban viendo?

–No, supongo que no.

–Entonces, problema solucionado, ¿verdad?

–Verdad. Supongo.

–Mae, ¿alguna vez has tenido un secreto que se te estuviera pudriendo por dentro, y en cuanto te lo has sacado, te has sentido mejor?

–Claro.

–Yo también. Es la naturaleza de los secretos. Son cancerosos cuando nos los guardamos para nosotros mismos pero inofensivos cuando los sacamos al mundo.

—O sea que me está diciendo usted que no tiene que haber secretos.

—Llevo años pensándolo, y todavía no he conseguido imaginar una situación en que un secreto haga más bien que daño. Los secretos son incitadores de conductas antisociales, inmorales y destructivas. ¿Lo entiendes?

—Creo que sí. Pero...

—¿Sabes qué me dijo mi mujer hace años, cuando nos casamos? Me dijo que siempre que estábamos lejos el uno del otro, como por ejemplo cuando yo iba de viaje de negocios, tenía que portarme como si me estuviera filmando una cámara. Como si ella me estuviera viendo. Por entonces, ella lo decía en un sentido puramente conceptual, y medio en broma, pero la imagen mental me resultó útil. Cada vez que me encontraba a solas en una habitación con una colega femenina, me preguntaba: ¿Qué pensaría de esto Karen si estuviera mirándolo con una cámara de circuito cerrado? Y eso guiaba gentilmente mi conducta, y evitaba que incurriera en conductas que a ella no le hubiesen gustado, y de las que yo no estaría orgulloso. Me hacía ser honrado. ¿Me sigues?

—Pues sí —dijo Mae.

—O sea, el hecho de que los coches con piloto automático sean inmediatamente localizables está solucionando muchos de estos problemas. Las esposas y los maridos cada vez tienen más conocimiento de dónde ha estado el otro, dado que el coche registra los sitios adonde ha ido. Pero lo que quiero decir es: ¿qué pasaría si todos nos comportáramos como si nos estuvieran observando? Eso llevaría a un estilo de vida más moral. ¿Quién haría algo poco ético o inmoral o ilegal si lo estuvieran mirando, si su transferencia ilegal de dinero estuviera siendo rastreada, si se estuviera grabando su llamada de chantaje telefónico, si una docena de cámaras filmaran su atraco a la gasolinera, y hasta sus retinas fueran identificadas durante el atraco? Si sus flirteos se estuvieran documentando de una docena de maneras...

—No lo sé. Me imagino que todas esas cosas se reducirían mucho.

—Mae, por fin estaríamos obligados a dar lo mejor de nosotros mismos. Y creo que la gente se sentiría aliviada. Habría un fenomenal suspiro global de alivio. Por fin, por fin podemos ser buenos. En un mundo donde las malas elecciones ya no están a nuestra disposición, no tenemos más remedio que ser buenos. ¿Te lo imaginas?

Mae asintió con la cabeza.

—Y ahora, hablando de alivio, ¿hay algo que me quieras contar antes de que acabemos?

—No sé. Muchas cosas, supongo —dijo Mae—. Pero ha sido usted tan amable de dedicarme todo este tiempo que…

—Mae, ¿hay algo concreto que me hayas ocultado mientras estábamos juntos en esta biblioteca?

Mae supo al instante que no tenía la opción de mentir.

—Que he estado aquí antes… —dijo.

—¿Ah, sí?

—Sí.

—Sin embargo, al entrar has dado a entender que no habías estado aquí.

—Me trajo Annie. Me dijo que era una especie de secreto. No sé. No he sabido qué hacer. No me ha parecido que fuera muy importante, en cualquier caso. E hiciera lo que hiciese, me iba a meter en un lío.

Bailey le dedicó una sonrisa desmesurada.

—Pues mira, no es verdad. Lo único que nos mete en líos son las mentiras. Las cosas que escondemos. Pues claro que yo ya sabía que habías estado aquí. ¡Ten un poco de fe en mí! Pero me producía curiosidad que me lo estuvieras escondiendo. Me hacía sentirme alejado de ti. Un secreto entre dos amigos, Mae, es un océano. Es ancho y profundo y nos perdemos en él. Y ahora que conozco tu secreto, ¿te sientes mejor o peor?

—Mejor.

—¿Aliviada?

—Sí, aliviada.

Era verdad que se sentía aliviada, sentía una ráfaga de alivio que se parecía al amor. Debido a que conservaba su trabajo y no iba a tener que volver a Longfield, y a que su padre seguiría teniendo fuerzas y su madre tiempo libre, ahora tenía ganas de que Bailey le diera un abrazo, de que la subsumiera con su sabiduría y su generosidad.

—Mae —le dijo él—. Creo de verdad que si no tuviéramos otro camino que el correcto, el mejor, eso representaría una especie de alivio supremo y global. Ya no nos tendría que tentar más la oscuridad. Perdóname por plantearlo en términos morales. En el fondo soy un cristiano del Medio Oeste que va a la iglesia todos los domingos. Pero es que creo en la perfectibilidad del ser humano. Creo que podemos ser mejores. Creo que podemos ser perfectos, o casi. Y cuando nos convirtamos en las mejores personas que podemos ser, las posibilidades que se abrirán serán infinitas. Podremos solucionar cualquier problema. Podremos curar cualquier enfermedad, terminar con el hambre, todo, porque ya no nos lastrarán nuestras debilidades, nuestros secretos mezquinos, ni el quedarnos la información y el conocimiento para nosotros solos. Por fin haremos realidad nuestro potencial.

Mae se pasó días trastornada por la conversación que había tenido con Bailey, y así llegó el viernes, y la idea de que tenía que subir al escenario a la hora del almuerzo hizo que le resultara casi imposible concentrarse. Pero sabía que debía trabajar, por lo menos para dar ejemplo a su equipo, ya que muy probablemente aquel era el último día completo que pasaba en Experiencia del Cliente.

El flujo de trabajo fue continuo pero no abrumador, y aquella mañana resolvió 77 consultas de clientes. Su puntuación fue 98 y la media del equipo 97. Cifras respetables todas. Su Parti-Rank fue 1.921, otra buena cifra, que le permitía irse a la Ilustración sintiéndose cómoda.

A las 11.38 se marchó de su mesa y caminó hasta la puerta lateral del auditorio, adonde llegó cuando faltaban diez minutos para las doce. Llamó con los nudillos y la puerta se abrió. Mae conoció al director de escena, un tipo mayor y casi espectral llamado Jules, que la llevó a un camerino sencillo con las paredes blancas y suelos de bambú. Una mujer llena de brío llamada Teresa, con unos ojos enormes pintados con delineador azul, hizo sentarse a Mae, le retocó un poco el pelo, le puso colorete con un cepillo de plumas y le colocó un micrófono de solapa en la blusa.

—No hace falta tocar nada —le dijo—. Te lo activamos cuando subas al escenario.

Estaba pasando todo muy deprisa, pero Mae tenía la sensación de que era mejor así. Si tuviera más tiempo, lo único que conseguiría sería ponerse más nerviosa. De manera que se dedicó a escuchar a Jules y a Teresa y en cuestión de minutos ya estaba en los bastidores del escenario, escuchando cómo entraban en el auditorio un millar de circulistas, hablando, riendo y dejándose caer en sus asientos con ruidos sordos y risueños. Se preguntó brevemente si Kalden estaría allí también.

—Mae.

Se giró para encontrarse con que tenía detrás a Eamon Bailey, vestido con una camisa azul cielo y sonriendo con calidez.

—¿Estás lista?

—Creo que sí.

—Lo vas a hacer de maravilla —le dijo—. Tú no te preocupes. Actúa con naturalidad. Lo único que vamos a hacer es recrear la conversación que tuvimos la semana pasada. ¿Vale?

—Vale.

Y Bailey entró al escenario, saludando al público con la mano, entre los aplausos entregados de todos. Sobre el escenario había dos butacas de color burdeos, una delante de la otra, y Bailey se sentó en una de ellas y habló dirigiéndose a la oscuridad.

—Hola, circulistas —dijo.

—¡Hola, Eamon! —le contestaron ellos estruendosamente.

—Gracias por haber venido hoy, a este Viernes de los Sueños muy especial. Hoy se me ha ocurrido que podríamos cambiar un poco la cosa y, en vez de daros un discurso, entrevistarme con alguien. Como algunos ya sabéis, lo hacemos de vez en cuando para arrojar luz sobre los miembros del Círculo, lo que piensan, sus esperanzas y, en este caso, sus evoluciones.

Desde la butaca en la que estaba sentado, miró con una sonrisa a los bastidores.

—El otro día mantuve con una joven circulista una conversación que quiero compartir con vosotros. Así que le he pedido a Mae Holland, que, como algunos ya sabréis, es una de nuestras recién llegadas a Experiencia del Cliente, que se una a mí hoy. Mae...

Mae se adentró en la luz. La sensación que experimentó fue de ingravidez inmediata, de estar flotando en un espacio negro, cegada por dos soles lejanos pero brillantes. No veía a nadie del público y apenas era capaz de orientarse sobre el escenario. Pese a todo, se las apañó para dirigir su cuerpo, sus piernas hechas de paja y sus pies de plomo hacia Bailey. Encontró su butaca, y ayudándose con las dos manos, sintiéndose entumecida y ciega, se sentó lentamente en ella.

—Hola, Mae. ¿Cómo estás?

—Aterrorizada.

El público se rió.

—No estés nerviosa —le dijo Bailey, sonriendo de cara al público y dedicándole a ella una ligerísima mirada de preocupación.

—Eso es fácil de decir —dijo Mae, y hubo risas por toda la sala.

Aquellas risas le resultaron agradables y la tranquilizaron. Respiró hondo y contempló la primera fila de asientos, encontrando en ella cinco o seis caras sumidas en sombras, todas sonrientes. Se dio cuenta, y lo sintió en lo más hondo, de que estaba entre amigos. Estaba a salvo. Dio un sorbo de agua y sintió que la refrescaba toda por dentro.

—Mae, en una sola palabra, ¿cómo describirías el despertar que tuviste la semana pasada?

Aquella parte la tenían ensayada. Ella sabía que Bailey quería empezar con aquella idea del despertar.

—Pues precisamente así, Eamon. —Le habían explicado que lo tenía que llamar Eamon—. Fue un despertar.

—Vaya, me temo que te he robado la sorpresa —dijo él. El público se rió—. Debería haber dicho: «¿Qué tuviste esa semana?». Pero cuéntanos: ¿por qué usar esta palabra?

—Bueno, «despertar» me parece la palabra adecuada… —dijo Mae, y añadió—… ahora.

La palabra «ahora» apareció una fracción de segundo demasiado tarde, y a Bailey le tembló un ojo.

—Hablemos de ese despertar —dijo—. Empezó el domingo por la noche. Muchos de los presentes ya tienen una idea general de los acontecimientos, gracias al SeeChange y todo eso. Pero haznos un resumen.

Mae se miró las manos, consciente de que era un gesto teatral. Era la primera vez que se miraba las manos para indicar cierto grado de vergüenza.

—Pues básicamente cometí un delito —dijo—. Cogí prestado un kayak sin que lo supiera la propietaria y me fui remando a una isla que hay en medio de la bahía.

—Se trata de Blue Island, por lo que tengo entendido.

—Eso mismo.

—¿Y le contaste a alguien lo que estabas haciendo?

—No.

—A ver, Mae, ¿tenías intención de contarle a alguien aquella expedición más adelante?

—No.

—¿Y no la documentaste en absoluto? ¿Fotos, vídeo?

—No, nada.

Se oyeron murmullos procedentes de la concurrencia. Mae y Eamon habían esperado que aquella revelación produjera una reacción del público, y los dos hicieron una pausa para dejar que los presentes asimilaran la información.

—¿Eras consciente de estar haciendo algo malo cuando cogiste prestado el kayak sin que lo supiera la propietaria?

—Sí.

—Pero aun así lo hiciste. ¿Por qué?

—Porque pensé que no se enteraría nadie.

Otro murmullo por lo bajo procedente del público.

—He ahí una idea interesante. El mismo hecho de que pensaras que aquel acto iba a permanecer en secreto es lo que te llevó a cometer el delito, ¿correcto?

—Correcto.

—¿Y lo habrías cometido si hubieses sabido que había gente mirando?

—Seguro que no.

—Así que, en cierta manera, el hecho de hacer todo lo que hiciste en la oscuridad, sin ser observada y sin tener que rendir cuentas a nadie, facilitó unos impulsos de los que te arrepientes, ¿verdad?

—Completamente. El hecho de pensar que estaba sola y que no me veía nadie me llevó a cometer un delito. Y también arriesgué mi vida. No llevaba salvavidas.

Otro murmullo por lo bajo recorrió el patio de butacas.

—De manera que no solo cometiste un delito contra la dueña de aquella propiedad, sino que también arriesgaste tu propia vida. ¿Y todo porque te lo estaba permitiendo… qué, un manto de invisibilidad?

El público estalló en risas. Bailey no le quitaba la vista de encima a Mae, diciéndole con los ojos: «Todo está yendo bien».

—Pues sí —dijo ella.

—Tengo una pregunta, Mae. ¿Tú te sientes mejor o peor cuando te están mirando?

—Mejor. Sin duda.

—Cuando estás sola y no te ve nadie y no tienes que rendir cuentas a nadie, ¿qué pasa?

—Bueno, para empezar, robo kayaks.

El público tuvo un arranque brusco y jovial de risas.

—En serio. Hago cosas que no quiero hacer. Miento.

—El otro día, cuando hablamos, lo expresaste de una manera que me pareció muy interesante y sucinta. ¿Puedes repetirnos lo que dijiste?

—Dije que los secretos son mentiras.

—Los secretos son mentiras. Es muy memorable. ¿Puedes explicarnos lo que te llevó a usar esa expresión, Mae?

—Bueno, cuando algo se guarda en secreto, pasan dos cosas. La primera es que se pueden cometer delitos. Cuando no tenemos que rendir cuentas a nadie nos comportamos peor. No hace falta ni decirlo. Y la segunda es que los secretos provocan especulaciones. Cuando no sabemos lo que nos están ocultando, hacemos conjeturas y nos inventamos respuestas.

—Pero qué interesante, ¿no os parece? —Bailey se dirigió al público—. Cuando no podemos acceder a un ser querido, lo que hacemos es especular. Sentimos pánico. Nos inventamos historias acerca de dónde estará o de qué le estará pasando. Y si no nos sentimos generosos, o tenemos celos, nos inventamos mentiras. A veces mentiras que hacen mucho daño. Damos por sentado que están haciendo algo malvado. Y todo porque hay algo que no sabemos.

—Es como cuando vemos a dos personas cuchicheando —dijo Mae—. Nos preocupamos, nos sentimos inseguros, nos inventamos las cosas terribles que deben de estar diciendo. Damos por sentado que están hablando de nosotros y diciendo cosas espantosas.

—Cuando lo más seguro es que una le esté preguntando a la otra dónde está el baño.

Bailey obtuvo una risotada del público y la disfrutó.

—Pues sí —dijo Mae. Sabía que se estaba acercando a unas cuantas frases en las que no se podía equivocar. Las había dicho en la biblioteca de Bailey y ahora solo necesitaba repetirlas igual que la primera vez—. Por ejemplo, si hay una puerta cerrada con llave, empiezo a inventarme toda clase de historias acerca de lo que puede haber al otro lado. Me da la sensación de que es algo secreto, y eso me lleva a inventarme mentiras. Pero si todas las puertas están abiertas, física y metafóricamente, solo existe una verdad.

Bailey sonrió. Ella lo había dicho perfecto.

—Eso me gusta, Mae. Cuando las puertas están abiertas, solo existe una verdad. Así pues, recuperemos la primera frase que ha dicho Mae. ¿Podemos verla en pantalla?

En la pantalla que Mae tenía detrás apareció la frase LOS SECRETOS SON MENTIRAS. Ver la frase escrita con letras de metro y pico de altura le produjo una sensación extraña: a medio camino entre la emoción y el miedo. Bailey se dedicó a admirar las palabras y a negar con la cabeza, todo sonrisas.

—Muy bien —dijo—, entonces hemos decidido que si hubieras sabido que tenías que rendir cuentas de tus actos, no habrías cometido el delito. Tu acceso a las sombras, en este caso unas sombras ilusorias, facilita la mala conducta. Mientras que si te sabes observada, das lo mejor de ti misma, ¿correcto?

—Correcto.

—Ahora hablemos de la segunda revelación que hiciste después de este episodio. Has mencionado que no documentaste de ninguna manera esa expedición a Blue Island. ¿Por qué no?

—Pues, en primer lugar, porque sabía que estaba haciendo algo ilegal.

—Claro. Pero has dicho que sales a menudo en kayak por la bahía, pero nunca documentas esas expediciones. No eres miembro de ningún club del Círculo dedicado al kayak, y tampoco has posteado crónicas, fotos, vídeos ni comentarios. ¿Acaso has estado haciendo esas expediciones en kayak bajo los auspicios de la CIA?

Mae y el público se rieron.

—No.

—Entonces ¿a qué vienen esos trayectos en secreto? No le hablas de ellos a nadie, ni antes ni después, ni tampoco los mencionas en ninguna parte. No existe ninguna constancia de esas excursiones, ¿tengo razón?

—Tienes razón.

Mae oyó a gente chasquear ruidosamente los labios en el auditorio.

—¿Y qué viste en este último viaje, Mae? Tengo entendido que fue precioso.

—Pues sí, Eamon. La luna estaba casi llena y el agua estaba muy tranquila, y me dio la sensación de estar remando en plata líquida.

—Parece que fue increíble.

—Lo fue.

—¿Animales? ¿Vida salvaje?

—Durante un rato me siguió una única foca moteada, que iba saliendo a la superficie y hundiéndose, como si tuviera curiosidad, y también como si me apremiara. Yo nunca había estado en esa isla. Ha estado muy poca gente. Y en cuanto llegué a la isla, subí a lo más alto y las vistas desde la cima eran increíbles. Vi las luces doradas de la ciudad y las colinas negras que se extienden hacia el Pacífico, y hasta una estrella fugaz.

—¡Una estrella fugaz! Menuda suerte.

—Tuve mucha suerte.

—Pero no hiciste ninguna foto.

—No.

—Y ningún vídeo.

—No.

—Así que no queda constancia de nada de todo eso.

—No. Solo en mi memoria.

Hubo gemidos audibles entre el público. Bailey se giró hacia la concurrencia, negando con la cabeza, dándoles la razón.

—Muy bien —dijo, en tono de estar reuniendo fuerzas—. Ahora vamos a entrar en algo personal. Como sabéis todos, tengo un hijo, Gunner, que nació con parálisis cerebral. Aunque ha tenido una vida muy plena, y siempre hemos intentado mejorar sus oportunidades, la verdad es que está confinado a una silla de ruedas. No puede caminar. No puede correr. No puede ir en kayak. ¿Qué hace, pues, si quiere experimentar algo así? Pues mira vídeos. Mira fotografías. Gran parte de sus experiencias del mundo vienen de las experiencias ajenas. Y, por supuesto, muchos de vosotros los circulistas habéis sido generosos con él y le habéis suministrado vídeos y fotos de vuestros viajes. Cuando experimenta las imágenes por SeeChange de un circulista que está escalando el monte Kenia, se siente como si él hubiera escalado el monte Kenia. Cuando ve imágenes en vídeo de primera mano de un tripulante de la Copa América, Gunner tiene la sensación de que él ha navegado en cierto modo en la Copa América. Esas experiencias se las han facilitado unos seres humanos generosos que han compartido las cosas que ellos han visto con el mundo, mi hijo incluido. Y solo podemos hacer conjeturas de cuánta gente hay en el mundo como Gunner. Gente quizá disminuida. Gente quizá anciana que no puede salir de casa. Quizá un millar de cosas. A lo que voy es a que hay millones de personas que no pueden ver lo que tú viste, Mae. ¿Te parece bien haberles quitado la posibilidad de ver lo que viste?

Mae tenía la garganta seca y trató de no mostrar sus emociones.

—Pues no. Me parece muy mal.

Mae pensó en el hijo de Bailey, Gunner, y también en su propio padre.

—¿No crees que tienen derecho a ver cosas como las que viste tú?

—Sí.

—Con lo corta que es la vida —dijo Bailey—, ¿por qué no iba todo el mundo a ver lo que le apetece ver? ¿Por qué no iba todo el mundo a tener el mismo acceso a las vistas del mundo, al conocimiento del mundo, a todas las experiencias que hay disponibles en el mundo?

—Todo el mundo debería poder —dijo Mae con una voz que era poco más que un susurro.

—Pero esa experiencia que tuviste te la guardaste para ti sola. Y es curioso, porque tú compartes cosas en internet. Trabajas en el Círculo. Tu PartiRank está en el T2M. Entonces ¿por qué crees que le escondes al mundo ese hobby en concreto que tienes, esas extraordinarias exploraciones?

—No entiendo en qué estaba pensando, para ser sincera —dijo Mae.

El público murmuró. Bailey asintió con la cabeza.

—Vale. Acabamos de hablar del hecho de que, como humanos, escondemos las cosas que nos avergüenzan. Si hacemos algo ilegal, o poco ético, se lo escondemos al mundo porque sabemos que está mal. En cambio, esconder algo magnífico, una expedición acuática maravillosa, con la luz de la luna bañándote, una estrella fugaz…

—Fui egoísta, Eamon. Fue algo egoísta y nada más. Como un niño que se niega a compartir su juguete favorito. Yo entiendo que el secretismo forma parte de… en fin, un sistema de conducta aberrante. Viene de un lugar malvado, no de un lugar de luz y generosidad. Y cuando impides a tus amigos, a alguien como tu hijo Gunner, que tengan experiencias como la que tuve yo, básicamente les estás robando. Les estás despojando de algo a lo que tienen derecho. El conocimiento es un derecho humano básico. El acceso igualitario a todas las experiencias humanas posibles es un derecho humano básico.

Mae se sorprendió a sí misma con su elocuencia, y el público respondió con un aplauso estruendoso. Bailey la estaba mirando con cara de padre orgulloso. Cuando los aplausos remitieron, Bailey habló en voz baja, como si no quisiera estorbarla.

—La otra vez lo expresaste de una manera que me gustaría que repitieras.

—Bueno, me da vergüenza, pero dije que compartir es querer.

El público se rió. Bailey sonrió con calidez.

—A mí no me parece que dé vergüenza. Es una expresión que lleva tiempo circulando pero que se aplica a esta situación, ¿verdad? Tal vez nos viene extraordinariamente al caso.

—Creo que es simple. Si te importan tus congéneres, compartes lo que sabes con ellos. Compartes lo que ves. Les das todo lo que puedes. Si te importan sus apuros, su sufrimiento, su curiosidad y su derecho a aprender y conocer todo lo que el mundo contiene, compartes con ellos. Compartes lo que tienes y lo que ves y lo que sabes. Para mí, eso tiene una lógica innegable.

El público la vitoreó, y mientras lo hacía aparecieron tres palabras más en la pantalla, COMPARTIR ES QUERER, debajo de las cuatro primeras. Bailey movía la cabeza de un lado a otro, asombrado.

—Me encanta. Mae, eres una gran oradora. Y hay una declaración más que hiciste y que creo que debería poner punto y final a lo que creo que todos los presentes estarán de acuerdo en que ha sido una charla maravillosamente iluminadora e inspiradora.

El público aplaudió con calidez.

—Estábamos hablando del que tú considerabas tu impulso a guardarte cosas para ti misma.

—Bueno, no estoy orgullosa de ese impulso, y no creo que se eleve por encima del nivel del simple egoísmo. Eso lo entiendo, en serio. Entiendo que, como humanos, tenemos la obligación de compartir lo que vemos y conocemos. Y que a todo ese conocimiento se tiene que poder acceder de forma democrática.

—El estado natural de la información es ser libre.

—Eso.

—Todos tenemos derecho a saber todo lo que podamos. Todos somos los dueños colectivos del conocimiento acumulado del mundo.

—Sí —dijo Mae—. ¿Qué pasa entonces si despojamos a cualquiera o a todo el mundo de algo que sabemos? ¿Acaso no estoy robando a mis congéneres?

—Por supuesto —dijo Bailey, asintiendo con gravedad.

Mae miró al público y vio a toda la primera fila, las únicas caras que tenía a la vista, asintiendo también.

—Y en vista de lo bien que se te dan las palabras, Mae, me pregunto si puedes repetirnos la tercera y última revelación que hiciste. ¿Qué dijiste?

—Bueno, dije que la privacidad es un robo.

Bailey se giró hacia el público.

—¿No os parece una forma interesante de explicarlo? «La privacidad es un robo.» Ahora las palabras aparecieron en la pantalla de detrás, con letras enormes y blancas.

Mae se giró para ver las tres frases juntas. Tuvo que refrenar las lágrimas al ver las tres allí. ¿De verdad se le habían ocurrido a ella?

LOS SECRETOS SON MENTIRAS
COMPARTIR ES QUERER
LA PRIVACIDAD ES UN ROBO

Mae notó la garganta agarrotada y seca. Sabía que no era capaz de hablar, de manera que confió en que Bailey no se lo pidiera. Como si notara cómo se sentía ella, y el hecho de que estaba vencida por la emoción, él le guiñó un ojo y se dirigió al público.

–Por favor, demos gracias a Mae por su sinceridad, por ser tan brillante y por su humanidad consumada.

El público se puso de pie. A Mae le ardía la cara. No sabía si tenía que seguir sentada o ponerse de pie. Se puso de pie un momento, pero se sintió tonta, así que se volvió a sentar y saludó con la mano desde el regazo.

En medio de la estampida de aplausos, Bailey consiguió anunciar el colofón de todo aquello: que Mae, en aras de compartir todo lo que veía y todo lo que podía ofrecer al mundo, se iba a volver transparente de forma inmediata.

LIBRO SEGUNDO

Era una criatura extraña, fantasmal, vagamente amenazante y en constante movimiento, pero nadie que la tuviera delante podía dejar de mirarla. A Mae la tenía hipnotizada, su forma de cuchilla, sus aletas como espadas, su piel lechosa y sus ojos grises como de lana. Estaba claro que era un tiburón, tenía esa forma distintiva y esa mirada maligna, pero se trataba de una especie nueva, omnívora y ciega. Stenton se lo había traído consigo de su viaje a la fosa de las Marianas, a bordo del batiscafo del Círculo. Y el tiburón no había sido el único descubrimiento; de momento Stenton se había traído especies hasta ahora desconocidas de medusas, caballitos de mar y peces manta, todos ellos casi translúcidos, de movimientos etéreos, y todos exhibidos en una serie de acuarios enormes que había hecho construir, prácticamente de la noche a la mañana, para albergarlos.

Las tareas de Mae consistían en enseñar las bestias a los espectadores, dar explicaciones cuando era necesario y ser, a través de la lente que llevaba colgada del cuello, una ventana a aquel nuevo mundo y al mundo del Círculo en general. Todas las mañanas Mae se ponía un collar, muy parecido al de Stewart pero más ligero, más pequeño y con la cámara a la altura del corazón. Allí era donde ofrecía una perspectiva más estable y más amplia. La cámara veía todo lo que veía Mae, y a menudo más. La señal en bruto de vídeo tenía tanta calidad que los espectadores podían hacer zooms, panorámicas, detener la imagen y mejorarla. El audio estaba meticulosamente diseñado para resaltar sus conversaciones del momento, y para grabar también los ruidos de ambiente o las voces de fondo pero en segundo plano. En esencia, eso significaba que los espectadores podían examinar cualquier sala donde ella estuviera; podían concentrarse en cualquier detalle y, con un poco de esfuerzo, aislar cualquier otra conversación para escucharla.

Se esperaba que en cualquier momento vinieran a dar de comer a todos los descubrimientos de Stenton, pero el que les interesaba especialmente tanto a ella como a los espectadores era el tiburón. Mae todavía no lo había visto comer, pero se decía que era insaciable y rapidísimo. Aunque estuviera ciego, encontraba la comida de inmediato, daba igual que fuera grande o pequeña, que estuviera viva o muerta, y la digería con rapidez alarmante. Le echaban en su tanque un arenque o un calamar y al cabo de unos momentos el tiburón depositaba en el suelo del acuario los restos de la criatura: una sustancia diminuta y granulada que parecía ceniza. Aquel acto resultaba todavía más fascinante gracias a la piel translúcida del tiburón, que ofrecía unas vistas sin traba alguna de su proceso digestivo.

Mae oyó un tintineo por su auricular. «Alimentación postergada a las 13.02», le dijo una voz. Eran las 12.51.

Mae contempló el pasillo a oscuras que llevaba a los otros tres acuarios, cada uno de ellos un poco más pequeño que el anterior. En el pasillo no había ni una sola luz, para resaltar más los acuarios de color azul eléctrico y las criaturas color blanco niebla que había dentro.

—Vamos de momento con el pulpo —dijo la voz.

El canal principal de audio, que emitía para Mae desde Orientación Adicional, le llegaba por un auricular minúsculo, que era el que permitía al equipo de OA darle instrucciones de vez en cuando: sugerirle que se pasara por la Era de las Máquinas, por ejemplo, para enseñar a sus espectadores un nuevo vehículo no tripulado y propulsado con energía solar que podía recorrer distancias sin límite, cruzando mares y continentes enteros, siempre y cuando tuviera una exposición adecuada al sol; Mae ya había hecho aquella visita hacía unas horas. Aquello le ocupaba una buena parte de la jornada: el recorrer diversos departamentos y presentar nuevos productos, ya fueran fabricados o patrocinados por el Círculo. Le aseguraba que cada día fuera distinto, y en las seis semanas que llevaba siendo transparente había llevado a Mae prácticamente hasta el último rincón del campus, desde la Era de la Navegación hasta el Viejo Reino, donde estaban, más por divertirse que por otra cosa, trabajando en un proyecto para ponerle una cámara a todos los osos polares del mundo.

—Vamos a ver al pulpo —les dijo Mae a los espectadores.

Se fue hasta una estructura de cristal redonda de cinco metros de altura y cuatro de diámetro. Dentro, un ser pálido e invertebrado, del color de una nube pero con venas azules y verdes, se dedicaba a palpar, hacer conjeturas y agitar los miembros, como un hombre casi ciego que busca sus gafas a tientas.

—Es pariente del pulpo telescopio —dijo Mae—, pero es la primera vez que se captura con vida a esta especie.

Su forma parecía cambiar continuamente: a veces parecía un bulbo o un globo, como si se estuviera inflando, creciendo y ganando confianza, y al cabo de un momento se encogía, daba vueltas sobre sí mismo, se estiraba y trataba de alcanzar cosas, sin saber muy bien cuál era su forma verdadera.

—Como podéis ver, es muy difícil saber cuál es su verdadero tamaño. A veces parece que te cabe en la mano y al cabo de un momento ocupa casi todo el tanque.

Parecía que los tentáculos de la criatura lo querían saber todo: la forma del cristal, la topografía de los corales que tenía debajo y el tacto del agua que lo envolvía.

—Es casi adorable —dijo Mae, mirando cómo el pulpo llegaba de una pared a otra, desplegándose como si fuera una red.

Su curiosidad tenía algo que le confería una presencia consciente, llena de dudas y de deseos.

—Stenton encontró a este primero —contó, refiriéndose al pulpo, que ahora se estaba elevando del suelo, lenta y pomposamente—. Salió de detrás de su batiscafo y se le puso delante de golpe, como si le estuviera pidiendo que lo siguiera. Ya podéis ver lo deprisa que se debió de mover.

Ahora el pulpo estaba virando bruscamente por el acuario, impulsándose con unos movimientos que recordaban a un paraguas que se abre y se cierra.

Mae comprobó la hora. Eran las 12.54. Le quedaban unos minutos por matar. Dejó la cámara enfocada en el pulpo.

No se engañaba a sí misma pensando que hasta el último minuto del último día les resultaba igual de chispeante a sus espectadores. En las semanas que Mae llevaba siendo transparente, había habido tiempo de inactividad, y bastante, pero es que su tarea principal era ofrecer una ventana abierta a la vida del

Círculo, tanto a lo sublime como a lo banal. «Estamos en el gimnasio –decía por ejemplo, enseñando por primera vez a los espectadores el centro de fitness–. Hay gente corriendo y sudando y buscando maneras de mirar el cuerpo a los demás sin que se note.» Una hora más tarde podía estar almorzando, de manera informal y sin comentario alguno, delante de los demás circulistas, todos los cuales se comportaban como si no hubiera nadie mirando, o al menos lo intentaban. La mayoría de sus compañeros del Círculo estaban encantados de aparecer ante la cámara, y al cabo de unos días todos los circulistas ya eran conscientes de que formaba parte de su trabajo en el Círculo, y que era una parte elemental del Círculo, punto. Si querían ser una compañía que abogaba por la transparencia, y por las ventajas globales e infinitas del acceso abierto, necesitaban vivir aquel ideal, siempre y en todas partes, y sobre todo en el campus.

Por suerte, dentro del recinto del Círculo había las suficientes cosas que explicar y celebrar. El otoño y el invierno habían traído consigo lo inevitable, todo a la vez, con rapidez vertiginosa. Por todo el campus había letreros que insinuaban la inminencia del Cierre del Círculo. Los mensajes eran crípticos y tenían la intención de picar la curiosidad y animar a la discusión. «¿Qué comportaría el Cierre?» Se pedía a los empleados que se lo plantearan, que mandaran respuestas y que escribieran en los tablones de ideas. «¡Que todos los habitantes del planeta tuvieran cuenta del Círculo!», decía un mensaje bastante popular. «Que el Círculo resolviera el hambre en el mundo», decía otro. «Que el Círculo me ayudara a encontrar a mis antepasados», decía otro más. «Que no se volviera a perder ni un solo dato, ni humano ni numérico ni emocional ni histórico.» Este lo había escrito y firmado Bailey en persona. El más popular decía: «Que el Círculo me ayudara a encontrarme a mí mismo».

Muchos de esos cambios ya llevaban mucho tiempo en fase de planificación en el Círculo, pero el momento nunca había sido tan oportuno, y ahora la inercia empezaba a ser irresistible. Ahora que el 90 por ciento de Washington ya era transparente y el 10 por ciento restante languidecía bajo las sospechas de sus colegas y electores, la pregunta se abatía sobre ellos como si fuera un sol furioso: ¿qué estáis escondiendo? Estaba planeado que la mayoría de los circulistas se volvieran transparentes en menos de un año, pero de momento, a fin de solucionar los posibles problemas y de que todo el mundo se acostumbrara a la idea, los únicos eran Mae y Stewart, aunque el experimento de este había quedado prácticamente eclipsado por el de Mae. Mae era joven, se movía mucho más deprisa que Stewart y tenía su voz, que a los espectadores les encantaba, la comparaban con música, decían que era como un «instrumento de viento de madera» y que tenía un «timbre acústico maravilloso». A Mae también le encantaba sentir a diario que a través de ella fluía el afecto de millones de personas.

Había tardado un poco en acostumbrarse, sin embargo, empezando por el funcionamiento básico del equipo. La cámara era ligera, y al cabo de unos días Mae ya apenas notaba su peso, que no era mayor que el de un relicario, sobre el esternón. Habían intentado varios métodos para sujetársela al pecho, hasta con velcro pegado a la ropa, pero nada resultaba igual de eficaz y sencillo que el simple hecho de colgársela al cuello. Lo segundo a lo que tuvo que acostumbrarse, que le resultaba siempre fascinante y en ocasiones desagradable, fue a ver —a través de una pantallita que tenía en la muñeca derecha— lo mismo que veía su cámara. Ya prácticamente se había olvidado del monitor de salud que tenía en la muñeca izquierda, pero la cámara había hecho necesario ponerle una segunda pulsera en la derecha. Era del mismo tamaño y material que la de la izquierda, pero tenía la pantalla más grande para poder emitir vídeo y la suma de todos los datos de sus pantallas normales. Con una pulsera en cada muñeca, ambas cómodas y con acabados de metal pulido, se sentía como si fuera Wonder Woman y hasta conocía algo de su poder, aunque la idea era demasiado ridícula para contársela a nadie.

En su muñeca izquierda veía su ritmo cardíaco; en la derecha lo que estaban viendo sus espectadores: una vista a tiempo real de su cámara, que le permitía hacer los ajustes que fueran necesarios a la perspectiva. También le suministraba el número de espectadores que tenía en cada momento, sus rankings y puntuaciones, y destacaba los comentarios más recientes y populares de los espectadores. En aquel momento, plantada delante del pulpo, Mae tenía 441.762 espectadores, lo cual estaba un poco por encima de su media, aunque era menos de lo que había esperado teniendo en cuenta que estaba revelando los descubrimientos de Stenton en aguas profundas. Las otras cifras de la pantalla no ofrecían sorpresa alguna. Tenía una media de 845.029 visitantes únicos en su canal en directo en un día cualquiera, y 2,1 millones de seguidores en su canal de Zing. Ya no tenía que preocuparse por si se caía del T2M; su visibilidad, y el poder inmenso de su público, le garantizaban unas Tasas de Conversión y Cifras de Ventas estratosféricas, y le aseguraban siempre un puesto entre los diez primeros.

—Vamos a ver los caballitos de mar —dijo Mae, y fue al siguiente acuario. Allí, en medio de un ramillete de corales de colores pastel y de las frondas flotantes de las algas azules, vio cientos, tal vez miles de seres minúsculos, no más grandes que los dedos de un niño, escondidos en los recovecos y pegados al follaje—. No me parecen unos peces particularmente amistosos, estos. Un momento, ¿son realmente peces? —preguntó, y se miró la muñeca, adonde una espectadora ya le había mandado la respuesta: «¡Totalmente peces! Clase *Actinopterygii*. La misma que el bacalao y el atún».

—¡Gracias, Susanna Win, de Greensboro! —dijo Mae, y les reenvió la información a sus seguidores por Zing—. Ahora a ver si puedo encontrar al papá de todos estos caballitos de mar bebés. Como tal vez sepáis, es el caballito de mar macho el que pone los huevos. Los cientos de bebés que estáis viendo nacieron justo después de que su papá llegara. ¿Dónde se habrá metido? —Mae dio una vuelta al acuario y no tardó en encontrarlo. Era del tamaño de su mano y estaba descansando en el fondo del tanque, apoyado en el cristal—. Creo que se está escondiendo —dijo Mae—. Parece que no sabe que estamos al otro lado del cristal viéndolo todo.

Se miró la muñeca y ajustó un poco el ángulo de su cámara para obtener la mejor perspectiva del frágil pececillo. El animal estaba enroscado de espaldas a ella, con aspecto agotado y tímido. Mae acercó la cara y la cámara al cristal, hasta ponérsele tan cerca que le pudo ver las nubecillas de los ojos inteligentes y las

pecas inverosímiles del delicado hocico. Era una criatura impro-
bable, sin talento alguno para nadar, con constitución de farolillo
chino y completamente carente de defensas. Su muñeca le des-
tacó un zing que tenía puntuaciones excepcionalmente altas. «El
cruasán del reino animal», decía, y Mae lo repitió en voz alta. Sin
embargo, a pesar de su fragilidad, el caballito ya se las había apañado para reproducirse, había dado vida a cien más como él,
mientras que el pulpo y el tiburón no habían hecho más que
reseguir los contornos de sus tanques y comer. Tampoco parecía
que al caballito de mar le importara: se mantenía alejado de su
descendencia, como si no tuviera ni idea de dónde venían y no
le interesara lo que les pudiera pasar.

Mae miró la hora. Las 13.02. Orientación Adicional le habló
por el auricular:

—La comida del tiburón está lista.

—Vale —dijo Mae, echándose un vistazo a la muñeca—. Estoy
viendo un montón de mensajes pidiendo que volvamos con el
tiburón, y es pasada la una, así que me parece que voy para allá.

Dejó al caballito de mar, que se giró un momento en dirección a ella, como si no quisiera verla marcharse.

Mae regresó al primer acuario, el más grande de todos, que
era donde estaba el tiburón de Stenton. Encima del acuario vio
a una joven de pelo negro y rizado con dobladillo en los vaqueros, de pie en lo alto de una elegante escalera de mano roja.

—Hola —le dijo Mae—. Soy Mae.

La mujer pareció a punto de decir «Ya lo sé», pero luego,
como si recordara que estaban ante la cámara, adoptó un tono
estudiado y teatral:

—Hola, Mae, soy Georgia, y estoy a punto de dar de comer al
tiburón del señor Stenton.

Y aunque era ciego, y todavía no había comida en el tanque,
el tiburón pareció notar que se aproximaba un festín. Empezó a
dar vueltas como un ciclón, subiendo cada vez más cerca de la
superficie. La cifra de espectadores de Mae ya había subido en
42.000.

—Parece que tiene hambre —dijo Mae.

El tiburón, que hasta ahora únicamente había dado una impresión fugaz de amenaza, de pronto parecía una bestia brutal y

casi pensante, la encarnación misma del instinto depredador. Georgia estaba intentando mostrarse segura de sí misma y competente, pero Mae vio miedo y agitación en su mirada.

—¿Estáis listos ahí abajo? —preguntó, sin apartar la mirada del tiburón que se le acercaba.

—Estamos listos —dijo Mae.

—Vale, hoy le voy a dar al tiburón algo nuevo de comer. Como sabéis, le hemos estado dando de todo, desde salmón a arenque y medusa. Lo ha devorado todo con el mismo entusiasmo. Ayer probamos a darle un pez-manta, que no esperábamos que le gustara, pero no lo dudó un momento y se lo comió contento. De manera que hoy volvemos a experimentar con una comida nueva. Como podéis ver —dijo, y Mae vio que el cubo que llevaba en las manos estaba hecho de metacrilato y que dentro había algo azul y marrón, con demasiadas patas.

Lo oyó dar golpecitos secos contra las paredes del cubo. A Mae nunca se le había ocurrido que los tiburones comieran langostas, pero no veía por qué no iban a poder.

—Aquí tenemos una langosta de Maine común y corriente, que no sabemos si este tiburón está equipado para comer.

Tal vez Georgia estaba intentando ofrecer un buen espectáculo, pero hasta Mae se puso nerviosa de tanto rato que llevaba aguantando la langosta encima del agua. Échala ya, pensó Mae para sí misma. Échala, por favor.

Pero Georgia la seguía aguantando sobre el agua, supuestamente en beneficio de Mae y sus espectadores. Entretanto, el tiburón había notado la presencia de la langosta, había cartografiado sin duda su forma con los sensores que poseía y estaba trazando círculos cada vez más rápidos, todavía obediente pero a punto de perder la paciencia.

—Hay tiburones que pueden digerir los caparazones de esta clase de crustáceos, pero hay otros que no —dijo Georgia, dejando la langosta suspendida de tal manera que su pinza ya tocaba ociosamente la superficie.

Échala ya, por favor, pensó Mae. Por favor, échala ya.

—Así pues, voy a echar a este pequeñajo al…

Pero antes de que pudiera acabar la frase, el tiburón ya había saltado y le había arrebatado la langosta de la mano a su cuidadora. Para cuando Georgia soltó un chillido y se agarró los dedos, como si necesitara contarlos, el tiburón ya estaba otra vez en medio del tanque, con la langosta dentro de las fauces y la carne blanca del crustáceo saliéndole a chorros de la ancha boca.

—¿Te ha mordido? —le preguntó Mae.

Georgia negó con la cabeza, conteniendo las lágrimas.

—Casi —dijo, frotándose la mano como si se la hubiera quemado.

La langosta había sido consumida, y ahora Mae vio algo al mismo tiempo asqueroso y maravilloso: la langosta estaba siendo digerida, dentro del tiburón, ante los ojos de ella, con rapidez vertiginosa y una claridad increíble. Mae vio la langosta partida primero en varias docenas de pedazos y luego en varios centenares dentro de la boca del tiburón, y a continuación vio cómo aquellos pedazos avanzaban por el esófago del tiburón, por su estómago y sus intestinos. En cuestión de minutos la langosta había sido reducida a una sustancia en forma de partículas granuladas. El desperdicio salió del tiburón y cayó como si fuera nieve al suelo del acuario.

—Parece que sigue teniendo hambre —dijo Georgia.

Volvía a estar en lo alto de la escalera de mano, pero ahora con un contenedor distinto de metacrilato. Mientras Mae estaba distraída mirando la digestión de la langosta, Georgia había sacado el segundo plato.

—¿Eso es lo que creo que es? —preguntó Mae.

—Es una tortuga marina del Pacífico —dijo Georgia, levantando el contenedor donde estaba el reptil.

Era tan grande como el torso de Georgia, con un verdadero mosaico de colores verdes, azules y marrones, una criatura hermosa e incapaz de moverse en tan poco espacio. Georgia abrió la portezuela que había en un extremo del contenedor, como invitando a la tortuga a salir si le apetecía. Al animal le apeteció quedarse donde estaba.

—Es muy poco probable que nuestro tiburón se haya encontrado alguna vez con una de estas, considerando lo distintos que son sus hábitats —dijo Georgia—. Esta tortuga no tendría razón alguna para pasar tiempo allí donde habita el tiburón de Stenton, y está claro que el tiburón nunca ha visto las zonas salpicadas de luz donde viven las tortugas.

Mae tuvo ganas de preguntarle a Georgia si de verdad le iba a dar de comer al tiburón aquella tortuga. Los ojos de la tortuga ya habían visto al depredador que tenía debajo y ahora, con la poca energía que pudo reunir, estaba intentando replegarse al fondo del contenedor. Echarle aquella amable criatura al tiburón, independientemente de su necesidad o beneficio científico, no iba a gustar a muchos de los espectadores de Mae. Ya le estaban llegando mensajes de Zing a la pulsera. «¡Por favor, no matéis a esa tortuga! ¡Se parece a mi abuelo!» Había un segundo hilo de comentarios, sin embargo, que insistía en que el tiburón, que no era mucho más grande que la tortuga, no iba a ser capaz de tragarse o digerir aquel reptil de caparazón impenetrable. Y justo cuando Mae estaba a punto de cuestionar la comida inminente, a Mae le llegó una voz de OA por el auricular:

–Espérate. Stenton quiere ver esto.

En el tanque, el tiburón seguía nadando en círculos, con el mismo aspecto flaco y famélico de antes. La langosta no había sido nada para él, un aperitivo insignificante. Ahora se elevó más cerca de Georgia, consciente de que se acercaba el plato principal.

–Allá vamos –dijo Georgia, e inclinó el contenedor hasta que la tortuga empezó a resbalar lentamente hacia el agua brillante como el neón que se arremolinaba debajo de ella: los círculos del tiburón habían creado un vórtice.

En cuanto el contenedor estuvo vertical, y la cabeza de la tortuga emergió del umbral de metacrilato, el tiburón ya no pudo esperar más. Saltó, agarró la cabeza de la tortuga con las fauces y la arrastró al agua. E igual que la langosta, la tortuga quedó consumida en cuestión de segundos, aunque en este caso hizo falta un cambio de forma que la langosta no había requerido. Pareció que el tiburón se desencajaba la mandíbula, multiplicando por dos el tamaño de su boca, lo cual le permitió abarcar con facilidad la tortuga entera de un solo bocado. Georgia iba narrando, explicando que hay muchos tiburones que cuando comen tortugas, ponen sus estómagos del revés y vomitan los caparazones después de digerir las partes carnosas del reptil. El tiburón de Stenton, sin embargo, tenía otros métodos. La concha pareció disolverse en la boca del tiburón como si fuera una galletita empapada en saliva. Y en menos de un minuto, la tortuga entera había sido convertida en ceniza. Salió del tiburón igual que había salido la langosta, en forma de copos que cayeron lentamente al suelo del acuario, reuniéndose con los que habían salido antes e indistinguibles de ellos.

Mae estaba contemplando aquello cuando vio una figura, casi una silueta, al otro lado del cristal, detrás de la pared opuesta del acuario. Su cuerpo no era más que una sombra y su cara resultaba invisible, pero entonces la luz del techo se reflejó momentáneamente en la piel del tiburón, que no paraba de dar vueltas, y reveló la cara de la figura.

Era Kalden.

Mae llevaba un mes sin verlo, y no había sabido nada de él desde su transparencia. Annie había estado primero en Amsterdam, luego en China, en Japón y de vuelta en Ginebra, de manera que no había tenido tiempo para ocuparse del tema de Kalden, pero las dos habían intercambiado mensajes esporádicos sobre él. ¿Hasta qué punto debían de estar preocupadas por aquel hombre desconocido?

Pero entonces él había desaparecido.

Y ahora estaba allí plantado, mirándola, sin moverse.

Mae tuvo el impulso de llamarlo por su nombre, pero le entró la preocupación. ¿Quién era? Y si lo llamaba, y lo captaba con la cámara, ¿acaso se montaría una escena? ¿Acaso él se escaparía? Ella seguía en estado de shock tras ver cómo el tiburón había digerido la tortuga, tras ver la ira de ojos mortecinos de aquella bestia, y se encontró con que no tenía ni voz ni fuerzas para llamar a Kalden por su nombre. De manera que se lo quedó mirando, y él se la quedó mirando a ella, y a Mae se le ocurrió que, si lo podía grabar con la cámara, tal vez se lo podría enseñar a Annie y aquello llevaría por fin a una clarificación y una identificación. Cuando Mae se miró la pulsera, sin embargo, solo vio una forma oscura de cara indistinta. Mientras seguía inspeccionando su figura en la pulsera, Kalden retrocedió y desapareció en las sombras.

Entretanto, Georgia iba parloteando sobre el tiburón y sobre lo que acababan de presenciar, y Mae no se estaba enterando de nada. Por fin la vio de pie en lo alto de su escalerilla, haciéndole señales con la mano y confiando en que Mae hubiera terminado porque ya no le quedaba más comida que echarle al animal. El espectáculo se había acabado.

—Vale, pues —dijo Mae, agradeciendo la oportunidad para marcharse en pos de Kalden.

Se despidió de Georgia dándole las gracias y se adentró con paso ligero por el pasillo a oscuras.

Alcanzó a ver su silueta saliendo por una puerta lejana y apretó el paso, con cuidado de no zarandear su cámara ni llamarlo. La puerta por la que él se había escabullido llevaba a la sala de noticias, que era un sitio que tenía lógica que Mae visitara a continuación.

—Vamos a ver qué está pasando en la sala de noticias —dijo, consciente de que todos sus ocupantes se enterarían de que ella se aproximaba en el curso de los veinte pasos que tardara en llegar.

También fue consciente de que las cámaras de SeeChange que había en el pasillo y encima de la puerta habrían captado a Kalden, y que ella no tardaría en saber si realmente se trataba de él. No había movimiento en el Círculo que no fuera captado por una u otra cámara, habitualmente por tres al mismo tiempo, de manera que reconstruir los movimientos de alguien, a posteriori, era una pura cuestión de minutos.

Mientras se acercaba a la puerta de la sala de noticias, Mae pensó en las manos de Kalden sobre ella. Aquellas manos que iban bajando, mientras él entraba en ella. Recordó el murmullo bajo de su voz. Su sabor, como de fruta fresca y húmeda. ¿Qué pasaría si lo encontraba? No se lo podía llevar a los lavabos. ¿O sí? Encontraría la manera.

Abrió la puerta de la sala de noticias, un espacio amplio que Bailey había diseñado a imitación de las antiguas redacciones de los periódicos, con un centenar de cubículos bajos, teletipos y relojes por todas partes; en cada mesa había un teléfono analógico estilo retro, con una hilera de botones blancos bajo los números que parpadeaban de forma arrítmica. Había impresoras antiguas, máquinas de fax, aparatos de télex y prensas tipográficas. El mobiliario, por supuesto, era puro decorado. Ninguna de aquellas máquinas retro funcionaba. Los encargados de recoger las noticias, que ahora estaban mirando a Mae, sonriéndole y saludándolos a ella y a sus espectadores, podían hacer la mayoría de sus reportajes por medio de SeeChange. Ya había más de cien millones de cámaras en funcionamiento y accesibles por todo el mundo, lo cual hacía que el periodismo presencial resultara innecesariamente caro y peligroso, por no mencionar el gasto de carbono.

Mientras Mae cruzaba la sala de noticias, el personal la saludó con la mano, sin saber si se trataba de una visita oficial. Mae les devolvió el saludo, examinando la sala y consciente de que se la veía distraída. ¿Dónde estaba Kalden? Solo había otra salida, de manera que Mae cruzó la sala, saludando con la cabeza y de viva voz a los presentes, hasta llegar a la puerta de la otra punta. La abrió, entornando los ojos al recibir la intensa luz del día, y lo vio. Estaba cruzando la amplia extensión verde de césped, pasando junto a la nueva escultura de aquel disidente chino —se acordó de que tenía que destacarla pronto, tal vez ese día mismo— y en ese preciso momento él se giró un instante, como para cerciorarse de que Mae todavía lo estaba siguiendo. La mirada de ella se encontró con la de él, provocándole una sonrisa diminuta antes de que se diera otra vez la vuelta y se metiera a toda prisa por detrás del Período de las Cinco Dinastías.

—¿Adónde te diriges? —le preguntó la voz de su oído.

—Lo siento. A ningún lado. Estaba… Da igual.

Por supuesto, a Mae se le permitía ir a donde quisiera —de hecho, a muchos espectadores lo que les encantaba era que deambulara—, pero aun así a la oficina de Orientación Adicional le gustaba ver qué hacía de vez en cuando. Allí plantada bajo la luz del sol, rodeada de circulistas, oyó que le sonaba el teléfono. Se miró la pulsera; era una llamada de alguien sin identificar. Ella sabía que solo podía ser Kalden.

—¿Diga? —dijo.

—Tenemos que vernos —contestó él.

—¿Cómo?

—Tus espectadores no me pueden oír. Solo te oyen a ti. Ahora mismo tus técnicos se están preguntando por qué no funciona el audio entrante. Tardarán unos minutos en arreglarlo. —Su voz era tensa y temblorosa—. Escucha. La mayor parte de lo que está pasando tiene que parar. En serio. El Círculo está casi cerrado, y Mae, tienes que creerme, esto va a ser malo para ti, para mí y para la humanidad. ¿Cuándo podemos vernos? Si tiene que ser en los baños, me parece bien…

Mae colgó.

—Lo sentimos —dijo OA por el auricular—. Por alguna razón no ha funcionado el audio entrante. Estamos trabajando en ello. ¿Quién era?

Mae supo que no podía mentir. No estaba segura de si alguien había llegado a oír a Kalden.

—Un lunático —improvisó Mae, orgullosa de sí misma—. Farfullando no sé qué del fin del mundo.

Mae se miró la pulsera. Ya había gente preguntándose qué había pasado y cómo. El zing más popular: «¿Problemas técnicos en la sede del Círculo? ¿Qué será lo siguiente: Papá Noel se olvidará de la Navidad?».

—Diles la verdad, como siempre —dijo OA.

—Vale, no tengo ni idea de lo que ha pasado —dijo Mae en voz alta—. Cuando lo sepa, os lo contaré.

Pero estaba agitada. Seguía allí plantada, bajo el sol, saludando de vez en cuando con la mano a los circulistas que la veían. Sabía que sus espectadores se estarían preguntando qué venía a continuación, adónde iba a ir ella. No quería mirarse la pulsera porque sabía que los comentarios estarían mostrando perplejidad y hasta preocupación. A lo lejos vio algo que parecía un partido de cróquet y, cazando una idea al vuelo, se fue para allá.

—Como todos sabéis —dijo cuando estaba lo bastante cerca como para ver y saludar con la mano a los cuatro jugadores, que ahora distinguió que eran dos circulistas y dos visitantes de Rusia—, aquí en el Círculo no siempre jugamos. A veces tenemos que trabajar, que es algo que este grupo está demostrando. No quiero molestarlos, pero os aseguro que lo que están haciendo requiere cálculo y algoritmos complejos y seguro que resultará en la mejora de los productos y servicios que os podemos proporcionar. Adentrémonos en esto.

Aquello le dio unos minutos para pensar. De vez en cuando dejaba que su cámara mostrara aquella clase de cosas, un partido, una demostración o un discurso, que le permitían concentrarse en sus pensamientos mientras los espectadores miraban. Comprobó la perspectiva en su pulsera y vio que su cifra de espectadores, 432.028, estaba sobre la media, y que no había comentarios urgentes, de manera que se concedió tres minutos antes de retomar el control de la emisión. Con una amplia sonrisa –porque seguramente se la veía desde tres o cuatro cámaras exteriores de SeeChange– respiró hondo. Era una nueva habilidad que había adquirido, la capacidad de aparecer completamente serena y hasta jovial de cara al mundo exterior, mientras que dentro de su cráneo reinaba el caos. Tenía ganas de llamar a Annie. Pero no podía. Quería a Kalden. Quería estar a solas con Kalden. Quería estar en aquel cuarto de baño, sentada encima de él, sintiendo cómo su corona se adentraba en ella. Pero él no era normal. Era una especie de espía. Una especie de anarquista apocalíptico. ¿Qué había querido decir cuando la había avisado del cierre del Círculo? Ella ni siquiera sabía qué quería decir aquello del Cierre. No lo sabía nadie. Aunque hacía poco que los Tres Sabios habían empezado a dejar caer pistas al respecto. Un día habían aparecido mensajes crípticos por las baldosas de todo el campus: PIENSA EN EL CIERRE, CIERRA EL CÍRCULO y EL CÍRCULO DEBE CERRARSE, y aquellos eslóganes habían despertado la intriga que buscaban. Pero nadie sabía qué querían decir, y los Tres Sabios no lo explicaban.

Mae miró la hora. Llevaba noventa segundos mirando el partido de cróquet. Solo podía aguantar en aquella posición un minuto o dos más. Así pues, ¿tenía la responsabilidad de denunciar aquella llamada? ¿Acaso alguien había llegado a oír lo que había dicho Kalden? Y en caso de que sí, ¿qué pasaría? ¿Y si se trataba de alguna clase de prueba, para ver si ella informaba de una llamada rebelde? Tal vez el incidente formara parte del Cierre, tal vez se pretendiera poner a prueba su lealtad y de esa manera frustrar a cualquiera que quisiera impedir el Cierre... Oh, mierda, pensó. Tenía ganas de hablar con Annie, pero sabía que no podía. Pensó en sus padres, que la podrían aconsejar bien, pero la casa de ellos también era transparente, estaba llena de cámaras de SeeChange, una condición que el Círculo había puesto a cambio del tratamiento de su padre. ¿Tal vez pudiera ir a su casa y reunirse con ellos en el cuarto de baño? No. La verdad era que hacía días que había perdido el contacto con ellos. La habían avisado de que estaban experimentando dificultades técnicas, de que se pondrían en contacto con ella en breve, de que la querían, y después ya no habían contestado a ninguno de los mensajes de ella de las últimas cuarenta y ocho horas. Desde entonces ella no había comprobado la emisión de sus cámaras. Tenía que hacerlo. Tomó nota mentalmente. Tal vez pudiera llamarlos… Así se aseguraría de que estaban bien y luego les insinuaría de alguna manera que quería hablar con ellos de algo bastante preocupante y personal.

No. No. Todo aquello era una locura. Acababa de recibir una llamada arbitraria de un hombre que ahora ella sabía que era un chiflado. Mierda, pensó, confiando en que nadie pudiera adivinar el caos que tenía en la mente. A ella le encantaba estar donde estaba, ser así de visible, ser el vehículo que era, una guía para los espectadores, pero esta nueva responsabilidad, esta intriga innecesaria, la bloqueaba. Y cuando sentía aquella parálisis —atrapada entre demasiadas posibilidades y elementos desconocidos—, solo había un lugar que la reconfortara.

A las 13.44 Mae entró en el Renacimiento, sintió encima de ella el saludo del Calder que giraba lentamente y cogió el ascensor hasta la cuarta planta. El mero hecho de ascender por el edificio ya la tranquilizó. Echar a andar por la pasarela, viendo el atrio bajo sus pies, le reportó una gran paz. Aquello, Experiencia del Cliente, era su hogar, donde no existía lo desconocido.

Al principio Mae se había quedado sorprendida de que le pidieran que siguiera trabajando, al menos unas horas semanales, en EdC. Ella había disfrutado del tiempo que había pasado allí, sí, pero había dado por sentado que la transparencia comportaría dejar atrás todo aquello.

—De eso se trata precisamente —le había explicado Bailey—. Creo que, en primer lugar, te mantendrá en contacto con el trabajo de base que hacías ahí. En segundo lugar, creo que tus seguidores y espectadores agradecerán que continúes haciendo un trabajo tan esencial. Será un acto de humildad muy conmovedor, ¿no te parece?

Mae había sido consciente enseguida del poder que detentaba —se había convertido de la noche a la mañana en una de las tres circulistas más visibles– y había decidido llevarlo con despreocupación. De manera que cada semana encontraba un rato para volver a su antigua unidad y a su antigua mesa de trabajo, que le habían dejado desocupada. Se habían producido cambios –ahora había nueve pantallas y se animaba al personal de EdC a que se involucraran más profundamente con sus clientes, a que fueran más allá en sus respuestas–, pero el trabajo era esencialmente el mismo, y Mae descubrió que agradecía su ritmo, la naturaleza casi meditativa de hacer algo que sabía hacer sin pensar, y en los momentos de estrés o de calamidad se sorprendía a sí misma queriendo ir a EdC.

Y así pues, en su tercera semana de transparencia, un miércoles soleado planeó hacer noventa minutos de EdC antes de que el resto de la jornada la absorbiera. A las tres tenía que hacer un recorrido guiado por la Era Napoleónica, donde estaban presentando un modelo de la eliminación del dinero físico –el hecho de que el dinero de internet se pudiera rastrear con facilidad eliminaría de la noche a la mañana franjas enormes de delincuencia–, y a las cuatro se suponía que tenía que presentar las nuevas residencias para músicos del campus: veintidós apartamentos completamente equipados donde los músicos, en especial los que no podían contar con ganarse la vida por medio de las ventas de sus discos, podían vivir gratis y tocar con regularidad para los circulistas. Con aquello ya ocuparía la primera mitad de la tarde. A las cinco se suponía que tenía que asistir al anuncio público del último político que se había vuelto visible. La razón de que siguieran llevando a cabo aquellas proclamas a bombo y platillo –ahora las llamaban Clarificaciones– era un misterio para ella y para muchos de sus espectadores. Había decenas de millares de cargos electos visibles por todo el país y todo el mundo, y el movimiento ya no era tan novedoso como inevitable; la mayoría de los observadores predecían una total transparencia de los gobiernos, al menos los democráticos –y gracias a SeeChange pronto no habría de ninguna otra clase–, en un plazo de dieciocho meses. Después de la Clarificación había una batalla de improvisación humorística en el campus, un evento de captación de fondos para una escuela del Pakistán rural, una cata de vinos y por fin una barbacoa para todo el campus, con música de un coro de trance peruano.

Mae entró en la sala de su antiguo equipo, donde las frases de ella —LOS SECRETOS SON MENTIRAS, COMPARTIR ES QUERER y LA PRIVACIDAD ES UN ROBO— habían sido forjadas en acero fundido y ocupaban una pared entera. El lugar estaba a reventar de novatos, todos los cuales levantaron la vista, alarmados y contentos de verla allí entre ellos. Ella los saludó con la mano, les dedicó una burlona reverencia teatral, vio a Jared plantado en la puerta de su despacho, y lo saludó también con la mano. Luego, decidida a hacer su trabajo con discreción, Mae se sentó, se conectó y abrió la compuerta. Respondió tres consultas con rapidez y obtuvo una media de 99. Su cuarta clienta fue la primera en darse cuenta de que era Mae quien estaba resolviendo su consulta, Mae la Transparente.

«¡Te estoy viendo!», le escribió la clienta, compradora de espacios publicitarios para una empresa importadora de material deportivo de Nueva Jersey. Se llamaba Janice, y estaba entusiasmada con el hecho de poder ver a Mae teclear la respuesta a su consulta en tiempo real, en su pantalla, justo al lado de donde estaba recibiendo la respuesta escrita de Mae. «¡Galería de espejos!», escribió.

Después de Janice, Mae tuvo a una serie de clientes que no sabían que era ella la que estaba contestando a sus preguntas, y Mae descubrió que aquello la molestaba. Una de ellos, una distribuidora de camisetas de Orlando llamada Nanci, le pidió que se uniera a su red profesional, y Mae aceptó de inmediato. Jared le había dicho que ahora se animaba al personal de EdC a llegar a un nivel nuevo de reciprocidad. Si mandabas un cuestionario, tenías que estar dispuesto a contestar otro tú. Así pues, después de unirse a la red profesional de la distribuidora de camisetas de Orlando, recibió otro mensaje de Nanci. En él le pedía a Mae que respondiera a un breve cuestionario sobre sus preferencias en materia de vestimenta informal, y Mae aceptó. Siguió el link que llevaba al cuestionario y descubrió que no era precisamente breve; tenía nada menos que ciento veinte preguntas. Pero Mae estuvo encantada de contestarlas, sintió que su opinión importaba y que estaba siendo escuchada, y aquella clase de reciprocidad generaría lealtad en Nanci y en toda la gente con quien Nanci se pusiera en contacto. Tras recibir las respuestas a la encuesta, Nanci le mandó un efusivo agradecimiento y le dijo que podía elegir la camiseta que quisiera, y dirigió a Mae a su web de venta al público. Mae le dijo que ya la elegiría en otro momento, pero Nanci le volvió a escribir para decirle que no podía esperar a ver qué camiseta elegía. Mae miró su reloj; llevaba ocho minutos con la consulta de Orlando, lo cual sobrepasaba con creces la nueva directriz, que estipulaba 2,5 minutos por consulta.

Mae sabía que tenía que pisar el acelerador con las diez preguntas siguientes para volver a conseguir una media aceptable. Fue a la web de Nanci, eligió una camiseta que mostraba a un perro con disfraz de superhéroe y Nanci le dijo que había hecho una gran elección. A continuación Mae pasó a la siguiente consulta, y estaba adaptando una respuesta genérica sencilla cuando le llegó otro mensaje de Nanci. «Siento ser tan sensible, pero después de invitarte a que te unieras a mi red profesional, no me has pedido que me uniera a la tuya, y aunque sé que soy una don nadie de Orlando, te quiero decir que me has hecho sentirme subestimada.» Mae le dijo a Nanci que no tenía intención de hacerla sentir subestimada, que simplemente en el Círculo había mucho trabajo, y que se le había ido de la cabeza la reciprocidad básica, algo que remedió al instante. Mae terminó con su siguiente consulta, obtuvo un 98 y estaba mandando el segundo formulario cuando recibió otro mensaje de Nanci. «¿Has visto mi mensaje de la red profesional?» Mae miró todos sus canales y no vio ningún mensaje de Nanci. «¡Lo he colgado en el tablón de mensajes de tu red profesional!», dijo. De manera que Mae fue a aquella página, que no visitaba a menudo, y vio que Nanci le había escrito: «¡Hola, desconocida!». Mae tecleó: «¡Hola a ti! ¡¡Pero no eres ninguna desconocida!!», y aunque por un momento pensó que aquello terminaría con su conversación, decidió quedarse un momento a esperar en aquella página, presintiendo que Nanci no había terminado. Y así era: «¡Me encanta que me hayas contestado! Pensé que tal vez te habrías mosqueado porque te llamara "desconocida". ¿Me prometes que no te has mosqueado?». Mae le prometió a Nanci que no se había mosqueado, le contestó con un XO, a continuación le mandó diez sonrisas y regresó a sus consultas, confiando en que Nanci se quedara satisfecha y feliz y no hubiera problemas entre ellas. Contestó tres consultas más, les mandó formularios de encuesta y vio que su media era 99. Aquello provocó una oleada de zings de felicitación de parte de una multitud de espectadores contentos de ver el compromiso que Mae seguía teniendo con las tareas cotidianas del Círculo y esenciales para el funcionamiento del mundo. Muchos de sus espectadores, le recordaron, también tenían trabajos de oficina, y precisamente porque Mae seguía haciendo aquel trabajo, de forma voluntaria y pasándoselo bien de forma evidente, ellos la consideraban un modelo y una inspiración. Aquello le resultó agradable. Le resultó valioso de verdad. Los clientes la hacían mejor persona. Y servirlos mientras era transparente la hacía mucho mejor todavía. Ella ya se lo había esperado. Stewart le había contado que cuando te están viendo miles de personas, o hasta millones, es cuando ofreces lo mejor de ti. Eres más jovial, más positivo, más cortés, más generoso y más perspicaz. Sin embargo, no le había hablado de las pequeñas mejoras que experimentaría su conducta.

La primera vez que la cámara había alterado sus acciones fue un día en que había entrado en la cocina en busca de algo que comer. La imagen de su pulsera mostró el interior de la nevera mientras ella buscaba algo para picar. Normalmente habría cogido un brownie helado, pero al ver la imagen de su mano yendo a cogerlo, y al darse cuenta de que todo el mundo lo veía, se refrenó. Cerró la nevera, eligió un paquete de almendras del cuenco que había en la encimera y salió de la cocina. Aquel mismo día le entró dolor de cabeza, causado, pensó, por comer menos chocolate de lo normal. Metió la mano en el bolso, donde tenía unos cuantos paquetes de una dosis de aspirina cada uno, pero nuevamente vio en su pantalla lo que estaba viendo todo el mundo. Vio una mano hurgando en un bolso, escarbando, y se sintió instantáneamente desesperada y desgraciada, como si fuera una adicta a las pastillas.

Y pasó sin la aspirina. Cada día prescindía de cosas que no quería querer. De cosas que no necesitaba. Había renunciado a los refrescos, a las bebidas energéticas y a las comidas procesadas. En los eventos sociales del Círculo, aguantaba toda la fiesta con una sola copa, y siempre intentaba dejarla sin acabar. Cualquier falta de moderación provocaba una ráfaga de zings de preocupación, de manera que se mantenía dentro de los límites de la moderación. Y le resultó liberador. Estaba liberada de las malas conductas. Estaba liberada de las cosas que no quería hacer, de las comidas y las bebidas que no eran buenas para ella. Desde que era transparente se había vuelto más noble. La gente le decía que era un modelo. Las madres le decían que sus hijas la admiraban, y aquello le dio más sensación de responsabilidad, una sensación de responsabilidad —hacia los circulistas, hacia sus clientes y socios, hacia las jóvenes que la consideraban una inspiración— que la mantenía con los pies en el suelo y daba energía a sus jornadas.

Se acordó entonces de la encuesta del Círculo, se puso sus auriculares de CircleSurvey y empezó. A sus espectadores les transmitía sus opiniones constantemente, cierto, y se sentía mucho más influyente que antes, pero echaba un poco de menos el ritmo pulcro y el formato de pregunta y respuesta que tenía la encuesta. Abrió la consulta de otro cliente. Y asintió con la cabeza. Sonó la campanita lejana. Asintió con la cabeza.

—Gracias. ¿Estás contenta con el estado de la seguridad de los aeropuertos?

—Sonrisa —dijo Mae.

—Gracias. ¿Te parecería bien que se produjeran cambios en los procedimientos de seguridad de los aeropuertos?

—Sí.

—Gracias.

—¿El estado de la seguridad de los aeropuertos te disuade de volar más a menudo?

—Sí.

—Gracias.

Las preguntas continuaron y pudo contestar 94 antes de permitirse un momento de descanso. Pronto le llegó la voz, inalterable.

—Mae.

Ella no le hizo caso.

—Mae.

Su nombre, dicho con su voz, seguía teniendo poder sobre ella. Y no había descubierto por qué.

—Mae.

Aquella vez le pareció la voz de una versión más pura de sí misma.

–Mae.

Se miró la pulsera y vio varios zings que le preguntaban si estaba bien. Sabía que tenía que responder a menos que quisiera que sus espectadores pensaran que había perdido la cabeza. Era uno de los muchos ajustes a los que tenía que acostumbrarse: ahora había miles de personas viendo lo que ella veía, teniendo acceso a los datos sanitarios de ella, oyéndole la voz y viéndole la cara; siempre se la podía ver a través de algunas de las cámaras de SeeChange del campus, además de la que tenía en su monitor, de manera que cada vez que se desviaba de su habitual optimismo, la gente se daba cuenta.

–Mae.

Ella quería oírlo otra vez, de forma que no dijo nada.

–Mae.

Era la voz de una mujer joven, de una mujer joven que sonaba inteligente, feroz y capaz de todo.

–Mae.

Era una versión mejor y más indomable de ella misma.

–Mae.

Se sentía más fuerte cada vez que la oía.

Se quedó en EdC hasta las cinco, a continuación les enseñó a sus espectadores la Clarificación más reciente, la del gobernador de Arizona, y disfrutó de la transparencia por sorpresa de toda la plantilla del gobernador: muchos cargos lo estaban haciendo para demostrar a sus electores que no se llevaban a cabo acuerdos en las sombras, lejos de los focos que iluminaban al líder manifiesto. En la fiesta de la Clarificación, Mae se juntó con Renata, Denise y Josiah –circulistas que antaño habían detentado poder sobre ella y ahora eran sus acólitos–, y al acabarse fueron a cenar todos al Comedor de Cristal. Había pocas razones para ir a comer fuera del campus, dado que Bailey, confiando en generar más discusiones, intercambios de ideas y socialización entre los circulistas, había instituido una nueva política según la cual toda la comida no solo era gratis, igual que siempre, sino que además la preparaba un chef famoso distinto cada día. Los chefs agradecían la publicidad que les daba aquello –miles de circulistas posteando sonrisas, zings y fotos–, de manera que el programa se hizo instantánea y desmesuradamente popular y las cafeterías rebosaron de gente y, presumiblemente, de ideas.

En medio del bullicio de la noche, Mae comió, sintiéndose desorientada, con las palabras y los mensajes crípticos de Kalden todavía resonándole en la cabeza. Se alegró, pues, de las distracciones que le ofrecía la velada. La batalla de improvisaciones humorísticas fue apropiadamente terrible y graciosa a pesar de su incompetencia sin paliativos, el acto de captación de fondos para Pakistán fue absolutamente inspirador –se consiguió reunir 2,3 millones de sonrisas para la escuela– y por fin se celebró la barbacoa, donde Mae se permitió una segunda copa de vino antes de acomodarse en su habitación de la residencia.

Ya hacía seis semanas que ocupaba aquella habitación. Ya no tenía sentido coger el coche para volver a su apartamento, que era caro y además, la última vez que ella había estado en él, después de ocho días ausente, tenía ratones. De manera que lo había dejado y se había unido al centenar de colonos, circulistas que se mudaban de forma permanente al campus. Las ventajas eran obvias y la lista de espera ya tenía 1.209 nombres. Actualmente en el campus había sitio para 288 circulistas, y la empresa acababa de comprar un edificio cercano, una antigua fábrica, que planeaba convertir en 500 habitaciones más. A Mae le habían subido la habitación de categoría y ahora tenía mobiliario completo, pantallas de pared y persianas, todo monitorizado de forma centralizada. Cada día le limpiaban la habitación y se la avituallaban tanto con sus productos estándar –supervisados por Homie– como con productos en versión beta. Podía pedir lo que quisiera siempre y cuando a cambio suministrara sus opiniones a los fabricantes.

Se lavó la cara, se cepilló los dientes y se acomodó en aquella cama blanca como una nube. La transparencia era optativa después de las diez de la noche, y ella solía apagarse tras cepillarse los dientes, que había descubierto que era algo que interesaba a la gente en general y que además creía que podía promover la buena salud dental entre su público más joven. A las 22.11 les dio las buenas noches a sus espectadores –en aquel momento no había más que 98.027, unos pocos millares de los cuales le devolvieron las buenas noches–, se quitó la cámara por la cabeza y la guardó en su estuche. Tenía permiso para apagar las cámaras de SeeChange de su habitación, pero en la práctica casi nunca lo hacía. Sabía que las imágenes que podían captar, por ejemplo de sus movimientos durante el sueño, podrían tener valor algún día, de manera que dejaba las cámaras encendidas. Había tardado unas semanas en acostumbrarse a dormir con sus monitores de pulsera –una noche se había arañado la cara y otra había resquebrajado la pantalla–, pero los ingenieros del Círculo habían mejorado su diseño, reemplazando las pantallas rígidas por otras más flexibles e irrompibles, y ahora se sentía incompleta sin ellas.

Se quedó sentada en la cama, consciente de que solía tardar una hora en dormirse. Encendió la pantalla de pared, con la intención de ver qué hacían sus padres. Pero tenían todas las cámaras de SeeChange apagadas. Les mandó un zing, sin esperar respuesta y sin obtenerla. Repasó su canal de Zing, leyendo algunos zings graciosos, y como había perdido tres kilos desde que era transparente, se pasó veinte minutos buscando una falda y una camiseta nuevas, pero en algún punto de la octava página web que visitaba sintió que se le volvía a abrir la herida que tenía dentro. Sin razón alguna, visitó la página de Mercer para ver si seguía desactivada y vio que sí. Buscó cualquier mención reciente a él en la red o cualquier noticia de su paradero, pero no la encontró. La herida siguió creciendo dentro de ella, una negrura insondable que se extendía bajo sus pies. En su nevera tenía un poco del sake al que Francis la había introducido, de manera que se levantó, se sirvió una cantidad excesiva y se lo bebió. Fue al portal de SeeChange y se dedicó a mirar emisiones desde playas de Sri Lanka y Brasil, sintiéndose más tranquila, más reconfortada, y luego se acordó de que unos cuantos millares de universitarios que se hacían llamar los ChangeSeers se habían diseminado por todo el planeta, instalando cámaras en las regiones más remotas. De manera que pasó un rato contemplando una aldea en el desierto de Namibia, donde un par de mujeres preparaban la comida y sus hijos jugaban al fondo. Después de mirar unos minutos, sin embargo, sintió que la herida crecía más, que los gritos bajo el agua se volvían más fuertes, un susurro insoportable. Volvió a buscar a Kalden, escribiendo su nombre de formas nuevas e irracionales, repasando durante cuarenta y cinco minutos el directorio de la empresa cara a cara, sin encontrar a nadie que se le pareciera en absoluto. Apagó las cámaras de SeeChange, se sirvió más sake, se lo bebió, se metió en la cama y, pensando en Kalden y en sus manos, se rodeó los pezones con la mano izquierda, mientras con la derecha se apartaba las bragas a un lado y simulaba los movimientos de una lengua, de la lengua de él. No tuvo ningún efecto. Pero el sake le estaba vaciando la mente de preocupaciones y por fin, justo antes de las doce, encontró algo parecido al sueño.

—A ver, todo el mundo —dijo Mae. Era una mañana luminosa y se sentía lo bastante animada como para probar una expresión que confiaba en que se popularizara en el Círculo o incluso más allá—. ¡Hoy es un día como todos, porque es distinto a todos los demás!

Después de decirlo, se miró la pulsera, pero vio pocas señales de que hubiera tocado alguna fibra. Se quedó momentáneamente desinflada, pero el día en sí, la promesa ilimitada que ofrecía, la animó. Eran las 9.34 de la mañana, el sol volvía a brillar y a calentar y el campus estaba lleno de ajetreo y de excitación. Si a los circulistas les hacía falta alguna prueba de que estaban en medio de algo trascendente, el día ya se la había traído. Empezando a las 8.31, una serie de helicópteros había agitado el campus, trayendo a los líderes de todas las grandes compañías aseguradoras y de las agencias sanitarias mundiales, de los Centros para el Control de Enfermedades y de hasta la última empresa farmacéutica importante. Por fin, se rumoreaba, se iba a producir una puesta en común completa de información entre todas aquellas entidades hasta entonces desconectadas y hasta enfrentadas, y cuando por fin se coordinaran, y compartieran todos los datos sanitarios que habían reunido —la mayoría de lo cual era posible gracias al Círculo y, más importante todavía, gracias a TruYou—, se podría detener a los virus en sus fuentes y perseguir las enfermedades hasta sus raíces. Mae llevaba toda la mañana observando a aquellos ejecutivos, médicos y agentes que se paseaban risueños por el recinto, rumbo al recién construido Hipocampo. Allí iban a pasar una jornada de reuniones —esta vez privadas, aunque prometiendo futuros foros públicos— y más tarde habría un concierto de un cantautor anciano que solo le gustaba a Bailey y que había venido la noche anterior para cenar con los Tres Sabios.

Lo más importante para Mae, sin embargo, era que uno de los muchos helicópteros de la mañana traía a Annie, que por fin volvía a casa. Llevaba casi un mes en Europa, China y Japón, puliendo algunos problemillas de regulación y reuniéndose con algunos de los líderes transparentes de allí, con resultados positivos, a juzgar por el número de sonrisas que Annie había posteado en su canal de Zing en la conclusión del viaje. Sin embargo, a Mae y a Annie les había resultado difícil tener conversaciones más significativas que aquella. Annie la había felicitado por su transparencia, por su «ascensión», textualmente, pero luego había estado demasiado ocupada. Demasiado ocupada para escribirle mensajes sustanciales y demasiado ocupada para tener llamadas telefónicas de las que pudiera estar orgullosa, le había dicho. Habían intercambiado mensajes breves todos los días, pero el horario de Annie había sido, textualmente, «de locos», y la diferencia horaria comportaba que casi nunca estuvieran sincronizadas ni pudieran intercambiar nada profundo.

Annie le había prometido que llegaría por la mañana, directa desde Pekín, y a Mae le estaba costando concentrarse mientras esperaba. Había estado mirando cómo aterrizaban los helicópteros, escrutando las azoteas con los ojos entornados, buscando la cabeza rubia de Annie, pero sin éxito. Ahora le tocaba pasar una hora en el Pabellón Protagórico, una tarea que sabía que era importante y que normalmente le habría resultado fascinante, pero que hoy le parecía una muralla infranqueable que la separaba de su mejor amiga.

En un panel de granito situado delante del Pabellón Protagórico, se citaba de forma un poco libre al autor que daba nombre al edificio: «Los seres humanos son la medida de todas las cosas».

—Y lo que es más importante para lo que nos ocupa —dijo Mae, abriendo la puerta—, es que ahora, con las herramientas de las que disponemos, «los seres humanos realmente pueden medir todas las cosas». ¿No es verdad, Terry?

Delante de ella tenía a un tipo alto coreano-americano, Terry Min.

—Hola, Mae. Hola, espectadores y seguidores de Mae.

—Te has cortado el pelo distinto —dijo ella.

Gracias al regreso de Annie, Mae tenía ganas de decir tonterías, y Terry se quedó momentáneamente descolocado. No se había esperado comentarios improvisados.

—Ah, sí —dijo, pasándose los dedos por el pelo.

—Es anguloso —dijo Mae.

—Sí. Es más anguloso. ¿Entramos?

—Deberíamos, sí.

Los diseñadores del edificio se habían esforzado por usar formas orgánicas que suavizaran la naturaleza rígidamente matemática del trabajo cotidiano de los ingenieros. El atrio tenía revestimiento plateado y parecía ondularse, como si estuvieran en el fondo de un enorme metro ondulado.

—¿Qué vamos a ver hoy, Terry?

—He pensado empezar con una visita guiada y luego profundizar un poco más en algunas cosas que estamos haciendo para el sector educativo.

Mae siguió a Terry por el edificio, que tenía más aire de madriguera de ingenieros que las partes del campus que ella estaba acostumbrada a visitar. El truco de cara a su público era equilibrar lo mundano con las partes más glamurosas del Círculo; era necesario revelar ambas cosas, y estaba claro que había miles de espectadores más interesados en las salas de calderas que en los áticos, pero la proporción tenía que ser precisa.

Pasaron junto a Josef, el de los dientes, y a continuación saludaron a varios programadores e ingenieros, todos los cuales se giraron para explicar su trabajo lo mejor que pudieron. Mae miró la hora y vio que tenía un aviso nuevo de la doctora Villalobos. Le pedía a Mae que fuera a visitarla en cuanto pudiera. «Nada urgente —le dijo—. Pero tendría que ser hoy.» Mientras recorrían el edificio, Mae le tecleó la respuesta a la doctora, diciéndole que la vería media hora después.

—¿Vemos ahora el proyecto educativo?

—Me parece una gran idea —dijo Terry.

Caminaron por un pasillo curvado y entraron en un espacio abierto enorme, donde trabajaba sin particiones al menos un centenar de circulistas. Tenía un poco el aspecto de mercado de valores de mediados de siglo.

—Como tal vez sepan tus espectadores —dijo Terry—, el Departamento de Educación nos ha dado una buena beca…

—¿No eran tres mil millones de dólares? —dijo Mae.

—Bueno, la cifra es lo de menos —dijo Terry, profusamente satisfecho de la cifra y de lo que demostraba, que era que Washington sabía que el Círculo lo podía medir todo, incluido el rendimiento de los estudiantes, mejor de lo que ellos jamás podrían—. Lo que importa es que nos han pedido que diseñemos e implantemos un sistema global de análisis de datos más eficaz para los estudiantes de todo el país. Ah, espera, esto mola —dijo Terry.

Se detuvieron delante de una mujer que llevaba a un niño pequeño. El niño debía de tener unos tres años y estaba jugando con un reloj de pulsera muy plateado que llevaba en la muñeca.

—Hola, Marie —le dijo Terry a la mujer—. Esta es Mae, como seguramente ya sabrás.

—Conozco a Mae, sí —dijo Marie, con un ligerísimo acento francés—, y Michel también la conoce. Di hola, Michel.

Michel decidió saludarla con la mano.

—Dile algo a Michel, Mae —dijo Terry.

—¿Cómo estás, Michel? —dijo Mae.

—Venga, enséñaselo —dijo Terry, dándole un empujoncito a Michel en el hombro.

En su pantalla minúscula, el reloj de pulsera acababa de registrar las tres palabras que Mae acababa de decirle. Bajo aquellas palabras había un contador donde se veía el número 29.266.

—Los estudios revelan que los niños necesitan oír por lo menos treinta mil palabras al día —explicó Marie—. Así que el reloj hace algo muy simple, que es reconocer, categorizar y, lo que es más crucial, contar esas palabras. Es principalmente para los niños que se educan en casa o antes de la edad escolar. En cuanto van a la escuela, damos por sentado que todo esto se calcula en la clase.

—Es una buena transición —dijo Terry.

Les dieron las gracias a Marie y a Michel y se alejaron por el pasillo, rumbo a una sala grande que estaba decorada como una clase pero modernizada con docenas de pantallas, sillas ergonómicas y espacios de trabajo colaborativos.

—Ah, aquí está Jackie —dijo Terry.

Jackie, una mujer elegante de unos treinta y cinco años, apareció y le estrechó la mano a Mae. Llevaba un vestido sin mangas que le resaltaba los hombros anchos y los brazos de maniquí. Tenía una pequeña escayola en la muñeca derecha.

—Hola, Mae, me alegro mucho de que nos hayas podido visitar hoy.

Tenía una voz pulida y profesional pero con un matiz de coqueteo. Se plantó ante la cámara, con las manos juntas delante.

—Muy bien, Jackie —dijo Terry, a quien claramente le gustaba tenerla cerca—. ¿Puedes contarnos un poco lo que haces aquí?

Mae vio una alerta en su muñeca y los interrumpió.

—Mejor cuéntanos primero de dónde vienes. Antes de encabezar este proyecto. Es una historia interesante.

—Vaya, gracias por decirlo, Mae. No sé si es muy interesante, pero antes de unirme al Círculo trabajaba con fondos de inversión privados, y antes de eso formé parte de un grupo que montó…

—Eras nadadora —le apuntó Mae—. ¡Estuviste en las Olimpíadas!

—Ah, eso —dijo Jackie, poniéndose una mano frente a la boca sonriente.

—¿Ganaste una medalla de bronce en 2000?

—Pues sí.

La repentina timidez de Jackie resultaba adorable. Mae miró en busca de confirmación y vio que se acumulaban unos cuantos millares de sonrisas.

—Y dijiste internamente que tu experiencia como nadadora de categoría mundial dio forma al plan que tienes aquí, ¿no?

—Así es, Mae —dijo Jackie, que ahora parecía entender adónde estaba yendo a parar Mae con aquel diálogo—. Hay muchas cosas de las que podríamos hablar sobre el Pabellón Protagórico, pero una muy interesante para tus espectadores es lo que estamos llamando el YouthRank. Ven aquí un segundo. Miremos el tablero grande. −Llevó a Mae a una pantalla de pared de unos seis metros cuadrados−. Llevamos unos meses probando un sistema en Iowa, y ahora que estás aquí, parece un buen momento para hacerte una demostración. Tal vez a alguno de tus espectadores que asistan actualmente a un instituto de secundaria de Iowa le gustaría mandarte su nombre y la escuela a la que va…

−Ya la habéis oído −dijo Mae−. ¿Alguien que nos esté viendo desde Iowa y que vaya actualmente al instituto?

Mae se miró la muñeca, adonde le habían llegado once zings. Se los enseñó a Jackie, que asintió con la cabeza.

−Vale −dijo Mae−. ¿Solo necesitas su nombre?

−Nombre y escuela −dijo Jackie.

Mae leyó uno de sus zings.

−Tengo aquí a Jennifer Batsuuri, que dice que asiste a la Achievement Academy de Cedar Rapids.

−Muy bien −dijo Jackie, volviéndose a la pantalla−. Mostremos a Jennifer Batsuuri de la Achievement Academy.

El nombre apareció en pantalla, acompañado de una foto escolar. La foto reveló que era una chica india-americana de unos dieciséis años, con ortodoncia y uniforme verde y canela. Al lado de su foto, dos contadores numéricos empezaron a girar y sus cifras a ascender, hasta que se ralentizaron y se detuvieron con la cifra superior en 1.396 y la inferior en 179.827.

−Vaya, vaya. ¡Felicidades, Jennifer! −dijo Jackie, con la vista puesta en la pantalla. Se giró hacia Mae−. Parece que tenemos aquí a toda una triunfadora de la Achievement Academy. Está en el puesto 1.396 de 179.827 en el ranking de los alumnos de secundaria de Iowa.

Mae miró la hora. Necesitaba acelerar la demostración de Jackie.

−¿Y cómo se calcula…?

−La puntuación de Jennifer es el resultado de comparar sus notas de exámenes, el puesto que ocupa en la clase y la fuerza académica relativa de su instituto, entre otros factores.

−¿Qué te parece eso, Jennifer? −preguntó Mae.

Se miró la pulsera, pero el canal de Jennifer guardaba silencio.

Hubo un breve momento de incomodidad mientras Mae y Jackie esperaban a que Jennifer regresara para manifestar su alegría, pero no regresó. Mae se dio cuenta de que tocaba seguir adelante.

—¿Y esta puntuación se puede comparar con la del resto de los estudiantes del país, y quizá hasta del mundo?

—Esa es la idea —dijo Jackie—. Igual que dentro del Círculo conocemos nuestro ranking de participación, por ejemplo, pronto podremos saber en cualquier momento qué puesto ocupan nuestros hijos o nuestras hijas en relación con el resto de los estudiantes de Estados Unidos, y luego con el resto de los estudiantes del mundo.

—Pues parece muy útil —dijo Mae—. Y eliminaría muchas dudas y mucho estrés que hay hoy día.

—Bueno, piensa en lo que significaría de cara a que unos padres entendieran las posibilidades que tiene su hijo o su hija de ser admitido en la universidad. Cada año hay unas doce mil plazas para ingresar en una universidad de la Ivy League. Si tu hijo o hija está en los primeros doce mil puestos del ranking nacional, entonces ya sabes que tiene muchas posibilidades de ocupar una de esas plazas.

—¿Y cada cuánto se actualizará?

—Pues a diario. En cuanto obtengamos participación plena de todas las escuelas y distritos, podremos hacer los rankings diarios, incorporando al instante todos los exámenes y los juegos de conocimientos generales. Y, por supuesto, los rankings se pueden dividir entre la enseñanza pública y la privada, por zonas, y también combinar, cotejar y analizar para ver las tendencias relacionadas con diversos factores más: socioeconómicos, raza, etnicidad, lo que sea.

OA tintineó en el oído de Mae.

—Pregúntale cómo intersecta con TruYouth.

—Jackie, tengo entendido que esto se solapa de forma interesante con TruYouth, lo que antes se conocía como ChildTrack.

Nada más decir la frase, a Mae le vino una oleada de náusea y sudores. No quería ver a Francis. Tal vez no vendría Francis... Había otros circulistas en el proyecto. Se miró la pulsera, pensando que podría encontrarlo rápidamente usando CircleSearch. Pero ya estaba allí, caminando hacia ella.

—Aquí tenemos a Francis Garaventa —dijo Jackie, sin percibir la angustia de Mae–, que puede hablarnos de la intersección entre YouthRank y TruYouth, un producto que tengo que decir que es al mismo tiempo revolucionario y necesario.

Mientras Francis se les acercaba, con las manos tímidamente unidas tras la espalda, Mae y Jackie se lo quedaron mirando y Mae notó en primer lugar que se le acumulaba el sudor en las axilas y en segundo lugar que Jackie tenía sentimientos hacia Francis que excedían lo profesional. Aquel era un Francis distinto. Seguía siendo tímido, y menudo, pero su sonrisa estaba llena de confianza, como si acabaran de elogiarlo hacía poco y ahora esperara más.

–Hola, Francis –dijo Jackie, estrechándole la mano con la que no tenía rota y girando el hombro con gesto coqueto.

No fue evidente para la cámara, ni tampoco para Francis, pero a Mae le pareció tan sutil como un gong.

–Hola, Jackie, hola, Mae –les dijo él–. ¿Os puedo llevar a mi guarida?

Sonrió y, sin esperar respuesta, dio media vuelta y las condujo a la sala de al lado. Mae no había visto su despacho y ahora sintió el conflicto de si debía o no enseñárselo a sus espectadores. Se trataba de una sala a oscuras con docenas de pantallas desplegadas por la pared formando un mosaico continuo.

–Como puede que sepan tus espectadores, hemos estado probando un programa pionero para que los niños vivan más seguros. En los estados donde hemos estado probando el programa, ha habido un descenso casi del noventa por ciento en todos los delitos, y una caída del cien por cien en los secuestros infantiles. En todo el país solo se ha producido un total de tres secuestros y todos se han resuelto en cuestión de minutos gracias a nuestra capacidad para encontrar la ubicación de los niños implicados.

–Ha sido absolutamente increííble –dijo Jackie, negando con la cabeza, en un tono grave e impregnado de algo parecido a la lujuria.

Francis le dedicó una sonrisa, sin darse cuenta de nada, o bien fingiendo que no se daba cuenta. A Mae le bullían miles de sonrisas y cientos de comentarios en la pulsera. Había padres que vivían en estados donde no había TruYouth que se estaban planteando mudarse. A Francis lo estaban comparando con Moisés.

—Y entretanto —dijo Jackie—, el equipo que está aquí en el Pabellón Protagórico ha estado trabajando para coordinar todos los baremos de los alumnos, para asegurarnos de que todas las puntuaciones de los deberes, lecturas, asistencia y notas de exámenes se guarden en una sola base de datos unificada. Estamos a un paso del momento en que, en cuanto el alumno esté listo para ir a la universidad, ya sabremos con precisión absoluta todo lo que ese alumno ha aprendido. Hasta la última palabra que haya leído, hasta la última palabra que haya mirado en el diccionario, hasta la última frase que haya subrayado, la última ecuación que haya escrito y su última respuesta y corrección. Se acabará el tener que adivinar qué nivel tiene cada alumno y qué es lo que sabe.

Seguía llegando a la pulsera de Mae una tromba de mensajes. «¿Dónde estaba esto hace veinte años? —escribió un espectador—. Mis hijos habrían ido a Yale.»

Ahora Francis intervino. La idea de que Jackie y él habían estado ensayando aquello asqueó a Mae.

—Ahora viene la parte emocionante y espectacularmente simple —dijo, dedicando a Jackie una sonrisa de respeto profesional—. Y es que podemos almacenar toda esta información en el mismo chip casi microscópico que ahora se usa con fines puramente de seguridad. Pero ¿qué pasaría si ese chip suministrara al mismo tiempo información de ubicación e información educativa? ¿Y si lo ponemos todo en el mismo sitio?

—Es de cajón —dijo Jackie.

—Bueno, yo espero que los padres y madres lo vean así. Las familias que participen dispondrán de acceso constante y en tiempo real a todo: ubicaciones, puntuaciones, asistencia, todo. Y no estará en un aparato portátil que el niño pueda perder. Estará en la nube y dentro del propio niño o niña, y no se perderá nunca.

—La perfección —dijo Jackie.

—Bueno, eso espero —dijo Francis, mirándose los zapatos, ocultándose tras lo que Mae sabía que era una niebla de falsa modestia—. Y, como sabéis todos —dijo ahora, girándose hacia Mae y hablando con los espectadores de esta—, aquí en el Círculo hemos estado hablando mucho del Cierre y aunque ni siquiera los circulistas sabemos todavía qué significa el Cierre, a mí me da la sensación de que es algo como esto. Conectar servicios y programas que están a menos de un palmo de distancia. Supervisamos a los niños para su seguridad y los supervisamos para averiguar la información educativa. Pues ahora estamos conectando esos dos hilos, y cuando lo hagamos, por fin podremos conocer al niño completo. Es simple, y me atrevo a decir que cierra la cuestión.

Mae estaba fuera, en el centro de la parte occidental del campus, consciente de estar haciendo tiempo hasta que regresara Annie. Eran las 13.44. Mae había creído que su amiga aparecería mucho más temprano y ahora la preocupaba perderse el momento de su llegada. Mae tenía una cita a las dos en punto con la doctora Villalobos, que además podía durar un buen rato, puesto que la doctora la había avisado de que tenía que hablarle de algo relativamente grave, aunque no grave a nivel de salud, eso lo había dejado claro. Y sin embargo, ahora los recuerdos de Annie y de la doctora se estaban viendo desplazados violentamente por Francis, que de pronto, y de manera incomprensible, le volvía a resultar atractivo.

Mae era consciente del truco barato al que había sucumbido. Francis era flaco, carecía de tono muscular, tenía mala vista y un problema acusado de eyaculación precoz, pero por el mero hecho de haber visto lujuria en la mirada de Jackie, ahora ella descubrió que quería estar otra vez a solas con él. Quería llevárselo aquella noche a su habitación. Necesitaba aclararse las ideas. Parecía un momento adecuado para explicar y revelar la nueva escultura.

—Vale, tenemos que ver esto —dijo Mae—. Esto lo hizo un artista chino de renombre que ha tenido problemas frecuentes con las autoridades de su país. —En aquel momento, sin embargo, Mae no se acordaba del nombre del artista—. Mientras hablamos del tema, quiero dar las gracias a todos los espectadores que han mandado caras enfadadas al gobierno de ese país, tanto por perseguir al artista del que hablamos como por sus restricciones a las libertades de internet. Hemos mandado más de ciento ochenta millones de caras enfadadas solo desde Estados Unidos, y podéis estar seguros de que van a tener efecto en el régimen.

Mae seguía sin acordarse del nombre del artista y se dio cuenta de que la gente estaba a punto de reparar en aquella omisión. Entonces le llegó a la muñeca el mensaje: «¡Di cómo se llama el tipo!». Y le pasaron el nombre.

Dirigió la cámara a la escultura y unos cuantos circulistas que había entre ella y la pieza se apartaron de su camino.

—No, no, no pasa nada —dijo Mae—. Así me ayudáis a que se vea el tamaño que tiene —les dijo, y ellos retrocedieron hacia el objeto, que los hizo parecer diminutos.

La escultura tenía casi cinco metros de alto y estaba hecha de una forma fina y perfectamente translúcida de metacrilato. Aunque la mayoría de la obra previa del artista había sido conceptual, aquella era inconfundiblemente figurativa: una mano enorme, grande como un coche, asomaba desde, o a través de, un rectángulo enorme, que la mayoría de la gente interpretaba como alguna clase de pantalla de ordenador.

La obra se titulaba *Una mano tendida por el bien de la humanidad*, e inmediatamente después de su introducción se había hecho famosa por su franqueza, anómala en la obra habitual del autor, que se caracterizaba por su tono oscuramente sardónico, normalmente a expensas de la China emergente y de su sentido de la propia dignidad.

—Esta escultura está realmente llegando al alma de los circulistas —dijo Mae—. Me han contado que hay gente que se pone a llorar delante de ella. Como podéis ver, a la gente le gusta hacerle fotos.

Mae había visto a varios circulistas posar ante la mano gigante como si los estuviera intentando agarrar a ellos, a punto de cogerlos y elevarlos. Mae decidió entrevistar a las dos personas que había más cerca de los dedos extendidos de la escultura.

—¿Cómo os llamáis?

—Gino. Trabajo en la Era de las Máquinas.

—¿Y qué significa para ti esta escultura?

—Bueno, no soy experto en arte, pero me parece bastante obvio. Está intentando decir que necesitamos más formas de tender una mano a través de la pantalla, ¿verdad?

Mae estaba asintiendo con la cabeza, porque aquel era el significado obvio para todo el mundo del campus, pero le daba la impresión de que era mejor decirlo para el beneficio de culquiera a quien no se le diera tan bien interpretar el arte. Ninguno de los intentos de ponerse en contacto con el artista después de su instalación había tenido éxito. Bailey, que era quien había encargado la obra, decía que él no había metido mano —«Ya sabéis cómo me gustan los juegos de palabras»— ni en su tema ni en su ejecución. Pese a ello, estaba excitadísimo con el resultado, y se moría de ganas de que el artista viniera al campus a hablar de la escultura, pero el artista había dicho que no podía venir en persona, ni siquiera comunicarse por teleconferencia. Prefería que la escultura hablara por sí misma, había dicho. Mae se volvió hacia la mujer que estaba con Gino.

—¿Y tú quién eres?

—Rinku. También de la Era de las Máquinas.

—¿Y estás de acuerdo con Gino?

—Sí. O sea, a mí esto me parece muy profundo. O sea, que necesitamos encontrar más formas de conectar. La pantalla es una barrera y la mano la está trascendiendo...

Mae iba asintiendo con la cabeza, pensando que necesitaba acabar con aquello, cuando a través de la muñeca translúcida de la mano gigante vio a alguien que se parecía a Annie. Era una joven rubia, más o menos de la altura y constitución de Annie, y estaba cruzando el patio con paso ligero. Rinku se había animado y todavía estaba hablando.

—O sea, ¿cómo puede el Círculo encontrar formas de reforzar la conexión entre nosotros y nuestros usuarios? Para mí es increíble que este artista, que está tan lejos y es de un mundo tan distinto, exprese lo que tenemos en mente todos los que estamos en el Círculo. Cómo hacerlo mejor, hacerlo más y llegar más allá, ¿me entiendes? ¿Cómo sacamos nuestras manos por la pantalla para estar más cerca del mundo y de todos los que lo habitan?

Mae se quedó mirando cómo la figura que se parecía a Annie caminaba hacia la Revolución Industrial. Cuando la puerta se abrió, y Annie, o la gemela de Annie, entró, Mae sonrió a Rinku, les dio las gracias a ella y a Gino y miró la hora.

Eran las 13.49. Tenía que estar con la doctora Villalobos en once minutos.

—¡Annie!

La figura siguió andando. Mae no sabía si gritar fuerte, que era algo que solía molestar a los espectadores, o bien echar a correr detrás de Annie, lo cual zarandearía violentamente la cámara, algo que también molestaba a los espectadores. Se decidió por una especie de paso ligero mientras se aguantaba la cámara contra el pecho. Annie dobló otra esquina y desapareció. Mae oyó el clic de una puerta, que daba a una escalera, y fue a toda prisa hacia ella. Si no la conociera, casi diría que Annie la estaba evitando.

Cuando Mae entró en la escalera, miró hacia arriba, vio la mano inconfundible de Annie y gritó por el hueco:

—¡Annie!

Por fin la figura se detuvo. Era Annie. Se dio la vuelta, bajó lentamente las escaleras y al ver a Mae le dedicó una sonrisa exhausta y estudiada. Se abrazaron, siendo Mae consciente de que los abrazos les suponían a los espectadores momentos semicómicos, y a veces vagamente eróticos, ya que el cuerpo de la otra persona se echaba encima de la lente de la cámara y terminaba por engullirla.

Annie se separó de ella, miró a la cámara, sacó la lengua y levantó la vista hacia Mae.

—Escuchad todos —dijo Mae—, esta es Annie. Habéis oído hablar de ella: miembro de la Banda de los 40, trotamundos, coloso de la belleza y amiga íntima mía. Di hola, Annie.

—Hola —dijo Annie.

—¿Cómo ha ido el viaje? —preguntó Mae.

Annie sonrió, pero Mae se dio cuenta, por los minúsculos matices de su expresión, de que a Annie no le estaba gustando aquello. Pese a todo, consiguió evocar una máscara de felicidad y se la puso.

—Fantástico —dijo.

—¿Algo que nos quieras contar? ¿Cómo han ido las cosas con todo el mundo en Ginebra?

A Annie se le marchitó la sonrisa.

—Oh, ya sabes que no debemos hablar mucho de esas cosas, porque muchas son…

Mae asintió con la cabeza, para tranquilizar a Annie al respecto.

–Lo siento. Me refería solo a Ginebra como lugar. ¿Es bonito?

–Ya lo creo –dijo Annie–. Es fantástico. He visto a los Von Trapp y tienen ropa nueva. También hecha de cortinas.

Mae se miró la pulsera. Le quedaban nueve minutos para su cita con la doctora Villalobos.

–¿Algo más que nos quieras contar? –preguntó.

–¿Qué más? –dijo Annie–. Déjame que lo piense…

Annie inclinó la cabeza, como si la sorprendiera y hasta la incordiara un poco el que no se terminara aquella inconveniente visita. De pronto se le ocurrió algo, como si por fin se diera cuenta de lo que estaba pasando: que la habían puesto ante la cámara y ahora le tocaba asumir su cargo de portavoz de la empresa.

–Ah, sí, pues hay un programa chulísimo del que llevamos un tiempo insinuando cosas, un sistema llamado PastPerfect. Y en Alemania he estado eliminando algunos obstáculos que quedaban para que se ponga en marcha. Ahora mismo estamos buscando algún voluntario adecuado aquí en el Círculo para probarlo, pero en cuanto encontremos a la persona adecuada, eso comportará el principio de una era completamente nueva para el Círculo, y, aunque no quiero ponerme dramática, también para la humanidad.

–¡No es dramático para nada! –dijo Mae–. ¿Me puedes contar algo más del tema?

–Claro, Mae. Gracias por preguntar –dijo Annie, mirándose un momento los zapatos antes de volver a levantar la vista hacia Mae con una sonrisa profesional–. Puedo contarte que la idea básica es reunir todo el poder de la comunidad del Círculo para hacer un mapa ya no solo del presente, sino también del pasado. Ahora mismo estamos digitalizando hasta la última foto, el último noticiario cinematográfico y el último vídeo casero que hay en todos los archivos de este país y de Europa… Bueno, al menos estamos haciendo lo posible. Es una tarea hercúlea, pero en cuanto alcancemos una masa crítica, y gracias a los avances en reconocimiento facial, esperamos poder identificar a casi todo el mundo que aparezca en todas las fotos y todos los vídeos. Si quieres encontrar todas las fotos que existen de tus bisabuelos, nosotros podemos hacer que ese archivo se pueda buscar y que tú puedas, lo esperamos y apostamos por ello, obtener un conocimiento mayor de ellos. Tal vez los puedas ver entre el público de la Exposición Universal de 1912. Tal vez puedas encontrar imágenes de vídeo de tus padres asistiendo a un partido de béisbol en 1974. Al final, lo que esperamos es poder rellenar las lagunas de tu recuerdo y de la memoria histórica. Y con la ayuda del ADN y de un software genético muy mejorado, en el plazo de un año esperamos que todo el mundo pueda acceder rápidamente hasta al último dato sobre su genealogía, todas las películas y vídeos que haya, con una única petición de búsqueda.

—Y me imagino que cuando todo el mundo se apunte, me refiero a los participantes del Círculo, las lagunas se rellenarán muy deprisa.

Mae sonrió, diciéndole a Annie con la mirada que lo estaba haciendo de maravilla.

—Es verdad, Mae —dijo Annie, hendiendo con la voz el espacio que las separaba—. Como cualquier proyecto en la red, quien lo acabará cerrando es sobre todo la comunidad digital. Nosotros estamos reuniendo nuestros millones de fotos y de vídeos, pero el resto del mundo nos suministrará miles de millones más. Esperamos que, incluso con una participación parcial, seremos capaces de rellenar con facilidad la mayoría de las lagunas históricas. Si por ejemplo estás buscando a todos los residentes de cierto edificio de Polonia, alrededor de 1913, y te falta uno, no se tardará mucho en triangular a esa última persona haciendo referencias cruzadas de todos los demás datos que obtengamos.

—Qué emocionante.

—Sí, lo es —dijo Annie, y puso los ojos brevemente en blanco, apremiando a Mae a que acabara con aquello de una vez.

—Pero ¿todavía no tenéis al conejillo de Indias? —preguntó Mae.

—Todavía no. En el caso del primer usuario, estamos buscando a alguien cuya familia lleve muchas generaciones en Estados Unidos. Solo porque sabemos que tendremos un acceso más completo a los archivos aquí que en otros países.

—¿Y esto forma parte del plan del Círculo para cerrarlo todo este año? ¿Todavía sigue el calendario planificado?

–Pues sí. PastPerfect ya está casi listo para usarse. Y para todos los demás aspectos del Cierre, la cosa apunta a principios del año que viene. En ocho meses habremos acabado. Pero nunca se sabe: tal como van las cosas, con la ayuda de todos los circulistas que hay, podríamos acabar antes de tiempo.

Mae sonrió, asintió con la cabeza y las dos compartieron un momento largo y tenso en el que la mirada de Annie volvió a preguntarle cuánto rato más necesitaban seguir con aquel diálogo semiteatral.

Fuera el sol asomó entre las nubes y la luz que entraba por la ventana iluminó la cara de Annie. Mae vio entonces, por primera vez, lo mayor que se la veía. Tenía la cara demacrada y la piel pálida. Annie todavía no había cumplido veintisiete años pero ya tenía ojeras. Bajo aquella luz, daba la impresión de haber envejecido cinco años en dos meses.

Annie cogió a Mae de la mano y le clavó las uñas en la palma lo justo para llamarle la atención.

–Tengo que usar el baño. ¿Me acompañas?

–Claro, yo también tengo que ir.

Aunque la transparencia de Mae era completa, en el sentido de que no podía apagar en ningún momento la señal de audio ni la de vídeo, había unas cuantas excepciones en las que Bailey había insistido. Una era el tiempo que pasaba en el baño, o por lo menos en el retrete. La señal de vídeo tenía que seguir encendida porque, tal como había insistido Bailey, la cámara enfocaría el interior de la puerta del cubículo, de manera que no importaba. Pero el audio se apagaría para que ni Mae ni el público tuvieran que oír los ruidos.

Mae entró en un cubículo, Annie en el de al lado y Mae desactivó el audio. Lo estipulado era que tenía como máximo tres minutos de silencio; más de eso provocaría preocupación tanto entre los espectadores como entre los circulistas.

–¿Cómo estás, pues? –preguntó Mae.

No podía ver a Annie, pero por debajo de la puerta se le veían las puntas de los pies, torcidas y necesitadas de pedicura.

–Fantástica, fantástica. ¿Y tú?

–Bien.

–Bueno, ya puedes estar bien –dijo Annie–. ¡Estás arrasando!

—¿Tú crees?

—Venga ya. La falsa modestia no te va a funcionar conmigo. Tendrías que estar feliz de la vida.

—Vale. Lo estoy.

—O sea, llevas una carrera meteórica. Es una locura. La gente acude *a mí* para intentar llegar *a ti*. Es una… locura.

A Annie se le había infiltrado en la voz algo que Mae reconoció como envidia, o al menos su prima hermana. Mae repasó una serie de posibles respuestas que podía dar. Nada serviría. «No lo podría haber hecho sin ti» no funcionaría: resultaba al mismo tiempo envanecido y condescendiente. Al final, decidió cambiar de tema.

—Perdona por haberte hecho preguntas idiotas —dijo Mae.

—No pasa nada. Pero me has puesto en un brete.

—Lo sé. Es que… te he visto y quería pasar un rato contigo. Y no sabía qué más preguntar. Pero ¿estás bien de verdad? Se te ve molida.

—Gracias, Mae. Ya sabes cómo me gusta que me digan que se me ve hecha un asco segundos después de aparecer delante de tus millones de espectadores. Gracias. Muy amable.

—Solo estoy preocupada. ¿Duermes lo suficiente?

—No lo sé. Quizá estoy con el horario cambiado. Tengo jet-lag.

—¿Puedo hacer algo para ayudarte? Déjame llevarte a comer a alguna parte.

—¿Llevarme a comer? ¿Tú con tu cámara y yo hecha un asco? Suena fantástico, pero no.

—Déjame hacer algo para ayudarte.

—No, no. Lo único que necesito es ponerme al día.

—¿Algo interesante?

—Oh, ya sabes. Lo normal.

—¿Te fue bien con las normativas? Te están cargando con mucha responsabilidad. A mí me preocupa.

A Annie le salió un matiz gélido en la voz.

—Pues no tienes por qué preocuparte. Llevo tiempo haciendo este trabajo.

—No me refería a preocuparme en ese sentido.

—Bueno, pues no te preocupes en ningún sentido.

—Sé que eres capaz de hacerlo.

—¡Gracias! Mae, tu confianza en mí será el viento que impulse mis alas.

Mae decidió pasar por alto el sarcasmo.

—¿Cuándo puedo verte, pues?

—Pronto. Ya montaremos algo.

—¿Esta noche? Por favor…

—Esta noche no. Voy a irme a la cama y recuperarme para mañana. Tengo mucho lío. Están todas las tareas nuevas de cara al Cierre, y…

—¿El Cierre del Círculo?

Hubo una larga pausa, durante la cual Mae supo a ciencia cierta que Annie se estaba regodeando en el hecho de que Mae no dispusiera de aquella información.

—Sí, ¿no te lo ha contado Bailey? —dijo Annie.

Se le había colado en la voz un sonsonete exasperante.

—No lo sé —dijo Mae, sintiendo opresión en el pecho—. Tal vez sí.

—Pues creen que ya están muy cerca. Yo he ido a eliminar algunas barreras que quedaban. Los Tres Sabios creen que solo quedan los últimos obstáculos.

—Ah, me parece que ya me he enterado de eso —dijo Mae, oyéndose a sí misma y oyendo la impresión de mezquindad que estaba dando.

Pero es que estaba celosa. Por supuesto que lo estaba. ¿Por qué iba a tener acceso a la información de que disponía Annie? Sabía que no tenía derecho a ella, pero aun así la quería, y tenía la sensación de que le correspondía algo mejor que tener que enterarse por Annie, que llevaba tres semanas dando vueltas por el mundo. La omisión la arrojaba de vuelta a algún lugar ignominioso del Círculo, a la condición plebeya de mera portavoz, de señuelo para el público.

—Entonces ¿estás segura de que no puedo ayudarte en nada? Quizá pueda pasarte una mascarilla para las bolsas de debajo de los ojos…

Mae se odió a sí misma por decir aquello, pero en aquel momento le produjo un gran placer, como rascarse con fuerza un picor.

Annie carraspeó.

—Eres muy amable —dijo—. Pero tengo que irme.

—¿Seguro?

—Mae. No quiero parecer maleducada, pero lo mejor que puedo hacer ahora mismo es irme a mi mesa para volver al trabajo.

—Vale.

—No lo digo para ser descortés. De verdad que necesito volver al trabajo.

—No, ya lo sé. Lo entiendo. No pasa nada. De todas formas, te veo mañana. En la reunión del Reino Conceptual.

—¿Cómo?

—Hay una reunión en el Reino…

—No. Ya sé qué es. ¿Y tú vas?

—Sí. Bailey opina que tengo que estar.

—¿Y emitirla?

—Claro. ¿Hay algún problema?

—No. No —dijo Annie, que estaba claramente intentando ganar tiempo mientras procesaba aquello—. Pero me sorprende. Esas reuniones están llenas de propiedad intelectual delicada. Tal vez tenga planeado que asistas solo al principio o algo así. No me imagino…

Annie tiró de la cadena y Mae comprendió que se había puesto de pie.

—¿Te marchas?

—Sí. De verdad, llego tan tarde que tengo ganas de vomitar.

—Vale, no vomites.

Annie caminó a toda prisa hasta la puerta y salió.

Mae tenía cuatro minutos para llegar a su cita con la doctora Villalobos. Se puso de pie, volvió a encender el audio y salió del cuarto de baño.

Luego volvió a entrar, silenció el audio, se sentó en el mismo cubículo y se concedió a sí misma un minuto para serenarse. Que la gente pensara que estaba estreñida. Le daba igual. Estaba segura de que Annie estaría llorando ahora mismo, allí donde estuviera. Mae estaba sollozando e insultando a Annie, insultando hasta su último cabello rubio y su petulante idea de lo importante que era. ¿Qué más daba que llevara más tiempo en el Círculo? Ahora eran iguales y Annie no lo podía aceptar. Y Mae iba a tener que asegurarse de que lo aceptaba.

Eran las 14.02 cuando llegó.

—Hola, Mae —dijo la doctora Villalobos, recibiéndola en el vestíbulo de la clínica—. Veo que tu ritmo cardíaco es normal, y me imagino que con lo deprisa que has venido, todos tus espectadores también estarán recibiendo datos interesantes. Entra.

Con la perspectiva que daba el tiempo, no debería haber sido ninguna sorpresa que la doctora Villalobos también se hubiera convertido en una favorita del público. Entre sus curvas extravagantes, su mirada sensual y su voz de armónica, era un auténtico volcán en la pantalla. Era el médico que todo el mundo desearía tener, sobre todo los hombres heterosexuales. Aunque el TruYou había garantizado que resultara casi imposible hacer comentarios lascivos para cualquiera que quisiera conservar su trabajo o a su cónyuge, la doctora Villalobos desencadenaba una cortés pero no por ello menos efusiva modalidad de apreciación. «¡Qué placer ver a la doctora!», escribió un hombre mientras Mae entraba en el despacho. «Que empiece el reconocimiento», dijo otro individuo más arrojado. Y la doctora Villalobos, aunque llevaba a cabo un gran despliegue teatral de profesionalidad dinámica, también parecía disfrutar con ello. Hoy llevaba una blusa con cremallera que resaltaba una cantidad de su abundante busto que desde una distancia adecuada resultaba apropiada, pero desde la proximidad de la cámara de Mae era un poco obscena.

—Tus datos de salud han estado bien —le dijo a Mae.

Mae estaba sentada en la camilla de reconocimientos, con la doctora de pie ante ella. Mae se miró la pulsera para comprobar la imagen que estaban recibiendo sus espectadores y supo que los hombres estarían contentos. Como si se diera cuenta de que la imagen se estaba volviendo demasiado provocadora, la doctora Villalobos se giró hacia la pantalla de pared. En ella se mostraban unos cuantos centenares de datos.

—Tu cómputo de pasos podría mejorar —le dijo—. Tienes una media de 5.300 cuando deberías llegar a 10.000. Alguien de tu edad, sobre todo, debería llegar a más.

—Lo sé —dijo Mae—. Es que últimamente he tenido mucho trabajo.

—Vale. Pero hagamos que aumenten esos pasos. ¿Me lo prometes? Y ahora, como estamos hablando con todos tus espectadores, me gustaría promocionar el programa general al que van a parar tus datos, Mae. Se llama Programa de Información Sanitaria Completa, o PISC para abreviar. Tuve un ex que era Piscis, y si me está oyendo, el nombre va un poco por él.

A Mae se le llenó la pulsera de mensajes. «Menudo idiota el Piscis.»

—Gracias al PISC, obtenemos datos en tiempo real de todos los miembros del Círculo. Mae, tú y los novatos fuisteis los primeros en tener las nuevas pulseras, pero desde entonces se las hemos suministrado a todos los miembros del Círculo. Esto nos ha permitido obtener unos datos perfectos y completos de las once mil personas que hay aquí. ¿Te lo imaginas? El primer beneficio es que cuando la semana pasada llegó la gripe al campus, nos enteramos en cuestión de minutos de quién la traía. Mandamos a esa persona a su casa y no se contagió nadie más. Ojalá pudiéramos evitar que la gente nos trajera gérmenes al campus, ¿verdad? Si nuestra gente no saliera nunca y no se ensuciara en el mundo de fuera, no tendríamos problemas. Pero en fin, voy a dejar de pontificar y centrarme en ti, Mae.

—Siempre y cuando sean buenas noticias… —dijo Mae, y trató de sonreír.

Pero estaba intranquila y quería acabar con aquello.

—Bueno, a mí me parecen buenas —dijo la doctora—. Nos llegan desde un espectador de Escocia. Ha estado supervisando tus datos de salud y cotejándolos con tus marcadores de ADN y se ha dado cuenta de que tu forma de comer, sobre todo nitratos, está elevando tu propensión al cáncer.

—Dios mío. ¿En serio? ¿Esa es la mala noticia para la que me has hecho venir?

—¡No, no! No te preocupes. Se resuelve fácilmente. No tienes cáncer y es probable que no lo vayas a tener. Pero ya sabes que tienes un marcador de cáncer gastrointestinal, que señala un riesgo más elevado, y ese investigador de Glasgow, que ha estado siguiéndote a ti y tus datos de salud, ha visto que estabas comiendo salami y otras carnes con nitratos que te podrían estar inclinando hacia la mutación celular.

—No paras de asustarme.

—¡Oh, Dios, lo siento! No era mi intención. Pero gracias a Dios que él estaba vigilando. O sea, nosotros también estamos vigilando, y nuestra vigilancia es cada vez mejor. Pero lo hermoso de tener tantos amigos en el mundo como tienes tú es que uno de ellos que está a diez mil kilómetros te ha ayudado a evitar un riesgo cada vez mayor.

—O sea que basta de nitratos.

—Eso es. Pasemos de los nitratos. Te he mandado por Zing una lista de alimentos que los contienen, y ahora tus espectadores también la pueden ver. Siempre hay que comerlos con moderación, pero hay que evitarlos del todo si existe algún historial o riesgo de cáncer. Espero que te asegures de mandarles esto a tus padres, por si acaso no han estado mirando su canal de Zing.

—Oh, estoy segura de que sí —dijo Mae.

—Vale, y ahora viene la noticia menos buena. No tiene que ver contigo ni con tu salud. Son tus padres. Están bien, pero te quiero enseñar una cosa. —La doctora puso en pantalla las emisiones de las cámaras de SeeChange de la casa de los padres de Mae, que les habían instalado cuando su padre llevaba un mes de tratamiento. El equipo médico del Círculo se estaba tomando mucho interés por el caso de su padre, y quería toda la información que pudiera conseguir—. ¿Ves algo raro?

Mae examinó la pantalla. Allí donde debería haberse visto un mosaico de dieciséis imágenes, doce no tenían imagen.

—Solo funcionan cuatro —dijo.

—Correcto —dijo la doctora.

Mae miró las cuatro emisiones buscando a sus padres. No había ni rastro de ellos.

—¿Ha ido algún técnico a ver qué pasa?

—No hace falta. Les vimos hacerlo. Simplemente se subieron y las taparon con algo. Quizá alguna clase de adhesivo o tela. ¿Sabes algo de esto?

—Pues no. Lo siento. No deberían haberlo hecho.

Mae miró instintivamente su cifra de espectadores: 1.298.001. Siempre subía de golpe durante las visitas a la doctora Villalobos. Ahora toda aquella gente estaba enterada de lo que estaba pasando. Mae notó que se ruborizaba.

—¿Has sabido algo recientemente de tus padres? —le preguntó la doctora Villalobos—. Nuestros registros dicen que no. Pero tal vez...

—Hace unos días que no —dijo Mae.

De hecho, llevaba más de una semana sin noticias. Había intentado llamarlos pero sin éxito. Les había mandado zings y no había recibido respuesta.

—¿Estarías dispuesta a ir a visitarlos? —le preguntó la doctora—. Como sabes, es difícil suministrar buenos cuidados médicos cuando estamos a oscuras.

Mae estaba yendo en coche a casa, tras salir del trabajo a las cinco —algo que no había hecho en semanas—, e iba pensando en sus padres, en qué clase de locura se habría adueñado de ellos, y preocupada por que la locura de Mercer hubiera conseguido contagiárseles. ¡¿Cómo se atrevían a desconectar las cámaras!? ¡Después de todo lo que ella había hecho para ayudarlos, después de todo lo que el Círculo había hecho para contravenir todas las reglas y acudir en su ayuda! ¿Y qué diría Annie?

Que se vaya a la mierda, pensó Mae mientras se aproximaba a su casa y el aire se iba volviendo más cálido a medida que se alejaba del Pacífico. Mae había colocado su cámara en el salpicadero del coche, introduciéndola en un soporte especial creado para el tiempo que pasara en el coche. Esa puta princesita... Aquel episodio con sus padres era completamente inoportuno. Lo más seguro era que Annie encontrara la manera de aprovechar todo aquello en su beneficio. Justo cuando su envidia de Mae —y era eso, no podía resultar más obvio— iba en aumento, se le presentaba la oportunidad de cortarle las alas a Mae. Mae y su pueblo anónimo, y sus padres palurdos que no eran capaces de mantener sus cámaras en funcionamiento, que no eran capaces de velar por su propia salud. Que recibían un regalo monumental, atención sanitaria de primera categoría y gratuita, y abusaban de él. Mae sabía qué estaría pensando Annie, con aquella cabecita rubia y arrogante: Hay gente a la que no se le puede ayudar.

La estirpe de Annie se remontaba hasta el *Mayflower*, sus antepasados habían fundado el país, y a su vez los antepasados de estos habían sido propietarios de una amplia parte de Inglaterra. Tenía sangre azul desde el principio mismo, parecía, desde la invención de la rueda. De hecho, si la rueda la había inventado alguna estirpe, era la de Annie. Tendría una lógica perfecta y absoluta y no sorprendería a nadie.

Mae había descubierto todo esto un día de Acción de Gracias que había pasado en casa de Annie, en compañía de una veintena larga de parientes, todos con su nariz fina, su piel sonrosada y su mala vista escondida detrás de cuarenta lentes; aquel día se había enterado, durante una conversación apropiadamente humilde —porque a la familia de Annie le gustaba tan poco como a esta hablar de su estirpe o preocuparse de ella—, de que algún pariente lejano de aquella familia había estado en la primera celebración de Acción de Gracias.

—Oh, cielos, ¿a quién le importa? —había dicho la madre de Annie al pedirle Mae más detalles—. Un tipo cualquiera se metió en un barco. Seguramente debía dinero por toda Inglaterra.

Y dicho esto, procedieron a cenar. Más tarde, y ante la insistencia de Mae, Annie le enseñó unos documentos, unos papeles vetustos y amarillentos que detallaban la historia de su familia, un precioso álbum negro con árboles genealógicos, artículos académicos y fotos de ancianos severos con patillas exageradas y plantados junto a toscas cabañas.

En visitas posteriores a casa de Annie, la familia de esta se había mostrado igualmente generosa, humilde e indiferente a su apellido. Sin embargo, al casarse la hermana de Annie, y aparecer su familia lejana, Mae tuvo ocasión de ver un lado distinto. La sentaron en una mesa de solteros y solteras, la mayoría primos de Annie, y al lado de una de sus tías. Era una mujer flaca y correosa de cuarenta y tantos años, con los rasgos parecidos a los de Annie pero colocados con peor resultado. Se había divorciado recientemente, tras dejar a un hombre que estaba «por debajo de su estatus», según le dijo con altanería fingida.

—¿Y de qué conoces a Annie…? —dijo, volviéndose por fin hacia Mae, veinte minutos largos después de empezar la cena.

—De la universidad. Compartíamos habitación.

—Yo pensaba que su compañera de habitación era paquistaní.

—Eso fue en primero.

–Y tú la rescataste. ¿De dónde eres?

–Del centro del estado. Central Valley. De un pueblecito del que no ha oído hablar nadie. Cerca de Fresno, más o menos.

Mae siguió conduciendo mientras recordaba todo esto y algunos de aquellos recuerdos inyectaron un dolor renovado en ella, algo todavía fresco y reciente.

–¡Uau, Fresno! –le había dicho la tía, fingiendo que sonreía–. Llevaba mucho tiempo sin oír esa palabra, gracias a Dios. –Dio un trago de su gin-tonic y contempló con los ojos entornados el banquete de bodas–. Lo importante es que saliste de allí. Sé que hay buenas universidades que buscan a gente como tú. Seguramente es por eso que yo no pude entrar donde quería. No te creas eso que dicen de que ayuda venir de Exeter. Hay demasiadas cuotas que llenar con gente de Pakistán y de Fresno, ¿verdad?

La primera visita que les había hecho a sus padres tras volverse transparente había supuesto una auténtica revelación y había potenciado la fe que tenía Mae en la humanidad. Había pasado una velada sencilla con sus padres, cocinando la cena y comiéndosela, y comentando entretanto las diferencias entre el tratamiento que había recibido su padre antes y después de que el Círculo lo asegurara. Los espectadores pudieron ver los éxitos de su tratamiento –su padre parecía lleno de vida y se movía con facilidad por la casa–, pero también vieron el precio que su enfermedad se estaba cobrando. Tuvo una caída extraña cuando intentaba subir las escaleras y eso hizo que le llegara una avalancha de mensajes de espectadores preocupados, seguida de millares de sonrisas procedentes de todo el mundo. La gente le sugería nuevas combinaciones de fármacos, nuevos regímenes de fisioterapia, nuevos médicos, tratamientos experimentales, medicina oriental y a Jesucristo. Centenares de iglesias lo incluyeron en sus oraciones semanales. Los padres de Mae confiaban en sus médicos, y la mayoría de los espectadores pudo ver que la atención médica que recibía el padre de Mae era excepcional, de manera que más importante y generosa que los comentarios médicos fue la cantidad de gente que simplemente los jalearon a ella y a su familia. Mae lloró al leer los mensajes; eran una avalancha de amor. La gente les contaba sus propias historias, y había muchos que también vivían con la esclerosis múltiple. Otros hablaban de sus luchas personales: de vivir con la osteoporosis, con la parálisis de Bell o con la enfermedad de Crohn. Mae se dedicó a reenviarles todos aquellos mensajes a sus padres, pero al cabo de unos días decidió hacer públicas las direcciones de correo electrónico y postal de ellos, para que pudieran recibir por sí mismos la inspiración y la fuerza que estaban llegando a mares.

Ahora Mae estaba convencida de que esta segunda visita al hogar paterno sería todavía mejor. Después de hablar del asunto de las cámaras, que ella esperaba que fuera un simple malentendido, tenía planeado darles a todos los que habían mandado su cariño la oportunidad de volver a ver a sus padres, así como darles a sus padres la oportunidad de dar gracias a todos aquellos que les habían mandado sonrisas y ayuda.

Se los encontró a los dos en la cocina, cortando verduras.

—¿Cómo estáis? —les dijo, mientras los obligaba a participar en un abrazo a tres bandas.

Los dos olían a cebolla.

—¡Sí que estás afectuosa esta noche, Mae! —le dijo su padre.

—Ja, ja —dijo Mae, y trató de indicar, abriendo mucho los ojos, que no debían insinuar que alguna vez hubiera sido menos afectuosa.

Como si recordaran que los estaban grabando, y que ahora su hija era una persona más visible e importante, sus padres corrigieron su conducta. Cocinaron lasaña, a la que Mae añadió unos cuantos ingredientes que Orientación Adicional le había pedido que llevara y mostrara a los espectadores. En cuanto la comida estuvo lista, y Mae le hubo dedicado el suficiente tiempo de cámara a los productos en cuestión, se sentaron a cenar.

—Pues el personal sanitario está un poco preocupado por el hecho de que no os funcionen algunas cámaras —dijo Mae, manteniendo el tono ligero.

—¿Ah, sí? —dijo su padre, sonriente—. Pues quizá deberíamos mirarles las baterías.

Y le guiñó un ojo a su madre.

—A ver —dijo Mae, consciente de que tenía que dejar muy clara aquella idea, consciente de que aquel era un momento crucial, de cara tanto a la salud de sus padres como al sistema global de recogida de datos sanitarios que el Círculo estaba intentando posibilitar–. ¿Cómo puede alguien suministraros buena atención sanitaria si no les dejáis ver cómo os va todo? Es como ir al médico y no dejar que te tome el pulso.

–Buena observación –dijo su padre–. Creo que deberíamos comer.

–Lo arreglaremos de inmediato –dijo su madre, y así empezó una noche que iba a ser muy extraña, durante la cual los padres de Mae aceptaron encantados todos los argumentos que les iba dando ella sobre la transparencia, asintieron vigorosamente cuando ella les hablaba de la necesidad de que todo el mundo estuviera a bordo, el mismo corolario que en el caso de las vacunas, que solo funcionaban si todo el mundo participaba plenamente.

Se mostraron vigorosamente de acuerdo con todo y elogiaron repetidamente a Mae por sus poderes de persuasión y de lógica. Era extraño; se estaban mostrando demasiado solícitos.

Estaban los tres sentados a la mesa cuando Mae hizo algo que no había hecho nunca, y que confió en que sus padres no estropearan actuando como si fuera algo desacostumbrado: propuso un brindis.

–Un brindis por vosotros dos –dijo ella–. Y ya que estamos, un brindis por todos los miles de personas que se pusieron en contacto con vosotros después de la última vez que estuve aquí.

Sus padres sonrieron con frialdad y levantaron sus copas. Estuvieron un momento comiendo y cuando su madre terminó de masticar cuidadosamente y de tragar su primer bocado, sonrió y miró directamente a la cámara, que era algo que Mae le había dicho muchas veces que no hiciera.

–Bueno, recibimos *muchos* mensajes, eso sí –dijo su madre.

El padre de Mae intervino.

–Tu madre los ha estado organizando, y hemos hecho que bajara un poco la cantidad cada día. Pero tengo que decir que es mucho trabajo.

Su madre le puso la mano en el brazo a Mae.

–No es que no lo agradezcamos, al contrario. Ya lo creo que lo agradecemos. Solo quiero pedirle públicamente perdón a todo el mundo por el retraso con que estamos contestando a los mensajes.

—Recibimos miles —señaló su padre, pinchando su ensalada.

Su madre sonrió con frialdad.

—Y agradecemos una vez más que la gente se haya volcado así. Pero aunque solo pasáramos un minuto con cada respuesta, ¡hablamos de un millar de minutos! Piénsalo: ¡dieciséis horas seguidas solo para una respuesta básica a los mensajes! Caray, ahora parezco una desagradecida.

Mae se alegró de que su madre lo dijera, porque era verdad que estaban quedando como unos desagradecidos. Se estaban quejando de una gente que se preocupaba por ellos. Y justo cuando Mae pensaba que su madre daría marcha atrás y pediría más buenos deseos, su padre habló para empeorar las cosas. Igual que su madre, le habló directamente a la lente de la cámara.

—Pero os pedimos que de ahora en adelante les mandéis vuestros buenos deseos al aire. O si rezáis, limitaos a rezar por nosotros. No hace falta ponerlo en un mensaje. Solo —cerró los ojos y los mantuvo fuertemente apretados— mandadnos vuestros buenos deseos y vuestras buenas vibraciones con la mente. No hace falta mandar correo electrónico ni zing ni nada. Solo buenos pensamientos. Mandadlos por el aire. Es lo único que pedimos.

—Creo que lo que quieres decir —dijo Mae, intentando no perder los estribos— es que tardaréis un poco en responder a todos los mensajes. Pero que acabaréis por hacerlo.

Su padre no vaciló ni un instante.

—Bueno, no puedo decir eso, Mae. No quiero prometerlo. La verdad es que resulta muy estresante. Y ya ha habido mucha gente que se ha enfadado porque no les hemos contestado en un período determinado de tiempo. Primero mandan un mensaje y luego mandan diez más el mismo día. «¿He dicho algo malo?», «Lo siento», «Solo estaba intentando ayudar», «Allá os las apañéis». Tienen unas conversaciones neuróticas consigo mismos. Así que no quiero sugerir que voy a darles a los mensajes esa respuesta inmediata que la mayoría de tus amigos parecen necesitar.

—Papá. Basta. Estás dando una imagen terrible.

Su madre se inclinó hacia delante.

–Mae, tu padre solo está intentando decir que ya tenemos unas vidas lo suficientemente ajetreadas, entre trabajar, pagar las facturas y ocuparnos de los problemas de salud. Si encima nos caen dieciséis horas más de trabajo, eso nos deja en una posición insostenible. ¿Es que no ves de dónde venimos? Vuelvo a decirlo con todo el respeto y la gratitud a todo el mundo que nos ha mandado buenos deseos.

Después de cenar, sus padres quisieron ver una película, y la vieron, *Instinto básico*, por insistencia de su padre. Era la película que él había visto más veces, citando siempre los guiños a Hitchcock y sus muchos homenajes ingeniosos, pese a que nunca había dado muestras claras de que le gustase mucho Hitchcock. Mae llevaba tiempo sospechando que la película, con sus constantes y diversas tensiones sexuales, simplemente lo ponía cachondo.

Mientras sus padres veían la película, Mae intentó hacer que el tiempo le resultara más interesante mandando una serie de zings sobre ella, buscando y comentando todos los momentos que resultaban ofensivos para la comunidad LGBT. Estaba recibiendo una respuesta magnífica, pero de pronto vio la hora que era y se dio cuenta de que tenía que volver a la carretera y al Círculo.

–Bueno, yo me marcho –dijo.

A Mae le pareció ver algo en la mirada de su padre, un breve vistazo dirigido a su madre que tal vez significara «Por fin», aunque era posible que se equivocara. Se puso el abrigo y su madre fue a despedirse de ella en la puerta con un sobre en la mano.

–Mercer nos ha pedido que te demos esto.

Mae lo cogió, un simple sobre de tamaño habitual. Ni siquiera iba dirigido a ella. Sin nombre ni nada.

Ella besó a su madre en la mejilla y salió de la casa. El aire de fuera todavía estaba bastante cálido. Salió con el coche y condujo hacia la carretera. Pero llevaba la carta en el regazo y la curiosidad pudo con ella. Paró a un lado de la carretera y lo abrió.

Querida Mae:

Sí, puedes y debes leer esto ante la cámara. Ya esperaba que lo hicieras, de forma que te escribo esta carta no solo a ti, sino también a tu «público». Hola, público.

Ella casi pudo oír cómo cogía aire a modo de introducción, cómo se preparaba para soltar un discurso importante.

Ya no te reconozco, Mae. No es que antes tuviéramos una amistad tan constante ni perfecta, pero no puedo ser amigo tuyo y también parte de tu experimento. Me pondrá triste perderte, porque has sido una parte importante de mi vida. Pero hemos evolucionado hacia direcciones muy distintas y muy pronto estaremos demasiado lejos el uno del otro para comunicarnos.

Si has visto a tus padres y tu madre te ha dado esta nota, entonces habrás visto el efecto que todo lo tuyo ha tenido en ellos. He escrito esta nota después de verlos a los dos hechos un manojo de nervios y agotados por el diluvio que les has echado encima. Es demasiado, Mae. Y no está bien. Yo los ayudé a tapar algunas de las cámaras. Hasta compré la tela. Me alegré de hacerlo. No quieren que les manden sonrisas ni caras enfadadas ni zings. Quieren que los dejen en paz. La vigilancia no puede ser el precio a pagar por ningún maldito servicio que recibamos.

Como las cosas sigan así, acabará habiendo dos sociedades –o por lo menos yo espero que haya dos–, la que tú estás ayudando a crear y otra que sea la alternativa. Tú y los que son como tú viviréis de forma voluntaria y gozosa bajo una vigilancia constante, mirándoos entre vosotros todo el tiempo, haciéndoos comentarios los unos a los otros, votándoos y gustándoos y no gustándoos, sonriéndoos y poniéndoos caritas enfadadas, y sin hacer gran cosa más.

Ya le estaban llegando comentarios a montones a la pulsera. «Mae, ¿de verdad fuiste tan joven y tonta? ¿Cómo pudiste llegar a salir con un pringao así?» Aquel era el más popular, pronto superado por: «Acabo de ver su foto. ¿Tiene algún yeti en su árbol genealógico?».

Ella siguió leyendo la carta:

Siempre te desearé cosas buenas, Mae. También espero, aunque me doy cuenta de que es muy poco probable, que en algún momento del futuro, cuando tu triunfalismo y el de tus compañeros –ese aire desaforado de Destino Manifiesto– vaya demasiado lejos y termine por hundirse, tú recuperarás tu sentido de la perspectiva y también tu humanidad. Demonios, ¿qué estoy diciendo? La cosa ya ha ido demasiado lejos. Lo que debería decir es que espero el día en que alguna minoría con voz por fin se levante para *decir* que la cosa ya ha llegado demasiado lejos, y que esa herramienta, que es mucho más insidiosa que ningún otro invento humano que la haya precedido, debe ser limitada, regulada, rechazada y, lo más importante, que necesitamos alternativas para mantenernos fuera. Ya estamos viviendo en un Estado tiránico, donde no se nos permite…

Mae miró cuántas páginas quedaban. Cuatro hojas más a doble cara, que seguramente contendrían más de aquella cháchara errática. Tiró el fajo de hojas al asiento del pasajero. Pobre Mercer. Siempre había sido un fanfarrón y nunca había conocido a su público. Pero aunque ella sabía que él estaba usando a sus padres en contra de ella, había algo que la inquietaba. ¿De verdad estaban ellos tan molestos? Solo se encontraba a una manzana de distancia, así que salió del coche y volvió caminando a la casa. Si era verdad que estaban tan agobiados, en fin, ella tomaría cartas en el asunto.

Cuando entró, sin embargo, no los vio en los dos sitios más habituales, la sala de estar y la cocina, de manera que echó un vistazo en el comedor. No estaban en ningún lado. El único rastro de ellos era una olla de agua que hervía al fuego. Intentó que no le entrara el pánico, pero aquella olla de agua hirviendo, junto con la extraña calma del resto de la casa, se le instalaron de forma inquietante en la mente, y enseguida le hicieron pensar en robos, pactos de suicidio o secuestros.

Subió los peldaños de la escalera de tres en tres, y en cuanto llegó a lo alto, giró a la izquierda a la carrera y entró en el dormitorio, los vio allí, mirándola con los ojos muy abiertos y aterrados. Su padre estaba sentado en la cama y su madre estaba de rodillas en el suelo, con su pene en la mano. Había un botecito de crema hidratante apoyado en la pierna de su padre. En un instante todos fueron conscientes de las repercusiones.

Mae dio media vuelta, dirigiendo la cámara hacia un tocador. Nadie dijo palabra. A Mae solo se le ocurrió retirarse al cuarto de baño, donde dirigió la cámara a la pared y apagó el audio.

Rebobinó las imágenes para ver qué había aparecido en cámara. Confiaba en que la lente que le colgaba del cuello no hubiera podido captar la imagen ofensiva.

Pero sí había podido. De hecho, el ángulo de la cámara revelaba el acto con más claridad todavía que lo que ella había presenciado. Apagó la función de reproducción. Llamó a OA.

—¿Hay algo que podamos hacer? —preguntó.

En cuestión de minutos estaba al teléfono con Bailey en persona. Se alegró de poder hablar con él, porque sabía que si alguien estaría de acuerdo con ella en aquel tema sería Bailey, un tipo con unos valores morales infalibles. Él no querría que un acto sexual como aquel se emitiera para todo el mundo, ¿verdad? Vale, pues ya estaba hecho, pero seguramente podría borrar unos segundos para que la imagen no se pudiera buscar y quedar registrada de forma permanente.

—Vamos, Mae —le contestó él—. Ya sabemos que no podemos hacer eso. ¿Qué sería la transparencia si pudiéramos borrar cualquier cosa que nos resultara un poco vergonzosa? Ya sabes que no borramos cosas. —Su voz era empática y paternal, y Mae se dio cuenta de que ella obedecería a todo lo que él dijera. Bailey sabía más, podía ver mucho más allá que Mae o que cualquiera, y esto se hacía evidente en su tranquilidad sobrenatural—. Para que funcione este experimento, Mae, y para que funcione el Círculo en conjunto, tiene que ser absoluto. Tiene que ser puro y completo. Y yo sé que este episodio resultará doloroso durante unos días, pero confía en mí, muy pronto nada de esto le resultará interesante a nadie, en absoluto. Cuando todo se sepa, todo lo aceptable será aceptado. Así que de momento necesitamos ser fuertes. Tú necesitas ser un modelo de conducta. Necesitas mantener el rumbo firme.

Mae condujo de regreso al Círculo, decidida a llegar al campus y no moverse de allí. Ya se había hartado del caos de su familia, de Mercer y de su puñetero pueblo. Ni siquiera les había preguntado a sus padres por las cámaras de SeeChange, ¿verdad? Su hogar familiar era una locura. En el campus, en cambio, todo era familiar. En el campus no había fricción. A los circulistas no tenía que darles explicaciones ni de ella misma ni del futuro del mundo, sino que ellos lo entendían todo implícitamente: a ella, al planeta y cómo este tenía que ser e iba a ser pronto.

En cualquier caso, a Mae cada vez le resultaba más difícil estar fuera del campus. Había gente sin techo, y estaban los olores ofensivos correspondientes, y las máquinas que no funcionaban, y los suelos y asientos sin limpiar, y por todos lados reinaba el caos de un mundo sin orden. Ella sabía que el Círculo estaba ayudando a mejorar la situación, y que se estaban resolviendo muchas de aquellas cosas; sabía que lo de la gente sin techo se podía paliar o resolver en cuanto se cerrara la ludificación del reparto de plazas de albergue público y de casas de protección oficial; estaban trabajando en ello en el Período Nara, pero entretanto resultaba cada vez más angustiante encontrarse en medio de la locura que reinaba más allá de las puertas del Círculo. Caminar por San Francisco, o por Oakland, o por San José, o por cualquier ciudad, realmente se parecía cada vez más a una experiencia del Tercer Mundo, llena de suciedad innecesaria, conflictos innecesarios, errores e ineficacias innecesarias: en cualquier manzana de la ciudad aparecían mil problemas que podrían corregirse por medio de algoritmos muy simples y de la aplicación de la tecnología disponible y del trabajo de miembros dispuestos de la comunidad digital. Dejó la cámara encendida.

Hizo el trayecto en coche en menos de dos horas y solo era medianoche cuando llegó. Estaba todavía tensa como consecuencia del viaje, de tener los nervios en estado de alerta constante, y necesitaba relajarse y distraerse. Fue a EdC, sabiendo que allí podría ser útil y que allí sus esfuerzos le serían agradecidos de forma inmediata y demostrable. Entró en el edificio, echando un rápido vistazo a los lentos movimientos del Calder, subió en el ascensor, recorrió la pasarela con paso ligero y llegó a su antiguo puesto de trabajo.

En su mesa vio un par de mensajes de sus padres. Seguían despiertos y muy desanimados. Indignados, de hecho. Mae intentó mandarles los zings positivos que había visto, mensajes que celebraban que una pareja de edad avanzada, y que encima luchaba contra la esclerosis múltiple, todavía pudiera ser sexualmente activa. Pero a ellos no les interesó.

«Para, por favor —le pidieron—. Basta, por favor.»

E igual que Mercer, le insistieron en que dejara de comunicarse con ellos salvo de forma privada. Ella intentó explicarles que estaban en el bando equivocado de la historia. Pero ellos no la escucharon. Mae sabía que terminaría por convencerlos, que era una simple cuestión de tiempo, tanto en el caso de ellos como en el de todo el mundo, hasta Mercer. Tanto él como sus padres habían tardado en tener ordenadores, en tener teléfonos móviles, habían tardado en todo. Resultaba cómico y a la vez triste, y no servía para nada, postergar el presente innegable y el futuro inevitable.

De manera que decidió esperar. Entretanto, abrió la compuerta. A aquella hora había poca gente con necesidades imperiosas, pero siempre había consultas sin respuesta que esperaban a que empezara la jornada laboral, de manera que se le ocurrió reducir un poco la carga de trabajo antes de que llegaran los novatos. Tal vez las resolvería todas y dejaría a todo el mundo pasmado, cuando al llegar se encontraran con una pizarra en blanco, una compuerta vacía.

Había 188 consultas pendientes. Haría lo que pudiera con ellas. Un cliente de Twin Falls pedía un resumen detallado de todos los demás negocios visitados por los clientes que habían visitado el suyo. Mae no tuvo problema para encontrar la información, se la mandó y se sintió más tranquila al instante. Las dos siguientes fueron respuestas fáciles y genéricas. Mandó formularios y recibió un 100 en ambos. Uno de ellos le mandó otro cuestionario a cambio del de ella; Mae lo contestó y acabó en noventa segundos. Las siguientes consultas eran más complicadas pero pudo mantener la puntuación de 100. La sexta era todavía más complicada pero aun así la contestó, recibió un 98, mandó un segundo formulario y subió la cifra a 100. El cliente, un anunciante de calefacciones y aires acondicionados de Melbourne, Australia, le pidió si la podía añadir a su red profesional y ella aceptó de buen grado. Fue entonces cuando él se dio cuenta de que era Mae.

«¿La FAMOSA Mae?», escribió él. Se llamaba Edward.

«No puedo negarlo», contestó ella.

«Es un honor —escribió él—. ¿Qué hora es ahí? Aquí acabamos de terminar la jornada de trabajo.» Ella le dijo que era tarde. Él le preguntó si podía añadirla a su lista de correo y ella volvió a aceptar de buen grado. A continuación le llegó un rápido diluvio de noticias e informaciones sobre el mundo de los seguros en Melbourne. Él le ofreció hacerla miembro de honor del GPAACM, el Gremio de Proveedores de Aire Acondicionado y Calefacción de Melbourne, la antigua Hermandad de Proveedores de Aire Acondicionado y Calefacción de Melbourne, y ella le dijo que era un honor. Él la añadió a los amigos de su perfil personal del Círculo y le pidió a ella que hiciera lo mismo. Lo hizo.

«Tengo que volver al trabajo —escribió Mae—, ¡saluda de mi parte a todo el mundo de Melbourne!» Ya sentía que toda la locura de sus padres y de Mercer se iba evaporando como si fuera niebla. Contestó la consulta siguiente, procedente de una cadena de peluquerías para mascotas con sede central en Atlanta. Recibió un 99, mandó el segundo formulario, recibió un 100 y mandó otros seis cuestionarios, de los cuales el cliente le contestó cinco. Abrió otra consulta, esta de Bangalore, y estaba en pleno proceso de adaptar la respuesta genérica a la consulta cuando le llegó otro mensaje de Edward. «¿Has visto la petición de mi hija?», le preguntaba. Mae buscó en sus pantallas alguna petición de la hija de Edward. Al final él le aclaró que su hija tenía otro apellido y que iba a la universidad en Nuevo México. La chica se dedicaba a concienciar a la gente sobre la difícil situación del bisonte en aquel estado, y en su mensaje le pedía a Mae que firmara una petición y que mencionara la campaña en todos los foros que pudiera. Mae dijo que lo intentaría y mandó de inmediato un zing sobre el tema. «¡Gracias!», le escribió Edward, y al cabo de unos minutos le llegó a Mae una nota de agradecimiento de la hija, Helena. «¡No me puedo creer que Mae Holland haya firmado mi petición! ¡Gracias!», escribió ella. Mae respondió a tres consultas más, su puntuación descendió a 98, y aunque mandó múltiples formularios adicionales a los tres clientes, fue en vano. Sabía que necesitaba otras veintidós puntuaciones de 100 para volver a subir la puntuación global de 98 a 100; miró el reloj. Eran las 00.44. Tenía tiempo de sobra. Le llegó otro mensaje de Helena preguntándole por posibles puestos de trabajo en el Círculo. Mae le ofreció sus consejos de costumbre y le mandó la dirección de correo electrónico del departamento de recursos humanos. «¿Podrías recomendarme?», preguntó Helena. Mae le dijo que haría lo que pudiera, teniendo en cuenta que no se conocían en persona. «¡Pero ya me conoces muy bien!», le dijo Helena, y la dirigió a la página de su perfil. Animó a Mae a que leyera sus trabajos sobre protección de la flora y la fauna, y el trabajo que había usado para entrar en la universidad, que le dijo que seguía siendo relevante. Mae dijo que intentaría leerlos cuando pudiera. La flora y la fauna y Nuevo México la hicieron acordarse de Mercer. Menudo pringao petulante. ¿Dónde estaba el hombre que le había hecho el amor al borde del Gran Cañón? De qué manera tan sencilla y agradable se habían perdido en aquel viaje: él la había recogido en la universidad y la había llevado en coche por todo el sudeste, sin calendario y sin itinerario, y sin tener nunca ni idea de dónde pasarían la noche. Cruzaron Nuevo México en plena ventisca y llegaron a Arizona, donde aparcaron y encontraron un acantilado que dominaba el Cañón, sin alambradas, y allí, bajo el sol de mediodía, él la desvistió, con un abismo de más de mil metros detrás de ella. La cogió en brazos y ella se sintió completamente segura, ya que por entonces él era fuerte. Por entonces él era joven y tenía visión. Ahora era viejo y actuaba como un viejo. Mae consultó la página de perfil que le había abierto a Mercer y se la encontró en blanco. Hizo una consulta al servicio técnico y descubrió que él había estado intentando desactivarla. Le mandó un zing y no obtuvo respuesta. Consultó su página profesional y vio que también la había desactivado; solo había un mensaje que decía que Mercer ahora dirigía un negocio exclusivamente analógico. Le llegó otro mensaje de Helena: «¿Qué te ha parecido?». Mae le dijo que todavía no había tenido tiempo de leer nada, y el siguiente mensaje que recibió era de Edward, el padre de Helena: «De veras significaría mucho para nosotros que recomendaras a Helena para un puesto de trabajo en el Círculo. ¡Sin presión alguna, pero contamos contigo!». Mae les repitió que haría lo que pudiera. A continuación le llegó por la segunda pantalla el aviso de una campaña del Círculo para erradicar la viruela en el África Occidental. Ella firmó, mandó una sonrisa, prometió cincuenta dólares y envió un zing sobre el asunto. Vio que Helena y Edward reenviaban de inmediato el zing. «¡Estamos contribuyendo! –le escribió Edward–. ¿Quid pro quo?» Era la 1.11 cuando la negrura se abatió sobre ella. Sintió un regusto ácido en la boca. Cerró los ojos y vio la herida, esta vez llena de luz. Volvió a abrirlos. Dio un trago de agua, pero solo pareció intensificar su pánico. Comprobó su cifra de espectadores; solo tenía 23.010, pero no quería enseñarles los ojos, por miedo a que revelaran su ansiedad. Los volvió a cerrar, cosa que pensó que resultaría bastante natural durante un minuto, después de tantas horas ante la pantalla. «Estoy descansando la vista, nada más», tecleó, y lo mandó. Pero cuando los volvió a cerrar vio la herida, ahora más clara y estridente. ¿Qué era aquel ruido que estaba oyendo? Era un grito amortiguado por unas aguas insondables, el grito agudo de un millón de voces ahogadas. Abrió los ojos. Llamó a sus padres. No contestaron. Les escribió, y nada. Llamó a Annie. No contestó. Le escribió, y nada. Fue a la página del perfil de Annie, estuvo mirando unos pocos centenares de fotos suyas, la mayoría de su viaje por Europa y China, y como sintió que le volvían a arder los ojos, los cerró otra vez. Y volvió a ver la herida, la luz que intentaba traspasarla, y a oír los gritos subacuáticos. Abrió los ojos. Le llegó otro mensaje de Edward. «¿Mae? ¿Estás ahí? Estaría muy bien saber si nos puedes ayudar. Contéstanos.» ¿Realmente podía Mercer desaparecer así? Estaba decidida a buscarlo. Hizo una búsqueda de mensajes que él pudiera haber escrito a otra gente. Nada. Lo llamó, pero su número había sido desconectado. Qué maniobra tan agresiva, cambiarte de número de teléfono y no dejar ninguno nuevo. ¿Qué había visto ella en él? Aquella espalda gorda y asquerosa, aquellas matas horribles de pelo en los hombros. Dios bendito, pero ¿dónde estaba? Resultaba absolutamente terrible no poder encontrar a alguien a quien intentabas encontrar. Era la 1.32. «¿Mae? Soy Edward otra vez. ¿Puedes asegurarle a Helena que volverás a visitar pronto su página? Está un poco molesta. Cualquier mensaje de apoyo la ayudaría. Sé que eres buena persona y que nunca te dedicarías a marearla a propósito, ya sabes, prometiéndole ayuda y después haciéndole el vacío. ¡Gracias! Edward.» Mae visitó la página de Helena, leyó uno de sus trabajos, la felicitó, le dijo que era brillante y mandó un zing diciéndole a todo el mundo que Helena, de Melbourne/Nuevo México, era una voz que había que tener en cuenta y que debían apoyar su trabajo como pudieran. Pero la herida seguía abierta dentro de ella, y necesitaba cerrarla. Como no sabía qué otra cosa hacer, activó las CircleSurveys y asintió con la cabeza para empezar.

—¿Usas acondicionador de forma habitual?

—Sí —dijo ella.

—Gracias. ¿Qué piensas de los productos ecológicos para el cabello?

Ella ya se sentía más tranquila.

—Sonrisa.

—Gracias. ¿Qué piensas de los productos no ecológicos para el cabello?

—Cara enfadada —dijo Mae.

Aquel ritmo le sentaba bien.

—Gracias. Si tu producto favorito para el cabello no estuviera disponible en tu tienda o página web habitual, ¿estarías dispuesta a sustituirlo por una marca similar?

—No.

—Gracias.

Aplicarse con resolución a completar tareas le sentaba bien. Mae se miró la pulsera, que mostraba centenares de sonrisas nuevas. Resultaba refrescante, aseguraban los comentarios, ver a una semicelebridad del Círculo como ella contribuir de aquella manera al archivo de datos. También le estaban llegando comentarios de clientes a los que había ayudado en sus tiempos en EdC. Había clientes de Columbus, Johannesburgo y Brisbane saludándola y felicitándola. El propietario de una empresa de marketing de Ontario le dio las gracias por zing por dar tan buen ejemplo y por su buena voluntad, y Mae mantuvo una breve correspondencia con él, preguntándole cómo iba el negocio por allí arriba.

Respondió tres consultas más y consiguió que los tres clientes rellenaran formularios ampliados. La puntuación del equipo era 95, y ella confiaba en poder contribuir personalmente a elevarla. Se sentía muy bien, y necesaria.

—Mae.

El sonido de su nombre, pronunciado por su propia voz procesada, la sobresaltó. Tuvo la sensación de que llevaba meses sin oír aquella voz, y sin embargo no había perdido un ápice de su poder. Sabía que tenía que asentir con la cabeza, pero quería oírla otra vez, de manera que esperó.

–Mae.

Era como estar en casa.

Mae sabía, en el plano intelectual, que la única razón de que estuviera en la habitación de Francis era que el resto de la gente de su vida, al menos de momento, la había abandonado. Después de noventa minutos en EdC, buscó en CircleSearch dónde estaba Francis y lo encontró en uno de los dormitorios de la residencia. Luego vio que estaba despierto y conectado. Al cabo de unos minutos él la invitó a ir a visitarlo, muy agradecido y feliz, según le dijo, de tener noticias de ella. «Lo siento –le escribió–, y te lo volveré a decir cuando llegues a mi puerta.» Mae apagó su cámara y fue con él.

Se abrió la puerta.

–Lo siento mucho –dijo él.

–Para –dijo Mae.

Entró y cerró la puerta.

–¿Quieres algo? –le preguntó él–. ¿Agua? También tengo un vodka nuevo que estaba aquí cuando volví anoche. Lo podemos probar.

–No, gracias –dijo ella, y se sentó en un aparador que había apoyado en la pared.

Francis había instalado en él sus dispositivos portátiles.

–Oh, espera. No te sientes ahí –le dijo él.

Ella se puso de pie.

–No me he sentado encima de tus aparatos.

–No, no es eso –dijo él–. Es el aparador. Me han dicho que es frágil –dijo él, sonriendo–. ¿Seguro que no quieres una copa o algo parecido?

–No, estoy muy cansada. Es que no quería estar sola.

–Escucha –le dijo él–. Ya sé que tendría que haberte pedido permiso antes. Lo sé. Pero espero que entiendas mis antecedentes. No me podía creer que estuviera contigo. Y había una parte de mí que dio por sentado que sería la única vez. Quería recordarlo.

Mae fue consciente del poder que tenía sobre él y aquel poder le confirió una intensa excitación. Se sentó en la cama.

—Entonces ¿los has encontrado? —preguntó.

—¿A qué te refieres?

—La última vez que te vi estabas planeando escanear aquellas fotos, las de tu álbum.

—Ah, sí. Debe de ser que llevo todo este tiempo sin hablar contigo. Sí que las escaneé. Todo resultó muy fácil.

—¿Y descubriste quiénes eran?

—La mayoría tenían cuentas del Círculo, así que solo tuve que pasarles el reconocimiento facial. O sea, tardé siete minutos. Hubo unos cuantos con los que tuve que usar la base de datos federal. Todavía no tenemos acceso total a ella, pero ya podemos ver las fotos de la jefatura de tráfico. Que tiene a la mayoría de los adultos del país.

—¿Y ya te has puesto en contacto con ellos?

—Todavía no.

—Pero ¿ya sabes de dónde son todos?

—Sí, sí. En cuanto supe sus nombres, pude encontrar todas sus direcciones. Algunos se habían mudado unas cuantas veces, pero cotejé la información con los años que debí de pasar allí. Llegué a hacer toda una cronología de cuándo podría haber estado yo en cada sitio. La mayoría estaban en Kentucky. Algunos en Missouri. Y uno en Tennessee.

—¿Y eso es todo?

—Bueno, no sé. Hay un par que han muerto, o sea que... no lo sé. Es posible que pase con el coche por algunas de esas casas. Para rellenar algunas lagunas. No lo sé. Ah —dijo, dándose la vuelta y animándose—. Sí que tuve un par de revelaciones. O sea, la mayoría eran recuerdos normales y corrientes de aquella gente. Pero había una familia que tenía a una chica mayor, debía de tener quince años cuando yo tenía doce. No recuerdo gran cosa, pero sé que fue mi primera fantasía sexual seria.

Aquellas palabras, «fantasía sexual», tuvieron un efecto inmediato sobre Mae. En el pasado, cada vez que habían sido pronunciadas, en compañía de algún hombre o bien por ese mismo hombre, eso había llevado a hablar de fantasías, o bien a poner en práctica alguna de ellas. Y eso fue lo que Francis y ella hicieron, aunque fuera brevemente. La fantasía de él era salir de la habitación y llamar a la puerta, fingiendo que era un adolescente perdido que llamaba a la puerta de una preciosa casa de los barrios residenciales. El rol de ella era ser un ama de casa solitaria e invitarlo a entrar, con muy poca ropa y desesperada por tener compañía.

De manera que Francis llamó, Mae le abrió la puerta, él le dijo que se había perdido y ella le contestó que se quitara aquella ropa vieja y que se pusiera algo de su marido. A Francis le gustó tanto aquello que las cosas no tardaron en acelerarse, y en cuestión de segundos él ya estaba desnudo y ella encima de él. Francis se pasó un minuto o dos debajo de ella, dejando que Mae subiera y bajara y mirándola desde abajo con el asombro de un niño en el zoo. A continuación cerró los ojos y le asaltaron los paroxismos, emitió un breve chillido y por fin gruñó su clímax.

Luego, mientras Francis se cepillaba los dientes, Mae, agotada y sintiendo no amor pero sí algo parecido al contento, se metió debajo de la gruesa colcha y se puso de cara a la pared. El reloj marcaba las 3.11.

Francis salió del cuarto de baño.

—Tengo una segunda fantasía —dijo, metiéndose debajo de la colcha y acercando la cara al cuello de Mae.

—Estoy a un pelo de dormirme —murmuró ella.

—No es nada que cueste esfuerzo. No hace falta actividad. Es algo puramente verbal.

—Bueno.

—Quiero que me puntúes —dijo él.

—¿Qué?

—Que me pongas nota. Igual que hacéis en EdC.

—¿Cómo, del 1 al 100?

—Exacto.

—¿Qué he de puntuar? ¿Qué tal lo has hecho?

—Sí.

—Venga ya. No quiero.

—Para divertirnos.

—Francis, por favor. No quiero. A mí me quita toda la diversión.

Francis se incorporó hasta sentarse con un fuerte suspiro.

—Pues el no saberlo me quita la diversión a mí.

—¿El no saber qué?

—Qué tal lo he hecho.

—¿Qué tal lo has hecho? Bien.

Francis soltó una exclamación asqueada.

Ella se dio la vuelta.

—¿Qué pasa?

—¿Bien? —dijo él—. ¿Lo he hecho *bien*?

—Oh, Dios. Eres magnífico. Eres perfecto. Cuando digo bien, quiero decir que no podrías hacerlo mejor.

—Vale —dijo él, acercándose más a ella—. ¿Y por qué no lo has dicho antes?

—Pensaba que lo había dicho.

—¿Tú crees que «bien» es lo mismo que «perfecto» y que «no podría hacerlo mejor»?

—No. Ya sé que no. Es que estoy cansada. Tendría que haber sido más precisa.

A Francis le llenó la cara una sonrisa de autosuficiencia.

—¿Sabes? Acabas de demostrar que yo tenía razón.

—¿Razón en qué?

—En todo esto que acabamos de discutir de las palabras que has usado y su significado. No hemos entendido igual qué querías decir, y por eso nos hemos puesto a darle vueltas y más vueltas. En cambio, si hubieras usado una cifra, yo lo habría entendido de inmediato.

Y le besó el hombro.

—Vale, ya lo entiendo —dijo ella, y cerró los ojos.

—¿Y bien?

Ella abrió los ojos para ver la boca suplicante de Francis.

—¿Y bien qué?

—¿Es que no me vas a dar una cifra?

—¿De verdad quieres una cifra?

—¡Mae! Claro que sí.

—Vale, pues 100.

Ella se volvió a poner de cara a la pared.

—¿Esa es la cifra?

—Sí. Te doy un 100, perfecto.

A Mae le pareció oírlo sonreír.

—Gracias —dijo él, y le besó la nuca—. Buenas noches.

Era una sala magnífica, situada en el piso superior de la Era Victoriana, con sus vistas épicas y su tejado de cristal. Mae entró y recibió la bienvenida de la mayor parte de la Banda de los 40, el grupo de innovadores que de forma rutinaria valoraba y daba luz verde a las nuevas iniciativas del Círculo.

—¡Hola, Mae! —dijo una voz, y ella la siguió hasta Eamon Bailey, que estaba llegando y ocupando su sitio en la otra punta de la alargada sala.

Para su entrada teatral, Bailey iba ataviado con una sudadera con cremallera y remangada por encima de los codos. Saludó con la mano a Mae y de paso —ella fue consciente— a todos los que estuvieran mirando. Mae esperaba bastante público, teniendo en cuenta que tanto ella como el Círculo llevaban días mandando zings sobre aquella reunión. Miró su pulsera y vio que la cifra de espectadores en aquel momento era 1.982.992. Increíble, pensó, y todavía subiría más. Se sentó hacia la mitad de la mesa, a fin de proporcionar a los espectadores un mejor acceso no solo a Bailey, sino a la mayoría de la Banda, sus comentarios y reacciones.

Después de sentarse, y de que fuera demasiado tarde para cambiar de sitio, Mae se dio cuenta de que no sabía dónde estaba Annie. Escrutó las cuarenta caras que tenía delante, al otro lado de la mesa, pero no la vio. Estiró el cuello a un lado y al otro, con cuidado de mantener la cámara enfocada en Bailey, y por fin alcanzó a ver a Annie, que estaba junto a la puerta, detrás de dos hileras de circulistas, que estaban junto a la puerta por si necesitaban marcharse sin llamar la atención. Mae vio que Annie la había visto pero no la saludaba de ninguna manera.

—Muy bien —dijo Bailey, dedicando una amplia sonrisa a la concurrencia—. Creo que deberíamos empezar, dado que estamos todos presentes.

Y su mirada se detuvo un breve momento en Mae y en la cámara que llevaba al cuello. A Mae le habían dicho que era muy importante que todo el evento resultara natural, y que pareciera que tanto a Mae como al público los habían invitado a un evento normal y corriente.

–Hola, panda –dijo Bailey–. Panda de los 40. –Los cuarenta hombres y mujeres sonrieron–. Muy bien. Hace unos meses todos conocimos a Olivia Santos, una legisladora de lo más valerosa y visionaria que está llevando la transparencia a un nivel nuevo, y yo diría que definitivo. Y puede que os hayáis dado cuenta de que, a día de hoy, más de veinte mil líderes y legisladores del mundo entero han seguido su ejemplo y se han comprometido a hacer completamente transparentes sus vidas como funcionarios públicos. Eso nos ha animado muchísimo.

Mae miró la vista de su pulsera. Tenía la cámara enfocada en Bailey y en la pantalla de detrás de este. Ya le estaban entrando comentarios, dándole gracias a ella y al Círculo por un acceso de aquel calibre. Un espectador lo comparaba con presenciar el Proyecto Manhattan. Otro mencionaba el laboratorio de Edison en Menlo Park hacia 1879.

Bailey continuó:

–Esta nueva era de transparencia enlaza con otras ideas que tengo sobre la democracia y sobre el papel que puede jugar la tecnología de cara a completarla. Y uso el verbo «completar» porque nuestro trabajo en pos de la transparencia podría llegar a suponer un gobierno que rindiera cuentas de forma absoluta. Como habéis visto, el gobernador de Arizona ha hecho que todo su personal se vuelva transparente, que es el paso siguiente. En unos pocos casos, entre ellos un cargo electo, hemos visto que seguía habiendo algo de corrupción entre bastidores. Se usaba a los cargos transparentes como hombres de paja, que en la práctica ocultaban negociaciones secretas. Pero estoy convencido de que eso cambiará pronto. En menos de un año todos los cargos, junto con sus oficinas que no tengan nada que ocultar, ya serán transparentes, por lo menos en este país, y Tom y yo nos hemos encargado de que reciban un enorme descuento para hacerse con el hardware necesario y la capacidad de servidor que lo permitan.

Los 40 aplaudieron con vigor.

—Pero esa es solo media batalla. Esa es la mitad electa de las cosas. ¿Y qué pasa con la otra mitad, la mitad que constituimos nosotros, los ciudadanos? ¿La mitad en la que se supone que hemos de participar todos?

Detrás de Bailey apareció la foto de un colegio electoral vacío, situado en el gimnasio desierto de un instituto. La imagen fundió a una tabla de números.

—Aquí están las cifras de participación en las últimas elecciones. Como podéis ver, a nivel nacional, la participación está alrededor del cincuenta y ocho por ciento de la gente con derecho a voto. Increíble, ¿no? Y si te vas a las elecciones estatales y locales, los porcentajes caen en picado: el treinta y dos por ciento en las estatales, el veintidós por ciento en los condados y el diecisiete en la mayoría de las municipales de las poblaciones pequeñas. ¿Qué lógica tiene que el gobierno que más cerca nos queda sea el que menos nos importe? Es absurdo, ¿no os parece?

Mae comprobó la cifra de espectadores; ya había más de dos millones. Se estaba sumando un millar aproximado por segundo.

—Muy bien —continuó Bailey—. Así pues, sabemos que hay tecnología, mucha de la cual se ha originado aquí, capaz de facilitar de bastantes maneras el acto de votar. Nos situamos en una tradición de intentar mejorar el acceso y la facilidad. En mis tiempos apareció aquella ley que obligaba a votar para sacarse el carnet de conducir. Y resultó útil. Luego hubo estados que te permitieron registrarte o actualizar tu registro por internet. Vale. ¿Y cómo afectó eso a la afluencia de votantes? Pues no lo bastante. Pero aquí es donde la cosa se pone interesante. Este es el número de gente que votó en las últimas elecciones nacionales.

En la pantalla que tenía detrás apareció: «140 millones».

—Y este es el número de gente con derecho a voto.

En la pantalla apareció: «244 millones».

—Y luego estamos nosotros. Este es el número de estadounidenses registrados en el Círculo.

En la pantalla apareció: «241 millones».

—Son cifras sorprendentes, ¿verdad? Hay cien millones de personas más registradas con nosotros de las que votaron en las presidenciales. ¿Qué os dice eso?

–¡Que somos tremendos! –gritó desde la segunda fila un hombre mayor, con coleta canosa y camiseta raída.

Las risas llenaron la sala.

–Bueno, vale –dijo Bailey–, pero además de eso… Os dice que al Círculo se le da bien conseguir que la gente participe. Y hay mucha gente en Washington que está de acuerdo. Hay gente en DC que nos ve como la solución para conseguir que esta sea una democracia con participación plena.

Detrás de Bailey apareció la imagen familiar del Tío Sam señalando con el dedo. A continuación se le unió otra imagen que mostraba a Bailey al lado del Tío Sam, vestido con la misma ropa y en la misma pose. La sala estalló en risotadas.

–Así pues, ya llegamos al meollo de la sesión de hoy, que es: ¿qué pasaría si tu perfil del Círculo te registrara automáticamente para votar?

Bailey barrió la sala con la mirada, vacilando nuevamente al pasar por Mae y sus espectadores. Ella se miró la pulsera. «La piel de gallina», escribió un espectador.

–Con TruYou, para crear un perfil necesitas ser una persona real, con una dirección real, información personal completa, número real de la seguridad social y fecha de nacimiento real y verificable. En otras palabras, toda la información que el gobierno no pide tradicionalmente cuando te registras para votar. De hecho, como todos sabéis, nosotros tenemos mucha más información. Así pues, ¿por qué no iba a ser bastante la información que nosotros tenemos para permitirte registrarte? O, mejor dicho, ¿por qué no iba el gobierno, el nuestro o cualquiera, a consideraros registrados en cuanto os abrís un perfil de TruYou?

Las cuarenta cabezas que había en la sala asintieron, algunas para admitir que la idea era sensata y otras porque estaba claro que aquello ya lo habían pensado antes, que era una idea que llevaba tiempo discutiéndose.

Mae se miró la pulsera. El número de espectadores estaba ascendiendo más deprisa, a razón de diez mil por segundo, y ya había más de 2.400.000. A ella le habían llegado 1.248 mensajes. La mayoría durante los últimos noventa segundos. Bailey echó un vistazo a su tablet, donde sin duda estaba viendo las mismas cifras que ella. Sonrió y continuó:

–No hay razón alguna. Y hay muchos legisladores que están de acuerdo conmigo. La congresista Santos es una de ellos, por ejemplo. Y tengo compromisos verbales de otros 181 congresistas y 32 senadores. Todos han aceptado presentar una legislación para que el perfil personal de TruYou sea la vía automática para registrarse electoralmente. No está mal, ¿verdad?

Hubo una breve salva de aplausos.

–Y ahora pensad –dijo Bailey, con la voz convertida en un susurro de esperanza y asombro–. Imaginaos qué pasaría si pudiéramos acercarnos a la participación plena en todos los comicios. Se acabarían las quejas entre bastidores de la gente que no ha querido participar. Se acabarían los candidatos elegidos por un grupo extraoficial y subrepticio. Tal como sabemos en el Círculo, de la mano de la participación plena viene el conocimiento pleno. Sabemos lo que quieren los circulistas porque se lo preguntamos, y porque sabemos que sus respuestas son necesarias para hacernos una imagen plena y precisa de los deseos de la comunidad entera del Círculo. De manera que si seguimos el mismo modelo a nivel nacional, electoralmente hablando, entonces creo que podremos acercarnos mucho al cien por cien de participación. Al cien por cien de democracia.

Los aplausos recorrieron la sala. Bailey sonrió de oreja a oreja y Stenton se puso de pie. Parecía que aquel era, al menos para él, el final de la presentación. Sin embargo, a Mae se le había formado una idea en la mente, de manera que levantó la mano, vacilante.

–Sí, Mae –dijo Bailey, con una amplia sonrisa triunfal todavía estampada en la cara.

–Bueno, me pregunto si no podríamos llevar esto un paso más allá. O sea… Bueno, en fin, no creo que…

–No, no. Continúa, Mae. Has empezado bien. Me gusta la expresión «un paso más allá». Así es como se creó esta empresa.

Mae examinó la sala y registró una mezcla de ánimo y preocupación en las caras de los presentes. Por fin su mirada se posó en la cara de Annie, y como esta mostraba una expresión severa e insatisfecha, y parecía estar esperando, o deseando, que Mae fracasara e hiciera el ridículo, Mae recobró la calma, respiró hondo y puso la directa.

—Muy bien, estabas diciendo que podemos acercarnos al cien por cien de participación. Y yo me pregunto por qué no podemos coger esa meta e ir hacia atrás, siguiendo todos los pasos que has ido trazando. Todas las herramientas que ya tenemos.

Mae recorrió con la vista la sala, dispuesta a dejarlo correr todo si veía una sola mirada de escepticismo, pero únicamente vio curiosidad y los lentos gestos colectivos de asentimiento de un grupo con mucha práctica en materia de validación anticipada.

—Adelante —dijo Bailey.

—Solo voy a conectar una serie de puntos —dijo Mae—. Bueno, en primer lugar todos estamos de acuerdo en que nos gustaría que hubiera una participación del cien por cien, y que todo el mundo estaría de acuerdo en que la participación del cien por cien es el ideal.

—Sí —dijo Bailey—. Está claro que es el ideal de ideales.

—Y en la actualidad tenemos al ochenta y tres por ciento de los estadounidenses en edad de votar registrados en el Círculo.

—Sí.

—Y parece que estamos en vías de que los votantes puedan registrarse, y tal vez incluso votar, a través del Círculo.

Bailey estaba meciendo la cabeza a un lado y a otro, indicando cierta ligera duda, pero también estaba sonriendo y animándola con la mirada.

—Queda un pequeño trecho, pero vale. Adelante.

—Entonces ¿por qué no exigimos que todos los ciudadanos en edad de votar tengan cuenta en el Círculo?

Hubo movimientos incómodos en la sala y gente que ahogó exclamaciones, principalmente entre los circulistas más veteranos.

—Dejadla acabar —dijo alguien, una voz nueva.

Mae buscó con la mirada y encontró a Stenton, junto a la puerta. Tenía los brazos cruzados y estaba mirando fijamente el suelo. Levantó la vista brevemente hacia Mae y asintió bruscamente con la cabeza. Ella retomó el hilo de su discurso.

—Vale, sé que la reacción inicial será de resistencia. O sea, ¿cómo podemos exigir a alguien que use nuestros servicios? Pero tenemos que recordar que hay toda clase de cosas que son obligatorias para los ciudadanos de este país, y que lo son en casi todos los países industrializados. ¿Tenéis que mandar a vuestros hijos a la escuela? Sí. Es obligatorio. Es la ley. Los niños tienen que ir a la escuela o bien tenéis que organizar alguna clase de enseñanza en casa. Pero es obligatorio. También es obligatorio registrarse para el alistamiento, ¿verdad? O que te deshagas de la basura de una forma aceptable. No la puedes tirar en la calle. Hace falta un carnet si quieres conducir, y cuando conduces tienes que llevar cinturón de seguridad.

Stenton volvió a intervenir.

–Le exigimos a la gente que pague impuestos. Y que pague la seguridad social. Que sirva en los jurados populares.

–Eso mismo –dijo Mae–. Y que no orine en la calle. O sea, tenemos de miles de leyes. A los ciudadanos de Estados Unidos les exigimos muchas cosas legítimas. Entonces ¿por qué no podemos exigirles que voten? En docenas de países se hace.

–Aquí se ha propuesto –dijo uno de los circulistas de más edad.

–Pero no fuimos nosotros –replicó Stenton.

–Y ahí quiero llegar –dijo Mae, asintiendo con la cabeza en dirección a Stenton–. La tecnología necesaria nunca ha estado disponible. O sea, en cualquier otro momento de la historia, habría resultado prohibitivamente caro localizar a todo el mundo y registrarlo para que votara, y luego además asegurarse de que lo hiciera. Se habría tenido que ir puerta a puerta, llevar en autobuses a la gente hasta los colegios electorales… Un montón de cosas no factibles. Hasta en los países donde votar es obligatorio, en la práctica no se obliga. Pero ahora se puede hacer. O sea, solo hay que cotejar las listas electorales con los nombres de la base de datos de TruYou, y encontrarás a la mitad de los votantes que faltan. Los registras de forma automática, y cuando llega el día de las elecciones, te aseguras de que voten.

–¿Y cómo te aseguras? –dijo una voz femenina.

Mae se dio cuenta de que era Annie. No era un desafío directo, pero su tono tampoco era amigable.

–Pues, por Dios –dijo Bailey–, de cien maneras. Esa es la parte fácil. Se lo recuerdas diez veces ese día. O les desactivas las cuentas ese día hasta que voten. Eso es lo que haría yo, por lo menos. Te podría decir: «¡Hola, Annie! Tómate cinco minutos para votar». Lo que sea. Lo hacemos con nuestras encuestas. Ya lo sabes, Annie. –Y cuando dijo su nombre, lo hizo en tono de decepción y amenaza, avisándola de que no volviera a abrir la boca. Luego recobró el tono jovial y se volvió nuevamente hacia Mae–. ¿Y los rezagados? –preguntó.

Mae le sonrió. Tenía la respuesta. Se miró la pulsera. De pronto había 7.202.821 personas mirando. ¿Cuándo había sucedido?

–Bueno, todo el mundo tiene que pagar impuestos, ¿verdad? ¿Cuánta gente lo hace por internet actualmente? El año pasado un ochenta por ciento. ¿Y si todos dejáramos de duplicar servicios e hiciéramos que todo fuera parte de un solo sistema unificado? Se usaría la cuenta del Círculo para pagar impuestos, para registrarse para votar, para pagar las multas de tráfico y para todo. O sea, le ahorraríamos a cada usuario cientos de horas de molestias, y, de forma colectiva, el país se ahorraría miles de millones de dólares.

–No, cientos de miles de millones –la corrigió Stenton.

–Eso –dijo Mae–. Nuestras interfaces son infinitamente más fáciles de usar que, por ejemplo, el mosaico de páginas que tiene la jefatura de tráfico por todo el país. ¿Y si pudieras renovar el carnet de conducir a través de nosotros? ¿Y si el gobierno pudiera facilitar todos sus servicios a través de nosotros? La gente lo haría encantadísima. En lugar de visitar un centenar de páginas distintas de un centenar de servicios gubernamentales, todo se podría hacer a través del Círculo.

Annie volvió a abrir la boca. Mae supo que era un error.

–Pero ¿por qué no puede el gobierno –preguntó Annie– construir un servicio global como ese? ¿Por qué nos necesitan?

Mae no consiguió entender si era una pregunta puramente retórica o si de verdad a Annie le parecía una objeción válida. En cualquier caso, ahora la mayor parte de la sala estaba soltando risitas. ¿El gobierno iba a construir un sistema desde cero que rivalizara con el Círculo? Mae miró primero a Bailey y después a Stenton. Stenton sonrió, levantó el mentón y decidió contestar él.

–Bueno, Annie, un proyecto del gobierno para construir una plataforma similar desde la nada resultaría ridículo, costoso y, en fin, imposible. Nosotros ya tenemos la infraestructura y el ochenta y tres por ciento del electorado. ¿No lo ves tú también?

Annie asintió con la cabeza, y su mirada mostró miedo, arrepentimiento y tal vez una dosis de desafío que desapareció enseguida. El tono de Stenton era despectivo, y Mae confió en que lo suavizara al continuar.

—Ahora más que nunca —dijo, todavía más condescendiente que antes—, Washington está intentando ahorrar dinero, y no tiene muchas ganas de construir gigantescas burocracias nuevas desde cero. Ahora mismo al gobierno le cuesta unos diez dólares facilitar cada voto. Votan doscientos millones de personas, y a los federales les cuesta dos mil millones organizar las elecciones presidenciales cada cuatro años. Solo para procesar los votos de esa elección, de ese único día. Si a eso le añades todas las elecciones estatales y municipales, estamos hablando de cientos de miles de millones anuales en costos innecesarios asociados con el simple proceso de voto. O sea, hay estados donde lo siguen haciendo con un papel. Si nosotros suministramos esos servicios de forma gratuita, le estaremos ahorrando al gobierno miles de millones de dólares, y lo que es más importante, los resultados se conocerán de forma simultánea. ¿No ves la verdad en eso?

Annie asintió con expresión lúgubre, y Stenton la miró como si la estuviera valorando de nuevo. Se volvió hacia Mae y la apremió a seguir.

—Y si es obligatorio tener cuenta de TruYou para pagar impuestos o recibir servicios gubernamentales —dijo ella—, entonces nos acercamos mucho a tener al cien por cien de la ciudadanía. Y podemos tomar la temperatura de todo el mundo en cualquier momento. Si un pueblo quiere que todo el mundo vote una ordenanza local, por ejemplo, TruYou conoce la dirección de todo el mundo, de manera que únicamente podrán votar los residentes de ese pueblo. Y cuando voten, los resultados se conocerán en cuestión de minutos. Si un estado quiere conocer la opinión general sobre un nuevo impuesto, pues lo mismo: datos instantáneos, claros y verificables.

—Eso eliminaría la incertidumbre —dijo Stenton, ahora plantado en la cabecera de la mesa—. Eliminaría los grupos de presión. Eliminaría los sondeos. Puede que hasta eliminara al Congreso. Si podemos conocer la voluntad de la gente en cualquier momento, y sin filtros, sin malas interpretaciones ni tergiversaciones, ¿acaso eso no eliminaría en gran medida a Washington?

Hacía una noche fría y el viento era cortante, pero Mae no se daba cuenta. Todo le parecía bueno, limpio y correcto. Contar con la validación de los Tres Sabios, haber reorientado tal vez a la empresa entera en una dirección nueva, y hasta tal vez, tal vez, haber asegurado un nivel nuevo de participación democrática... ¿Acaso era posible que el Círculo, gracias a la nueva idea de ella, pudiera realmente *perfeccionar* la democracia? ¿Acaso se le podía haber ocurrido a ella la solución a un problema que tenía mil años de antigüedad?

Después de la reunión, cierta gente había manifestado su preocupación por que una empresa privada se apropiara de un acto tan público como era votar. Pero la lógica de la idea, el ahorro inherente, estaba ganando la batalla. ¿Qué pasaría si de pronto hubiera doscientos mil millones de dólares para las escuelas? ¿Qué pasaría si el sistema sanitario contara con doscientos mil millones? Con un ahorro de esa magnitud, se podría tratar o incluso solucionar gran cantidad de problemas del país, y el ahorro no solo se produciría cada cuatro años, sino que cada año habría una versión de él. Eliminar las carísimas elecciones y reemplazarlas por otras instantáneas, casi todas prácticamente gratuitas...

Aquella era la promesa del Círculo. Aquella era la posición extraordinaria del Círculo. Y aquello era lo que la gente estaba mandando por Zing. Ella leyó los zings mientras viajaba en compañía de Francis a bordo de un tren que iba por debajo de la bahía, los dos sonrientes, locos de felicidad. La gente los reconocía. La gente se plantaba delante de Mae para salir en su emisión de vídeo, y a ella no le importaba, porque las noticias que le estaban llegando por la pulsera derecha eran demasiado buenas para quitarles la vista de encima.

Se miró brevemente el brazo izquierdo. Tenía el pulso elevado y las pulsaciones a 130. Pero se lo estaba pasando en grande. Cuando llegaron al centro, subieron las escaleras de tres en tres y emergieron del subsuelo por Market Street, repentinamente bañada en luz dorada, con el puente de la bahía parpadeando tras ellos.

—¡Joder, pero si es Mae!

¿Quién había dicho aquello? Mae vio a un par de adolescentes que corrían hacia ella, con capuchas y auriculares.

—¡Dales caña, Mae! —dijo el otro, y los dos la aprobaron con la mirada, fascinados por el hecho de estar ante una celebridad; al cabo de un momento, para no dar la impresión de estar acosándola, bajaron corriendo las escaleras.

—Qué divertido —dijo Francis, mirándolos bajar.

Mae caminó hacia el mar. Pensó en Mercer y lo vio como una sombra que desaparecía rápidamente. No había tenido noticias ni de él ni de Annie desde la reunión, y no le importaba. Sus padres no le habían dicho ni pío, y era posible que no hubieran visto su intervención, pero descubrió que tampoco le importaba. Lo único que le importaba era aquel momento, aquella noche, aquel cielo despejado y sin estrellas.

—No me puedo creer lo rotunda que has estado —dijo Francis, y la besó: un beso seco y profesional en los labios.

—¿He estado bien? —preguntó ella, consciente de lo ridículo que resultaba plantear aquella clase de duda justo después de un éxito tan obvio, pero deseosa de volver a oír que había hecho un buen trabajo.

—Has estado perfecta —dijo él—. Un 100.

Rápidamente, mientras se acercaban al mar, Mae repasó los comentarios recientes más populares. Parecía haber un zing en concreto que hacía furor y que decía algo así como que todo aquello podía llevar o llevaría al totalitarismo. El estómago le dio un vuelco.

—Venga ya. No puedes escuchar a una lunática así —dijo Francis—. ¿Qué sabrá ella? Debe de ser una chiflada de esas con gorrito de papel de aluminio.

Mae sonrió, sin saber qué significaba aquella referencia al gorrito del papel de aluminio, pero recordando que se lo había oído decir alguna vez a su padre, y el pensar que lo hubiera dicho él la hizo sonreír.

—Vamos a por una libación —dijo Francis, y se decidieron por una cervecería resplandeciente que había frente al mar y que tenía delante un amplio patio al aire libre. Mientras se acercaban, Mae vio cómo la reconocían las miradas del grupo de gente joven y guapa que estaba bebiendo fuera.

—¡Es Mae! —dijo alguien.

Un joven que parecía demasiado joven para estar bebiendo puso la cara ante la cámara de Mae.

—Eh, mamá, estoy estudiando en casa.

Una mujer de unos treinta años, que puede o no que estuviera con el chico demasiado joven, dijo, apartándose de la cámara:

—Eh, cariño, estoy en un club de lectura con las amigas. ¡Saluda a los niños!

La noche era vertiginosa, luminosa y demasiado veloz. Mae apenas podía moverse en aquel bar del paseo marítimo: estaba rodeada, le traían copas, le daban palmaditas en la espalda y golpecitos en el hombro. Se pasó toda la noche girando sobre sí misma, rotando unos cuantos grados, como si fuera un reloj enloquecido, para saludar a todo el que llegaba a desearle lo mejor. Todo el mundo quería fotografiarse con ella, todo el mundo quería preguntarle cuándo iba a suceder la cosa. ¿Cuándo vamos a romper todas esas barreras innecesarias?, le preguntaban. Ahora que la solución parecía clara y bastante fácil de ejecutar, ya nadie quería esperar. Una mujer un poco mayor que Mae, arrastrando las palabras y con un Manhattan en la mano, fue quien mejor lo expresó, aunque sin saberlo: «¿Cómo —le preguntó, derramando su bebida pero con la mirada lúcida—, cómo hacemos que lo inevitable llegue antes?».

Mae y Francis se encontraron a sí mismos en un lugar más tranquilo del Embarcadero, donde pidieron otra ronda y vieron cómo se les unía un tipo de cincuenta y tantos años. El tipo se sentó con ellos sin que lo invitara nadie, sosteniendo una copa muy grande con las dos manos. En cuestión de segundos les contó que había sido estudiante de seminario, que había estado viviendo en Ohio y preparándose para el sacerdocio, cuando descubrió los ordenadores. Lo había dejado todo y se había mudado a Palo Alto, pero llevaba veinte años sintiéndose demasiado alejado del mundo espiritual. Hasta ahora.

—He visto tu charla de hoy —le dijo—. Lo has conectado todo. Has encontrado una forma de salvar todas las almas. Es lo mismo que hacíamos en la iglesia: intentábamos reunir a todo el mundo. ¿Cómo se puede salvar a todo el mundo? Los misioneros llevan milenios intentándolo. –Ya arrastraba las palabras, pero dio otro trago largo a su copa–. Tú y tus compañeros del Círculo –y trazó un círculo en el aire, horizontal, que hizo pensar a Mae en un halo– vais a salvar todas las almas. Vais a reunir a todo el mundo en un mismo sitio y les vais a enseñar a todos las mismas cosas. Podrá haber una sola moralidad, un solo sistema de normas. ¡Imaginaos! –Y dio una fuerte palmada en la mesa de hierro, haciendo temblar su copa–. Ahora todos los humanos tendrán la mirada de Dios. ¿Conocéis este pasaje? «Todas las cosas están desnudas y expuestas a los ojos de Dios.» O algo parecido. ¿Habéis leído la Biblia? –Al ver las caras inexpresivas de Mae y Francis, soltó un soplido de burla y dio un trago largo a su bebida–. Ahora todos somos Dios. Hasta el último de nosotros podrá ver pronto, y juzgar, a todos los demás. Veremos lo que ve Él. Articularemos su juicio. Canalizaremos su furia y dispensaremos su perdón. A un nivel continuo y global. Toda religión ha estado esperando siempre este momento en que cada ser humano sea un mensajero directo e inmediato de la voluntad de Dios. ¿No me entendéis?

Mae miró a Francis, que estaba intentando sin mucho éxito contener la risa. A él se le escapó primero, y a ella después, y por fin los dos estallaron en risitas, intentando disculparse ante el hombre, levantando las manos y suplicándole perdón. Pero él no quiso saber nada. Se alejó de la mesa, luego trazó una curva de regreso para recoger su copa y, por fin completo, se marchó haciendo eses erráticas por el paseo marítimo.

Mae se despertó al lado de Francis. Eran las siete de la mañana. Se habían quedado dormidos en la habitación de ella poco después de las dos. Ella miró su teléfono y encontró 322 mensajes nuevos. Mientras lo tenía en la mano, con los ojos legañosos, le sonó. El identificador de llamada estaba bloqueado y ella supo que solo podía ser Kalden. Dejó que saltara el buzón de voz. Él la llamó una docena de veces a lo largo de la mañana. La llamó mientras Francis se levantaba, la besaba y regresaba a su cuarto.

La llamó mientras ella se estaba duchando y mientras se vestía. Mae se cepilló el pelo, se ajustó las pulseras y se pasó la cámara por la cabeza, y él la volvió a llamar. Ella no hizo caso de la llamada y abrió sus mensajes.

Había una larga serie de hilos de comentarios de felicitación, tanto del Círculo como de fuera, el más interesante de los cuales había sido suscitado por Bailey en persona, que alertaba a Mae de que los programadores del Círculo ya habían empezado a trabajar sobre las ideas de ella. Al parecer se habían pasado la noche entera trabajando, llevados por una inspiración febril, y confiaban en tener una versión prototipo de las ideas de Mae en menos de una semana, para usarla primero en el Círculo, pulirla allí y después presentarla al mundo para ser usada en cualquier país donde hubiera el porcentaje suficiente de miembros del Círculo como para que resultara práctico.

«Lo estamos llamando Demoxie —dijo Bailey por Zing—. Es democracia con tu voz y con tus agallas. Y va a llegar pronto.»

Aquella mañana invitaron a Mae a la unidad de los programadores, donde se encontró con una veintena aproximada de ingenieros y diseñadores, agotados pero inspirados, que al parecer ya tenían una versión beta de Demoxie. Al entrar Mae se produjo un estallido de vítores, las luces se atenuaron y un foco solitario iluminó a una mujer de pelo largo y negro, con cara de alegría apenas contenida.

—Hola, Mae, y hola, espectadores de Mae —dijo la mujer, haciendo una ligera reverencia—. Yo me llamo Sharma, y me alegro muchísimo de estar hoy con vosotros, es un gran honor para mí. Hoy vamos a hacer una demostración de la versión más primitiva de Demoxie. Normalmente no avanzaríamos tan deprisa, ni, bueno, con tanta transparencia, pero dada la fe ferviente que tiene el Círculo en Demoxie, y nuestra confianza en que será adoptado de forma rápida y global, no veíamos razón alguna para retrasarlo.

La pantalla de pared cobró vida. Apareció la palabra «Demoxie», escrita en una fuente de lo más vivaz y encajada dentro de una bandera a rayas azules y blancas.

—La meta es asegurarnos de que todo el mundo que trabaja en el Círculo pueda intervenir en las cuestiones que afecten a sus vidas, sobre todo cuestiones del campus, pero también del mundo en general. Así que a lo largo de cualquier día, cuando el Círculo necesite tomar la temperatura de la empresa sobre cualquier asunto, los circulistas recibirán un aviso en sus pantallas y se les pedirá que contesten a la pregunta o preguntas. La respuesta esperada será rápida y esencial. Y como nos importa tanto la participación de todo el mundo, tus demás sistemas de mensajería quedarán temporalmente congelados hasta que respondas. Déjame que te lo enseñe.

En la pantalla, debajo del logotipo de Demoxie, apareció la pregunta «¿Deberíamos tener más opciones vegetarianas en el almuerzo?», flanqueada por sendos botones a los lados que decían «Sí» y «No».

Mae asintió con la cabeza.

—¡Muy impresionante, chicos!

—Gracias —dijo Sharma—. Ahora, si no te importa, tú también tienes que contestar.

E invitó a Mae a tocar el «Sí» o el «No» de la pantalla.

—Ah —dijo Mae.

Se acercó a la pantalla y pulsó el «Sí». Los ingenieros la vitorearon y los programadores también. En la pantalla apareció una carita contenta con las palabras «¡Se te escucha!» trazando un arco encima. La pregunta desapareció y fue reemplazada por las palabras: «El 75 por ciento de los consultados quiere más opciones vegetarianas. Se suministrarán más opciones vegetarianas».

Sharma estaba sonriendo de oreja a oreja.

—¿Lo ves? Es un resultado simulado, claro. Todavía no tenemos a todo el mundo apuntado a Demoxie, pero ya te haces una idea. Aparece la pregunta, todo el mundo para un momento de hacer lo que está haciendo, contesta y al instante el Círculo puede emprender una acción apropiada basada en la voluntad completa y total de la gente. Increíble, ¿verdad?

—Pues sí —dijo Mae.

—Imagínate esto desplegado por todo el país. ¡Por el mundo entero!

—Va más allá de mi capacidad para imaginar.

—¡Pero si se te ocurrió a ti! —dijo Sharma.

Mae no supo qué decir. ¿Acaso aquello lo había inventado ella? No estaba segura. Había conectado unos cuantos puntos, eso sí: la eficiencia y la utilidad de las CircleSurveys, la meta constante que tenía el Círculo de saturarlo todo y la esperanza universal de una democracia real, sin filtros y, lo que era más importante, completa. Ahora el asunto estaba en manos de los programadores, y el Círculo contaba con centenares de ellos, los mejores del mundo. Mae les dijo aquello, que ella no era más que una persona que había conectado unas cuantas ideas que ya estaban muy próximas entre sí, y Sharma y su equipo sonrieron de oreja a oreja, le dieron la mano y le dijeron que estaban todos de acuerdo en que lo que se había hecho ya colocaba al Círculo, y posiblemente a la humanidad entera, en un camino nuevo e importante.

Mae salió del Renacimiento y frente a la misma puerta la saludó un grupo de circulistas jóvenes, todos los cuales querían decirle –todos de puntillas y rebosantes de júbilo– que nunca habían votado y que nunca les había interesado lo más mínimo la política, que siempre se habían sentido completamente desconectados de su gobierno y jamás habían pensado que tuvieran una voz verdadera. Le contaron que, para cuando su voto, o su nombre, o alguna petición, era filtrado por su gobierno municipal, después por sus funcionarios estatales, y finalmente por sus representantes en Washington, la cosa ya era como mandar un mensaje en una botella a través de un mar gigantesco y embravecido. Pero ahora, le dijeron los jóvenes circulistas, se sentían involucrados. Si Demoxie funcionaba, le dijeron, y se rieron –cuando se implante Demoxie, por supuesto que funcionará, le dijeron–, entonces finalmente existirá una población completamente comprometida, y entonces el país y el mundo entero escucharán a los jóvenes, y su idealismo y progresismo inherentes le darán la vuelta al planeta. Aquello fue lo que Mae se pasó el día entero oyendo, mientras deambulaba por el campus. Apenas podía llegar de un edificio al otro sin que la abordara alguien. «Estamos al borde de un cambio verdadero –le decían–. Un cambio a la velocidad que exigen nuestros corazones.»

A lo largo de la mañana, sin embargo, continuaron las llamadas procedentes del número bloqueado. Mae sabía que era Kalden, y también sabía que no quería tener nada que ver con él. Ahora mismo hablar con él, y mucho más verlo, representaría un importante paso atrás. A mediodía Sharma y su equipo le anunciaron que estaban listos para la primera prueba real de Demoxie en todo el campus. A las 12.45 todo el mundo recibiría cinco preguntas, y los resultados no solo serían procesados de forma inmediata, sino que los Tres Sabios habían prometido que la voluntad de la gente sería puesta en práctica aquel mismo día.

Mae estaba plantada en el centro del campus, en medio de unos cuantos centenares de circulistas almorzando, todos excitadísimos por la inminente demostración de Demoxie, cuando se acordó de aquella pintura de la Convención Constitucional: todos aquellos hombres con pelucas empolvadas y chalecos, rígidamente plantados, todos hombres blancos y adinerados que solo estaban moderadamente interesados en representar a sus congéneres. Habían sido proveedores de una forma innatamente defectuosa de democracia, donde solo los ricos eran elegidos, donde eran las voces de estos las que se oían con más fuerza, donde se dedicaban a pasarle sus asientos del Congreso a cualquier persona igualmente privilegiada que ellos consideraran apropiada. Tal vez fuera cierto que desde entonces se habían producido mejoras graduales en el sistema, pero Demoxie las haría estallar todas. Demoxie era más puro, era la única posibilidad de democracia directa que el mundo había conocido nunca.

Ya eran las doce y media, y como Mae se sentía fuerte y llena de confianza, por fin sucumbió y contestó al teléfono, sabiendo que sería Kalden.

—¿Hola? —dijo ella.

—Mae —dijo él con voz tensa—. Soy Kalden. No digas mi nombre. He manipulado esto para que no funcione el audio que te entra.

—No.

—Mae. Por favor. Es un asunto de vida o muerte.

Kalden tenía un poder sobre ella que la avergonzaba. La hacía sentirse débil y manipulable. Ella controlaba todas las demás facetas de su vida, pero bastaba con la voz de Kalden para desmontarla y exponerla a toda una serie de malas decisiones. Al cabo de un minuto estaba en el cubículo del baño, con el audio apagado, y le volvió a sonar el teléfono.

—Estoy segura de que hay alguien rastreando esta llamada —dijo ella.

—No hay nadie. He conseguido un momento para que hablemos.

—Kalden, ¿qué quieres?

—No puedes hacer esto. Lo de la obligatoriedad, y la reacción positiva que ha tenido. Es el paso final para cerrar el Círculo, y eso no puede pasar.

—¿De qué estás hablando? Se trata precisamente de eso. Si llevas tanto tiempo aquí, sabrás mejor que nadie que todo este tiempo ha sido esa la meta del Círculo. O sea, es un círculo, idiota. Tiene que cerrarse. Tiene que completarse.

—Mae, durante todo este tiempo, al menos para mí, que esto pasara era el peligro, no la meta. En cuanto sea obligatorio tener una cuenta, y en cuanto todos los servicios del gobierno estén canalizados a través del Círculo, habrás contribuido a crear el primer monopolio tiránico del mundo. ¿Te parece buena idea que una empresa privada controle todo el flujo de la información? ¿Y que esa participación, porque a ellos les place, sea obligatoria?

—Sabes lo que dijo Ty, ¿verdad?

Mae oyó un fuerte suspiro.

—Es posible. ¿Qué dijo?

—Dijo que el alma del Círculo es democrática. Que hasta que todo el mundo tenga el mismo acceso, y ese acceso sea libre, nadie será libre. Está escrito en unas cuantas baldosas por todo el campus.

—Mae. Vale. El Círculo es bueno. Y quien inventara el Tru-You era una especie de genio maligno. Pero ahora hay que controlarlo. O romperlo.

—¿Y a ti qué te importa? Si esto no te gusta, ¿por qué no te marchas? Sé que estás espiando para otra empresa. O para Williamson. Para algún chiflado de político anarquista.

—Mae, es el momento. Ya sabes que esto afecta a todo el mundo. ¿Cuándo fue la última vez que pudiste contactar de forma significativa con tus padres? Está claro que las cosas se están torciendo, y tú ocupas una posición extraordinaria para influir sobre unos acontecimientos históricos muy cruciales. Es el momento. Es el momento sobre el que bascula la historia. Imagínate que pudieras haber estado presente antes de que Hitler llegara a canciller. Antes de que Stalin se anexionara Europa Oriental. Estamos a punto de tener entre manos otro imperio muy hambriento y muy maligno. ¿Lo entiendes?

—¿Tienes idea de lo loco que pareces?

—Mae, sé que dentro de dos días vais a celebrar esa gran reunión de alevines. Esa en la que los chavales os presentarán sus ideas, confiando en que el Círculo las compre y las devore.

—¿Y qué?

—Que habrá una audiencia grande. Necesitamos llegar a los jóvenes, y la presentación de los alevines será el momento en que tus espectadores serán jóvenes y muchísimos. Es perfecto. Estarán presentes los Sabios. Necesito que aproveches esa oportunidad para avisar a todo el mundo. Necesito que digas: «Pensemos en lo que comporta cerrar el Círculo».

—¿Quieres decir completarlo?

—Es lo mismo. En lo que comporta para las libertades personales, para la libertad de movimientos, para hacer lo que uno quiera, para ser libre.

—Eres un lunático. No me puedo creer que me haya…

Mae tenía intención de terminar la frase con «acostado contigo», pero ahora aquella simple idea le parecía enfermiza.

—Mae, ninguna entidad debería tener el poder que tienen esos tipos.

—Voy a colgar.

—Mae. Piensa en ello. Escribirán canciones sobre ti.

Ella colgó.

Para cuando llegó al Gran Salón, reinaba en él el estruendo de unos cuantos millares de circulistas. Al resto del campus se le había pedido que se quedara en sus lugares de trabajo, a fin de demostrarle al mundo cómo funcionaría Demoxie por toda la empresa, con circulistas votando desde sus mesas, desde sus teléfonos y tablets, y hasta retinalmente. En la pantalla del Gran Salón, un enorme mosaico de cámaras de SeeChange mostraba a los circulistas listos hasta en el último rincón del último edificio. Sharma había explicado, por medio de una serie de zings, que en cuanto se mandaran las preguntas de Demoxie, la capacidad de los circulistas para hacer cualquier otra cosa —mandar zings, teclear— quedaría suspendida hasta que votaran. «¡Aquí la democracia es obligatoria! —dijo, y añadió, para gran placer de Mae—: Compartir es querer.» Mae tenía pensado votar con la pulsera, y les había prometido a sus espectadores que también tendría en cuenta sus opiniones, si eran lo bastante rápidos. La votación, comentó Sharma, no tardaría más que sesenta segundos.

A continuación apareció en pantalla el logo de Demoxie y bajo el mismo llegó la primera pregunta.

«1. ¿Debería el Círculo ofrecer más opciones vegetarianas en el almuerzo?»

El público congregado en el Gran Salón se rió. El equipo de Sharma había decidido empezar con la misma pregunta que habían usado de prueba. Mae se miró la pulsera y vio que unos cuantos centenares de espectadores habían mandado sonrisas, de manera que eligió aquella opción y pulsó «Enviar». Levantó la vista hacia la pantalla, viendo cómo votaban los circulistas, y al cabo de once segundos el campus entero había acabado y los resultados eran procesados. El 88 por ciento del campus quería más opciones vegetarianas en el almuerzo.

Llegó un zing de Bailey: «Se hará».

El Gran Salón estalló en un aplauso.

Apareció la siguiente pregunta: «2. ¿El día de Lleva a Tu Hija al Trabajo se debería celebrar dos veces al año en vez de una?».

La respuesta se supo al cabo de doce segundos. Había contestado que sí el 45 por ciento. Bailey escribió por Zing: «Creo que con una me basta».

De momento la demostración era un éxito rotundo y Mae estaba disfrutando a tope de las felicitaciones de los circulistas presentes en la sala, y de quienes le escribían por su pulsera, y de los espectadores del mundo entero. Apareció la tercera pregunta y la sala entera estalló en carcajadas.

«3. ¿John o Paul… o Ringo?»

La respuesta, que se demoró dieciséis segundos, dio lugar a un alboroto de vítores sorprendidos: había ganado Ringo, con un 64 por ciento de los votos. John y Paul estaban prácticamente empatados, con un 20 y un 16.

La cuarta pregunta venía precedida por una serie de sobrias instrucciones: «Imaginaos que la Casa Blanca quisiera la opinión sin filtros de sus electores. E imaginaos que tuvierais la capacidad directa e inmediata de influir en la política exterior de Estados Unidos. Tomaos vuestro tiempo para contestar esta. Podría pasar –debería pasar– que un día se escuchara a todos los estadounidenses en estas cuestiones».

Desaparecieron las instrucciones y llegó la pregunta.

«4. Las agencias de inteligencia han localizado al dirigente terrorista Mohammed Jalil al-Hamed en una zona poco poblada del Pakistán rural. ¿Debemos mandar un avión no tripulado para matarlo, teniendo en cuenta que son probables ciertos daños colaterales poco importantes?»

Mae contuvo la respiración. Sabía que aquello no era más que una demostración, pero daba la sensación de que aquel poder era real. Y de que era bueno. ¿Por qué no se podía tener en cuenta la sabiduría de trescientos millones de estadounidenses cuando se estaba tomando una decisión que los afectaba a todos? Mae hizo una pausa para pensar y sopesar los pros y los contras. Los circulistas de la sala parecían estar tomándose aquella responsabilidad tan en serio como ella. ¿Cuántas vidas se podrían salvar matando a Al-Hamed? Podrían ser millares, y el mundo se libraría de un hombre malvado. Parecía que valía la pena correr el riesgo. De manera que votó que sí. El recuento total llegó al cabo de un minuto y once segundos: el 71 por ciento de los circulistas estaba a favor de un ataque teledirigido. Se hizo el silencio en la sala.

Y entonces apareció la última pregunta.

«5. ¿No es fantástica Mae Holland?»

Mae se rió, la sala se rió y Mae se sonrojó, pensando que aquello era un poco excesivo. Decidió que no podía votar en aquella pregunta, que sería absurdo que ella misma votara una cosa u otra, así que se limitó a mirarse la pulsera, pero enseguida se dio cuenta de que la tenía congelada. Al cabo de un momento la pregunta de la pantalla de su pulsera se puso a parpadear con urgencia. «Todos los circulistas tienen que votar», le dijo la pantalla, y ella recordó que el sondeo no se podría completar hasta que el último circulista hubiera registrado su opinión. Como se sentía una tonta calificándose a sí misma de fantástica, pulsó «Cara enfadada», suponiendo que sería la única y así cosecharía una risa de los demás.

Pero cuando se procesaron los votos al cabo de un segundo, resultó que ella no era la única que había mandado una carita enfadada. La votación había obtenido un 97 por ciento de sonrisas frente a un 3 de caras enfadadas, lo cual indicaba que, de forma abrumadora, sus compañeros del círculo la consideraban fantástica. Cuando aparecieron los números, el Gran Salón prorrumpió en vítores, y ella recibió abundantes palmaditas en la espalda mientras todo el mundo salía del auditorio, con la sensación de que el experimento había sido un éxito monumental. Y a Mae también se lo parecía. Sabía que Demoxie funcionaba y que su potencial era ilimitado. Y sabía que tenía que alegrarse de que el 97 por ciento del campus la considerara fantástica. Sin embargo, mientras salía del recinto y atravesaba el campus, solo podía pensar en el 3 por ciento que no la consideraba fantástica. Hizo las cuentas. Si en la actualidad había 12.318 circulistas —acababan de absorber una empresa emergente de Filadelfia especializada en la ludificación de la vivienda para gente con pocos recursos—, y habían votado todos, eso quería decir que 369 personas le habían puesto una cara enfadada y no la consideraban fantástica. No, 368. Ella también se había puesto una cara enfadada a sí misma, suponiendo que sería la única.

Se sentía aturdida. Se sentía desnuda. Cruzó el club de fitness, echando vistazos a los cuerpos sudorosos que entraban y salían de las máquinas de ejercicios, y se preguntó cuáles de ellos le habrían puesto una cara enfadada. 368 personas la odiaban. Estaba deshecha. Dejó atrás el club de fitness y buscó un lugar recogido para ordenar sus pensamientos. Fue hasta la azotea que había cerca de su antiguo lugar de trabajo, donde Dan le había hablado por primera vez del compromiso que tenía el Círculo con la comunidad. La tenía a apenas setecientos metros a pie, pero no estaba segura de poder llegar. La estaban apuñalando. La habían apuñalado. ¿Quién era aquella gente? ¿Qué les había hecho ella? Pero si no la conocían. ¿O quizá sí? ¿Y qué clase de miembros de una comunidad le pondrían una cara enfadada a alguien como Mae, que se dedicaba a trabajar de forma incansable con ellos, *para* ellos, a plena vista de todos?

Intentó no perder la compostura. Sonreía al cruzarse con otros circulistas. Aceptaba sus felicitaciones y su agradecimiento, preguntándose todo el tiempo cuál de ellos sería el falso, cuál habría pulsado el botón de la cara enfadada, un botón que cada vez que alguien lo pulsaba era como un gatillo. Eso mismo, comprendió. Se sentía llena de agujeros, como si cada una de aquellas personas le hubiera pegado un tiro, y además por la espalda, cobardes, la habían llenado de agujeros. Apenas se aguantaba de pie.

Y luego, justo antes de llegar a su antiguo edificio, vio a Annie. Llevaban meses sin tener una interacción natural, pero de inmediato vio algo en la cara de Annie que denotaba animación y felicidad.

—¡Eh! —le dijo Annie, abalanzándose para rodear a Mae en un abrazo de oso.

A Mae le afloraron de repente las lágrimas, y se vio obligada a secárselas, sintiéndose boba, eufórica y confusa. Todos sus pensamientos contradictorios sobre Annie quedaron momentáneamente barridos.

—¿Te va todo bien? —le preguntó.

—Sí, sí. Están pasando muchas cosas geniales —dijo Annie—. ¿Te has enterado de lo del proyecto PastPerfect?

En aquel momento Mae notó algo en la voz de Annie, cierta indicación de que Annie estaba hablando principalmente con el público que Mae llevaba colgado del cuello. Mae le siguió la corriente.

—Bueno, ya me habías comentado lo esencial. ¿Qué novedades hay de PastPerfect, Annie?

Mientras miraba a Annie, y se mostraba interesada en lo que le decía, Mae tenía la mente en otra parte: ¿acaso Annie le había puesto una cara enfadada? ¿Solo para bajarle los humos? ¿Y qué resultado obtendría Annie en una encuesta de Demoxie? ¿Sería capaz de superar un 97 por ciento? ¿Sería alguien capaz?

—Dios santo, muchas cosas, Mae. Como sabes, PastPerfect lleva muchos años en preparación. Es lo que se podría considerar un proyecto nacido de la pasión de Eamon Bailey. Él pensó: ¿qué pasaría si usáramos el poder de internet, y del Círculo y sus miles de millones de miembros, para intentar rellenar las lagunas de las historias personales y de la historia en general?

Al ver que su amiga se esforzaba tanto, a Mae no le quedó otro remedio que intentar ponerse a la altura de su brillante entusiasmo.

–Uau, tiene una pinta increíble. La última vez que hablamos estaban buscando a una persona pionera que fuera la primera en tener un mapa de sus antepasados. ¿La han encontrado ya?

–Pues sí, Mae. Me alegro de que me lo preguntes. Han encontrado a esa persona, y esa persona soy yo.

–Ah, ya. O sea que aún no lo han decidido…

–No, en serio –dijo Annie, con voz más grave, y hablando de repente más como la Annie real. Luego volvió a animarse y su voz subió una octava–. ¡Soy yo!

Mae había adquirido práctica en esperar antes de hablar –la transparencia la había enseñado a medir cada palabra–, y fue por eso que ahora, en vez de decir «Me esperaba que fuera algún novato, alguien sin mucha experiencia. O por lo menos algún arribista, alguien que intentara dar el salto en el PartiRank o ganarse el favor de los Tres Sabios. Pero… ¿tú?», se dio cuenta de que Annie estaba, o creía estar, en posición de necesitar un empujón, una ayuda. De manera que se aventuró.

–¿Te has presentado voluntaria?

–Sí, eso mismo –dijo Annie, mirando a Mae pero en realidad a través de ella–. Cuantas más cosas descubro, más quiero ser la primera. Como tú sabes, pero puede que tus espectadores no, mi familia vino a bordo del *Mayflower* –y puso los ojos en blanco–, y aunque en la historia familiar hay varios momentos célebres, también hay muchas cosas que no sé.

Mae estaba sin habla. Annie había perdido el juicio.

–¿Y todo el mundo está de acuerdo con esto? ¿Tus padres?

–Están emocionadísimos. Supongo que siempre han estado orgullosos de nuestro legado, y la posibilidad de compartirlo con la gente, y de paso averiguar un poco más de la historia de este país, bueno, les ha apetecido mucho. Y hablando de padres, ¿cómo están los tuyos?

Dios, qué extraño era aquello, pensó Mae. Aquello tenía muchos niveles, y mientras su mente se dedicaba a contarlos, a hacer un mapa de ellos y a ponerles nombre, su cara y su boca se veían obligadas a seguir con aquella conversación.

–Están bien –dijo Mae, pese a que sabía, y Annie también lo sabía, que llevaba semanas sin ponerse en contacto con ellos.

Le habían mandado un mensaje, a través de un primo, diciéndole que estaban bien de salud, pero que se habían marchado de su casa, «huido» era la palabra que usaban en su breve mensaje, diciéndole a Mae que no se preocupara de nada.

Mae concluyó la conversación con Annie y se alejó caminando despacio, desorientada, cruzando de nuevo el campus, consciente de que Annie estaría satisfecha con el hecho de haber comunicado sus noticias, jugado su triunfo y desconcertado por completo a Mae, todo en un único y breve encuentro. Annie había sido nombrada el alma de PastPerfect y nadie se lo había notificado a Mae, lo cual la hacía quedar como una tonta. Estaba claro que aquella había sido precisamente la meta de Annie. Pero ¿por qué Annie? No tenía sentido acudir a Annie, cuando habría resultado más fácil que lo hiciera Mae; Mae ya era transparente.

Mae comprendió que Annie lo había pedido. Que se lo había suplicado a los Sabios. Lo había conseguido aprovechando su proximidad a ellos. De manera que Mae no estaba tan cerca como ella pensaba; Annie seguía teniendo un estatus especial. Nuevamente el linaje de Annie, la ventaja con la que había nacido, los diversos y antiguos beneficios de los que disfrutaba, relegaban a Mae al segundo lugar. Siempre la segunda, como si fuera una especie de hermana pequeña que nunca había tenido oportunidad de suceder a una hermana mayor, siempre mayor. Mae estaba intentando mantener la calma, pero ya le empezaban a llegar mensajes a la pulsera que dejaban claro que los espectadores notaban su frustración y su distracción.

Necesitaba respirar. Necesitaba pensar. Pero tenía demasiadas cosas en la cabeza. Tenía las ridículas malas artes de Annie. Tenía aquel estúpido rollo del PastPerfect, que tendría que haber ido a sus manos. ¿Acaso era porque los padres de Mae se habían descarriado? Y a todo esto, ¿dónde estaban sus padres? ¿Por qué se dedicaban a sabotear todo aquello para lo que Mae trabajaba? Pero ¿para qué trabajaba Mae, a fin de cuentas, si había 368 circulistas que no la aprobaban? Eran 368 personas que al parecer la odiaban de forma activa, lo bastante como para pulsar un botón, para mandarle directamente su desprecio, sabiendo que ella conocería de inmediato sus sentimientos. ¿Y qué pasaba con aquella mutación celular que tenía preocupado a un científico de Escocia? Una mutación cancerosa que podía estar teniendo lugar dentro de Mae, provocada por los errores de su dieta... ¿Acaso había sucedido realmente? Y, mierda, pensó Mae, mientras se le formaba un nudo cada vez más grande en la garganta, ¿realmente le había mandado una carita enfadada a un grupo de paramilitares fuertemente armados de Guatemala? ¿Qué pasaba si tenían contactos allí? Ciertamente había muchos guatemaltecos en California, y ciertamente estarían encantados de hacerse con un trofeo como Mae y de castigarla por su oprobio. Mierda, pensó. Mierda. Había un dolor dentro de ella, un dolor que estaba desplegando sus alas oscuras dentro de ella. Y que procedía, principalmente, de las 368 personas que al parecer la odiaban tanto como para desear que desapareciera. Mandar una cara enfadada a América Central era una cosa, pero mandarla al mismo campus donde estabas... ¿Quién era capaz de aquello? ¿Por qué había tanta animosidad en el mundo? Y entonces se le ocurrió, en un destello breve y blasfemo: ella *no quería* saber qué pensaban aquellas personas. El destello dio paso a la idea más general y todavía más blasfema de que su cerebro contenía demasiadas cosas. De que el volumen de información, de datos, de valoraciones, de mediciones, era excesivo, y de que había demasiada gente, y demasiados deseos de demasiada gente, y demasiadas opiniones de demasiada gente, y demasiado dolor de demasiada gente, y de que el hecho de que todo se cotejara, se reuniera, se añadiera y se agregara constantemente, y se le presentara a ella como si eso lo hiciera más pulcro y manejable, aquello era demasiado. Pero no. No, no lo era, la corrigió la parte buena de su cerebro. No. Estás dolida por culpa de esas 368 personas. Esa era la verdad. Estás dolida por culpa de ellos, de esos 368 votos por matarla. Hasta la última de aquellas personas la quería ver muerta. Ojalá ella no lo supiera. Ojalá pudiera volver a la vida de antes de aquel 3 por ciento, cuando podía pasearse por el campus, saludando con la mano, sonriendo, charlando ociosamente, comiendo, compartiendo el contacto humano, sin saber lo que se escondía en las profundidades del corazón de aquel 3 por ciento. Ponerle una cara enfadada, clavarle los dedos a aquel botón, dispararle de aquella forma, era una modalidad de asesinato. A Mae le estaban apareciendo docenas de mensajes preocupados en la pulsera. Con la ayuda de las cámaras de SeeChange, los espectadores la estaban viendo plantada allí, quieta como un poste y con la cara retorcida en una mueca de aflicción y de rabia.

Tenía que hacer algo. Volvió a EdC, saludó con la mano a Jared y a los demás y se conectó a la compuerta.

En cuestión de minutos ya había atendido la consulta de un pequeño joyero de Praga, había visitado su página, su trabajo le había resultado interesante y maravilloso y así lo había dicho, bien alto y en forma de zing, lo cual produjo una Tasa de Conversión y una Cifra de Venta astronómicas en cuestión de diez minutos, 52.098 euros. A continuación atendió a una mayorista de muebles hechos con materiales sostenibles de Carolina del Norte, Design for Life, y después de responder a su consulta, el cliente le pidió que rellenara un cuestionario para el público, especialmente importante debido a la edad y la categoría de ingresos de ella; necesitaba más información sobre las preferencias de los clientes de su propio grupo demográfico. Mae lo hizo, y también comentó una serie de fotos del primer entrenamiento de béisbol infantil de su hijo que le había mandado su contacto en Design for Life, Sherilee Fronteau. Tras comentar aquellas fotos, Mae recibió un mensaje de Sherilee dándole las gracias e insistiendo en que fuera alguna vez a Chapel Hill, para ver a Tyler en persona y comer en una barbacoa de las de verdad. Mae le aseguró que iría, muy feliz de tener a aquella nueva amiga en la otra costa, y pasó al segundo mensaje, este de un cliente, Jerry Ulrich, de Grand Rapids, Michigan, que dirigía una empresa de camiones refrigeradores. Jerry le pidió a Mae que reenviara un mensaje a todo el mundo de su lista de correo sobre los servicios de su empresa, que estaba haciendo un gran esfuerzo para aumentar su presencia en California, y agradecía toda ayuda al respecto. Mae le dijo por Zing que se lo diría a todo el mundo que ella conocía, empezando por los 14.611.002 seguidores que tenía, y él le contestó que estaba encantado de ser presentado de aquella manera y que agradecía acuerdos comerciales o comentarios de aquellas 14.611.002 personas, 1.556 de las cuales saludaron instantáneamente a Jerry y le dijeron que ellos también difundirían el mensaje. Luego, mientras estaba disfrutando del aluvión de mensajes, Jerry le preguntó a Mae qué tal lo tenía su sobrina, que se iba a licenciar en primavera por la Eastern Michigan University, para conseguir trabajo en el Círculo; soñaba con trabajar allí, ¿quizá debería mudarse al oeste para estar más cerca, o quizá podría conseguir una entrevista de trabajo gracias únicamente a su currículum? Mae lo remitió al departamento de recursos humanos y le dio unos cuantos consejos de su propia cosecha. Añadió a la sobrina a su lista de contactos y tomó nota de que tenía que seguir su progreso si finalmente pedía trabajo allí. Un cliente, Hector Casilla, de Orlando, Florida, le habló a Mae de su interés por la observación de pájaros y le mandó algunas de sus fotos, que Mae elogió y añadió a su nube personal de fotos. Héctor le pidió que se las puntuara, porque aquello podía conseguir que se fijara en él el grupo de intercambio fotográfico del que estaba intentando hacerse miembro. Ella lo hizo y él se puso eufórico. En cuestión de minutos, le dijo Héctor, alguien de su grupo de intercambio fotográfico ya se había quedado muy impresionado de que una auténtica circulista conociera su trabajo, de manera que Héctor volvió a dar las gracias a Mae. Le mandó una invitación a una exposición colectiva de la que iba a formar parte ese invierno, en Miami Beach, y Mae le dijo que si pasaba por allí en enero iría seguro, y Héctor, tal vez malinterpretando su nivel de interés, la puso en contacto con su prima, Natalia, propietaria de un hostal situado a solo cuarenta minutos de Miami, que seguro que le podía hacer un buen precio a Mae en caso de que decidiera acercarse; también podía llevar a amigas, si quería. A continuación Natalia le envió un mensaje con las tarifas del hostal, que Mae se fijó en que eran flexibles si estaba dispuesta a alojarse allí entre semana. Después le envió otro mensaje más largo, lleno de links a artículos e imágenes de la zona de Miami, explicándole las muchas actividades que se podían hacer allí en invierno: deportes, pesca, ir en moto acuática o bailar. Mae siguió trabajando, sintiendo la herida ya familiar, la negrura que crecía, pero trabajando a pesar de ella, matándola, hasta que por fin se fijó en la hora: las 22.32.

Llevaba más de cuatro horas en EdC. Caminó hasta la residencia, sintiéndose mucho mejor, sintiéndose tranquila, y se encontró a Francis en la cama, con la tablet en las manos, pegando su cara en sus películas favoritas.

—Mira esto —le dijo, y le enseñó una secuencia de una película de acción donde, en vez de Bruce Willis, ahora parecía que el protagonista era Francis Garaventa.

El software era casi perfecto, dijo Francis, y lo podía manejar hasta un niño. El Círculo se lo acababa de comprar a una empresa emergente de tres personas con sede en Copenhague.

—Supongo que mañana verás más cosas nuevas —dijo Francis, y Mae se acordó de la reunión y la presentación de los alevines—. Será divertido. A veces las ideas son incluso buenas. Y hablando de buenas ideas...

Y entonces Francis la atrajo hacia sí, la besó, se la puso a horcajadas encima, y por un momento ella pensó que estaban a punto de tener algo parecido a una verdadera experiencia sexual, pero justo cuando se estaba quitando la camisa, vio que Francis cerraba con fuerza los ojos y se echaba bruscamente hacia delante y se dio cuenta de que ya había acabado. Después de cambiarse y cepillarse los dientes, le pidió a Mae que lo puntuara; ella le puso un 100.

Mae abrió los ojos. Eran las 4.17 de la madrugada. Francis estaba de espaldas a ella, durmiendo en silencio. Ella cerró los ojos, pero no se podía quitar de la cabeza a las 368 personas que —ahora le parecía evidente— preferirían que ella no hubiera nacido. Tenía que regresar a la compuerta de EdC. Se incorporó hasta sentarse.

—¿Qué pasa? —dijo Francis.

Ella se giró y vio que él la estaba mirando fijamente.

—Nada. Lo de la votación de Demoxie.

—No te puedes preocupar por eso. Son unos pocos centenares de personas.

Estiró el brazo hacia la espalda de Mae y, en su intento de reconfortarla desde el otro lado de la cama, lo que le salió más bien fue un movimiento como de limpiarle con la mano algo que tenía en la cintura.

—Pero ¿quiénes? —dijo Mae—. Ahora tengo que ir por el campus sin saber quién quiere verme muerta.

—¿Pues por qué no lo miras? —dijo Francis, sentándose.

—¿Por qué no miro el qué?

—Quiénes te pusieron la cara enfadada. ¿Dónde te crees que estás? ¿En el siglo dieciocho? Esto es el Círculo. Puedes enterarte de quiénes te han puesto caras enfadadas.

—¿Es transparente?

Al instante Mae se sintió tonta por preguntarlo.

—¿Quieres que lo mire yo? —dijo Francis, y en cuestión de segundos ya estaba buscando en su tablet—. Aquí está la lista. Es pública, ahí está la gracia de Demoxie. —Entornó los ojos mientras leía—. Ah, este no me sorprende.

—¿Qué? —dijo Mae, con el corazón a mil por hora—. ¿Quién?

—El tío de Portugal.

—¿Alistair?

A Mae le ardía la cabeza.

—Cabrón —dijo Francis—. Da igual. Que se vaya a la mierda. ¿Quieres la lista entera?

Francis giró la tablet hacia Mae, pero ella, sin darse cuenta siquiera de lo que estaba haciendo, retrocedió con los ojos fuertemente cerrados. Llegó hasta el rincón de la habitación y se tapó la cara con los brazos.

—Uau —dijo Francis—. Que no es ningún animal rabioso. No es más que una lista de nombres.

—Para —dijo Mae.

—Lo más seguro es que la mayoría de esta gente no lo pusiera en serio. Y hay gente aquí a quienes yo sé seguro que les caes bien.

—Para. Para.

—Vale, vale. ¿Quieres que vacíe la pantalla?

—Sí, por favor.

Francis lo hizo.

Mae entró en el cuarto de baño y cerró la puerta.

−¿Mae? −Francis estaba al otro lado.

Ella abrió el agua de la ducha y se quitó la ropa.

−¿Puedo entrar?

Bajo la presión del agua, Mae se sintió más tranquila. Estiró el brazo hacia la pared y encendió la luz. Sonrió, pensando que había reaccionado a la lista como una boba. Por supuesto que la votación era pública. Al llegar la democracia verdadera, una clase más pura de democracia, la gente no tendría miedo de emitir sus votos y, lo que era más importante, no tendría miedo de rendir cuentas por lo que había votado. Ahora dependía de ella saber quiénes eran aquellos que le habían mandado la cara enfadada, y ganárselos. Tal vez no de forma inmediata. Iba a tardar un poco en estar lista, pero se enteraría −necesitaba enterarse, era su responsabilidad−, y en cuanto se enterara, su trabajo para enmendar a aquellos 368 sería simple y sincero. Estaba asintiendo con la cabeza, y sonrió al darse cuenta de que estaba a solas en la ducha y asintiendo con la cabeza. Pero no lo podía evitar. La elegancia de todo aquello, la pureza ideológica del Círculo, de la transparencia real, le otorgaban paz, una sensación reconfortante de lógica y de orden.

El grupo era una preciosa coalición multicolor de jóvenes, rastas y pecas, ojos azules, verdes y castaños. Estaban todos inclinados hacia delante en sus asientos, con las caras llenas de animación. Cada uno de ellos tenía cuatro minutos para presentarle su idea al grupo de ideas del Círculo, donde estaban Bailey y Stenton, presentes en la sala, enfrascados en conversaciones con los demás miembros de la Banda de los 40, y Ty, que iba a aparecer por videoconferencia. Ty estaba sentado en otra parte, en una habitación blanca y vacía, con aquella sudadera con capucha que le venía grande y mirando, ni aburrido ni visiblemente interesado, a la cámara y a la sala. Y era a él, tanto o más que a ningún otro de los Sabios o los circulistas superiores, a quien los presentadores querían impresionar. Eran hijos de él, en cierto sentido: todos motivados por su éxito, por su juventud y por su capacidad para hacer que las ideas llegaran a buen puerto, al mismo tiempo que se mantenía perfectamente por encima de todo y seguía siendo furiosamente productivo. Ellos querían lo mismo, y querían el dinero que sabían que acompañaba a aquel rol.

Aquella era la reunión a la que se había referido Kalden, en la que estaba seguro de que habría un máximo de audiencia, y en la que había insistido en que Mae debía decirles a todos sus espectadores que el Círculo no se podía cerrar, que el Cierre provocaría una especie de Armagedón. Llevaba sin tener noticias de él desde aquella conversación en los baños, y se alegraba mucho. Ahora estaba segura, más segura que nunca, de que era alguna clase de hacker-espía, alguien de una empresa aspirante a competidora que intentaba poner a Mae y a quien pudiera en contra de la empresa, para destruirla desde dentro.

Ella se quitó de la mente todos los pensamientos sobre él. Aquel iba a ser un buen foro, ella lo sabía. De aquella manera se había contratado a docenas de circulistas: venían al campus en calidad de aspirantes, presentaban una idea y la idea era comprada allí mismo y el aspirante contratado de forma automática. Mae sabía que a Jared lo habían contratado así, y a Gina también. Era una de las formas más glamurosas de llegar a la empresa: presentar una idea, que te la compraran y que te recompensaran con un empleo, con acciones de la empresa y viendo cómo tu idea era ejecutada en breve.

Mae les explicó todo esto a sus espectadores mientras la sala se iba llenando. Había unos cincuenta circulistas, los Sabios, la Banda de los 40 y unos cuantos miembros del público, todos ellos contemplando la hilera de aspirantes, algunos de los cuales no llegaban a los veinte años, todos sentados, esperando a que les llegara el turno.

—Esto va a ser muy emocionante —les dijo Mae a sus espectadores—. Como sabéis, es la primera vez que retransmitimos una sesión de aspirantes.

Casi le salió «alevines» y se alegró de haber refrenado aquel término peyorativo antes de pronunciarlo. Se echó un vistazo a la pulsera. Había 2,1 millones de espectadores, aunque ella esperaba que la cifra no tardara en subir.

El primer estudiante, Faisal, no aparentaba más de veinte años. La piel le relucía como si fuera madera barnizada, y su propuesta era tremendamente sencilla: en lugar de librar interminables minibatallas con la gente sobre si su actividad de gasto se podía o no rastrear, ¿por qué no hacer un trato con ellos? En el caso de los consumidores muy deseables, si aceptaban usar CircleMoney para todas sus compras, y aceptaban que los CirclePartners pudieran acceder a sus hábitos de gasto y preferencias, el Círculo les recompensaría con descuentos, puntos y reembolsos a final de mes. Sería como los programas de puntos de las compañías aéreas cuando uno usaba siempre la misma tarjeta de crédito.

Mae sabía que ella se apuntaría a un plan como aquel, y dio por sentado que, por extensión, lo mismo harían millones de personas.

–Muy interesante –dijo Stenton, y Mae se enteraría más tarde de que cuando decía «Muy interesante» quería decir que pensaba comprar aquella idea y contratar a su inventor.

La segunda idea vino de una joven afroamericana de unos veintidós años. Se llamaba Belinda y explicó que su idea eliminaría la evaluación por perfil racial que llevaban a cabo la policía y los agentes de seguridad de los aeropuertos. Mae empezó a asentir con la cabeza: aquello era lo que le encantaba de su generación, la capacidad para ver las utilidades del Círculo en materia de justicia social y aplicarlas con precisión quirúrgica. Belinda mostró un vídeo en directo de una calle urbana ajetreada donde había unos cuantos centenares de personas a la vista, acercándose a la cámara y alejándose de ella, sin darse cuenta de que estaban siendo observados.

–Todos los días la policía para a conductores por lo que se conoce como «conducir siendo negro» o «conducir siendo moreno» –dijo Belinda en tono tranquilo–. Y todos los días paran a jóvenes afroamericanos por la calle, los tiran contra una pared, los cachean y los despojan de sus derechos y de su dignidad.

Por un momento, Mae pensó en Mercer y deseó que pudiera estar oyendo aquello. Cierto, había aplicaciones de internet que podían ser un poco vulgares y comerciales, pero por cada aplicación comercial había tres de las otras, aplicaciones dinámicas que usaban el poder de la tecnología para mejorar a la humanidad.

Belinda continuó:

—Estas prácticas únicamente crean más animadversión entre la gente de color y la policía, ¿verdad? ¿Veis a esta multitud? La mayoría son jóvenes de color, ¿verdad? Pasa un coche patrulla por una zona así y son todos sospechosos, ¿verdad? A cualquiera de estos hombres lo podrían parar, cachear y faltar al respeto. Y sin embargo, no tiene por qué ser así.

De pronto, en pantalla, en medio de la multitud, tres de los hombres empezaron a emitir un resplandor naranja y rojo. Siguieron andando y comportándose con normalidad pero estaban bañados en color, como si los estuviera destacando un foco con filtro cromático.

—Los tres hombres que veis de color naranja y rojo son delincuentes reincidentes. El naranja indica que se trata de un delincuente de poca monta, con penas por hurto, posesión de drogas y delitos no violentos y sin víctimas graves. —En plano había dos hombres coloreados de naranja. Caminando más cerca de la cámara, sin embargo, había un tercer hombre de aspecto inocuo y de unos cincuenta años, que emitía un resplandor rojo de la cabeza a los pies—. El hombre coloreado de rojo, sin embargo, ha cumplido penas de cárcel por delitos violentos. Se lo ha declarado culpable de robo armado, intento de violación y varios asaltos.

Mae se giró para encontrarse a Stenton con expresión absorta y la boca un poco abierta.

Belinda continuó.

—Estamos viendo lo que vería un agente de policía si estuviera equipado con SeeYou. Es un sistema bastante simple que funciona con cualquier retinal. El agente no necesita hacer nada. Solo tiene que escrutar una multitud y verá inmediatamente a cualquiera que tenga condenas previas. Imaginaos que sois un policía de Nueva York. Si sabes adónde dirigir tus energías, de pronto una ciudad de ocho millones de personas se vuelve infinitamente más manejable.

—¿Cómo lo ven? —dijo Stenton—. ¿Gracias a alguna clase de chip?

—Tal vez —dijo Belinda—. Podría ser un chip, si consiguiéramos que nos dejaran. O, si no, todavía sería más fácil ponerles una pulsera. Ya llevan décadas usándolas en los tobillos. Solo hay que modificar la pulsera para que la puedan leer los retinales y ya tenemos la capacidad de rastreo. Por supuesto —dijo, mirando a Mae con una sonrisa cálida—, también se podría aplicar la tecnología de Francis y convertirlo en chip. Pero sospecho que eso entrañaría complicaciones legales.

Stenton se reclinó hacia atrás en su asiento.

—Tal vez sí y tal vez no.

—Bueno, obviamente sería lo ideal —dijo Belinda—. Y sería permanente. Los delincuentes quedarían señalados para siempre, mientras que la pulsera sigue siendo susceptible de manipulaciones y extracciones. Y luego vendrían quienes abogarían por quitarla después de un período determinado. Para exculpar a los infractores.

—Odio esa idea —dijo Stenton—. La comunidad tiene derecho a saber quién ha cometido delitos. Es lo lógico. Así es como hace décadas que se identifica a los delincuentes sexuales. Si cometes un delito sexual, pasas a formar parte de un registro. Tu dirección se hace pública, tienes que pasearte por el vecindario, presentarte a los vecinos y todo eso, porque la gente tiene derecho a saber quién vive entre ellos.

Belinda estaba asintiendo con la cabeza.

—Sí, sí. Por supuesto. Así pues, a falta de una palabra mejor, etiquetamos a los convictos, y a partir de ese momento, si eres agente de policía, en lugar de ir en coche por la calle, cacheando a todo el que sea negro o de piel morena o lleve los pantalones caídos, imagínate que estuvieras usando una aplicación retinal que te marcara a los delincuentes profesionales en colores precisos: el amarillo para los de poca monta, el naranja para los no violentos pero ya un poco más peligrosos, y el rojo para los verdaderamente violentos.

Ahora Stenton se inclinó hacia delante.

—Llévalo un paso más allá. Las agencias de inteligencia te pueden crear al instante una red de todos los contactos de un sospechoso y de quienes conspiran con ellos. En cuestión de segundos. Me pregunto si podría haber variaciones en el código de colores, a fin de incluir a los posibles «socios» de un delincuente, aunque nunca hayan sido personalmente detenidos o encarcelados. Como sabéis, hay muchos jefes mafiosos que nunca pasan por la cárcel.

Belinda estaba asintiendo vigorosamente con la cabeza.

—Sí. Por supuesto —dijo—. Y en los casos de esas personas, se usaría un dispositivo móvil para etiquetarlas, puesto que no tenemos a nuestro favor la condena que garantice el chip o la pulsera obligatorios.

—Sí, sí —dijo Stenton—. Pero la cosa presenta posibilidades. Hay aspectos positivos sobre los que reflexionar. Me interesa.

Belinda sonrió de oreja a oreja, se sentó y para fingir despreocupación le dedicó una sonrisa a Gareth, el siguiente aspirante, que se puso de pie, nervioso y parpadeando. Era un hombre alto, con el pelo de color calabaza, y al verse en el centro de atención de los presentes esbozó una sonrisa tímida y torcida.

—Bueno, para bien o para mal, mi idea se parecía a la de Belinda. En cuanto nos dimos cuenta de que estábamos trabajando con ideas parecidas, decidimos colaborar un poco. El principal elemento en común es que a los dos nos interesa la seguridad. Mi plan, creo yo, eliminaría la delincuencia calle a calle y vecindario a vecindario.

Se puso de pie frente a la pantalla y mostró el esquema de un pequeño vecindario de cuatro calles y veinticinco casas. Los edificios estaban representados por medio de líneas de color verde intenso, que permitían a los espectadores ver su interior. A Mae le recordó a las gráficas de las mediciones térmicas.

—Usamos como base el modelo de la vigilancia vecinal, en el que los vecinos se agrupan para vigilarse los unos a los otros e informar de cualquier conducta anómala. Con NeighborWatch, que es como lo he llamado yo, aunque se puede cambiar, por supuesto, nos aprovechamos del poder específico de SeeChange, y del poder más general del Círculo, para dificultar al máximo el que se cometa un delito, cualquier delito, en el seno de un vecindario con participación plena.

Pulsó un botón y de pronto las casas se llenaron de figuras, dos, tres o cuatro por edificio, todas de color azul, todas moviéndose por sus cocinas, dormitorios y jardines digitales.

–Vale, como podéis ver, aquí están los residentes del vecindario, todos dedicándose a sus asuntos. Aparecen coloreados de azul porque todos se han registrado en NeighborWatch, y el sistema ha memorizado sus huellas dactilares, retinas, teléfonos y hasta sus perfiles corporales.

–¿Esto es lo que puede ver cualquier residente? –preguntó.

–Exacto. Esto es el monitor que tienen en casa.

–Impresionante –dijo Stenton–. Ya me interesa.

–De manera que, como podéis ver, todo va bien en el vecindario. Todo el mundo que hay dentro está autorizado. Pero veamos ahora lo que pasa cuando llega una persona desconocida.

Una figura de color rojo apareció y caminó hasta la puerta de una de las casas. Gareth se giró hacia el público y enarcó las cejas.

–Como el sistema no conoce a este hombre, lo vemos en rojo. Cualquier persona nueva que entre en el vecindario activará de forma automática el programa. Todos los vecinos recibirán un aviso en su casa y en sus dispositivos móviles diciéndoles que hay una visita en el vecindario. Normalmente no pasa nada. Es una amistad o un pariente que viene a ver a sus sobrinos. Pero en cualquier caso, se ve que ha llegado una nueva persona y también dónde está.

Stenton estaba reclinado en el asiento, como si conociera el resto de la historia pero quisiera ayudarla a ir más deprisa.

–Doy por sentado que hay forma de neutralizarlo.

–Sí. Quien reciba una visita puede mandar un mensaje al sistema para informar de que el visitante viene a verlos a ellos, identificarlo y responsabilizarse de él. «Es el tío George.» O bien pueden avisar por adelantado. Para que ya aparezca coloreado de azul.

Ahora el tío George, la figura de la pantalla, pasó del rojo al azul y entró en la casa.

–De manera que todo vuelve a ir bien en el vecindario.

–A menos que haya un intruso de verdad –le apuntó Stenton.

–Sí. En las raras ocasiones en que verdaderamente hay alguien con malas intenciones… –Apareció en pantalla una figura roja acechando frente a la casa, mirando por las ventanas–. Pues bueno, el vecindario lo sabría. Sabrían dónde está y podrían

o bien mantenerse alejados, llamar a la policía, plantarle cara...
lo que decidieran.

—Muy bien. Muy bueno —dijo Stenton.

Gareth sonrió de oreja a oreja.

—Gracias. Y Belinda me ha dado la idea de que, ya sabéis,
cualquier ex convicto que viviera en el vecindario aparecería en
rojo o naranja en cualquier pantalla. O en otro color, que indicaría que la persona reside en el vecindario pero que también ha
pasado por la cárcel o lo que sea.

Stenton asintió con la cabeza.

—La gente tiene derecho a saberlo.

—Por supuesto —dijo Gareth.

—Parece que esto soluciona uno de los problemas del See-
Change —dijo Stenton—, que es que, aunque haya cámaras por
todas partes, no todo el mundo puede verlo todo. Si se comete
un delito a las tres de la madrugada, ¿quién está viendo la cámara 982, verdad?

—Cierto —dijo Gareth—. De esta manera, las cámaras solo son
una parte. Las etiquetas de colores te avisan de quién es anómalo, y así puedes coger esa anomalía y concentrarte en ella. Por
supuesto, el problema es saber si esto infringe alguna ley relativa
a la privacidad.

—Yo no creo que eso sea ningún problema —dijo Stenton—.
Todo el mundo tiene derecho a saber quién vive en su calle.
¿Qué diferencia hay entre esto y el mero hecho de presentarte
a todos los vecinos de tu calle? Esto no es más que una versión
más avanzada y exhaustiva del dicho «Buen vecino es aquel que
no molesta». Yo imagino que esto eliminaría prácticamente todos los delitos cometidos por desconocidos en una comunidad
determinada.

Mae se echó un vistazo a la pulsera. No podía contarlos, pero
había centenares de espectadores insistiendo en los productos
de Belinda y de Gareth. No paraban de preguntar: «¿Dónde?»,
«¿Cuándo?», «¿Cuánto?».

Ahora intervino la voz de Bailey.

—La única pregunta que queda sin contestar es: ¿qué pasa si
el delito lo comete alguien *de dentro* del vecindario? ¿De tu misma casa?

Belinda y Gareth miraron a una mujer bien vestida, con el pelo negro muy corto y gafas elegantes.

—Creo que me toca a mí.

La mujer se puso de pie y se recolocó la falda negra.

—Me llamo Finnegan, y el problema que abordo es la violencia doméstica contra los niños. Yo misma fui víctima de violencia doméstica de pequeña —dijo, e hizo una pausa de un segundo para que los presentes asimilaran aquello—. Y de todos los delitos que hay, ese parece el más difícil de prevenir, puesto que quienes lo cometen forman ostensiblemente parte de la familia, ¿verdad? Pero un día me di cuenta de que ya existen todas las herramientas necesarias. Para empezar, la mayoría de la gente ya tiene alguna clase de monitor que le avisa cuando su rabia asciende hasta un nivel peligroso. Pero si combinamos esa herramientas con los sensores de movimiento estándar, podremos saber inmediatamente cuándo está pasando o está a punto de pasar algo malo. Dejadme que os ponga un ejemplo. Tenemos un sensor de movimiento instalado en la cocina. Estos sensores se usan a menudo en las fábricas y hasta en las cocinas de restaurantes, para ver si el chef o el trabajador está llevando a cabo una tarea determinada de la forma convenida. Tengo entendido que el Círculo también los usa para garantizar la regularidad de muchos departamentos.

—Ya lo creo —dijo Bailey, provocando risas lejanas en la sala donde estaba sentado.

—La patente de esa tecnología específica la tenemos nosotros —explicó Stenton—. ¿Lo sabías?

A Finnegan se le ruborizó la cara, y pareció estar decidiendo si mentía o no. ¿Acaso podía admitir que *no* lo sabía?

—No era consciente de ello —dijo—, pero me alegro mucho de enterarme.

Su autocontrol pareció impresionar a Stenton.

—Como sabéis —siguió ella—, en los lugares de trabajo, cuando se produce cualquier irregularidad en los movimientos o en el orden de las operaciones, el ordenador o bien te recuerda tu posible descuido o bien graba la equivocación para que la vean tus jefes. De manera que pensé: ¿Por qué no usar la misma tecnología de sensores de movimiento en el hogar, sobre todo en los hogares de alto riesgo, para registrar cualquier conducta que se salga de la norma?

—Como un detector de humo para humanos —dijo Stenton.

—Sí. Los detectores de humo se activan si notan cualquier aumento del nivel de dióxido de carbono. Pues esto sigue la misma idea. De hecho, he instalado un sensor en esta misma habitación y quiero enseñaros cómo capta las cosas.

En la pantalla que tenía detrás apareció una figura, con el tamaño y la forma de Finnegan pero sin rasgos: una especie de sombra azul de ella que reflejaba sus movimientos.

—Vale, esa soy yo. Ahora observad mis movimientos. Si camino, los sensores lo consideran dentro de la norma.

Detrás de ella, su forma siguió siendo azul.

—Si corto unos tomates —dijo Finnegan, imitando el movimiento de cortar unos tomates imaginarios—, lo mismo. Todo normal.

La figura que había detrás de ella, su sombra azul, imitó sus gestos.

—Pero ahora ved qué pasa si hago algo violento.

Finnegan levantó los brazos rápidamente y los bajó de golpe como si estuviera pegando a un niño que tenía debajo. Inmediatamente, en la pantalla, su figura se volvió de color naranja y se activó una alarma estridente.

La alarma era un chirrido rápido y rítmico. Mae se dio cuenta de que sonaba demasiado fuerte para una demostración. Miró a Stenton, que tenía los ojos muy abiertos.

—Apágala —dijo Stenton, controlando a duras penas la ira.

Finnegan no lo había oído, y estaba continuando con su presentación como si aquel ruido fuera una parte aceptable de la misma.

—Esta es la alarma, por supuesto, y…

—¡Apágala! —gritó Stenton, y esta vez Finnegan sí que lo oyó. Movió la mano frenéticamente sobre su tablet, buscando el botón adecuado.

Stenton estaba mirando al techo.

—¿De dónde sale ese ruido? ¿Por qué es tan fuerte?

El chirrido continuó. La mitad de la sala se estaba tapando los oídos.

—Apágalo o nos marchamos de aquí —dijo Stenton, poniéndose de pie con un mohín furioso en la boca.

Por fin Finnegan encontró el botón y la alarma cesó.

—Has cometido una equivocación —dijo Stenton—. No se castiga a la gente a la que se está intentando vender algo. ¿Lo entiendes?

Finnegan tenía una mirada frenética en los ojos vibrantes y llenos de lágrimas.

—Lo entiendo.

—Podrías haber dicho simplemente que se activaba una alarma. No hacía falta que se disparara aquí. Esa es mi lección empresarial de hoy.

—Gracias, señor —dijo ella, con las manos enlazadas delante y los nudillos blancos—. ¿Continúo?

—No lo sé —dijo Stenton, todavía furioso.

—Adelante, Finnegan —dijo Bailey—. Pero no te alargues mucho.

—Vale —dijo ella, con voz temblorosa—. Lo esencial es que se instalarían sensores en todas las habitaciones y se programarían para distinguir lo que es normal de lo que es una anomalía. Si pasa algo anómalo se dispara la alarma, y lo ideal es que la alarma baste para detener o por lo menos ralentizar lo que está pasando en la sala. Entretanto ya se ha avisado a las autoridades. Se puede configurar para que alerte también a los vecinos, dado que son quienes están más cerca y quienes lo tienen más fácil para intervenir de inmediato y ayudar.

—Vale, ya lo entiendo —dijo Stenton—. Sigamos.

Stenton quería decir «Sigamos con otra presentación», pero Finnegan, haciendo gala de una determinación admirable, continuó hablando.

—Por supuesto, si combinamos todas estas tecnologías, podremos garantizar rápidamente que se cumplan las normas de conducta en cualquier contexto. Pensad en las cárceles y las escuelas. O sea, yo fui a un instituto que tenía cuatro mil alumnos, de los cuales solo veinte causaban problemas. Me imagino qué pasaría si los profesores llevaran retinales y pudieran ver a los alumnos con código rojo a un kilómetro de distancia. O sea, eso eliminaría la mayoría de los problemas. Y además los sensores marcarían cualquier conducta antisocial.

Ahora Stenton estaba reclinado hacia atrás en su asiento, con los pulgares en las trabillas del cinturón. Se había vuelto a relajar.

—Se me ocurre que muchos delitos y problemas ocurren porque tenemos demasiado terreno que vigilar, ¿verdad? Hay demasiados sitios y demasiada gente. Si pudiéramos concentrarnos en aislar a los marginales y en ser capaces de etiquetarlos y seguirlos, nos estaríamos ahorrando cantidades infinitas de tiempo y de distracciones.

—Exacto, señor —dijo Finnegan.

Stenton se ablandó y, echando un vistazo a su tablet, pareció ver lo mismo que estaba viendo Mae en su pulsera: que Finnegan y su programa eran inmensamente populares. Los mensajes predominantes procedían de víctimas de delitos diversos: mujeres e hijos que habían sido maltratados en sus hogares y que afirmaban lo obvio: «Ojalá esto hubiera existido hace diez, quince años». Y de una forma u otra, todos venían a decir: «Por lo menos esas cosas ya no volverán a suceder».

Cuando Mae regresó a su mesa, se encontró una nota escrita en papel de Annie: «¿Podemos vernos? Mándame la palabra "ahora" en mensaje de texto cuando puedas y me reúno contigo en los lavabos».

Diez minutos más tarde Mae estaba sentada en su cubículo de costumbre y oyó que Annie entraba en el de al lado. Se sentía aliviada porque Annie se hubiera puesto en contacto con ella y emocionada de volver a tenerla tan cerca. Ahora Mae tenía capacidad para corregir todos los problemas y estaba decidida a hacerlo.

—¿Estamos a solas? —preguntó Annie.

—El audio va a estar apagado tres minutos. ¿Qué pasa?

—Nada. Es esto del PastPerfect. Solo me están empezando a entregar los resultados y ya es todo bastante inquietante. Pero es que mañana se hace público y sospecho que la cosa todavía va a empeorar.

—Un momento. ¿Qué han encontrado? Yo pensaba que estaban empezando por la Edad Media o algo parecido.

—Sí. Pero ya entonces es como que los dos lados de mi familia eran unos malvados. O sea, yo ni siquiera sabía que los británicos tenían esclavos irlandeses, ¿tú lo sabías?

—No. Creo que no. ¿Quieres decir esclavos irlandeses blancos?

—A miles. Mis antepasados eran los cabecillas o algo así. Atacaron Irlanda, se trajeron esclavos y los vendieron por todo el mundo. Es superchungo.

—Annie…

—O sea, me consta que lo han comprobado haciendo miles de referencias cruzadas, pero ¿tengo pinta de descendiente de esclavistas?

—Annie, no te agobies. Algo que pasó hace seiscientos años ya no tiene nada que ver contigo. Estoy segura de que todo el mundo tiene manchas en su estirpe. No te lo puedes tomar tan personalmente.

—Vale, pero en el mejor de los casos es embarazoso, ¿no? Significa que es parte de mí, o al menos mis conocidos lo entenderán así. Será a mí a quien vean, y será conmigo con quien hablen, pero esto también formará parte de mí. Le ha añadido ese nuevo nivel al mapa de mi persona, y no me parece justo. Es como si yo supiera que tu padre fue del Ku Klux Klan…

—Le estás dando demasiada importancia. Nadie, repito, nadie te va a mirar raro porque algún antepasado tuyo de tiempos remotos tuviera esclavos irlandeses. O sea, es tan descabellado, y tan lejano, que nadie te podrá relacionar con ello. Ya sabes cómo es la gente. Nadie se acuerda de esas cosas. ¿Y hacerte responsable a ti? Ni de broma.

—Y además mataron a muchos de esos esclavos. Parece ser que hubo una rebelión, y un pariente mío lideró una matanza en masa de un millar de hombres, mujeres y niños. Es asqueroso. Es que…

—Annie. Annie. Tienes que tranquilizarte. En primer lugar, se nos ha acabado el tiempo. El audio vuelve dentro de unos segundos. Y, además, no te puedes preocupar por esas cosas. Esa gente eran prácticamente cavernícolas. Todo el mundo tiene antepasados cavernícolas gilipollas.

A Annie se le escapó una risa nasal.

—¿Me prometes que no te preocuparás?

—Vale.

—Annie, no te preocupes por esto. Prométemelo.

—Que sí.

—¿Me lo prometes?

—Te lo prometo. Lo intentaré.

—Vale. Tiempo.

Al hacerse pública la información sobre los antepasados de Annie al día siguiente, Mae se sintió reivindicada al menos en parte. Hubo algún que otro comentario poco productivo, pero la reacción mayoritaria fue un encogimiento colectivo de hombros. A nadie le interesaba demasiado la relación que tuviera aquello con Annie, aunque sí se generó cierto interés renovado, y posiblemente útil, por el tan olvidado momento histórico en que los británicos fueron a Irlanda y regresaron con divisas humanas.

Pareció que Annie se lo tomaba con filosofía. Sus zings eran positivos, y hasta grabó un breve anuncio para su canal de vídeo en el que contaba cómo la había sorprendido descubrir el desafortunado rol que alguna parte lejana de su estirpe había desempeñado en aquel siniestro momento de la historia. A continuación, sin embargo, intentó añadirle cierta perspectiva y ligereza, y asegurarse de que la revelación no disuadiera a otra gente de explorar su historia personal a través de PastPerfect. «Todos nuestros antepasados eran unos capullos», escribió, y Mae, al ver la actualización en su pulsera, se rió.

Pero Mercer, como era de esperar, no se rió. Mae llevaba más de un mes sin tener noticias de él, y de pronto, en el correo del viernes (el único día en que todavía funcionaba la oficina de correos), le llegó una carta suya. Ella no la quería leer, porque sabía que sería huraña, acusatoria y prepotente. Pero él ya le había escrito otra carta así, ¿verdad? Así pues, Mae la abrió, suponiendo que no podía ser peor que la anterior.

Pero se equivocaba. Aquella vez Mercer ni siquiera había sido capaz de escribir «Querida» delante de su nombre.

Mae:

Sé que te dije que no te volvería a escribir. Pero ahora que Annie está al borde del desastre, espero que eso te haga recapacitar.

Por favor, dile que tiene que detener su participación en ese experimento, que yo os aseguro a las dos que terminará mal. No tenemos que saberlo todo, Mae. ¿Alguna vez se te ha ocurrido que tal vez nuestras mentes estén delicadamente calibradas entre lo conocido y lo desconocido? ¿Que nuestras almas necesitan los misterios de la noche en la misma medida que la claridad del día? Tu gente está creando un mundo de luz diurna omnipresente, y creo que esa luz nos va a quemar vivos a todos. No habrá tiempo para reflexionar, para dormir ni para refrescarse. ¿Alguna vez se os ha ocurrido a los circulistas pensar que no tenemos una capacidad infinita? Nuestras cabezas son pequeñas, del tamaño de melones. ¿Queréis que nuestras cabezas contengan todo lo que el mundo ha presenciado? No funcionará.

A Mae le bullía la pulsera:
«¿Por qué te molestas, Mae?».
«Ya estoy aburrido.»
«Lo único que estás haciendo es dar de comer al yeti. ¡No des de comer al yeti!»
A ella ya le iba el corazón a cien, y era consciente de que no debería leer el resto. Pero no se pudo contener.

Se dio la casualidad de que yo estaba en casa de mis padres cuando tú tuviste tu idea en la reunión con los Camisas Pardas Digitales. Mis padres habían insistido en verla; están muy orgullosos de ti, a pesar del horror que fue aquella sesión. Aun así, me alegro de haber presenciado aquel espectáculo (igual que me alegro de haber visto *El triunfo de la voluntad*). Me dio el último empujón que me hacía falta para dar el paso que ya estaba planeando de todas maneras.

Me mudo al norte, al bosque más denso y poco interesante que pueda encontrar. Sé que vuestras cámaras ya están registrando esas zonas, igual que ya lo han hecho con el Amazonas, la Antártida, el Sáhara, etcétera. Pero por lo menos os llevaré ventaja. Y cuando lleguen las cámaras, me iré todavía más al norte.

Mae, tengo que admitir que tú y los tuyos habéis ganado. La batalla se ha acabado, y por fin lo sé. Antes de ver la sesión de presentaciones, sin embargo, todavía tenía esperanza de que la locura se limitara a tu empresa, a los miles de personas con el cerebro lavado que trabajan para vosotros o a los millones de personas que adoran a ese becerro de oro que es el Círculo. Yo albergaba esperanzas de que hubiera quienes se rebelaran contra vosotros. O de que una nueva generación viera lo ridículo, opresivo y completamente fuera de control que es todo esto.

Mae se miró la pulsera. En la red ya había cuatro nuevos clubes de gente que odiaba a Mercer. Alguien se ofreció para borrarle la cuenta del banco. «Solo tienes que decirlo», ponía el mensaje.

Pero ahora sé que aunque alguien os destruyera, aunque el Círculo se terminara mañana mismo, lo más seguro es que algo peor ocupara su lugar. Porque hay mil Sabios más en el mundo, hay gente con ideas todavía más radicales sobre lo criminal que es la privacidad. Cada vez que pienso que la cosa ya no puede empeorar, veo a un chaval de diecinueve años con ideas que hacen que el Círculo parezca una utopía de la Unión Estadounidense por las Libertades Civiles. Y a vosotros (y ahora sé que sois la mayoría de la gente) es imposible asustaros. Toda la vigilancia del mundo no basta para causaros la más mínima preocupación ni provocar resistencia alguna en vosotros.

Una cosa es querer medirse a uno mismo, Mae, con esas pulseras vuestras. Puedo aceptar que tú y los tuyos rastreéis vuestros propios movimientos, que registréis todo lo que hacéis, que recojáis datos sobre vosotros mismos en aras de… Bueno, de lo que sea que estáis intentando hacer. Pero con eso no basta, ¿verdad? No queréis solo *vuestros* datos, necesitáis también *los míos*. Sin ellos no estáis completos. Es una enfermedad.

De manera que me voy. Para cuando leas esto, estaré ilocalizable, y espero que otra gente se una a mí. De hecho, me consta que otra gente se unirá a mí. Viviremos en el subsuelo, en el desierto y en los bosques. Seremos como refugiados, o como ermitaños, una combinación desafortunada pero necesaria de ambas cosas. Porque eso es lo que somos.

Supongo que esto es una especie de segundo gran cisma, y que a partir de ahora habrá dos humanidades, separadas pero en paralelo. Habrá quienes vivan bajo la cúpula de vigilancia que estás ayudando a crear, y quienes vivan, o intenten vivir, fuera de ella. Siento un miedo mortal por todos nosotros.

Mercer

Ella había leído la nota ante la cámara, y sabía que sus espectadores la estaban encontrando igual de grotesca e hilarante que ella. No paraban de llegar comentarios, y algunos eran buenos. «¡Por fin el yeti regresa a su hábitat!» Y «¡Hasta nunca, yeti!». Pero Mae estaba tan entretenida con aquello que se fue en busca de Francis. Para cuando lo encontró, Francis ya había hecho transcribir la nota y la había colgado en media docena de subpáginas; un espectador de Missoula ya la había leído llevando puesta una peluca empolvada y con música patriótica de pega sonando de fondo. El vídeo ya tenía tres millones de visionados. Mae se rió y lo vio un par de veces, pero descubrió que le daba lástima Mercer. Era testarudo, pero no tonto. Ella todavía tenía esperanza en él. Todavía se le podía convencer.

Al día siguiente, Annie le dejó otra nota en papel, y volvieron a quedar en reunirse en sus cubículos contiguos de los lavabos. Mae confiaba en que, después de la segunda ronda de grandes revelaciones, Annie hubiera encontrado la forma de contextualizarlas. Ahora vio la puntera del zapato de Annie debajo del cubículo de al lado. Apagó el audio.

La voz de Annie sonaba ronca.

—Te has enterado de que la cosa se ha puesto peor, ¿verdad?

—Algo he oído. ¿Has estado llorando? Annie…

—Mae, creo que ya no puedo soportarlo. O sea, enterarme de lo de los antepasados del Viejo Mundo y tal fue una cosa. Pero había una parte de mí que seguía pensando, bueno, no pasa nada, mi familia vino a Norteamérica, empezó desde cero y dejó todo aquello atrás. Pero, mierda, Mae, enterarme de que aquí también eran esclavistas… O sea, hay que ser idiota, joder. ¿De qué clase de gente desciendo? Tiene que ser una enfermedad que también está en mí.

—Annie. No puedes pensar en eso.

—Claro que puedo. Lo que no puedo es pensar en otra cosa.

–Vale, muy bien. Pero, en primer lugar, tranquilízate. Y, en segundo, no te lo puedes tomar personalmente. Tienes que tomar distancia. Tienes que verlo un poco más en abstracto.

–Y he estado recibiendo un montón de correos furiosos y enloquecidos. Esta mañana he recibido seis mensajes de personas que me llaman «Señá Annie». Ahora la mitad de la gente de color que he contratado a lo largo de los años ya no confía en mí. ¡Como si yo fuera una esclavista de varias generaciones genéticamente pura! Ahora ya no creo que pueda soportar que Vickie trabaje para mí. Mañana mismo me deshago de ella.

–Annie, ¿eres consciente de que todo esto parece una locura? Además, ¿estás segura de que tus antepasados de aquí tenían esclavos negros? ¿Los esclavos de aquí no serían también irlandeses?

Annie soltó un fuerte suspiro.

–No. No. Mi familia pasó de poseer esclavos irlandeses a tenerlos africanos. ¿Qué te parece? Mi familia no podía pasar sin poseer a otra gente. ¿Y has visto que también lucharon en el bando confederado de la guerra de Secesión?

–Lo he visto, pero hay millones de personas cuyos antepasados combatieron con el Sur. El país entero estaba en guerra, una mitad contra otra.

–Mi mitad no. O sea, ¿tienes idea del caos que esto está sembrando en mi familia?

–Pero si nunca habían hecho ningún caso de la historia de su familia, ¿verdad que no?

–¡No cuando daban por sentado que teníamos sangre azul, Mae! ¡No cuando pensaban que éramos gente del *Mayflower* con un linaje intachable! Ahora en cambio sí que le están haciendo caso, joder. Mi madre lleva dos días sin salir de casa. No quiero ni saber qué es lo próximo que van a descubrir.

Y lo próximo que descubrieron, al cabo de dos días, fue mucho peor. Mae no se enteró por anticipado de qué era exactamente, pero sí se enteró de que Annie lo sabía, y de que le había mandado al mundo un zing muy extraño. Decía: «La verdad es que no sé si deberíamos saberlo todo». Cuando se reunieron en los lavabos, Mae no se podía creer que hubieran sido los dedos de Annie los que hubieran tecleado aquella frase. El Círculo no la podía borrar, por supuesto, pero alguien –Mae confiaba en que hubiera sido la misma Annie– la había corregido para que dijera: «No deberíamos saberlo todo… sin tener el almacenamiento adecuado ya listo. ¡No querréis que se pierda información!».

–Claro que lo mandé yo –dijo Annie–. Bueno, el primero.

Mae había albergado la esperanza de que se tratara de algún terrible fallo técnico.

–¿Cómo pudiste mandar eso?

–Es lo que creo, Mae. No tienes ni idea.

–Te aseguro que no. ¿Y qué idea tienes tú? ¿Sabes el jaleo en el que te has metido? ¿Cómo puedes precisamente tú defender una idea así? Eres la cara pública del acceso al pasado y de pronto vas y dices… ¿Qué es lo que dices, a fin de cuentas?

–Oh, joder, yo qué sé. Solo sé que ya no puedo más. Necesito cerrarlo.

–¿Cerrar el qué?

–PastPerfect. Y todo lo que se le parezca.

–Ya sabes que no puedes.

–Pues tengo planeado intentarlo.

–Debes de andar ya metida en un jaleo de cojones.

–Pues sí. Pero los Tres Sabios me deben un favor. No puedo con esto. O sea, ya me han relevado, entre comillas, de algunas de mis tareas. Pues bueno. Ni siquiera me importa. Pero como no cierren el programa ya, voy a entrar en coma o algo así. Ya apenas consigo aguantarme de pie ni respirar.

Se quedaron sentadas en silencio un momento. Mae se preguntó si no debería marcharse. Annie estaba perdiendo el control de algo muy central de sí misma: se sentía volátil, capaz de cometer actos temerarios e irrevocables. El mero hecho de hablar con ella ya entrañaba un riesgo.

Ahora oyó que Annie intentaba coger aire.

–Annie. Respira.

–Ya te he dicho que no puedo. Llevo dos días sin dormir.

–Pero ¿qué ha pasado? –preguntó Mae.

–Oh, joder, todo. Nada. Les han encontrado cosas raras a mis padres. O sea, cosas muy raras.

–¿Cuándo se hacen públicas?

–Mañana.

–Bueno. Tal vez no sean tan malas como piensas.

—Son mucho peores de lo que te puedes imaginar.

—Cuéntame. Seguro que no es nada.

—Sí que es algo, Mae. Ya lo creo que es algo. Para empezar han descubierto que mis padres tuvieron una especie de matrimonio abierto o algo así. Ni siquiera se lo he preguntado a ellos. Pero hay fotos y vídeos de ellos con toda clase de gente. O sea, adulterio repetido por parte de ambos. ¿Eso no es algo?

—¿Cómo sabes que eran aventuras? O sea, si solo iban caminando al lado de alguien… Y, además, eran los ochenta, ¿no?

—Más bien los noventa. Y créeme. Está muy claro.

—¿Son fotos sexuales?

—No. Pero sí fotos de besos. O sea, hay una en que sale mi padre con la mano en la cintura de una mujer y la otra mano en su teta. O sea, un rollo asqueroso. Y hay otras de mi madre con un tío barbudo, una serie de fotos en que salen los dos desnudos. Parece ser que el tipo se murió y tenía un alijo de fotos en su casa, alguien las compró al vaciar la casa, las escaneó y las subió a la nube. Y luego cuando se hizo el reconocimiento facial global, tachán, resulta que es mamá desnuda con un motero. Los dos allí plantados, en pelotas, como si posaran para el baile de fin de curso.

—Lo siento.

—¿Y quién hizo las fotos? ¿Había un tercer tipo en la sala? Pero ¿quién? ¿Un vecino amable?

—¿Les has preguntado a ellos por las fotos?

—No. Pero eso es lo mejor. Ya estaba a punto de echárselas en cara cuando ha salido a la luz otra cosa. Y hasta tal punto es peor que ya me dan igual las infidelidades. O sea, las fotos no son nada comparadas con un vídeo que han encontrado.

—¿Qué sale en el vídeo?

—Pues mira. Debió de ser una de las pocas veces en que estuvieron juntos, al menos de noche. Se trata de una grabación de vídeo de un muelle. Había una cámara de seguridad, porque supongo que se guardaban mercancías en aquellos almacenes del puerto. De manera que existe una grabación de mis padres de noche en un muelle.

—¿Una grabación sexual?

—No, mucho peor. Joder, es lo peor. Mae, es asqueroso, hostia. Resulta que mis padres tenían una tradición que ponían en práctica de vez en cuando: había una noche en que se iban de juerga los dos juntos. Me lo contaron. Se colocaban, se emborrachaban, se iban a bailar, pasaban la noche fuera. Lo hacían todos los años por su aniversario. A veces se quedaban en la ciudad y a veces se iban a sitios como México. Era como un rollo de irse toda la noche de juerga para mantenerse jóvenes, para que su matrimonio siguiera vivo, yo qué sé.

—Vale.

—De manera que me consta que el vídeo es de su aniversario. Yo tenía ¡seis años!

—¿Y?

—Pues que si yo no hubiera nacido… Oh, mierda. En fin… No sé qué habían estado haciendo antes, pero en esta cámara de vigilancia aparecen sobre la una de la madrugada. Están bebiendo una botella de vino, y se sientan con los pies colgando sobre el agua, y durante un rato todo parece bastante aburrido e inocente. Pero de pronto aparece en el plano un hombre. Parece una especie de sin techo que camina dando tumbos. Mis padres le echan un vistazo y se quedan mirando cómo da vueltas por allí. Parece que él les dice algo y ellos se ríen y vuelven a su botella de vino. Luego hay un rato en el que no pasa nada y el sin techo está fuera de plano. Al cabo de diez minutos vuelve a aparecer en plano y entonces va y se cae al agua.

Mae ahogó una exclamación. Era consciente de estar empeorando la cosa.

—¿Y tus padres lo vieron caer?

Ahora Annie estaba sollozando.

—Ese es el problema. Lo vieron claramente. Pasó a un metro de donde estaban sentados. En la grabación se ve cómo se levantan, se inclinan un poco y gritan dirigiéndose al agua. Se nota que están muy nerviosos. Luego miran a su alrededor, en busca de un teléfono o algo parecido.

—¿Y hay uno?

—No lo sé. No lo parece. Nunca salen del plano. Eso es lo jodido. Que ven a un tío caerse al agua y se quedan allí plantados. No corren a buscar ayuda ni llaman a la policía ni nada. Tampoco saltan para salvarlo. Al cabo de unos minutos de nerviosismo, se vuelven a sentar y mi madre le apoya la cabeza en el hombro a mi padre, y los dos se pasan allí otros diez minutos más o menos, hasta que se levantan y se van.

—Tal vez estaban en shock.

—¡Mae, se levantaron y se largaron! Ni llamaron al número de emergencias ni nada. No hay ninguna llamada registrada. No dieron aviso. Pero al día siguiente sí que se encontró el cuerpo. El tipo ni siquiera era un sin techo. Tal vez tuviera una ligera minusvalía mental, pero vivía con sus padres y trabajaba en un deli, lavando platos. Mis padres se quedaron mirando cómo se ahogaba.

Ahora Annie estaba llorando a moco tendido.

—¿Y has hablado con ellos de esto?

—No. No puedo hablar con ellos. Ahora mismo me asquean por completo.

—Pero ¿la historia todavía no se ha publicado?

Annie miró la hora.

—No, pero falta poco. Menos de doce horas.

—¿Y qué dice Bailey?

—Que no puede hacer nada. Ya lo conoces.

—Tal vez yo sí pueda hacer algo —dijo Mae, aunque no tenía ni idea de qué.

Annie no dio señal alguna de creer que Mae fuera capaz de ralentizar o detener la tempestad que se cernía sobre ella.

—Qué asco. Mierda —dijo Annie, como si acabara de ser consciente de todo aquello—. Ya no tengo padres.

Cuando se les agotó el tiempo, Annie regresó a su despacho, donde tenía planeado, dijo, tumbarse de forma indefinida, y Mae regresó a su antiguo puesto de trabajo. Necesitaba pensar. Se quedó en la misma puerta donde había visto a Kalden observarla, y miró a los novatos de EdC, satisfecha de verlos trabajar con honradez y asentir con la cabeza. Sus murmullos de asentimiento y de desaprobación le infundían una sensación de orden y de justicia. De vez en cuando algún circulista levantaba la vista para dedicarle una sonrisa, para saludar inocentemente con la mano a la cámara, al público de ella, antes de regresar al trabajo que tenía entre manos. Mae sintió una oleada de orgullo por ellos, por el Círculo y por el hecho de atraer a unas almas tan puras como aquellas. Eran gente abierta. Gente sincera. Ni escondían nada ni se guardaban nada para ellos ni entorpecían nada.

Había un novato cerca de ella, un joven de veintidós años como mucho, con una mata de pelo alborotado que le brotaba de la cabeza como una nube de humo. Estaba tan concentrado en su trabajo que no se había dado cuenta de que tenía a Mae de pie detrás. Se dedicaba a teclear con pasión, con fluidez, casi en silencio, resolviendo consultas de clientes a la vez que contestaba encuestas.

—No, no, sonrisa, cara enfadada —iba diciendo, asintiendo con la cabeza, a buen ritmo y sin esfuerzo—. Sí, sí, no, Cancún, buceo de profundidad, centro turístico de lujo, fin de semana de escapada, enero, enero, pse, tres, dos, sonrisa, sonrisa, pse, sí, Prada, Converse, no, cara enfadada, cara enfadada, sonrisa, París.

Mientras lo estaba mirando, a Mae se le ocurrió que el problema de Annie tenía una solución obvia. Había que apoyarla. Annie necesitaba saber que no estaba sola. Y en aquel momento todo encajó. Por supuesto, la solución formaba parte del mismo Círculo. Había millones de personas que sin lugar a dudas respaldarían a Annie y le mostrarían su apoyo de un millar de formas inesperadas y sinceras. El sufrimiento solo era sufrimiento si tenía lugar en silencio y en soledad. El dolor experimentado en público, a la vista de millones de personas llenas de cariño, ya no era dolor. Era comunión.

Mae se alejó de la puerta en dirección a la azotea. Tenía una obligación, no solo hacia Annie, su amiga, sino también hacia sus espectadores. Y el presenciar la sinceridad y la franqueza de los novatos, de aquel joven de pelo alborotado, la había hecho sentirse hipócrita. Mientras subía las escaleras, valoró sus opciones y se valoró a ella misma. Hacía unos momentos había ocultado cosas a propósito. Había sido lo contrario de franca y lo contrario de sincera. Le había escondido audio al mundo, lo cual equivalía a mentir al mundo, a los millones de personas que daban por sentado que ella siempre era transparente y nunca ocultaba nada.

Contempló el campus. Sus espectadores se preguntaron qué estaba mirando y a qué se debía su silencio.

–Quiero que veáis todos lo que yo veo –les dijo.

Annie quería esconderse, sufrir a solas, ponerse a cubierto. Y Mae quería honrar aquello y serle leal. Pero ¿acaso la lealtad a *una sola* persona podía imponerse a la lealtad a *millones* de personas? ¿Acaso no era precisamente aquella mentalidad, la de favorecer el beneficio personal y transitorio al bien más general, la que había posibilitado todos los horrores de la historia? Nuevamente la solución parecía estar delante mismo de ella, a su alrededor. Mae necesitaba ayudar a Annie y volver a purificar su propia transparencia, y ahora podía llevar a cabo ambas cosas con un único acto de valentía. Miró la hora. Le quedaban dos horas antes de su presentación de SoulSearch. Se adentró en la azotea, organizando sus pensamientos en forma de declaración lúcida. Enseguida llegó a los lavabos, la escena del crimen, por llamarla de alguna manera, y nada más entrar y verse reflejada en el espejo, supo lo que necesitaba decir. Respiró hondo.

–Hola, espectadores. Tengo una cosa que anunciar y va a ser dolorosa. Pero creo que es lo correcto. Hace una hora, como muchos sabéis, he entrado en este lavabo, supuestamente con el objeto de hacer mis necesidades en el segundo cubículo que veis ahí. –Se giró hacia la hilera de cubículos–. Sin embargo, cuando he entrado y me he sentado y he apagado el audio, lo que he hecho ha sido tener una conversación privada con una amiga mía, Annie Allerton.

Ya le estaban apareciendo varios centenares de mensajes en la muñeca, los más favorables de los cuales la perdonaban: «¡Mae, las conversaciones en el lavabo están permitidas! No te preocupes. Creemos en ti».

–A quienes me estáis mandando palabras de apoyo, os quiero dar las gracias –dijo Mae–. Pero más importante que mi confesión es lo que Annie y yo hemos estado hablando. Mirad, como muchos sabéis, Annie ha formado parte de un experimento aquí, un programa para rastrear a los antepasados de uno hasta donde lo permita la tecnología. Y ha descubierto cosas desgraciadas en los recovecos profundos de su historia. Algunos de sus antepasados cometieron delitos graves, y eso la ha asqueado por completo. Y lo que es peor, mañana saldrá a la luz otro episodio desafortunado, este más reciente y tal vez más doloroso.

Mae se echó un vistazo a la pulsera y vio que la cifra de espectadores activos casi se había doblado en el último minuto, hasta llegar a 3.202.984. Sabía que mucha gente tenía el canal de Mae encendido mientras trabajaba, aunque casi nunca miraba de forma activa. Ahora, en cambio, estaba claro que su anuncio inminente había conseguido captar la atención de millones de personas. Y pensó que necesitaba la compasión de aquellos millones de personas para mitigar el golpe del día siguiente. Annie lo merecía.

–Así pues, amigos y amigas, creo que necesitamos hacernos con el poder del Círculo. Necesitamos hacernos con la compasión general, la de toda esa gente que ya conoce y quiere a Annie, o que puede simpatizar con ella. Espero que todos le podáis mandar vuestros mejores deseos, que quienes hayáis encontrado alguna vez puntos oscuros en el pasado de vuestras familias le podáis contar vuestras historias personales, y de esa manera podáis ayudar a Annie a sentirse menos sola. Decidle que estáis de su lado. Decidle que os cae igual de bien, y que los delitos de unos antepasados lejanos no tienen nada que ver con ella y no cambian lo que vosotros pensáis de ella.

Mae terminó dando la dirección de correo electrónico de Annie, su canal de Zing y su página personal. La reacción fue inmediata. Los seguidores de Annie pasaron de 88.198 a 243.087, y a medida que circulara el anuncio de Mae, lo más seguro era que para el final del día alcanzaran el millón. No paraban de llegar mensajes, y el más popular de todos era el que decía: «El pasado ya ha pasado, y Annie es Annie». No es que tuviera mucha lógica, pero Mae agradecía el sentimiento. Otro mensaje que estaba ganando enteros era: «No quiero aguaros la fiesta, pero yo sí creo que hay maldad en el ADN, y me preocupa Annie. Annie necesita esforzarse mucho más para demostrarle a alguien como yo, una afroamericana cuyos antepasados fueron esclavos, que ha tomado el camino que lleva a la justicia».

Aquel comentario tenía 98.201 sonrisas y casi el mismo número de caras enfadadas, 80.198. Pero, en términos generales, mientras Mae repasaba los mensajes, encontró –como siempre que a la gente se le preguntaba por sus sentimientos– amor, y también comprensión, y también el deseo de dejar en paz el pasado.

Mientras seguía la reacción de la gente, Mae miró la hora, consciente de que solo le quedaba una hora para su presentación, la primera que hacía en el Gran Salón de la Ilustración. Se sentía lista, sin embargo; aquel asunto de Annie le había insuflado valor y le había hecho sentir, más que nunca, que estaba respaldada por legiones enteras. También sabía que la tecnología en sí, y la comunidad del Círculo, determinarían el éxito de su demostración. Mientras se preparaba, buscó algún mensaje de Annie en su pulsera. Ya le tendría que haber llegado alguna reacción suya a aquellas alturas, ciertamente algo parecido a la gratitud, teniendo en cuenta que Annie debía de estar inundada, sepultada bajo una avalancha de buena voluntad.

Pero no había nada.

Le mandó a Annie una serie de zings, pero no recibió respuesta. Comprobó el paradero de Annie y la encontró en forma de punto rojo intermitente en su despacho. Le pasó por la cabeza la idea de visitarla, pero finalmente decidió que no lo haría. Tenía que mantenerse concentrada, y tal vez valiera la pena dejar que Annie asimilara ella sola la situación. Estaba claro que para la tarde ya habría asimilado y sintetizado la calidez de todos aquellos millones de personas que se preocupaban por ella y estaría preparada para darle las gracias como era debido a Mae, para decirle que ahora, gracias a aquella nueva perspectiva, ya era capaz de poner en contexto los delitos de sus parientes y seguir con su vida, mirando hacia el futuro que sí se podía resolver en vez de mirar atrás, hacia el caos de un pasado que ya no se podía arreglar.

—Hoy has hecho algo muy valiente —le dijo Bailey—. Ha sido valiente y ha sido lo correcto.

Estaban entre los bastidores del Gran Salón. Mae llevaba una falda negra y una blusa de seda roja, las dos nuevas. En torno a ella deambulaba una estilista, empolvándole la nariz y la frente y aplicándole vaselina a los labios. Estaba a unos minutos escasos de su primera presentación importante.

—Normalmente me gustaría hablar contigo de por qué decidiste ocultar cosas —le dijo—, pero tu sinceridad ha sido real, y sé que ya has aprendido cualquier lección que yo te pueda impartir. Estamos muy contentos de tenerte aquí, Mae.

—Gracias, Eamon.

—¿Estás lista?

—Creo que sí.

—Venga, pues haz que nos sintamos orgullosos.

Mientras se adentraba en el escenario, bajo el único y potente foco, Mae se sintió segura de ser capaz de hacerlo. Antes de que pudiera llegar al estrado de metacrilato, sin embargo, recibió un aplauso tan repentino y estruendoso que estuvo a punto de hacerla brincar. Llegó al punto designado, pero el retumbar únicamente ganó intensidad. El público se puso de pie, primero las filas delanteras y a continuación el resto. A Mae le costó horrores acallar el ruido que hacían para poder hablar.

—Hola a todo el mundo, soy Mae Holland —dijo, y el aplauso empezó otra vez.

Se le escapó la risa, y aquello provocó que arreciara el ruido en la sala. Se notaba que aquel amor era real y abrumador. La sinceridad lo es todo, pensó ella. La verdad se recompensaba a sí misma. Aquello quedaría bien en una baldosa, pensó, y se lo imaginó grabado a láser en un adoquín. Era todo demasiado bueno, pensó, todo aquello. Contempló a los circulistas y los dejó que aplaudieran, sintiendo que la invadía una fuerza renovada. Era una fuerza amasada a través de la generosidad. Ella se lo daba todo a ellos, les daba una verdad sin paliativos, una transparencia completa, y a cambio ellos le daban su confianza y sus oleadas de amor.

—Vale, vale —les dijo por fin, levantando las manos, apremiando a la gente a que volviera a sentarse—. Hoy vamos a hacer una demostración de la herramienta de búsqueda suprema. Ya habréis oído hablar de SoulSearch, tal vez en forma de rumores aquí y allá, y ahora lo vamos a poner a prueba, delante de todo este público del Círculo y también del público global. ¿Os sentís listos?

El público vitoreó su respuesta.

—Lo que estáis a punto de ver es algo completamente espontáneo y no ensayado. Ni siquiera yo sé a quién vamos a buscar. Al hombre o mujer en cuestión lo elegiremos al azar de una base de datos de fugitivos fichados de todo el mundo.

En la pantalla apareció un globo terráqueo digital gigante, girando.

—Como sabéis, gran parte de lo que hacemos aquí en el Círculo es usar las redes sociales para crear un mundo más seguro y cuerdo. Por supuesto, este objetivo ya se ha conseguido de miles de maneras. Nuestro programa WeaponSensor, por ejemplo, se cargó hace poco en la red, y registra la entrada de cualquier arma de fuego en cualquier edificio, provocando que suene una alarma que alerta a todos los residentes y a la policía local. Lleva cinco semanas probándose en versión beta en dos vecindarios de Cleveland y ya ha habido un descenso del cincuenta y siete por ciento en los delitos con armas de fuego. No está mal, ¿verdad?

Mae se detuvo para dejar que el público aplaudiera, sintiéndose muy cómoda y consciente de que lo que estaba a punto de presentar cambiaría el mundo de forma inmediata y permanente.

—Buen trabajo de momento —le dijo una voz en el oído.

Era Stenton. Ya le había comunicado antes que hoy le iba a hacer él la Orientación Adicional. SoulSearch le interesaba a nivel personal lo bastante como para querer guiar él mismo su presentación.

Mae cogió aire para continuar.

—Sin embargo, una de las facetas más extrañas de nuestro mundo es el hecho de que los fugitivos de la justicia se puedan esconder en un mundo tan interconectado como el nuestro. Tardamos diez años en encontrar a Osama bin Laden. D. B. Cooper, el tristemente célebre ladrón que saltó de un avión con una maleta llena de dinero, sigue prófugo de la justicia décadas después de escaparse. Pero esta clase de cosas tiene que terminar ya. Y creo que se va a terminar ya.

Detrás de ella apareció una silueta. Era una forma humana, de torso para arriba, con la familiar escala de medición para fotos policiales de fondo.

—En cuestión de segundos, el ordenador seleccionará al azar a un fugitivo de la justicia. No sé quién será. No lo sabe nadie. Sea quien sea, sin embargo, habrá demostrado ser una amenaza para nuestra comunidad global, y aseguramos que, sea quien sea, SoulSearch lo localizará a él o ella en el plazo de veinte minutos. ¿Listos?

La sala se llenó de murmullos, seguidos de unos cuantos aplausos dispersos.

—Bien —dijo Mae—. Elijamos al fugitivo.

Píxel a píxel, la silueta se fue convirtiendo lentamente en una persona real y concreta, y al acabarse la selección había surgido un rostro, y Mae se quedó asombrada al ver que era una mujer. Una cara de aspecto rudo, que miraba a la cámara policial con los ojos entrecerrados. La mujer tenía algo, los ojos pequeños y la boca recta, que recordaba a las fotografías de Dorothea Lange, las de aquellas caras quemadas por el sol durante las sequías de los años treinta. Pero cuando debajo de la foto aparecieron los datos personales, Mae se dio cuenta de que la mujer era británica y de que estaba viva y coleando. Examinó la información de la pantalla y le resumió los datos básicos al público.

—Muy bien. Esta es Fiona Highbridge. Tiene cuarenta y cuatro años. Nacida en Manchester, Inglaterra. La condenaron en 2002 por triple asesinato. Encerró a sus tres hijos en un armario y se fue un mes a España. Los tres murieron de hambre. Ninguno llegaba a los cinco años. La mandaron a la cárcel en Inglaterra pero se fugó, con la ayuda de un guardia al que al parecer había seducido. Hace una década que nadie sabe de ella, y la policía ya ha renunciado a encontrarla. Pero yo estoy convencida de que nosotros sí podemos, ahora que tenemos las herramientas necesarias y la participación del Círculo.

—Bien —le dijo Stenton a Mae al oído—. Ahora concentrémonos en Reino Unido.

—Como todos sabéis, ayer alertamos a los tres mil millones de usuarios del Círculo de que hoy anunciaríamos algo que cambiaría el mundo. De manera que ahora mismo tenemos la siguiente cifra de personas viendo nuestra emisión en directo. —Mae se volvió hacia la pantalla y vio que el contador ascendía a 1.109.001.887—. Muy bien, nos están viendo más de mil millones de personas. Y ahora veamos a cuántos tenemos en Gran Bretaña. —Otro contador se puso a girar hasta detenerse en 14.028.981—. Muy bien. La información de que disponemos dice que a Fiona se le retiró el pasaporte hace años, de manera que lo más seguro es que siga en Reino Unido. ¿Todos creéis que catorce millones de británicos más mil millones de participantes por todo el mundo pueden encontrar a Fiona Highbridge en veinte minutos?

El público bramó, pero la verdad era que Mae no sabía si funcionaría. De hecho, no la sorprendería en absoluto que no funcionara. O bien que tardara media hora, o una entera. Aunque, bien pensado, siempre que se ponía en juego todo el poder de los usuarios del Círculo, los resultados eran inesperados y hasta milagrosos. Ella estaba segura de que para el final de la hora del almuerzo lo habrían conseguido.

—Muy bien, ¿todos listos? Pues saquemos el reloj.

En la esquina de la pantalla apareció un cronómetro gigante, con seis dígitos para indicar las horas, los minutos y los segundos.

—Permitidme que os enseñe a algunos de los grupos con los que hemos estado trabajando juntos en esto. Veamos primero el de la University of East Anglia. —Una imagen mostró a varios centenares de estudiantes en un auditorio de gran tamaño, vitoreando—. Veamos ahora la ciudad de Leeds. —Apareció el plano de una plaza pública llena de gente, bien abrigada en medio de lo que parecía ser un día frío y tempestuoso—. Tenemos a docenas de grupos por todo el país que se van a coaligar, además de contar con el poder de la red en su conjunto. ¿Todo el mundo listo?

El público de Manchester levantó las manos y aplaudió, igual que los alumnos de la East Anglia.

—Bien —dijo Mae—. Ahora, a vuestros puestos, listos. Ya.

Mae bajó la mano y, junto a la foto de Fiona Highbridge, una serie de columnas empezó a mostrar los hilos de comentarios, con los mejor puntuados encima de todo. El más popular de momento era de un tal Simon Hensley, de Brighton, que decía: «¿Seguro que queremos encontrar a esta bruja? Se parece al espantapájaros de *El mago de Oz*».

Hubo risas por todo el auditorio.

—Vale. Ahora toca ponernos serios.

En otra columna fueron apareciendo las fotos de los usuarios, colgadas de acuerdo con su relevancia. En cuestión de tres minutos ya había colgadas 201 fotos, la mayoría corolarios a la cara de Fiona Highbridge. En la pantalla se iban sumando los votos, indicando cuáles de las fotos tenían más probabilidades de ser ella. En cuatro minutos ya solo quedaban cinco candidatas principales. Una estaba en Bend, Oregón. Otra en Banff, Canadá. Otra en Glasgow. Y entonces pasó algo mágico, una de esas cosas que solo eran posibles cuando el Círculo entero trabajaba en pos de una meta única: el público se dio cuenta de que dos de las fotos habían sido hechas en el mismo pueblo: Camarthen, Gales. Las dos parecían mostrar a la misma mujer y las dos eran clavadas a Fiona Highbridge.

Noventa segundos más tarde, alguien identificó a la mujer. Se la conocía como Fatima Hilensky, y el público votó que aquella era una señal prometedora. ¿Acaso alguien que intentara desaparecer se cambiaría el nombre por completo, o bien se sentiría más segura conservando las mismas iniciales, usando un nombre como aquel, lo bastante distinto como para despistar a alguien que la estuviera persiguiendo pero que le permitiera usar una ligera variación de su vieja firma?

Había 79 espectadores con residencia en Camarthen o sus alrededores, y ahora tres de ellos postearon mensajes asegurando que veían a la mujer más o menos a diario. Aquello ya resultaba bastante prometedor, pero es que a continuación, en un comentario que subió disparado hasta lo alto gracias a cientos de miles de votos, una mujer, Gretchen Karapcek, que estaba posteando desde el teléfono móvil, dijo que ella trabajaba con la mujer de la foto, en una lavandería comercial situada en las afueras de Swansea. El público apremió a Gretchen a que la encontrara, en aquel mismo momento, y a que la captara en foto o en vídeo. Gretchen encendió inmediatamente la función de vídeo de su teléfono y –aunque seguía habiendo millones de personas investigando otras pistas–, la mayoría de los espectadores ya estaban convencidos de que Gretchen tenía a la persona correcta. Igual que la mayoría del público, Mae permanecía absorta, observando cómo la cámara de Gretchen avanzaba serpenteando entre enormes máquinas que despedían vapor y compañeras de trabajo que se la quedaron mirando con curiosidad mientras cruzaba a toda prisa aquel espacio cavernoso y se acercaba cada vez más a una mujer que había a lo lejos, flaca y encorvada, introduciendo una sábana entre dos ruedas enormes.

Mae se miró el reloj. 6 minutos y 33 segundos. Estaba segura de que aquella era Fiona Highbridge. Tenía algo sospechoso en la forma de su cabeza y en sus gestos, y ahora, mientras levantaba la vista y divisaba la cámara de Gretchen acercándosele a la carrera, se vio con claridad que era consciente de que estaba pasando algo muy grave. Su expresión no fue de sorpresa ni de perplejidad puras. Fue la expresión de un animal cazado mientras hurga en la basura. Una expresión animal de culpa y reconocimiento.

Mae contuvo la respiración un segundo y por un momento dio la impresión de que la mujer se rendía y estaba dispuesta a hablar con la cámara, admitir sus crímenes y darse por encontrada.

Pero lo que hizo fue salir corriendo.

La mujer que estaba filmando se quedó plantada un momento largo y su cámara se limitó a mostrar cómo Fiona Highbridge —porque no había duda de que era ella— cruzaba la sala a la carrera y subía las escaleras.

—¡Síguela! —gritó por fin Mae, y Gretchen Karapcek y su cámara iniciaron la persecución.

A Mae la preocupó durante un momento que todo aquello acabara en un esfuerzo frustrado, y que hubieran encontrado a la fugitiva pero aquella compañera de trabajo tan torpe no tardara en perderla otra vez. La cámara experimentó fuertes sacudidas mientras subía las escaleras de cemento, cruzaba un pasillo de hormigón y por fin se acercaba a una puerta, a través de cuya ventanita cuadrada se veía el cielo blanco.

Y al abrirse la puerta, Mae vio con gran alivio que Fiona Highbridge estaba arrinconada contra una pared, rodeada de una docena de personas, la mayoría sosteniendo sus teléfonos en dirección a ella y apuntándola con ellos. No había posibilidad de escapatoria. Fiona tenía una expresión frenética, al mismo tiempo aterrada y desafiante. Parecía estar buscando resquicios entre la muchedumbre, algún hueco por el que escabullirse.

—¡Estás cazada, mataniños! —le dijo alguien de la multitud, y Fiona Highbridge se vino abajo, deslizándose hasta el suelo y tapándose la cara.

En cuestión de segundos, las señales de vídeo de la mayoría de los integrantes de la muchedumbre estuvieron disponibles en la pantalla del Gran Salón, y el público pudo contemplar un mosaico de Fionas Highbridge, su cara fría y dura vista desde diez ángulos distintos, todos los cuales confirmaban su culpa.

—¡Linchadla! —gritó alguien desde fuera de la lavandería.

—Que no le hagan daño —le susurró Stenton al oído a Mae.

—No le hagáis daño —le suplicó Mae a la multitud enardecida—. ¿Alguien ha llamado a la policía?

En cuestión de segundos se oyeron sirenas, y en cuanto vio los dos coches que cruzaban el aparcamiento a toda velocidad Mae volvió a consultar la hora. El reloj del Gran Salón marcaba 10 minutos y 26 segundos cuando los cuatro agentes llegaron hasta Fiona Highbridge y la esposaron.

—Supongo que ya está —dijo Mae, y paró el reloj.

El público estalló en vítores, y en cuestión de segundos los participantes que habían atrapado a Fiona Highbridge recibieron felicitaciones procedentes del mundo entero.

—Cortemos la señal de vídeo —dijo Stenton—, y así le dejamos a esa mujer un poco de dignidad.

Mae repitió la orden a los técnicos. Las señales que mostraban a Highbridge se apagaron y la pantalla volvió a quedar en negro.

—En fin —le dijo Mae al público—. Al final ha sido bastante más fácil de lo que yo creía. Y lo único que nos hacía falta eran unas cuantas de las herramientas que ahora hay a disposición del público.

—¡Encontremos a otro! —gritó alguien.

Mae sonrió.

—Bueno, podríamos —dijo ella, y miró a Bailey, que estaba entre bastidores.

Él se encogió de hombros.

—Quizá no a otro fugitivo —le dijo Stenton por el auricular—. Probemos con un ciudadano normal y corriente.

Mae mostró una gran sonrisa.

—Muy bien, escuchadme —dijo, mientras encontraba a toda prisa una foto en su tablet y la transfería a la pantalla que tenía detrás.

Era una foto de Mercer sacada tres años atrás, justo antes de que dejaran de salir juntos, cuando todavía tenían una relación estrecha, los dos de pie en la entrada de una senda forestal costera que estaban a punto de recorrer.

Hasta aquel momento no se le había ocurrido para nada usar el Círculo para encontrar a Mercer, pero ahora le parecía una opción completamente razonable. ¿Qué mejor forma de demostrarle el alcance y el poder de la red y de la gente que había en ella? Su escepticismo se vendría abajo.

—Muy bien —le dijo Mae a la audiencia—. Nuestro segundo objetivo de hoy no es un fugitivo de la justicia, pero se puede decir que es un fugitivo de… bueno, la amistad.

Sonrió e hizo una pausa para que la gente se riera.

—Este es Mercer Medeiros. Hace meses que no lo veo, y me encantaría verlo otra vez. Pero, al igual que Fiona Highbridge, es alguien que está intentando que no lo encuentren. Así pues, veamos si podemos batir nuestro récord anterior. ¿Todo el mundo listo? Pongamos el cronómetro.

Y el reloj echó a andar.

En cuestión de noventa segundos llegaron cientos de post de gente que lo conocía, de la escuela primaria, del instituto, de la universidad o del trabajo. Hasta había unas cuantas fotos en las que salía Mae y que entretuvieron a todos los implicados. Luego, sin embargo, para gran horror de Mae, se produjo un vacío enorme, de cuatro minutos y medio, durante el cual nadie ofreció ninguna información valiosa acerca del paradero actual de Mercer. Una ex novia suya dijo que a ella también le gustaría encontrarlo, ya que tenía un equipo completo de buceo que era de ella. Aquel fue el mensaje más relevante durante un rato, pero de pronto apareció un zing procedente de Jasper, Oregón, que fue votado de inmediato a lo alto de la pantalla.

«A este tío lo he visto en la tienda de comestibles. Dejadme ver.»

El usuario en cuestión, Adam Frankenthaler, se puso en contacto con sus vecinos, que enseguida le dijeron que sí, que todos habían visto a Mercer, en la licorería, en la tienda de comestibles y en la biblioteca. A continuación, sin embargo, se produjo otra pausa atroz, de casi dos minutos, durante la cual nadie pudo decirles dónde vivía exactamente. El reloj marcaba 7.31.

—Muy bien —dijo Mae—. Ahora es cuando entran en juego las herramientas más potentes. Busquemos los historiales de alquileres de las inmobiliarias locales. Busquemos registros de tarjetas de crédito, registros telefónicos, de usuarios de bibliotecas, cualquier cosa que pueda haber firmado. Un momento. –Mae levantó la vista y descubrió que habían aparecido dos direcciones, las dos en el mismo pueblecito de Oregón–. ¿Sabemos cómo han aparecido? –preguntó, pero no pareció que importara.

De pronto las cosas se movían a toda velocidad.

Durante los minutos siguientes se congregaron varios coches en ambas direcciones, con los pasajeros filmando sus llegadas. Una de las direcciones correspondía al piso de encima de una franquicia de medicina homeopática, bajo un dosel de secuoyas enormes. Una cámara mostró una mano que llamaba a la puerta y a continuación se asomó a una de las ventanas. Al principio no salió nadie, pero por fin se abrió la puerta y la cámara descendió hasta encontrar a un niñito de unos cinco años, que al ver a aquella multitud en su puerta puso cara de terror.

–¿Está Mercer Medeiros? –dijo una voz.

El niño dio media vuelta y desapareció en la oscuridad de la casa.

–¡Papá!

Mae tuvo un momento de pánico, durante el cual pensó que aquel niño podría ser de Mercer: la cosa estaba yendo tan deprisa que no le había dado tiempo a hacer los cálculos. ¿Ya tiene un hijo? No, comprendió. Aquel niño no podía ser su hijo biológico. ¿Tal vez se hubiera ido a vivir con una mujer que ya tenía hijos?

Pero cuando la sombra de un hombre emergió a la luz de la puerta, resultó no ser Mercer. Era un tipo de unos cuarenta años con perilla, camisa de franela y pantalones de chándal. Vía muerta. Ya habían pasado más de ocho minutos.

A continuación alguien dio con la segunda dirección. Estaba en el bosque, en lo alto de una colina. La señal principal de vídeo de la pantalla de detrás de Mae cambió y pasó a mostrar un coche que subía a toda velocidad un camino lleno de curvas y se detenía frente a una cabaña grande y gris.

Esta vez la realización era más profesional y la imagen más clara. Alguien filmó cómo una participante en la búsqueda, una joven sonriente, llamaba con los nudillos a la puerta, subiendo y bajando las cejas con expresión traviesa.

–¿Mercer? –le dijo la joven a la puerta–. Mercer, ¿estás ahí? –A Mae la exasperó momentáneamente la familiaridad de su voz–. ¿Estás ahí dentro haciendo lámparas?

A Mae se le hizo un nudo en el estómago. Le dio la sensación de que a Mercer no le gustarían ni aquella pregunta ni su tono despectivo. Ella quería que apareciera su cara lo antes posible para poder hablar directamente con él. Pero nadie salió a abrir la puerta.

–¡Mercer! –dijo la joven–. Sé que estás ahí dentro. Estamos viendo tu coche.

La cámara trazó una panorámica hasta el camino de entrada, donde Mae, emocionada, vio la camioneta de Mercer. Cuando la cámara regresó al punto de partida, reveló a un grupo de diez o doce personas, la mayoría con aspecto de lugareños, con gorras de béisbol y por lo menos una de ellas con ropa de camuflaje. Para cuando la cámara regresó a la puerta principal, el público ya se había puesto a corear:

–¡Mercer! ¡Mercer! ¡Mercer!

Mae miró el reloj. 9 minutos y 24 segundos. Podían batir el récord de Fiona Highbridge por lo menos por un minuto. Pero primero Mercer tenía que salir a abrir la puerta.

–Id por detrás –dijo la joven, y ahora la señal siguió a una segunda cámara que daba la vuelta al porche y se asomaba a las ventanas.

Dentro no se veía a nadie. Había cañas de pescar y un montón de astas de ciervo, así como libros y papeles junto a sofás y sillones polvorientos. Mae estuvo segura de ver sobre la repisa una foto que reconocía, un retrato de Mercer en compañía de sus hermanos y padres, tomada durante un viaje que habían hecho todos al Yosemite. Ella se acordaba de aquella foto, y sabía a ciencia cierta quiénes salían en ella, porque siempre le había resultado extraño y maravilloso el hecho de que Mercer, que por entonces tenía dieciséis años, tuviera la cabeza apoyada en el hombro de su madre, en gesto espontáneo de amor filial.

–¡Mercer! ¡Mercer! ¡Mercer! –cantaban las voces.

Pero Mae se dio cuenta de que era muy posible que Mercer estuviera de excursión por el bosque, o bien recogiendo leña, como si fuera un cavernícola, y que era posible que tardara horas en regresar. Ya estaba lista para volverse hacia el público, decir que la búsqueda había sido un éxito y cortar la demostración —a fin de cuentas, lo habían encontrado, sin duda alguna— cuando oyó una voz que chillaba:

—¡Está ahí! ¡En el camino!

Y las dos cámaras empezaron a moverse y a dar tumbos mientras sus dueños corrían desde el porche hasta el Toyota. Había una figura entrando en la camioneta y, al cernirse las cámaras sobre ella, Mae pudo ver que era Mercer. Sin embargo, para cuando se le acercaron lo bastante como para que pudiera oír a Mae, Mercer ya estaba dando marcha atrás por el camino.

Apareció alguien corriendo junto a la camioneta, un tipo joven, y todos lo vieron pegar algo a la ventanilla del lado del pasajero. Mercer retrocedió con la marcha atrás hasta salir a la carretera y se alejó a toda velocidad. Hubo un caos de carreras y risas, mientras todos los participantes congregados en casa de Mercer entraban en sus coches para iniciar la persecución.

Un mensaje de uno de los perseguidores explicó que lo que le había puesto en la ventanilla del pasajero era una cámara de SeeChange, y al instante la cámara se activó y su señal apareció en pantalla, mostrando una imagen muy clara de Mercer al volante.

Mae era consciente de que aquella cámara solo tenía audio unidireccional, de manera que no iba a permitirle hablar con Mercer. Aun así, sabía que tenía que hablar con él. Mercer todavía no debía de haberse dado cuenta de que era ella quien estaba detrás de lo que sucedía. Mae necesitaba tranquilizarlo, decirle que aquello no era una simple expedición de tarados para acosarlo. Que era su amiga Mae, y que únicamente estaba haciendo una demostración de su programa de SoulSearch, y que lo único que quería era hablar un segundo con él y reírse todos juntos de aquello.

Pero mientras el bosque pasaba volando al otro lado de su ventanilla, convertido en un torbellino de colores marrón, blanco y verde, la boca de Mercer se volvió un desgarrón terrible de furia y miedo. No paraba de dar volantazos con la camioneta, temerariamente, y parecía estar ascendiendo por la montaña. A Mae la preocupó que los participantes no fueran capaces de alcanzarlo, aunque al menos tenían la cámara de SeeChange, cuya perspectiva era lo bastante clara y cinematográfica como para ofrecer un espectáculo frenético. Mercer se parecía a su héroe, Steve McQueen, furioso pero dueño de sí mismo, gobernando su camioneta entre sacudidas. A Mae le pasó un momento por la cabeza la idea de crear alguna clase de espectáculo por streaming donde la gente se retransmitiera a sí misma conduciendo a alta velocidad por paisajes interesantes. Podrían titularlo: *Conduce, dijo ella*. La voz de Mercer interrumpió sus ensoñaciones, llena de rencor:

—¡Mierda! —gritó—. ¡Idos a la mierda!

Estaba mirando la cámara. Acababa de encontrarla. Y entonces la perspectiva de la cámara empezó a bajar. Mercer estaba bajando la ventanilla. Mae se preguntó si el aparato aguantaría, si su adhesivo se impondría a la fuerza de la ventanilla automática, pero la respuesta le llegó en cuestión de segundos, cuando la cámara se desprendió de la ventanilla y la lente se puso a dar vueltas frenéticas al tiempo que descendía y caía, mostrando primero bosque, a continuación asfalto y por fin, tras quedar posada en la carretera, cielo.

El reloj marcaba 11.51.

Durante unos largos minutos nadie vio a Mercer por ninguna parte. Mae dio por sentado que en cualquier momento alguno de los coches perseguidores lo encontrarían, pero ninguna de las cámaras de los cuatro coches mostraba ni rastro de él. Iban todos por carreteras distintas y su audio indicaba claramente que no tenían ni idea de dónde estaba.

—Muy bien —dijo Mae, consciente de que estaba a punto de asombrar a su público—. ¡Soltad los drones! —bramó, con una voz que pretendía invocar de forma medio irónica a una bruja malvada.

El proceso fue espantosamente lento —unos tres minutos—, pero pronto todos los vehículos aéreos no tripulados de la zona, que eran once, despegaron, operados por sus propietarios respectivos, y llegaron a la montaña por la que se creía que Mercer iba conduciendo. Sus sistemas de GPS les impedían chocarse, y, coordinados por las emisiones del satélite, tardaron 67 segundos en encontrar la camioneta de color celeste. El reloj marcaba 15.04.

Aparecieron ahora en pantalla las perspectivas de las cámaras de los drones, ofreciéndole al público un mosaico increíble de imágenes, con todos los aparatos perfectamente espaciados entre ellos y suministrando una visión calidoscópica del camión que subía la carretera de la montaña por entre densos pinares. Unos cuantos de los drones más pequeños fueron capaces de bajar en picado para acercarse, aunque la mayoría, demasiado grandes para meterse por entre los árboles, siguieron haciendo el seguimiento desde lo alto. Uno de los drones más pequeños, que se llamaba ReconMan10, había descendido por entre el dosel de árboles y ahora pareció pegarse a la ventanilla del asiento de Mercer. La vista que ofrecía era firme y clara. Mercer se giró hacia él, percibiendo su presencia y tenacidad, y una expresión de terror sin límites le transformó la cara. Mae nunca le había visto aquella expresión.

—¿Alguien me puede poner el audio del dron llamado ReconMan10? —preguntó Mae.

Sabía que Mercer seguía teniendo la ventanilla abierta. Si le hablaba por el altavoz del dron, él la oiría, sabría que era ella. Ahora le dieron la señal de que el audio había sido activado.

—Mercer. ¡Soy yo, Mae! ¿Me oyes?

En la cara de él apareció una leve sombra de reconocimiento. Entornó los ojos y volvió a mirar al dron, incrédulo.

—Mercer. Para el coche. Soy yo, Mae. —Y luego, al borde de la risa, añadió—: Solo quería saludarte.

El público estalló en carcajadas.

A Mae la reconfortaron las risas de la sala, y esperó que Mercer también se riera y se detuviera, negando con la cabeza, lleno de admiración hacia el poder maravilloso de las herramientas que ella tenía a su alcance.

Pero él no sonrió y tampoco se detuvo. Ya ni siquiera miraba al dron. Parecía que hubiera decidido un nuevo rumbo y estuviera enfrascado en él.

—¡Mercer! —le dijo ella en tono burlonamente autoritario—. Mercer, para el coche y ríndete. Estás rodeado. —Luego se le ocurrió algo que la hizo sonreír de nuevo—. Estás rodeado... —dijo, bajando la voz, y por fin añadió en tono agudo y cantarín—: ¡De amigos!

Y tal como ella sabía que pasaría, por el auditorio retumbó un estallido de risas y vítores.

Pero aun así, él no se detuvo. Llevaba minutos sin mirar al dron. Mae miró el reloj: 19 minutos y 57 segundos. No estaba segura de si importaba o no que él parara el coche o mirara a las cámaras. Al fin y al cabo lo habían encontrado, ¿verdad? Lo más seguro era que hubieran batido el récord de Fiona Highbridge cuando lo habían sorprendido corriendo hacia su coche. Había sido entonces cuando habían verificado su identidad corporal. A Mae le pasó por la cabeza la idea de que tenían que retirar los drones y apagar las cámaras, porque Mercer estaba teniendo una de sus rabietas y no cooperaría con ellos; y además, ella ya había demostrado lo que quería demostrar.

Y, sin embargo, aquella incapacidad de Mercer para rendirse, para admitir su derrota, o al menos para reconocer el poder increíble de la tecnología que Mae tenía bajo su control… Ella supo que no podía rendirse hasta recibir alguna clase de aquiescencia por parte de él. ¿Bajo qué forma la recibiría? No lo sabía, pero sabía que la reconocería cuando la viera.

Y de pronto el paisaje que rodeaba al coche se despejó. Ya no era bosque denso que pasaba a toda velocidad. Ahora era todo azul, copas de árboles y nubes blancas y luminosas.

Mae buscó con la mirada la perspectiva de otra cámara y por fin vio la de un dron que planeaba por el cielo. Mercer iba conduciendo por un puente, un estrecho puente que conectaba la montaña con otra y que salvaba un abismo de un centenar de metros, con una garganta al fondo.

—¿Podemos subir el volumen del micrófono? —preguntó ella.

Apareció un icono indicando que el volumen había estado a la mitad de su potencia pero acababa de subir al máximo.

—¡Mercer! —dijo ella, usando la voz más siniestra que pudo.

Él dio un cabezazo en dirección al dron, espantado por el volumen. ¿Tal vez antes no la había oído?

—¡Mercer! ¡Soy yo, Mae! —dijo, albergando la esperanza de que él no hubiera sabido hasta entonces que era ella quien se encontraba detrás de todo aquello.

Pero él no sonrió. Se limitó a negar con la cabeza, lentamente, como si sintiera la decepción más profunda posible.

Ahora ella vio que había dos drones más junto a la ventanilla del lado del pasajero. De uno de ellos salió el bramido de una voz masculina:

—¡Mercer, gilipollas! ¡Para el coche, capullo de los cojones!

Mercer giró la cabeza al oír aquella voz, y cuando volvió a mirar a la carretera su cara mostraba auténtico pánico.

En la pantalla que tenía detrás, Mae vio que se habían añadido al mosaico dos cámaras de SeeChange posicionadas en el puente. Una tercera se activó al cabo de unos segundos, ofreciendo una vista del abismo desde el lecho del río que discurría más abajo.

Ahora bramó otra voz desde el tercer dron, esta de mujer, riendo:

—¡Mercer, ríndete a nosotros! ¡Ríndete a nuestra voluntad! ¡Sé nuestro amigo!

Mercer giró el volante hacia el dron, como si quisiera embestirlo, pero el aparato se limitó a ajustar su trayectoria automáticamente y a imitar el movimiento de la camioneta, perfectamente sincronizado con ella.

—¡No te puedes escapar, Mercer! —atronó la voz femenina—. Nunca, jamás de los jamases. Se acabó. Ríndete. Sé nuestro amigo.

Esta última súplica fue transmitida en forma de lloriqueo infantil, y la mujer que hablaba por el altavoz electrónico se rió de lo extraño que resultaba, aquella súplica nasal saliendo de un frío vehículo negro sin tripular.

El público del auditorio estaba vitoreando, y no paraban de acumularse comentarios de gente que decía que aquella era la experiencia más genial que habían tenido nunca como espectadores.

Pero mientras los vítores arreciaban, Mae vio aparecer algo nuevo en el rostro de Mercer, una especie de determinación, una especie de serenidad. Dio un volantazo con el brazo derecho y desapareció de la vista de los drones, por lo menos momentáneamente. Cuando lo volvieron a captar, su camioneta iba cruzando la carretera a toda velocidad en dirección a la barrera de cemento, tan deprisa que resultaba imposible que esta lo pudiera frenar. La camioneta atravesó la barrera y saltó al abismo, y por un breve momento pareció volar, con varios kilómetros de montañas de fondo.

Mae dirigió instintivamente la mirada a la cámara que había en el lecho del río y vio con claridad un objeto diminuto que se precipitaba desde el puente y aterrizaba como un juguete de hojalata sobre las rocas de abajo. Aunque sabía que aquel objeto era la camioneta de Mercer, y sabía en el fondo de su mente que nadie podría haber sobrevivido a una caída como aquella, volvió a mirar las señales de las demás cámaras, las vistas de los drones que seguían planeando en el cielo, esperando ver a Mercer sobre el puente, contemplando la camioneta caída. Pero en el puente no había nadie.

—¿Estás bien hoy? —le preguntó Bailey.

Estaban en la biblioteca de él, a solas salvo por los espectadores de Mae. Desde la muerte de Mercer, de la que ya hacía una semana, la cifra se había mantenido constante, alrededor de los veintiocho millones.

—Sí, gracias —dijo Mae, calibrando sus palabras, imaginando cómo el presidente de la nación, sea cual sea la situación, tiene que encontrar un equilibrio entre la emoción en estado bruto y la dignidad silenciosa y la serenidad ensayada. Había estado pensando en sí misma como en una presidenta de la nación. Tenía mucho en común con los presidentes: la responsabilidad hacia mucha gente y el poder para influir en los acontecimientos mundiales. Su posición también acarreaba crisis novedosas de magnitud presidencial. La defunción de Mercer, por ejemplo. Y el colapso de Annie. Mae pensó en los Kennedy—. No estoy segura de que me haya llegado todavía el bajón.

—Y puede que no te llegue, al menos en bastante tiempo —dijo Bailey—. El dolor no siempre llega cuando le toca o cuando nos gustaría a nosotros. Pero no quiero que te culpes a ti misma. Confío en que no lo estés haciendo.

—Bueno, es un poco difícil no hacerlo —dijo Mae, y esbozó una mueca.

Aquella no era una frase presidencial, y Bailey se le echó encima.

—Mae, estabas intentando ayudar a un joven antisocial y muy trastornado. Tú y los demás participantes le estabais ofreciendo vuestra ayuda, intentando llevarlo al calor de la humanidad, y él lo rechazó. Me parece evidente que tú, en todo caso, eras su única esperanza.

—Gracias por decirlo —dijo ella.

—Es como si fueras un médico que va a ayudar a un paciente enfermo y el paciente, cuando ve al médico, se tira por la ventana. No se te puede culpar de nada.

—Gracias —dijo Mae.

—¿Y tus padres? ¿Están bien?

—Están bien. Gracias.

—Debió de ser agradable verlos en el funeral.

—Pues sí —dijo Mae, aunque apenas habían hablado allí y tampoco después.

—Sé que sigue habiendo cierta distancia entre vosotros, pero con el tiempo desaparecerá. La distancia siempre acaba desapareciendo.

Mae dio gracias por tener a Bailey, con su fuerza y su tranquilidad. En aquel momento, él era el mejor amigo que tenía, y también era un poco como un padre para ella. Ella quería a sus padres, pero no eran igual de sabios, ni de fuertes. Daba gracias por tener a Bailey, y a Stenton, y sobre todo a Francis, que se había pasado con ella casi todo el tiempo desde lo sucedido.

—Me frustra ver que sucede algo así —continuó Bailey—. Es exasperante, de verdad. Sé que es algo tangencial, y sé que es puramente un interés personal mío, pero de verdad: no habría podido suceder si Mercer llevara un vehículo con piloto automático. Lo habría impedido el mismo programa. Con franqueza, los vehículos como el que llevaba él deberían estar prohibidos.

—Sí —dijo Mae—. Esa camioneta de las narices…

—Y no es una cuestión de dinero, pero ¿sabes cuánto dinero va a costar reparar ese puente? ¿Y lo que ha costado ya limpiar el desastre que quedó abajo? Pones a alguien en un vehículo con conducción automática y no hay posibilidad de destruirse a uno mismo. El coche se habría apagado. Lo siento. No debería soltarte sermones sobre algo que no tiene nada que ver con tu dolor.

—No pasa nada.

—Y allí estaba él, solo en una cabaña. Pues claro que se iba a deprimir, y a sumirse él solo en un estado de locura y de paranoia. Para cuando llegaron los participantes, o sea, el tío ya estaba completamente ido. Vivía allí arriba, solo, inalcanzable para los miles, millones de personas que de haberlo sabido lo habrían ayudado como pudieran.

Mae levantó la vista hacia la vidriera del techo de Bailey —con todos sus ángeles—, pensando en lo mucho que a Mercer le habría gustado que lo consideraran un mártir.

—Mucha gente lo quería —dijo.

—Muchísima gente. ¿Has visto los comentarios y los homenajes? La gente lo quería ayudar. Intentaron ayudarlo. Tú lo intentaste. Y ciertamente habría habido miles de personas más si él se lo hubiera permitido. Si rechazas a la humanidad, si rechazas todas las herramientas que hay a tu alcance, toda la ayuda que hay a tu disposición, entonces pasan cosas malas. Si rechazas la tecnología que impide que los coches se caigan por los barrancos, te caes por un barranco. Si rechazas la ayuda y el amor de los miles de millones de personas compasivas que hay en el mundo, te caes por un barranco… emocionalmente. ¿Verdad? —Bailey hizo una pausa, como para permitir que los dos se empaparan de aquella metáfora tan válida y adecuada que él había evocado—. Si rechazas a los grupos, a la gente, a los oyentes que quieren conectar contigo, simpatizar contigo y aceptarte, el desastre es inminente. Mae, estamos hablando de un joven claramente deprimido y aislado que no era capaz de sobrevivir en un mundo como este, un mundo que se encamina a la comunidad y la unidad. Me habría encantado conocerlo. Me da la impresión de que lo conocí un poco, un poquito, tras presenciar los acontecimientos de ese día. Pero en fin…

Bailey soltó una exclamación de profunda frustración, un suspiro gutural.

—Sabes que hace unos años se me ocurrió la idea de conocer, a lo largo de mi vida, a todas y cada una de las personas de la tierra. A todas, aunque fuera un poquito. Estrecharles la mano o saludarlas. Y cuando tuve esta inspiración, de verdad pensé que podría hacerlo. ¿Puedes sentir el atractivo de una idea así?

—Por supuesto —dijo Mae.

—¡Pero es que en el planeta hay unos siete mil millones de personas! De manera que hice mis cálculos. Lo mejor que se me ocurrió fue lo siguiente: si pasamos tres segundos con cada persona, eso nos da veinte personas por minuto. ¡Mil doscientas por hora! No está mal, ¿verdad? Pero incluso a ese ritmo, al cabo de un año, solo habría conocido a 10.512.000 personas. ¡A ese ritmo tardaría 665 años en conocer a todo el mundo! Qué deprimente, ¿no?

—Pues sí —dijo Mae.

Ella misma había hecho un cálculo parecido. ¿Acaso bastaba, pensó ella, con ser *vista* por una fracción de toda aquella gente? De algo serviría, eso sí.

—De manera que tenemos que contentarnos con la gente a la que sí conocemos y a la que podemos conocer —dijo Bailey, soltando otro fuerte suspiro—. Y contentarnos con saber cuánta gente hay. Hay muchísima, y tenemos a muchísima donde elegir. Con tu trastornado Mercer, hemos perdido a una de las muchísimas, muchísimas personas que hay en el mundo, lo cual nos recuerda tanto el valor de la vida como su abundancia. ¿Tengo razón?

—Pues sí.

Los pensamientos de Mae habían seguido el mismo camino. Después de la muerte de Mercer y del colapso de Annie, Mae se sentía muy sola y había notado que la herida se le volvía a abrir por dentro, más grande y más negra que nunca. Pero entonces se habían puesto en contacto con ella espectadores de todo el mundo, mandándole su apoyo, sus sonrisas —había recibido millones, decenas de millones—, y por fin se había dado cuenta de qué era la herida y de cómo suturarla. La herida era el no saber. El no saber quién la amaba ni por cuánto tiempo. La herida era la locura de no saber: no saber quién era Kalden, no saber lo que pensaba Mercer, lo que pensaba Annie ni los planes que esta tenía. A Mercer se lo podría haber salvado, se lo habría salvado, si hubiera dado a conocer sus pensamientos, si hubiera dejado entrar en su cabeza a Mae y al resto del mundo. Era el no saber lo que constituía la semilla de la locura, de la soledad, de la sospecha y del miedo. Pero había formas de solucionar todo aquello. La transparencia había permitido que el mundo la conociera a ella, y la había hecho mejor persona, la había acercado, esperaba ella, a la perfección. Ahora el mundo la seguiría. La transparencia plena conllevaría el acceso pleno, y se acabaría para siempre el no saber. Mae sonrió, pensando en lo simple, y puro, que era todo. Bailey compartió su sonrisa.

—En fin —le dijo él—, hablando de gente que nos importa y a la que no queremos perder, sé que ayer visitaste a Annie. ¿Cómo le va? ¿Sigue en el mismo estado?

—Está igual. Ya conoces a Annie. Es fuerte.

—Es muy fuerte. Y también muy importante para nosotros. Igual que tú. Estaremos contigo, y con Annie, siempre. Sé que las dos lo sabéis, pero lo quiero repetir. Nunca os faltará el Círculo, ¿de acuerdo?

Mae estaba intentando no llorar.

—De acuerdo.

—Muy bien, pues. —Bailey sonrió—. Ahora tenemos que irnos. Stenton nos espera, y creo que a todos —y señaló en dirección a Mae y a sus espectadores— nos irá bien distraernos. ¿Lista?

Mientras se alejaban por el pasillo a oscuras hacia el nuevo acuario, que emitía un vivo resplandor azul, Mae vio que el nuevo cuidador subía por una escalera de mano. Stenton había contratado a otro biólogo marino a raíz de una serie de diferencias filosóficas con Georgia. Esta había puesto objeciones a los experimentos alimentarios de Stenton y se había negado a hacer lo que su sustituto, un tipo alto de cabeza afeitada, estaba a punto de hacer: reunir en un mismo tanque a todas las criaturas que Stenton había traído de las Marianas, a fin de crear algo parecido al entorno real donde las había encontrado. La idea resultaba tan lógica que Mae se alegraba de que hubieran echado y reemplazado a Georgia. ¿Quién no querría que todos los animales estuvieran en su hábitat casi natural? Georgia se había mostrado tímida y carente de visión, y una persona así no tenía lugar cerca de aquellos tanques, cerca de Stenton ni dentro del Círculo.

—Ahí está —dijo Bailey mientras se acercaban al tanque.

Ante ellos apareció Stenton; Bailey le estrechó la mano y a continuación Stenton se volvió hacia Mae.

—Mae, me alegro mucho de volver a verte —le dijo, cogiéndole las dos manos en las suyas.

Aunque estaba de un humor excelente, torció brevemente la boca en deferencia a la reciente pérdida de Mae. Ella sonrió con timidez y levantó la vista. Quería que Stenton supiera que ella estaba bien, que estaba lista. Él asintió con la cabeza, dio un paso atrás y se volvió hacia el tanque. Stenton había construido un tanque mucho más grande y lo había llenado para la ocasión de un precioso despliegue de corales y algas vivos, una auténtica sinfonía de colores bajo la potente luz del acuario. Había anémonas de color lavanda, corales burbuja verdes y amarillos y las extrañas esferas blancas de las esponjas marinas. El agua estaba tranquila pero una ligera corriente mecía la vegetación de color violeta, constreñida entre los recovecos de los paneles de coral.

–Precioso. Es precioso –dijo Bailey.

Bailey, Stenton y Mae se quedaron allí, con la cámara de ella enfocando el tanque, permitiéndoles a sus espectadores una vista en profundidad del rico retablo subacuático.

–Y pronto estará completo –dijo Stenton.

En aquel momento Mae notó una presencia próxima, un aliento cálido en la nuca, que pasaba de izquierda a derecha.

–Ah, aquí esta –dijo Bailey–. Creo que todavía no has conocido a Ty, ¿verdad, Mae?

Ella se giró para encontrarse a Kalden plantado junto a Bailey y Stenton, sonriéndole y ofreciéndole la mano. Llevaba gorro de lana y una sudadera de capucha ancha. Pero no cabía duda de que era Kalden. Ella no pudo evitar que se le escapara un grito ahogado.

Kalden sonrió y Mae se dio cuenta de inmediato de que tanto a sus espectadores como a los Sabios les parecería normal que a ella se le hubiera escapado una exclamación ahogada en presencia de Ty. Bajó la vista y se dio cuenta de que ya le estaba estrechando la mano. No podía respirar.

Levantó la vista y vio a Bailey y a Stenton sonriendo. Ambos daban por sentado que ella estaba sobrecogida por el creador de todo aquello, por aquel joven misterioso que estaba detrás del Círculo. Ella le devolvió la mirada a Kalden, en busca de alguna explicación, pero la sonrisa de él no se inmutó. Su mirada permaneció perfectamente inescrutable.

–Encantado de conocerte, Mae –dijo.

Lo dijo con timidez, casi balbuceando, pero sabía lo que estaba haciendo. Sabía lo que el público esperaba de Ty.

—Encantada de conocerte a ti también —dijo Mae.

De pronto se le fundieron las neuronas. ¿Qué coño estaba pasando? Le volvió a examinar la cara y vio que por debajo del gorro de lana le asomaba un puñado de canas. Ella era la única que conocía aquellas canas. De hecho, ¿sabían Bailey y Stenton que él había envejecido de forma tan espectacular? ¿Y que se hacía pasar por otra persona, por un don nadie llamado Kalden? Se le ocurrió que tenían que saberlo. Claro que sí. Por eso él comparecía siempre por medio de mensajes de vídeo, probablemente grabados mucho tiempo atrás. Estaban perpetuando todo aquello, ayudándole a desaparecer.

—Tendríamos que habernos conocido antes —dijo él—. Pido disculpas. —Y ahora habló dirigiéndose a la lente de Mae, ofreciendo una actuación perfectamente natural de cara a sus espectadores—. He estado trabajando en una serie de proyectos nuevos, montones de cosas superchulas, y por eso he sido menos sociable de lo que debería.

La cifra de espectadores de Mae subió al instante, pasando de treinta millones a treinta y dos y ascendiendo a toda velocidad.

—¡Hacía mucho que no estábamos los tres en el mismo sitio! —dijo Bailey.

A Mae le iba el corazón a cien. Se había estado acostando con Ty. ¿Qué quería decir aquello? ¿Y había sido Ty, y no Kalden, quien la había prevenido contra el Cierre? ¿Cómo era posible? ¿Qué quería decir aquello?

—¿Qué es lo que estamos a punto de ver? —preguntó Kalden, señalando con la cabeza el agua—. Creo que lo sé, pero aun así estoy ansioso por verlo.

—Muy bien —dijo Bailey, dando una palmada y frotándose las manos con gesto de expectación. Se volvió hacia Mae y Mae giró la lente hacia él—. Como mi amigo Stenton, aquí presente, se ha puesto demasiado técnico, me ha pedido que sea yo quien dé las explicaciones. Como sabéis todos, Stenton se trajo consigo a unas criaturas increíbles de las profundidades ignotas de la fosa de las Marianas. Todos habéis visto algunas de ellas, particularmente el pulpo, el caballito de mar con su prole, y el más espectacular, el tiburón.

Estaba corriendo la voz de que los Tres Sabios estaban juntos y ante la cámara, y la cifra de espectadores de Mae llegó a los cuarenta millones. Se volvió hacia los tres hombres y vio en su pulsera que había captado una imagen espectacular de los tres de perfil mientras contemplaban el tanque de cristal, con las caras bañadas de luz azul y los ojos reflejando la vida irracional del interior. Reparó en que había llegado a los cincuenta y un millones de espectadores. Buscó con la mirada a Stenton, que, con una inclinación casi imperceptible de la cabeza, dejó claro que Mae tenía que volver a enfocar el acuario con su cámara. Ella obedeció, esforzándose por captar alguna señal de familiaridad en la actitud de Kalden. Pero él seguía mirando el agua, inescrutable. Bailey continuó hablando.

—Hasta ahora hemos tenido a nuestras tres estrellas en tanques separados, mientras se aclimataban a vivir aquí, en el Círculo. Pero ha sido una separación artificial, por supuesto. Les corresponde vivir juntos, igual que en el mar donde los encontramos. De manera que estamos a punto de verlos a los tres reunidos aquí, a fin de que puedan coexistir y componer una escena más natural de la vida en el abismo.

Ahora Mae pudo ver que el cuidador subía por la escalera de mano roja, al otro lado del tanque, llevando una bolsa de plástico grande cargada de agua y de pasajeros diminutos. Mae intentó respirar más despacio pero no pudo. Le vinieron ganas de vomitar. Pensó en escaparse corriendo a algún lugar muy lejano. Escaparse con Annie. ¿Dónde estaba Annie?

Vio que Stenton la miraba fijamente con expresión preocupada, y también severa, indicándole que recobrara la serenidad. Ella intentó respirar, intentó concentrarse en el proceso que se estaba llevando a cabo. Cuando la demostración se acabara, pensó, ya tendría tiempo para desenredar aquel caos de Kalden y Ty. Tendría tiempo. El ritmo cardíaco se le ralentizó.

—Como podéis ver —dijo Bailey—, Victor está transportando el más delicado de nuestros cargamentos, el caballito de mar, y por supuesto también a sus muchos vástagos. Podéis ver que a los caballitos de mar los traen al tanque nuevo dentro de una bolsa, igual que os llevaríais a casa a un pececillo de colores de la feria del condado. Se ha demostrado que es la mejor forma de trasladar a esta clase de criaturas delicadas. No hay superficies duras contra las que chocar, y el plástico pesa mucho menos de lo que pesaría el metacrilato o cualquier superficie dura.

El cuidador había llegado a lo alto de la escalera de mano, y, después de una rápida confirmación visual por parte de Stenton, bajó con cuidado la bolsa hacia el agua hasta apoyarla sobre la superficie. Los caballitos de mar, tan pasivos como siempre, estaban reclinados cerca del fondo de la bolsa, sin dar señal alguna de ser conscientes de nada: ni de que estaban en una bolsa ni de que los estaban trasladando ni de que estaban vivos. Apenas se movían y tampoco ofrecían protesta alguna.

Mae miró su contador. Ya había sesenta y dos millones de espectadores. Bailey indicó que esperarían unos momentos más hasta que las temperaturas de la bolsa y del tanque se pusieran al mismo nivel, y Mae aprovechó la oportunidad para volverse hacia Kalden. Intentó encontrar su mirada, pero él decidió no apartar la vista del acuario. Se dedicaba a mirar el tanque fijamente, dedicándoles una sonrisa benévola a los caballitos de mar, como si estuviera mirando a sus propios hijos.

Al otro lado del tanque, Victor ya subía otra vez la escalera roja.

—Caray, esto es muy emocionante —dijo Bailey—. Ahora vemos cómo suben al pulpo. Necesita un recipiente más grande, pero no proporcionalmente más grande. Si quisiera se podría meter en una fiambrera, dado que no tiene columna vertebral ni huesos. Es maleable e infinitamente adaptable.

Pronto ambos recipientes, el que albergaba al pulpo y el que albergaba a los caballitos de mar, estaban meciéndose suavemente sobre la superficie de color de neón. El pulpo pareció consciente, hasta cierto punto, de que debajo de él tenía una casa mucho más grande y se mantuvo pegado al fondo de su hogar temporal.

Mae vio que Victor señalaba los caballitos de mar y le hacía una breve señal con la cabeza a Bailey y a Stenton.

—De acuerdo —dijo Bailey—. Parece que ya es hora de soltar a nuestros amigos los caballitos de mar en su nuevo hábitat. Sospecho que va a ser un momento precioso. Adelante, Victor, cuando estés listo.

Y cuando Victor los soltó, fue ciertamente un momento precioso. Los caballitos de mar, translúcidos pero ligeramente coloreados, como si les hubieran dado un levísimo baño de oro, cayeron al interior del tanque, flotando hacia abajo como si fueran una lenta lluvia de interrogantes dorados.

–Uau –dijo Bailey–. Mirad eso.

Por fin el padre de todos, con aspecto poco convencido, cayó de la bolsa al interior del tanque. A diferencia de sus hijos, que iban desperdigados y sin rumbo, él maniobró con decisión hasta el fondo del tanque y no tardó en esconderse en medio del coral y la vegetación. En cuestión de segundos ya era invisible.

–Uau –dijo Bailey–. Sí que es tímido.

Los bebés, sin embargo, siguieron flotando hacia abajo y nadando en mitad del tanque, casi ninguno ansioso por llegar a ninguna parte en concreto.

–¿Estamos listos? –preguntó Bailey, levantando la vista hacia Victor–. ¡Bueno, esto está yendo adelante! Parece que ya estamos listos para el pulpo.

Victor abrió el fondo de la bolsa, rasgándola, y el pulpo se desplegó al instante hacia arriba como si fuera una mano que daba la bienvenida. Tal como había hecho cuando estaba solo, resiguió los contornos del cristal, palpando el coral y las algas, siempre con suavidad, deseoso de conocerlo todo y de tocarlo todo.

–Mira eso. Es arrebatador –dijo Bailey–. Qué criatura tan espectacular. Debe de tener algo parecido a un cerebro en ese globo gigante, ¿verdad?

Y Bailey se giró hacia Stenton en busca de respuesta, pero Stenton decidió considerar que su pregunta era retórica. Una ligerísima sonrisa se adueñó de la comisura de su boca, pero no apartó la vista de la escena que tenía delante.

El pulpo floreció, creció y surcó de lado a lado el tanque, sin apenas tocar ni los caballitos de mar ni ninguna otra criatura viva, limitándose a mirarlos, deseoso únicamente de conocerlos, y mientras tocaba y medía todo lo que había dentro del tanque, Mae volvió a ver movimiento en la escalera de mano roja.

—Ahora tenemos a Victor y a su ayudante trayendo a la verdadera atracción —dijo Bailey mirando al cuidador principal, a quien se le unió ahora un segundo, también vestido de blanco, que operaba un toro elevador.

Su carga era un cajón grande de metacrilato, y dentro de su hogar temporal, el tiburón dio unos cuantos bandazos y repartió unos latigazos con la cola, aunque mucho más tranquilo de lo que Mae lo había visto hasta entonces.

Desde lo alto de la escalera de mano, Victor dejó el cajón de metacrilato sobre la superficie del agua, y cuando Mae ya esperaba que el pulpo y los caballitos de mar huyeran para ponerse a cubierto, el tiburón se quedó quieto como una estatua.

—Pero mira eso —dijo Bailey, maravillado.

La cifra de espectadores volvió a subir en picado, llegando a setenta y cinco millones, y continuó elevándose frenéticamente, a razón de medio millón cada pocos segundos.

Debajo, el pulpo parecía no haber captado ni al tiburón ni la posibilidad de que se uniera a ellos en el acuario. El tiburón estaba completamente petrificado, tal vez para anular a los ocupantes del tanque su capacidad de percibirlo. Entretanto, Victor y su ayudante habían bajado la escalera de mano y Victor estaba regresando con un cubo de gran tamaño.

—Como podéis ver ahora —dijo Bailey—, lo primero que Victor está haciendo es dejar caer en el tanque algunas de las comidas favoritas de nuestro tiburón. Esto lo mantendrá distraído y satisfecho, y permitirá que sus nuevos vecinos se aclimaten. Victor lleva todo el día dando de comer al tiburón, de manera que ya debería de estar satisfecho. Pero por si acaso sigue teniendo hambre, esos atunes le servirán de desayuno, almuerzo y cena.

De manera que Victor dejó caer en el tanque seis atunes de gran tamaño, el más pequeño de cinco kilos, que se pusieron rápidamente a explorar su entorno.

—A estos hace menos falta aclimatarlos despacio al tanque —dijo Bailey—. Muy pronto serán comida, o sea que su felicidad es menos importante que la del tiburón. Ah, mira cómo se alejan.

Los atunes estaban cruzando el tanque a toda pastilla en diagonal, y su repentina presencia hizo que el pulpo y el caballito de mar huyeran al interior del coral y las frondas del fondo del acuario. Muy pronto, los atunes parecieron tranquilizarse y adoptaron un tranquilo itinerario por el tanque. Al fondo, el caballito de mar padre seguía escondido, pero a sus hijos sí que se los veía, con las colas enroscadas entorno a las frondas y los tentáculos de las diversas anémonas. Era una escena plácida, y Mae se sorprendió a sí misma momentáneamente absorta en ella.

–Caray, menuda preciosidad –dijo Bailey, examinando el coral y la vegetación de diversos tonos limón, azul y burdeos–. Mirad qué criaturas tan felices. Un reino de paz. Casi da lástima introducir cualquier cambio –dijo.

Mae le echó un breve vistazo a Bailey, que pareció asombrado de lo que él mismo acababa de decir, consciente de que no concordaba con el espíritu de la presente empresa. Stenton y él intercambiaron una rápida mirada, y Bailey trató de recuperarse.

–Sin embargo, nos estamos esforzando para echarle un vistazo realista y holístico a este mundo –dijo–. Y eso implica incluir a todos los habitantes de este ecosistema. De manera que me está llegando la indicación de Victor de que ya es hora de invitar al tiburón a que se reúna con los demás.

Mae levantó la vista y vio a Victor forcejeando para abrir la portezuela del fondo del contenedor. El tiburón seguía completamente inmóvil, un prodigio de autocontrol. Al cabo de un momento empezó a deslizarse por la rampa de metacrilato. Mientras lo hacía, Mae tuvo un momento de conflicto. Sabía que aquello era lo natural, que se uniera al resto de las criaturas con las que compartía el entorno. Sabía que era lo correcto y que era inevitable. Y sin embargo, por un momento, le pareció natural de la misma manera que ver caer un avión del cielo. El horror viene después.

–Y ahora, se completará por fin esta familia subacuática –dijo Bailey–. Cuando soltemos al tiburón, podremos echar por primera vez en la historia un vistazo real al aspecto que tiene la vida en el fondo de la fosa, y a cómo cohabitan estas criaturas. ¿Estamos listos?

Bailey miró a Stenton, que estaba plantado a su lado en silencio. Stenton asintió bruscamente con la cabeza, como si fuera innecesario mirarlo a él para que diera el visto bueno.

Victor soltó al tiburón y, como si hubiera estado ojeando a sus presas a través del plástico, preparándose mentalmente para comérselas y registrando la ubicación exacta de cada una de ellas, el tiburón salió disparado hacia abajo, atrapó rápidamente al más grande de los atunes y se lo comió de dos dentelladas. Mientras el atún todavía estaba avanzando visiblemente por el tubo digestivo del tiburón, este se comió dos más seguidos. Todavía tenía al cuarto en las fauces cuando los restos granulados del primero fueron depositados, como si fueran nieve, en el suelo del acuario.

Mae miró entonces el fondo del tanque y se dio cuenta de que ya no se veía ni al pulpo ni a la descendencia del caballito de mar. Vio indicios de movimiento entre las aberturas del coral y acertó a ver algo que le pareció que era un tentáculo. Aunque Mae parecía estar segura de que el tiburón no podía ser el depredador de aquellas criaturas —al fin y al cabo, Stenton los había encontrado a todos viviendo muy cerca los unos de los otros—, se estaban escondiendo como si lo conocieran muy bien a él y sus planes. Mae levantó la vista y vio al tiburón nadando en círculos por el tanque, que ahora se veía vacío de todo lo que no fuera él. En los pocos segundos que Mae pasó buscando con la mirada al pulpo y los caballitos de mar, el tiburón dio cuenta de los otros dos peces. Sus restos cayeron como nieve.

Bailey soltó una risa nerviosa.

—Vaya, ahora me pregunto… —dijo, pero se detuvo.

Mae levantó la vista y vio que los ojos de Stenton se habían estrechado y no ofrecían alternativa. El proceso no debía interrumpirse. A continuación miró a Kalden, o Ty, que seguía sin apartar la vista del tanque. Se dedicaba a contemplar plácidamente el proceso, como si ya lo hubiera visto antes y conociera todos sus resultados posibles.

—Muy bien —dijo Bailey—. Nuestro tiburón es un tipo con mucha hambre, y dada mi inexperiencia, podría preocuparme por los demás habitantes de nuestro pequeño mundo. Pero estoy tranquilo. Tengo a mi lado a uno de los grandes exploradores del fondo marino, un hombre que sabe lo que hace.

Mae miró a Bailey. Este había hablado mirando a Stenton, en busca de cualquier indicio, de cualquier señal de que fuera a cancelar aquello, o bien a ofrecer alguna explicación o garantía. Pero Stenton seguía mirando fijamente al tiburón, admirándolo.

Un movimiento rápido y salvaje devolvió la atención de Mae al tanque. El tiburón tenía el hocico sepultado en el coral y lo estaba atacando con una fuerza brutal.

—Oh, no —dijo Bailey.

El coral no tardó en partirse y el tiburón se adentró en él, saliendo al instante con el pulpo, al que arrastró a la zona despejada del tanque, como para permitir que todos los presentes —Mae, los espectadores y los Tres Sabios— vieran bien cómo lo despedazaba.

—Oh, Dios —dijo Bailey bajando la voz.

De forma intencionada o no, el pulpo planteó un desafío a su destino. El tiburón le arrancó un tentáculo y pareció llenarse la boca con su cabeza, solo para descubrir, segundos más tarde, que el pulpo seguía vivo y prácticamente intacto, detrás de él. Pero no por mucho tiempo.

—Oh, no. Oh, no —susurró Bailey.

El tiburón se giró y le arrancó los tentáculos a su presa con ritmo frenético, uno por uno, hasta que el pulpo quedó despedazado, una masa hecha jirones de materia blanca y lechosa. El tiburón dio cuenta del resto con un par de dentelladas y el pulpo dejó de existir.

Bailey soltó una especie de gemido y, evitando girar los hombros, Mae le echó un vistazo para descubrir que se había puesto de espaldas y se estaba tapando los ojos con las palmas de las manos. Stenton, sin embargo, seguía mirando al tiburón con una mezcla de fascinación y orgullo, como un padre que veía por primera vez a su hijo hacer algo particularmente impresionante, algo que él ya esperaba y deseaba pero que llegaba deliciosamente antes de tiempo.

Por encima del tanque, Victor parecía inseguro y estaba intentando captar la atención de Stenton. Parecía estar preguntándose lo mismo que se preguntaba Mae, es decir, si deberían separar de alguna forma al tiburón del caballito de mar antes de que este también acabara devorado. Pero cuando Mae se volvió hacia Stenton, este seguía mirando con la misma expresión impasible.

Al cabo de unos segundos y de una serie de nerviosas embestidas, el tiburón había partido otro arco de coral y había extraído al caballito de mar, que carecía de defensas y fue devorado de un par de bocados, primero su delicada cabeza y después el torso y la cola curvados y como de cartón piedra.

Por fin, como una máquina que ejecuta su tarea, el tiburón se dedicó a nadar en círculos y dar embestidas hasta que terminó de devorar al millar de crías. A continuación devoró las algas, el coral y las anémonas. Se lo comió todo y depositó los restos rápidamente, cubriendo el fondo del acuario vacío de una tenue película de ceniza blanca.

—En fin —dijo Ty—, ha ocurrido más o menos lo que me imaginaba que pasaría.

Se lo veía impertérrito, hasta contento, mientras le estrechaba la mano primero a Stenton y luego a Bailey. Por fin, sin soltar la mano de Bailey con la derecha, le estrechó la suya a Mae con la izquierda, como si los tres estuvieran a punto de echar a bailar. Mae notó algo en la palma de su mano y cerró rápidamente los dedos en torno a ello. Por fin Ty les soltó las manos y se marchó.

—Yo también tendría que irme —dijo Bailey en voz baja.

Se dio la vuelta, aturdido, y se alejó por el pasillo a oscuras.

Después, con el tiburón ya a solas en el tanque, nadando en círculos, todavía hambriento, sin detenerse para nada, Mae se preguntó cuánto tiempo tenía que quedarse allí, permitiendo a los espectadores que vieran aquello. Al final decidió que mientras Stenton siguiera allí, ella haría lo mismo. Y él se quedó allí mucho rato. No se cansaba de ver al tiburón ni los círculos nerviosos que trazaba.

—Hasta la próxima —dijo por fin Stenton.

Se despidió de Mae con un gesto de la cabeza y luego de sus espectadores, que ahora eran cien millones, muchos de ellos aterrados y muchos más sobrecogidos y deseosos de más.

En el cubículo de los lavabos, con la cámara apuntando a la puerta, Mae se acercó mucho la nota a la cara para que no la pu-

dieran ver sus espectadores. Ty insistía en verla a solas, y le suministraba instrucciones detalladas sobre el lugar donde tenían que
verse. Cuando ella estuviera lista, decía la nota, solo tenía que salir
de los lavabos y a continuación dar media vuelta y decir por el
audio en directo: «Tengo que volver». Eso implicaría que tenía
que regresar al cuarto de baño para atender alguna emergencia
higiénica sin especificar. Y en aquel momento él le apagaría la
señal, así como la de cualquier cámara de SeeChange que pudiera verla, durante treinta minutos. Aquello provocaría un pequeño clamor, pero era necesario. Estaba en juego la vida de ella,
decía la nota, y también la de Annie y la de sus padres. «Todo el
mundo y todas las cosas —le había escrito Ty— se están tamba-
leando al borde del precipicio.»

Aquella sería su última equivocación. Ella sabía que era un
error reunirse con él, sobre todo fuera de cámara. Sin embargo,
lo sucedido con el tiburón la había inquietado y la había vuelto
propensa a tomar malas decisiones. Ojalá alguien pudiera tomar
aquellas decisiones por ella, eliminar de alguna forma la duda y
la posibilidad del fracaso. Pero tenía que averiguar por qué Ty
había montado toda aquella farsa, ¿verdad? ¿Tal vez todo fuera
algún tipo de prueba? Tenía cierta lógica. Si la estaban preparando para grandes cosas, ¿acaso no la pondrían a prueba? Ella sabía
que sí.

De manera que Mae siguió sus instrucciones. Salió de los
lavabos, les dijo a sus espectadores que tenía que volver y, cuando se le apagó la señal, siguió sus instrucciones. Descendió
igual que había descendido con Kalden aquella noche tan extraña de la otra vez, siguiendo el camino que habían tomado la
primera vez que él la había llevado hasta la sala, situada en las
profundidades del subsuelo, donde albergaban y bañaban con
agua fría a Stewart y a todo lo que este había visto. Al llegar,
Mae se encontró a Kalden, o a Ty, esperándola, de espaldas a la
caja roja. Se había quitado el gorro de lana, dejando al descubierto su pelo canoso, pero seguía llevando la capucha, y la
combinación en una sola figura de los dos hombres, Ty y Kalden, la repugnó. Cuando él echó a andar hacia ella, Mae le
gritó:

—¡No!

Él se detuvo.

—Quédate ahí —dijo ella.

—No soy peligroso, Mae.

—No sé nada de ti.

—Siento no haberte dicho quién era. Pero no te mentí.

—¡Me dijiste que te llamabas Kalden! ¿Eso no es mentir?

—Aparte de eso, no mentí para nada.

—¿Aparte de eso? ¿Aparte de mentir sobre tu identidad?

—Creo que entiendes que no he tenido más remedio.

—¿Qué clase de nombre es Kalden, a todo esto? ¿Lo sacaste de alguna web de nombres para bebés?

—Pues sí. ¿Te gusta?

Él le dedicó una sonrisa exasperante. Mae tuvo la sensación de que no debería estar allí, de que tenía que marcharse de inmediato.

—Creo que me tengo que ir —dijo ella, y echó a andar hacia las escaleras—. Me da la impresión de que todo esto es una broma pesada y horrible.

—Mae, piensa en ello. Aquí está mi carnet de conducir. —Le dio su carnet de conducir. Mostraba a un tipo moreno, con gafas y bien afeitado que tenía más o menos el mismo aspecto que ella recordaba que tenía Ty en las emisiones de vídeo, en las fotos antiguas y en el retrato al óleo que había en la entrada de la biblioteca de Bailey. En el carnet su nombre figuraba como Tyson Matthew Gospodinov—. Mírame. ¿No me parezco? —Se retiró a la cueva-dentro-de-la-cueva que habían compartido ambos y regresó con unas gafas—. ¿Lo ves? —dijo—. Ahora es obvio, ¿verdad? —Como en respuesta a la siguiente pregunta de Mae, él añadió—: Siempre he tenido una pinta muy normal. Ya lo sabes. Y además, me quito las gafas y la capucha. Cambio de aspecto. De forma de moverme. Pero lo que es más importante, se me ha puesto el pelo blanco. ¿Y por qué crees que ha pasado?

—No tengo ni idea —dijo Mae.

Ty extendió los brazos en un gesto que abarcaba todo lo que les rodeaba y el gigantesco campus que tenían encima.

—Por todo esto. Por el puto tiburón que se come el mundo.

—¿Y Bailey y Stenton saben que vas por ahí con otro nombre? —le preguntó Mae.

—Claro. Sí. Ellos esperan que yo esté aquí. Técnicamente no me está permitido salir del campus. Siempre y cuando me quede aquí, están contentos.

—¿Y Annie lo sabe?

—No.

—O sea que yo soy…

—Eres la tercera persona que lo sabe.

—¿Y por qué me lo estás contando?

—Porque tú tienes mucha influencia aquí y porque tienes que ayudarme. Eres la única que puede frenar todo esto.

—¿Frenar qué? ¿La empresa que tú creaste?

—Mae, yo no tenía intención de que pasara nada de esto. Y está yendo demasiado deprisa. La idea del Cierre va mucho más allá que lo que yo tenía en mente cuando empecé todo esto, y también mucho más allá de lo que está bien. Hay que devolverle un equilibrio a las cosas.

—En primer lugar, no estoy de acuerdo. Y, en segundo, no puedo ayudarte.

—Mae, el Círculo no se puede cerrar.

—Pero ¿qué dices? ¿Cómo puedes decir eso ahora? Si realmente eres Ty, la mayor parte de esto fue idea tuya.

—No. No. Yo estaba intentando que la red fuera más civilizada. Estaba intentando hacerla más elegante. Eliminé el anonimato. Combiné un millar de elementos dispares en un solo sistema unificado. Pero no me imaginé un mundo donde ser miembro del Círculo fuera obligatorio, ni donde todos los gobiernos y toda la vida estuvieran canalizados por medio de una sola red…

—Me marcho —dijo Mae, y se dio la vuelta—, y no entiendo por qué no te marchas tú también. Y lo dejas todo. Si no crees en todo esto, pues márchate. Vete al bosque.

—A Mercer no le fue muy bien, ¿verdad?

—Vete a la mierda.

—Perdón. Lo siento. Pero él es la razón de que yo me haya puesto en contacto contigo ahora. ¿Es que no ves que esa es una más de las consecuencias que va a tener esto? Habrá muchos más Mercer. Muchísimos más. Habrá mucha gente que no querrá ser encontrada pero lo será. Muchísima gente que no querrá formar parte de todo esto. Eso es lo que ha cambiado. Antes existía la opción de quedarse fuera. Pero esa opción ha desaparecido. El Cierre es el final. Estamos cerrando el círculo alrededor de todo el mundo. Es una pesadilla totalitaria.

—¿Y eso es culpa mía?

—No, no. Para nada. Pero ahora tú eres la embajadora. Tú eres la cara visible. La cara benigna y amistosa de todo esto. Y el Cierre del Círculo… es lo que tu amigo Francis y tú habéis hecho posible. Tu idea de que sea obligatorio tener cuenta en el Círculo y su chip. ¿TruYouth? Es horrible, Mae. ¿No lo ves? Que a todos los niños les implanten un chip, por su seguridad, cuando son pequeños… Vale, salvará vidas. Pero ¿qué pasará después? ¿Crees que se lo quitarán de golpe cuando cumplan dieciocho años? No. En aras de la educación y la seguridad, todo lo que hayan hecho quedará grabado, rastreado, registrado y analizado: es algo permanente. Y luego, cuando les llegue la edad de votar y de participar, les tocará ser miembros a la fuerza. Es ahí donde se cierra el Círculo. Todo el mundo quedará controlado, desde que nazcan hasta que se mueran, sin posibilidad de escapar.

—Ya estás hablando como Mercer. Esa clase de paranoia…

—Pero yo sé más que Mercer. Si tiene miedo alguien como yo, alguien que ha inventado la mayoría de estos rollos, ¿no te parece que tú también deberías tenerlo?

—No. Lo que creo es que has perdido facultades.

—Mae, sinceramente, muchas de las cosas que inventé las inventé para divertirme, fue como un juego perverso para ver si funcionaban o no. O sea, es como instalar una guillotina en la plaza del pueblo. No te esperas que aparezcan mil personas y hagan cola para poner la cabeza en ella.

—¿Es así como ves esto?

—No, lo siento. Es una mala comparación. Pero hay cosas que hicimos, que yo… que hice para ver si habría quien las usara, quien estuviera de acuerdo. La mitad de las veces que la gente las aceptaba, yo no me lo podía creer. Y luego ya fue demasiado tarde. Llegaron Bailey y Stenton y la oferta pública de acciones. Todo empezó a ir demasiado deprisa y hubo el dinero suficiente para poner en práctica cualquier idea idiota. Mae, quiero que te imagines adónde está yendo todo esto.

—Yo ya sé adónde está yendo.

—Mae, cierra los ojos.

—No.

—Mae, por favor. Cierra los ojos.

Ella cerró los ojos.

—Quiero que unas los puntos, a ver si ves lo mismo que yo. Imagínate lo siguiente. El Círculo lleva años devorando a todos sus competidores, ¿correcto? Lo cual refuerza cada vez más a la empresa. El noventa por ciento de las búsquedas del mundo ya pasan por el Círculo. Sin competidores, esto aumentará. Pronto se acercará al cien por cien. A ver, los dos sabemos que si controlas el flujo de información, lo puedes controlar todo. Puedes controlar la mayor parte de lo que la gente ve y sabe. Si quieres enterrar una información de forma permanente, no tardas más que dos segundos. Si quieres hundir a alguien, no tardas ni cinco minutos. ¿Cómo puede alguien rebelarse contra el Círculo si este controla toda la información y todo el acceso a ella? Quieren que todo el mundo tenga una cuenta del Círculo, y ya están trabajando en que sea ilegal no tenerla. ¿Y qué pasará entonces? ¿Qué pasará cuando controlen todas las búsquedas y tengan acceso pleno a todos los datos de todo el mundo? ¿Y cuando conozcan todos los movimientos de todo el mundo? ¿Y cuando todas las transacciones monetarias, toda la información sanitaria y genética, hasta el último elemento de las vidas de la gente, bueno o malo, cuando cada palabra que se diga pase por un solo canal?

—Pero es que hay un millar de protecciones para evitar todo eso. Simplemente no es posible. O sea, los gobiernos se asegurarán…

—¿Los gobiernos que son transparentes? ¿Los legisladores que les deben sus reputaciones al Círculo, y que pueden verse hundidos en el momento mismo en que discrepen? ¿Qué crees que le pasó a Williamson? ¿Te acuerdas de ella? Amenazó el monopolio del Círculo y, sorpresa, los federales encontraron cosas en su ordenador que la incriminaban. ¿Crees que es una coincidencia? Antes que a ella, Stenton le había hecho lo mismo a otras cien personas. Mae, en cuanto se cierre el Círculo, todo se habrá terminado. Y tú has ayudado a cerrarlo. La cosa esa de la democracia, el Demoxie, sea lo que sea… Dios bendito. Bajo la coartada de conseguir que se oiga la voz de todo el mundo, lo que hace es fundar la ley del linchamiento, una sociedad sin filtros donde los secretos son delitos. Es brillante, Mae. O sea, tú eres brillante. Eres lo que Stenton y Bailey llevaban deseando desde el principio.

—Pero Bailey...

—Bailey cree que la vida será mejor y será perfecta cuando todo el mundo tenga acceso libre a todo el mundo y a todo lo que conocen. Él cree de verdad que las respuestas a todas las preguntas de la vida se encuentran en los demás. Cree de verdad que la apertura, que el acceso completo e ininterrumpido entre todos los seres humanos mejorará el mundo. Cree que es lo que el mundo ha estado esperando, el momento en que todas las almas queden conectadas. ¡Es su rapto de las almas al Cielo, Mae! ¿No ves lo extremista que es esa visión? Es una idea radical, y en otra época habría sido un concepto marginal defendido por algún excéntrico profesor adjunto: el hecho de que todo el mundo tiene que conocer toda la información, sea personal o no. Que el conocimiento es propiedad y nadie lo puede poseer. El infocomunismo. Y está en su derecho de tener esa opinión. Pero si la juntas con la ambición capitalista desmedida...

—¿Te refieres a Stenton?

—Stenton ha profesionalizado nuestro idealismo y ha sacado rendimiento económico de nuestra utopía. Él es quien vio la conexión entre nuestro trabajo y la política, y entre la política y el control. El binomio público-privado cede el paso al binomio privado-privado, y pronto tienes al Círculo dirigiendo la mayoría o incluso todos los servicios gubernamentales, con una increíble eficacia de sector privado y un apetito insaciable. Todo el mundo acaba siendo ciudadano del Círculo.

—¿Y eso es tan malo? Si todo el mundo tiene idéntico acceso a los servicios y a la información, por fin será posible que reine la igualdad. Ninguna información debería costar nada. No debería haber barreras a ningún conocimiento, a ningún acceso...

—Y si toda la información es controlada...

—Pues dejará de haber delitos. No habrá ni asesinatos ni secuestros ni violaciones. Dejará de haber niños maltratados. Dejará de haber personas desaparecidas, o sea, solo por eso...

—Pero ¿es que no ves lo que le pasó a tu amigo Mercer? Lo persiguieron hasta los confines del mundo y ya no existe.

—Pero es que es el momento de cambio de la historia. ¿No has hablado de esto con Bailey? O sea, durante cualquier cambio importante de la humanidad se produce agitación. Hay quien se queda atrás y hay quien *elige* quedarse atrás.

—Así que tú piensas que hay que vigilar y controlar a todo el mundo.

—Pienso que hay que verlo todo y a todo el mundo. Y para ver hay que observar. Las dos cosas van de la mano.

—Pero ¿quién quiere que lo observen todo el tiempo?

—Pues yo. Yo *quiero* que me vean. Quiero alguna prueba de que he existido.

—Mae...

—La mayoría de la gente quiere. La mayoría de la gente cambiaría todo lo que sabe y todo el mundo a quien conoce por el mero hecho de saber que han sido vistos y reconocidos y que tal vez incluso serán recordados. Todos sabemos que nos moriremos. Todos sabemos que el mundo es demasiado grande como para que seamos todos importantes. De manera que lo único que nos queda es la esperanza de que los demás nos vean, o nos oigan, aunque sea un momento.

—Pero, Mae, nosotros hemos visto a todas las criaturas de ese tanque, ¿verdad? Los hemos visto devorados por una bestia que los ha convertido en cenizas. ¿No ves que todo lo que vaya a ese tanque, con esa bestia, con *esta* bestia, acabará igual?

—¿Y qué quieres que haga yo exactamente?

—Pues cuando alcances una cifra máxima de espectadores, quiero que leas esta declaración.

Le entregó a Mae un papel en el que había escrito, todo en torpes mayúsculas, una lista de afirmaciones bajo el encabezamiento «Derechos de los seres humanos en la era digital». Mae lo ojeó, captando pasajes al azar: «Todos tenemos derecho al anonimato», «No todas las actividades humanas se pueden medir», «La búsqueda incesante de datos para cuantificar el valor de cualquier empresa resulta catastrófica para la comprensión verdadera». Al final se encontró con una línea escrita con tinta roja: «Todos necesitamos tener el derecho a desaparecer».

—¿O sea que quieres que les lea todo esto a los espectadores?

—Sí —dijo Kalden, con una expresión frenética en los ojos.

—Y después ¿qué?

—He preparado una serie de pasos que podemos dar juntos y que pueden empezar a desmantelar todo esto. Yo sé todo lo que ha pasado aquí, Mae, y han sucedido muchas cosas que convencerían a cualquiera, por muy ciego que estuviera, de que hay que desmontar el Círculo. Y sé que puedo hacerlo. Soy el único que puede, pero necesito tu ayuda.

—Y después ¿qué?

—Después tú y yo nos vamos a alguna parte. Tengo muchas ideas. Desaparecemos. Podemos hacer montañismo en el Tíbet. Podemos ir en moto por la estepa rusa. Podemos navegar por el mundo en un barco construido por nosotros.

Mae se imaginó todo aquello. Se imaginó el Círculo siendo desmantelado, vendido a trozos en medio del escándalo, a trece mil personas sin trabajo, el campus invadido, despedazado, convertido en universidad o centro comercial o algo peor. Por fin trató de imaginar cómo sería vivir en un barco con aquel hombre, navegar por el mundo, libre de ataduras, pero cuando lo intentó, lo único que vio fue a la pareja de la barcaza a la que había conocido hacía unos meses en la bahía. Allí en medio, solos, viviendo bajo una lona y bebiendo vino en vasos de plástico, poniéndoles nombre a las focas y rememorando incendios en islas.

Y en aquel momento Mae supo qué era lo que tenía que hacer.

—Kalden, ¿seguro que no nos oye nadie?

—Claro que no.

—Vale, bien. Bien. Por fin lo veo todo claro.

LIBRO TERCERO

Haber estado tan cerca del Apocalipsis era algo que todavía la perturbaba. Sí, Mae lo había evitado, había sido más valiente de lo que ella misma se creía capaz, pero sus nervios, después de tantos meses, seguían deshechos. ¿Y si Kalden no se hubiera puesto en contacto con ella cuando lo había hecho? ¿Y si no hubiera confiado en ella? ¿Y si hubiera decidido actuar por su cuenta, o peor todavía, le hubiera confiado su secreto a otra persona? ¿A alguien que no tuviera la integridad de ella, que no tuviera su fuerza, su decisión y su lealtad?

En el silencio de la clínica, sentada al lado de Annie, Mae dejó que su mente vagara. Allí reinaba la serenidad, entre el susurro rítmico del respirador, el ruido de las puertas que se abrían de vez en cuando y el zumbido de las máquinas que mantenían con vida a Annie. Se había desplomado estando sentada a su mesa, la habían encontrado en el suelo, catatónica, y la habían llevado allí a toda prisa, donde la atención médica era superior a la que podría recibir en ninguna otra parte. Desde entonces se había estabilizado y el pronóstico era optimista. La causa del coma seguía siendo objeto de cierto debate, había dicho la doctora Villalobos, pero lo más seguro era que lo hubieran provocado el estrés, el shock o el simple agotamiento. Los médicos del Círculo confiaban en que Annie saldría del coma, igual que otros miles de médicos del mundo entero que habían observado sus constantes vitales, animados por los temblores frecuentes de sus pestañas y por el estremecimiento ocasional de algún dedo. Al lado de su electrocardiograma había una pantalla con un hilo cada vez más largo de buenos deseos de congéneres humanos del mundo entero, a la mayoría de los cuales, o bien a todos los cuales, pensó Mae con tristeza, Annie nunca llegaría a conocer.

Mae miró a su amiga, con su cara inmutable, su piel reluciente y el tubo estriado que le salía de la boca. Se la veía maravillosamente en paz, durmiendo un letargo reparador, y por un breve momento Mae sintió una punzada de envidia. Se preguntaba qué le estaría pasando por la cabeza a Annie. Los médicos le habían dicho que lo más seguro era que estuviera soñando; durante todo el coma se habían dedicado a medirle continuamente la actividad cerebral, pero nadie sabía con exactitud qué estaba pasando dentro de su mente, y Mae no podía evitar que aquello la molestara un poco. Desde donde estaba sentada Mae se veía un monitor, una imagen en tiempo real de la mente de Annie, estallidos de color que aparecían de forma periódica y que sugerían que allí dentro estaban sucediendo cosas extraordinarias. Pero ¿qué estaba pensando?

La sobresaltaron unos golpecitos. Miró más allá del cuerpo tendido boca arriba de Annie y vio a Francis al otro lado del cristal, en la zona de espectadores. Francis levantó una mano vacilante y Mae le devolvió el saludo. Lo iba a ver más tarde, en un evento de todo el campus para celebrar el nuevo récord de transparencia. Ya había diez millones de personas transparentes en el mundo, y el movimiento era irreversible.

El rol que había tenido Annie de cara a posibilitar aquello era inestimable, y Mae desearía que ahora pudiera verlo. Había muchas cosas que Mae tenía ganas de contarle a Annie. Obedeciendo a un deber que le había parecido sagrado, Mae le había contado al mundo que Kalden era Ty y había revelado sus grotescas afirmaciones y sus esfuerzos errados por hacer descarrilar el Cierre del Círculo. Cada vez que se acordaba de aquello, le parecía una especie de pesadilla, el hecho de haber estado tan hundida en el subsuelo con aquel loco, desconectada de sus espectadores y del resto del mundo. Pero Mae había fingido que cooperaría, se había escapado de él y se lo había contado todo inmediatamente a Bailey y a Stenton. Con su compasión y su sabiduría de costumbre, ellos habían permitido a Ty que se quedara en el campus, en calidad de asesor, con una oficina aislada del resto y sin tareas específicas. Mae no lo había visto desde su encuentro subterráneo y tampoco tenía ganas.

Mae llevaba ya unos meses sin ponerse en contacto con sus padres, pero era una mera cuestión de tiempo. No tardarían en encontrarse de nuevo, en un mundo donde todos pudieran conocer a los demás de forma verdadera y completa, sin secretos, sin vergüenza y sin que hiciera falta pedir permiso para ver o para conocer, sin que nadie acaparara su vida de forma egoísta, ni un solo recodo ni un solo momento de ella. Muy pronto todo eso sería sustituido por una apertura nueva y gloriosa, un mundo de luz perpetua. El Cierre ya era inminente, y traería la paz, y traería la unidad, y todo el desorden que había vivido la humanidad hasta ahora, todas aquellas incertidumbres que acompañaban al mundo anterior al Círculo, ya no serían más que un recuerdo.

Otro estallido de color apareció en la pantalla que supervisaba las operaciones de la mente de Annie. Mae estiró un brazo para tocarle la frente, maravillándose de la distancia que aquella carne interponía entre ellas. ¿Qué estaba pasando dentro de aquella cabeza? Resultaba verdaderamente exasperante, pensó Mae, el no saberlo. Era una afrenta, un robo a ella y al mundo. Tenía intención de sacar aquel tema con Stenton y Bailey, con la Banda de los 40, en cuanto se le presentara la oportunidad. Necesitaban hablar de Annie y de las cosas que estaba pensando. ¿Por qué no podían enterarse de eso? El mundo no merecía nada menos, y no estaba dispuesto a esperar.

AGRADECIMIENTOS

Gracias a Vendela, a Bill y Toph, a Vanessa y Scott, y a Inger y Paul. A Jenny Jackson, Sally Willcox, Andrew Wylie, Lindsay Williams, Debby Klein y Kimberly Jaime. A Clara Sankey. A Em-J Staples, Michelle Quint, Brent Hoff, Sam Riley, Brian Christian, Sarah Stewart Taylor, Ian Delaney, Andrew Leland, Casey Jarman y Jill Stauffer. A Laura Howard, Daniel Gumbiner, Adam Krefman, Jordan Bass, Brian McMullen, Dan McKinley, Isaac Fitzgerald, Sunra Thompson, Andi Winnette, Jordan Karnes, Ruby Perez y Rachel Khong. Gracias a todo el personal de Vintage and Knopf. Gracias a Jessica Hische. Gracias a Ken Jackson, John McCosker y Nick Goldman. Gracias a Kevin Spall y a todo el personal de la imprenta Thomson-Shore. Además: San Vincenzo es un lugar de ficción. En este libro se han tomado algunas pequeñas libertades acerca de la geografía del área de la Bahía.

DAVE EGGERS

Además de ser uno de los autores más destacados de la reciente literatura norteamericana, Dave Eggers (Boston, 1970) ha lanzado su propio sello editorial y es fundador y editor de las revistas *McSweeney's* y *The Believer*, que en poco tiempo se han convertido en objetos de culto literario. Asimismo, es cofundador de 826 Valencia, un centro de voluntariado que ayuda a niños y adolescentes con programas extraescolares y clases de escritura. Todo esto hizo que en 2005 la revista *Time* lo incluyera en su lista de las cien personas más influyentes de Estados Unidos. En 2007 fue galardonado con el premio Heinz, en reconocimiento tanto a sus logros literarios como a su labor humanitaria.

En Literatura Random House hemos publicado *Ahora sabréis lo que es correr* (2004), *Guardianes de la intimidad* (2005), *Qué es el qué* (2008, finalista del premio del National Book Critics Circle), *Los monstruos* (2009), sus memorias *Una historia conmovedora, asombrosa y genial* (2010), *Zeitoun* (2010) y *Un holograma para el rey* (2013). *El Círculo* es su nueva novela.